Anfang der siebziger Jahre ziehen die ersten weißen Hippiefamilien ins Zentrum Brooklyns, das zu der Zeit überwiegend von Schwarzen und Puerto-Ricanern bewohnt wird. Dylan, der schüchterne Sohn des Malers Abraham Ebdus und dessen Frau Rachel sieht sich mit dem Umzug der Familie in eine bedrohliche Welt versetzt. Jede Zuneigung muss er sich erkämpfen wie das Stück Asphalt beim Spielen auf der Straße. Dennoch versucht seine Mutter ihn mit aller Macht in dem Viertel, in dem sie selbst aufwuchs, zu integrieren. Als sie eines Tages verschwindet und sich der Vater in die abstrakte Welt seiner Malerei flüchtet, ist der achtjährige Dylan auf sich allein gestellt. Beschützt von seinem gleichaltrigen schwarzen Freund Mingus Rude, den selbstbewussten Sohn eines früher berühmten Jazzmusikers aus der Nachbarschaft, und begleitet von einem geheimnisvollen Ring, begibt er sich auf die Suche nach seiner Identität.

Jonathan Lethem, geboren 1964 in New York, ist Autor zahlreicher Romane, darunter die New-York-Romane »Die Festung der Einsamkeit«, »Chronic City« und »Der Garten der Dissidenten«. Er hat viele Preise und Auszeichnungen erhalten, u.a. den ›National Book Critic's Award«, den »Gold Dagger« und das »Mac-Arthur Fellowship«. Lethem hat am Pomona College in Südkalifornien die Professur für Creative Writing inne. Zurzeit lebt Jonathan Lethem in Berlin.

TROPEN

DIE FESTUNG DER

EINSAMKEIT

ROMAN

LETHEM

JONATHAN

ÜBERSETZT VON
MICHAEL ZÖLLNER

MIX
Papier aus verantwor-
tungsvollen Quellen
FSC® C083411
FSC
www.fsc.org

Tropen
www.tropen.de
Die Originalausgabe erschien unter dem Titel
»The Fortress of Solitude«, im Verlag Doubleday, New York
© 2003 by Jonathan Lethem
Für die deutsche Ausgabe
© 2001, 2019 by J. G. Cotta'sche Buchhandlung
Nachfolger GmbH, gegr. 1659, Stuttgart
Alle deutschsprachigen Rechte vorbehalten
Printed in Germany
Umschlag: Zero-Media.net, München
Foto: © Cheryl Clegg / Arcangel
Gesetzt von Dörlemann Satz, Lemförde
Gedruckt und gebunden von CPI – Clausen & Bosse, Leck
ISBN 978-3-608-50388-3

Für Mara Faye

ERSTER TEIL
UNDERBERG

EINS

Wie ein entzündetes Streichholz in einem dunklen Zimmer:

An einem Juliabend um sieben Uhr zogen zwei weiße Mädchen in Flanellnachthemden auf roten Kunststoffrollschuhen vorsichtig ihre Kreise auf dem geplatzten bläulichen Schiefer des Gehsteigs.

Die Mädchen murmelten Reime, *waren* gemurmelte Reime, ihr feines, himmelrosa Haar wehte, als wäre es niemals geschnitten worden. Unter der Bedingung, dass sie sich zuvor die Nachthemden anzögen und die Zähne putzten, hatten die Eltern den Mädchen erlaubt, nach dem Abendessen noch einmal auf die Straße zu gehen, noch einmal hinaus in die orangefarbene Dämmerung des wärmenden Sommerabends, in die Luft und das Licht, die über der Straße, über ganz Gowanus lagen wie eine Handfläche oder die Wölbung einer Muschel. Die Puerto Ricaner, die vor der Bodega an der Ecke auf Milchkästen hockten, brummten angesichts dieser Erscheinung, ein wenig unschlüssig, was sie da vor Augen hatten. Sie öffneten leicht die Münder, um einander das Weiß ihrer Zähne zu zeigen, ein Zeichen ihrer Geduld, ihrer wortlosen Ausdauer. Die Straße war übersät mit Kronkorken, die halb in den aufgeweichten Teer gedrückt waren: Yoo-Hoo, Rheingold, Manhattan Special.

Die Mädchen, Thea und Ana Solver, leuchteten wie eine neu entzündete Flamme.

Eine alte Frau, auch eine Weiße, war vor den Solvers hier im Viertel eingetroffen, um eines der verwahrlosten Häuser, ein ehemaliges Logierhaus, für sich zu beanspruchen, und sie hatte fünfzehn Mann allein durch sich selbst und ihre in Kartons verpackten Habseligkeiten ersetzt. Sie war gewissermaßen die Erste. Aber Isabel Vendle lag nur auf der Lauer wie ein Gerücht, wie eine Vorrede eingeschlossen in ihrem Brownstone, wo sie sich in diesem Moment an einem Stock vom Apartment im Untergeschoss zu ihrem Schlafzimmer im alten Salon des Erdgeschosses hinaufschleppte, zu dem Raum, in dem sie unter einer abbröckelnden, unrestaurierten Stuckdecke las und schlief. Isabel Vendle war nur noch ein Knöchel, ihr Körper wand sich um den Knorpel alter Verletzungen. Isabel Vendle erinnerte sich an einen Tag an Bord eines Postschiffs auf dem Lake George, sie kratzte Briefe mit einem in Tinte getauchten Füllfederhalter, drückte Briefmarken auf einen Schwamm in einem Schälchen. Die Schreibunterlage war aus Kork. Isabel Vendle hatte Geld, aber ihre Zimmer im Untergeschoss stanken nach Küchenabfällen, nach feuchten Zeitungen.

Die Mädchen auf Rollen waren das eigentlich Neue, vom Scheinwerferlicht angestrahlt, um die Vorstellung zu eröffnen: Die Weißen kehrten in die Dean Street zurück. Ein paar zumindest.

Mit fünf tötete Dylan Ebdus unter dem Ailanthusbaum im Hinterhof versehentlich ein Kätzchen. Die Mieter der Familie Ebdus im Untergeschoss hatten einen ganzen Wurf, fünf, sechs, sieben. Sie wanden sich dort am Boden, in dem senkrechten Käfig aus Backsteinmauern, zwischen Schotter und neu gepflanztem Efeu und den moschusartigen Ausströmungen des Ailanthus, unter dem Dylan allein spielte und forschte, während seine Mutter mit einer kleinen Harke Erde umgrub oder rauchend dasaß, derweil man das Pärchen von unten gemeinsam singen hörte, begleitet von einer mit Peacezeichen beklebten, ungestimmten Gitarre. Dylan tanzte mit den winzigen, scharfkralligen, insektenäugigen Katzen, jagte sie in den nacktschneckenbesetzten Backsteinhaufen, und am zweiten Tag zerquetschte er eine mit seinem beturnschuhten Fuß, als er armrudernd vor einer anderen zurückwich.

Die Mieter aus dem Untergeschoss nahmen das verletzte, aber noch lebende Kätzchen, während der weinende Dylan von seinen Eltern fortgedrängt wurde. Dylan begriff jedoch, dass das Kätzchen irgendwie ein gnadenvolles Ende fand, erstickt oder ertränkt wurde. Irgendwie. Er fragte nach, doch das Thema wurde ebenfalls erstickt. Die Erwachsenen zeigten nur im Augenblick der Entdeckung, was sie dachten, ließen Dylan ihren empfindlichen Ärger erahnen, bevor sie ihn unterdrückten. Dylan sei zu jung, um zu verstehen, was er getan habe; nur war er das nicht. Sie hofften, er würde vergessen; nur tat er das nicht. Später würde er vorgeben, alles vergessen zu haben, um die Erwachsenen vor dem zu schützen, was sie nicht ertragen konnten: sein vollständiges Erinnern.

Möglicherweise war das tote Kätzchen die unlösliche Pastille der Schuld, die er geschluckt hatte.

Möglicherweise war es auch dies: Seine Mutter sagte ihm, jemand wolle mit ihm spielen, auf dem Gehsteig gegenüber. Vor dem Haus. Es wäre für ihn das erste Mal, dass er rausginge, um *vor dem Haus* zu spielen, statt im modrigen Hinterhof.

»Wer denn?«

»Ein kleines Mädchen«, antwortete seine Mutter. »Geh schon, Dylan.«

Vielleicht waren es die weißen Mädchen, Ana und Thea, mit ihren Nachthemden und Rollschuhen. Er hatte sie vom Fenster aus gesehen, nun riefen sie nach ihm.

Stattdessen war es ein schwarzes Mädchen, Marilla, das auf dem Gehsteig wartete. Schon mit sechs erkannte Dylan ein fingiertes Szenario, wenn er eines vor sich hatte, bemerkte er die Großstadtschläue seiner Mutter, ihre Vertrautheit mit den Gesetzen der Nachbarschaft. Rachel Ebdus bearbeitete den ganzen Häuserblock, um ihn zu verkuppeln.

Marilla war älter. Marilla besaß einen Hula-Hoop-Reifen

und etwas Kreide. Der Gehsteig vor Marillas Tor, ihr Abschnitt des unebenen Schieferbodens, war ihr markiertes Gebiet. Dies war Dylans erste Begegnung mit dem System, das die Aufteilung des Blocks regelte. Er würde nie Marillas Zuhause betreten, auch wenn er das zu dem Zeitpunkt noch nicht wusste. Der Schiefer war ihr Wohnzimmer. Er hatte sein eigenes, auch wenn er es bisher nicht markiert hatte.

»Seid ihr gerade hergezogen?«, fragte Marilla, als sie sicher sein konnte, dass Dylans Mutter wieder hineingegangen war.

Dylan nickte.

»Wohnt ihr ganz alleine in dem Haus?«

»Unten ist vermietet.«

»Hast du ein eigenes Zimmer?«

Dylan nickte wieder, verwirrt.

»Hast du einen Bruder oder eine Schwester?«

»Nein.«

»Was ist dein Vater von Beruf?«

»Er ist Künstler«, antwortete Dylan. »Er macht einen Film.« Er sagte das mit größtmöglichem Ernst. Auf Marilla machte es jedoch keinen besonderen Eindruck.

»Hast du einen Spaldeen?«, fragte sie weiter. »Das ist ein Ball, falls du es nicht weißt.«

»Nein.«

»Hast du Geld dabei?«

»Nein.«

»Ich möchte was Süßes kaufen. Ich könnte dir einen Spaldeen mitbringen. Kannst du deine Mutter nicht nach Geld fragen?«

»Ich weiß nicht.«

»Kennst du Skully?«

Dylan schüttelte den Kopf. War Skully eine Person oder eine andere Art Ball oder Bonbon? Woher sollte er das wissen? Er hatte das Gefühl, Marilla würde gleich anfangen, ihn zu bemitleiden.

»Wir könnten Skullydeckel machen. Du könntest sie mit Kaugummi oder Wachs füllen. Habt ihr eine Kerze im Haus?«

»Ich weiß nicht.«

»Wir könnten auch eine kaufen, aber du hast ja kein Geld.«

Dylan zuckte abwehrend die Schultern.

»Deine Mutter hat mir gesagt, ich soll zusammen mit dir über die Straße gehen. Du kannst es nicht alleine.« Sie gab dem einen philosophischen Unterton.

»Ich bin sechs.«

»Du bist ein Baby. Was ist Dylan überhaupt für ein Name?«

»Wie Bob Dylan.«

»Wer?«

»Ein Sänger. Meine Eltern mögen ihn.«

»Magst du die Jackson Five? Kannst du tanzen?« Marilla streifte sich den Reifen über, winkelte Knie und Ellbogen gleichzeitig an, ballte die Fäuste, biss die Zähne zusammen und schob den Po raus. Der Reifen begann zu kreisen. Sie grinste und reckte ihr Kinn gleichzeitig mit dem Hüftschwung in Dylans Richtung, als hätte sie noch einen weiteren Reifen um ihren Hals schwingen lassen können.

Als Dylan an der Reihe war, rasselte der Reifen auf den Gehsteig. Er hatte noch immer etwas Babyspeck, einen kleinen Wanst, Zwiddeldei. Es gab keinerlei Kanten an seinem Körper, an denen der Reifen hätte aufliegen können. Er konnte ihn mit seinen kurzen Armen auch kaum umspannen. Und er konnte die Knie nicht beugen, rutschte stattdessen trippelnd seitwärts. Er konnte nicht tanzen.

So spielten sie zusammen. Dylan ließ den Plastikreifen wohl tausendmal zu Boden fallen, und Marilla sang zur Aufmunterung: *Oh, baby give me one more chance, I want you back.* Dazu streckte sie im Rhythmus die Arme in die Höhe. Und Dylan fragte sich schuldbewusst, warum statt ihr nicht die weißen Mädchen auf Rollschuhen nach ihm gefragt hatten. Das Wissen um diesen ketzerischen Wunsch wurde für ihn zur zweiten Wunde. Es war nicht wie bei dem toten

Kätzchen: Niemanden würde es diesmal interessieren, ob Dylan überhaupt verstanden hatte, ob er es nachher vergessen hatte. Nur ihn selbst. Dylan musste es mit sich selbst ausmachen, ob er sich schon damals, vor den kommenden Jahren, vor den kommenden Stunden auf der Straße, vor Robert Woolfolk oder Mingus Rude, vor »Play That Funky Music, White Boy«, vor der Intermediate School 293 oder allem anderen, das sehnsüchtige Verlangen eingestand, den der Zukunftsvision seiner Mutter zuwiderlaufenden Wunsch, dass die Solver-Mädchen ihn in einer Ekstase aus Blondheit und aufeinander abgestimmten Kleidchen, säuberlich geschnürten Senkeln und kaum den Boden berührenden Rollen mit sich fortrissen oder ihm zumindest den Weg in eine andere Richtung wiesen, Kondensstreifen des Entrinnens.

Marilla drehte sich unterdessen auf der Stelle und sang: *When I had you to myself I didn't want you around, those pretty faces always seemed to stand out in a crowd …*

Isabel Vendle fand den Namen in einem abgegriffenen, ledergebundenen Band der Brooklyn Historical Society: Boerum. Wie in *Boer War*, Burenkrieg. Eine niederländische Familie von Farmern und Landbesitzern. Die Boerums waren mit ihrem Wohlstand in Bedford-Stuyvesant geblieben und eigentlich nie in die Nähe von Gowanus gekommen, von einem ungeratenen, wahrscheinlich trunksüchtigen Sohn der Familie namens Simon Boerum abgesehen, der sich auf der Schermerhorn Street ein Haus gebaut hatte und darin gestorben war. Vielleicht hatte man ihn hierher verbannt, den verlorenen Sohn, das schwarze Schaf, damit er einen langen Rausch ausschliefe. Wie dem auch sei, er hatte dem Gürtel aus Straßen zwischen Park Slope und Cobble Hill seinen Namen gegeben – wie hätte er auch Nein sagen können! –, da Gowanus nicht ausreichte. Gowanus war der Name eines Kanals und eines Sozialbauprojekts. Isabel wollte ihr eigenes

Quartier abgrenzen von den Gowanus Houses, aber auch von den Wyckoff Gardens, dem anderen Sozialbauprojekt, das ihr neues Paradies bedrängte, wollte es abgrenzen vom Kanal, von Red Hook und Flatbush, von Downtown Brooklyn, wo das Brooklyner Untersuchungsgefängnis über der Atlantic Avenue aufragte wie ein von Stacheldraht umgebener Monolith. Sie versuchte, eine Verbindung zu Brooklyn Heights und Park Slope herzustellen, darum also *Boerum Hill*, obwohl es gar keinen Hügel gab. Isabel Vendle schrieb es nieder, und so sollte es sein, so würden sie an dem neuen Ort leben, der durch ihre Handschrift in die Wirklichkeit eingetragen worden war, ihre krakelige Handschrift, die aus der Vergangenheit in die Zukunft glitt, um mit den unrühmlichen Eltern Simon Boerum und Gowanus das ehrbare Kind Boerum Hill zu zeugen.

Die Gebäude hier waren heruntergekommen. Die Reihenhäuser im niederländischen Stil waren neu unterteilt und entweder als Logierhäuser für Männer mit Kochplatten, Aschenbechern und Wettscheinen oder aber als Etagenwohnungen für vielköpfige Familien missbraucht worden, sodass Höfe und Treppenaufgänge vor Kindern nur so wimmelten. Unmengen von Linoleum und Zinnblech waren dafür verwendet und später gestrichen worden, bis die Farbe ihrerseits überstrichen wurde. Es war wie ein Belag auf Zunge, Zähnen und Gaumen. Die Linienführung der Zimmer, die feinen Zierleisten, waren von hastig hochgezogenen Wänden durchbrochen worden, um Flure entstehen zu lassen, in die Badezimmer wurden Duschkabinen aus dem Versandhaus hineingezwängt, die Wandschränke zu Küchen umfunktioniert. Die Flure waren vollgepinkelt. Diese Brownstones, diese aufrechten niederländischen Sandsteinhäuser, glichen Körpern, missbrauchten Körpern, aber Isabel würde sie wieder hinbekommen, sie würde sie mit renovierungswilligen Pärchen füllen, die die Stuckdecken wieder instand setzen und die marmornen Kamineinfassungen reparieren würden.

Sie hatte sogar schon ein paar an der Angel. Die ersten Renovierer waren allerdings kunterbunt zusammengewürfelt, um die Wahrheit zu sagen. Zu ihrer großen Enttäuschung waren die Kommunen der Beatniks und Hippies kaum besser als die Logiergäste. Aber irgendjemand musste den Anfang machen. Sie waren Isabels armselige erste Rekruten, nicht wirklich gut, sondern nur gut genug.

Zum Beispiel Abraham und Rachel Ebdus. Die lebendige Realität einer Ehe wirkte auf Isabel stets ermüdend. Sie, Rachel, hatte einen wilden Blick und rauchte Kette, war zu jung, eigentlich zu *Brooklyn*. Isabel hatte gesehen, wie sie mit den Männern auf den Kästen an der Ecke Spanisch sprach. So würde das nie etwas werden. Und er, Abraham, war Maler, hervorragend – aber musste man deswegen die Wände des Hauses vom Boden bis zur Decke mit Nacktporträts seiner Frau zupflastern? Mussten die Gemälde im vorderen Wohnzimmer unbedingt bis zur Ecke Dean und Nevins Street sichtbar sein, lasiertes Fleisch, das hinter halb zugezogenen Vorhängen aufblitzte?

Die Frau unterstützte den Ehemann mit einem Halbtagsjob in der Zulassungsstelle auf der Schermerhorn Street. Sie sprach Spanisch mit den Unterhemden, die ihre Wagen vor den Logierhäusern polierten.

Während ihr Ehemann zu Hause blieb und malte.

Sie hatten einen Jungen.

Isabel rupfte einen Streifen geräucherter Putenbrust vom Rand ihres trockenen Sandwichs und drapierte ihn auf der gleichgültigen Nase der orangefarbenen Katze, bis das tölpelhafte Ding dahinterkam, was dort angeboten wurde, und es sich mit klackenden, maschinengleichen Zähnen einverleibte.

Es existierten zwei Welten. In der einen stürmte sein Vater nach oben, scharrte mit Stühlen, malte an einem kleinen

Leuchtkasten, machte seine nicht nachvollziehbaren Fortschritte; seine Mutter hörte unten Platten, ließ Wasser über den Abwasch laufen, lachte am Telefon, wobei ihre Stimme die Windung der langen Treppe hinaufflog, der Ailanthus im Hinterhof streifte seine Schlafzimmerfenster, warf die Sonnenstrahlen als tropische, fließende Lichtflecken auf die Tapete, die selbst einen Urwald voller Affen und Tiger und Giraffen abbildete, während Dylan wieder und wieder *Rühreier Super-Duper* und *Bartholomäus und Oobleck* und *Wenn ich Zoodirektor wäre* las oder sein Matchbox-Auto, Nr. 11, verträumt mit einem Finger die gesamte Länge der orangefarbenen Fahrbahn entlangschob oder wieder einmal die Unzulänglichkeiten des Etch-A-Sketch und des Spirographen entlarvte, die Steife der Drehknöpfe, die Widerspenstigkeit der silbernen Substanz hinter dem verschmierten Fenster des Etch-A-Sketch, die Unzuverlässigkeit der Spirographenräder, die unweigerlich in Sonnennähe liefen, wenn der Druck des Zeichenstiftes zu stark wurde, sodass jede herrlich exakte Umlaufbahn ausfranste und im entscheidenden Moment in grobe Absurdität mündete: ein Kopf mit einer Nase, eine Gewürzgurke mit einer Warze. Wenn der Etch-A-Sketch und der Spirograph wirklich funktioniert hätten, wären sie wahrscheinlich Maschinen und nicht Spielzeuge, sie wären Teil des Erwachsenenuniversums und auf die Armaturenbretter der Autos montiert oder an die Gürtel der Polizisten gehängt worden. Dylan verstand und akzeptierte das. Diese Gegenstände waren unbrauchbar, weil sie Spielzeug waren und umgekehrt. Sie bedurften seiner Fürsorge und Geduld, wie geistig zurückgebliebene Kinder, die seiner Obhut anvertraut waren.

In seiner häuslichen Welt konnte sich Dylan in zwei Richtungen treiben lassen. Die eine verlief treppauf, am losen, wackeligen Geländer entlang, wobei er die kleine Hand über die polierte Oberfläche gleiten ließ und mit den Fingern über die Verbindungsstellen hüpfte, um dann an der Tür zum Atelier anzuklopfen und die Erlaubnis zu erhalten, seinem Vater über die Schulter zu schauen und zu beobachten, was nicht zu beobachten war, der unnachvollziehbare Fortschritt eines animierten Filmes, der mit einzelnen Pinselstrichen direkt auf Zelluloid gemalt wurde. Denn Abraham Ebdus hatte dem Malen auf Leinwand abgeschworen. Die Leinwände, die die Flure füllten, diese freizügigen, malerischen Akte waren sein Gesellenstück, sentimentale Spuren eines Weges, der ihn zu seinem Lebenswerk geführt hatte, einem abstrakten Gemälde, das sich in Form von gemalten Einzelbildern in der Zeit entfaltete. Abraham Ebdus hatte vielleicht zwei Minuten seines Filmes fertig. Es gab nichts zu zeigen, außer den Skizzen und Notizen, die an die Wände geheftet waren, wo zuvor die Leinwände gehangen hatten. Die langen Pinsel standen steif und eingetrocknet in Dosen herum. Sie waren durch solche ersetzt worden, wie sie Juweliere zum Entfernen von Diamantstaub benutzen, und in dem Atelier im zweiten Stock, wo Ventilatoren surrten und zum Trocknen der Farbe den gelb getünchten Augusthimmel hereinschaufelten, saß Abraham Ebdus tatsächlich gebeugt da wie ein Juwelier oder ein Mönch, der Schriftrollen kopiert, und züngelte mit den dünnen Pinseln auf seinen Zelluloidbildern, eine Arbeit, die zu etwas Ehrfurchtgebietendem und Unendlichem geworden war. Dylan stand an seiner Seite und roch die Farbe, den dünnen beißenden Geruch frisch angesetzter Pigmente. Er stand auf Augenhöhe direkt neben dem Leuchtkasten, an dem sein Vater arbeitete, und fragte sich, ob seine kleinen Hände nicht besser für diese Arbeit geeignet wären als die seines Vaters. Gelangweilt setzte er sich nach einer Weile zumeist im Schneidersitz auf den Boden und malte mit den aussortierten Ölkreidestiften seines Vaters, die er vorsichtig aus der Metallkassette mit dem französischen Etikett nahm. Oder er fuhr mit seinem Matchbox-Auto, Nr. 11, die farbbekleksten Fußbodendielen entlang. Oder er mühte sich ab, einen der monströsen Bildbände mit eingeklebten Reproduktionen von Brueghel oder Goya oder Manet oder de Chirico zu öffnen, verlor sich darin, träumte sich für kurze Zeit in eines der Fenster im Turm zu Babel oder in einen Kreis von Hexen, die mit einer Ziege des Nachts um ein Lagerfeuer sitzen, oder in eine Gruppe von Jungen, die mit belaubten Zweigen Schweine über einen Bach jagen. Bei Brueghel und de Chirico entdeckte er Kinder, die auch mit Reifen spielten, und er fragte sich, ob Marilla ihm erlauben würde, ihren Hula-Hoop-Reifen mit einem Stock die Dean Street hinunterzutreiben. Aber das Mädchen mit dem Reifen und dem Stock auf der einsamen Straße bei de Chirico hatte wehendes Haar wie die Solver-Mädchen, also vergiss es.

»Das sieht genau gleich aus«, sagte Dylan, während er seinem Vater dabei zusah, wie er ein Bild fertigstellte und zum nächsten überging.

»Es verändert sich nur ganz wenig.«

»Ich seh aber nichts.«

»Das wirst du noch mit der Zeit.«

Die Zeit, hatte man ihm gesagt, würde immer schneller vergehen. Die Tage würden dahinfliegen. Davon war nichts zu spüren, dort, auf dem Boden des väterlichen Ateliers, aber so würde es sein. Sie würden wie im Flug vergehen, der Film würde ablaufen und sich derart beschleunigen, dass die Bilder anfingen, sich zu bewegen, der Sommer würde zu Ende gehen, er würde in die Schule kommen, er *wurde so schnell erwachsen*, das war die übereinstimmende Meinung, der nur er nicht zustimmen konnte, so eingeschlossen, wie er sich fühlte, völlig in der Zeit versunken, dort auf dem Atelierboden, wenn er in einen Brueghel hineinspähte und zwischen den Hunden und den Füßen der Müller und ihrer Frauen unter der Festtagstafel nach den anderen Kindern suchte. Auf dem Weg zurück vom Atelier seines Vaters zählte er immer die knarrenden Treppenstufen.

Das Erdgeschoss stellte ein völlig anderes Problem dar. Das Revier seiner Mutter – das Wohnzimmer, vollgestopft mit ihren Büchern und Schallplatten, die Küche, in der sie die Mahlzeiten kochte und am Telefon lachte und stritt, ihr Tisch voller Zeitungen und Zigaretten und Weingläser – war für Dylan voller Unwägbarkeit und Unruhe wie seine Mutter selbst. Morgens war sie immer bei der Arbeit in der Schermerhorn Street. Dann konnte Dylan im Erdgeschoss hausen wie ein Geist, konnte sich über seine eigenen Bücher beugen oder sich für ein sonnenbeschienenes Nickerchen auf der Couch zusammenrollen, die Reste aus dem Kühlschrank vertilgen oder löffelweise trockenes Kakaopulver direkt aus der Packung verschlingen, sodass sein Mund ganz klebrig wurde von dem Brei, das halb fertige Kreuzworträtsel auf dem Tisch begutachten, sein Matchbox-Auto, Nr. 11, durch die Aschenbecher oder um den Rand des Blumentopfs fahren lassen, in dem sich die riesige Jadepflanze befand, die mit ihren dicken, gummiartigen, baumähnlichen Ästen für Dylans partikelhaftes Selbst eine weitere Welt darstellte, in der er versank und sich verlor. Doch noch ehe er sich besinnen und entscheiden konnte, was er von ihr wollte, war Rachel Ebdus schon wieder zu Hause, und Dylan musste feststellen, dass er keine Kontrolle über seine Mutter hatte. Dylans Einsamkeit, die sein Vater unangetastet ließ, wurde von seiner Mutter wie eine Weintraube zerquetscht. Es konnte sein, dass sie ihn an sich zog, mit den Fingern seine Kopfhaut knetete und Dinge sagte wie: »Du bist so wunderschön, so wunderschön, du bist so ein wunderschöner Junge«, aber es war ebenso gut möglich, dass sie ihm gegenübersaß, eine Zigarette rauchte und sagte: »Wo bist du hergekommen? Warum bist du hier? Warum bin ich hier?«, oder »Du weißt, mein Goldkind, dein Vater ist geisteskrank.« Des Öfteren zeigte sie ihm eine Zeitschrift, in der unter einem Bild KANNST DU SPARKY ZEICHNEN? stand, und behauptete: »Das wäre ein Leichtes für dich, wenn du wolltest, könntest du den Malwettbewerb gewinnen.« Wenn Rachel ein Spiegelei braten wollte, bat sie Dylan, sich neben sie zu stellen, zerschlug dann das Ei auf seinem Kopf und goss es eilig in die erhitzte Pfanne, bevor es auslaufen konnte. Er rieb sich den Kopf, halb gekränkt, halb bewundernd. Sie spielte ihm Beatles-Platten vor, *Sergeant Pepper*, *Let it Be*, und fragte ihn dann, welcher sein Lieblings-Beatle sei.

»Ringo.«

»Kinder lieben Ringo«, erklärte sie ihm. »Vor allem Jungs. Mädchen mögen eher Paul. Er ist sexy. Das wirst du noch verstehen.«

Sie konnte weinen oder lachen, zerbrochenes Geschirr spülen oder den Katzen, die im Hinterhof lebten, die Nägel schneiden – die beiden, die von dem Wurf übrig geblieben und groß geworden waren, töteten nun zwischen den Backsteinen und dem Efeu regelmäßig Vögel. »Siehst du«, sagte sie, während sie die Katzenpfote drückte, damit die Krallen zum Vorschein kamen, »du darfst sie nicht zu kurz schneiden, hier verlaufen Adern, sie würde verbluten.« Sie schäumte über vor Informationen, mit denen er noch nichts anfangen konnte: Nixon war ein Krimineller, die Dodgers zogen um nach Kalifornien, von chinesischem Essen bekommt man Kopfschmerzen, Muhammad Ali verweigerte den Kriegsdienst und musste ins Gefängnis, Hitchcocks englische Filme waren besser als seine amerikanischen, Beschneidung war keine Notwendigkeit, aber Frauen wussten es zu schätzen. Das Haus war zu eng für ihre Fülle, sie musste sich ständig übers Telefon entladen, und auch für Dylan wurde es zu viel, sodass er sich stattdessen an Rachels Ausläufern bewegte, sich ihrer Hauptkraft entzog, um sich am Rande in etwas zu vertiefen, das er verstehen konnte. Er robbte dann nach unten und streifte im Schatten der Akte um ihre Regale. Dort konnte er vorgeben, sich mit ihren Büchern zu beschäftigen, *Im Wendekreis des Krebses*, *Kon-Tiki*, *Trennung aktiv bewältigen*, *Spiele der Erwachsenen*, die vor seinen Augen verschwammen, während er ihre Gespräche belauschte: »… er ist oben … Kalifornien hat nie eine Rolle gespielt … die ganzen Rechnungen bezahlen … sagte, die Konsistenz der Pilze erinnere mich an etwas, und er wurde knallrot … habe die Clapton-Platte um vier Uhr morgens gehört … mein Französisch völlig verlernt …« Andere Male schlich er im Schutze von Rachels Monologen auf Zehenspitzen heran, weil er dachte, es wäre ein weiterer Anruf, um stattdessen festzustellen, dass jemand mit ihr am Tisch saß, Eistee trank, den Aschenbecher mit ihr teilte, lachte, zuhörte und auf Dylans Schritte aufmerksam wurde, die Rachel ignoriert hatte.

»Da ist er ja«, sagten sie stets, als wäre Dylan gerade noch das Gesprächsthema gewesen.

Dann wurde er herbeigewunken, um vorgestellt zu werden. Dylan behielt die Besucher immer nur so in Erinnerung, wie Rachel sie Abraham später beim Abendessen beschrieb: Der ungeniale Folksänger, der einmal als Anheizer für Bobby Dylan aufgetreten war und nicht müde wurde, es zu erwähnen; der notgeile Yippie, dem ein Verfahren drohte, weil er die Drehkreuze der U-Bahn mit Falschmünzen verstopft hatte; der wohlhabende Homosexuelle, der Kunst sammelte, aber keines von Abrahams Aktgemälden kaufen wollte, weil sie Frauen darstellten; der radikale schwarze Prediger von der Atlantic Avenue, der jeden Zugezogenen genau unter die Lupe nahm; der Exfreund, der zurzeit als Klavierstimmer in der Carnegie Hall arbeitete, aber mit dem Gedanken spielte, dem Friedenskorps beizutreten, um nicht nach Vietnam zu müssen; das englische Pärchen, das dauernd Gurdjieff zitierte und Mexiko mit dem Rad durchqueren wollte; die Frau von der Bewusstseinserweiterungsgruppe aus Brooklyn Heights, die einfach nicht glauben konnte, dass sie ein Haus in der Dean Street gekauft hatten. So viele Leute, die alle nach Dylans Kopf griffen, um sein Haar zu zerzausen und zu fragen, warum Rachel es ihm bis über die Augen wachsen ließ, bis hinunter auf die Schultern. Dylan sah aus wie ein Mädchen – darin waren sich so ziemlich alle einig.

Dann – und das war letztendlich immer das entscheidende

Problem dabei, sich unten herumzutreiben – sprang Rachel von ihrem Stuhl auf und schob Dylan mit einer Zigarette zwischen den Fingern zur Haustür hinaus, zeigte auf die Kinder, die auf dem Gehsteig spielten, und bestand darauf, dass er sich ihnen anschloss. Rachel hatte ein Programm, einen Plan. Sie war in den Straßen von Brooklyn aufgewachsen, und das würde Dylan auch. Und so vertrieb sie ihn aus der Ersten seiner beiden Welten, dem Haus, in die Zweite. Das Draußen, den Block. Dean Street.

Die Zweite Welt war eine Anordnung unterschiedlicher Zonen aus Schiefer. Und die abblätternden Fassaden der Reihenhäuser – Rosa, Weiß, Hellgrün, verschiedene Rot- und Blautöne, die stets die Backsteine darunter sichtbar werden ließen – waren die Flaggen der unentdeckten Reiche, die hinter dem System der Schieferzonen lagen und es wahrscheinlich bestimmten. Soweit Dylan das beurteilen konnte, besuchte nie ein Kind ein anderes zu Hause. Sie sprachen auch nicht über ihre Eltern. Dylan wusste nicht, worüber er sonst hätte reden sollen, und so ließ er sich stumm in die Gruppe der Kinder treiben, die das zu verstehen schienen und ihren Kreis unmerklich öffneten, um Platz für ihn zu schaffen. Vielleicht waren alle Kinder auf diese Weise dazugestoßen.

Nevins und Bond Street, die den Block an beiden Enden begrenzten, waren Tore ins Unbekannte, Routen zu den Sozialbauten unten an der Wyckoff Street. Die Ecke gehörte ohnehin den Puerto Ricanern vor der Bodega auf der Nevins. Eine andere Gruppe, hauptsächlich Schwarze, lungerte vor dem Eingang eines Logierhauses, das zwischen dem der Ebdus und Isabel Vendles lag, und sie verscheuchten die ballspielenden Jungen, riefen ihnen zu, sie sollten mit der Windschutzscheibe des ständig dort geparkten Wagens achtgeben, eines Stingray, den ein Puerto Ricaner mit gewachstem Schnurrbart häufig polierte und selten fuhr. Schließlich gab es noch einen gemein aussehenden Schwarzen, der zwar glotzte, aber nie ein Wort sagte und den Gehsteig vor den zwei Häusern nahe der Bond Street fegte und von Unkraut freihielt. Also fanden sich die Kinder der Dean Street instinktiv in der Mitte des Blocks zusammen.

Henry, ein schwarzer Junge mit einem jüngeren Bruder namens Earl, war Herr über einen Vorgarten, der vollständig gepflastert war, statt mit heruntergekommenem oder halbherzig gepflegtem Grün bepflanzt zu sein. Die niedrige Einfriedung, die Henrys gepflasterten Garten vom Schiefer des Gehsteigs trennte, war ebenfalls aus Stein beziehungsweise aus gegossenem Beton. Henry war drei Jahre älter als Dylan. Sein Treppenaufgang und Vorgarten waren der Treffpunkt, der Ausgangspunkt aller Unternehmungen. Ältere Jungen aus dem unteren Teil des Blocks kamen hier vorbei und wählten die Mannschaften. Hauptsächlich Davey und Alberto von der anderen Straßenseite, aus dem Haus nahe der Ecke, das vor Vettern nur so überquoll und auf dessen Treppe Teenager rauchten. Sie kamen mit schwingenden Armen an und spielten mit einem neuen Spaldeen. Sie kauften ein Erdbeer-Yoo-Hoo und teilten es mit den anderen und schenkten Henry oder Henrys Freund Lonnie den Verschluss zum Skullyspielen. Dylan saß mit Earl meist auf dem Treppenaufgang und schaute zu. Marillas Königreich der schwarzen Mädchen lag auf der anderen Seite der Straße. Nach dem ersten Mal ging Dylan nicht wieder hinüber, aber zwischen Marillas und Henrys Vorgarten wechselten Worte über die Dean Street und manchmal auch die Mädchen. Henrys Vorgarten war der Mittelpunkt und Henry der Mittelpunkt darin. Henry bestimmte, was gespielt wurde.

Zwei Häuser weiter war das leer stehende Haus. Die Fenster und den Eingang hatte man mit Hohlblocksteinen zugemauert, sodass es aussah wie eine Mumie mit ausdruckslosen Augen und einem reglos heulenden Mund, auch der Vorgarten war völlig verwahrlost und wurde von keinem Zaun oder Tor begrenzt. Selbst der Treppenaufgang war kahl, das Geländer fehlte. Möglicherweise hatte es jemand zum Schrotthändler gebracht. Das Mumienhaus hatte eine flache Fassade ohne Fenster, sodass es eine gute Wand für Wandball abgab, ein Spiel, bei dem ein Spaldeen von einem Werfer hoch gegen die Wand geschleudert wurde und von einem Fänger auf der Straße wieder aufgefangen werden musste, wobei dieser zwischen den Autos hin und her flitzte.

Ein Spaldeen passte perfekt in eine Hand und schien von ihr oft magnetisch angezogen zu werden. Besonders Henry und Davey mussten oft nur ein oder zwei Schritte laufen und den Arm heben, und schon tauchte der Ball in ihrer Handfläche auf. Ein Wurf, der vom zweiten Stockwerk des leer stehenden Hauses abprallte, flog am weitesten, und wenn er sogar eines der Tore auf der anderen Straßenseite überquerte, bedeutete das einen Homerun. Henry schien dies nach Belieben vollbringen zu können, und die Tatsache, dass er es nicht jedes Mal machte, grenzte an ein Mysterium. Doch Henry konnte auch versagen, wenn er zu hoch warf und den Spaldeen aufs Dach katapultierte. Dann ging das Murren los, und es wurde Kleingeld für einen neuen Ball gesammelt. »Wie viele da jetzt wohl oben liegen?«, überlegte Alberto eines Tages. »Wenn ich da hoch könnte, bräucht ich bestimmt einen ganzen Tag, um sie alle runterzuwerfen.«

Dylan und Earl würden zur Bodega geschickt werden, um das bedeutungsvolle Wort auszusprechen: *Spaldeen*, und der alte Ramirez würde dem Handel misstrauen und nur argwöhnisch einen neuen herausrücken. Dylan würde den nagelneuen rosafarbenen Spaldeen befühlen, ihn aber unverzüglich an Henry abtreten und höchstwahrscheinlich nicht mehr in die Finger bekommen, bis er abgewetzt und weich war, ausgeleiert nach Tausenden von angeschnittenen Würfen. Falls Dylan ihn überhaupt noch einmal anfassen durfte. Seine Chance kam immer zwischen den Spielen, während der fließenden Übergänge, wenn alle unerklärlicherweise die Arme hängen ließen und jemand nach einem Schluck Yoo-Hoo fragte und jemand anders sein T-Shirt unter dem Gelächter der Mädchen über die gestreckten Arme von innen nach außen drehte. Der Spaldeen rollte dann träge in den Rinnstein, und Dylan konnte ihn wieder an sich nehmen und über die Abnutzung staunen. Nun verdiente er, aufs Dach geworfen zu werden. Möglicherweise hatte Henry ja ein System, wie der Schiedsrichter beim Baseball, der die Bälle aus dem Spiel nahm.

Der Treppenaufgang des leer stehenden Hauses war zugleich eine Bühne für Geheimnisse, die sich offen sichtbar inmitten des Blocks verbargen. Der zersprungene Schiefer vor dem Grundstück entsprach dreißig Fuß Niemandsland. Die Bäume in der Dean Street hatten sich wie die Kinder im Zentrum des Blocks zusammengefunden. Ihnen schien besonders daran gelegen zu sein, das leer stehende Haus mit Licht und Schatten zu sprenkeln, wie es auch der Ailanthus in Dylans Hinterhof tat, und die Stimmen der Eltern, die die Kinder bei ihren Namen zum Abendessen riefen, zu fernen Erscheinungen abzudämpfen, wie Vogelgezwitscher. Dylan ging seine Seite der Dean Street mit gesenktem Kopf auf und ab und prägte sich die Schieferoberfläche ein. Ohne hochzuschauen konnte er allein anhand des Musters, das sich zu seinen Füßen abzeichnete, sagen, wann er sich vor Henrys oder dem leer stehenden Haus befand: Die langen schräg liegenden Platten oder die eine hervorstechende mondartige Form oder die mit Beton ausgebesserte Stelle oder das eingebrochene Schlagloch, das sich immer mit Regenwasser füllte, wenn die Sommergewitter kamen und die schwülen Nachmittage von einem Augenblick zum anderen in dunkle, elektrisierte Stücke schlugen.

Wandball, Schlagball, Stufenball, Football. Henry und Lonnie spielten die meiste Zeit gegen Alberto und Davey, Football auf der Straße, Puerto Ricaner gegen Schwarze,

Vier-Mann-Football, Schreie nach einem langen Ball in der gestohlenen Zeit zwischen vorbeifahrenden Autos und dem Dean-Street-Bus. Der Bus hielt das Spiel am längsten auf, während die Spieler sich ungeduldig gegen die Türen der parkenden Wagen drückten, um Platz zu machen, und ihn weiterwinkten, schneller, schneller, los. Habt keine Angst davor, uns zu überfahren, signalisierten sie den Fahrern. Fahrt einfach, verdammt, achtet nicht auf uns, das tun wir schon selber.

Einmal schlug Henry mit der flachen Hand fest gegen die Längsseite des Busses und legte sich dann ausgestreckt auf die Straße, als wäre er angefahren worden. Der große Bus kam zum Halten und stand vibrierend in der Mitte des Blocks, die Fahrgäste verdrehten die Köpfe und starrten mit offenen Mündern durchs Fenster, während der Fahrer ausstieg, um nachzusehen. Da richtete Henry sich auf, lachte und rannte davon, außergewöhnlich schnell, die Beine zurückschleudernd wie in einem Zeichentrickfilm, und verschwand um die Straßenecke. Lonnie und Alberto lachten den Fahrer aus und zeigten dann den Block hinunter. »Ich war es nicht, Mann«, sagte Lonnie, immer noch lachend, die Arme zum Zeichen seiner Unschuld ausgebreitet. »Scheiße, was soll ich machen? Ich kenn den Typen ja nicht mal, irgend so ein Spinner aus den Projects.« Die Lüge wurde direkt vor Henrys Vorgarten erzählt, vor seinem Zuhause. Aber die *Projects* erklärten so ziemlich alles, also schüttelte der Fahrer nur den Kopf und stieg wieder in den Bus. Dylan schaute zu.

Die Mädchen spielten des Öfteren Fangen. Es lag etwas leicht Bemitleidenswertes und Unmännliches darin, aber wenn die Mädchen spielten, machten Henry und Lonnie mit, und dann wurden auch Dylan und Earl in den Kreis zum Abzählen aufgenommen – Ene, Mene, Muh und-raus-bist-du. Es konnte dich treffen. Dylan stellte sich als *Es* immer wahnsinnig an, und manchmal hörte er sich selbst schreien. *Es* machte ihn ein wenig schreihälsig, er konnte nicht sagen, warum. Niemandem machte das etwas aus, jeder schreit mal, schien die Devise zu lauten. Spiele gingen auf mysteriöse Weise ineinander über, Gruppen fanden zusammen, aus einem *Es* wurden zwei, ein Junge jagte ein Mädchen bis zur Straßenecke und aus dem Spiel. Der Brennpunkt des Interesses verlagerte sich wie der Einfallswinkel des Lichtes. Ein Kind konnte an einem Tag Baseballkarten dabeihaben, ohne dass es dafür eine Erklärung gab. Brauchbare Skullydeckel wurden gesammelt, das Fehlen von Wachs diskutiert, aber nie wurde Skully gespielt. Vielleicht wusste ja keiner, wie. Isabel Vendle schaute aus ihrem Fenster. Die Männer an der Ecke legten klappernd Dominosteine, der Fischladen auf der Nevins Street war voll mit Sägemehl, ein Kind kam aus einem der Sozialbauten hoch und drang in die Abgeschiedenheit der Dean-Street-Kinder ein, woraufhin alle auf mysteriöse Weise zankhaft wurden. Ganze Tage verliefen mysteriös, und dann ging die Sonne unter.

Dylan konnte sich nicht daran erinnern, je seinen Namen genannt zu haben, aber alle kannten ihn, und niemanden kümmerte es, was er bedeutete. Manchmal erwähnte vielleicht jemand, dass er wie ein Mädchen aussah, aber das war ja eindeutig nicht seine Schuld. Er konnte weder werfen noch fangen, aber so war es nun mal. Nicht jeder konnte das, war man der Ansicht. Also führte Dylan in Momenten der Unterbrechung Zwiegespräche mit dem Spaldeen, wenn dieser in den Rinnstein gehüpft oder von der Stoßstange eines vorbeifahrenden Wagens abgeprallt und die Straße hinuntergerollt war. Dylan holte ihn dann gerne für die älteren Jungen, die betrübt und kopfschüttelnd dastanden. Den Ball konnte es fast bis zur Nevins Street verschlagen, bis zur Bodega, wo er von einem der grauhaarigen Dominospieler auf den Kästen gestoppt und nach kurzer Begutachtung wieder zurückgegeben wurde. Etwas blieb jedoch von solchen Begegnungen an dem Spaldeen haften. »Wirf ihn aufs Dach, Henry«, flüsterte Dylan, während er ihn zurückbrachte, flüsterte es sich selbst zu, aber auch dem Ball, eine Beschwörung. Manchmal war es tatsächlich das Nächste, was Henry tat. Anstatt nach einem neuen Ball zu verlangen, stahlen sich die älteren Jungs daraufhin fort, um am anderen Ende des Blocks an Albertos Gartentor zu lehnen und in den Sticheleien und Zigarettenkippen der Teenager auf den Stufen zu baden. Die Teenager warteten, dass es Abend wurde. Dylan blieb bei Henrys Betonumzäunung, das weiße Kind. Von dort aus konnte er Rachel rufen hören, weiter weg war er sich dessen nicht so sicher. Von Henrys und vom leer stehenden Haus aus kannte Dylan den Gehsteig bis nach Hause ganz genau.

Der Junge hielt sich im Arbeitszimmer auf und blätterte in Isabels Fotoalben, derweil die Mutter auf der Terrasse saß und rauchte. Isabel beobachtete ein Eichhörnchen dabei, wie es den Telefonmast umkreiste und über die Spitzen des Gartenzauns davonhuschte. Das Eichhörnchen setzte seinen Weg in einer schwingenden Abfolge buckelnder Bewegungen fort, Schwanz und Rückgrat krümmten sich im Widerspiel. Einige buckelige Dinge sehen durchaus elegant aus, sinnierte Isabel und musste an sich selbst denken.

Drinnen restaurierte ein italienischer Stuckateur ein Blumenband an der Salondecke, schwitzend stand er ganz oben auf einer Leiter in der Ecke neben dem hohen Vorderfenster. Der Junge an Isabels Schreibtisch klappte die beladenen Seiten um, absorbierte sie, als würde er lesen.

Der Junge hatte ebenfalls einen Buckel, wie er so über dem Buch saß. Allerdings eher den eines Igels als den eines Eichhörnchens, entschied Isabel.

»Schmecken Sie da irgendwas heraus?«, fragte Isabel die junge Mutter stirnrunzelnd.

»Klar«, antwortete Rachel. Sie hatte ihre Zigarette nicht ausgemacht, um das beschlagene Glas mit Limonade und Eis entgegenzunehmen. Der Rauch stieg unbeirrt in die Augustluft.

»Von allem, was in mir stirbt, stirbt meine Zunge zuerst.«

»Vielleicht versuchen Sie es mal mit Zitrone«, schlug Rachel vor.

»Ich tue schon Zitrone in meine Suppe. Ich kann das nicht auch noch mit meiner Limonade machen. Nehmen Sie die Flasche mit, wenn Sie gehen. Ich sollte besser Formaldehyd trinken.«

Rachel ignorierte die Bemerkung. Sie war nicht so leicht aus der Fassung zu bringen, ein schlechtes Zeichen, wenn es nach Isabel ging. Die junge Mutter lehnte sich in ihrem Stuhl gefährlich weit zurück, die Zigarette zwischen den Fingern einer über die Schulter gelegten Hand. Ihr schwarzes ungebürstetes Haar war Wahnsinn. Isabel stellte sich vor, wie es in dem gedämpften Nachmittag auf ihrer Veranda in Flammen stand.

Der Mann auf der Leiter kratzte mit seinem Spachtel den Überstand weg und ließ den Gips schwer auf die Abdeckplane des Salonbodens tropfen, die bei jedem Aufprall leise knisterte.

So, wie sich der Junge in ihre alten Fotografien vertiefte, bei diesem Blick, könnten sie durchaus den Glanz verlieren. Er hatte seit über einer Minute nicht mehr umgeblättert. Er blieb über das Album gebeugt, wie Isabel unfreiwillig über ihr ganzes Selbst gebeugt war.

Isabel bemerkte, dass Rachel den Stuckateur beobachtete. ›Die alte Handwerkskunst lebt in ihm weiter«, eröffnete sie der jüngeren Frau. »Er trinkt in seinen Pausen Bier und redet wie John Garfield, aber sehen Sie sich nur die Decke an.«

»Sie ist wunderschön.«

»Er sagt, sein Vater hätte es ihn gelehrt. Er bringt nur die Schönheit zum Vorschein, die verborgen lag. Er ist ein Werkzeug der Decke. Er braucht es nicht zu verstehen.«

Isabel war etwas irritiert, ob über sich selbst oder über Rachel Ebdus, wusste sie nicht. Sie hatte das Bild nicht ganz zu Ende gebracht: Obwohl das Haus stumm war, entfaltete es eine eigene Sprache, je weiter der Stuckateur das Handwerk seines Vaters vorantrieb.

»Er hat einen tollen Arsch«, sagte Rachel.

Draußen stieß das Eichhörnchen einen schrillen Schrei aus.

Isabel seufzte. Ihr gelüstete sogar nach einer der Zigaretten der Frau. War es möglich, mit dreiundsiebzig noch das Rauchen anzufangen? Isabel dachte, sie würde es gerne einmal versuchen. Oder vielleicht war sie nur ungeduldig mit sich selbst, weil sie an Rachel nichts weiter ausmachen konnte als die Unersättlichkeit dieser Frau. Und die Zigaretten lagen auf dem gusseisernen Verandatisch in Reichweite, wohingegen der Arsch des Stuckateurs in jeder Hinsicht schwerer zugänglich war.

»Wenn es in irgendeiner Weise eine Frage des Geldes ist …«, setzte Isabel an und kam zu ihrer eigenen Überraschung direkt auf den Punkt.

»Nein, das ist es nicht«, erwiderte Rachel lächelnd.

»Ich möchte Ihnen nicht zu nahe treten. Sowohl das Packer Institute als auch die Friends School bieten Stipendien an. Von der St. Ann's weiß ich das nicht genau. Aber ich würde auch gerne helfen.«

»Es geht nicht ums Geld. Ich glaube an das Prinzip der öffentlichen Schulen. Ich bin selbst auf eine gegangen.«

»Das ist in der Tat sehr idealistisch. Allerdings werden Sie feststellen müssen, dass alle seine Freunde die eine oder andere Privatschule besuchen werden.«

»Dylan hat Freunde im Viertel. Ich bezweifle, dass sie auf die Brooklyn Friends oder das Packer gehen.«

Nicht alle Tage waren so wie dieser. Es gab Tage, die leeren Seiten glichen, an denen kein Eichhörnchen in den Bäumen kreischte und kein Junge durch ihre Alben blätterte und kein Stuckateur unter ihrer Decke schwitzte und keine nach Radikalismus und schlechter Ehe riechende Nachbarin ihre Zigaretten auf Isabels Porzellanservice ausdrückte und das

Gingerale genoss, das Isabel nicht mehr schmecken konnte, während sie als Schlusspunkt des Gesprächs noch einen netten Rassismusvorwurf anbrachte, Tage, an denen der einzige Missklang in dem hohen niederländischen Haus von der orangefarbenen Katze herrührte, die die Zeitungsstapel im Untergeschoss mit ihren Krallen in wüste, nach Urin riechende Ballen verwandelte, Tage, an denen Isabel oben an ihrem Schreibtisch saß und die Feder ihres Füllers entlang der Unterschriftlinie eines Schecks für einen halbwegs wohltätigen Zweck oder für ihren liebsten und vollkommen unwohltätigen Zweck führte, ihren Neffen Croft, der sich in einer Kommune in Bloomington, Indiana, versteckt hatte, nachdem er in dem Haus in Silver Bay eine schwarze Köchin geschwängert hatte, und der, so war ihr versichert worden, Isabels monatliche Unterstützung gewissenhaft teilte und die eine Hälfte der fernen Köchin und ihrem Kind schickte, während er die andere für Essen und Marihuana an die Gemeinschaftskasse der Kommune spendete. Zur Hölle mit Rachel Ebdus. Isabel unterstützte bereits verwilderte Hippies und den Mulattennachwuchs ihrer kriminellen Verwandtschaft. Rachel Ebdus konnte Dylan, möge Gott ihn schützen, selbstverständlich auf die Public School 38 schicken, auf dass sein einzelnes weißes Gesicht in einem Meer aus Braun aufleuchtete und die Kaskaden seines mädchenhaften Haares inmitten von Afros richtig zur Geltung kämen, wenn es das war, was ihren Prinzipien entsprach. Isabel wünschte sich jetzt nichts sehnlicher, als dass dieser Tag sich vollkommen in Wohlgefallen auflösen und sich verwandeln würde in einen, den sie nicht einmal an ihrem Schreibtisch, sondern im Bett liegend verbrächte, die Schreie der orangefarbenen Katze ignorierend und noch einmal Maugham oder Maupassant lesend.

Sie fragte sich, ob Rachel Ebdus auch Crofts Arsch bewundert hätte. Höchstwahrscheinlich schon.

Der Junge legte das große Fotoalbum auf den gusseisernen

Verandatisch und zeigte mit dem Finger darauf. »Hier steht Ihr Name«, sagte er fragend. Isabel drehte sich überrascht um.

Der längst vergessene Fotograf hatte bei der Entwicklung der Schwarz-Weiß-Bilder von den Booten, dem Hafen, den Festen auf der Wiese jeweils eine Reihe kleiner weißer Buchstaben in die untere Ecke einbelichtet: VENDLE'S HARD, SILVER BAY, LAKE GEORGE, NY. Der Junge drückte seine knubbelige Fingerspitze auf Isabels Familiennamen und wartete auf eine Antwort.

Vendle's Hard. In Cognac eingelegte Preiselbeeren. Leere Flaschen, die im Bauch eines Skiffs hin und her rollen. Das unselige Ruder, verrottet in maritimen Gefilden, das geborsten war und ihr die ganze Seite zerschmettert, ihre Lunge fast bis zum Rückgrat durchbohrt hatte. Die alte Verletzung, um die sich ihr Leben so unerbittlich wand.

»Er kann lesen«, sagte Isabel und gestattete es sich, ein wenig überrascht zu sein.

»Mmmh, hmm«, machte Rachel, während sie sich eine neue Zigarette ansteckte. »Sicher kann er das. Er liest immer Abrahams *New York Times*.«

»Er wird mit Kindern zusammen sein, die das nie lernen werden«, warf Isabel ein, wobei sie sich impulsiv und ein wenig unbarmherzig vorkam. Die Tatsache war nicht zu leugnen. Das sollte Rachel erst mal kontern.

»Vielleicht bringt er es ihnen ja bei«, entgegnete Dylans Mutter leichthin und lachte dann. »Mit der Schule wird er schon klarkommen. Ich hab es geschafft, also kann er es auch.« Die qualmende Zigarette zwischen den Fingern gen Himmel gerichtet, strich sie Dylan durchs Haar.

ZWEI

Skully existierte doch. Es war eine Wissenschaft für sich, die eher Verwandtschaft mit dem Spirographen und dem Etch-A-Sketch aufwies als mit dem Spaldeen, und Dylan stürzte sich voller Dankbarkeit darauf. Obwohl er beim Spielen öfter verlor als gewann, stellte Skully eine Kunst dar, die die Überlieferung eines komplexen Wissens umfasste, wie etwa die Regeln einer Zunft, und in seinem zweiten Sommer im Block hatte sich Dylan deren umfassende Begrifflichkeit angeeignet und war für seine Meisterschaft weithin bekannt. Zum Beispiel beim Zeichnen des Skullyspielfelds. Der erste Schritt bestand darin, eine geeignete Schieferplatte zu finden, wobei sich Dylans lange Bekanntschaft mit dem Gehsteig der Dean Street auszahlte. Der Schiefer durfte von keinem Spalt oder Riss verunstaltet und weder schräg noch gebogen sein. Dylan favorisierte ein rechteckiges Stück vor dem blau gestrichenen Brownstone, das genau zwischen Henrys Zuhause und dem Heim der Frau lag, die von seiner Mutter manchmal lachend *Wendeltreppe* und von Henry *Olle Lady* genannt wurde. Es blieb Dylans Geheimnis, dass andere Schieferplatten weiter die Straße hinauf genauso gut oder sogar besser geeignet waren, er aber diese bevorzugte, da sie näher an seinem und an Henrys Haus lag, wo sich die Kinder trafen, auch wegen des Schattens, den ein bestimmter Baum spendete. Die Dynamik von Raum und Schall, der Grad an Privatheit und Zugänglichkeit, eine ganze Reihe feiner ästhetischer Unterschiede, und auch, dass er hier immer noch seine Mutter hören konnte, wenn sie ihn vom Treppenaufgang ihres Hauses aus rief – es wäre unmöglich gewesen, alle Auswahlkriterien darzulegen, und daher erklärte Dylan sie stattdessen zum bestgeeigneten Platz für Skully überhaupt. Und man glaubte ihm. Von Zeit zu Zeit mochten die Kinder ein Skullyspielfeld auf eine andere Platte zeichnen, um das Prinzip auf die Probe zu stellen, aber mit Dylans Erklärung hatte das Prinzip als solches Gültigkeit erlangt.

Dann das Auftragen des Skullyspielfelds mit Kreide. Dylan konnte zeichnen, obwohl ihm das erst bewusst wurde durch die Unfähigkeit der anderen, es ihm gleichzutun. Beim Anblick seiner Spielfelder ließen sie die Kreide fallen, und Marilla warb ihn an, die Himmel-und-Hölle-Diagramme für die Mädchen anzufertigen, die sich sonst stets über seine Schuhe und Hosen lustig machten – seine, wie sie es nannten, *Schabentreter* und *Hochwasserhosen*. Seine Skullyspielfelder waren geradlinig und sauber, die vier Ecken elegant nummeriert, eins, zwei, drei, vier, das Gewinnfeld in der Mitte verziert mit einem Doppelkreis, seine eigene Erfindung. Wie die Wahl der Schieferplatte wurde dieser derart institutionalisiert, dass Lonnie und Marilla eines Tages spöttisch darauf bestanden, es wäre immer schon so gemacht worden, und Dylans Urheberschaft für das doppelt umkreiste Gewinnfeld damit dauerhaft verschleierten.

Andere Neuerungen trafen auf offenen Widerstand. Eines Tages entwarf Dylan ein sternförmiges Skullyspielfeld, auf dem die Spieler ihre Deckel von den spitz zulaufenden Ecken aus losschießen mussten wie beim Halma, einem Spiel, das Dylan im Kindergarten gelernt hatte. Niemand verstand das, niemand wollte es spielen – es war nicht Skully. Dylan wischte das Spielfeld wieder weg, aber die sechs dicken Endpunkte des Sternes blieben hauchdünn auf dem Schiefer sichtbar und verfolgten ihn bis zum nächsten starken Regen.

Dann war da noch die Anfertigung der Skullydeckel. Metallene Kronkorken von Limonade- und Bierflaschen bildeten den Standard, die etwas schwereren, mit Kork ausgekleideten das Nonplusultra, auch wenn ab und zu einmal ein Kind mit einem Plastikverschluss experimentierte oder mit dem breiten Metalldeckel eines Marmeladenglases oder einer Ketchupflasche, manchmal sogar mit denen von Gewürzgurken und Apfelkompott. Die Vorstellung von einem Monsterdeckel, der diejenigen der Gegenspieler mit fatalen Treffern vom Spielfeld fegen würde, durchspukte die Institution Skully. In der Praxis stellten sich die größeren Deckel jedoch als unhandlich heraus, neigten dazu, auf den Begrenzungslinien liegen zu bleiben, und sie mit den Fingern quer über das ganze Spielfeld zu schnipsen war schmerzhaft. Man konnte mit einem großen Deckel herumspielen, bevor er mit Wachs gefüllt war, aber dann rutschte er und glitt zu leicht aus dem Spielfeld, und außerdem war ein ungefüllter Deckel nicht wirklich *Skully*. Man brauchte Wachs. Kerzen konnten in Mr. Ramirez' Bodega gekauft oder »besorgt« – gestohlen – werden, oder wurden von Dylan aus den Nachttischvorräten seiner Mutter gestiftet. Und Dylan wurde ein wahrer Experte darin, die Kerzen zu schmelzen, ein Vorgang, der immer auf dem Treppenaufgang des verlassenen Hauses stattfand, um weder Eltern noch »kleine Kinder« mit brennenden Streichhölzern zu erschrecken – obwohl Dylan und Earl abgesehen von ein paar schweigsamen Mädchen mit strengen Flechtfrisuren immer noch die Jüngsten in der Gegend waren. Das Wachs wurde so in die Deckel gegossen, dass es glatt antrocknete, ohne Blasen und Nähte, damit es bei einem gegnerischen Treffer nicht herausfallen würde. Wie eine kleine Fabrik stellte Dylan ganze Serien perfekter Skullydeckel her und reihte sie auf den Stufen auf: Vanille-Yoo-Hoo mit rosafarbenem Wachs, Cola mit grünem, Coco Rico, bei dem der Kork im Deckel noch nach Zucker roch, mit weißem.

Seltsamerweise schien nach Dylans kometenhaftem Aufstieg zum Chefalchemisten und Skullygelehrten kaum jemand mehr das Spiel spielen zu wollen. Dylan gebot über eine ideale Schieferplatte, die beharrlich brachlag und für beinahe alles, einschließlich mit Händen in den Hosentaschen vor Henrys Vorgarten herumzustehen und einander gegen die Knöchel zu treten und »Fick dich, Motherfucker« zu sagen, links liegen gelassen wurde. Möglicherweise waren die Dean-Street-Kinder nie wirklich in der Lage gewesen, ihre Aufmerksamkeit längerfristig auf Skully zu richten, sondern nur auf die damit verbundenen Fertigkeiten, die Fragen der Tradition. Es war so viel einfacher, einem Jüngeren zu erklären, er habe keine Ahnung davon, wie man Skully spiele, als mit ihm zu spielen, um ihm die Deckel abzunehmen, und was sollte man überhaupt mit den Deckeln? Alle hatten mit der Zeit ihre Deckel verloren oder widersinnigerweise auf den vorbeifahrenden Bus geworfen, um mitanzusehen, wie sie harmlos abprallten und in den Rinnstein trudelten. Vielleicht war Skully doof. Vielleicht hieß ein Ding zu perfektionieren, es zu zerstören.

Die Solver-Mädchen zogen weg. Das war die erste Überraschung. Eines Tages waren sie fort. Isabel Vendle spähte aus ihrem Fenster und sah den Umzugswagen, die Möbelpacker, die den Treppenaufgang mit Schnapskisten voller Bücher und Glasgeschirr heruntergetrampelt kamen, die Mädchen auf dem Gehsteig mit den Rollschuhen, die mit ihren Fußknöcheln verwachsen zu sein schienen, wenn sie so unnahbar umhersausten wie eh und je, in einer letzten höhnischen Pirouette. Die Eltern der Mädchen waren Isabel gegenüber nicht so höflich gewesen, ihr Bescheid zu sagen, hatten anscheinend nicht gewusst, dass sie Linien in einem von Isabel gezeichneten Plan waren, Mitbegründer ihres Boerum Hill. So schrumpfte dieser Kreis schon ganz zu Anfang.

Dylan machte das allerdings wenig aus. Die Solver-Mädchen waren ins erste Schuljahr der St. Ann's eingeschult worden und somit nach Brooklyn Heights verschwunden. Sie lebten nicht mehr in der Dean Street, sie schwebten darüber.

Dylan war in die erste Klasse der Public School 38 einen Block weiter gekommen, einer richtigen Schule, wenn es nach Rachel ging, einer öffentlichen Schule. »Er ist eins von drei weißen Kindern in der ganzen Schule«, hörte er sie am Telefon prahlen. »Nicht in seiner Klasse, nicht in seiner Stufe – in der ganzen Schule.«

Sie ließ es imposant klingen. Dylan wollte Rachel nicht desillusionieren, aber tatsächlich war die Zeit, die er jeden Tag in seinem Klassenzimmer in der P. S. 38 verbrachte, nur das Vorspiel zu den Ereignissen im Block. In der Schule sahen die Kinder einander nicht an, sie sahen den Lehrer an. Von den Kindern, die er aus der Straße kannte, gingen nur Earl und eines der stillen Mädchen aus Marillas Vorgarten mit ihm in eine Klasse. Henry, Alberto und die anderen waren älter, und obwohl sie vermutlich dieselbe Schule besuchten, hätten sie genauso gut in einer anderen Galaxie sein können während der Stunden, in denen Dylan Miss Lupnick zuhörte, die ihnen das Alphabet beibrachte oder wie man die Uhrzeit abliest oder wie die wichtigsten Feiertage heißen, Stunden, die Dylan darauf verwandte, die kleine Sammlung zerfledderter Bilderbücher im Klassenzimmer wieder und wieder zu lesen, bis er sie auswendig kannte, Stunden, in denen er geistig abwesend war und mit seinem Bleistift vor sich hin kritzelte, utopische Skullyspielfelder mit zehn, zwanzig, fünfzig Ecken entwarf, Rechtecke wie die Bildrahmen aus dem Film seines Vaters zeichnete und sie ausmalte, bis sie vollständig schwarz waren. Das Alphabet, das Miss Lupnick sie lehrte, wurde an der Wand hinter ihr von einer Reihe personifizierter, comicartiger Buchstaben dargestellt – Mr. A beim Apfelessen, Mrs. B beim Besenkaufen und so weiter –, und irgendetwas Geistloses an dieser Parade grinsender Lettern untergrub Dylans Lernwillen völlig. Er begriff, dass daraus keine Erzählung entstehen konnte, die Mr. A und Mrs. B erlauben würde, etwas anderes zu tun als Apfelessen und Besenkaufen, und so konnte er es nicht ertragen, sein

Augenmerk länger auf die Abfolge von Buchstaben über der Tafel zu richten, um herauszufinden, wozu Mr. L oder Mrs. T verurteilt waren. Miss Lupnick las Geschichten so langsam vor, dass es eine Qual war. Miss Lupnick spielte Schallplatten ab, Lieder darüber, wie man die Straße überquert und was für verschiedene Berufe verschiedene Menschen haben. Versuchte ihn da jemand zu unterhalten? Dylan hatte in seinem Leben nie weniger gelernt. Er warf einen schnellen Blick um sich, aber die anderen Kinder saßen mit leeren Augen in unsichtbaren Käfigen rechts und links von ihm, die Beine in den Sitzpulten verheddert, die Finger in den Nasen. Einige von ihnen konzentrierten sich womöglich gerade auf das Alphabet, man konnte es ihren Gesichtern nicht ansehen. Einige waren aus den Sozialbauten. Eine Chinesin war auch darunter, was merkwürdig erschien, wenn man darüber nachdachte. Wie dem auch sei, sie waren nicht in der Lage, einander zu Hilfe zu kommen oder miteinander zu kommunizieren. Ältere Kinder nahmen sich nach Unterrichtsschluss der Erstklässler an und führten sie kopfschüttelnd davon, als wären sie ein wenig zurückgeblieben. Was hatten die Erstklässler bloß den ganzen Tag in der Schule gemacht? Niemand konnte das wirklich beantworten. Die Lehrer redeten den ganzen Tag mit ihnen wie mit Hunden, und um drei Uhr wurden sie dann wie Hunde nach Hause geführt.

Die Kinder aus der ersten Klasse kamen danach entweder mit in die zweite, oder man sah sie nie wieder. Es machte wahrscheinlich keinen Unterschied. Selbst diejenigen, die man aus seinem Block kannte, kannte man nicht in der Schule. Dylan versuchte, seine Nasenspitze mit der Zunge zu berühren, bis ihm jemand sagte, er solle damit aufhören. Ein oder zwei Kinder fragten nicht, ob sie auf Toilette dürften, bis es zu spät war und sie auf ihren Stuhl gepinkelt hatten. Ein anderes kratzte sich am Ohr, bis es zu bluten begann. Manchmal konnte sich Dylan, Sekunden nachdem er in Richtung Dean Street losgestürmt war, kaum noch an die Schule erinnern.

Der seltsame und glücklose Abraham Ebdus könnte wirklich an etwas dran sein, gestand sich Isabel Vendle insgeheim ein. Die Zeit war in der Tat eine Abfolge von Tagen, und der Film der Veränderungen im Block war so statisch wie eine Abfolge handgemalter Bilder, die man einzeln betrachtete. Zumindest hatte die *New York Times* ihren neuen Namen für die Gegend abgedruckt, *Boerum Hill* – das war immerhin etwas. Doch sie wünschte sich nun, den Film in Bewegung zu sehen, die Einzelbilder sollten zusammenfließen, die Bäume sollten im Wind rauschen, statt in schwüler Unbewegtheit zu sterben, das leer stehende Haus sollte aufgebrochen und gerettet werden. Wachstum, Entwicklung, Erneuerung. Das Einzige, was sich im Viertel bewegte, waren die Jungen im Straßenverkehr, die wie Insekten auf der Oberfläche eines stillen Teiches umherhüpften, mit dem einen Weißen unter lauter Schwarzen. Die Verbrennungsanlage des Wyckoff-Sozialbauprojekts stand jeden zweiten Tag in Flammen, so schien es zumindest, stieß eine Rauchfahne aus, die sich in der Luft nicht auflöste. Ein alleinstehender Mann hatte das Haus mit der scheußlichen blauen Außenfassade gekauft und drohte so langsam zu renovieren, dass er es genauso gut sein lassen konnte. Er lebte in einem der rückwärtigen Zimmer und renovierte von innen nach außen, sodass niemand einzuschätzen vermochte, ob das Haus nicht doch eine Ruine blieb. Denn genau das war es, der ganze Block war ein hoffnungsloser Fall, und die Pacific Street entwickelte sich schneller als die Dean Street. Isabel wünschte, sie könnte die blaue Fassade eigenhändig wegreißen, ein idiotischer Gedanke, aber trotzdem: Sie wünschte, sie könnte Geldscheine auf die blaue Fassade kleben, die in ihren Augen brannte wie Wundsalbe, wünschte, sie könnte die ganze Dean Street mit

Geldscheinen pflastern, den Mann mit dem flammenverzierten Wagen bestechen, damit er sein Auto auf der Pacific oder Nevins Street wusch oder direkt in den Gowanus Canal fuhr. Doch so viel Geld hatte sie nicht. Sie hatte nur weißes Papier und Briefumschläge und Briefmarken und Tage, die einfach nicht enden wollten – ein Gewitter konnte der Hitze ein Ende bereiten, und schon eine Stunde später legte die schwüle Luft sich wieder über den Block, als hätte es nie ein Unwetter gegeben. Sie schrieb an Croft, der eine andere Frau in der Kommune geschwängert hatte: *Mir bleiben nicht mehr viele Tage, Croft, oder möglicherweise schon. Ich kann nicht sagen, ob ich heute älter als vor siebenundvierzig Jahren bin, als mich das Ruder im reinen Mädchenalter durchbohrte*, und: *Croft, du bist ein Narr*. Croft wurde für sie zu einer Figur aus Graham Greenes *Das Herz aller Dinge* oder *Die Stunde der Komödianten*, Croft sollte eigentlich gezwungen werden, auf irgendeiner Kolonialinsel zu verschmachten, er sollte von strengen lokalen Behörden zur Verantwortung gezogen werden.

Es war schwer zu sagen, wann Robert Woolfolk auf der Bildfläche erschienen war. Er war von irgendwo unten an der Nevins Street gekommen, vielleicht aus den Sozialbauten, vielleicht auch nicht. Am einen Tag stand er auf der Treppe des leer stehenden Hauses, am anderen saß er auf Henrys niedriger Mauer und sah den Mädchen hinterher. Dann spielte er ein, zwei Spiele mit, auch wenn er kein richtiger Mannschaftsspieler war. Robert Woolfolk war größer als Henry und konnte den Ball genauso weit werfen, aber es lag etwas Zerfahrenes in seiner Art, das jedes Spiel kaputt machte, die ordinäre Weise, wie er Arme und Kopf bewegte, konnte nur zu Spielunterbrechungen oder Dachlandungen führen. Einmal stand er wenige Schritte von der unnachgiebigen Fassade des leer stehenden Hauses entfernt, während ein Fänger auf der Straße wartete, und schaffte es irgendwie, den Ball so zu schleudern, dass er seitwärts in das Wohnzimmerfenster des Nachbarhauses krachte. Woolfolk konnte rennen, lautete danach die einhellige Meinung. Er flitzte um die Ecke der Nevins Street, wie damals Henry, nachdem er so getan hatte, als wäre er vom Bus angefahren worden, scheinbar noch bevor das Glas aus dem Fensterrahmen in den Garten darunter regnete, noch während der Ball die Scheibe durchschlug und im Inneren des Hauses verschwand – eine unerhörte Glanzleistung. Die anderen Kinder standen da in einer Mischung aus Erstaunen und Trotz. Sie waren es schließlich nicht gewesen, die geworfen hatten. Nach seinem wundersamen Ausnahmewurf ließ sich Robert Woolfolk zwei Wochen lang nicht blicken, während deren der Vermieter des Hauses neben dem leer stehenden die Scheibe durch ein Stück Karton ersetzt hatte und dann eine Woche lang auf die nachmittäglichen Spieler starrte, die sich schuldbewusst auf Football oder Fangen verlegten oder einander einfach nur von Henrys niedriger Betonmauer schubsten, dabei zu dem Vermieter zurückstarrten und leise, zu leise, als dass er es hätte hören können, murmelten: »Verdammt, Mann. Was gibt's da zu glotzen?«, bis der Vermieter seines symbolischen Protestes müde wurde und einen Glaser damit beauftragte, den Karton durch eine neue Scheibe zu ersetzen. Sobald die Dean-Street-Kinder sich sicher genug fühlten, wieder einen Spaldeen zu schwingen, verbrachten sie ein oder zwei Nachmittage mit dem vergeblichen Versuch, den berühmten fehlgeleiteten Wurf zu wiederholen, aber der Winkel war schier unmöglich. Als Robert Woolfolk wiederkam und um die Ecke spähte, versuchten sie, ihn in das Experiment miteinzubeziehen, er weigerte sich jedoch tagelang und schmollte am Rande des Spieles. Schließlich hatten ihn ihre Anstachelungen so neugierig gemacht, dass er einwilligte, wieder einen Spaldeen in die Hand zu nehmen, mit niederschmetternder Wirkung. Die Kinder liefen davon, noch bevor er überhaupt zur Wand gelangt war, traumatisiert von der Vorstellung, sein Arm würde wieder in seiner hektischen Art vorschnellen, und Robert Woolfolk blieb nichts anderes übrig, als ihren neuen Spaldeen in die Tasche zu stecken und nach Hause zu gehen, wo auch immer das sein mochte.

Niemand schien zu wissen, wo Robert Woolfolk wohnte.

Robert Woolfolk könnte in den Sozialbauten wohnen und es einfach nicht zugeben.

Es war sogar höchstwahrscheinlich, dass er dort wohnte.

»Er hat einen abgefuckten Namen«, sagte Henry eines Tages, ohne irgendjemanden direkt anzusprechen.

»Wer?«

»Wohl Fuck.«

»*Mother*fuck«, fügte Alberto irgendwie generisch inspiriert hinzu. Niemand sonst sagte etwas.

Das war das ganze Gespräch, und die Worte verloren sich wieder. So hätte man zumindest annehmen können. Zwei Tage später jedoch lauerte Robert Woolfolk auf Henrys Treppenaufgang, und alle spürten die bedrohliche Bedeutung seines Wartens. Man konnte es an der zurückhaltenden Körpersprache der Kinder ablesen, die auf Distanz zu ihm blieben und an diesem trübseligen, trägen Nachmittag nichts Bestimmtes spielten. Henry dagegen stand besonders stolz und gleichgültig in seinem Vorgarten und drosch einen Handball in den Winkel zwischen Pflaster und niedriger Mauer, ohne Robert Woolfolk dabei anzusehen.

»Warum kommst du nicht mal kurz her?«, fragte Robert. Er saß zurückgelehnt da, ein Knie angewinkelt, das andere Bein mit nach innen gerichtetem Fuß ausgestreckt, die Ellbogen auf die Stufen gestützt, die Schultern zu den Ohren hochgezogen, die Hände gefährlich herabbaumelnd. Er ähnelte einer Marionette mit lebendigen Augen, deren Fäden nur einen Augenblick lang durchhingen.

»Ich bin hier«, erwiderte Henry.

»Warum sagst du nicht noch mal meinen Namen?«

Die Frage war, welche unsichtbare Allianz um die Straßenecke herum bis zur Nevins Street bestand, wessen Stimme Robert Woolfolks Ohr erreicht hatte und wo und wann? Jedes Kind fragte sich das und musste die Möglichkeit mit einbeziehen, dass es als Einziges nicht Bescheid wusste, dass die Machtlinien für die anderen sichtbar waren. Die Welt der Dean-Street-Kinder erweiterte sich in dem Moment, die Lunge des Sommers ließ sie einen gemeinsamen Atemzug tun. Es machte einen ganz schwindelig, die neue Luft zu schmecken.

»Ich hab deinen Namen nie gesagt.«

»Dann sag ihn jetzt.«

»Geh nach Hause.«

Als sich Robert Woolfolk von den Stufen löste und Henry herausforderte, war es fast wie bei dem berühmten Spaldeenwurf. Man hätte niemals voraussehen können, dass er seinen knochigen Arm von hinten um Henrys Hüfte schlingen würde, sodass beiden die Knie wegknickten und sie auf das Pflaster in Henrys Vorgarten fielen wie ein ineinander verschlungenes Liebespaar, Robert obenauf. Er schlug erst zu, als sie auf dem Boden lagen, dann kniete er sich hin und schlug wie wahnsinnig zu, die Augen, den Mund, das ganze Gesicht zusammengekniffen, als boxte er unter Wasser gegen einen Hai. Henry krümmte sich zu einer Kugel. Einen Augenblick lang wurden die beiden Kämpfenden aus sicherer Entfernung betrachtet, wie durch einen Vorhang verschwommener Überlagerungen. Dann wurde die Stille plötzlich durchbrochen, der Kampf tauchte aus seinen ozeanischen Tiefen auf, und die Kinder kamen näher heran, um zuzuschauen. Wie sonst hätten sie die seltsam wimmernden Töne, das fast animalische Wehklagen, das von den beiden Körpern ausging, hören sollen? Man lernte etwas dabei. Dass Kinder sich prügelten, davon ging man stillschweigend aus, aber die Gelegenheit, es auch zu sehen, bekam man selten. Diese Geräusche konnten eines Tages auch aus dem eigenen Körper kommen. Es lohnte sich, einen Blick darauf zu werfen, einen Moment mit der Schlichtung zu warten, egal, wem die Sympathien gehörten, was sowieso nicht ganz eindeutig war. Dann erst ging man dazwischen, indem man rief: »Aufhören! Aufhören!« Worte, die ganz instinktiv hervorgestoßen wurden, obwohl man sie nie zuvor ausgesprochen hatte. In diesem Fall stürzte Alberto in Henrys Vorgarten und zog Robert an den Schultern weg.

»Siehst du, siehst du, siehst du«, schnaubte Robert Woolfolk wie ein Blasebalg und fuchtelte mit dem Zeigefinger. Von Alberto festgehalten, die Arme eingeklemmt, richtete sich sein Toben immer noch auf Henry, und seine und Albertos Beine zitterten wie die eines Tieres, das im Stall bockt und ausschlägt. Er hatte sich den Handrücken aufgeschürft, am Boden oder vielleicht auch an Henrys Zähnen. »Siehst du, das hast du davon, siehst du, das hast du davon.« Robert Woolfolk befreite sich mit einem Ellbogenstoß aus Albertos Umklammerung und stapfte zurück zur Ecke Nevins Street. Er drehte sich noch einmal um und schrie: »Siehst du!« Er betonte das fast, als wäre es ein Name. Dann war er verschwunden.

Die Nevins Street war wie ein Fluss der Unglückseligkeit, der durch das Land der Dean Street floss.

Wer wusch zum Beispiel Robert Woolfolks Wäsche?

Er würde wahrscheinlich eine Weile lang nicht wiederkommen. Er würde wahrscheinlich nach einer Weile wiederkommen.

Möglicherweise hatte er einen Bruder oder eine Schwester. Niemand wusste das.

Es hatte keinen Sinn, darüber nachzudenken. Keiner musste Rechenschaft ablegen. Der Verkehr rollte weiter unter dem Dunkel der Dean-Street-Bäume hindurch, flirrte durch die Flecken aus Licht und Schatten. Die Fahrer wurden von dem Geflacker geblendet. Die Männer im Eingang des Logierhauses zeigten ihre Geringschätzung durch die Art, wie sie selbst bei diesem Wetter ihre kleinen Filzhüte trugen. Sie tranken diskret aus Flaschen in Papiertüten. Alles, was sie zu sagen hatten, sagten sie auf Spanisch oder behielten es für sich. Wahrscheinlich waren die Mütter gerade in der Küche damit beschäftigt, das Abendessen zuzubereiten – vorausgesetzt sie hatten alle eine Mutter. Niemand achtete auf die Kinder in Henrys Vorgarten. Selbst die alte weiße Dame sah in letzter Zeit nicht mehr so häufig aus dem Fenster.

Manchmal sahen nicht mal die Kinder einander an. Man konnte stundenlang darüber diskutieren, wer was gesagt hatte, oder sogar, wer überhaupt dabei gewesen war, als sich etwas Entscheidendes zugetragen hatte. Oft stellte sich heraus, dass jemand eigentlich gar nicht dabei gewesen war. Die Mädchen bezeugten nie etwas für irgendjemanden, auch wenn man vermuten durfte, dass sie an Ort und Stelle gewesen waren und zugesehen hatten. Marilla kannte womöglich die Schwester eines bestimmten Kindes, aber man würde von ihr nie ein Wort darüber hören. Die Tage waren voller Lücken, wahrscheinlich, weil sie einander zu sehr ähnelten. Und wenn etwas Großes passierte, fiel es schwer, es isoliert zu betrachten. Die Leere schlich sich überall ein.

Henry für seinen Teil erholte sich auf der Stelle und bestritt jegliche Verletzung, obwohl ihm eine glänzende Blutspur aus der Nase lief. Er zog sie hoch und wischte die Überreste weg, schluckte. Er fuhr sich mit der Zunge über die Zähne und streckte seine Glieder, die alles in allem viel gerader waren als die von Robert Woolfolk. Die dicke Lippe war mehr als alles andere eine Haltungssache, ein Hohnlächeln, das er sich verdient hatte.

»Dummer arschkriecherischer Scheißbastard.«

»Ha.«

»Ich wette mit euch, der kommt nicht wieder.«

»Ha.«

Es war auf einmal vorstellbar, dass Henry Robert Woolfolk aufgemischt hatte und nicht umgekehrt – aufgrund der

Art und Weise, wie er den Kampf abschüttelte und gleich darauf mehrere bogenförmige Stufenball-Homeruns warf, musste man sich fragen, ob man sich nicht von Äußerlichkeiten hatte täuschen lassen. Der Sieger war nicht immer derjenige, der obenauf war. Sie alle hatten schließlich gesehen, wie Robert Woolfolk davongerannt war, nachdem Alberto die Streithähne getrennt hatte, zumindest war er in seiner linkischen Art schnell davongegangen, und zwar allein.

Das war das Problem mit dem Kampf zwischen Henry und Robert Woolfolk: Dylan konnte nie unterscheiden, ob er dabei gewesen war und es selbst gesehen hatte, oder ob er alle Details nur gehört hatte, als Legende aus dem Mund der anderen Kinder. Er bekam es einfach nicht heraus, und nach einer Weile gab er auf.

Der Film veränderte sich. In den frühen Bildern, den ersten viertausend etwa, tummelten sich abstrahierte zeichentrickartige Figuren an einer Art Seeufer, einem Strand mit Himmel darüber, der genauso gut eine Wüstenlandschaft voller Unkraut darstellen konnte. Die Figuren, die er mit seinen nadeldünnen Pinseln gemalt hatte, konnten Kakteen sein oder Pilze oder Zapfsäulen oder Artilleriesoldaten oder Wagenlenker oder blühende Korallenriffe – im Geiste gab er ihnen manchmal mythologische Namen, obwohl er wusste, dass diese Anspielungen ein Überbleibsel waren, ein literarischer Impuls, den er längst aus seiner Arbeit hätte verbannen müssen. Doch ohne es sich vollkommen bewusst zu machen, hatte er einer der Figuren ein winziges Goldenes Vlies über die Schulter gelegt, mit dem sie sich durch zwei- oder dreihundert Einzelbilder schlängelte und fortbewegte. Er sah die Bewegungen der Figuren selbstverständlich nur vor seinem inneren Auge, als würde der Film auf Spulen durch den Projektor laufen. Tatsächlich war der endlos gemalte Film bewegungslos, war nie gezeigt worden. Er wollte ihn nicht laufen lassen, bevor er fertig war, wann auch immer das sein würde. Man hatte ihm ein mechanisches Schnittgerät angeboten, damit er sich kurze Sequenzen des Zelluloids anschauen konnte, aber er hatte abgelehnt. Die Bewegungslosigkeit des Filmes war Teil des Projekts. Jedes Einzelbild trug das Gewicht seiner wachsenden Verschwiegenheit. Zusammen genommen ergaben die Bilder ein Tagebuch des Malers, das seinen Inhalt erst am Schluss offenbaren würde.

Mittlerweile waren die Figuren, die ätherischen Tänzer, aus den Bildern verschwunden. Sie waren zu großen Lichtflecken verschmolzen. Er hatte die dünnsten Pinsel beiseitegelegt, das Juwelierswerkzeug, hatte sie austrocknen lassen. Die leuchtenden Formen, die er nun malte, diese einfacheren und klareren Farbflächen und Rechtecke, schwebten oberhalb eines Horizonts, der sich aus dem schilfigen, gestrüppartigen Seeufer der früheren Bilder zu einem entfernten, verschwommenen Himmel, einem Sonnenaufgang oder Sturm über einer weiten und sanft reflektierenden Ebene entwickelt hatte. Diese farbigen Formen im Vordergrund, die er wieder und wieder malte, bis er sie beherrschte wie eine Sprache, bis sie sich wie Worte von Bedeutung zu Unsinn und wieder zu reiner Bedeutung verwandelten, diese Formen fingen an, nach und nach mit dem Horizont zu verschmelzen, aus den Tiefen des Zelluloids heraus- und wieder hineinzufließen. Er ließ das geschehen. Mit der Zeit, über viele Tage hinweg, würden die Formen zu dem werden, was sie sein wollten. Indem er sie ständig mit den minimalsten Variationen wiederholte, würde er sie klären, und die Geschichte ihrer Klärung würde die Handlung des Filmes abgeben, den er gerade malte.

Er hatte begonnen, aus dem Fenster zu schauen. Eines Tages tränkte er einen großen Pinsel mit Farbe und zeichnete die Umrisse des Williamsburgh Savings Bank Tower direkt auf die Glasscheibe, dann malte er die Innenfläche aus, sodass der gemalte den wirklichen Turm überdeckte.

Wie bei den neueren Bildern seines Filmes reduzierte das bemalte Glas Distanz zu Nähe.

Jedes Mal, wenn der Junge ihn im Atelier besuchte, sah er anders aus.

Seine Frau witzelte, die Telefongesellschaft solle eine eigene Leitung in sein Atelier legen, sodass sie ihn von der Küche aus anrufen könne. Wenn sie sich nun stritten, vergaß er oft mittendrin, worum es ging. Er wusste, dass sie diesen Moment der Kapitulation, wenn die Abstraktion seine Augen leer fegte und die Sprache lähmte, leicht ausmachen konnte. Im Geiste hatte er dann ein Filmbild gemalt. Seine Finger griffen reflexartig nach dem Pinsel.

Sein alter Lehrer von der Art Students League rief an, um zu fragen, warum er nicht mehr male. Er antwortete: »Ich male jeden Tag.«

Das zweite Schuljahr war wie das erste mit Mathematik. Das dritte war wie das zweite mit einer Pause auf dem Schulhof, in der Kickball gespielt wurde – eine Variante von Baseball mit einem riesigen schwabbeligen Ball in einem blassen Rot und genoppt wie eine Badematte aus Kunststoff, der am Boden in Richtung Ausgangspunkt gerollt wurde und mit einem kräftigeren Tritt auch in die Luft befördert werden konnte. Ein hoher Ball war fast nicht zu fangen, er war dann größer als ein Kind. Für das Auffangen eines solchen Flugballs in Stellung zu gehen war einfach dumm, und man kann sich vorstellen, dass alles, was die Feldspieler notgedrungen durchlassen mussten, ein Homerun war. Man schaute nicht, ob sie ihn unter Kontrolle bekamen, man rannte einfach. Oft kriegte man ihn jedoch gar nicht erst in die Luft. Ein schlecht abgepasster Tritt, und er kullerte völlig dämlich zurück zum Werfer, sodass man schon am ersten Laufmal rausflog.

Dennoch, der Homerun. Wenn man das aufgedunsene Ding in die Luft bekam, fielen meist alle auf dem Feld hin.

An jedem Mal, an dem man vorbeilief, saß dann ein Kind auf dem Po.

Alles, was man malte, wie krakelig es auch war, wurde aufgehängt. Statt mit den Pinseln aus der Schule hätte man allerdings auch gleich mit den Ellbogen malen können. Die Schulfarbe trocknete wie Schorf.

Niemand pinkelte mehr auf seinen Stuhl.

Die Inhaltsangabe eines Buches erzählte dessen Geschichte.

Im zweiten Schuljahr waren zwei chinesische Kinder und im dritten drei, eine beruhigende Tatsache, denn sie hatten immer die Hände oben. Wo sie nach der Schule blieben, war ein Rätsel. Sie waren nicht weiß, und sie waren nicht nicht weiß, das war ein Vorteil. Es bewahrte die Dinge davor, zu schwarz und weiß und puerto-ricanisch zu werden. Bei der gegenwärtigen Entwicklung würde es in der Highschool nur noch Chinesen geben, was, wenn man darüber nachdachte, vielleicht ein paar Probleme lösen könnte.

Es war nicht ihre Schuld, dass sie Chinesen waren, und wenn man sie darauf ansprach, zuckten sie nur die Schultern – sie *wussten*, dass es nicht ihre Schuld war. Jeder wusste das. Im dritten Schuljahr war man immer noch damit zugange, sich in der eigenen Haut zurechtzufinden, und die anderen konnten nicht erwarten, dass man dafür einstand. Was danach kam, war reine Vermutung.

DREI

Wendeltreppe lag auf ihrem hohen Bett im Salon. Das graugelbe Oktoberlicht sickerte durch die langen staubumspielten Vorhänge, die rotierenden Partikel ließen die schräg einfallenden Strahlen ebenso massiv erscheinen wie die polierten Eichenpfosten des Bettgestells und die zu einem Drittel gefüllten Gläser mit Wasser und Cognac auf dem Nachttisch sowie den dagegengelehnten Gehstock. In jedem Fall massiver als die sich kraftlos bewegenden Glieder der kleinen Frau, die zusammengerollt auf dem Bett lag und nun langsam nach dem Stock griff, noch ohne ihren lichtbekränzten Kopf von dem Kissen zu heben, in das er gebettet war.

»Ich bin eingeschlafen«, sagte sie abwesend.

Dylan Ebdus antwortete nicht, sondern blieb vor der Schwelle zu dem Zimmer stehen, das mit dem Dunst und dem Geruch der alten Dame durchzogen war.

»Du warst lange weg.«

Dylan fand seine Stimme wieder. »Es gab eine Schlange.« Er hatte einen weiteren Stapel ihrer auf cremefarbenem Papier geschriebenen Briefe in der Poststelle auf der Atlantic Avenue abgeliefert und vor dem Plexiglasfenster warten müssen, bis er an der Reihe war, wobei er die Steckbriefe und die Werbeplakate für Briefmarkensammeln und Alphabetisierung studiert und mit den Spitzen seiner Turnschuhe in den Papierfetzen gescharrt hatte, in den gelben Kontrollabschnitten und zerrissenen Behördenumschlägen, die den Boden bedeckten.

Dylan arbeitete jeden Sonntagmorgen seines zehnten Lebensjahrs, sein viertes Schuljahr, für einen Dollar die Stunde bei Isabel Vendle. *Wendeltreppe, Wendeltreppe,* sang Dylan im Geiste, auch wenn er es jenseits der eigenen Haustür nie laut ausgesprochen hatte, es nicht einmal zu flüstern gewagt hatte, wenn er allein in Isabels Haus war, während sie ihre Familie am Lake George besuchte, und er mit ihrem Schlüssel die Tür im Untergeschoss öffnete, um die Post einzusammeln und der orangefarbenen Katze Trockenfutter in einen Napf zu schütten.

Wendeltreppe war Rachels Erfindung. Rachel Ebdus verpasste ihren Besuchern und den Leuten auf der Dean Street geheime Spitznamen, und Dylan verstand, dass sie nicht aus dem Haus, aus Rachels Küche hinausdringen durften. Seine Mutter hatte diese Doppelzüngigkeit eingeführt: Es gab Dinge, die nur Rachel und Dylan zueinander sagen konnten, und dann gab es noch die offizielle Sprache der Welt draußen, die, obwohl beschränkt und künstlich, beherrscht werden musste, um deren Manipulationsmechanismen zu durchschauen. Rachel brachte Dylan bei, dass die Welt nicht alles zu wissen brauchte, was er über sie dachte. Und mit Sicherheit durfte sie nicht ihre Worte wissen: *Arschloch, Kiffer, schwul, großkotzig, sexy, Gras,* noch durften die Träger von Spitznamen die Spitznamen kennen: *Mr. Memory, Pepe Le Peu, Susie Cube, Captain Ungewiss, Wendeltreppe.*

Der Spitzname seines Vaters lautete: *Der Sammler.*

Wendeltreppe blieb sonntagmorgens oben, während Dylan den fauligen, verflüssigten Abfall aus dem hohen Eimer in der Küche hinausbrachte und einen neuen Beutel einlegte. Isabel konnte die Müllbeutel nicht mehr selbst heben, und so staute sich der Geruch sieben Tage lang, bis Dylan ihn entkorkte. Dann kam auch die scheue und schwere Katze zum Zuschauen nach unten geschlichen. Sie hatte einen Schädel wie eine Gila-Echse. Dylan hatte keine Ahnung, ob die orangefarbene Katze ihn oder Isabel verabscheute oder ihnen gleichgültig gegenüberstand, hatte keine Ahnung, was sie von Dylans Situation kapierte, und war daher als Zeugin unbrauchbar. Sie wusste womöglich nicht einmal, dass Isabel nicht immer so gebeugt gewesen war, sondern sah sie als Prototypen für die menschliche Form an, weshalb sie Dylans Konturen anstößig fand. Dennoch war die orangefarbene Katze die einzige Zeugin. Sie schien die ganze Woche nur für den Moment zu leben, in dem der Abfall weggetragen wurde und sich der Gestank von Kaffeefiltern, Orangenschalen und saurer Milch im Raum verbreitete.

»Ich möchte nicht mehr für Sie arbeiten«, sagte Dylan Ebdus jetzt zu Isabel Vendle, wie sie so in ihren Bettdecken schwamm, in Mief und Dunkelheit. Die orangefarbene Katze saß nahe dem Fenster an der einzigen sonnenbeschienenen Stelle und drückte den reptilartigen Kopf rhythmisch gegen ihre Pfote.

Isabel stöhnte leise in die Stille hinein.

Dylan wartete.

Draußen brauste der Dean-Street-Bus den Block entlang, nahm mit einem lauten Knall das Schlagloch, das als Schlagmal diente, und schepperte dann weiter.

»Du musst für mich einkaufen gehen«, sagte Isabel schließlich. »Nicht zu Ramirez. Geh zum Geschäft von Mrs. Bugge auf der Bergen Street.« Isabel Vendle sprach den Namen der norwegischen Immigrantin *Buh-geh* aus. Alle anderen im Block nannten den Laden an der Ecke Bergen und Bond Street *Buggy's* – eine Bodega, die keine Bodega war, weil sie statt von Puerto Ricanern von einer dicken Weißen mit kleinen Schweinsäuglein geführt wurde.

Ey, Alter – du hast bei Buggy's Kuchen geklaut? Ich hab gehört, Buggys Schäferhund hat einem Jungen mal den Arsch abgebissen.

Isabel hob ihren Arm aus dem Bett und ließ die Fingerspitzen auf den Nachttisch fallen. Die Fingernägel klapperten dabei leise. Dylan kam näher heran und überquerte die unsichtbare Grenzlinie vor dem Aquariumlicht von Isabels

Schlafzimmer, um die Geldscheine einzusammeln, die dort lagen.

»Kraft-Scheibletten, Muffins und ein Liter Milch.« Die alte Frau sprach, als beschreibe sie einen wiederkehrenden Traum. »Fünf Dollar sollten reichen.«

Dylan stopfte Isabels Geld in seine Hosentasche und fragte sich, ob er überhaupt laut gesprochen hatte. »Ich, möchte, nicht, mehr, für, Sie …«, setzte er wieder an, sanft, behutsam, jedes Wort betonend.

»*Fettarme* Milch«, sagte Isabel.

»Ichmöchtenichtmehrfürsiearbeiten«, warf Dylan hastig ein.

Die orangefarbene Katze blinzelte ihn an.

»Sie schmeckt wie Wasser«, sinnierte Isabel. »Weißes Wasser.«

Bis auf ein paar Teenager auf Albertos Treppenaufgang am Ende der Straße war der Block wie leer gefegt. Dylan wusste nicht, wo sich die anderen Kinder befanden. Es war Oktober, und es wurde zunehmend kälter, alle trugen Jacken und zogen sich zurück. Henry war auf dem Schulhof nahe der Smith Street Football spielen gegangen, und Earl war einfach nicht rausgekommen. Irgendjemand hatte eine Flasche in einer Tüte auf den Stufen des leer stehenden Hauses zurückgelassen. Ein paar Tage zuvor hatte ein Kerl auf dem Treppenaufgang übernachtet, einer dieser Säufer, die sich für eine Weile einfach hier einquartierten. Eine undichte Papiertüte war so ziemlich dasselbe wie eine vollgeschiffte grüne Hose, die Frage war nur, wo sich das Leck zeigte. Deshalb nannte man es doch schließlich Schiffen.

Dylan ging um die Ecke Bond Street und dachte daran, wie irrational ein Block war. Einerseits erschien er mit seinen Fassaden und Schieferwegen so vertraut wie ein aufgetauchter Eisberg, auf den Dylan mit seinen kreidenen Skullyspielfeldern, den geisterhaften Spuren ihrer vergangenen Spiele, eigenhändig seine Fahne gesetzt hatte. Andererseits lag ein Teil des Blocks unter Wasser. Dylan hatte jahrelang an der einen Seite festgehalten, hatte sich über den Schiefer gebeugt, als wäre es Zeichenpapier auf dem Fußboden seines Zimmers, um viel zu spät festzustellen, dass dieser Teil einer Struktur war, die sich bis weit über Bond und Nevins Street hinaus ins Unbekannte erstreckte. Er brachte lieber Isabels Briefe den ganzen weiten Weg zum Postamt auf der Atlantic Avenue, als um die Ecke zu Buggy's zu gehen. Er traute der Bergen Street nicht. Er konnte spüren, dass der Gehsteig dort kippelte.

Robert Woolfolk lümmelte auf der Treppe neben Buggy's, saß genauso zurückgelehnt, wie er auch am Tag der Prügelei auf Henrys Treppenaufgang gesessen hatte, die Knie scheinbar höher als die Schultern, obwohl seine Füße zwei Stufen tiefer standen. Dylan trat gefasst vor den Laden. Das Sonnenlicht ließ alles um sie herum verblassen, auch der Verkehrslärm schien weit entfernt. Dylan konnte den Bus in der Nähe der Smith Street sehen, wo er sich unter einem Vordach ermüdet auszuruhen schien. Kirchenglocken waren zu hören.

»Arbeitest du für die alte Lady?«

Aus tausenderlei Gründen wollte Dylan den Kopf schütteln. Er dachte an Isabel, wie sie in ihrem Bett schwamm, die einzige Autoritätsperson im Umkreis mehrerer Meilen. Es gab noch Buggy und ihren Hund, nur eine Fensterscheibe weit entfernt, aber sie waren eingeschlossen in einer Höhle aus Lebensmitteln, Reis, Natron, Nesquick. Das Geschäft war innen so dunkel, dass Dylan glaubte, Buggy würde sofort verdorren, falls sie je in die Sonne hinausginge.

»Hast du Geld von ihr in der Tasche?«

Dylan war sich absolut sicher, dass er schon die vorhergehende Frage nicht beantwortet hatte.

»Wie viel hast du dabei?«

»Ich muss Milch kaufen«, antwortete Dylan dümmlich.

»Wie viel zahlt sie dir dafür, dass du einkaufst, einen Dollar? Hast du das Geld jetzt dabei?«

»Sie gibt es meiner Mutter«, log Dylan reflexartig und überraschte sich damit selbst.

Robert drehte nur fragend den Kopf und richtete träge seine Hand auf, die bewegungslos von einer Stufe heruntergehangen hatte, als entdeckte er gerade erst die Fähigkeit, sie zu bewegen. Sein hingegossener Körper konnte sich nicht von der Treppe losreißen.

Dylan spürte, dass sie gerade irgendetwas probten. Was es war und ob es nur Robert und ihn betraf oder darüber hinausging, konnte er noch nicht sagen.

Er stand da wie angewurzelt, während Robert ihn weiter musterte.

»Geh Milch kaufen«, sagte Robert schließlich.

Dylan ging auf Buggys Tür zu.

»Aber wenn du das nächste Mal mit dem Geld der alten Lady hier auftauchst, kann es sein, dass ich es dir abnehmen muss.«

Dylan erkannte das als eine Art philosophische Betrachtung. Er war dankbar für die darin enthaltene geballte Information. Robert und er konnten von diesem Punkt aus gemeinsam weitermachen, wo auch immer das hinführte.

»Sag Henry, er kann mich mal«, fügte Robert floskelhaft hinzu.

Mit eingezogenem Kopf betrat Dylan das dunkle, beißend nach Käse riechende Ladenlokal. Buggys Schäferhund zerrte hinter dem Tresen an seiner Kette und verfiel in scharfes Bellen, während Buggy wie eine blasse eingelegte Zwiebel aus dem rückwärtigen Ladenteil herüberwankte, um sich neben der Registrierkasse aufzubauen. Als Dylan mit der braunen Lebensmitteltüte herauskam, war Robert fort.

Es dauerte eine ganze Woche und einen Sonntagmorgen, bis Dylan den Mut fand, es auszusprechen. Abraham weilte oben in seinem Atelier, Rachel in ihrem Garten, und Dylan brütete allein in seinem Zimmer, bis er sich zur gewohnten Zeit anzog. Unten hielt er in der Küche kurz inne und überdachte seinen Treuebruch, dann lief er die Treppe zum Hinterhof hinab. Er näherte sich seiner Mutter, die auf der kalten Erde bei dem kahlen Ailanthus kniete und mit einer Harke auf den Wildwuchs unerwünschter Wurzeln einhackte, eine glimmende Zigarette zwischen den Lippen. Der Filter der Zigarette war mit Erde beschmiert. Rachel trug Jeans, eine orangefarbene Denimjacke und eine Dodgers-Kappe. Auf einem Haufen Grünzeug lagen abgerissene Blüten, die vor Dylans Augen welkten und schrumpften.

Als er seinen Mund aufbekam, ließ er Robert Woolfolk aus dem Spiel.

»Arme alte Wendeltreppe. Dann arbeite eben nicht für sie, Schätzchen.«

»Ich habe ja versucht, es ihr zu sagen.«

»Was heißt das, du hast es versucht?«

»Ich habe es zweimal gesagt.«

»Du nimmst mich auf den Arm, Dylan.«

»Sie hat so getan, als hätte sie mich nicht gehört.«

»Hat dich einfach ignoriert?«

Dylan nickte.

»Komm«, sagte sie. Sie stand auf und wischte sich die Erde von den Oberschenkeln. »Wir gehen zusammen hin.«

Dylan saugte Rachels Entrüstung freudig erregt auf. »Vielleicht solltest du sie einfach anrufen«, schlug er vor, als sie in die Küche gingen.

Rachel bürstete sich die Fingernägel in der Spüle und schlürfte etwas von ihrem kalten Kaffee.

»Hören wir uns an, was sie zu sagen hat«, meinte sie, und Dylan blieb stumm, denn er verstand, dass er nicht darum herumkommen würde, zumindest noch ein letztes Mal Isabels Türschwelle zu überschreiten.

Im Vorgarten des leer stehenden Hauses spielten die Jungen, die Isabel Vendle nie bitten würde, für sie zu arbeiten,

Running Bases: Zwei Wächter werfen einen Spaldeen zwischen zwei vorher bestimmten Laufmalen hin und her und versuchen, vier oder fünf Diebe zu treffen – in diesem Fall Earl, Alberto, Lonnie und noch irgendein puerto-ricanisches Kind. Die Läufer tummelten sich in der Mitte, hüpften hoch und stießen aneinander wie Zeichentrickmäuse, während Henry den Ball in der Hand hielt und einen Wurf antäuschte, einmal, zweimal, dreimal, den Spaldeen schwenkte und vorzeigte wie eine ausgestreckte Zunge, dabei das Jagdwild mit einem Ausfallschritt in ihre Richtung bedrohte, bis seine Täuschungsmanöver jeden Widerstand zusammenbrechen ließen und die versammelte Läuferschar fröhlich und erschöpft gegen sein Mal anbrandete, als wäre seine Hand leer, und einer nach dem anderen in schneller Folge abgeschlagen wurde. Die Läufer ließen ihre Köpfe hängen, trunken davon, überlistet worden zu sein, trunken von Henrys Meisterschaft.

Robert Woolfolk war nicht unter ihnen.

Möglicherweise sah niemand, dass Dylan herüberschaute. Oft war ein Kind unsichtbar, wenn es mit seiner Mutter den Block entlanglief. Man sah nicht hin, man wollte nicht in den Raum zwischen einem Kind und seinen Eltern hineingezogen werden.

Dann winkte Earl, aber er hätte ebenso gut auf einen Vogel oder eine Wolke am Himmel zeigen können. Statt den Gruß zu erwidern, blickte Dylan selbst in die Höhe, als hätte er dort etwas gesehen, einen Körper, der über die Dachgesimse huschte oder von der einen zur anderen Seite der Dean Street sprang.

»Ich bin Croft«, sagte der Mann, der Isabel Vendles Tür öffnete und sich gut zu amüsieren schien. »Du bist der Junge, der für Isabel arbeitet, nehme ich an.« Er schüttelte Dylan auf ulkige Weise die Hand, bevor er zu Rachel aufblickte. Sein gestutztes schwarzes Haar hatte erstaunlicherweise überall auf dem Kopf die gleiche Länge, einschließlich der Augenbrauen.

»Du hast eine Freundin, was? Kommt rein, Isabel ist oben. Wir beide trinken Coca-Cola, und es ist noch genug da.«

Es war, als hätte Wendeltreppe den bevorstehenden Affront erwartet und sich mit dem Besucher davor schützen wollen. Sie war sonst sonntagmorgens für gewöhnlich allein, entweder hilflos im Bett oder zusammengekrümmt an ihrem Schreibtisch, stöhnend und zitternd bei dem Versuch, eine Briefmarke mit der Zunge zu befeuchten. Sie hatte immer allein auf Dylan gewartet und nun betrog sie ihn, verwehrte ihm die Chance, seiner Mutter das totenähnliche Haus vorzuführen, das er hatte betreten müssen. Der sonst zur Straße hin abgedunkelte Raum war hell erleuchtet, selbst in die Ecken, die nur Dylan und die orangefarbene Katze kannten, fiel das Sonnenlicht, die staubbedeckten Stühle waren umgestellt, um Platz zu schaffen für einen grün karierten Schlafsack und einen Wanderrucksack, der vor Kleidung überquoll, T-Shirts, die wie gebrauchte Papiertücher zusammengeknüllt waren, sowie einen Stapel Taschenbücher: *Gott segne Sie, Mr. Rosewater; In Wassermelonen Zucker; Sexus.* Sogar der Müllgeruch hatte sich auf mysteriöse Weise verzogen.

Wendeltreppe saß mit finsterem Blick an ihrem Terrassentisch und ging den Immobilienteil der in ihren Händen knisternden *Sunday Times* durch. Auf dem Tisch befanden sich weitere Zeitungsteile, die versprochene Coca-Cola und eine Ansammlung von grellfarbigen Comicheften. »Isabels Sonntagszeitung ist heute Morgen gestohlen worden«, begann Croft, als fühlte er sich dazu verpflichtet, alles zu erklären, und nähme diese Aufgabe mit Humor. Als Nächstes würde er wohl anfangen zu erklären, dass er jung und Isabel Vendle alt war, oder dass sie in einem Hinterhof in Brooklyn saßen.

»Schon wieder«, sagte Isabel Vendle.

»Ich musste den ganzen Weg hoch bis zur Flatbush und Atlantic Avenue laufen, um Ersatz zu besorgen«, sagte Croft.

»Dann habe ich den Zeitungskiosk auf der Verkehrsinsel entdeckt. Sie hatten all diese großartigen Comics, von denen man nie weiß, wo man sie bekommt. Die Fantastischen Vier, Doktor Doom, Doktor Strange, ihr wisst schon.«

Dylan war sich nicht im Klaren darüber, mit wem Croft redete, bis sich Rachel eines der Comichefte griff und auf den Umschlag sah. »Jack Kirby ist ein Gott«, sagte sie.

»Oh, ja, kennen Sie sich damit aus? Kennen Sie den Silberstürmer?«

»Alle haben Peter-Max-Poster, dabei finde ich, Jack Kirby ist zehnmal psychedelischer.«

Ein Rachel-Wort.

»Ja, absolut«, sagte Croft. »Aber wen mögen Sie besonders? Den Silberstürmer? Thor? Was ist mit Kirbys DC-Sachen? Kennen Sie *Kamandi, der letzte Junge auf Erden*?«

Dylans Blick blieb an den Umschlägen der Comichefte hängen. Ein Mensch aus Stein, ein Mensch aus Feuer, ein Mensch aus Gummi, ein Mensch aus Eisen und ein brauner Hund mit Maske von der Größe eines Nilpferds. Das war alles, was Dylan sehen konnte, bevor die Sonne ihn blendete und die Figuren vor seinen Augen zu Farbflecken verschwammen, ähnlich denen in Abrahams Abstraktionen.

»Black Bolt«, sagte Rachel und tippte auf eine ganz bestimmte Figur auf einem der Umschläge. »Sie wissen schon, die Unmenschen. Der König der Unmenschen.« Rachel schien ganz in sich selbst versunken, schien genauso befremdet wie Dylan, in diese Konversation geraten zu sein. Die Dynamik ihrer Ankunft bei Isabel Vendle, der Pfeil von Rachels Vorsatz, war von Croft und seinen Comichheften aufgefangen und umgelenkt worden.

»Sicher, der starke, schweigsame Typ«, sagte Croft grinsend. »Ich verstehe.«

»Croft, du bist ein verantwortungsloser Mann«, mischte sich Isabel mit matter Zuneigung ein.

»Liebe Tante Petunia«, erwiderte Croft vieldeutig.

»Ja, das bist du«, fuhr Isabel fort. »Und jetzt hat ein verantwortungsloser Junge seine Mutter hergebracht, um mir mitzuteilen, dass er mich sonntags nicht mehr besuchen möchte. Wir wissen das, weil der Junge sich nicht für deine Comichefte interessiert, Croft. Stattdessen starrt er mich an, oder nicht?« Sie faltete ihre Zeitung so, dass diese sich über ihre Hände bog, und funkelte ihn dann über den geknickten Rand hinweg an. »Findest du mich böse, Dylan? Oder langweilig?«

Ich finde Sie *psychedelisch*, hätte Dylan am liebsten gesagt.

»Weißt du, Tante Isabel, das macht wahrscheinlich keinen Unterschied. Nicht für den Jungen.«

»Sie wussten, dass er aufhören wollte, Isabel«, sagte Rachel, sich schwach an den eigentlich Grund ihres Besuchs erinnernd. »Er hat versucht, es Ihnen zu sagen.« Sie hatte sich halb von ihrem Stuhl erhoben, um die Zigaretten besser aus ihrer Vordertasche ziehen zu können, und bot Croft eine an, der den Kopf schüttelte.

»Oh, ich habe gemerkt, wie er darauf hingearbeitet hat«, erwiderte Isabel. »Ich dachte, ich könnte noch ein paar Wochen aus ihm herausholen.«

»Das ist eine Alterssache«, warf Croft ein. »Vor furchterregenden alten Damen davonlaufen. Ich habe das auch getan.«

»Halt den Mund, Croft.«

Das war das Ende der Diskussion und das Ende von Dylans Beschäftigung bei Wendeltreppe. Croft ging in die Küche und kam mit weiteren Gläsern zurück. Sie saßen im gesprenkelten Sonnenlicht, pressten Zitrone in die Coca-Cola und blätterten in seinen Comicheften, Dylan, Rachel und Croft, während Isabel sich die Fingerspitzen an der Druckerfarbe der *Times* beinahe schwarz färbte. Die menschliche Fackel war der jüngere Bruder der Unsichtbaren, die Unsichtbare wiederum war verheiratet mit Mister Fantastic; Ben Grimm war Das Ding und die blinde Alicia seine Freundin, eine Bildhauerin, die den abscheulichen, aber monumentalen Körper ehrlich zu schätzen wusste; der Silberstürmer war der Herold von Galaktus, und Galaktus aß Planeten, dennoch hatte der Silberstürmer den Fantastischen Vier geholfen, die Erde zu beschützen; und Black Bolt durfte seinen Mund nicht öffnen, weil eine einzige Silbe von ihm ausgereicht hätte, die Welt in Stücke zu reißen – Croft und seine Mutter erklärten Dylan alles, besonders die Sprechblasen in den bunten Kästen auf dem gelblich weißen Papier, während Wendeltreppe stumm die Lippen bewegte und schließlich in ihrem Stuhl einnickte, der späte Oktobernachmittag in den Abend überging, Abraham in seinem Atelier Zelluloidrechtecke mit einem Pinsel schwarz färbte, die Akte im Wohnzimmer darunter glanzlos im Dunkeln hingen, die Blumenkästen und die Feuerleitern im Hinterhof sich düster vom rötlich durchzogenen Himmel abhoben, es auf der Straße zu finster wurde, um einen Wurf richtig einschätzen zu können, sodass der Spaldeen ein Kind im Gesicht traf, und es sowieso Zeit fürs Abendessen war. Dylan schlief nur für eine Minute in seinem Stuhl ein, aber in dieser Minute träumten er und Isabel *exakt denselben Traum*, ohne dass sich einer von ihnen beim Erwachen daran erinnern konnte.

»Lass mich mal kurz sehen.«

Lass mich mal sehen: Man *sah* einen Basketball oder einen Stapel Baseballkarten oder eine Wasserpistole, indem man sie in die Hand nahm, und was danach kam, war stets fraglich. Besitz hing größtenteils davon ab, niemanden irgendetwas sehen zu lassen. Wenn man ein Kind eine Flasche Yoo-Hoo kurz *sehen* ließ, würde es den verbliebenen Rest austrinken.

»Lass mich sehen, lass mich ausprobieren. Ich möchte nur mal fahren.«

Dylan umfasste die Lenkstange. Abraham hatte am Tag zuvor die Stützräder abgenommen, und Dylan fuhr immer noch wackelig, nahm immer noch die Füße von den Pedalen und schleifte mit seinen Turnschuhen über den Boden, um sich abzustützen oder am Gehsteig zu bremsen. »Nur wenn du im Block bleibst«, sagte Dylan kläglich.

»Haste Angst, ich nehm's dir weg? Ich will nur kurz damit fahren. Danach bekommst du's wieder, du hast es noch den ganzen Tag, Mann. Lass mich nur mal um den Block fahren.«

Es war ein Rätsel, wie gut Robert Woolfolk mittlerweile Dylans Schuldgefühle zu bearbeiten wusste. Und der leere Block hatte sich verschworen und ließ Dylan mit der Lösung ganz allein. Robert Woolfolk trug ein Vakuum um sich herum oder enthüllte durch seine Anwesenheit das Vakuum auf der Dean Street, die Zeitspanne, in der niemand sah und niemand wusste, was am helllichten Tag geschah, wenn der ganze Block vom Sonnenlicht verschleiert war wie das verlassene Haus vom Schatten der Blätter.

Der alte Ramirez stand vor seinem Ladenlokal, nippte an einem Manhattan Special und blinzelte unter seinem Anglerhut hervor in ihre Richtung. Er dachte nicht daran, sich einzumischen, sondern schaute ihnen zu, als würde er fernsehen.

Robert Woolfolk legte seine Hände neben Dylans auf den Lenker und zog leicht an dem Fahrrad.

»Bleib im Block.«

»Einmal drum herum, mehr nicht.«

»Nein, ich meine, du sollst vorm Haus bleiben.«

»Glaubst du etwa, ich komm nicht zurück? Nur um den Block.«

Was aus Robert Woolfolks Mund kam, war Forderung und Schmeichelei zugleich, unwiderstehlich in seiner Unlogik. Seine Augen blieben unterdessen hart, sogar ein wenig gelangweilt.

»Nur einmal drum herum.«

Robert Woolfolks Beine waren zu lang für den Abstand zwischen Sattel und Pedale, also fuhr er mit angewinkelten und neben der Lenkstange aufragenden Knien wie ein Clown auf einem Dreirad. Dann änderte er seine Technik, hob sein Gesäß vom Sattel und trat stehend und mit ausgestellten Ellbogen in die Pedalen. Das Fahrrad schwankte einvernehmlich mit Robert Woolfolks gestreckten Gliedmaßen. So fuhr er als immer kleiner werdende Ansammlung von Gelenken mit dem Rad um die Ecke Nevins Street.

Als Dylan das Wort *Block* gebraucht hatte, hatte er nicht die Bergen Street gemeint, die andere Seite.

Wie lange es wohl dauerte, einmal um den Block zu fahren?

Wie lange war zweimal so lange?

Der zungenförmige Riegel von Dylans schwarzem, gusseisernem Gartentor klapperte von der Erschütterung des vorbeifahrenden Busses. Obwohl an der Ecke Nevins und Dean Street keine Bäume standen, war von irgendwoher rotes Laub in den Rinnstein geweht. Auf den Plastikmilchkästen vor der Bodega stand geschrieben, man riskiere eine Strafe oder komme sogar ins Gefängnis, wenn man sie nicht an die May Creek Farm, Incorporated, zurückgebe – ein ziemlich unwahrscheinlicher Ausgang, wenn man sich's überlegte.

Während Dylan auf seinem Treppenaufgang auf Robert Woolfolks Rückkehr wartete, schrumpelte um ihn herum der Nachmittag zusammen wie ein Luftballon. Der alte Ramirez schaute nicht mehr herüber, es gab auch nichts zu sehen. Dylan stand wehrlos den sich anhäufenden Minuten gegenüber, die sich gleichgültig auf dem fernen Zifferblatt der Uhr am Williamsburgh Savings Bank Tower stapelten. Der Tag war wie ein läutendes Telefon, der stumme Schiefer klingelte ununterbrochen. Der Anruf von Dylans armschwingendem Wachen blieb jedoch unbeantwortet.

Die Nevins Street hätte genauso gut eine Schlucht sein können, in die Robert Woolfolk wie ein Kojote aus einem Zeichentrickfilm verschwunden war, wortlos und nur kleine Staubwolken hinterlassend. Als Lonnie mit einem Flummi in der Hand vorbeikam und fragte, was er mache, antwortete

Dylan nur, er mache gar nichts. Es war fast so, als hätte es nie ein Rad gegeben.

Abraham Ebdus verlor einen ganzen Tag damit, das Fahrrad des Jungen zu suchen. Er durchkämmte die Wyckoff, Bergen und Nevins Street und konnte sich des Gedankens nicht erwehren, dass Rachel höchstens eine halbe Stunde gebraucht hätte. Sie kannte Seiten von Brooklyn, die ihm verborgen blieben. Er umkreiste die Ränder des Wyckoff-Gardens-Sozialbauprojekts, das Labyrinth aus Fußwegen und Hecken und niedrigen Maschendrahtzäunen, ohne dessen Gelände zu betreten, da er nicht gewusst hätte, wo er anfangen sollte. Das Licht verlor sich im Schatten der graffitibesprühten weißen Steinmauern. Sie schienen bereits als zukünftige Ruinen entworfen worden zu sein. Er steckte den Kopf in einen puerto-ricanischen Kulturverein auf der Bond Street, einen kleinen Schuppen voll mit Kartenspielern. Bevor er ihn wieder herauszog, konnte er einen winzigen Billardtisch, blau verkleidete Wände und den scharfen Geruch von abgestandenem Starkbier wahrnehmen. Niemand redete mit ihm.

Doch bis zum späten Nachmittag hatte sich die Sache irgendwie herumgesprochen. Eine Frau mit einem Baby auf dem Arm trat vor ihre Haustür, anscheinend verärgert über sein Herumstreunen. Abrahams Familie war möglicherweise geradezu berühmt – berüchtigt – dafür, weiß zu sein. Sie reichte das Kind nach drinnen und führte Abraham zu einem unbebauten Grundstück auf der Baltic Street, einem umzäunten Hof voller Unrat, der von Ailanthussprösslingen überzogen war, dem Bastard unter den Bäumen, der so schnell wächst wie ein Riss in der Windschutzscheibe, wenn man mit dem Finger dagegendrückt. Der Haufen mit kaputten Kinderwagen und verrotteten Latten, an denen noch Stücke von Gips und abgerissenen Deckenblechen hingen, ergab ein Mosaik, das Abraham sich untersagte, schön zu finden.

Das Fahrrad lag auf der Spitze dieses Berges, über Kopfhöhe, wie auch immer es dort hingekommen war, die blau gestreiften Schutzbleche verdreht wie gesplitterte Flügel. Noch ein weiterer Tag und der Ailanthus wäre möglicherweise durch die Speichen geschossen. Abraham musste über den Zaun klettern, und es endete damit, dass er das Rad auf den Boden warf, um die Hände freizuhaben. Niemand fühlte sich bemüßigt zu helfen, obwohl einige Leute zuschauten. Er war sich nicht sicher, ob es Sinn hatte, das Fahrrad zu retten. Wenn es von einem anderen Kind zum Gebrauch gestohlen worden wäre, dann vielleicht. Aber das hier, diese sinnlose Zerstörung, zeigte bloß das Unverständnis der Straße, ihren Widerstand. Dass Schatten dastanden und aus Papiertüten tranken, während er sich wieder hinunter zu dem Rad aufs Pflaster bemühte, war nur allzu passend und seiner Laune angemessen. Das Fahrrad war fahruntüchtig, und Abraham Ebdus fragte sich, warum er den Jungen eine sinnlose Kunst gelehrt hatte. Er wusste, dass Rachel von ihm erwartete, das Rad zur Reparatur mit nach Hause zu bringen, aber er befürchtete, der Junge würde nie mehr außerhalb ihres staubigen Hinterhofs fahren wollen.

Marilla und ein anderes Mädchen warteten schon und spielten am Absatz von Dylans Treppenaufgang das Geschicklichkeitsspiel *Jacks*.

Marilla sang mit einer überdrehten Fistelstimme: *The problem is you ain't been loved like you sho-huh-hood, what I got will sure-nuff do you good …*

Das andere Mädchen – Dylan erinnerte sich, dass Marilla sie La-La genannt hatte, und fragte sich, ob das wohl ihr richtiger Name war – sammelte jeweils nach dem Aufprallen des Balles die Figürchen ein und zählte dabei undeutlich beim Luftholen: *Zweisies, Dreisies, Viersies, Fünfsies.* Sie hatten das Spiel genau vor der untersten Stufe ausgebreitet, sodass er nicht vorbeikonnte. Er setzte sich auf die dritte Stufe von unten und schaute ihnen zu.

»Robert Woolfolk sagt, er hätte dein Rad nicht genommen, und wenn du es trotzdem behauptest, macht er dich fertig«, verkündete Marilla plötzlich.

»Was?«

»Robert hat gesagt, du sollst bloß nicht rumerzählen, er hätte dein Rad genommen, weil er das nicht hat.«

»Er hat gesagt, er macht dich fertig«, stellte La-La klar. Ihre Hand schnellte wirr hin und her, um *Achtsies* zu erwischen, aber die Figürchen fielen um.

»Ich habe nicht gesagt ...«, begann er und dachte daran, dass er wirklich nichts gesagt hatte.

Das Fahrrad stand in Abraham Ebdus' Atelier, die Schutzbleche waren wieder gerichtet und mit Dylans Namenszug in der Pinselschrift seines Vaters verziert. Bald wäre es wieder unten und würde im Flur lehnen wie ein ausgestopftes Tier, ein blinder Chromelch, beladen mit den Erwartungen seiner Eltern und Dylans Ängsten.

Marilla zuckte die Schultern. »Ich sag's ja nur.« Sie hockte da, als pinkelte sie, den Po eine Handbreit über dem Schiefer, griff sie nach dem kleinen roten Ball, kehrte die Figürchen zusammen und sang: *You refuse to put anything before your pri-hi-hide – what I got will knock all that – uh – pride aside!*

»Hat Robert dir gesagt, du sollst das erzählen?«

»Niemand hat mir was gesagt, ich erzähl nur, was ich gehört hab. Hast du einen Dollar für ein paar Süßigkeiten, Dylan?«

Wer war im Block? War Henry in seinem Vorgarten? War Robert Woolfolk da?

Dylans Kopf zuckte zur Seite, obwohl er versuchte nicht hinzusehen. Seine Finger umklammerten die zwei Münzen in seiner Hosentasche. Er hatte vorgehabt, einen Spaldeen zu kaufen, ein neues Eintrittsticket aus rosafarbenem Gummi. Vielleicht zur Übung ein paar Würfe an die Wand des verlassenen Hauses zu machen, bis um ihn herum ein Spiel entstand. Dylan hatte den Dreh beim Fangen raus, allerdings nur, wenn keiner zuschaute, beim privaten Training, aber jeden Tag konnte sich dieser Dreh nun in Henrys Genie verwandeln. Obwohl er, wenn er darüber nachdachte, gar nicht zu sagen vermochte, wann zuletzt jemand Wandball gespielt hatte, womöglich handelte es sich um eine weitere vergessene Kunst. Die abgelegten Spiele häuften sich auf wie die Klagen von Kriegsverlierern, nicht überliefert in der Geschichte der Straße.

Man dachte nicht darüber nach, wer woher Geld bekam. Alle Kinder behielten das Wechselgeld, wenn ihre Mütter sie zum Milchholen schickten. Alberto kaufte Schlitz für seinen Cousin. Da der alte Ramirez wusste, für wen es war, ließ er ein Kind Bier kaufen, sogar Zigaretten.

Die Nachricht hatte die Runde gemacht, dass die Kinder aus den Sozialbauten zu Halloween mit Eiern werfen, nein, sie mit ungehemmter Kraft schmeißen würden. Es war eigentlich ein Feiertag, aber man musste trotzdem zur Schule gehen, ein schlechtes Geschäft, eine furchtbare Situation, und jedes Kind war auf sich allein gestellt, wenn alle beim Klingelzeichen um drei Uhr auseinanderstieben würden, denn wenn man mit anderen Kindern zusammen lief, oder sie gar zu beschützen versuchte, würde man mit noch größerer Wahrscheinlichkeit getroffen werden. Man konnte sowieso niemanden vor einem geworfenen Ei oder Ähnlichem schützen.

Was aber, wenn doch alles anders war? Wahrscheinlich war es das. Das war vorher auch schon so gewesen.

Du und *welche Verbündeten?*

Du und *deine sogenannten Freunde.*

Geh zu *Mama.*

Wie eine lautlose Hundepfeife hörte Dylan aus seinem Schlafzimmer den einsamen Ruf des Spirographen: Die Heftzwecken, die gezahnten Räder, die rutschigen roten

Stifte. »Nein«, sagte er verängstigt zu Marilla. »Ich habe kein Geld.«

»Hast du Angst vor Robert?« Marilla verteilte die Figürchen mit unglaublichem Schwung über den Schiefer und betrachtete stirnrunzelnd das Ergebnis.

»Ich weiß nicht.«

»Er hat eine Rasierklinge.«

»*Tell me something good!*«, schrie La-La, dann ließ Marilla den roten Ball fallen, der unter Rachels Forsythie hüpfte, und die beiden Mädchen traten von der Schar der zerkratzten Figürchen zurück und tanzten mit gebeugten Knien und zu Schlitzen verengten Augen, wobei sie die Backen aufbliesen und sangen: *Ooh ah, ooh-ooh ah, ooh ah, ooh-ooh ah …*

Das längliche rechtwinklige Netz der Straßen, diese Reihen von schmalen Häusern, im späten Oktober bei Einbruch der Dunkelheit von oben gesehen: Man stelle sich die Perspektive eines fliegenden Mannes vor. Wie würde er die Situation unten an der Ecke Nevins und Bergen Street einschätzen, wo eine weiße Frau mit flatterndem schwarzem Haar einem schwarzen Teenager mit der flachen Hand auf Schultern und Rücken schlägt? Ist das ein *Überfall?* Soll er *herabsausen, eingreifen?*

Was denkt dieser fliegende Mann eigentlich, wer er ist – Batman? *Black*man?

Auf diesen Straßen ist immer ausreichend Platz für zwei oder drei Leute, die wie in einem Wald kämpfen, allein und ungehört. Die Treppenaufgänge lehnen sich von der Straße zurück, und der Abstand zwischen den Reihenhäusern weitet sich zu einem stummen Canyon. Unsere einsame Gestalt fliegt davon, sie braucht jetzt vor allem einen Drink, und die Frau fährt fort, den Jungen zu verprügeln.

Am Tag nach Halloween war das Straßenpflaster vor der Schule mit Eiern übersät, Bomben, die ihr Ziel verfehlt hatten, Spuren von sich braun verfärbendem Eigelb, gespickt mit Schalenresten und durch die Wurfgeschwindigkeit derart auseinandergezogen, dass sie von der Rotation der Erde um ihre Achse zu sprechen schienen und es aussah, als hätte nicht die Gravitation, sondern die Zentrifugalkraft sie der Länge nach über den Planeten geschmiert. Diejenigen, die ein trocknendes Omelett auf den Cordhosen mit nach Hause getragen hatten, und darunter ein pochendes rotes Oval auf ihrem Oberschenkel, stritten alles ab, bis man Tränen in ihren Augenwinkeln bemerkte. Jedes Kind, das ehrlich zu sich war, fühlte sich ernüchtert durch den Einblick in das wüste Innenleben der Schultyrannen der Intermediate School 293, der Berserker, die ihnen nur ein oder zwei Jahre voraus waren. Die Eierwerfer hatten handelsübliche Pappmasken getragen – Casper der freundliche Geist, Frankenstein, die Spinne –, sodass sie an Bankräuber oder Kettensägenmörder erinnerten, Gestalten aus Albträumen, noch verstärkt durch die heimlichen Blicke auf die Nachrichten und den Spätfilm.

Alle bewegten sich in stetiger Geschwindigkeit auf die gleichen unausweichlichen Ziele zu.

Niemand konnte die Vorstellung von einer Rasierklinge oder einem heroingeimpften Apfel völlig verdrängen.

Es gab Tage, an denen kein Kind vor die Haustür trat, ohne sich erst einmal umzusehen. Die Woche nach Halloween war sowohl von Katzenjammer als auch von unheilvollen Vorzeichen geprägt, von grellem Licht und tief über den Dächern hängenden Wolken.

No Vember.

»Geht nach vorne«, befahl Henry. Jetzt schwenkte er einen Football, die neueste Attraktion. Vier Kinder hingen wie Jo-Jos an seinem Arm, bis er den Ball schließlich über die halbe Länge des Blocks zwirbelte und sie in einer Traube losliefen. Egal, was passieren würde, egal, in welchen Händen der Ball landen oder welchen er sich entziehen würde, Henrys Gesichtsausdruck war missmutig. Es lag etwas Unelegantes und Kompromittierendes in der Flugkurve des Balles.

Dylan wartete in einer Blase des Schweigens auf Henrys Treppenaufgang – er wäre der fehlende sechste Mann – und fragte sich, ob sie ihn wohl herbeirufen würden, um Mannschaften für ein Spiel zu bilden. Er hatte an diesem Tag an sich selbst eine gewisse Durchsichtigkeit festgestellt, ein Talent dafür, ignoriert zu werden. Rachel hatte ihn nach einem viertägigen Versteckspiel aus seinem Zimmer gescheucht, nach einer freiwilligen Beschränkung auf die geheimen Kräfte seiner Bücher und Malstifte, die Mysterien des Lauschens auf Abrahams Schritte und Rachels Stimme am Telefon, die trockenen Rätsel des Etch-A-Sketch und des Spirographen, und etwas von dieser heraufbeschworenen Einsamkeit hing ihm bis auf die Straße nach, stülpte sich über ihn, wo immer er sich niederließ.

Schau nur lange genug in die Dean Street, und die Dean Street wird in dich hineinschauen.

Die Hände in den Hosentaschen, trat Dylan auf die Straße und lehnte sich gegen einen parkenden Wagen. Dann lief er, wie von einer Welle mitgerissen, neben den anderen her zu der Stelle, an der der Ball herunterkam, ohne jedoch Anstalten zu machen, ihn zu fangen; vom Geschehen angezogen, sog er durch den Mund Luft ein und verfolgte schweigsam das Spiel.

»Hast du Robert Woolfolk gesehen?«, fragte Alberto beiläufig.

Dylan war nicht überrascht. Er spürte die unleugbare Bedeutung von Roberts Namen. Er schüttelte den Kopf.

Die anderen hörten auf zu spielen. Henry versuchte mit dem Football zu dribbeln. Zwei- oder dreimal kam er auch tatsächlich zu ihm zurück, anstatt quer über die Schuhe der anderen Kinder zu springen. Der Ball war ölverschmiert und zerschlissen vom Straßenbelag.

»Er ist verprügelt worden«, sagte Alberto ehrfürchtig.

Lonnie nickte zustimmend, Alberto nickte, Earl und Carlton nickten. Sie versammelten sich mit großen Augen, so als würden sie sich am Lagerfeuer ihrer eigenen Ehrfurcht wärmen. Dylan wartete ab. Henry knallte den Football auf den Boden, und Alberto und die anderen starrten Dylan an, als sollte er ihnen Robert Woolfolks Schmach erklären. Dann schüttelte Henry sie ab, so leicht wie er einen Tropfen Wasser von seiner Hand abschüttelte, er murmelte einfach »Endzone«, ging ein paar Schritte zurück, den Ball hinterm Knie versteckt, und rollte die Augen in Richtung Himmel. Die vier preschten auf die Stelle zu, die Henry mit seinem Blick als Ziel ausgemacht zu haben schien, jeder von ihnen mit dem Wunsch, derjenige zu sein, der durch den perfekten Fang erlöst würde. Sobald der Ball in der Luft war, drehte sich Henry desinteressiert um. Er gab Dylan ein Zeichen, und die beiden gingen hinüber zum leer stehenden Haus. Der Bus rumpelte vorbei und gab ihnen Deckung.

»Deine Mutter hat ihm den Arsch versohlt, mitten auf der Bergen Street«, sagte Henry. »Er hat geheult und so.«

Dylan schwieg.

»Ich nehm an, das hat dir niemand erzählt.«

Gab es da eine einsame Insel oder einen verborgenen Raum, wo sich dein Leben abspielte, ohne dass du davon wusstest? Dylan versuchte sich den Zwischenfall auf der Bergen Street vorzustellen, den wahnsinnigen Zusammenstoß zwischen Rachel Ebdus und Robert Woolfolk, doch das Scheinwerferlicht seiner Verwunderung glitt ab ins Unsichtbare, in ein schwebendes Zimmer in der Dunkelheit des nächtlichen Hauses, wo er, wenn er wach lag, durch die Wände das rhythmische Wimmern seiner Mutter oder das eindringliche, ärgerliche Flüstern seines Vaters hörte. *Ich nehm an, das hat dir niemand erzählt*, hatte Henry gesagt, und Dylan begann in den Dingen zu ertrinken, die er am Rande des Schlafes mit Schweigen eindämmte.

Schlug Abraham Rachel und verursachte so dieses Stöhnen? Wer versohlte wem den Arsch?

Natürlich musste diese Wut aus dem Haus schlüpfen, um irgendein Kind auf der Straße zu treffen. Wenigstens war es Robert gewesen, den es erwischt hatte.

Es kam ihm plötzlich vor, als würde Henry und jedes andere Kind in der Straße das Geräusch kennen, wenn Abraham und Rachel nachts miteinander schliefen und stritten, als wäre nur Dylan taub dafür.

»Deine Mutter ist verrückt«, sagte Henry. Er meinte das nicht als Beleidigung, so wie: *Deine Mama ist so hässlich, dass der Yeti Fotos von ihr macht*, sondern mit Bewunderung und einem schrecklich schönen Schaudern in der Stimme.

Dylan sah nun ein, dass es nicht pure Unsichtbarkeit war, die seine Anwesenheit auf der Straße ummantelt hatte, ihn wie eine Mumie an den Seitenlinien hatte wandeln lassen, sondern dass stattdessen die geheime Aktion seiner Mutter über ihm geschwebt hatte wie ein Kraftfeld, eine blasse Wolke der Schande. Wer hatte Rachel von Robert Woolfolk erzählt? Hatte er sich selbst verraten, im Schlaf geweint und von einer Rasierklinge gemurmelt?

Dylan wollte Henry sagen, er wüsste das alles schon, brachte die Lüge aber nicht über die Lippen. Alberto kam mit dem Football zurück, den anderen ein Stück voraus, und warf ihn in die Luft. Der Ball stieg zwischen den rahmenden Dachgesimsen aus dem Baldachin blattloser Zweige empor und leuchtete vor dem Hintergrund der tief hängenden Wolken wie eine Bombe. Henry lehnte sich zurück und angelte ihn sich mit den Fingerspitzen, um ihn dann in der Abwärtsbewegung zu Dylan abtropfen zu lassen, ein Täuschungsmanöver. Dylan presste den Ball fest an seine Brust wie ein Faustpfand der Verbundenheit. Das Ding tickte vor Kälte und hatte eine unglaublich harte Schale.

VIER

Nixon trat zurück, und NIXON TRITT ZURÜCK lautete die ganzseitige Schlagzeile der *Daily News*, eine bittere Freude, die dort an die Wand ihres Arbeitszimmers geheftet war. Die Blockbuchstaben passten zu ihr in diesem Sommer, ihrem achtundsiebzigsten, dem zweiundfünfzigsten seit dem Ruder, und sie musste sich ihre eigene Schlagzeile vorstellen: VENDLE TRITT ZURÜCK. Sie spürte ihren bevorstehenden *Rücktritt* wie den Kern einer sauren Pflaume im Mund, spürte, wie er an ihren Zähnen entlangglitt, bevor er sich dort einnistete, ohne dass sie hätte sagen können, ob er ausgespuckt oder geschluckt werden wollte: Rücktritt, Rücktritt, Rücktritt. Das Schlucken tat weh. Ihre Hand auf dem Stock tat weh, ihr Griff wurde locker, ihr Handgelenk bereitete Probleme. Ihre Augen schmerzten, sobald sie auf eine Buchseite trafen. Die Worte schmerzten. Eines Tages ließ sie sich, fast trunken, dazu hinreißen, mit einem Kugelschreiber etwas auf die Seiten von Anthony Powells *Casanovas chinesisches Restaurant* zu schreiben, und brach damit ein achtundsiebzigjähriges Tabu: Sie hörte noch die Stimme ihres Vaters, ein Archipel der Erinnerung, wie er von ihr Respekt vor der ledergesäumten Gruft seiner Bibliothek verlangte. Es mochte nichts Schlimmeres geben, als ein Buch zu verschandeln, dennoch verspürte sie nun das Bedürfnis, sie halb gelesen von ihrem Sonnendeck in den wuchernden Garten fallen zu lassen. Sie bräuchte dazu nur die Hand zu drehen, ihren Griff noch einmal zu lockern. Sie wusste, dass sie auf die eine oder andere Weise zurücktreten würde, entweder ließe sie das Buch fallen oder sie stürbe einfach, bevor sie die zwölf Bände von Powells Roman zu Ende gelesen hätte, seinen *Tanz zur gottverdammten Musik der Zeit.* Powell hatte zu viel geschrieben, hatte schon zu viel ihrer Zeit in Anspruch genommen, und sie bestrafte ihn dafür, indem sie in seine Bücher kritzelte, eine wogende Reihe von Zeilen, wie Hieroglyphen der Gezeiten. War es der Lake George, an den sie zurückzukehren wünschte? Waren es die Wellen, die sie am Ende vermissen würde? Das Schaukeln und Schlagen der Wellen gegen die aufgequollenen Planken, der Kuss in einem Skiff, Minuten bevor das Ruder sie durchbohrt hatte?

Ihr Griff lockerte sich. Löste sich von allen Dingen. Letztlich hatte sie nichts geformt, war nur selbst zusammengedrückt und wieder auseinandergezogen worden. Kein Wunder, dass sie mit den Brownstones fühlte, den Krüppeln, die sich nun ohne Rücksicht auf ihren Plan in chaotischer Weise füllten. Man nehme nur mal den schwarzen Sänger, der das Haus zwischen ihrem und dem der Ebdus gekauft hatte. Sollte das Fortschritt sein? Er hatte Geld, sah aber aus, als nähme er Drogen. Der Mulattensohn des Sängers stand diesen August jeden Nachmittag in kompletter Pfadfinderuniform zwischen dem Unkraut des Hinterhofs nebenan und starrte frech zu Isabels Terrasse hinauf, wobei er sie grüßte, als wäre sie seine Gruppenführerin. Die Dean Street hatte ihre eigenen seltsamen Sporen hervorgebracht, und sie konnte nicht mehr nachvollziehen oder verantworten, was daraus erwuchs. Homosexuelle siedelten sich in der Pacific Street an; ein Kollektiv naiver Kommunisten strömte aus einem Reihenhaus auf der Hoyt Street und klebte Zettel auf Straßenlaternen, um eine Diaschau über Rotchina oder eine Spendensammlung für Hausbesetzer in der *Loisada*, der Lower East Side, anzukündigen. Sie hatte ein Dickicht der Boheme geschaffen. *Aber sie würden Isabel Vendle nicht länger herumstoßen.* Andererseits wüssten sie dann nicht einmal mehr, dass sie es gewesen war, die sie alle hier zusammengeführt hatte.

Dylan und Rachel gingen gemeinsam zu Pintchik auf der Flatbush Avenue Ecke Bergen Street, einem Komplex aus zusammenhängenden Läden, die Farben und Beschläge sowie Haushaltswaren und Sanitärbedarf anboten. Höchstwahrscheinlich hatte das Geschäft früher einmal aus einem einzigen Ladenlokal bestanden, nun zog es sich über einen ganzen Block und war unterhalb von schulbusgelb gestrichenen und mit dem roten Schriftzug PINTCHIK geschmückten Reihenhäusern untergebracht, Brownstones, die in eine häuserblocklange Werbetafel verwandelt worden waren, Brownstones im Clownskostüm. Irgendetwas an Pintchiks unverkennbarem Alter und seiner Eigenheit, seiner Gleichgültigkeit, ließ Dylan aufatmen. Anscheinend musste sich Brooklyn nicht immer anstrengen, anders zu sein, etwas Bewusstes und Bemühtes darzustellen, das in Richtung Manhattan deutete, wie es auf der Dean, Bergen oder Pacific Street der Fall war. Brooklyn konnte sich auch selbstgenügsam geben wie hier auf der Flatbush und sein eigenes schmuddeliges Selbst ertragen. Pintchik verwies nur auf Pintchik als Referenz. Es war eine Höhle, ein Kaninchenbau, und die behaarten Männer, die hinter den mit Zeitungsausschnitten vollgeklebten Registrierkassen standen und staubige Duschvorhangringe und gläserne Türknäufe verkauften, die greifbaren Aspekte der Renovierung anstatt bloß deren *Idee*, waren selbst Hasen in ihren Löchern wie Bugs Bunny oder der Märzhase und höchstens amüsiert oder verärgert darüber, dass man hereinschnupperte. Pintchik war ein weißes Brooklyn, wie Isabel Vendle es sich nicht hätte vorstellen können.

Auf dem Weg zu Pintchik hatte Rachel ihm das Wort beigebracht: *Gentrifizierung*. Es war ein Nixon-Wort, alles andere als cool. »Wenn dich jemand fragt, sagst du, du wohnst in *Gowanus*«, sagte sie. »Du brauchst dich nicht zu schämen. Boerum Hill ist prätentiöser Scheißdreck.« Heute sprach wieder einmal Rachel, und Dylan hörte zu und hörte zu. Sie sprühte vor Sprache wie der Hydrant, den die puerto-ricanischen Kinder auf der Nevins an den heißesten Tagen des Jahres aufgeschraubt hatten, vor Wasser gesprüht hatte, ungehindert und überströmend. Man konnte zwar eine leere Blechdose auch am unteren Ende öffnen, um damit das Wasser einen Augenblick lang ins Fenster eines vorbeifahrenden Autos zu lenken, aber am Ende würde immer die Kraft des Wassers siegen. Als Dylan es hatte versuchen wollen, hatte ihm der Wasserstrahl die Dose aus den Händen gerissen und sie klappernd über die Straße unter einen parkenden Wagen geschleudert. Den Redefluss seiner Mutter würde er nicht umzuleiten wagen. »Ich möchte von dir niemals das Wort *Nigger* hören«, fuhr sie fort und flüsterte es dabei bedeutungsschwer. »Das ist das einzige Wort, dass du niemals sagen darfst, nicht mal alleine für dich. In Brooklyn Heights nennen sie sie *Tiere*, zu den Projects sagen sie *Zoo*. Diese verklemmten Reaktionäre haben die Einbrüche verdient. Sollen sie doch ruhig ihre quadrofonischen Stereoanlagen klauen. Wir sind hier, um zu leben. Gowanus-Kanal, Gowanus-Sozialbauten, Gowanus-Menschen. Das Ungeheuer von der Gowanus-Lagune!« Sie blies ihre Backen auf, krümmte die Finger und attackierte ihn am Eingang von Pintchik.

Was würde Dylan vorfinden, wenn er die Flatbush Avenue überquerte, jenseits der Läden, die Dashikis und T-Shirts mit der Aufschrift ICH BIN EIN STOLZER ERBE AFRIKAS verkauften, jenseits des Triangle-Sportgeschäfts, jenseits von Arthur-Treachers-Frittenbude, selbst jenseits von Pintchik? Wer wusste das schon. Seine Welt hatte dort ihre Grenze, unter den verkürzten Vorsprüngen des Williamsburgh Savings Bank Tower. Dylan kannte Manhattan, er kannte David Copperfields London, er kannte sogar Narnia besser, als er Brooklyn nördlich der Flatbush Avenue je kennen würde.

»Wir leben nicht in einer Kiste, wir leben nicht in einem kleinen Rechteck, mir ist es egal, was die anderen sagen, wir leben nicht in einem Sechzehn-Millimeter-Bild!« Sie schwebte wie die Rote Königin aus *Alice hinter den Spiegeln* durch den Laden und flüsterte wild auf ihn ein. »Er kann uns dort nicht einsperren, wir werden ausbrechen, wir werden aus dem Rahmen springen. Er kann uns nicht in ein Zelluloidbild stecken. Wir werden raus auf die Straße rennen! Wir werden ihn in seinem Atelier eintapezieren!«

Rachel führte ihn in einen Verkaufsraum voller Tapetenrollen. Er sollte einen Ersatz für die Dschungeltiere aussuchen, die sich in Palmenblättern verstecken, das Kinderbuchmotiv, für das er mittlerweile zu alt war. Die Muster im Raum waren teils beflockt, teils bedruckt mit neonfarbenen Peacezeichen und Peter-Max-Sonnenuntergängen und Alufolienstreifen und lindgrünen Paisleymustern – Pintchik mochte unbestechlich und zeitlos sein, aber sie führten Tapeten, die aussahen wie die neuesten Bonbonverpackungen. Dylan taten die Tapeten leid. Sie mussten den schlechten Geschmack ertragen, ohne davon zu wissen. Dylan zog Pintchiks eigenen Stil vor, die gelb-rote Backsteindekoration und die zigarrengeräucherten Wände.

»Ich treibe ihn aus seinem Atelier, wie ich dich zum Spielen raustreibe, er soll sich einen Job suchen, anstatt wie Meher Baba auf seiner Bergspitze zu leben …«

Dylan war überrascht, eine Rolle seines Dschungels in dem Bestand von Pintchik zu finden. Hier machte er sich auch nicht besser als das Paisleymuster oder die Neonfarbe. Der Dschungel, in den er blickte, während er einschlief, hatte kein Alter, war flach und leer, unredlich wie die Werbung. Abraham hätte in seinem Atelier niemals Tapeten zugelassen.

Dylan wünschte sich Tapeten so alt wie Schiefer, unergründlich und dunkel wie die gemalten Filmbilder seines Vaters. Er wollte ein Skullyspielfeld auf seine Wand zeichnen, wollte in dem leer stehenden Haus wohnen. Oder bei Pintchik.

Brooklyn war einfach zu verstehen im Vergleich zu seiner Mutter.

»Eine Gang von den Gowanus Houses hat einem Fünftklässler nach der Schule aufgelauert und ihn in den Park geschleppt. Sie hatten ein Messer dabei und haben sich gegenseitig angestachelt und *ihm die Eier abgeschnitten*. Er hat sich nicht mal gewehrt oder geschrien, oder so. Du kannst es gar nicht früh genug erfahren, mein tiefsinniges Kind, dass die Welt verrückter ist als ein Irrenhaus. Lauf davon, wenn du dich nicht wehren kannst, lauf und schrei *Feuer* oder *Vergewaltigung*, sei wilder als die Angreifer, trag Flammen im Haar, das rate ich dir.«

Sie gingen von Pintchik über die Bergen Street nach Hause, und Rachel schwatzte ihm weiter die Ohren voll. Dabei erwähnte seine Mutter nie Robert Woolfolk, nicht ein einziges Mal, aber als sie an der Ecke Nevins und Bergen Street vorbeikamen, dem Ort, an dem sie Robert *mitten auf der Straße den Arsch versohlt hatte*, fühlte Dylan wieder die beschämende Erregung, und zwar nicht nur bei sich, sondern auch bei seiner Mutter. Er wusste, Rachel konnte nichts für das, was sie sagte. Sie hatte auch Angst. Dylans Aufgabe war es, das, was Rachel sagte, zu entwirren und neunzig Prozent davon zu ignorieren, um sie zu verstehen.

»Der gut aussehende schwarze Mann, der neben Isabel Vendle eingezogen ist, heißt Barrett Rude Junior, er ist Sänger, er gehörte zu den Distinctions, er hat diese unglaubliche Stimme, er hört sich fast an wie Sam Cooke. Ich habe sie sogar mal live gesehen, als Vorgruppe der Stones. Sein Sohn ist in deinem Alter. Er wird dein neuer bester Freund werden, das prophezeihe ich dir.«

Es war Rachels letzter Vermittlungsversuch.

»Wenn du keine Tapete möchtest, reißen wir die alte ab und streichen die Wände, wie auch immer. Es ist dein Zimmer. Ich liebe dich, Dylan, das weißt du doch. Komm schon, Wettlauf nach Hause.«

Dylan kompensierte seine Verwirrung beim Rennen und versuchte seine Mutter abzuhängen.

»Okay, es reicht, deine Mutter ist außer Puste. Du bist zu schnell.«

Das klatschende Geräusch seiner Turnschuhsohlen ebbte an der Ecke Nevins und Dean Street ab, wo er den Kopf in den Nacken legte, um tief Luft zu holen, und darauf wartete, dass Rachel ihn einholte. In dem Augenblick war sich Dylan sicher, sie erneut gesehen zu haben: Die zerlumpte Gestalt, die vom Dach der Public School 38 einen Bogen zu den Spitzen der baufälligen Ladenlokale auf der Nevins zog, um dann hinter der Wolkendecke zu verschwinden. Der unglaubliche Springer. Er sah aus wie ein Penner.

Dylan fragte seine Mutter nicht, ob sie ihn gesehen hatte. Sie zündete sich gerade eine Zigarette an.

»Du bist nicht nur wunderschön und ein Genie, sondern du hast auch noch schnelle Beine. Ich würde das nicht sagen, wenn es nicht stimmte. Du wirst erwachsen, Junge.«

Verdienstabzeichen waren Kryptogramme, unverständliche Funksignale von einem anderen Planeten der Jugend, und obwohl Mingus Rude sich eigentlich *aufspielte*, schien er sie doch mit einem gewissen anthropologischen Abstand zu betrachten, der dem von Dylan nicht unähnlich war. »Schwimmen, Feuer, Knoten, Kompass«, zählte er auf, während er mit dem Daumen darüberfuhr, magische Beweisstücke aus einem Vorort von Philadelphia, Treibgut einer toten Welt.

Mingus Rude ließ Dylan im leeren, verwilderten Hinterhof warten, während er sich seine komplette Pfadfinderuniform anzog. Dann stand er vor Dylan, und gemeinsam bestaunten sie dieses Trugbild, die Hosenbeine und Hemdsärmel, die schon zu kurz waren, das gelbe Halstuch, mit einer Schleimspur aus Schnodder befleckt. Er ging wieder hinein und kam in einem grün-weißen Eishockeydress zurück, auf dem Rücken stand sein Name in glänzenden, etwas schiefen Bügelbuchstaben. In der Hand hielt er einen abgewetzten Schläger, um dessen Griff schwarzes Isolierband gewickelt war. Dylan nahm das Bild schweigend in sich auf. Dann verschwand Mingus ein weiteres Mal und kehrte in einer knallroten Footballausrüstung wieder, auf deren Helm MANAYUNK MOHAWKS geschrieben stand. Gemeinsam schoben sie den perforierten Nylonstoff zurück, um die Schulterpolster aus Kunststoff zu untersuchen, die Mingus das Aussehen eines Superhelden verliehen. Die Polster rochen nach Schweiß und Schimmel, nach verrückten, nicht zurückholbaren Nachmittagen. *Aber kannst du auch einen Spaldeen fangen? Kannst du ihn bis aufs Dach werfen?*, fragte sich Dylan verbittert. Mingus Rude würde bald wissen, dass Dylan Ebdus das nicht konnte.

Dylan war hin- und hergerissen zwischen dem Wunsch, zu behaupten, er besäße Abzeichen im *Skully*, *Etch-A-Sketch*, *Knarrende-Stufen-Hinunterschleichen* und *Sparky-Zeichnen*, und dem Impuls, Mingus vor Spötteleien, Diebstahl und Unverständnis zu schützen. Er konnte es schon hören: *Yo, lass mich mal sehen, lass mich mal ausprobieren, was – du traust mir nicht?* Er wünschte sich, sie beide zu schützen, indem er dem Neuen verbot, irgendwelche dieser großen und belanglosen Reichtümer nach draußen vor die Augen der anderen Kinder zu tragen.

Dylan verstrickte sich in seinem Schweigen. Dort in der eingefriedeten Heiligkeit des Hinterhofs wollte er die verschiedenen Uniformen zu einem Freudenfeuer auftürmen, gleich dem, das Henry und Alberto einmal auf dem Treppenaufgang des leer stehenden Hauses entzündet hatten, wobei sie qualmende Zeitungen und getrocknete Hundescheiße sowie die stinkenden grünen Spätsommerzweige des Ailanthus, die überall auf der Straße verstreut lagen, verbrannten. Dylan wollte, dass er und Mingus Rude ein Feuer machten, um die Uniformen in dichtem Rauch zu ersticken, bis die

Plastikteile schwarz wurden und schmolzen, bis die Zahlen und Namen, die Beweise, zerstört waren. Ein Dean-Street-Feuer, ohne Einbeziehung von Verdienstabzeichen. Stattdessen sah er nur zu, wie Mingus Rude die Uniformen trübselig ins unterste Fach seines Wandschranks packte.

»Magst du Comics?«, fragte Mingus Rude.

»Sicher«, antwortete Dylan unsicher. *Meine Mutter mag sie*, hätte er fast gesagt.

Mingus Rude kramte vier Comichefte vom Boden des Schranks hervor: *Der Dämon Nr. 77, Der Schwarze Panther Nr. 4, Doktor Strange Nr. 12, Der unglaubliche Hulk Nr. 115.* Sie waren liebevoll zerschunden worden, mit abgerissenen Ecken, mit von heißem, gespanntem Atem gebräuntem Papier und Seiten, die von den Augen durchgekaut waren. MINGUS RUDE stand in schrägen Blockbuchstaben mit Kugelschreiber auf der jeweils ersten Innenseite geschrieben. Mingus las bestimmte Sprechblasen laut vor, beschwor sie geradezu herauf und schaffte es so, Dylans und seine eigene Aufmerksamkeit zu bündeln. Dylan fühlte sich von der ungewohnten Aufmerksamkeit derart durchdrungen, dass er eine unheimliche Wärme für Mingus in seiner Brust verspürte. Er hätte am liebsten seine Hand auf dessen krauses Haar gelegt.

»Weißt du, was jetzt gesagt wird? Doktor Strange könnte den unglaublichen Hulk mithilfe eines mystischen Käfigs schnappen, aber nicht Thor, weil Thor eine göttliche Gestalt ist, zumindest solange er seinen Hammer nicht verliert. Ohne den Hammer hat der Typ nicht mehr zu melden als ein Krüppel.«

»Wer ist Thor?«

»Wirst du noch sehen. Weißt du, wo man hier Comics kaufen kann?«

»Äh, ja.« Dylan dachte an Croft, den Nachmittag auf Isabel Vendles Terrasse, den Zeitungskiosk auf der Verkehrsinsel zwischen Flatbush und Atlantic Avenue. *Die Fantastischen Vier.*

Könnte Doktor Strange wohl die Fantastischen Vier »schnappen«?, fragte er sich.

»Schon mal Comics geklaut?«

»Nein.«

»Keine große Sache. Fährst du dieses Jahr ins Zeltlager?«

»Nein.« *Bin ich noch nie*, hätte Dylan fast gesagt. Er hatte einen Gegenstand auf der Kommode entdeckt, eine Art Stimmgabel.

»Das ist ein Lockenkamm«, sagte Mingus Rude.

»Oh.«

»Für schwarzes Haar. Nichts Besonderes. Willst du mal eine Goldene Schallplatte sehen?«

Dylan nickte stumm und legte den Kamm zurück. Mingus Rude stellte eine eigene Welt dar, eine explodierende Bombe von Möglichkeiten.

Dylan fragte sich, wie lange er ihn wohl für sich haben würde.

Sie schlichen die Treppe hinauf. Sein Vater hatte Mingus Rude mit einer großzügigen Geste das gesamte Untergeschoss überlassen: Zwei Zimmer nur für sich allein und Zugang zu dem magisch unberührten Hinterhof. Mingus Rudes Vater wohnte im Erdgeschoss. Wie bei Isabel Vendle stand auch Barrett Rude Juniors Bett gegenüber der reich verzierten marmornen Kamineinfassung, hinter dem gedämpften Licht der hohen Fenster, wirklichen Schau-Fenstern, die eigentlich für den Straßenblick gedacht und in der Regel vollgestellt waren mit Klavieren, Polstermöbeln, alten Bibeln auf Pulten und wer weiß was noch. Aber anders als Isabel Vendles Bett war das von Barrett Rude Junior, das unter der verschnörkelten Stuckdecke auf dem Boden lag, ein mit richtigem *Wasser* gefülltes flaches Kissen, wie Mingus Rude im Vorbeigehen mit einem geschickten zweihändigen Schubser demonstrierte, ein wogendes Meer, das in seidenem Bettzeug gefangen war. Die beiden Goldenen Schallplatten waren – Überraschung! – genau wie ihr Name versprach aus Gold, Singles, die auf einem weißen Trägermaterial befestigt und in gebürstetem Aluminium gerahmt waren, jedoch nicht an den nackten Wänden hingen, sondern neben zusammengeknüllten Dollarnoten, halb gefüllten Gläsern und leeren Kool-Zigarettenpackungen auf dem übervollen Kaminsims standen. »(NO WAY TO HELP YOU) EASE YOUR MIND« (B. RUDE, A. DEEHORN, M. BROWN), THE SUBTLE DISTINCTIONS, ATCO, GOLD AM 28. MAI 1970, lautete die Inschrift auf der einen und »BOTHERED BLUE« (B. RUDE), THE SUBTLE DISTINCTIONS, ATCO, GOLD AM 19. FEBRUAR 1972 auf der anderen.

»Nach unten«, sagte Mingus Rude. Sie ließen die Goldenen Schallplatten hinter sich. Dylan ging vorneweg die Treppe hinunter, wobei er sich beim Umfassen des Geländers merkwürdig steif vorkam, da er Mingus Rudes Blick im Rücken spürte.

Im Hinterhof schleuderten sie Steine in den Himmel, die im Hof der Puerto-Ricaner aufschlugen. Hauptsächlich Mingus, Dylan sah zu. Es war der 29. August 1974. Die Luft roch, als hätte man den Arm eines anderen vor der Nase. Man konnte das anhaltende Klingeln des Mister-Softee-Eiswagens auf der Bergen Street hören, wahrscheinlich mit der üblichen Meute von Kindern im Schlepptau.

»Mein Großvater ist Prediger«, sagte Mingus Rude.

»Wirklich?«

»Barrett Rude Senior. In seiner Kirche hat mein Vater angefangen zu singen. Aber jetzt hat er keine Kirche mehr.«

»Warum nicht?«

»Er sitzt im Gefängnis.«

»Oh.«

»Ich schätze, du wusstest, dass meine Mutter weiß ist.«

»Klar.«

»Weiße Frauen mögen schwarze Männer, das hast du sicher schon mal gehört, oder?«

»Äh, klar.«

»Mein Vater redet nicht mehr mit dem verlogenen Miststück.« Er ließ ein scharfes, von sich selbst überraschtes Lachen folgen.

Dylan schwieg.

»Er hat eine Million Dollar für mich bezahlt. So viel musste er zahlen, um mich zurückzubekommen, eine *glatte* Million. Du kannst ihn fragen, wenn du meinst, ich lüge.«

»Ich glaube dir.«

»Es ist mir *egal*, ob du mir glaubst, es stimmt.«

Dylan betrachtete Mingus Rudes Lippen und Augen, den genauen Braunton seiner Haut, sog sie regelrecht auf. Dylan wollte ihn lesen wie eine Sprache, wollte wissen, ob der Neue mit seiner Ankunft die Dean Street verändert hatte oder nur ihn selbst. Mingus Rude atmete durch den Mund ein und schob seine Zunge bei einem Wurf an der einen Seite über die Oberlippe. Mingus' Haut war schwarz, aber von heller Färbung, eine Mischung. Die Innenflächen seiner Hände waren ebenso weiß wie die von Dylan. Er trug eine Cordhose. Alles war möglich, wirklich.

Eine-Million-Dollar-Kinder gehören nicht auf die Dean Street, hätte Dylan beinahe gesagt. Nicht einmal das Wort *Million*.

Mingus Rude war womöglich nicht ganz richtig im Kopf, Dylan machte das nichts aus.

Zwei Tage später spielte er bereits mit, stand als Fänger beim Stufenball auf der Straße und drückte sich an parkende Autos, um den Bus vorbeizulassen. Als wäre er schon immer da gewesen. Er hatte eine lakonische Art zu fangen, die einfach perfekt war. Womöglich war er der Henry seines eigenen Blocks gewesen, der nun hierherversetzt worden war – womöglich war er sogar ein Henry im Geiste, überall wiedererkennbar. Dylan kam angeschlichen, setzte sich auf Henrys Mauer und schaute zusammen mit Earl sowie zwei jüngeren

Mädchen zu. Mingus Rude war offensichtlich überlebensfähig. Er war ins laufende Spiel aufgenommen worden, als Dylan nicht hingesehen hatte.

Robert Woolfolk war nicht in der Nähe. Ansonsten hatte der letzte schöne Tag des Sommers auch das letzte Kind hinaus auf die Dean Street gekehrt. Zwei Mädchen schwangen ein Seil, über das drei andere hüpften, wobei ihre Knie glänzten wie Weintrauben. Die leere, blau gekachelte Public School 38 lag nur einen Block entfernt leblos da. Niemand beachtete sie, niemanden kümmerte es.

»D-Man.«

»John Dillinger.«

»D-Lone. Lonely Dee.«

Dylan verstand nicht, was Mingus da rief, erkannte sich nicht wieder in den Spitznamen.

»Yo, Dylan, taub oder was?«

Mannschaftskapitän zu sein war eine herausragende Eigenschaft von Henry. Aber jeder Kapitän brauchte einen Zweiten, zur Not einen unterlegenen, einen Strohmann. Irgendjemand musste die Rolle übernehmen. Dylan hatte gesehen, wie Alberto es versucht hatte, auch Lonnie, einmal sogar Robert Woolfolk, was zu einem einseitigen Schlagballspiel führte, das bald mit bösen Blicken und einem vorgetäuschten Hinken endete. Jetzt, am strahlenden Ende des erschöpften Sommers, waren Henry und Mingus die Schlagball-Kapitäne, ohne dass es einer Erklärung bedurft hätte.

Mingus wählte als Erstes Dylan, vor Alberto, Lonnie, Earl, vor allen anderen.

»Er kann nicht schlagen«, sagte Henry. Es war eine recht wohlwollende Einschätzung. Dylan war für jeden Kapitän ein Problem, ein Klotz am Bein.

»Ich hab Dillinger genommen«, erwiderte Mingus kühl. Er öffnete und schloss den Klettverschluss am Handgelenk eines Schlaghandschuhs der Philadelphia Phillies, einer stichelnden Erinnerung an das Stammlager seiner Ausrüstungen im Wandschrank. »Du bist dran.«

Der letzte Augustnachmittag, bevor die Schule wieder anfing, hatte etwas von der verstörenden, blendenden Wirkung der Anfangssequenzen von *Raumschiff Enterprise* oder *Kobra, übernehmen Sie!*, wenn man den Fernseher ausschalten und zu Bett gehen musste: Sie verfolgten einen weiter und liefen hinter den Augenlidern ab, nachdem die Tür geschlossen und das Licht gelöscht war und sich das Herzklopfen gelegt hatte. Der Sommer war unvollendet, vorzeitig abgebrochen, ein schlechter Abschluss. Mingus' Ankunft verhieß die Möglichkeit eines *weiteren Sommers*, eingehängt in diesen ersten wie eine Tür, hinter die man nicht sehen konnte.

Der schweißnasse Besenstiel war wie der Eishockeyschläger frisch mit schwarzem Klebeband umwickelt.

»Fang an, Dill.«

Die Namen, begann Dylan zu begreifen, drückten aus, dass er und Mingus drinnen, fern von der Straße, auf eine Weise zueinander standen, und draußen, im Block, wiederum ein völlig anderes Verhältnis hatten.

Drinnen, draußen, eine Unterscheidung, die Dylan nachvollziehen konnte. Mit der er etwas anfangen konnte.

Henry warf. Dylan wedelte etwas kaum Sichtbarem hinterher, wie einer Biene in der Luft. »Erster Ball«, sagte Mingus Rude, Kapitän, Schiedsrichter, Stadionsprecher.

»Erster Ball?«, schimpfte Henry. »Dein Kumpel hat versucht, ihn zu bekommen.«

»Spielt keine Rolle«, sagte Mingus. »Zu hoch.« Und an Dylan gewandt: »Hol bei dem Scheiß nicht auch noch aus.« Zu Henry: »Trefferzone beachten.« Dann wieder zu Dylan, flüsternd: »Lass die Augen auf.«

Du entwickeltest dich vor aller Augen und zugleich heimlich, wurdest schlaksig und behaart, drehtest dir einen Milchzahn heraus, spucktest Blut und spieltest weiter, behauptetest, bestimmte Wörter zu kennen, die du noch nie zuvor gehört hattest. Und der Tag kam, an dem du trafst, den Ball irgendwie ins Feld kriegtest und das erste Laufmal erreichtest, noch bevor der Schläger klappernd auf der Straße liegen blieb. Das war keine große Sache, du erwartetest keine Glückwünsche. Dylan tanzte um den Kanaldeckel, das zweite Laufmal, forderte den Wurf förmlich heraus, der nächste Punkt auf der Tagesordnung. Das war die Belohnung dafür, den Ball zwischen Albertos Füßen hindurchgespitzelt zu haben. In Führung zu liegen, Trefferquote *hundert Prozent*.

Jede freudige Erregung war dasselbe wie sich in die Hose pinkeln. Dylan wusste sich seiner Erleichterung zu schämen.

Er kam bei Mingus' eigenem Homerun mit ins Ziel. Schlug atemlos daneben, als er das nächste Mal dran war. Aber: Fünf Kinder in jeder Mannschaft und keine nennenswerte Verteidigung, an einem solchen Abend würdest du gut zum Schlagen kommen. Schlag ruhig neunzigmal daneben. Lass ihn von einem Laternenpfahl abprallen und mach einen Dreier draus, ganz egal – in der Dunkelheit konntest du einen Dreier sogar einfach *abtropfen* lassen. Dem Ende dieses Tages würdest du trotzen wie dem Schlaf, wie einer Krankheit. Irgendeine Mutter rief seit einer halben Stunde nach ihrem Kind, aber selbst dem schenkte keiner Beachtung. Keiner ging nach Hause.

Rachel Ebdus rief nicht vom Treppenaufgang. Dylan Ebdus fragte sich, ob Rachel und Abraham die Gelegenheit nutzten, um sich auf die eine oder andere Weise den Arsch zu versohlen.

Da er sich in genau diesem Augenblick *draußen* befand, war es Dylan egal.

Es war ihm *scheißegal*.

Was zum Teufel versteht ihr schon davon?

Wenn. Mingus Rude war knapp vier Monate älter als Dylan Ebdus, aber diese vier Monate lagen so ungünstig im Jahr, dass Mingus eine Klasse über ihm war und in Manayunk, Pennsylvania, das fünfte Schuljahr beendet hatte. Wie Henry und Alberto würde Mingus Rude dieses Jahr in die Sechste kommen, und zwar im Nebengebäude der Intermediate School 293 auf der Butler Street zwischen Smith und Hoyt, im Schatten der Gowanus Houses. Niemandsland.

»Dyl-*ikat*«, nannte Mingus ihn einmal, als er wieder auf dem Schlagmal stand.

Die I. S. 293 war eine verborgene Sonne, die die schreienden Kinder aus der Umlaufbahn der Dean Street anzog, eines nach dem anderen. Wenn Mingus Rude nur vier Monate jünger wäre, wenn Mingus Rude und Dylan Ebdus gemeinsam ins fünfte Schuljahr hätten gehen können, wenn. Dann hätte Dylan vielleicht auf ihn aufpassen können. Ihn im Auge behalten.

Ein Schuljahr war eine Brücke ins Ungewisse. Völlig unmöglich zu sagen, wo sie wieder an Land führte oder wer du sein würdest, wenn es so weit war.

Deine ganze Laufbahn bestand aus einem Schlagballspiel, dein ganzes Leben bis zu diesem Moment.

Dies waren keine Spielrunden, es waren Träume von Spielrunden. Niemand konnte sich mehr erinnern, wer als Letzter ausgeschieden war, man konnte sich auch kaum an die Reihenfolge der Schlagenden erinnern, bis am Ende nur noch zwei übrig blieben, Mingus und Dylan. Gus und D-Man. Ein weiteres Kind hörte auf, und Henry musste aus dem Außenfeld werfen. Man konnte alles anstellen, einen Bodenwurf mit dem Körper abfangen wie eine Handgranate, oder ihn hinter einem Reifen hervorholen und zum Schlagmal peitschen, vielleicht den Typen, der gepunktet hatte, am Hintern treffen. Der rosafarbene Spaldeen wurde ganz schwarz, als wäre er Teil der Nacht. Irgendein Puerto Ricaner parkte das dritte Laufmal um, wütend über die Fingerabdrücke. Eine Pause zwischen den einzelnen Runden war selbst wie ein Sommer.

Die Public School 38 stand in Flammen. Nein, doch nicht.

Wenn. Wenn Mingus Rude an diesem Ort bleiben könnte, irgendwo in Dylans Tasche, in seinen schmerzenden, verschmierten Händen, dann würde der Sommer nicht weichen, wofür auch immer. Wenn. Wenn. Tolle Chance. Der Sommer auf der Dean Street hatte einen Tag gedauert, und dieser Tag war vorüber, draußen war es dunkel, schon seit Stunden. Der Williamsburgh Savings Bank Tower zeigte in rotem und blauem Neonlicht halb zehn an. Endergebnis: eine Million zu null. Das Eine-Million-Dollar-Kind.

Nicht deine Schule stand in Flammen, sondern du.

… und so fand sich Major Amberson in den tiefgründigsten Gedanken seines Lebens wieder, hörte sie sich in ihrem Krankenbett im Long Island College Hospital auf der Henry Street zitieren, wo der von der Decke herabhängende Fernseher mit *Ryan's Hope* und der *Gong Show* den heimischen Herd ersetzte und ihre einzige Gesellschaft in zwei brutal unfreundlichen und brutal fetten jamaikanischen Krankenschwestern bestand, ihrer Nachtwache. Sie würde in Brooklyn Heights sterben und nicht in Boerum Hill, da Boerum Hill statt eines ordentlichen Krankenhauses nur ein Gefängnis besaß – *und Major Amberson wurde bewusst, dass aller Verdruss und alles Vergnügen in seinem Leben, all das Kaufen und Bauen –*, und nicht in ihrem Bett unter der Decke ihres Salons, weil das Ruder sie verletzt hatte, sie durchbohrt hatte, sie wie einen Brief in den Umschlag ihrer selbst gefaltet hatte, seit zweiundfünfzig Jahren ungelesen. Nun, am Ende, medizinisch unlesbar: Sie hatte zugesehen, wie die Assistenzärzte über ihren Röntgenbildern gerätselt hatten – wie kann *das* neben *dem* liegen? Wie passte die alte Vendle in sich selbst hinein, wie hatte sie es all die Jahre über geschafft? Ihr Körper war Boerum Hill, genauso wie König Artus' Körper England gewesen war. Sie verkörperte all die Gegensätze, die in Boerum Hill aufeinanderstießen: Sie war die in der Ecke aus

90

Gips und Marmor abgestellte Bierdose in der braunen Papiertüte, die in den Stadthäusern des neunzehnten Jahrhunderts dazu benutzt wurde, Särge um die Kurven der Treppenhäuser zu manövrieren. Sie war ein Gefängnis, in dessen Schatten irgendwelche Jungs Unsinn trieben. *Alles Vergnügen, all das Kaufen und Bauen, war nichts als Tändelei und Verschwendung gewesen, denn der Major wusste ...*

Sie hatte zwei Besucher gehabt. Croft natürlich, der eine Woche in ihrem Untergeschoss gewohnt und sie jeden Tag im Krankenhaus besucht hatte, sie mit kleinen Rationen ungenießbarer Gesundheitskost gequält, ihr *Könige auf Zeit* und *Der Klang geheimer Harmonien*, die letzten beiden Bände Powells, mitgebracht und sich böse Blicke der aufbrausenden Jamaikanerinnen zugezogen hatte, als er ihre Bettpfanne im Badezimmer entleert und seine ernst gemeinten, aber unsinnigen Fragen über ihre Pflege gestellt hatte. Dann hatte er auf ihr Geheiß hin die orangefarbene Katze mit nach Indiana genommen. Sie wünschte der Katze von ganzem Herzen Glück. Sie konnte der ländlichen Kommune vielleicht als Gewissen dienen, als bisher fehlender moralischer Mittelpunkt. Croft hatte sich einen Bart wachsen lassen oder ihn gerade abrasiert – Isabel konnte sich nur noch auf ihre eigene Irritation konzentrieren, die irgendwo von seinem Mund herrührte. Croft würde das Haus bekommen. Er würde es verkaufen, sie wollte gar nicht mutmaßen, an wen. Isabel musste feststellen, dass sie den Powell im Moment nicht lesen konnte, es nicht fertigbrachte, die Sätze zu einem Ganzen zu fügen. Stattdessen sah sie sich die *Gong Show* an. Darin trat ein Komiker mit einer Papiertüte über dem Kopf auf, der ihr ziemlich gut gefiel: Nimm das, Anthony Powell!

Isabels zweiter Besucher, Rachel Ebdus, brachte ebenfalls ein Buch mit, das Isabel voller Verwunderung betrachtete: *Frau am Abgrund der Zeit*. Also wirklich, wie konnte man sich nur »Marge Piercy« nennen! Isabel lächelte und drehte ihr Handgelenk, wie sie es gerade lernte – diese kleine Lockerung, diese Preisgabe war eine Übung für größere Unternehmungen –, drehte ihr Handgelenk und ließ das Buch zu Boden fallen, flüsterte dann leiser als nötig, Rachel möge es auf den Nachttisch legen. Es machte ihr Spaß, die Sterbende zu spielen, während sie im Sterben lag. *Du kleiner Dummkopf*, hatte sie sagen wollen, *ich lese keine weiblichen Autoren.*

Rachel Ebdus hatte geweint. Sie und ihr einsiedlerischer Filmemacher hatten bestimmt wieder mal Streit. Die Frau hatte etwas auf dem Herzen, das sie loswerden wollte, aber Isabel entschied sich, die zerbrechliche Würde einer Sterbenskranken vorzuschützen, um sie davon abzuhalten, es auszusprechen. *Es reicht, dass ihr meine Dean Street vermacht bekommt, du Beatnik-Göre. Komm nicht auch noch her und träufle deinen Kummer in meine sterbende Seele.*

Rachel Ebdus redete mit ihr, aber es war für Isabel Vendle so weit weg wie Fußspuren auf dem Mond.

»Vielleicht gehe ich fort«, hörte sie die junge Frau sagen.

»Ja«, erwiderte Isabel. »Das ist das Beste. Gehen Sie.« Wenn Rachel dieses Schmerzenslied im Fernsehen singen würde, hätte Isabel sie schon längst »ausgegongt« – *der Major wusste, dass er nunmehr einen Plan entwerfen musste, der ihm Zugang zu einem unbekannten Land verschaffte, einem Land, in dem er nicht einmal sicher sein konnte, als ein Amberson aufgenommen zu werden …*

Dann war sie wieder allein, Rachel Ebdus war entmutigt gegangen, Croft auf dem Rückweg nach Indiana. Boerum Hill war, was es war – voreingenommen, aufsässig, korrupt –, und was auch immer es als Nächstes werden würde, es konnte ohne Isabel Vendles Hilfe auskommen. Sollte es doch auseinandergerissen werden, sollte es doch in Vergessenheit geraten, sollte es doch Vergebung finden. *Wir müssen von der Sonne sein*, dachte sie, verwundert über sich selbst, dass sie trotz des nahen Endes noch weiter zitierte, *am Anfang gab es nichts außer der Sonne, die Erde wurde aus der Sonne geboren, wir wurden aus der Erde geboren* – in ihrem letzten Traum holte Simon Boerum sie ab, der alte Trunkenbold, und ruderte sie zum Ufer von Vendle's Hard, die beiden Riemen sicher in den Händen, *was auch immer wir sind, wir müssen von der Sonne abstammen ...*

Gong!

Das fünfte Schuljahr war wie das vierte, nur dass irgendetwas nicht stimmte. Nichts änderte sich großartig. Es geriet bloß alles ins Wanken. Die Sinnlosigkeit, die an der Public School 38 so weit gediehen war, ließ erwarten, dass das Gebäude eines Tages aus Scham von selbst zusammenbrechen würde. Diejenigen, die nicht lesen konnten, hatten es immer noch nicht gelernt, die Lehrer erklärten dieselben Dinge nun zum fünften Mal und vermieden es, einem in die Augen zu sehen, einige Kinder hatten das Jahr bereits zweimal wiederholt und die Größe von Hausmeistern angenommen. Der Ort war ein Käfig zum Wachsen, sonst nichts. Das Schulessen entpuppte sich als Fünfjahresplan, ein geglücktes Unterfangen. Man konnte sich den Fischstäbchen und labbrigen Hamburgern nicht entziehen. Man würde mindestens zweitausend Viertellitertüten Vitamin-D-angereicherten Kakaos aufstauen.

Zwei schwarze Jungs aus den Sozialbauten, Zwillinge, hießen allen Ernstes Ronald und Donald MacDonald. Die beiden zuckten dazu nur die Schultern und konnten nicht einsehen, was daran so unglaublich sein sollte.

Die chinesischen Kinder gingen den ganzen Tag nicht auf die Toilette, so sehr lebten sie in ihrer eigenen Welt.

Zu Hause klingelte Rachel Ebdus' Telefon, ohne dass jemand abnahm.

Alles war in Zonen aufgeteilt. Der Schulhof nach den Regionen der Nachbarschaft: Schwarze, schwarze Mädchen, Puerto Ricaner, Basketballer, Handballer, Übrige. Jemand hatte das Wort FLAMBOYAN mit weißer Farbe durch den

Maschendrahtzaun hindurch auf die Steinmauer gepinselt, zusammen mit einer Trefferzone für Baseball.

Bruce Lee war berühmt, jetzt wo er tot war.

In kurzen Intervallen wurden Rebounds geübt. Zwischen den Sprüngen wurde nicht gespielt. Man gab sich träge und bemühte sich um eine lässige Haltung.

Die schwarzen Mädchen hatten eine Sprache mit verkürzten Wörtern entwickelt, Gesänge, die schwerer zu lernen waren als alles, was im Unterricht durchgenommen wurde. Es gab eine allgemeine Unruhe an den Außenrändern, die man zu entdecken begann, ähnlich den unentzifferbaren Kulischmierereien auf den Tischen. Eine gekritzelte Stimme.

Die ersten Male, die jemand *Hey, Whiteboy* sagte, hörte es sich an wie ein Versehen. Man musste von den Mädchen in die neuen Verhältnisse eingeführt werden, die Jungs waren dafür eigentlich ein wenig zu schüchtern.

Falsche Turnschuhe, falsche Halbschuhe, falsche Hosenlänge. *Hochwasser.*

Wo ist die Überschwemmung?

Worüber lachst du, Dummkopf?

Oweia. Der Junge lacht sich selber aus.

Aus der I. S. 293 oder aus dem Nichts, den Projects, schauten ältere Jungs vorbei und hingen grüppchenweise vor den Eingängen und in den Ecken des Schulhofs herum. Bisher hatten vorangegangene Fünftklässler einen Puffer gebildet. Jetzt war man selbst der Puffer. Robert Woolfolk gehörte auch zu einem dieser vertrauten Grüppchen, den frühreifen Papiertütentrinkern. Selbst wenn er auf der Stelle stand, sah er aus, als hätte er ein verstauchtes Knie, als würde er für immer mit einem viel zu kleinen Fahrrad um die Ecke der Nevins Street strampeln. Er trug ein Lächeln auf dem Gesicht, das eher nach einer zerrissenen Fotografie aussah, und seine Stimme kroch sogar um Häuserecken. Dylan sah in Robert Woolfolks Augen denselben gekritzelten Ausdruck.

Red Hook, Fort Greene, Atlantic Terminals.

Man behalf sich mit Assoziationen, die zum Verständnis reichen mussten. Niemand erklärte einem irgendwas. Das fünfte Schuljahr war abstrakte Kunst, die in einzelnen Filmbildern gemalt wurde.

Dylan konnte das Telefon in der Küche immer noch klingeln hören, während er draußen auf dem Treppenaufgang saß, wartete, zuschaute, bis der Nachmittag in die Dämmerung glitt und die Luft kühl wurde, sodass die Bodegabrüder sich von ihren Milchkästen erhoben, die Köpfe schüttelten, sich in die kalten Nasen kniffen und den alten Ramirez allein ließen. Dylan und Ramirez ergaben in ihren beiden Hauseingängen ein wechselseitiges Zerrbild, schauten weiter auf die Straße und ignorierten einander dabei. Dylan sah zu, wie der Verkehr die Nevins Street hinuntertröpfelte, beobachtete die Mütter, die ihre Kinder vom Kindergarten abholten, zählte die Busse, die wie summende Brotlaibe vor der Ampel hielten, warteten und dann weiterfuhren. Henrys Vorgarten war leer, Marillas Vorgarten war leer, im Vorgarten des leer stehenden Hauses entdeckte jemand eine Ratte. Bruce Lee und Isabel Vendle waren tot, und Nixon schlenderte einen Strand entlang. Niemand rührte sich, niemand spielte, fremde Kinder spazierten in Gruppen den Block entlang. Es war die Jahreszeit des Verschwindens, einer Stille, die größter Stumpfheit gleichkam, dem unerträglichen Ticken des Schweigens, wenn ein Lehrer eine Antwort von einem Kind erwartete, von dem jeder wusste, dass es nicht einmal seinen eigenen Namen richtig aussprechen konnte.

Sollte doch Abraham ans Telefon gehen, falls er es überhaupt hörte. Sollte doch Abraham sagen, dass sie nicht da war.

Meistens wartete Dylan draußen allein, bis Abraham ihn zum Abendessen hereinrief. Mingus hatte andere Orte, zu denen er ging, Sechstklässlerorte, I.-S.-293-Orte – und andere Freunde, vermutete Dylan, wobei er seine Vermutungen gleich wieder verdrängte. Ein oder zwei Nachmittage die Woche kam Mingus mit federndem Schritt die Straße hinunter und hob grüßend die Hand. Er hatte eine braune Cordjacke mit Schafsfellkragen, und nicht etwa eine glänzende Synthetiksteppjacke, wie sie all die anderen Kinder trugen. Mingus hatte seinen Notizblock und seine Schulbücher immer lose unter den Arm geklemmt, ohne Schultasche, und ließ sie achtlos auf die Stufen fallen, womit er weniger seine äußerste Geringschätzung als vielmehr vollkommene Meisterschaft ausdrücken wollte.

Die Comichefte dagegen behandelte Mingus wie ein hochempfindliches Wesen, ein Stück sterbenden Fleisches, das er und Dylan möglicherweise durch ihre uneingeschränkte Zuwendung, ihre Ehrerbietung zu neuem Leben erwecken konnten. Die sich überlagernden Geschichten eröffneten ein weites Feld für eine neue Expertenschaft, ähnlich wie Skully, alles fein säuberlich gedruckt und rituell. Dylan war richtiggehend entsetzt, dass er es so lange versäumt hatte, sich mit solch grundlegender Kulturgeschichte zu befassen. Vergiss alles, was du vorher zu wissen glaubtest. Der Silberstürmer, zum Beispiel, befand sich in einer Lage, die man nicht wirklich nachvollziehen konnte, wenn man zu spät dazukam. Mingus schüttelte nur den Kopf. Man wollte gar nicht erst anfangen, so etwas Tragisches und Mystisches zu erklären.

Neue Comics trafen immer dienstags an den Zeitungskiosken ein. Und jedes Mal hatte Mingus einen Stapel unterm Arm, gekauft oder gestohlen, Dylan fragte nicht danach. Einige erschienen zweimal, andere nur einmal im Monat, man erfuhr es beim Lesen der Leserbriefseite und entwickelte auch eine freudige Erwartung auf Sonderausgaben, überformatige Jahreshefte und einmalige Spezialhefte wie *Rächer-Verteidiger-Kriege* oder *Ursprünge*. In den *Ursprüngen* lernte man, wie die Superhelden zu solchen geworden waren, wobei die Antwort in der Regel atomare Strahlung lautete. Die Jahreshefte und Spezialhefte hingegen beantworteten, zumindest provisorisch, Fragen wie: *Wer kann es mit wem aufnehmen?* Hulk und der Eiserne würden sich so über ein oder zwei Seiten einen Kampf liefern und am Ende schwören, ihn ein andermal fortzusetzen.

Gwen, die Freundin der Spinne, war vom Grünen Kobold getötet worden, was überhaupt nicht lustig war. Deshalb war die Spinne ja auch immer so deprimiert.

Captain Marvel war nicht gleich Shazam, was verwirrend war. Man hatte Letzteren auferstehen lassen, um sich das Urheberrecht an dem Namen zu sichern, und niemand konnte so recht sagen, ob er überhaupt ins Marvel-Universum passte. DC Comics, Marvels Antithese, brachte nur ein lächerlich verflachtes Bild der Realität zustande – Superman und Batman waren ein Witz, völlig verdorben vom Fernsehen.

In Wahrheit erinnerten einen Superman und seine Festung der Einsamkeit allzu sehr an Abraham und sein abgelegenes Atelier, in dem er über Nichtigkeiten brütete.

Bei manchen Titeln spürte man ein gewisses Unbehagen. Verschiedene Künstler zeichneten dieselbe Figur auf unterschiedliche Weise – man konnte sich leicht die Augen verderben, wenn man versuchte, das nachzuvollziehen, um den Zusammenhang dieser holprigen Geschichten zu wahren. Schwächere Superhelden wurden durch Gastauftritte von der Spinne oder von Hulk aufgemotzt und brachten die Chronologie damit furchtbar durcheinander. Selbst Einstein wäre verrückt geworden bei dem Versuch, zu erklären, wie die Fantastischen Vier den Unmenschen dabei geholfen hatten, die Maulwürfe zu bekämpfen, da sie doch erwiesenermaßen in ihrem eigenen Heft die ganze Zeit über in der Negativzone gefangen waren.

Wenn man den unglaublichen Hulk eine Zeit lang genauer verfolgte, stellte man fest, dass er den Gebrauch von Pronomen verlernte.

Zwei Nachmittage in der Woche saßen sie so im schwächer werdenden Licht auf Dylans Treppenaufgang und sprachen nie über das fünfte oder sechste Schuljahr, Dinge, die einfach zu primitiv und schwammig waren, um sie auch nur zu erwähnen. Stattdessen beugten sie die Schultern, um die dünnen Blätter vor dem Wind zu schützen, und gingen Seite für Seite durch, entwirrten das neueste Drama, holten das letzte Quäntchen Information heraus, lasen die Künstlerangaben, die Leserbriefseite, das Impressum, die Sea-Monkeys-Werbung, *die Beleidigung, die aus einer Memme einen Muckimann machte*. Und dann, gerade als man dachte, man sei allein, kehrte das Leben zurück in die Dean Street, und Mingus kannte wirklich jeden, grüßte eine Million verschiedener Kinder, die mit einer Limonade oder einer Brausestange aus Ramirez' Laden kamen, darunter auch Alberto, der Bier und Marlboros für seinen älteren Bruder und dessen Freundin holte. Der Block war dann eine Insel in der Zeit, Lichtjahre von der Schule entfernt: Mütter, die ihre Kinder ins Haus riefen; der Bus, der jetzt von innen beleuchtet war und in dem dicke Frauen saßen, die von der Schulbehörde auf der Livingston Street zurückkehrten und deren müde Schatten wie schwarze Zähne im glühenden Maul des Busses saßen; Marilla, die unzählige Male auf und ab ging und dabei sang: *It's true, hah, sometimes you rilly do abuse me, you get me in a crowd of high-class peepul, then you act real rude to me*; das ängstlich verblassende Licht und die beim Angehen summenden Straßenlaternen, über deren gebeugten Masten hinaufgeschleuderte Turnschuhpaare hingen; und schließlich Mingus Rude, der, am Ende eines dieser Nachmittage, ohne die Augen von einem Bild in einem Marvel-Sammelband zu heben, in dem sich Mister Fantastic zu einem Himmelskörper von der Größe eines Baseballs zusammengezogen hatte – wobei dessen winziges Gesicht mitsamt seinen charakteristischen grauen Schläfen in unglaublich knittrigen Details erkenn-

bar blieb –, um von einer Panzerfaust in den verwundba-
ren Mund des ansonsten unzerstörbaren fünfzig Fuß hohen Roboters namens *Toomazooma, das lebende Totem*
geschossen zu werden, fragte: »Ist deine Mom immer noch
weg?«

»Ja.«

»Scheiße, Mann. Ist das abgefuckt.«

FÜNF

Nach fünf Wochen war er so weit, die Aktgemälde zu verkaufen. Sie nagten an seinem Verstand, sie sprachen kreuz und quer in verzerrtem Geflüster miteinander, sie warfen ihm sein eigenes Bild zurück wie Zerrspiegel, und zusammen mit dem klingelnden Telefon, der verlassenen Küchenanrichte, den stinkenden, ungeleerten Aschenbechern ließen sie das Erdgeschoss des Brownstones wie einen Schädel ohne Gehirn erscheinen, einen leeren Schädel gefüllt mit Erinnerungen, Déjà-vu. Sie würde nicht zurückkommen, und diese Einsicht strahlte von den Leinwänden ab wie Hitzewellen.

Erlan Hagopian, ein armenischer Sammler von der Upper East Side, hatte sich die Gemälde zwei Jahre zuvor angeschaut. Er hatte darum gebeten, nachdem er eines in einer Gruppenausstellung auf der Prince Street gesehen hatte – diese war auf Veranlassung von Abraham Ebdus' altem Lehrer zustande gekommen –, ein Ersuchen, das Abraham hätte ablehnen müssen, eine Eitelkeit, ein Fehler. Hagopian und der Galerist aus der Prince Street waren in die Dean Street gekommen, um weitere Gemälde und das Atelier zu besichtigen. Abraham hatte ihnen Letzteres verweigert, hatte den Film geschützt, seine geheime Arbeit geschützt und damit unbeabsichtigt zu dem Irrtum beigetragen, die Akte wären neueren Datums und er würde seine Arbeit auf Leinwand fortsetzen. Das tat er nicht. Seine großen Pinsel verrotteten, da er sie nach dem letzten Mal nicht einmal gründlich gereinigt hatte. An dem Tag hatte Erlan Hagopian ein Riesentheater um die Frage gemacht, wie viel der ganze Raum kosten würde, hatte eine Summe hören wollen, die er auf einen

Scheck schreiben müsste, um das Wohnzimmer auf einen Schlag seiner fleischigen Isolierung zu berauben. Insgeheim natürlich davon überzeugt, dass ihm dies verweigert würde – der Armenier hatte Abrahams Zurückhaltung zumindest vom Ansatz her richtig interpretiert. Allerdings nicht richtig genug, um zum Ziel zu gelangen: Er bekam nicht ein einziges der Gemälde. Abraham Ebdus' Lohn bestand allein in dem betrübten, ungläubigen Kopfschütteln des goldmähnigen, sonnenbebrillten Prince-Street-Galeristen. Dieser Anblick wog allerdings jede Summe auf einem Scheck auf.

Nun, zwei Jahre später, rief Ebdus Hagopian direkt an und wusste, dass er mit der Umgehung des Galeristen – was nicht einmal für eine sogenannte New Yorker Minute ein Geheimnis bleiben würde, wenn Hagopian tatsächlich etwas kaufte – die Brücken zu seiner alten Karriere, die Brücken nach Manhattan und SoHo endgültig abbrach. Abraham Ebdus wäre überglücklich, wenn diese Brücken weg wären. Er hatte der Stadt auf der anderen Seite des Flusses den Rücken gekehrt und marschierte in entgegengesetzter Richtung davon, in eine selbst erschaffene Wüste, eine Wüste aus Zelluloid.

Aus ganz anderen Überlegungen heraus zögerte Erlan Hagopian keinen Augenblick. Er schien die Logik von Abraham Ebdus' Kapitulation zu begreifen: Nachdem ich dich gebeten habe, deinen Preis für ein ganzes Zimmer voller Bilder zu nennen, wolltest du mir nicht mal eins verkaufen – und in dieser überkompensierenden Geste, dieser kindischen Unterschätzung der Macht des Geldes, lag die Gunst der zukünftigen Stunde beschlossen, in der du mich anbetteln würdest, den ganzen Raum zu kaufen. Natürlich.

Gut möglich, dass Erlan Hagopian schon immer einen ganzen Raum voller Akte hatte kaufen wollen, und jetzt könnte er endlich sagen, er habe es getan. Vielleicht kaufte er aber auch jede Woche Räume voller Akte. Oder er hatte das Ende von Abrahams Karriere als Maler vorausgesehen und wusste, dass er dabei war, eine hervorragende Partie

Grabsteine zu erstehen, oder Rachel Ebdus war inzwischen seine Geliebte, die er in einem Luxusapartment auf der Park Avenue versteckt hielt, und die Gemälde waren nur das Siegel auf einem undurchsichtigen Geschäft, das Abraham Ebdus ahnungslos abschloss. Wie dem auch sei, Erlan Hagopian wollte die Bilder kein zweites Mal sehen. Er schickte bloß einen Scheck und einen Lieferwagen.

Dylan Ebdus' Freundschaft mit Mingus Rude spielte sich in kurzen Zeitfenstern ab, bildete die Interpunktion für die unausgesprochenen Sätze ihrer Tage. So etwas wie die eine wahre Geschichte gab es nicht: Mingus könnte ebenso gut unterwegs sein, um die Maulwürfe im Nebengebäude der I. S. 293, in das die Sechstklässler gingen, zu bekämpfen, während Dylan im fünften Schuljahr in der Negativzone gefangen saß – das war auch egal, es widersprach sich nicht, sie waren schließlich nicht die Fantastischen Vier, sondern nur zwei Jungs. Wenn Dylan und Mingus sich nach einer Weile wiedersahen, war es beiden zu viel der Erklärungen, was in der Zwischenzeit passiert war. Denn Dylan spürte, dass auch Mingus eine geheime Last zu tragen hatte, eine eigene durcheinandergewirbelte Welt, die unter dem Schweigen weiterpochte. Es blieb nichts anderes übrig, als da weiterzumachen, wo sie aufgehört hatten, sie mussten alles zusammenwerfen, was sie noch gemeinsam hatten. Alles Neue beim anderen gab man vor, als selbstverständlich hinzunehmen, womit instinktiv ein Handel geschlossen war, um für die eigenen inneren Kämpfe den Rücken freizuhaben.

Dazwischen konnte alles Mögliche geschehen, und das tat es langsam auch. Zum Beispiel der Tag, an dem sich Robert Woolfolk auf dem Schulhof einfach in Dylans Weg stellte, mit seinen gekrümmten Schultern gestikulierte und sagte: »Yo, Dylan, Mann, lass mich dich mal kurz sehen.« *Dich sehen*, als wäre Dylan nun selbst eine Flasche Yoo-Hoo, die man austrinken konnte, oder ein Fahrrad, das man für immer um die Ecke lenkte. Dylan war einen Schritt, zwei Schritte auf Robert Woolfolk zugegangen, weil er nicht wusste, wie er sich wehren sollte, und stellte fest, dass er allein mit ihm war.

Robert sagte schläfrig: »Ich hab gesehen, wie sie deine Mama *nackt* aus dem Haus gebracht haben.«

Dylan erwiderte: »Was?«

»In einen Lieferwagen. Sie haben sie in Decken eingewickelt, aber die sind runtergerutscht. Ich hab gesehen, wie sie auf der Straße rumhing wie 'ne *Nutte*.«

Dylan berechnete den Abstand zwischen dem Punkt, an dem sie standen, und den vier Ausgängen des Schulhofs, verzweifelt über die gähnende Leere an diesem Novembernachmittag, die dem woolfolkschen Prinzip der Menschenvertreibung entsprach. »Das war nicht meine Mutter«, brachte er hervor. Auf Roberts Verrücktheit war das nicht mal eine halbe Antwort.

»Kam aus eurem Haus raus, Mann, nackt wie eine Hexe. Lüg nicht. Sie haben sie in einen Polizeiwagen gesteckt und mitgenommen.«

Jetzt war Dylan sprachlos. Hatte Robert Woolfolk etwas gesehen, das Dylan nicht gesehen hatte? Er würde doch nicht Gemälde mit einem lebenden Menschen verwechseln, Kunstspediteure mit der Polizei.

Gleichzeitig stieg Angst in ihm auf, denn wie übergeschnappt Robert Woolfolk auch sein mochte, er kapierte, dass es keine Rachel mehr gab, um *ihm den Arsch zu versohlen.*

Robert fuhr in einem vernünftigen, mitfühlenden Ton fort. »Haben sie ins Gefängnis geworfen, nehm ich an. Haben sie eingebuchtet, weil sie zu beschissen laut und verrückt war.«

»Sie war nicht nackt«, verteidigte sich Dylan mit ein paar Runden Rückstand. »Das waren Leinwände.«

»Als *ich* sie gesehen hab, hat sie keine Leinwände angehabt. Sie hing auf der Straße rum, sodass sie jeder sehen konnte. Frag doch jemand, wenn du denkst, ich bin ein Lüger.«

»Ein Lügner?« In seiner Verwirrung hätte Dylan Robert Woolfolk am liebsten zu sich nach Hause geführt, um ihm die Ränder auf den Wohnzimmerwänden zu zeigen, wo die Akte gehangen hatten, vermisste Bilder einer vermissten Frau, Geister von Geistern.

»Nenn mich nicht einen verdammten Lüger, Mann. Ich werd dir deinen weißen Arsch *aufreißen*, bevor du dich umschaust. Zeig mir deine Hand.«

»Was?«

»Deine Hand. Jetzt sofort. Ich will dir was zeigen.« Robert umfasste mit seinen langen Fingern Dylans Handgelenk und klappte es nach unten – Dylan schaute fasziniert zu, als wäre er weit entfernt –, dann drehte er es mit einem schnellen Ruck in Richtung von Dylans Schulterblatt, sodass dieser in der Hüfte einknickte, um dem Schmerz auszuweichen. Dylans Ranzen rutschte ihm über den Kopf, Schulhefte prasselten auf das Stück Betonboden, das er zwischen seinen Knien sehen konnte. Sein Gesicht lief rot an, und er keuchte.

»Siehst du, lass dich von *niemand* so anfassen«, sagte Robert. »Wenn du immer alles tust, was man dir sagt, bekommst du den Arm auf den Rücken gedreht. Ich sag dir das, weil ich es gut mit dir meine. Heb jetzt deinen Scheiß auf und verschwinde hier.«

Nichts davon konnte man erzählen. Als sie im winterlich gedämpften Licht von Mingus' Hoffenster saßen, Barrett Rude Junior über ihnen, die Klänge der Average White Band und seine leisen Schritte, die durch den Dielenboden rieselten, Dylan und Mingus unten mit zusammengesteckten Köpfen, die neuesten Ausgaben von *Luke Cage, Hero for Hire* und *Warlock* durchblätternd, konnte Dylan Mingus nicht fragen, ob auch er die Kunstspediteure beim Beladen des Lastwagens gesehen hatte oder stattdessen vielleicht

Robert Woolfolks eingebildete Polizei. So etwas lag jenseits von Sprache. Zum einen sollte Rachels Verschwinden keinen Namen bekommen, keine Formel, die es in die Geschichte der Dean Street eingravierte. Und ob Mingus die Parade gemalten Fleisches beobachtet hatte, wollte Dylan gar nicht wissen. Außerdem konnte er schlecht berichten, dass die abschreckende Wirkung, die Rachel auf Robert Woolfolk hatte, nun in sich zusammengefallen war, denn ein ungutes Gefühl warnte ihn davor, Mingus und Robert voneinander zu erzählen. Wenn sie dennoch aufeinandertreffen sollten, wollte Dylan nicht derjenige sein, der sie einander vorstellte, und wenn sie sich schon kannten, hatte Dylan auch damit keine Eile, es zu erfahren. Außerdem konnte Dylan Mingus nicht fragen, ob Schwarze Lügner *Lüger* nannten, weil der selbst schwarz war. Irgendwie.

Also nur Schweigen und die Sprechblasen von Comicheften sowie das Dröhnen des Basses von oben.

Eines Nachmittags im Dezember warf Mingus seinen Ringordner hin, gebogener Karton mit blauem Einband, an den Ecken ausgefranst, und Dylan bemerkte, dass der Ordner an jeder freien Stelle um Mingus' alte Philadelphia-Flyers-Aufkleber mit Kugelschreibergekritzel verziert war, mit sich wiederholenden Linien gleich den Ovalen des Spirographen, Gesten einer perfekten, unfassbaren Form. Hier war sie wieder, die Kritzelei von den Schulhofmauern, diesmal bei ihm zu Hause in der Dean Street, auf Dylans Treppenaufgang.

»Das nennt man *Tag*«, sagte Mingus, als er bemerkte, wie Dylan die Wolke aus visuellem Chaos begutachtete. »Hier.« Er riss eine Seite heraus, und mit den Fingern nahe der Stiftspitze schrieb er konzentriert und unter Zuhilfenahme der Zunge in schrägen Blockbuchstaben das Wort DOSE. Dann zeichnete er es erneut in einem klobigen ballonartigen Schrifttyp, D und O waren dabei kaum unterscheidbar, das E so aufgeblasen, dass sich die drei Querstriche überlappten –

die schwache Kopie der Lautschrift eines Marvel Comics, wie Dylan schien.

»Was bedeutet das?«

»Das ist mein *Tag*, Dose. Das ist das, was ich schreibe.«

Es war eine neue Tatsache. Jeder konnte ein *Tag* haben. Dylan konnte von nun an jederzeit selbst eines haben. Weitere Erklärungen würden folgen oder auch nicht. Die verkürzten Stunden des Winterlichts waren selbst eine Spielart der Geduld, eine stoische Antwort ohne Frage. Rachel hatte eine gewisse Hysterie vom Haus genommen und dafür das Telefon und andere verwandte Klingeltöne zurückgelassen. Jedem Tag unterlag ein Rauschen gleich dem einer Muschel. Dylan sah fern, er sah die Post durch, er sah seinen Vater nach oben in sein Atelier stapfen. Er lauschte leise den Platten, die seine Mutter zurückgelassen hatte, Carly Simon, Miriam Makeba, Delaney & Bonnie. Vom vergitterten Fenster seines Klassenzimmers im zweiten Stock aus sah er den Hausmeister über die dünne Schneedecke zu den Mülltonnen schlurfen, die ebenfalls mit dem neuen Gekritzel bedeckt waren. Dylan hatte angefangen, Namen herauszupicken, Anhaltspunkte im Chaos. Die meisten Sachen hatten sich abgespielt, bevor Dylan dazugekommen war, deswegen war es so wichtig, sie als selbstverständlich hinzunehmen. Man konnte dann jedes einzelne Beispiel wie bei einer Fernsehwiederholung nachvollziehen, *Raum 222, Eddies Vater, Cops auf Zeit*. Alles war exemplarisch für das tägliche Leben, den Sog des Normalen.

Während Dylan und Mingus zusammen waren, konnten Dinge geschehen, die sie niemals zur Sprache bringen würden. So sahen sie einmal das Superbowl-Finale in Mingus' Wohnzimmer, nachdem sie zuvor im Untergeschoss flüsternd eine Fünf-Dollar-Wette abgeschlossen hatten, Mingus auf die Pittsburgh Steelers, Dylan aus Gründen der Helmästhetik auf die Minnesota Vikings. Dann liefen sie unter dem Blick der Goldenen Schallplatten auf Zehenspitzen nach oben. Das Wohnzimmer war umgeräumt worden, das Wasserbett versteckt, die Couch und ein ausladender Fernsehsessel waren um einen gigantischen Farbfernseher gruppiert. Barrett Rude Junior thronte in blauer Satinhose und offenem Morgenmantel vor dem Bildschirm, die kräftigen Arme zu beiden Seiten herabhängend, die Handflächen nach außen, die Beine zum Fernseher hin ausgestreckt. Knäuel schwarz-weißen Haares waren gleich Schwungübungen oder unbeendeten Kursiven auf dem flachen braunen Blatt seiner Brust zu sehen. Er wandte den Kopf halb von der Vorberichterstattung ab, um Dylan zu begutachten, blinzelte durch seine Nickelbrille, und sein Spitzbart verzog sich vergnügt, als er die riesigen Lippen schürzte.

»Das ist dein Freund, was?«

Mingus ignorierte die Frage, setzte sich auf die Couch.

»Wie heißt du?«

»Dylan.«

»Dylan? Den Typen hab ich mal *getroffen*, Mann. Für wen bist du, Little Dylan?«

»Hä?«

»Für wen bist du?«

»Er steht auf die Vikings«, sagte Mingus von weit weg. Sein Vater und der riesige, pulsierende Bildschirm hatten ihn in einen tranceartigen Zustand versetzt.

»Die Vikings verlieren«, sagte Barrett Rude Junior derart ausdruckslos, dass Dylan einen Moment verwirrt war – waren sie nicht hier, um zu erfahren, wer gewinnen würde? Das Spiel war doch keine Wiederholung.

»Kennst du die Dolphins?«, fragte Barrett Rude.

Dylan log *Ja*.

»Ich hab mit ihnen trainiert, Sommer 1971. Hol mal das Foto, Gus.«

Mingus erhob sich von der Couch, schlüpfte in das mit Teppich ausgelegte Schlafzimmer seines Vaters und kam mit einer gerahmten Farbfotografie zurück, Froschperspektive, die Barrett Rude Junior in Footballausrüstung zeigte, den Ball an die Brust gepresst, die verträumten Augen auf einen Punkt jenseits der Linse gerichtet.

»Mercury Morris hatte versprochen, dass ich als Ersatzspieler in die Mannschaft käme, hab aber nie eine Chance bekommen. Die verdammte Plattenfirma hat es vermasselt, haben gedacht, ich könnte nicht selber auf mich aufpassen. Hat mich einen Superbowl-Ring gekostet, Mann.«

Barrett Rude Junior beruhigte sich wieder, seine Stimme war an niemand Bestimmten gerichtet gewesen. Das Spiel stellte sich nach Beginn schnell als grüne Plattwalzung heraus: von schnaufenden, roboterhaften Männern und von Dylans Interesse daran. Football war eine Ansammlung von Fehlschlägen, ein Beleg dafür, wie aussichtslos die meisten Dinge waren. Mingus behielt seinen Wettfavoriten für sich und feuerte jeden an, den Ball nach vorne zu passen. Dylan sang lautlos die Werbemelodien mit: *Ich kauf der Welt eine Cola. Sodbrennen.* Barrett Rude Juniors Finger zuckten, klopften einen Rhythmus auf die gepolsterte Armlehne des Fernsehsessels.

»Gus, hol mir mal ein Colt aus dem Kühlschrank, Mann.«

Die gelbe Bierflasche schwitzte große Tropfen in der trockenen Heizungsluft des Apartments. Nach jedem Schluck wischte sich Barrett Rude die Finger an seinem seidenblauen Knie ab, dunkle Streifen, die wieder verdunsteten, dafür aber zerknitterte Signaturen, feine Spuren hinterließen.

»In der Halbzeit nehmt ihr zehn Dollar und holt uns Aufschnitt. Geht runter zu Buggy's, bringt mir etwas von dem schwedischen Käse mit, den ich so mag. Ich hasse diesen puerto-ricanischen Käse, den sie bei Ramirez haben, Mann.« Barrett Rude Junior sagte *Buggy's* wie der Rest des Blocks, auch wenn er nie nach draußen ging. Die Namen waren auch drinnen bekannt. Der Block war ein unteilbares Ganzes, das war wieder einmal bewiesen. Die Brownstones besaßen Ohren, waren Gehirne, die vor sich hin tickten.

Dylan und Mingus hüllten sich in ihre Jacken und zogen die Mützen tief ins Gesicht. Der Wind fegte um die Ecke der Bond Street und zerrte an ihren dürren Beinen, pfiff in die Ritzen ihrer Turnschuhe. Die Fäuste in den Taschen geballt, die Handflächen schwitzig, die Knöchel abgefroren. Sie zogen Buggys Tür gegen den Wind auf. Sie und ihr Schäferhund wurden sichtbar wie Erscheinungen, Gestalten vom Mars, die durchs Türglas starrten. Ein schwarzer und ein weißer Junge, die Käse und Senf kauften. Womöglich wusste Buggy nicht einmal, dass das Superbowl-Finale lief, womöglich dachte sie sogar, das Wort hätte etwas mit Toiletten zu tun, ein verstaubter blauer Artikel auf ihrem obersten Regal, nach dem nie jemand fragte.

Mingus und Dylan belegten die Sandwiches, und alle drei aßen, wobei Barrett Rude Junior vom Geschmack des scharfen Senfs schwärmte, sich die Finger leckte, vor sich hin murmelte und eine zweite Literflasche Starkbier köpfte. Das dritte Viertel war eine flutlichterleuchtete Wüste, zu Dünen aufgetürmte Männer, Zeit, die sich öde in die Länge zog. Irgendwo stürzte womöglich gerade ein vereistes Flugzeug ab, Manhattan war womöglich in zwei Teile gebrochen und aufs Meer hinausgetrieben. Brooklyn war die Winterinsel. Draußen herrschte finstere Nacht. Man hätte es nie für möglich gehalten, dass der Superbowl so grimmig und beharrlich sein könnte. Die Einstellung von einem über dem Stadion treibenden Fesselballon milderte diesen Eindruck nicht. Mingus fuhr in seinem Wachen fort, ganz in sich selbst zurückgezogen, im Vater-Streik, im Vater-Schweigen. Dylan rutschte auf den Knien umher und wühlte sich durch Barrett Rude Juniors Plattensammlung, die die ganze Zimmerecke neben der Kamineinfassung einnahm. Dylan klappte Hüllen vor und zurück, *Afrodisiac* von Main Ingredient, *Black-Eyed Blues* von Esther Phillips, *The Inflated Tear* von Rahsaan Roland Kirk, *Wack Wack* vom Young Holt Trio, die Namen und die Gestaltung waren Fenster in eine andere Welt, versehen mit einer unverwechselbaren Bedeutung wie jede einzelne Ausgabe eines Marvel-Comics.

»Du brauchst dir das nicht gerade jetzt anschauen«, sagte Barrett Rude Junior ein wenig ungehalten. »Setz dich hin und guck dir das Spiel an.« Er blinzelte, schien Dylan zum ersten Mal richtig wahrzunehmen.

Das Weiß des Jungen im Haus des schwarzen Mannes.

»Weiß deine Mutter, dass du hier bist?«, fragte Barrett Rude Junior.

»Dylans Mutter ist verschwunden«, gab Mingus von der Couch aus zum Besten.

»Deine Mutter ist verschwunden?«

Dylan nickte.

Barrett Rude Junior wägte die Sache ab. Die Anwesenheit von Dylan in seinem Zimmer war damit geklärt, so mochte seine erste Schlussfolgerung gelautet haben. Dann dämmerte ihm langsam etwas anderes. Dylan machte in Barrett Rudes müdem Blick eine Spur von Wärme aus, spürte sie wie aufblendendes Scheinwerferlicht, das ihn umfing.

»Mutter ist verschwunden, aber der Junge hält alles zusammen.« Barrett Rude Junior sprach den Satz zweimal hintereinander aus. Bei der ersten Verkündung kamen ihm die Worte bedächtig und zäh über die Lippen. Das zweite Mal war ein schwungvolles Echo des ersten, die Zeile eines mahnenden, betörenden Liedes. »*Mutter ist verschwunden, aber der Junge hält alles zusammen.*«

Dylan nickte wieder stumm.

Mingus' Vater hielt die dickbäuchige gelbe Flasche immer noch in der Hand. Er vollzog damit Kreise, als prostete er einer unsichtbaren Tischgesellschaft zu. »Das ist cool. Du bist cool. Schau dir die Langspielplatten ein anderes Mal an, Little Dylan. Setz dich und guck dir das Spiel an.«

Erinnerte ihn Barrett Rude Junior an Rachel? Oder hatte nur das Wort *Mutter* seit Rachels Verschwinden nicht mehr so lange in der Luft gehangen? Dylan spürte ihre Anwesenheit im Raum, einen Nebel oder eine Wolke, ein Gebilde. Mingus wand sich auf der Couch, vermied es, Dylan in die Augen zu sehen – anscheinend spürte er sie auch, Rachel oder eine andere Mutter, die wie eine Kraft von oben auf ihn drückte, wie das Wetter. Dann trieb sie außer Sichtweite, die Kamera schwenkte zum Kampf um Zentimeter, zu den Spielern, die sich auf dem aufgewühlten Boden krümmten, zu einem Helm, der wie ein Baby an der Seitenauslinie umarmt wurde, zum langen Warten, bis das Maßband aufs Feld gebracht wurde.

Als Mingus nach dem Schlusspfiff die Faust in die Höhe reckte und rief: »Ich hab gewonnen«, fragte sein Vater: »Was hast du gewonnen?«

»Ich und Dylan haben gewettet.«

»Um wie viel?«

»Fünf Dollar.«

»Mach so was nicht mit deinem Freund. Jeder Dummkopf weiß, dass die Vikings den Superbowl nicht gewinnen können. Komm her. Komm *her.*« Sobald Mingus nah genug war, streckte Barrett Rude seine große Hand aus, wobei der Morgenmantel aufschwang und eine merkwürdig weiche und große Brustwarze entblößte, und gab seinem Sohn mit der Handfläche einen Klaps auf die Wange. Es hätte auch liebevoll gemeint sein können, wenn Barrett Rudes Stimme, das theatralische Herbeizitieren, es nicht als etwas anderes gekennzeichnet hätte. Dylan beobachtete, wie Mingus in Erwartung eines weiteren, stärkeren Schlages leicht auf den Sohlen wippte. Aber Barrett Rude war schon wieder abwesend, untersuchte von allen Seiten seine Hand, als stünde etwas darauf geschrieben. Dann sagte er: »Wenn du Geld brauchst, dann knöpf es nicht deinem Freund ab.« Er griff zum Kaminsims, zog einen Zwanziger aus dem Bündel, das dort lag, und steckte ihn Mingus zu. »Zieh dir jetzt deine Mütze wieder über und bring Little Dylan nach Hause. Und wenn du zurück bist, nimmst du dir einen Kamm und kämmst dir deinen Wuschelkopf, ohne dass ich es dir noch mal sagen muss.«

Die Wintertage waren das flüchtige Rauschen zwischen dem Umschalten des Fernsehsenders. Auf den Straßen verrottete der Schnee wie schwarzes krankes Zahnfleisch. Die Sozialbauten waren abgeschnitten, die Kinder kamen nicht mehr heraus. Man konnte Henry dabei beobachten, wie er einen Football in den Himmel schleuderte und selbst wieder auffing. Alberto hatte ihn im Stich gelassen, sich neue, puerto-ricanischere Freunde gesucht. Es war erschreckend, mitanzusehen, wie Henry das reduzierte, wie sehr seine Größe letztendlich von Alberto abhängig gewesen war. Mingus kehrte nicht vor der Dämmerung in den Block zurück oder war manchmal wochenlang schwer zu fassen. Die Comics entwickelten sich immer abgedrehter, wurden enttäuscht zu Boden geworfen. *Warlock* wurde eingestellt, man würde nie erfahren, wie der Kampf mit Thanatos ausgegangen war. Jack »King« Kirbys Rückkehr zu Marvel nach seinem Exil bei DC wirbelte noch immer Staub auf. Dylan stellte sich Kirby in einem Laboratorium vor, wo er die Superman-Gifte aus seinem Körper schwemmte und sich von der Kryptonit-Vergiftung erholte.

Ein Mann sprang aus dem vierten Stock des Übergangshauses auf der Nevins Street und wurde von dem spitzen Eisenzaun aufgespießt, der zum Teil herausgesägt werden musste, um mit ihm zusammen in die Notaufnahme des Brooklyn Hospitals eingeliefert zu werden. Der Unglückszaun wurde zur Attraktion für Kinder, bis die verräterischen Spitzen durch eine aufgeschweißte Eisenstange entschärft wurden. Du hattest nicht gewusst, dass es sich um ein Übergangshaus handelte, bis jemand heraussprang, dann wurde klar, dass es doch jeder wusste. Es war wie mit dem Brooklyner Untersuchungsgefängnis auf der Atlantic Avenue, aus einem Instinkt heraus miedest du diesen Block, ein Wissen, von dem du nicht gedacht hättest, dass du es bereits besaßt.

Dylan und Abraham blieben lange auf, um *Saturday Night Live* zu sehen, aber nach zehn Minuten erklärte Abraham, dass er es nicht verstand, und suchte verärgert nach einer verlegten Lenny-Bruce-Platte. Die Zeit läuft rückwärts, sagte Abraham. Die Dinge haben einmal Inhalt gehabt und sind witzig gewesen. Dylan musste ihm das glauben. Eines Tages traf Dylan Earl, der einen Spaldeen hoch gegen die Wand des leer stehenden Hauses warf und mit knirschenden Zähnen ständig wiederholte: »*Ich bin Chevy Chase und ihr nicht!*« Earl war wütend, untröstlich, zurzeit ohne einen einzigen Freund. Alle fanden Ballspiele jetzt ausgesprochen altmodisch. Wenn sich doch einmal ein paar Kinder für ein Spiel zusammenfanden, waren sie nicht besser als die Puerto Ricaner an der Ecke auf den Milchkästen, die die Vergangenheit heraufbeschworen und sich in Ritualen ergingen. Die Ballspiele kamen so plötzlich wie ein leichtes Fieber und verflogen so schnell wie eine Laune. Marilla und La-La sangen, ja schrien fast: *Got my sunroof down, got my diamond in the back, put on your shaggy wig woman, if you don't I ain't comin' back, oh, shame, shame, shame, sha-ay-ame, shame on you! If you can't dance too!*

An einem milden Samstag im März traf sich Dylan mittags mit Mingus, um die Court Street hinaufzugehen, durch den vermüllten Park, der sich bis hinter Borough Hall erstreckte, auf einer feierlichen Mission, die Dylan nicht verstand. Im Park kauften sie sich an einem dampfenden Verkaufsstand Hotdogs und Knish in fettigem Wachspapier, wobei Mingus einen zusammengeknüllten Fünfer aus seiner Jacke zog. Mingus packte die eine Hälfte seiner Teigtasche wieder ein und steckte sie dorthin, wo zuvor das Geld gewesen war, Proviant für das unbekannte Ziel. Gleich hinter dem Kriegerdenkmal neigte sich der Park dem Randbereich von Brooklyn zu, dem zerknautschten Hafengebiet: Parkplätze, Müllboote, städtische Schrottplätze. Der Brooklyn-Queens Expressway lag da wie ein vibrierender Schatten, in den angrenzenden Straßen war das Kopfsteinpflaster teilweise noch erhalten, an anderen Stellen waren alte Güterzugschienen halb in der neuen Teerdecke versunken.

Mingus ging voran. Sie umkreisten die Auffahrtsrampe der Brücke und gelangten zu einer Steintreppe, die hinauf ins Sonnenlicht des Fußgängerwegs führte, dann überquerten sie den Fluss, während der Verkehr in dem Käfig zu ihren Füßen heulte und der graue klumpige Himmel an den Adern der Brücke klebte, bis am Scheitelpunkt des großen Bogens über den Fluss Manhattans Dinosaurierrückgrat in Sicht kam. Die Holzbohlen des Fußgängerwegs waren uneben, einige sogar völlig verwittert. Nur ein Gerüst aus vernieteten Stahlträgern lag zwischen Mingus' und Dylans Turnschuhen und dem pulsierenden, glitzernden Wasser. Die Brücke war ein Streiten und Flehen mit dem sie umgebenden Raum.

Nach zwei Dritteln der Strecke hielten sie inne. Auf dem riesigen Turm am Eingang nach Manhattan waren zwei aufwändige Wortbilder zu sehen, Rot und Weiß und Grün und Gelb fantastisch hoch auf den rauen Stein gesprüht, sodass die Kanten auf der natürlichen Oberfläche verschwammen. Das erste lautete MONO, das zweite LEE, Silben, die jeglicher Bedeutung beraubt waren wie das DOSE von Mingus.

Dylan verstand, was Mingus ihm zeigen wollte. Die gemalten Namen hatten die Brücke eingenommen, verbanden sie mit der geheimen Straße, beanspruchten sie für Brooklyn. Die Strecke zwischen Monos und Lees knalligen, unscharfen, zehn Fuß hohen Buchstaben und dem Ordner- und Wandgekritzel, den zwergenhaften Spuren überall, konnte Schritt für Schritt zurückverfolgt werden. Tags und ihre unsichtbaren Autoren waren die kommenden Skully- oder Marvel-Superhelden, die geheime Lehre. Mingus holte sein halb gegessenes Knish heraus und knabberte daran, und die beiden standen ehrfurchtsvoll da wie Affen vor einem Monolithen, erblickten oder verstanden gar ihre Zukunft. Die unter ihnen dahineilenden Wagen hatten keine Ahnung. Menschen in Autos waren sowieso keine New Yorker, sie hatten da wohl etwas völlig falsch verstanden. Die beiden Jungen auf dem Fußgängerweg standen augenscheinlich still, doch sie bewegten sich schneller als die Autos.

Neunzehnhundertfünfundsiebzig.

Dylan Ebdus und Mingus Rude im Frühjahr 1975, wie sie gerade die Dean Street entlang nach Hause laufen und dabei Filzstiftmarkierungen in schwarzer und purpurroter Farbe studieren, auf Briefkästen und Laternenpfählen, DMD und FMD, DINE II und SCAR 56, wie sie versuchen, den Code zu entschlüsseln, die Silben mit den Lippen nachformen. Dylan und Mingus zusammen und allein, in Zeitfenstern, Interpunktionen. Der eine, wie er die Nevins Street überquert, um einer Horde Kinder aus den Sozialbauten aus dem Weg zu gehen, und dabei sein weißes Gesicht unter einer Kapuze versteckt hält; der andere, wie er nach der Schule mit losen Gangs schwarzer Jungs herumhängt und dann allein in die Dean Street zurückgeht. Beide, der Fünft- und der Sechstklässler, sind in Zonen gestrandet, in Ichs. Weißes Kind, schwarzes Kind, Captain America und der Falke, der Eiserne und Luke Cage. In Zeitfenstern, wenn sie aus unterschiedlichen Schulen in denselben Block zurückkehren, zwei Brownstones, zwei Väter, Abraham Ebdus und Barrett Rude Junior, wenn sie beide die Alufolie von ihren Fertiggerichten entfernen, um darunter auf die Erbsen und Karotten zu stoßen, die sich im Kartoffelbrei und auf dem Salisbury Steak breitgemacht haben, wenn sie das Essen in mürrischem Schweigen auf den Tisch stellen. Entweder ein Abendessen im Stillen oder zu den Geräuschen des Fernsehers, überlagert vom Heulen der Sirenen, die Nevins Street eine Feuerschneise, ein Pfad der Zerstörung, die Projects wieder in Flammen, ein Apartment im siebzehnten Stock mit einer schwelenden Matratze, die halb aus dem Fenster ragt, dort feststeckt. Das Raster der Zonen, die zusammengedrängten Brownstonestraßen zwischen Gefängnis und Sozialbauprojekten, Wyckoff Gardens, Gowanus Houses. Die Huren an der Ecke Nevins und Pacific Street. Die Highschool-Schüler, die den ganzen Nachmittag über aus der Sarah J. Hale strömen, schwarze Mädchen, die schon kräftiger sind als *yo mama*. Die Third Avenue ein weiteres Niemandsland, das leere Grundstück, wo sie *dieses Mädchen vergewaltigt haben*. Das Übergangshaus. Alles befand sich im Übergang, du kamst aus deiner Übergangsschule und versuchtest einen Kurs durch deine Übergangsnachbarschaft einzuschlagen, um es zurück zu deinem Übergangszuhause zu schaffen, deinem eigenen Übergangshaus. Dylan Ebdus und Mingus Rude waren wie Figuren, die alle paar Wochen die Nebel des Schweigens durchquerten, um ein Comicheft zu lesen oder mit Kugelschreibern Tags auszuprobieren, Trockenübungen, Probeläufe für etwas ganz anderes.

Das Büro seines ehemaligen Lehrers war völlig unverändert, es konnte also alles ein Traum sein, ein Irrtum. Womöglich schwänzte er gerade eine City-College-Vorlesung in der 135th Street, um im Jahre 1961 zur Art Students League auf der 57th Street zu gehen, womöglich war er wieder das Columbus-Avenue-Kind, so linkisch, als wäre er nicht aus New York, als wäre er irgendein Provinzler, den sie im Zeitgeistparadies freigelassen hatten; ganz sicher, hinter jeder Ecke Willem de Kooning zu treffen, führte er seinen neuen Spitzbart spazieren und hoffte inständig, niemand würde den Bluff bemerken und ihn zurückschicken. Damals hatte er Brooklyn nicht gekannt, bis auf Coney Island, dieses weit entfernte Wunderland, wo er mit siebzehn und bedröhnt von Coca-Cola, unter der knarrenden Strandpromenade, in Streifen aus Licht und Schatten, seinen ersten Büstenhalter enthakt hatte, den von Sasha Koster, und mit schmerzenden

Hoden überstürzt in seine zu enge Unterhose abgespritzt hatte. Er hätte wissen müssen, dass er mit der Verschwendung seines Samens, dort, in dem kalten dreckigen Sand von Brooklyn, das eigene Schicksal besiegelt hatte. Dass er, obwohl die MacDougal und Bleecker Street seine Zukunft zu sein schienen, stattdessen ein Aktmodell aus Williamsburg heiraten würde, eine Studienabbrecherin vom Hunter College, eine Ketten- und Potraucherin, eine Hippie-Frau, bevor es überhaupt Hippies gab, und dass er am Ende ihr Kind allein in einem Reihenhaus fünf Blocks vom Gowanus Canal entfernt großziehen würde. Indem er Sasha Kosters Brüste an der salzigen Luft entblößte, hatte er sich dem Stadtbezirk verschrieben.

Das Büro war unverändert, und auch Perry Kandel zeigte sich unverändert, immer noch liebenswert heruntergekommen in einem Pullover mit Flicken an den Ellbogen, Zähne und Haut immer noch grau wie eine ausradierte Kohlezeichnung, das Haar zerzaust wie die Karikatur eines Seelenklempners im *New Yorker*. Kandel neigte seinen unerschütterlichen Körper über den Schreibtisch, um ihm die Hand zu reichen und einen Stuhl anzubieten, lehnte sich dann zurück und begann zu sprechen, als nähme er einen Gesprächsfaden auf, den er sein Leben lang verfolgt hatte, ohne ihn je beenden zu können, und wenn er doppelt so lange leben würde.

»Denker denken nicht mehr, Abraham, Lehrer lehren nicht mehr. Die Schriftsteller schreiben nicht mehr, sie stehen auf der Bühne und spielen stattdessen mit sich selbst, wollen es Mailer und Ginsberg gleichtun. Wir haben eine ganze Generation verloren. Junge Männer kommen in mein Büro und erklären mir, sie wollen in einer Geodätischen Kuppel leben und Bienen züchten oder einen Choral in Esperanto komponieren. *Happenings* veranstalten. Die Tradition ist im Eimer. Nichts ist gut genug, nicht mehr seit Warhol, diesem Schmock mit Ohren. Es ist nicht einmal mehr interessant genug, einfach nur ein Mann oder eine Frau zu sein. Ich habe letztens einen sogenannten Film gesehen und in drei Stunden einzig und allein erfahren, dass David Bowie keinen Penis hat. Er kann nicht mal mit sich selbst spielen. Ich dagegen habe nicht so große Ansprüche, ich will Maler beim Malen halten, ein paar zumindest. Und du, Abe, bist eine Riesenenttäuschung.«

»Du hast von einem Job gesprochen, Perry. Quäl mich nicht.«

»Ich betrachte das als einen Akt der Verzweiflung. Du hast nicht verkauft, als du an Hagopian verkauftest, du hast wie ein gehetztes Tier die Beute vergraben. Du schämst dich für die Ölfarben, sie sind dir peinlich. Was, du bist überrascht? Denkst du, ich höre keine Gerüchte?«

»Hast du das Gerücht von meiner gescheiterten Ehe auch schon gehört?« Abraham Ebdus sprach damit aus, was er bisher zurückgehalten hatte, und sah seinem alten Lehrer in die Augen, wollte ihn brüskieren und zum Schweigen bringen. Tatsächlich brüskierte er nur sich selbst. Perry Kandel hielt nicht einmal zum Luftholen inne.

»Das ist ein Problem, das noch niemand gelöst hat. Ein Maler zieht eine Spur von gescheiterten Ehen hinter sich her, sollte er überhaupt das Glück haben, jemanden flachzulegen, aber, aber, aber – grundsätzlich sollte er dabei bleiben, Leinwände mit Hasenleim und Pigmenten zu bestreichen. Damit verdient er sich das Recht, weiterhin welche scheitern zu lassen.«

Abraham würde sich nicht dazu herablassen, Wörter wie *Sohn* oder *Hypothek* zu erwähnen. »Wenn du mich nur herbestellt hast, um mir einen Vortrag zu halten …«

»Hör zu, es geht um einen Job. Ob er was für dich ist, musst du selbst wissen. Er würde den Gebrauch von Pinsel und Farbe einschließen, aber nur für völlig geschmacklose und verwerfliche Zwecke, also entspann dich. Niemand wird dich zwingen, dein Talent einzusetzen.«

»Ich danke für die Anteilnahme.«

»Es ist nichts Großartiges. Ein befreundeter Lektor, ein kluger Mann, an den ich regelmäßig Geld beim Pokern verliere, hat mich gefragt, ob ich irgendwelche jungen Maler kenne, die sowohl figurativ als auch abstrakt arbeiten können und ein Händchen für Farben haben. Ja, sicher, habe ich geantwortet, ein paar. Er ist verantwortlich für eine Science-Fiction-Taschenbuchreihe, die er zur Abwechslung mal an Erwachsene vermarkten möchte, *ans Akademikervolk*, Gott weiß, was er sich darunter vorstellt. Dafür sucht er jemanden abseits der üblichen kommerziellen Illustratoren. Er hat das Wort *hochwertig* verwendet. Mir persönlich schaudert es, wenn ich das höre. Ich würde mir nicht wünschen, dass es auf meine Arbeit bezogen wird.«

Obwohl er sicher bald wieder in seine galaktischen Tiraden verfallen würde, legte Perry Kandel jetzt eine Pause ein, um den letzten rhetorischen Schwenk zu genießen wie eine unsichtbare Zigarre. Nachdem der Preis genannt war – Abraham Ebdus war sich an dem Tag mehr als sonst bewusst, dass alles in der Welt seinen Preis hatte –, kritzelte sein ehemaliger Lehrer einen Namen und eine Telefonnummer auf den rosafarbenen Durchschlag eines studentischen Bewertungsbogens und schob ihn über den Tisch.

SECHS

Die mit Kaninchenfell besetzte Kapuze des Parkas eng um den Hals geschnürt, den Tunnelblick zusätzlich reduziert durch seinen gesenkten Kopf, besteht das eingeengte Blickfeld des Jungen allein aus seinen geriffelten Converse-Turnschuhkappen, die abwechselnd in dem fellgesäumten Fensteroval des vorbeiziehenden Straßenpflasters nach vorn schnellen. So geht er die Atlantic Avenue entlang zur Ecke Flatbush und Fourth, die Hände in den Taschen vergraben, der Winter als ein gewisser minimaler Schutz, eine Möglichkeit, Hände, Gesicht, alles Weiße zu maskieren. Beim Überqueren der Fourth Avenue ist er gezwungen, den fellbesetzten Sucher zu heben, ihn nach rechts und links zu drehen und den richtigen Moment abzuwarten, um die stark befahrenen Fahrbahnen zum Zeitungskiosk auf der dreieckigen Verkehrsinsel zu überqueren. Durch die Windschutzscheiben der dampfenden Wagen an der roten Ampel auf der Fourth Avenue oder durch die verdreckten Fensterscheiben der Doray Tavern oder des Triangle-Pfandhauses betrachtet, mag der Junge einem Maulwurf oder einer Ratte auf zwei Beinen ähneln, die graue Kapuze dabei so zusammengezurrt, dass die Form einer hervorlugenden, schnuppernden Nase gleicht, die prüft, ob die Luft rein ist.

Der Maulwurfschatten huscht jetzt über die Kreuzung in den Schutz des Zeitungskiosks. Dort sieht er wieder hoch, dreht die Nase ängstlich einmal im Kreis, vielleicht weil er befürchtet, dass ihm jemand gefolgt ist. Zufriedengestellt duckt sich der Maulwurf schließlich, alles unter dem gleichgültigen Blick des Kioskbesitzers, eines bärtigen Arabers, der sich die Hände über dem tragbaren Heizofen zwischen seinen Beinen wärmt, eingeklemmt in dem kleinen mit *People, Diario, The Amsterdam News* ausgekleideten Kabuff. Der Maulwurf kniet nieder, krempelt ein Hosenbein hoch, zieht seine orange geringelte Tennissocke nach unten. Eine Dollarnote und drei Fünfundzwanzig-Cent-Stücke kleben feucht an seinem Knöchel. Es ist Dienstag. Der Maulwurfjunge schiebt den Dollar sowie einen der Quarter auf den abgenutzten Holztresen des Zeitungskiosks und zieht dann sachte die neu eingetroffenen Comichefte aus den kalten Metallständern. Jeweils ein Exemplar von *Die ruhmreichen Rächer Nr. 138* und *Marvel Team-Up Nr. 43*, inklusive der Spinne und Doktor Doom, und drei Exemplare des ersten Heftes von *Omega der Unbekannte*, mit Erscheinen bereits ein Sammlerstück, wie die Ankündigungen in anderen Marvel-Heften seit Monaten versprechen. Der Eigentümer blickt auf, nickt glasig sein Einverständnis. Der Parka des Maulwurfjungen ist einen gefährlichen Augenblick lang offen, die Comics gleiten äußerst vorsichtig in seinen Hosenbund. Der Maulwurfjunge macht seine Jacke zu, lässt die Arme herabhängen, prüft, ob er normal gehen kann, ob das Vorhandensein der Comics kaschiert ist, aber auch, ob die kostbaren Erstausgaben nicht verknicken. Die verbleibenden zwei Quarter werden jetzt in die Jackentasche befördert. Sie werden ihn auf dem Weg begleiten, fest eingeschlossen in der schwitzigen Faust, um beim ersten Zwischenfall, bei der geringsten Konfrontation geopfert zu werden. Wegegeld. Wenn du mit leeren Taschen über diese Straßen gehst, bist du ein Idiot, der es drauf anlegt.

Diese angsterfüllte Gestalt watschelt nach Hause, in kleinen Schritten, um sicherzugehen, dass die Comics nicht verrutschen.

Einmal im Haus, schält sich der Maulwurfjunge aus seiner schützenden Verkleidung. *Die ruhmreichen Rächer* und *Marvel Team-Up* werden für später zur Seite gelegt. Zwei Exemplare von *Omega der Unbekannte* werden in Plastik gehüllt und ordentlich zugeklebt, die verschlossenen Tüten auf das höchste Regal gelegt, archiviert. Das letzte Exemplar ist zum Lesen.

Der feierlich angekündigte Omega? Er entpuppt sich als stummer Superheld von einem anderen Planeten, fast wie eine Mischung aus Black Bolt und Superman, wenn der Vergleich erlaubt ist. Der Comic ist seltsam, in keiner Weise befriedigend. Wie sich herausstellt, geht es gar nicht hauptsächlich um Omega. Der größte Teil handelt von einer anderen Person, einem zwölfjährigen Jungen mit einer geheimnisvollen psychischen Verbindung zu Omega, ein drangsaliertes Waisenkind, das auf eine öffentliche Junior Highschool in Hell's Kitchen geht.

Hey, vielleicht wussten ja sogar die Genies von Marvel Comics, dass du in der Hölle lebtest. Das war egal, half nichts, denn du durftest es eigentlich selbst nicht wissen. Es gab da keine Verbindung zwischen dir und dem armen, hilflosen Kind in *Omega der Unbekannte*, keine, die du dir zu sehen gestattet hättest.

Dieses Kind? Es kannte einfach nicht das *Gesetz der Straße*.

Das sechste Schuljahr. Das Jahr des Schwitzkastens, das Jahr des *Würgegriffs*, Dylans erhitzte Wangen eingeklemmt in der Armbeuge des einen oder anderen schwarzen Kindes, die Büchertasche, die in den Rinnstein schlittert, die Hosentaschen schnell und leichthändig gefilzt nach Essensgeld oder einer Busfahrkarte. Auf der Hoyt, auf der Bergen, auf der Wyckoff Street, wenn er dumm genug war, dort entlangzugehen. Sogar auf der Dean Street, einen Block von zu Hause entfernt, vor den toten Augen der Brownstones, im Schatten des summenden, unbeeindruckten Krankenhauses. Erwachsene, Lehrer, sie alle waren so fern wie Manhattan von Brooklyn, blinde, gleichgültige Türme. Dylan war ein Insekt auf dem Raster des Schiefers, ein weißer Junge auf Wanderschaft.

»Würg ihn, Mann«, sagten sie auffordernd. Er war das Objekt, die Gelegenheit, es war unerheblich, was er mitbekam. »Würg den weißen Jungen. *Tu* es, Nigger.«

Er konnte niedergezwungen werden, vornübergebeugt werden, von jemandem um die Hüfte gelegt und dann wie ein menschlicher Kreisel gedreht werden, die Beine eingeknickt und an den Knöcheln verschränkt. Oder von hinten, ohne dass er wusste, von wem, wenn sich der Schwitzkasten schließlich lockerte und drei oder vier Typen um ihn herumstanden, Zeugen mit kalten Blicken, die die Köpfe schüttelten über das dummdreiste Glück, weiß zu sein. Es war eine Routine wie Lachen. Die Quälereien kamen spontan, ein Scherz über die Angst, ein kleiner Jux.

Man ließ ihn danach gehen wie nach der Vorführung eines heiteren Straßentheaters. »Dir ist nichts passiert, Mann. War nicht so gemeint. Du weißt doch, wir haben nur Spaß gemacht, oder?« Sie liefen davon, ließen ihn zitternd, hyperventilierend zurück, während sie sich abklatschten, eher wie erstaunte Zuschauer denn wie Täter. Wenn Dylan nach Luft japste oder winselte, waren sie bestürzt und ein wenig enttäuscht darüber, wie schnell der weiße Junge hysterisch wurde. Dylan verstand das einfach nicht, hatte seine Rolle noch nicht gelernt. In diesen Momenten hoben sie seine Bücher oder Mütze auf und drückten sie ihm an die Brust, setzten ihn wieder zusammen. Im Griff des Schwitzkastens steckte auch immer ein Hauch von Zuneigung. Würger und Gewürgter hatten einen sonderbaren Bund geschlossen.

Man versprach seinen Feinden regelmäßig, dass das gemeinsame Tun keinen Namen hatte.

Aus Dylan flossen Spucke und Tränen. An kalten Tagen eine Nasevoll Rotz. Einmal auch Pisse. Er biss sich auf die Zunge und schmeckte den Rücklauf, den Beigeschmack der heruntergeschluckten Erniedrigung. Sie verzogen die Gesichter und rollten die Augen. Dylan war ein hoffnungsloser Fall, mit Scham besudelt. Sie würden versuchen, darüber hinwegzusehen.

»Der Junge blutet, sobald man ihn berührt, verdammt.«

»Nee, Mann, der is in Ordnung. Lass ihn in Ruhe, Mann.«

»Du wirst nicht petzen, oder? Weißt ja, dass wir's nicht ernst meinen. Wir würden dir nie was *tun*, Mann.«

Er nickte dann, riss sich zusammen, hielt den Mund. Wartete auf die Glückwünsche, dass er die Tränen zurückhielt, dass er schwieg.

»Siehst du? Bist ziemlich cool, für'n Weißen. Und jetzt hau ab, Whiteboy.«

Whiteboy wurde zu seinem Namen. Er war hineingewachsen, hatte eine Grenze überschritten, wurde sichtbar. Er glänzte wie Geld, das auf der Straße lag. Der Preis des Namens war der freie Zugriff auf seine Taschen, fünfzig Cent oder ein Dollar.

»Whiteboy, lass mich kurz mit dir reden.« Den Kopf schräg gelegt, zu faul, die Hände aus den Taschen zu nehmen, um ihn herbeizuwinken. Ein schwarzer Junge, zwei, drei. Noch einer, der möglicherweise nur in der Nähe stand, man konnte nicht sagen, wer zu wem gehörte. Augenrollen, Lachen. Der ganze Vorgang ein Zitat seiner selbst, ein wenig langweilig, fast zu unwürdig, um ihn noch durchzuexerzieren.

Wenn er es ignorierte, versuchte weiterzugehen: »Yo, *Whiteboy*! Ich *red* mit dir, Mann.«

»Was ist los, *hörst* du schlecht?«

Nein. Ja.

»Kannst du mich nicht leiden, Mann?«

Hilflosigkeit.

Mit dem Ergebnis: Er würde die Straße überqueren, um die Taschen geleert zu bekommen. Das stand von vornherein fest. Er würde zu seiner Schande wie magnetisiert hinübergehen, unter der stillschweigenden Androhung eines Würgegriffs, sodass niemand sagen müsste: *Siehst du, jetzt muss ich dich fertigmachen, weil du nicht zuhörst, Mann. Es* war ein Tanz, dessen Schritte von vergangenen Quälereien vorgezeichnet wurden. *Nenn mich Whiteboy, und ich geb dir freiwillig einen Dollar, ich bin mittlerweile gut darin.*

»Komm mal kurz her, Mann, ich tu dir nichts. Wovor hast du Angst? *Verdammt,* Mann. Denkst du, ich tu dir was?«

Nein. Ja.

Die Logik dieses Tanzes war krank, außer wenn man sie als Zweiklang aus Bedrohung und Besänftigung verstand, als Lockruf. »Wovor hast du Angst? Bist du ein *Rassist,* Mann?«

Ich?

Wir quälen dich, weil du denkst, dass wir dazu fähig sind: Wir können es schon vorab in deinen Augen lesen.

Deine Angst verpflichtet uns, zu beweisen, dass du recht hast.

Er wurde an Straßenecken abgepasst, war überall aufgeschmissen. Ein Gespann von zwei Kindern formte menschliche Gitterstäbe, eine Zelle des Unheils, das ihn auf dem arglosen sonnenbeschienenen Pflaster erwartete, als wäre er in den sagenumwobenen leeren Kühlschrank geklettert.

Zwei Stimmen ließen eine paradoxe, nicht zu erwidernde Musik erklingen. Ihre Vorführung gaben sie füreinander, nicht für ihn. Das Vergnügen bestand in der Kontrapunktik, und darin war kein Platz für eine dritte Stimme.

»Nach wem guckst du? Da ist niemand, der dir hilft, Mann.«

»Nee, Mann, bleib locker. Dieser weiße Junge is in Ordnung, der is cool. Mach ihn nicht so an.«

»Warum glotzt der dann so blöd, Mann? Yo, Mann, bist du ein rassistischer Motherfucker? Dafür würd ich dir glatt den Arsch aufreißen.«

»Nee, Mann, hör auf, der is cool. Bist du doch, oder, Mann? Hey, hast du 'nen Dollar, den du mir leihen kannst?«

Die Quintessenz, die Frage im Kern des Rätsels, millionenfach gefragt, auf Millionen unterschiedliche Arten:

»Was guckst du so?«

»Was guckst du so *blöd?*«

»Guck mich nicht so blöd an, Whiteboy. Sonst setzt's was, Motherfucker.«

Hier kam, worauf ihn Robert Woolfolk vorbereitet hatte. Er hatte Dylan seine eigene Schande zum Geschenk gemacht, sein mumienhaftes Schweigen, für den täglichen Gebrauch. Jede dieser Begegnungen trug Roberts Siegel – aufblitzender Schmerz und schiefe Logik, Fragespiele, die nirgendwohin führten. Die rituelle Versicherung, dass eigentlich nichts passiert war. Und der stille Vorwurf an Dylans weiße Haut, der alles entschuldigte und überdeckte.

Was

zum

Teufel

guck

ich

denn

an?

Falls der Maulwurfjunge seine flinken Augen je vom Straßenpflaster löste, sah er sich vielleicht nach einem Erwachsenen um, oder nach einem älteren Kind, das er kannte, nach jemandem, der ihm aus der Patsche half. Mingus Rude zum Beispiel. Nicht, dass er sich sicher war, ob er so von Mingus gesehen werden wollte, verängstigt, in Erwartung einer Erniedrigung, ein weißer Junge mit hassgeröteten Wangen. *Hey, ich bin kein Rassist, mein bester Freund ist schwarz!* Daran war nicht mal zu denken. Niemand hatte je gesagt, wer wessen bester Freund war. Mingus hatte wahrscheinlich eine Million davon, Siebtklässler, schwarz, weiß, was wusste er. Und der Maulwurfjunge hätte genauso gut *schwarz* sagen können wie *Verdammt, ich guck verdammt noch mal DICH an, Mann!.* Jedenfalls war Mingus nie in der Nähe. Die Siebt- und Achtklässler waren im Hauptgebäude auf der Court Street untergebracht, während Dylan im Nebengebäude allein war, einen Block und eine Million Jahre, eine Million verschreckter Schritte und ein Eine-Million-Dollar-Kind entfernt.

Abraham Ebdus verfuhr mit dem Stapel Postkarten genauso nachlässig wie vorher mit den Scheiben angebrannten Toastbrots, er hätte sie beinahe fallen lassen und runzelte die Stirn, als würden sie etwas verderben oder wären selbst verdorben. Nachdem er sie auf dem Frühstückstisch verstreut hatte, starrte er auf seine Hände. Möglicherweise hatten die Postkarten irgendeinen Geruch oder Fleck auf seinen Fingerspitzen hinterlassen. Vielleicht würde es besser gehen, wenn man sie abkratzte oder mit Butter und Orangenmarmelade bestriche. Sie schrien förmlich danach, aus dem Fenster geschleudert zu werden. Er überließ sie stattdessen dem Kind.

»Kennst du jemanden in Indiana?«

Der Junge war mit dem Schulranzen auf dem Rücken zum Frühstück erschienen, spät dran, wie immer. Sie lebten wie alte Männer in einem Wohnheim, beide wachten morgens von ihren zwei Weckern in ihren zwei Schlafzimmern auf und trafen sich zum Frühstück. Dylans Radiowecker war auf einen Nachrichtensender eingestellt, dessen plärrende Titelmelodie aus Trompeten und Fernschreibergeräuschen zu Abraham hinüberdrang, dazu eine aufdringliche Stimme, die verkündete »Die Nachrichten hören niemals auf«, und so den Eindruck vermittelte, von einem Wochenschaukopfschmerz aus dem Schlaf gerissen zu werden. Der Junge lebte in einer von Angst bestimmten Welt. Sein Nervensystem schien getaktet wie das eines Roboters. Jetzt rückte er mit dem auf die Stuhllehne gebuckelten Ranzen zum Tisch vor und blinzelte zu den Postkarten, während er einen Orangensaft hinunterschüttete.

»Die erste kam vor einem Monat«, sagte Abraham. »Die mit der Krabbe.«

Abraham sah, dass das Kind neue Schuhe brauchte. Dylan

verschliss seine Schuhe, indem er sie mit zugeschnürten Senkeln anzog und die Innenseiten der Sohlen mit seinem Entengang ablatschte, den auch die Schuheinlagen nicht zu korrigieren vermochten. Er wollte jeden Tag Turnschuhe tragen, ganz bestimmte Turnschuhe, die alle Kinder haben wollten. Er hatte aufgebracht darüber gesprochen, und Abraham war klar geworden, dass es nicht so sehr um Status ging, sondern um die Unerträglichkeit der Demütigungen, um die grundsätzliche Bereitschaft des Kindes, weiterhin täglich zur Schule zu gehen. Er hatte ihm die Turnschuhe gekauft, bestand aber dennoch auf den braunen Gesundheitsschuhen, die aussahen wie altmodische Segelschuhe. An zwei von fünf Wochentagen Turnschuhe, lautete die Regel.

Der Junge spielte mit den Postkarten herum, enthielt sich aber eines Kommentars. »Das Toastbrot ist angebrannt«, sagte er stattdessen mit gesenktem Kopf. Er drehte die Postkarte mit der Krabbe zweimal um, las das Geschriebene und blickte dann wieder finster auf das Technicolor-Foto mit der roten Krabbe auf gelbbraunem Sand. Seine Brille rutschte ihm auf die Nase, und er schob sie schnell wieder mit dem Daumen zurück, eine verdeckte Geste, ausgeführt mit der Gewandtheit eines Flüchtenden. Das Kind war ein Versteckspieler.

»Gib mir deine Brille«, sagte Abraham.

Dylan antwortete nicht, reichte sie ihm einfach. Abraham kramte einen winzigen Schraubenzieher aus einer Küchenschublade und zog die Gelenkschrauben des Kunststoffrahmens an. Die Brille war Schrott, hergestellt aus Schrott, Teil der gegenwärtigen Plastikschwemme. Abraham betrachtete sie missbilligend und tat, was er konnte, drehte die Schrauben fest, führte seine Miniaturarbeit aus. Das war die Ebene, auf der man die Dinge verbessern konnte. Er wünschte jetzt, er hätte die seltsamen, unzulänglichen Postkarten mit ins Atelier genommen und sie verändert, die Schreibmaschinenschrift mit seinen feinen Pinseln bearbeitet, die dummen, rätselhaften Worte zurechtgerückt und ihnen etwas mehr

Bedeutung verliehen, den feuerwehrroten Krabbenpanzer mit natürlichem Grün und Braun übermalt. Als ob Krabben knallrot wären, bevor man sie kocht, Vollidioten.

Abraham hatte sich die Krabben-Postkarte an dem Tag, als sie gekommen war, eine Stunde lang angeschaut, doch das lag bereits fünf Wochen zurück. Dylans Name stand in Maschinenschrift auf der Rückseite, die Adresse war ebenfalls mit der Maschine geschrieben, die Nachricht auch, alles mit einer einfachen Schreibmaschine, deren verstelltes Farbband jeden der zittrig angeschlagenen Buchstaben mit einem schwachen roten Rand unterlegte. Die genauere Untersuchung ergab außerdem eine dünne Ölspur vom Entlangschleifen der Postkarte an der rechten Außenseite der Walze. Die Briefmarke war eine Reproduktion des Gemäldes *LOVE* von Robert Indiana – diesem Scharlatan –, und die Nachricht, die ohne Versalien und Interpunktion geschrieben war, lautete:

diese krabbe rennt seitwärts nach westen
raus aus dem töpfchen
aber nicht ohne köpfchen
meerjungfrauenträume vom pazifischen ozean
sei brav d und du wirst einen sehen

Keine Unterschrift. Abgestempelt in Bloomington, Indiana, was Abraham rein gar nichts sagte. In den folgenden Wochen waren drei weitere Postkarten angekommen. Die zweite trug wieder den gleichen Indiana-Poststempel, gefolgt von zwei weiteren, die von einem sprunghaften Weg nach Westen kündeten, Cheyenne, Wyoming, und Phoenix, Arizona. Alle mit *LOVE* frankiert und ähnlich verschlüsselt, bloß dass der Absender die launischen Gedichte nun unterschrieben hatte, ebenfalls in Maschinenschrift, mit Großbuchstaben, um deutlich zu machen, dass dies der Autorenname war: *Rennende Krabbe*. Abraham hatte die folgenden Nachrichten von Rennende Krabbe mit einer solchen Wut gelesen, dass die dämlichen Worte vor seinen Augen verschwommen waren. Sei's drum, sie waren nicht an ihn adressiert.

Jetzt fragte er seinen Sohn wieder: »Hast du einen Freund in Indiana?« Er wollte etwas hören, konnte es nicht lassen.

Dylan antwortete nicht, schob nur die Postkarten zusammen wie ein Kartenspiel und schaufelte sie in seinen Schulranzen, ohne sie zu lesen. Um sie für später aufzuheben. Er schien nicht sonderlich überrascht.

»Ich hätte sie dir gleich geben sollen, als sie gekommen sind«, sagte Abraham. »Das werde ich ab sofort machen. Wenn noch mehr kommen.«

Während Dylan seine justierte Brille auf der Nase zurechtrückte, starrte er ihn einen Augenblick lang an.

»Ich habe schon zwei«, sagte Dylan. »Sie sind am Samstag gekommen.«

Jetzt schwieg Abraham.

Draußen, am Absatz ihres Treppenaufgangs, blickte der Junge zurück, um sicherzugehen, dass Abraham nicht aus dem Wohnzimmerfenster schaute, schwang dann seinen Ranzen von der Schulter und ließ das Schloss aufschnappen. Darin befanden sich seine Turnschuhe, Pro Keds 69er in marineblauem Leinen, mit den rot-blauen Gummistreifen auf der Sohle, als eindeutigem und nicht zu übersehendem Zeichen der Echtheit. Drückte man mit dem Fingernagel hinein, hatten diese Gummistreifen die zähe, widerstandsfähige Beschaffenheit eines neuen Spaldeen. Heute würde ihn niemand singend verfolgen: *Ausschuss, deine Füße fühlen sich viel toller, Ausschuss, kosten doch auch nur zwei Dollar*, denn diese Turnschuhe waren unbestreitbar keine Ausschussware. Wenige Dinge waren so eindeutig. Der Junge stopfte seine Brille zu den sechs Rennende-Krabbe-Postkarten in den Ranzen, den beiden, die er selbst aus der Post gezogen hatte, und den vier neuen, drei davon noch ungelesen, die er später genauer studieren würde. Sein Interesse an den Postkarten war analytischer Natur. Die Sendschreiben von Rennende Krabbe waren amüsant, hatten aber genauso wenig mit seinem Leben zu tun wie eine veraltete und grundsätzlich überflüssige Fernsehsendung, die man sich zwar trotzdem häufig anschaute, aber nur mit Geringschätzung, wobei man sich etwas darauf einbildete, wie selten man lachte oder auch nur das Gesicht zu einem Lächeln verzog, zum Beispiel bei *Gilligans Insel* oder *Mister Ed*.

Er tauschte seine braunen Gesundheitsschuhe gegen die Pro Keds aus, aber die Schuhe kamen nicht in den Ranzen. Sie kamen gar nicht erst in die Nähe der Schule, nie wieder. Sie hatten ihren festen Platz unter Rachel Ebdus' überwuchertem Forsythienbeet im Vorgarten, links vom Treppenaufgang, in einer Grube, die der Junge extra dafür ausgehoben hatte und wo sie in der Erde bei Würmern und Wurzeln ruhen konnten, bis er von der Schule zurückkehrte und sie wieder herausholte. Die Schuhe waren ein Relikt aus der launenhaften Vergangenheit, Fossilien, und sie gehörten ins Erdreich. Alle nannten sie Schabentreter, weil man sie richtigerweise mit ihren vorsintflutlichen Verwandten assoziierte. Dass sie so lange überlebt hatten, war unheimlich genug, aber deswegen nicht weniger peinlich. Die Schuhe sollten sich eigentlich anpassen, sollten sich Flügel wachsen lassen und als Vögel von heute tarnen, so wie es die Dinosaurier gemacht hatten. Oder ins Meer gehen, um Schildkröten zu werden. Bis sie sich zurück in die Vergangenheit verkriechen würden, wo sie hingehörten, konnten sie unter der Erde leben, angeschmiegt an die kühlen Wurzeln der Forsythie, die nie wieder ausgedünnt oder gekappt werden würden, und nur dort konnten sie vor dem Sonnenlicht verborgen werden, das sie bloßstellte. Es war zu ihrem eigenen Besten. Falls Rennende Krabbe eine Postkarte mit einem Absender schickte, würde er ihr die Schuhe vielleicht mit der Post zusenden. Krabbe und Schuhe könnten dann zusammen rennen, könnten zusammen ins Meer huschen. Dylan würde bei den Pro Keds bleiben.

Gegen Ende dieses flüchtigen Sechstklässler-Frühlings fanden sie wieder zueinander, als wäre es die normalste Sache der Welt, als hätten sie nicht die Nachmittage eines halben Jahres übersprungen. Mingus trug eine armeegrüne Jacke, obwohl es dafür schon zu warm war, und darin klirrten irgendwelche metallischen Gegenstände, die in die löchrigen Taschen gesteckt worden waren und sich im Innenfutter eingenistet hatten. Die Rückseite der Jacke zeigte Mingus' Tag, DOSE, kunstvoll umrahmt von Sternchen und herabregnenden Punkten. All das blieb unkommentiert. Dylan schob seinen Schulranzen schnell hinter Mingus' Haustür, und sie schlenderten gemeinsam die Dean Street entlang, den Block, der nun so sinnlos geworden war, kein Skully, keine Ballspiele, die Kinder alle in irgendeiner Gruppe oder Gang, fast wie im Überlebenstraining. Nur Marilla und La-La nicht, aber sie schienen einen nicht mal wiederzuerkennen, während sie gemeinsam sangen: *I'm eightee-een with a bullet, got my finger on the trigger, I'm gonna pull it, yeah …*

Sie schlichen wortlos bis nach Brooklyn Heights, weg von der Dean Street, und ließen dabei die Gowanus Houses und Wyckoff Gardens hinter sich, verließen die Court Street und machten einen großen Bogen um die I. S. 293. Auf der Schermerhorn Street durchkreuzten sie den Schatten des Brooklyner Untersuchungsgefängnisses, bis sie ins Reservat der Heights kamen. Dort merkten sie erleichtert, wie unsichtbar sie auf den stillen, schattigen Straßen waren – Remsen und Henry und Joralemon Street –, alte Brownstone-Blocks, die wie Standbilder aus Filmen wirkten, eine Szenerie, die nie von irgendwelchen Vorkommnissen gestört wurde. Besonders die Remsen Street erinnerte an einen Botanischen Garten, ein Diorama vollkommener Reihenhäuser unter einem Blätterdach, die beleuchteten Stuckdecken schimmerten durch die Vorhänge wie gemeißelte Butter, die messingfarbenen Türklopfer und -griffe erschienen wie die Gesichtszüge funkelnder Masken, die Hausnummern waren silber-

und goldfarben in facettierte Türstürze eingelassen. Dies war *Brooklyn in höchster Vollendung*, der Zustand, den Boerum Hill so mühsam anstrebte. Hier waren Treppenaufgänge richtige Freitreppen. Soweit Dylan sah, ging niemand hinein und kam niemand heraus.

Auch inmitten des Gewimmels auf der Montague Street, inmitten der Drei-Uhr-Flut von Privatschülern aus dem Packer Institute, der Saint Ann's und der Brooklyn Friends, blieben sie mehr oder weniger unsichtbar. Die Heights-Kinder versammelten sich in lebhaften Gruppen um den Burger King und den Baskin-Robbins-Eisladen, Jungen und Mädchen gemischt, alle in Lacoste-Hemden und Cordhosen, die Wildlederjacken um die Hüfte geknotet, die lederbezogenen Flöten- und Klarinettenkästen zusammen mit den Schulranzen achtlos zu ihren Füßen aufgetürmt, die Aufmerksamkeit so sehr auf ihren privaten Flirt-Kosmos gerichtet, dass Dylan und Mingus durch sie hindurchglitten wie Röntgenstrahlen.

Auf einmal trat ein blondes Mädchen mit einer kompliziert aussehenden Zahnspange aus der Schar von Doppelgängern heraus und rief sie zu sich herüber. Die Augen verzückt von ihrer eigenen Kühnheit, präsentierte sie eine Zigarette.

»Habt ihr Feuer?«

Ihre Freunde lachten auf bei dieser komödiantischen Vorstellung, aber Mingus war das offensichtlich egal, er konnte mit dem Klischee leben, es in die Realität umsetzen. Er griff in sein Innenfutter und zog ein leuchtend blaues Feuerzeug hervor, das aussah wie ein flammenspuckender Pez-Spender. Woher sie gewusst hatte, dass er eines haben würde, war Dylan ein Rätsel. Die Tonalität der Situation schlug wieder um, das Mädchen lehnte sich vor, die Augen jetzt wild zusammengekniffen, aufgeregt und wachsam legte sie den Kopf schräg und strich sich eine Haarsträhne hinters Ohr, um sie vor der Flamme zu schützen. Kaum war die Zigarette angezündet, drehte sie ihnen den Rücken zu, und Dylan und Mingus zogen weiter, aus dem Dienst entlassen.

Die Kinder aus den Heights waren reich, vor allem reichlich eingebildet.

Die Heights-Promenade war ein schmaler Parkstreifen, der über dem Brooklyn-Queens Expressway und den Schiffswerften vorsprang, Brooklyns Schmollippe. Alte Männer und Frauen stolperten vorwärts wie Tauben auf Kopfsteinpflaster oder saßen reglos aufgereiht mit ihren Zeitungen auf den Bänken im Angesicht von Manhattans langweiliger Silhouette, einem Standbild, das sich niemand ansah, weil es sich sowieso nicht veränderte, eine stumme Hymne, das berühmte Rauschen im Kanal. Jenseits davon erstreckte sich die abfallbeladene Bucht, gelber New-Jersey-Rauch hing über den sich dahinschleppenden Fähren, über der billig wirkenden Statue. Dylan und Mingus waren Detektive, nicht wirklich hier. Sie verfolgten Hinweise. Die Spur war ablesbar an flüchtig hingeworfenen Schriftzügen auf Straßenlaternen und Briefkästen, Feuermeldesäulen, Garagentoren oder handgezeichnet im Dreck der Lastwagen.

ROTO I, BEL I, DEAL, BUSTER NSA, SUPER STRUT, FMD.

»Nonstop Action«, übersetzte Mingus. Dieses Wissen beruhigte ihn, seine Augen blickten ins Leere. »Flow Master Dancers.« Tags waren auch nur Kodierungen in mehreren Schichten, die man abkratzen oder überschreiben konnte.

Roto, Bel und Deal gehörten zur DMD-Crew, einer neuen Gruppierung, Typen aus den Atlantic Terminals, einem Sozialbau auf der anderen Seite der Flatbush Avenue.

Super Strut war einer von der alten Schule, er war schon lange unterwegs. Sein Stil mochte mittlerweile komisch wirken, aber man würde ihm nicht den Respekt verweigern.

Das Wort TOY war spöttisch über bestimmte Tags geschrieben, um denjenigen den Respekt abzusprechen, die ihn nicht verdienten.

Schreib TOY auf ein DMD-Tag, und du *kriegst den Arsch voll.*

Mingus kramte in seinem Innenfutter nach seinem El Marko, einem Magic Marker bestehend aus einer kolbenförmigen Glasflasche mit einer dicken aufgepfropften Filzspitze. Violette Tinte schwappte in dem kleinen aufschraubbaren Gefäß, farbige Schleier liefen an den Innenwänden herab. Mingus zog eine Sicherheitsnadel hervor und durchstach an mehreren Stellen den Filz, *anpinnen* nannte er das, bis die Tinte so flüssig lief, dass sie seine hellen Handflächen färbte, dann den grünen Ärmelaufschlag seiner übergroßen Jacke. Dylan fühlte einen Schauer der Erregung, den er mit den kleinen Pinseln seines Vaters verband, mit Spirographenrädchen und Skullydeckeln.

Das Wort DOSE kroch an einer Straßenlaterne hoch, Mingus bewegte seine Hand in geübten Schwüngen.

Ein Tag war eine Antwort, ein Ruf an diejenigen, die ihn hörten, wie Hundegebell, das hinter vielen Zäunen widerhallte. Eine Antwort in feuchtem Violett. Die Buchstaben tropften und rochen aufregend. Jedes Mal, wenn sie ausgeführt waren, schubste Mingus Dylan weiter, und der El Marko rasselte zurück ins Innenfutter seiner Jacke zu dem blauen Feuerzeug und sonstigen Kram. Mingus fasste Dylan am Ellbogen, und die beiden Jungen überquerten diagonal die Straße, um Verfolger abzuschütteln, die nicht notwendigerweise real waren. Ihr Weg entsprach einem Zickzacksatz, der aus einem einzigen Wort bestand, DOSE, überall dorthin geschrieben, wo es eine freie Stelle gab.

Unter gleichgültigen Blicken schrieb sich ein Unsichtbarer in die Welt ein.

Der lange Weg der Promenade mündete am Ende in einen kleinen verlassenen Spielplatz, zwei Schaukeln, eine Rutsche. Mingus nahm sich die Zeit, auf die von vielen Absätzen eingedellte silbrige Rutschfläche zu taggen, in einer besonders prallen Ausführung mit tropfender Umrahmung.

Er hielt Dylan den El Marko hin. Die farbbefleckte Flasche ruhte wie eine reife Pflaume in Mingus' schmutziger Hand.

»Mach schon«, sagte er. »Schreib was. Beeil dich.«

»Woher weiß ich, was ich schreiben soll?«

»Hast du etwa noch kein Tag? Dann denk dir eins aus.«

Wendeltreppe, *Wohlfuck*, *Dose*. Die Marvel-Comics hatten recht, die Welt bestand aus geheimen Namen, man musste nur seinen eigenen aufdecken.

Whiteboy?

Omega der Unbekannte?

»Dillinger«, sagte Dylan. Er starrte vor sich hin, ohne nach dem El Marko zu greifen.

»Zu lang, Mann. Irgendwas wie Dill-N, D-Lone.«

Ein philippinisches Kindermädchen schob einen Kinderwagen auf den Spielplatz. Mingus ließ den Marker in seine Jacke gleiten und legte den Kopf schräg.

»Lass uns abhauen.«

Es war nicht schwer, vor einer vier Fuß großen Frau und einem Baby im Kinderwagen zu fliehen, sich leichtfüßig und herumalbernd davonzumachen. Nur eine wirkliche Bedrohung ließ dich wie angewurzelt stehen bleiben, die Beine wie Blei, die Hände in den Hosentaschen, um die gesamte Barschaft herauszuholen und feilzubieten. Das muss man erst mal raffen.

Mingus zog sich an dem Zaun hoch, der den Spielplatz umgab, schwang ein Bein darüber, blieb sitzen. Dylan, der hinterherwollte, knickte mit dem Oberkörper nach vorn. Mingus griff Dylan unter die Arme, während Dylan mit den Füßen strampelte. Wie Figuren in einem Zeichentrickfilm fielen sie zusammen auf die andere Seite.

»Scheiße, Sohn, geh runter von mir!«

Dylan fand seine Brille neben sich im Gras. Mingus klopfte sich Hose und Jacke ab wie James Brown, der seinen Anzug nach imaginären Fusseln absucht. Er grinste und strahlte. Mit einem Blatt in den Locken seines Haares.

»Steh auf, Sohn, du liegst auf dem Boden!« Wenn Mingus gute Laune hatte, nannte er Dylan mit donnernder Stimme

Sohn, auch ein Zitat, halb der Komiker Redd Foxx, halb der Hahn Foghorn Leghorn.

Er reichte Dylan die Hand, half ihm wieder auf die Füße.

Es war etwas Besonderes an einem körperlichen Zusammenstoß, ein Moment, in dem irritierte Zuneigung ein Ventil fand. Es war nichts Sexuelles, sondern eher die Antwort, die eine gelegentliche Bauchlandung auf die routinierte Langeweile eines gewohnten Zeitvertreibs geben kann.

Man spürte die Wirkung. Die italienischen Kinder auf der Court Street rissen einander in regelmäßigen Abständen zu Boden.

Dylan wollte das Blatt aus Mingus' Haar entfernen, ließ es aber bleiben.

Sie rutschten einen Abhang hinunter zu einem versteckt liegenden Stück Brachland, einem abfallenden Dreieck aus trostlosen Ailanthusbäumen und Unkraut, eingehüllt in die Abgase am Rande des Brooklyn-Queens Expressway, auf dem die Wagen unbeirrt dahinrauschten. Der Boden war übersät mit Zigarettenkippen, leeren Flaschen, zerfetzten Reifen. Eine weitere Oase der Verwahrlosung, mit der gleichen geheimen Autorität wie das leer stehende Haus. Selbst die Heights waren auf einem Trümmerhaufen erbaut, dem charakteristischen Müll, der allem zugrunde lag.

Erneut wandelten sie wie Pilger auf berühmten Pfaden. Die Steinmauer, die zur Promenade aufragte, war mit sechs Fuß hohen Buchstaben bedeckt, geduldigen Meisterwerken des Graffiti, die nur von den vorbeiziehenden Fahrzeugen aus sichtbar waren. Sie traten ein Stück zurück in Richtung des Verkehrs, um besser sehen zu können, wobei sich Dylan die Brille auf der Nase zurechtrückte. MONO und LEE: Das Dynamische Duo hatte auch hier zugeschlagen.

In Dylans Vorstellung war Mono schwarz und Lee weiß.

Mingus lehnte sich an die bemalte Mauer, überschattet von der Krone eines Ailanthusbaums, und zückte das blaue Feuerzeug, hielt es seitlich an die Spitze einer kleinen, wasserhahnförmigen Metallpfeife, einer weiteren Überraschung aus dem Innenfutter der grünen Jacke. Den Kopf geneigt, die Augen konzentriert zusammengekniffen, zog Mingus daran und hielt den Rauch mit zusammengepressten Lippen ein. Feine Schwaden krochen aus seiner Nase. Er nickte Dylan mit dem Kinn zu, bevor er schließlich ausatmete.

»Willste mal Gras probieren?«

»Nee.« Dylan versuchte, es möglichst beiläufig klingen zu lassen, eine zufällige Absage, die auch anders hätte ausfallen können.

Weiter unten donnerten Lastwagen vorbei. Bewegliche Wände, die ihre eigenen Graffitispuren aus anderen Teilen der Stadt trugen, fremdartige Kommunikation, die durch gleichgültige Träger verbreitet wurde, wie ein Virus.

»Ich hab's von Barrett genommen. Er bewahrt es im Gefrierfach auf.«

Inzwischen nannte Mingus seinen Vater Barrett. Für Dylan war das vielleicht der Schlüssel zu allem Möglichen, eine alles entscheidende Haltung. Wenn er allein wäre, würde er es mit unterdrückter Stimme ausprobieren: *Abraham, Abraham, Abraham.*

»Weiß er das?«, fragte Dylan.

Mingus schüttelte den Kopf. »Er hat so viel davon, er merkt's nicht mal.« Er betätigte erneut das Feuerzeug, der Kopf der Pfeife flammte orangefarben auf und knisterte leise. Dylan war bemüht, sich seine Faszination nicht anmerken zu lassen.

»Schon mal Gras geraucht?«

»Klar«, log Dylan.

»Keine große Sache.«

»Ich weiß.«

»Jeder berauscht sich an irgendwas – das sagt zumindest Barrett immer.« *Je-der berauscht sich an irgend-was* enthielt eine musikalische DNS, eine Spur von: *Mut-ter ist verschwunden, aber der Junge hält alles zusammen.*

»Ist okay, ich hab's früher schon mal gemacht, ich möchte gerade nur nicht.«

»Früher?« Mingus stellte ihn sanft auf die Probe.

»Klar«, sagte Dylan. »Meine *Mom* ist eine Kifferin.« Als ihm die Worte entschlüpft waren, wusste er, dass er Rachel verraten hatte, sie wegwarf wie einen Skullydeckel, den man gleichgültig aufs Spiel setzte, weil er einem egal war.

Indem man sich scheinbar beiläufig in seiner eigenen Sprache bewegte, entdeckte man oft Dinge, die man bereits wusste. Die Geschichten waren in die Wörter eingebettet wie Wortspiele, die ihrer Entdeckung harrten.

Rennende Krabbe *nicht ohne köpfchen.*

»Ja, also, wo wir schon drüber reden, meine Mom hat Barrett wegen der Drogen rausgeschmissen«, sagte Mingus. Er sah sich genötigt, etwas von seinem eigenen Unglück beizusteuern, verstummte dann aber. Möglicherweise reichte allein schon die Erwähnung irgendeiner Mutter, selbst der eigenen, um einen Nachmittag zu verderben.

Vor einem Fehltritt wie diesem war man nie gefeit – sprich das unaussprechliche Wort aus, und du kannst zusehen, wie sich der Himmel verdunkelt. Du kannst dir einbilden, dass du durch die Vermeidung von Wörtern wie *Schule* oder *weiß* oder *schwarz* auf der sicheren Seite bist, aber du täuschst dich.

Es hätte eine komplett andere Sprache geben müssen. So warf die Erwähnung Rachels gleich einer Sonnenuhr einen Schlagschatten auf Dinge wie Robert Woolfolk, die du absichtlich im Dunkeln gelassen hattest. Und damit warst du wieder da, wo du nicht sein wolltest. Festgenagelt auf das Raster.

Ein weißer Junge in der sechsten Klasse, der sich im Scheinwerferlicht windet.

Gewürgt.

Geh zu Mama.

Mingus ließ die Pfeife in seiner Jacke verschwinden. Die

beiden kletterten den Abhang hinauf, stiegen problemlos über den Zaun und schritten, die Promenade hinter sich lassend, schweigend die Pierrepont Street entlang. Obwohl Dylan jetzt bereit gewesen wäre für den El Marko, bereit, den violett gefärbten Filz zu entstöpseln und den Farbfluss in seiner Hand zu spüren, seinen eigenen Graffitinamen zu entdecken und ihn tropfend neben Mingus' DOSE auf die Laternenpfähle zu setzen, taten sie nichts dergleichen. Mingus' Hände blieben in seinen Jackentaschen vergraben, die Fäuste ins Innenfutter geschoben, um das Feuerzeug, die Pfeife und den El Marko festzuhalten, sodass sie nicht mehr gegen seine Oberschenkel rasselten.

Mingus stolzierte voran. Immer noch das Blatt im Haar.

Dylan war nicht mal ein *Toy*, noch nicht.

Wahrscheinlich war Mingus außerdem high, mit dem Kopf in irgendeinem anderen Quadranten des Weltalls, vielleicht in der Negativzone. Das konnte er jedoch nicht einschätzen. Einfach *eine weitere scheußliche Entwicklung*, um Ben Grimm zu zitieren, besser bekannt als Das Ding.

Er hatte es sich angewöhnt, die Post liegen zu lassen, bis der Junge aus der Schule kam, damit der seinen Ranzen abnehmen und alles durchgehen konnte, was durch den Briefschlitz gekommen war, die Rennende-Krabbe-Postkarte verschwinden ließ, wenn eine dabei gewesen war, sie unter seinen *Privatsachen* versteckte, eine Kategorie des Jungen, die sich immer weiter ausdehnte. Erst nachdem Dylan die Post mit dem Fuß über den Dielenboden verteilt und dort zurückgelassen hatte, holte sich Abraham Ebdus die Rechnungen, Briefe, Ausstellungseinladungen, was auch immer gekommen war. Und so lag die Post den ganzen Nachmittag im Flur, und Abraham gab sich auf den Ausflügen vom Atelier nach unten in die Küche zum Kaffeekochen oder Broteschmieren aufrichtig Mühe, nicht hinzusehen, ob dort eine

Postkarte aus dem Stapel herausragte. Er wollte es gar nicht wissen.

Nachdem Dylan an diesem Abend durch den Flur in die Küche gegangen war und seine Hausarbeiten auf dem Tisch ausgebreitet hatte, entdeckte Abraham ein dünnes Päckchen mit dem Absender seines neuen Arbeitgebers. Obwohl er den Inhalt sofort erriet, hielt er das Päckchen einen langen Moment in der Hand und begutachtete es, während sich hinter seiner Stirn düstere Gedanken, eine Art Kopfschmerz aus Stolz und Wut formten. Als er es schließlich aufriss, durchlief ihn ein Schauder der Selbstverachtung, und er hätte es beinahe in der Mitte durchgerissen und damit das schmale Taschenbuch zerstört, bevor es überhaupt ausgepackt worden war.

Neuraler Zirkus von R. Fred Vanal, das erste Buch der Serie New Belmont Specials, die als »Hirnverzerrende spekulative Literatur des Rockzeitalters« angekündigt worden war. Umschlagillustration von Abraham Ebdus: Eine drittklassige surrealistische Landschaft oder Mondlandschaft oder Gehirnlandschaft aus leuchtenden Farben mit etwas ominösen biomorphen Formen, angelehnt an Miró, an Tanguy, an Ernst, sogar angelehnt an Peter Max, und das, ohne sich dieser Anleihen auch nur im Geringsten würdig zu erweisen. Die Grafikabteilung von Belmont Books hatte seine Gouache mit einer neongelben Serifenlosen versehen, die an Computerschriften erinnern sollte. Abraham wünscht sich jetzt, er hätte ihnen die Verwendung seines richtigen Namens untersagt, stattdessen ein Pseudonym verwendet, wie es der Autor scheinbar auch getan hatte: Alfred E. Mottenkugel oder J. R. R. Tollkühn. Die Farben, die er mit den eigenen Pinseln aufgetragen hatte, taten ihm in den Augen weh.

Abraham nahm das Buch mit in die Küche, in der Absicht, es wie zufällig auf den Tisch inmitten von Dylans Hausarbeiten fallen zu lassen. Gereizt, wie er war, schleuderte er das Buch aber auf den Boden. Es rutschte schlingernd zu einer

Stelle unter dem Tisch unweit von Dylans Füßen. Dylan hob die Augenbrauen und sah unter den Tisch.

»Was ist das?«, fragte er.

»Mein erstes veröffentlichtes Buch«, antwortete Abraham, unfähig, die Bitterkeit in seiner Stimme zu dämpfen.

Dylan hob das Buch vom Boden auf und nahm es wortlos mit ins Wohnzimmer. Abraham holte eine Packung tiefgefrorener Lammkoteletts aus dem Kühlschrank, stellte sie in die Spüle und ließ Wasser darüberlaufen. Legte Zwiebeln auf der Anrichte bereit, betrachtete sie. Nach ein paar Minuten konnte er die Stille nicht länger ertragen und spähte durch die Tür, um zu sehen, wie Dylan in einer Ecke der Couch lümmelte, den ganzen Körper um den *Neuralen Zirkus* gewunden. Dylan blickte nicht auf, als Abraham eintrat. Das Kind las Bücher wie ein Aasfresser, es durchblätterte die Seiten in angestrengter Konzentration mit unglaublicher Geschwindigkeit, während es das unbrauchbare Fleisch der Prosa abschälte und das Skelett der Geschichte freilegte, die nackten Tatsachen oder den bodenlosen Unsinn. Dylan las nicht, er *filetierte*.

Abraham ging zurück in die Küche. Er schnitt Zwiebeln, warf die Fleischstücke in eine Pfanne. Als das Essen auf dem Tisch stand und er Dylan gerade rufen wollte, kam der Junge mit dem abstoßenden Büchlein hereingetrottet.

»Nicht schlecht«, sagte Abraham Ebdus' Sohn. Sein Tonfall ließ darauf schließen, dass er vieles gelesen hatte, was schlechter war. Und dann legte er das Buch in einer Anwandlung fast unerträglich trockenen Humors vorsichtig wieder an genau die Stelle auf dem Fußboden, wo Abraham es hingeworfen hatte, hielt sich die Faust vor den Mund, imitierte ein leichtes Hüsteln und wandte sich seinem Essen zu.

Das Buch lag während des ganzen Abendessens völlig verloren zwischen ihren Füßen. Als später der Fernseher lief und Dylan sicher aufgehoben war auf seiner Sitzbank in der

Kirche des *Sechs-Millionen-Dollar-Mannes*, hob Abraham das Buch auf, steckte es in seine Gesäßtasche und nahm es mit hinauf ins Atelier. Dort entfernte er einige Tintenfässer von einem auf Augenhöhe angebrachten Regal neben seinem Arbeitstisch. Der *Neurale Zirkus* würde bald Gesellschaft bekommen: Er hatte bereits drei weitere Umschlagentwürfe für die New Belmont Specials gemalt, und ein vierter lag im Rohentwurf auf einem Tisch am anderen Ende des Raumes. Er konnte sich jetzt nicht damit beschäftigen.

Er tauchte einen Pinsel in Farbe und richtete seine von den Zwiebeln tränenden Augen auf das kleine Zelluloidbild, bei dem er die Arbeit unterbrochen hatte. Seine Filmhandlung hatte sich in letzter Zeit zu einer schrittweisen Verbannung oder Reinigung von Farbe entwickelt. Durch verschwindend kleine Bewegungen, minimale Löschungen und Verdunklungen hatten Schwarz und Grau die Vorherrschaft oberhalb der Horizontlinie im Zentrum des Bildes übernommen, Weiß und Grau im Bereich darunter. Die verbliebenen Farben waren stumpf und verblassten schnell, als wären sie entmutigt von der Entwicklung, ihrem absehbaren Todesurteil. Sie hatten die Schrift an der Wand gelesen. *Als sie das Karminrot holten, habe ich geschwiegen; als sie das Ockergelb holten …*

Die New Belmont Specials waren das Fegefeuer für die verbannten Farben, entschied Abraham nun. Indem er auf den Umschlagentwürfen seine niedersten Instinkte austrieb – das Bedürfnis, mit Farben zu gefallen oder zu zerstreuen, den Drang, alles Mögliche mit ihnen anzustellen, anstatt *durch sie hindurch* die absolute Wahrheit zu schauen –, würde er die Reinheit seines Filmes noch weiter steigern. Mit einer Erregung, die sich fast rachsüchtig anfühlte, stellte er fest, dass die veröffentlichten Taschenbuchumschläge eine Art Neonzombie abgeben würden, der für seine Malerkarriere stünde, ein wandelnder Leichnam. Unterdessen würde im Verborgenen die asketische Perfektion des unveröffentlichten, ungesehenen Filmes reifen, wie ein umgekehrtes *Bildnis des Dorian Gray*.

Der Maulwurfjunge wagt sich im Frühling ungeschützt heraus. Nimmt das Risiko auf sich. Er faltet einen Dollar viermal und schiebt ihn in einen Schlitz auf der Innenseite seiner Gürtelschnalle, schützt sich mit einem doppelten Bluff: Zwei Quarter in der Gesäßtasche und weitere fünfzig Cent, die er zu opfern bereit ist, in die Socke gestopft. Was auch immer nötig ist. Dieser Vorgang ist Routine. In der Vordertasche allerdings hat das geplagte Geschöpf etwas versteckt, das ihn nervös macht, die Hände sind ungeduldig, kribbelig. Sein eigener El Marko, Rabenschwarz, mit ungeöffneter Versiegelung. Am vorigen Samstag hat ihn das Maulwurfkind beim Einkauf von Malutensilien bei Pearl Paint auf der Canal Street abgestaubt, zusammen mit einem Zeichenblock und einem länglichen Kasten Buntstifte aus Metall. Abraham Ebdus hat alles bezahlt, ohne Fragen zu stellen.

Es ist wieder Samstag, noch nicht ganz zehn Uhr morgens, am fünften Tag im Juni. Das sechste Schuljahr ist fast vorbei, das Nebengebäude der I. S. 293 ein einjähriger Rückenpanzer, wie eine abstoßende körperliche Phase, ein Versehen. Was für einen Sinn hat eine einjährige Schule? Man kann nicht richtig hineinwachsen. Was nun zählt, immer schon gezählt hat, ist das kommende Jahr, das hättest du eigentlich wissen müssen. Du hast dich die ganze Zeit nur aufs siebte Schuljahr vorbereitet. Auf das Hauptgebäude in der Court Street mit Mingus Rude in der Klasse über dir. Dort würdest du deine Chance bekommen. Vielleicht. Das siebte Schuljahr: Konzentrier dich, lass es Wirklichkeit werden. Darüber hinauszudenken, an die Highschool, an die schuldbewusst unterdrückten Fantasien von Mädchen, blonden Mädchen wie den unvergessenen Solvers, ist höchstwahrscheinlich unklug für ein Maulwurfgeschöpf, das darum bemüht ist, nicht in den Schwitzkasten genommen zu werden. Ein Schritt nach dem anderen, o Geschöpf der Finsternis.

Versuch in der Zwischenzeit, Mingus ebenbürtig zu werden. Verdien dir deine Sporen, finde deinen Namen. An einem Samstagmorgen kannst du zu hoffen wagen, dass die Kinder aus den Sozialbauten noch in ihrer Feinrippunterwäsche zu fünft auf der Couch sitzen und *Merrie Melodies*-Zeichentrickfilme auf einem Schwarz-Weiß-Fernseher sehen. Der Gestank der Lösungsmittelfabrik in der Bergen Street ist das einzig Auffällige heute, die Puerto Ricaner haben sich noch nicht vor Ramirez' Laden eingefunden, der leere Bus schwebt wie ein überdimensionales Staubkorn durch das frühe Sommerlicht in Richtung Third Avenue. Ein Morgen wie dieser könnte eine gute Gelegenheit sein, den eigenen Namen in die Welt zu setzen, ihn an die Wand zu werfen. Dennoch bewegt sich der Maulwurfjunge nicht ohne die gewohnte Vorsicht. Tagsüber, nachts, egal wann. Wie soll er es bloß erklären, wenn er aufgehalten und gezwungen wird, die Taschen zu leeren, wenn er den El Marko zeigen muss? Das Ding ist ein gestohlener Ausweis, ein Amulett, das er zu tragen nicht berechtigt ist.

Hinter sich blickend, läuft er die Nevins Street entlang.

In dem Block auf der Pacific Street zwischen Nevins Street und Third Avenue waren ein paar nebeneinandergelegene leere Grundstücke in einen sogenannten Westentaschen-Spielplatz verwandelt worden. Eigentlich nur eine Einbuchtung in der Brownstonefassade des Blocks, ein Quadrat unbegrünten öffentlichen Raumes, ausgestattet mit einem ungewöhnlich tiefen Sandkasten und einigen modernistischen Klettervorrichtungen aus hochglanzlackierten Holzbalken samt der üblichen Rutsche und Schaukeln. Der Boden der Westentasche ist mit schwarzen, quadratischen Gummifliesen ausgelegt, die wie Puzzleteile miteinander verbunden sind und auf denen überall Glasscherben, ausgedrückte Zigaretten und eingetrocknete Urinpfützen verstreut liegen, was das wahre Gesicht des Ortes widerspiegelt. Die Rutsche und die Schaukeln, die festgeschraubten Mülleimer und die Backsteinmauern, die den Spielplatz an drei Seiten begrenzen, sind vollständig mit gesprühten und geschriebenen Tags überzogen. Ein Kind gilt als ganz schön blöd, wenn es hier einen Fuß auf den Sand setzt, selbst in Turnschuhen, ganz zu schweigen von barfuß. Falls man die Venusfliegenfalle von Spielplatz überhaupt betritt. Für den Maulwurfjungen ist dies eine Zone, die er besser meidet, und es gehört für ihn Mut dazu, sie jetzt zu betreten, auch wenn ein letzter Blick bestätigt, dass er allein ist.

Er fummelt den El Marko aus seiner Hosentasche und hält Ausschau nach einer freien Fläche.

Das letzte unbeschriebene Fleckchen in der Westentasche liegt an der Unterseite der Rutsche, in einem fast unzugänglichen Winkel. Hockend watschelt er in den Schatten der Rutsche und zieht die Kappe ab. Riecht den frischen Gestank der schwarzen Farbe. Er hat einen Namen parat, ein Geheimnis, das er niemandem verraten und in den letzten zwei Wochen tausendmal geübt hat, mit Kugelschreiber auf dem Pult, mit Filzstift auf dem Ordner, mit bloßem Finger in der Luft.

Doch dies wird heute nicht geschehen.

Denn heute ist der Tag, an dem der fliegende Mann vom Dach fällt.

Zunächst sieht der Junge, als er unter der Rutsche herumkriecht, aus den Augenwinkeln einen Schatten vorbeihuschen, einen riesigen vogel- oder fledermausartigen schwarzen Streifen an der Backsteinmauer. Hin und zurück. Dann ein dumpfer Schlag wie von jemandem, der gefallen ist, und ein Keuchen, das pfeifende Geräusch entweichenden Atems beim Aufprall. Ein langer Seufzer, der in ein Stöhnen übergeht. Der Junge schreckt auf, stößt sich den Kopf an der Unterseite der Rutsche und lässt den Marker fallen. Gefangen im Schatten der Rutsche, überlegt er, ob er sich irgendwo verstecken kann, wovor auch immer.

Nein, kann er nicht.

»Kleiner weißer Junge«, ächzt die Stimme. »Wasmachsu da?«

Der fliegende Mann wirkt von Nahem riesig. Er sitzt auf den Gummifliesen an der Mauer, nur wenige Fuß entfernt, die Knie angewinkelt, und reibt sich mit beiden Händen den rechten Knöchel. Die Haut seiner knotigen, verhärteten Hände und an seinem Knöchel, an seinen beiden Knöcheln, nackt über schäbigen roten Turnschuhen – *Ausschussware*, um genau zu sein – ist schuppig, psoriatisch, weiße Maserung auf Krokodilschwarz. Er trägt Jeans, die vor Schmutz ölig-grau geworden sind, und ein ehemals weißes Hemd mit ausgefransten Manschetten, ein Knopf hängt an einem Faden herab. Über den Schultern, eingeklemmt zwischen dem breiten Rücken und der Backsteinmauer, trägt er einen Umhang aus Bettlaken, am Hals zusammengeknotet wie bei dem Jungen in *Wo die wilden Kerle wohnen*, bloß mit gelben Flecken. Unwillkürlich denkt der Junge: *Piss*flecken. Und der fliegende Mann riecht auch nach Pisse, schlimmer noch als der ganze Spielplatz.

Der fliegende Mann grummelt wieder, blickt auf und fährt fort, sich seinen Knöchel zu reiben. Sein Kinn ist stoppelig und vernarbt, helle Haarkringel auf dunkler Akne. Seine Nase zeigt zur Seite. Und wo die Augen des fliegenden Mannes normalerweise weiß sein sollten, haben sie dieselbe pissfleckige Farbe, als hätte er irgendwie sogar in seine eigenen Augäpfel uriniert.

Dylan Ebdus sagt nichts, er glotzt.

Der fliegende Mann deutet auf den hingefallenen El Marko. »Schmierst schmussigeszeug an die Wände, ich hab dich gesehen.«

»Sie sind runtergefallen«, sagt Dylan Ebdus.

»Nee, Mann, ich bin runter*geflogen*«, erwidert der fliegende Mann. »Hab mir aber mein gottverdammtes Bein verstaucht. Kann nich mehr richtig landen.«

»Wieso – wieso können Sie fliegen?«

»Ha! Ganz bestimmt nich wegen diesem Mistding, das ganz sicher nich.« Der fliegende Mann zieht jetzt an dem Laken um seinen Hals, steckt seine groben Finger in den Knoten und lockert ihn überraschend mühelos. Er knüllt den besudelten Umhang zusammen und wirft ihn zur Seite auf einen Haufen Scherben. »Hab mich verheddert, mir das Bein verletzt, verdammich«, murmelt er. »Immer muss ich fallen.«

Dylan Ebdus macht einen vorsichtigen Schritt in Richtung des offen auf dem Gummiboden des Spielplatzes liegenden El Marko.

»Maschon, heb ihn auf. Mir scheißegal, was für abgefuckte Graffiti du machst, Mann. Hab andere Probleme, Scheiße.«

Dylan Ebdus greift nach dem Marker, stöpselt ihn zu und steckt ihn weg. Der fliegende Mann scheint jetzt sowieso mit sich selbst zu reden.

»Hey, Mann, hast du 'nen Dollar, Mann?«

Dylan Ebdus glotzt wieder. Der fliegende Mann zeigt seine Zähne, die klein sind und weit auseinanderstehen. Sein Zahnfleisch schimmert braun und rosafarben.

»Kannst du nich sprechen, Mann? Ich frach, ob du 'nen Dollar hast.«

Der Maulwurfjunge ist fast erleichtert, wieder auf solch bekanntes Terrain zu gelangen. Reflexartig wühlt er in seinen Taschen. Doch im Kopf berechnet er immer noch die Flugbahn, vergegenwärtigt sich erneut den Schatten und den dumpfen Aufprall, der sich soeben zugetragen hat. Sein Blick gleitet zum Dachgiebel, drei Stockwerke hoch. Von *dort* oben nach *hier* unten?

Überall sonst hat der Tag noch nicht begonnen. Der Spielplatz ist eine leere Klammer, niemand geht die Pacific Street entlang, um die Vorkommnisse zu bestätigen oder zu widerlegen.

Der fliegende Mann hebt die Hand, Dylan Ebdus tritt in

seinen stinkenden Dunstkreis und gibt ihm fünfzig Cent. Dann weicht er schnell wieder zurück.

Der fliegende Mann umschließt die beiden Quarter und dreht an einem silbernen Ring am kleinen Finger, die Augen fest auf die von Dylan Ebdus gerichtet. An den kleinen Falten seines Halses sind weiße Verkrustungen zu erkennen, als wäre er gestrandet oder in Salz gebacken worden.

»Früher konnte ich gut fliegen«, sagt der fliegende Mann.

»Ich habe Sie gesehen«, erwidert Dylan Ebdus beinahe flüsternd und begreift die Bedeutung der Worte erst beim Aussprechen.

»Jetzt kann ich's nich mehr«, sagt der fliegende Mann verärgert und leckt sich die Lippen. »Die gottverdammten« – an der Stelle sucht er nach einem Wort – »*Luftwellen* drücken mich immer runter.«

»Luftwellen?«

»Ha. Ha. Ich schaff's einfach nich mehr, in der *Luft* zu bleiben. Das ist das *Problem*, Mann.« Der fliegende Mann bemerkt plötzlich die glänzenden Quarter in seiner rissigen Hand, als wären es Scherben eines Spiegels im verdreckten Rinnstein, die die Sonne reflektieren. »Ist das alles, was du hast, Mann? Ist das alles, was du für mich hast?«

Dylan Ebdus nickt zunächst stumm, dann öffnet er seinen Gürtel und übergibt den kleinen, zusammengeknüllten Dollar. Er faltet ihn nicht einmal auseinander, sondern lässt ihn wie ein Kaugummi in die raue Handfläche des fliegenden Mannes fallen.

»Ha. Du hast mich wirklich fliegen sehen?«

Der fliegende Mann hebt sein Kinn, um auf die fernen Dachgiebel oberhalb der Pacific und der Nevins Street zu deuten, auf das Dach der P. S. 38 und darüber hinaus, zu den Wyckoff Houses. Möwen, die sich von Coney Island oder Red Hook hierherverirrt haben, ziehen im blassen Himmel ihre Kreise.

Dylan Ebdus nickt erneut und flieht dann vom Spielplatz.

SIEBEN

Eine Postkarte von Rennende Krabbe, abgestempelt in Bloomington, Indiana, am 16. August 1976. Auf der Vorderseite eine Schwarz-Weiß-Fotografie von Henry Miller am Strand von Big Sur, nackt bis auf einen Lendenschurz, so groß wie eine Windel, die faltige Brust unter einem ätzenden Grinsen in dem sonnenverbrannten Gesicht. Hinter ihm steht etwas versetzt eine stattliche, schwarzhaarige Frau in Bikini und hauchdünnem Wickelrock knöcheltief im Wasser, ohne auf die Kamera zu achten.

> lass dich nicht von henry veräppeln d
> ein brooklyner straßenkind gibt nie auf
> es träumt von schlagballdreiern
> schokobrause und den comicseiten
> im geiste ist er dick tracy
> und sie ist brenda starr
> nicht die venus in der muschel
> alles liebe deine strandgammlerkrabbe

Er starrte so lange auf die Eintrittskarten, dass die Strahlen seines Blicks den Namenszug des blinden Negers vielleicht hätten ablösen und durch seinen eigenen ersetzen können. Irgendein Schwachkopf seiner Agentur hatte ihm zwei Tickets für *Ray motherfucking Charles* in der Radio City Music Hall geschickt, als würde er sich bewundernd eine Meile entfernt von diesem paillettierten weißen Schmu namens Rockettes hinsetzen – auch noch auf den gottverdammten Balkon! –, nur um diesen hochnäsigen Schwatzkopf am Flügel »God Bless America« grölen zu hören. Er hatte in der Radio

City noch nicht einmal *auftreten* wollen, was sollte er dann auf dem *Balkon*?

Er hatte die Wohnzimmerfenster weit aufgerissen. Draußen ächzte die Dean Street unter der unerträglichen Luftfeuchtigkeit. Die Hitze war granuliert, ungelöst. Das Sonnenlicht auf dem bestreuten Spiegel undeutlich und verschwommen. Kein Windhauch fuhr in die Vorhänge, die Luft stand still. Nur ein gleichbleibender puerto-ricanischer Beat drang von dem Platz vor Ramirez' Laden herüber, gut möglich, dass es seit zwei Stunden derselbe Song war, schon den ganzen Nachmittag über. Die Autos bewegten sich wie Quallen, kaum zu unterscheiden von ihrer Umgebung, ein kleiner Wellenschlag, dort wo Teer und Luft aufeinandertrafen.

Vier schwarze Kinder, die wie aufgeschreckte Spinnen um den Strahl eines aufgeschraubten Wasserhydranten an der Ecke Nevins und Bergen Street tanzten.

Er klatschte die Eintrittskarten auf den Spiegel und legte dann eine Line aus, wobei er darauf achtete, seine Fußspitzen auswärts zu stellen, auf zehn und zwei Uhr eines imaginären Zifferblatts. Er hatte kürzlich die Technik entwickelt, in der Hüfte und den Knien nachzugeben und den Rücken gerade zu lassen, während er sich nach vorn beugte, sodass die Körperhaltung beim Schnupfen natürlicher wurde, der Zug in seine offenen Lungen rieselte und ihn durch und durch mit einer kühlen Brise erfüllte. Zu viele Kerle schnieften zusammengekauert und nahmen die Droge völlig verkrampft ein.

Es war wie Singen, es kam darauf an, welche entlegenen Regionen in Bauch und Brust man freisetzen konnte.

Hingabe in einem tieferen Sinne.

Von seinem niedrigen Blickwinkel aus nahm er die Eintrittskarten in Augenschein, untersuchte, wie sie gedoppelt auf dem Spiegel lagen, die dunkle Schrift unlesbar gefangen im Schatten der beiden Paare, dem wirklichen und dessen Reflexion. Möglicherweise steckte Crowell Desmond, sein sogenannter Manager, hinter diesem Affront. Es war eine nicht allzu bekannte historische Tatsache, dass Ray Charles in seiner Zeit bei Tangerine höchstpersönlich ein Demoband der Subtle Distinctions abgelehnt hatte, angeblich mit den Worten: *Kommt mir nicht mit dieser von Motown abgekupferten Tralala-Pferdescheiße.* Aber konnte Desmond, der erst vor einem Jahr auf der Bildfläche erschienen war, überhaupt von dieser Sache wissen? Höchst unwahrscheinlich. Außerdem fehlte Crowell Desmond die Entschlusskraft für eine solch kryptische Erniedrigung.

Barrett Rude Junior nahm eine zusammengerollte Dollarnote und zog eine Line tief hinunter, bis in sein Geschlecht, in seine Eier und seinen Schwanz. Fühlte den Schauer von dort aus überall durch seinen klammen, schweißgebadeten Rumpf rauschen.

Nigger, dachte er. Nig-*gah*, Dur geht über in Moll, in einem Intervall aus Septimen.

Flüchtige Melodien verbargen sich im Raum zwischen den Silben, selbst Nigger, die im Dunkel kauern.

Nein, die Zusendung der Ray-Charles-Tickets ging ganz allein von seiner Agentur aus, war das Zucken einer Körperschaft, die nie von allein gelaufen ist, immer nur am Boden kroch. Deren Ähnlichkeit mit einem empfindungsfähigen Organismus rein zufällig war. Irgendjemand in dem Laden hatte die vollkommen eselhafte und unrealistische Vorstellung, ihn nach Montreal komplimentieren zu können, um irgendwelchen Discoscheiß mit dem deutschen Produzenten der Silver Convention aufzunehmen, ihn womöglich zu einem neuen Johnnie Taylor zu machen, oder zu so etwas wie den Miracles, nachdem Smokey Robinson ausgestiegen war, Schwarze in gelackten Ganzkörperanzügen, die für die geilen Hausfrauen aus dem »Tal der dummen Dinger« singen würden.

Move it up, move it down, move it in, move it out, Disco Lady! Und nimm mich dann mit hinters Haus und jag meinen lahmen schwarzen Arsch in die Luft.

Nihhh-*gahhh*, wie atmen.

Ließe sich vielleicht ein Curtis-Mayfield-Falsett draus machen.

Aus demselben Grund hatten die speichelleckenden Agenten einen Monat zuvor das schicke neue Vier-Spur-Tonbandgerät vor seine Türschwelle geschleppt, zusammen mit einer Nachricht auf cremefarbenem goldgeprägtem Briefpapier, die besagte: *Barry, vergiss nicht, dass du Bothered geschrieben hast, um mich vom Hals zu haben, ich bin immer noch dran, Ahmet.* Als hätte dieser weißbärtige Managementidiot die Melodie überhaupt wahrgenommen, bevor die schwülstige Streicherversion durch seinen samtbeschlagenen Privataufzug dudelte.

Atlantic Records hatte ihn in seiner Rolle als Leadsänger der Trottel Distinctions abgezockt, Tantiemen von seinem Konto abgesaugt wie beim Trockenlegen eines Pools. Und dann als abschließende Beleidigung Andre Deehorn sowie einige namenlose Straßensänger reingeholt, um Tracks für unfertige Gesangsparts zu arrangieren und sie als vorgeblich letztes Album zu veröffentlichen – *The Subtle Distinctions Love You More!* –, nachdem er ausgestiegen war. Nun umgarnten und beschwatzten sie ihn, damit sie ihn auch noch als Solonummer ausnehmen konnten. Die einzige tiefere Gefühlsregung, zu der sie jemals imstande gewesen waren, wie hungrige Vettern, die einen anrufen: *Komm zurück und segne uns mit deinen Scheinen, Bruder!* Er hatte das Vier-Spur-Gerät unten in Mingus' Apartment verstaut, die magnetische Jungfräulichkeit unberührt gelassen. Jetzt schlug er mit den Tickets denselben Weg ein und rief die Treppe hinunter.

»Gus, Junge, komm rauf. Hab hier was für dich.«

Mingus kam in T-Shirt und Unterhose hoch und sah recht verschlafen aus für ein Uhr nachmittags. Er hob den Kopf beim Anblick der Kokainspuren auf dem sonnenbeschienenen Spiegel, den schmierigen Geistern der inhalierten Lines, die daraus emporstiegen.

Das Kind starrte auf die Drogen, als hätte es dergleichen noch nie gesehen.

»Was ist?«, fragte Barrett Rude Junior »Willst du high werden?« Er fuchtelte von seinem großen Sessel aus mit der Hand in Richtung Spiegel, spürte dabei das Gewicht seines Arms, eine Fahne aus Fleisch, die in der feuchten Luft schwang. *Nihhh-gahhh, Nihh-gahh, dir juckt ja selbst der Fin-gahhh.* Könnte die Titelmelodie für einen Film über einen Zuhälter sein. Vielleicht sollte er das Vier-Spur-Gerät doch nach oben holen, ihre Hirne mit einem neuen Track schocken, einer Nummer-eins-Single in den R-&-B-Charts, das erste Mal überhaupt, dass das Wort *Nigger* im Radio laufen würde. *Fick dich selber, Omelett!*

Mingus schien eintausend Jahre zu brauchen, um den Blick abzuwenden und den Kopf zu schütteln.

Barrett Rude Junior lachte einfach nur. »Erzähl mir nicht, dass du's dir nicht reinziehst, wenn ich gerade nicht da bin. Nichts, wofür man sich schämen muss.«

»Hör auf.«

»Ich weiß, was mit dir los ist. Du willst sagen, Barry, räum das lieber weg, bevor Senior hier hochkommt. Ich les es in deinen Augen, Mann.«

»Ich hab gar nichts gesagt.«

»Sei's drum. Ich hab hier Eintrittskarten für dich, wenn du möchtest. Bruder Ray Charles in der Ray-*dee*-oh City. *Drinkin' wine spo-de-o-dee, drinkin' wine.*«

»Willst du nicht hingehen?«

»Nee, nicht heut Abend. Warum rufst du nicht einen Freund an, und ihr beide springt in die Linie F.«

Mingus nahm die Tickets. Barrett Rude Junior rieb sich Nase und Oberlippe mit den Fingerknöcheln und wartete ab. Mingus und er schwitzten beide leicht in der schwülen Hitze des Tages.

»Ray Charles muss man gesehen haben, Gus. Die große Nummer deines kulturellen Erbes zum Greifen nah. Du wirst deinen Kindern noch davon erzählen, dass du da warst. *Werd nie-mals ve-gessen, wie ich Bru-dah Ray sah.*« Er wusste selbst nicht, warum er unbedingt wollte, dass der Junge hinging. »Außerdem haben sie eine spitzen Klimaanlage da oben auf dem Balkon, Mann. Geh cool aus mit einem Freund, raus aus der Hitze. Nimm Dylan mit. Oder dieses Gettokid mit dem Rosinengesicht, das du manchmal mitbringst, wie heißt er noch? Robert. Radio City wird ihn wahrscheinlich umhauen.«

Er brachte die Ansprache in einem einzigen Atemzug hervor, und sie klang merkwürdig angestrengt. Er schloss die Augen, und als er sie wieder öffnete, stand Mingus immer noch da und schaute auf die Eintrittskarten, als hätte Barrett gar nichts gesagt.

»Gehst du jetzt, oder was?«

»Hast du was anderes vor?«, fragte Mingus.

»Was hat das damit zu tun?« In Wahrheit hatte Barry ein Doppelprogramm im Duffield Theater auf der Fulton Street ins Auge gefasst, *Bingo Long* und *Car Wash*. Wollte seinen Hintern aus der Hitze in einen dunklen fensterlosen Kinosaal mit einer Klimaanlage verpflanzen, die lieber funktionieren sollte. Nur um sich nicht Ray Charles im Smoking reinzuziehen. »Willst du die Tickets?«

Mingus zuckte die Schultern. Kratzte sich in der Unterhose, beäugte seinen Vater, versuchte einen Ansatzpunkt zu finden.

»Nimm sie, denk drüber nach, ruf Dylan an.«

»Macht es dir was aus, wenn ich sie verkaufe?«

Nunmehr beäugte Barrett Rude Junior seinen Sohn. »Nee, Mann, ist mir egal.« Seine Enttäuschung war irrational, riesengroß. »Aber wenn du schon hinfährst, warum guckst du es dir nicht an? Solltest du Knete brauchen, Gus, dann *geb* ich dir Knete.«

Sein Drängen verstärkte nur Mingus' Widerstand, das sah er jetzt ein. Wenn dein alter Herr Ray Charles nicht sehen will, warum solltest du dann hinwollen? Zu viel der lieben Mühe, besonders an einem Tag wie diesem. Brooklyn lag in tropischen Gefilden, ein zarter Marimba-Klang hing in der gelblichen Luft, dazu der unablässig wiederkehrende Klingelton eines Mister-Softee-Eiswagens, auf- und abschwellend wie eine Krankenwagensirene, während er auf der Bergen, Bond, Dean, Pacific Street haltmachte und träge Kinder anzog wie eine Limonadenpfütze Ameisen. Manhattan schien Tausende von Meilen entfernt, eine völlig andere Stadt.

Barrett Rude Junior hätte selbst gut eine softige Eistüte verkraften können, wenn er darüber nachdachte.

Eine zu holen war eine ganz andere Geschichte.

Vor einem Eiswagen Schlange stehen war wirklich nicht drin.

Zu der Marimba und dem Mister-Softee-Geklingel sing-sangte er *Nihhh-gahhh, Nihhh-gahhh*, die Melodie, die, seien wir ehrlich, nirgendwohin führte, sich nur in sich selbst ausbreitete. »Nigger« würde ein ungesungener Song bleiben, auch nur heiße Luft. Außerdem war das Vier-Spur-Gerät unvorstellbar weit weg, ein Gerücht, so weit hergeholt und unwahrscheinlich wie die Eistüte, wie Manhattan.

Bleib auf dem Teppich, heißt es doch.

Wie kam es eigentlich, dass er nach einer Nase immer den Wunsch hatte, die Augen zu schließen? Das ergab überhaupt keinen Sinn.

Und warum konnte Mingus nicht eine einfache gottverdammte Frage beantworten?

Als Barrett Rude Junior seine Augen wieder öffnete, waren Stunden vergangen. Er hatte dort den ganzen Nachmittag bis zur Dämmerstunde gehangen, Mingus war schon lange *irgendwo* mit den Eintrittskarten. Im Schoß der Dunkelheit wachte er auf, festgeklebt an dem Ledersessel, die Falten seines Kinns und Halses wund gescheuert vom Schweiß. Der Vorhang flatterte leicht in einem nutzlosen Windhauch, der leise die Kuppe des Kokains abgetragen und einzelne Körner in die Ecken des Spiegels getrieben hatte. Wahrscheinlich auch auf den Teppich.

In der Nacht zuvor hatte er es schon auf dem Wasserbett verstreut, eine frische, glänzende Schicht zwischen seinem Körper und den Laken. Sollte es doch das ganze Haus mit einer Schicht bedecken – es wäre da, wenn er es brauchte, er ließe die Finger über die Wand gleiten, könnte den Teppich aufschniefen. Er würde eine Frau mit nach Hause bringen und sie wie einen Schwamm benutzen, um es aufzunehmen und high zu werden, indem er ihren Körper ableckte.

Aber es war leider nur allzu wahr, dass er diesen Teil seines Lebens wegschließen musste, bevor Barrett Rude Senior freigelassen wurde und rauf nach Norden kam.

Jetzt heb deinen Hintern hoch spritz dir Wasser ins Gesicht geh schon aus dem verdammten Haus, es ist bereits Nacht.

Das Duffield war die imposante Ruine eines Art-déco-Kinopalastes, die deutlich zeigte, was passieren konnte, wenn man einen Laden fünfzig Jahre lang nicht sauber machte, bloß Eintrittskarten verkaufte, billige Süßigkeiten, die auf dem Boden kleben blieben, und abgestandene Cola, die die Scharniere der gefederten Polstersessel rosten ließ, wenn man sie verschüttete. Gerade mal jeder vierte Sitz war so weit in Schuss, dass man darauf sitzen konnte. Andere sahen aus, als wären sie überfallen worden, abgestochen von wütenden Gangs. Die Wände waren mit zerrissenen roten Filzbahnen bespannt, dazwischen hingen ehemals goldfarbene Rosetten und Cherubim, die mittlerweile schwarz und ohne Nasen zu schmuddeligen Greifen geworden waren. Der Saal war ungewöhnlich dunkel. Rote Notleuchten schwebten im Düstern, Zigarettenqualm stieg durch den Projektorstrahl und legte sich um den wuchtigen abgewrackten Kronleuchter unter dem abblätternden Tonnengewölbe der Decke, der schlecht fokussierte Film lappte zu beiden Seiten der Leinwand über die Kanten der schweren mottenzerfressenen Vorhänge. Die Leinwand selbst wies Einschusslöcher und gut platzierte Tags von Strike und Bel II auf.

Barrett Rude Junior bezahlte sein Ticket und ging hinein, fand einen Platz unterhalb des Balkons. *Bingo Long* lief bereits, war vielleicht schon zur Hälfte vorbei. Die Luft war kühl und übel riechend. Der Saal war zu zwei Dritteln gefüllt, die Köpfe steckten in dem riesigen Raum in Grüppchen zusammen, man rauchte und lachte und gab Kommentare ab. Aus den dunkelsten Ecken drang Keuchen und Quietschen. Vielleicht gebar eine Frau auf dem Balkon gerade Zwillinge, wer wusste das schon. Barrett Rude lehnte sich zurück, testete die Federung, machte es sich gemütlich. Er war vorausschauend genug gewesen, eine braune Tüte mit einer Literflasche Starkbier hereinzuschmuggeln, ohne sich wirklich Mühe zu geben, es vor dem gleichgültigen Kartenabreißer zu verbergen. Jetzt öffnete er den Verschluss. Ein kurzes *Schffff* von freigesetzter Kohlensäure war zu vernehmen, erwidert vom neidischen Gemurmel derjenigen im Duffield, die nah genug saßen, um es gehört zu haben: *Hätte ich bloß auch dran gedacht, verdammt.*

Bingo Long war kein guter Film. Im Gegenteil, er nervte, mit widerlichem Dixieland-Jazz und Billy Dee Williams in dreiteiligem Anzug, der glaubte, er wäre Robert Redford in *Der Clou.* Außerdem zu wenig Richard Pryor und zu viel James Earl Jones, der einen auf Paul Robeson machte, dieses müde Nobelgetue. Aber egal. Der Film war fast zu Ende und gleich würde *Car Wash* anfangen. Das Publikum war genau richtig, die Luft war kühl und das Bier kalt. Er brauchte es sich nur einzuteilen, damit er es nicht vor Beginn des zweiten Programmteils ausgetrunken hatte. Alle waren in erster Linie hier, um sich *Car Wash* anzuschauen. Nicht, dass sie dann leiser werden würden.

Als in der Pause die Lichter angingen, sah er die beiden: Den krausen dunklen Schopf und den glatthaarigen, fast blonden daneben, die sich zwanzig Reihen weiter vorne fläzten, ganz dicht vor der Leinwand, die sich wie ein unbegrenzter Horizont vor ihnen auftun musste, beide die identischen blauen Pro Keds auf die Rückenlehnen vor ihnen gelegt. Mingus hatte Dylan bestimmt abgeholt – ihn wahrscheinlich auch mit in die Stadt zur Radio City genommen, um die Eintrittskarten zu verhökern. Zweifellos irgendwelchem weißen Volk in Abendkleidung. Um dann ihre Hintern zurück nach Brooklyn zu bewegen, als hätten sie Barrett Rude Juniors Gedanken gelesen. Quatsch, dafür braucht man keine Gedanken lesen zu können. Jeder, der im Umkreis von einer Meile richtig im Kopf war, befand sich heute Abend im Duffield, und auch wenn man ihnen morgens kostenlose Eintrittskarten für Ray Charles in den Briefkasten geworfen hätte, wäre es nicht anders gewesen. Was war besser, als hier im Dunkeln spöttische Bemerkungen über *Bingo Long* zu machen, die Vorfreude zu genießen und auf *Car Wash* zu warten, den ganzen Norman-Whitfield/Rose-Royce-Pep des Soundtracks? Das zeigte nur, dass der Junge Verstand hatte.

Es war durchaus möglich, dass ein einziger Song dein Leben zerstören konnte. Ja, der musikalische Fluch konnte ein einsames menschliches Wesen treffen und wie ein Insekt zerstampfen. Der Song, *dieser Song*, war von irgendwoher geschickt worden, um dich aufzuspüren und den Schorf deiner ganzen Existenz aufzukratzen. Der Song war dein persönliches beschissenes Schicksal, das sich im Hämmern der Popmusik aus allen Radios manifestierte.

Zumindest war der Song der Soundtrack deines Niedergangs, die *Titelmelodie*. Deine Tage reduziert auf eine Collage aus dessen Kuhglocken-Beats, einer unerbittlichen doppelten Basslinie und dem ordinären Gesang, einer Art von gesungenem Gefeixe, begleitet von lustvollem Gestöhn. Dem Stottern und Plärren einer – was, einer *Tuba*? Eines Waldhorns? Einer Rhythmusgitarre und einer Trompete, die bis ins Lächerliche übersteuert waren. Der Sänger hätte dir genauso gut eine Pistole an den Kopf halten können. Wie hatte man das zulassen können, wie hatte das ins *Radio* kommen können? Dieser Song sollte verboten sein. Er war zwar nicht rassistisch – versuch gar nicht erst darüber nachzudenken, du verstehst es sowieso nicht –, aber er war gegen *dich* gerichtet.

Yes they were dancing, and singing, and movin' to the groovin', and just when it hit me, somebody turned around and shouted …

Jedes Mal, wenn deine Turnschuhe am Ende dieses Sommers den Straßenbelag berührten, war es, als schleuderte ihn dir jemand ins Gesicht, *diesen Song*.

Nicht auszudenken, was passiert, wenn du über die grün gekachelten Flure der Intermediate School 293 laufen wirst.

Am 7. September 1976, in der Woche, in der Dylan Ebdus das siebte Schuljahr im Hauptgebäude an der Ecke Court und Butler Street antrat, war Wild Cherrys »Play That Funky Music« der Toptitel der R-&-B-Charts. Vierzehn Tage später kletterte er an die Spitze der Billboard-Charts. Die Hymne deines Elends wurde zum Nummer-eins-Hit der Nation.

Sing es mit zusammengebissenen Zähnen: *WHITE BOY!*
Lay down the boogie and play that funky music 'til you die.

Als Dylan Arthur Lomb zum ersten Mal sah, simulierte dieser gerade am entgegengesetzten Ende des Schulhofs unerträgliche Schmerzen. Dylan hörte die Schreie aus einiger Entfernung und wandte sich vom Schuleingang ab, um hinzuschauen. Der Anblick von Arthur Lomb war ähnlich bruchstückhaft wie die Wahrnehmung des Sturzflugs eines Vogels am fernen blätterverdeckten Himmel, das Huschen am Rande des Blickfelds, ein jähes Hinabsinken. So wie es auch mit dem fliegenden Mann gewesen war, etwas, wovon sich Dylan nicht sicher war, ob er es gesehen haben wollte. Es geschah in dem flüchtigen Moment, nachdem die Schulglocke geläutet hatte und die Turnlehrer, die den Schulhof beaufsichtigten, gefolgt vom Strom der Schüler, wieder hineingegangen waren, sodass der Schulhof zu einer gesetzlosen Zone wurde, mit dieser überfallartigen Aufhebung des Raumes, die überall stattfinden konnte, sogar drinnen auf den Korridoren. Dennoch war es ein grober Fehler des Jungen, der sich jetzt am Boden krümmte, sich so weit vom Eingang schnappen zu lassen, ein Fehler, den Dylan gewiss nicht verzeihen konnte. Er hätte ihn sich nicht einmal selbst verziehen.

Arthur Lomb war auf den Knien, griff sich an die Brust und jammerte. Seine Worte waren über den sich leerenden Hof hinweg kurz zu hören.

»Ich krieg keine Luft.«

Dann, jede Silbe begleitet von einem heftigen Ringen nach Luft: *»Ich!«* Pause. *»Krieg!«* Pause. *»Keine!«* Pause. *»Luft!«*

Arthur Lomb täuschte einen Asthmaanfall oder sonst eine Schwachheit vor. Es steckte eine erkennbare Methode dahinter: präventives Leiden. Niemand konnte einem Kind groß etwas antun, das sowieso schon heulte. Es war unbrauchbar geworden, verbrannte Erde. Es zeigte keinen Widerstand, den es zu brechen galt, und es war ein wenig ekelhaft, geschmacklos. Am Ende kannte dieses merkwürdig japsende Kind womöglich nicht die Spielregeln und petzte einer fernen trotteligen Autoritätsperson, was ihm seiner Meinung nach angetan worden war. Womöglich war er sogar ernsthaft krank, total im Arsch, voller Schmerzen, wer wusste das schon? Der einzige Ausweg bestand darin, zu sagen: *Verdammt, Whiteboy, was ist dein Problem? Ich hab dich nicht mal berührt.* Und weiterzugehen.

Dylan empfand Bewunderung für die Strategie, verspürte zugleich einen kühlen Schauder des Wiedererkennens und einen heißen Strahl der Scham. Er fühlte, dass er seinen eigenen Doppelgänger vor sich hatte, seinen Platzhalter. Zumindest war es so, dass die Prügel, die Arthur Lomb einstecken musste, ansonsten höchstwahrscheinlich Dylan gegolten hätten, beziehungsweise dass eine Bande schwarzer Jungs nicht im selben Augenblick Dylan zu Boden werfen oder ihn in den Würgegriff nehmen konnte, in dem sie mit Arthur Lomb das Gleiche tat.

Von dem Punkt an waren Arthur Lombs rötliches Haar und seine gebeugten Schultern leicht auszumachen, obwohl er und Dylan in unterschiedliche Klassen gingen und ihre Stundenpläne sich bis auf die Mittagspause auf dem Schulhof nicht überschnitten. Arthur Lomb trug auffällig gestreifte Polohemden und weiche braune Schuhe. Die meisten seiner Hosen hatten Hochwasser. Dylan hörte einmal, wie ein paar schwarze Mädchen Arthur Lomb mit einem Reim bedachten, den er selbst seit dem vierten Schuljahr nicht mehr herausgefordert hatte, dabei mit den Fingern schnippten und mehrstimmig sangen wie ein A-cappella-Chor: *Die Flut ist fort und das Land ist trocken, warum trägst du also die Hose über den Socken?*

Zudem hatte Arthur Lomb einen riesigen knallblauen Ranzen, eine weitere Bürde. Seine gesamten Schulbücher mussten sich darin befinden, oder vielleicht ein paar Steintafeln. Der Ranzen allein hätte Arthur Lomb schon zu Boden gedrückt, wenn er eine aufrechte Körperhaltung gehabt hätte. Dementsprechend leuchtete der Ranzen wie eine Zielscheibe, bettelte darum, nach unten gerissen zu werden, sodass Arthur Lomb auf den Schulkorridor fallen würde, um seine Asthmanummer abzuspulen. Dylan hatte es bereits fünfmal beobachten können, bevor er und Arthur Lomb zum ersten Mal miteinander sprachen. Dylan hatte Kinder sogar schon *den Song* für Arthur Lomb singen hören, während sie ihm einen Schlag in den geröteten Nacken oder auf den Kopf verpassten, wenn er sich am Boden wand. *Play that* fucking *music, white boy!* Dabei dehnten sie die letzten beiden Wörter zu einem langen, höhnischen, Bugs-Bunny-artigen *Whyyyyyyyyboy!*

Es gab nur drei weitere weiße Kinder in der Schule, alles Mädchen, die ihre eigenen Mädchenfaktoren hatten, mit denen sie fertig werden mussten. Eine war in Dylans Klasse, eine Italienerin, schwarzhaarig, mürrisch und klein, ein richtiger Zwerg im Vergleich zu den Mädchen um sie herum, deren Hormone nur so explodierten. Die schwarzen und puerto-ricanischen Mädchen waren zu einer anderen Ebene aufgestiegen, von wo aus sie auf alles losgingen, was ihnen ins Blickfeld geriet, sich gegenseitig und auch die Lehrer in einem sexuellen Toben anmachten. Zumindest bot ihre enorme Größe einen Vorteil: Es war möglich, ungesehen zwischen ihnen hindurchzuschlüpfen. Das Klassenzimmer war ein Ort ersehnter Ruhe in einem Orkan aus Lärm, und daher redeten das italienische Mädchen und Dylan nie auch nur ein Wort miteinander. Was Arthur Lomb betraf, so vermutete Dylan, dass sie von irgendeiner unsichtbaren mitleidsvollen Intelligenz absichtlich auseinandergehalten worden waren, damit ihre Ähnlichkeiten nicht noch mehr auffielen. Das war eine Taktik, die Dylan aufs Herzlichste begrüßte, ob sie nun außerhalb seines Gehirns überhaupt existierte oder nicht. Aber selbst auf diese Entfernung haftete Arthur Lomb der Geruch von Dylans Unterdrückung vermischt mit seiner eigenen an, sodass man kaum ausmachen konnte, wo die eine anfing und die andere aufhörte. Dylan hatte es nicht eilig, ihn kennenzulernen. Im Gegenteil, er wollte mit Arthur Lomb nichts zu tun haben.

Es war in der Bibliothek, wo sie schließlich miteinander sprachen. Die Klassen von Dylan und Arthur Lomb waren für eine gemeinsame Unterrichtsstunde dorthin verfrachtet worden, damit der Schulbibliothekar die unentschuldigte Abwesenheit der Lehrer an jenem Nachmittag decken konnte, eine Abweichung vom Stundenplan, um die sich sowieso keiner scherte. Die meisten Kinder, die zur Bibliothek geschickt worden waren, kamen nie dort an, sondern landeten irgendwo außerhalb des Gebäudes, weil sie die Aufforderung als einen beschönigenden Ausdruck für *schulfrei* verstanden hatten. Dementsprechend war es in der Bibliothek der I. S. 293 etwas eintönig, dafür aber friedlich, ein Hort der Ruhe. Dylan setzte sich mit dem Rücken zur Wand unter ein Plakat, das Werbung machte für *Ein Held ist auch bloß ein Würstchen*, ein Buch, das die Bibliothek nicht führte, und schlug die zweite Ausgabe der Marvel-Comics-Adaption von *Flucht ins 23. Jahrhundert* auf. Während die Stunde im Schneckentempo dahinkroch, zischte Arthur Lomb ihn zweimal an und schielte hinüber, um den Titel des Comics zu sehen, bevor er die Lippen in gespielter Konzentration schürzte, als suche er die nahe gelegenen Regale ab, und sich Dylan dann genügend genähert hatte, dass dieser ihn in verärgertem, unterdrücktem Flüstern sprechen hören konnte.

»Dieser George Pérez könnte Farrah Fawcett nicht mal zeichnen, wenn sein Leben davon abhinge.«

Das war eine verblüffende Anspielung auf mehrere Wissensgebiete zugleich. Dylan konnte nur verdutzt dreinschauen, seine Neugier vermengte sich mit der Gewissheit, dass er und Arthur Lomb zusammen noch bedenklicher, noch unverzeihlicher waren als getrennt. Aus der Nähe betrachtet, lag auf Arthur Lombs Gesichtszügen eine solch nervöse Unruhe, dass Dylan ihn am liebsten selbst zu Boden gerissen hätte. Sein Gesicht schien ständig nach etwas zu greifen wie eine gierige Hand. Dylan fragte sich, ob da nicht im Hintergrund eine Brille wartete, möglicherweise in einer der Seitentaschen des gewaltigen blauen Ranzens.

Dylan ließ das Comicheft rasch in seinen Ordner gleiten. Er hatte es in der Mittagspause auf der Court Street gekauft und hin und her überlegt, ob er sich gestatten sollte, es in der Schule auszupacken, entgegen jeglichem gesunden Menschenverstand. Andererseits war es ein lausiges Heft, viel zu nah an den Film angelehnt, und so hatte Dylan entschieden, dass es ihn genauso wenig schmerzen wie überraschen würde, wenn man es ihm abnahm. Aber das hier, ein Gespräch mit seinem unscheinbaren Doppelgänger, war nicht der Preis gewesen, den er zu zahlen erwartet hatte. Doch Arthur Lomb schien zu spüren, welchen Eindruck er bei Dylan hinterlassen hatte, und ließ nicht locker.

Er grinste frech zu dem Ordner hinüber, in dem das Comicheft verschwunden war.

»Gesehen?«

»Was?«

»*Flucht ins 23. Jahrhundert.*«

Was guckst du so blöd?, wollte Dylan Arthur Lomb anschreien, bevor es zu spät war, bevor Dylan seiner Einsamkeit unterlag und sich darauf einließ, Arthur Lomb kennenzulernen, den anderen weißen Jungen.

»Noch nicht«, sagte Dylan stattdessen.

»Farrah Fawcett ist *scharf.*«

Dylan antwortete nicht. Er konnte es nicht beurteilen und war nur verärgert, weil er dennoch wusste, wovon Arthur Lomb redete.

»Mach dir nichts draus. Ich habe zehn Exemplare der ersten Nummer von *Flucht ins 23. Jahrhundert* gekauft.« Arthur Lomb sprach in einem hektischen Flüsterton, mit einer gewissen Rücksicht auf die Situation, aber auch darauf bedacht, loszuwerden, was er wusste, damit Dylan ihn ernst nahm. »Du *musst* Erstausgaben kaufen, das ist eine Investition. Ich hab zehn *Eternals*, zehn *2001*, zehn *Omega*, zehn *Ragman*, zehn *Kobra*. Und all diese Comics sind mies. Kennst du den Comicladen auf der Seventh Avenue? Die Gebäude an der Ecke sind alle nagelneu, weil da mal ein Flugzeug reingeflogen ist, hast du davon gehört? Eine 747 hat versucht, im Prospect Park notzulanden, und es nicht geschafft. Kein Witz. Riesenkatastrophe. Egal, der Typ, dem der Laden gehört, ist ein A-Loch. Ich habe ihm mal ein Exemplar von *Blue Beetle Nr. 1* geklaut. Es war lächerlich einfach. Blue Beetle ist von Charlton, hast du schon mal von *Charlton Comics* gehört? Haben das Programm eingestellt. Eine Nummer eins ist eine

Nummer eins, das ist alles, was zählt. Wusstest du, dass die Nummer eins der *Fantastischen Vier* für vierhundert Dollar gehandelt wird? Der Blue Beetle könnte gut einen Preis für den dümmsten Helden aller Zeiten bekommen. Ditko hat ihn gezeichnet, der Typ, der die Spinne erfunden hat. Ditko kann eigentlich nicht zeichnen, das ist das Merkwürdige. Bei ihm sieht alles aus wie eine Karikatur. Macht nichts, es ist eine Nummer eins. In Plastik packen und ins Regal legen, sag ich immer. Du benutzt doch Plastikhüllen, oder?«

»Selbstverständlich«, sagte Dylan gereizt.

Er verstand jedes Wort von dem, was Arthur Lomb sagte. Schlimmer noch, er spürte, wie sein Empfindungsvermögen von Arthur besetzt wurde, wie ihre zukünftigen Interessen sich verbanden.

Sie waren zur Freundschaft verdammt.

ACHT

Drei Wochen zuvor hatte Dylan auf den Schieferplatten vor Mingus' Treppenaufgang gestanden und gewartet.

Frauen schubsten kleine Kinder in den Kindergarten oder gingen allein die Nevins Street entlang zur U-Bahn. Zwei Schwule von der Pacific Street zerrten angeleinte Dackel hinter sich her, eine Welt für sich. Eine Gruppe schwarzer Mädchen rauschte von den Sozialbauten herüber, um Marilla abzuholen, die nun die Sarah J. Hale Highschool besuchte, unten auf der Third Avenue. Sie teilten sich eine Zigarette zum Frühstück, zogen in einer Wolke aus Rauch und Gelächter um die Ecke. Alles unter dem aufklarenden Morgenlicht, dem fernen New-Jersey-Dunstschleier, den erheiternden Dämpfen der Lösungsmittelfabrik, die einem sanft den Kopf verdrehten, unter der Säule des Williamsburgh Savings Bank Tower, der den Himmel aufspannte und auf seinen beiden sichtbaren Zifferblättern zwei verschiedene Uhrzeiten anzeigte. So oder so war es Zeit zu gehen, an diesem möglicherweise weltweit ersten Schultag. Dieser Tag, mit dem der Sommer endete, versprach wieder sommerlich heiß zu werden, und das schon um acht Uhr morgens.

Nur eine Sache stimmte nicht an diesem Bild, nachdem sich der Block geleert hatte, der Bus vorbeigebraust war, ein Hund in wiederkehrendem Rhythmus bellte. Es war Dylan, wie er dastand in langer Hose und mit seinem Ranzen voll leerer Seiten und ungespitzter Bleistifte und der versteckten Brille und dem noch immer jungfräulichen El Marko. Er kam sich vor wie ein Apfel, der zur genaueren Inspektion an der neuen Schule geschält worden war und bereits anfing in der

Sonne zu verfaulen. Der Hund und wahrscheinlich auch jeder andere konnte riechen, dass er Angst hatte.

Wenn Mingus ihn die Dean Street entlang zur Smith oder Court Street begleiten, mit ihm durchs Schultor gehen würde, Seite an Seite, könnte das einen Unterschied machen.

Dylan ging zu dem heruntergelassenen Rollladen des Fensters im Untergeschoss und klopfte daran. Mingus' separater Eingang unter der Treppe hatte keine Klingel.

Dylan sah jetzt ein, dass er es vorher mit ihm hätte absprechen sollen.

Oben auf dem Treppenaufgang klingelte er an der Tür.

Er klingelte erneut, trat unruhig von einem Turnschuh auf den anderen, die Zeit lief ihm davon, der Tag und die Aussicht auf das siebte Schuljahr verdarben zusammen mit ihm in der Sonne.

Dann geriet er in Panik wie eine wild gewordene Marionette, stemmte sich gegen die Klingel und läutete Sturm.

Er hielt sie immer noch gedrückt, als sich die Tür öffnete.

Es war aber nicht Mingus, sondern Barrett Rude Junior im weißen Morgenmantel, ohne etwas darunter, von der Straße aus deutlich zu sehen, mit den Armen am Türrahmen abgestützt und den Blick zu Boden gerichtet. Mit schlaftrunkenem Gesichtsausdruck blinzelte er in das schräg einfallende Sonnenlicht. Er hob den Arm, um seine Augen zu beschatten, und sah aus, als wollte er den Tag wie einen schlechten Einfall wegwischen, wie einen vorübergehenden Irrtum.

»Was zum Teufel tust du da, Little Dylan?«

Dylan trat einen Schritt von der Tür zurück bis auf die erste Treppenstufe.

»Klingel *niemals* um sieben Uhr morgens an meiner Tür, Mann.«

»Mingus ...«

»Du wirst Mingus in der *gottverdammten* Schule sehen.« Barrett Rude erwachte mit seinem Ärger, die Wörter wurden zu einem Schwarm von Hämmern. »Und jetzt hau ab.«

Als er im siebten Schuljahr endlich zu Mingus ins Hauptgebäude kam, stellte sich heraus, dass der nie anwesend war. Als würde Mingus zur Schule eine andere Dean Street entlanggehen, eine andere Court Street, als hätte er eigentlich schon die ganze Zeit eine andere I. S. 293 besucht. Der einzige Gegenbeweis waren die Wucherungen der DOSE-Tags auf Laternenpfählen, Briefkästen und Lastwagen, die träge durch die Gegend rollten, Mingus' Werk, das sich von der Schule aus sternförmig ausbreitete. Es schien sogar so, als gäbe es alle paar Tage Nachschub. Dylan fuhr manchmal heimlich mit dem Finger über das Metall und fragte sich, ob er anhand der Klebrigkeit der Farbe das Alter bestimmen konnte. Wenn sein Finger leicht haften blieb, stellte sich Dylan vor, er hätte Mingus an der Stelle nur um Minuten verpasst, ihn beinahe auf frischer Tat ertappt.

Drei Wochen lang war Mingus wie der fliegende Mann, ein eingebildetes Gerücht, für das Dylan keine Bestätigung fand. Mingus' Abwesenheit an ihren Unterrichtstagen war die heimliche Grundlage eines Daseins, das sich ansonsten in jeder erdenklichen Weise verschlimmert hatte. Das siebte Schuljahr war wie das sechste, nur freigesetzt, entkorkt. Es war die *Herr der Ringe*-Trilogie im Verhältnis zum Sechstklässler-*Hobbit*, endlich die wirkliche Geschichte, in der alles unheilvoll Erahnte von den Rändern ins Zentrum rückte. Die siebte Klasse war nichts für Kinder. Man konnte die nervliche Belastung, das Gebäude überhaupt zu betreten, schon an der Körperhaltung der Lehrer und des Aufsichtspersonals ablesen. In einem derart rassischen und hormonellen Katastrophengebiet konnte niemand seine Nervosität verbergen.

Die Körper reihten sich auf wie hässliche Zeichentrickfiguren, als kritzelte jemand ohne Talent in Fleisch.

Die größten Formen waren die finstersten. Und mehr waren sie auch nicht: Formen – zwischen dem Verstecken der Brille und dem Abwenden des Blickes war man nun der kurzsichtige Mr. Magoo. Je seltener man jemandem in die

Augen sah, desto geringer die Wahrscheinlichkeit, es in Zukunft wieder zu riskieren, lautete das sich selbst umsetzende Konzept.

Die chinesischen Kinder waren anscheinend im Voraus gewarnt worden und blieben ganz verschwunden.

Die puerto-ricanischen und dominikanischen Kinder schienen sich auf Zehenspitzen von der Bildfläche zu verabschieden. Sie gaben sich anders und sprachen von Stunde zu Stunde mehr Spanisch miteinander. Die Art und Weise, wie sie sich im Klassenzimmer oder in der Turnhalle bewegten, ließ sie zugleich anwesend und abwesend sein, ein Akt der Massenabgrenzung.

Die furchterregendsten Prügeleien gab es zwischen zwei schwarzen Mädchen.

Auf der Court und der Smith Street war es nicht einmal eindeutig, wer mit dir in dieselbe Schule ging und wer nicht. Andere Elemente trieben umher, freie Radikale. Ein paar schwarze Kinder konnten dich in die Enge treiben und fragen: »Bist du Italiener oder Weißer?«, und du wusstest tunlichst zu vermeiden, darauf hinzuweisen, dass die italienischen Kinder ebenfalls weiß waren. Ein schwarzes Kind hatte womöglich auch Angst vor irgendwas, blickte auf der Court Street womöglich hinter sich wie ein italienisches auf der Smith Street, aber wovor auch immer sie Angst hatten, ganz bestimmt nicht vor dir. Außerdem hätte kein italienisches Kind mit *Ich bin Italiener* geantwortet. Es hätte gesagt: *Scheiße, was denkst du, was ich bin?* Oder sich einfach nur in den Schritt gegriffen, die Zähne gefletscht und die Nüstern gebläht.

Du warst von einem solchen Auftreten Lichtjahre entfernt.

Eher im Geschäft mit vorgetäuschten Asthmaanfällen.

Am Tag nachdem Dylan Ebdus und Arthur Lomb in der Bibliothek über Blue Beetle gesprochen hatten, tauchte Mingus Rude wieder auf. Um genau drei Uhr, zu dem Zeitpunkt, wenn die Türen aufsprangen und die Schule auf das oktoberhelle Straßenpflaster explodierte, wenn die Ladenbesitzer auf der Court Street mit verschränkten Armen in den Türrahmen standen und Kaugummi kauten oder unter zusammengekniffenen Augen einfach nur mit den Kiefern mahlten. Dylan benutzte immer den Ausgang auf der Butler Street und mischte sich beim Verlassen des Gebäudes unter den Strom anonymer Gesichter, in der Hoffnung, ein Stück des Weges auf der Court Street unerkannt in einem beliebigen Haufen zurückzulegen, bevor er sich als einzelner weißer Junge die Blöße gab. Doch heute hielt er inne. Mingus saß im Schneidersitz auf einem Briefkasten an der Ecke Court und Butler Street und betrachtete den wilden Strom von Kindern mit buddhagleicher Gelassenheit, als schaute er von noch weiter oben als dem Briefkasten, vielleicht sogar von einem anderen Planeten. Es machte den Eindruck, als hätte er dort seit Stunden seelenruhig gesessen, unbemerkt von den Schulaufsehern oder den älteren italienischen Teenagern, die auf der Court Street umherstreiften. Dylan begriff sofort, dass Mingus nicht nur an diesem Tag nicht in der Schule gewesen war, er hatte deren Schwelle seit dem Sommer nicht mehr überschritten, seit dem Beginn seines achten Schuljahrs.

»Yo, Dill-Man!«, sagte Mingus lachend. »Ich hab dich gesucht, Mann. Wo bist du gewesen?«

Mingus entknotete seine Beine, rutschte vom Briefkasten herunter und zog Dylan seitwärts aus der Menge, als stünde es außer Frage, dass sie zusammen aus der Schule kamen, als hätten sie es seit drei Wochen jeden Tag getan. Sie überquerten die Court Street, hinein nach Cobble Hill, und Dylan zog seinen Schulranzen hoch über die Schultern und verfiel in einen Trab, um Schritt zu halten. Mingus führte ihn die Clinton Street entlang zur Atlantic Avenue, wobei sie die

Kinder von der I. S. 293 allesamt hinter sich ließen. Dort lichteten sich die Häuserreihen und gaben den Blick frei auf die Schiffswerften unter dem Brooklyn-Queens Expressway, bevor sich die Straße hinunter zum gelb glitzernden Wasser neigte. Es war, als würde Mingus von der Schule aus Wege kennen, die sich Dylan in seiner Abgestumpftheit nicht selbst hätte ausdenken können.

»Ich habe dich seit ...«, begann Dylan.

»*Whenever you call me, I'll be there*«, sang Mingus. »*Whenever you need me, I'll be there – I been a-round!* Hier.« Er drückte Dylan zwei zerknitterte Dollarnoten in die Hand und deutete mit dem Kinn auf den arabischen Zeitungskiosk an der Ecke Clinton Street. »Hol mir ein Päckchen Kools, Super-D.« Er nickte noch einmal. »Ich warte hier solange.«

»Ich kann keine Zigaretten kaufen.«

»Sag, sie sind für deine Mom, sag, sie holt sie immer hier. Er wird sie dir verkaufen, keine Sorge. Aber lass deinen Ranzen besser hier.«

Dylan versuchte, sich nicht zum Comicregal umzudrehen, als er den schmalen, dunklen Korridor des Ladens betrat.

»Äh, ein Päckchen Kools. Für meine Mutter.«

Die Operation verlief exakt nach Plan. Der Typ hob beim Wort *Mutter* eine Augenbraue und schob dann die Mentholzigaretten über den Linoleumtresen, nur von einem Brummen begleitet.

Wieder draußen, stopfte Mingus Zigaretten und Wechselgeld in seine Zauberjacke und führte Dylan zurück die Clinton Street entlang in Richtung des Parks an der Amity Street.

»Dill-Man, D-Lone, Dillinger«, jubilierte Mingus. »Diggity Dog, Deputy Dog, *Dillimatic*.«

»Ich habe dich nirgendwo gesehen«, sagte Dylan, ohne einen vorwurfsvollen Unterton vermeiden zu können.

»Alles in Ordnung, Mann?«, fragte Mingus. »Ist bei dir alles cool?«

Dylan wusste genau, was Mingus mit *alles* meinte – alles,

was das siebte Schuljahr betraf, alles, was sich im Gebäude abspielte oder nicht abspielte und offensichtlich nicht länger Mingus' Problem war.

Mr. Winegar, dem Physiklehrer, zufolge, dehnte sich das Universum angeblich im Zeitlupentempo aus, alles fiel in konstanter Geschwindigkeit auseinander. Die Erklärung reichte für den Moment.

»Alles cool?«, hakte Mingus nach.

Sie waren gleichzeitig zusammen und nicht zusammen, das sah Dylan jetzt ein. Mingus war unerreichbar, schemenhaft, vielleicht sogar high. Es würde keinen Austausch geben mit seinem Kern, dieser fröhlich lebendigen Traurigkeit, die Dylans eigene wachrief.

Dylan zuckte die Schultern und sagte: »Klar.«

»Das ist alles, was ich hören wollte, Mann. Du weißt, du bist mein wichtigster Mann, Dillinger. D-Train.«

Es war eine Probe, und Dylan erfuhr nun, wofür. Als sie den Park betraten, übertrieb Mingus seinen gewöhnlichen federnden Gang noch und hob die Hand zu einem verträumten Gruß. Um die Schachtische aus Beton waren drei schwarze Teenager in unterschiedlich verschlungenen Posen arrangiert. Einer hing noch verschlungener da als die anderen, eine kennzeichnende Geometrie von Körperteilen, die Dylans Herz vor Angst wie wild schlagen ließ. Dennoch schlenderte er an Mingus' Seite in ihre Mitte und akzeptierte damit alles, was sich im Park abspielen sollte, aus seiner in der neuen Schule perfektionierten schlafwandlerischen Benommenheit heraus, die sogar die Wiederauferstehung von Robert Woolfolk in seinem Leben überdeckte.

»Yo«, sagte Mingus und klatschte nachlässig Hände ab, wobei er unverständliche Wortfetzen murmelte, die womöglich Namen waren.

»Was geht ab, Gee?«, fragte Robert Woolfolk.

Robert nannte Mingus Gee, wahrscheinlich für Gus, nahm Dylan an. Hieß das, er kannte auch Barrett Rude Junior?

Dann erkannte Robert Woolfolk Dylan wieder. Ein Zucken ging über sein ganzes Gesicht, dessen säuerliche Züge nichts verheimlichten, auch wenn sich die Stellung seines Körpers um keinen Deut verschob.

Der Park war voller kleiner weißer Kinder mit Topfschnitt, möglicherweise Zweit- oder Drittklässler vom Packer Institute oder von der Saint Ann's. Sie schrien und rannten an den Schachtischen vorbei, gekleidet in Markenklamotten, die Arme voller Plastikspielzeug: G.-I.-Joe-Puppen, Wasserpistolen, perforierte Kunststoffbälle. Dafür, dass sie dieselbe Welt bewohnten wie Dylan, Mingus und Robert Woolfolk, hätten sie genauso gut animierte Disney-Rotkehlchen sein können, die harmlos um den Kopf der bösen Hexe zwitscherten, während diese einen Apfel mit Gift bestrich.

»Scheiße«, sagte Robert Woolfolk und lächelte jetzt. »Du kennst diesen Typen, Gee?«

»Das ist mein Mann *D-Lone*«, erwiderte Mingus. »Er ist cool. Wir halten zusammen, er ist mein Kumpel im Block.«

Robert sah Dylan lange an, bevor er antwortete.

»Ich kenn deinen Kumpel«, sagte er. »Ich kannte ihn schon, bevor du überhaupt hier warst, Gee.« Er heftete seinen Blick auf Dylan. »Wie steht's, Dylan, Mann? Sag nicht, dass du dich nicht an mich erinnerst, denn das tust du wohl.«

»Klar«, sagte Dylan.

»Scheiße, ich kenn sogar die *Mutter* von dem Typen«, sagte Robert Woolfolk.

»Ach, ja?«, sagte Mingus leicht blasiert, um weitere Spekulationen zu unterbinden. »Ist dir also recht? Alles cool mit meinem Mann Dylan?«

Robert Woolfolk lachte. »Was brauchste mich dafür, Mann? Du kannst ruhig mit deinem Whiteboy rumhängen, mir doch scheißegal.«

Damit war die durchsichtige, bedeutungslose Vortäuschung von Robert Woolfolks Interesse an Dylan der Lächerlichkeit preisgegeben. Die beiden anderen schwarzen

Teenager prusteten los, klatschten einander ab für die Bezeichnung *Whiteboy*, die man immer gerne laut hörte. »Ey, *Alter*«, sagte der eine und schüttelte verwundert den Kopf, als hätte er gerade in einem Film einen guten Stunt gesehen, ein sich überschlagendes Auto oder einen in mörderischem Kugelhagel zusammenbrechenden Körper.

Dylan stand stocksteif mit seinem dummen Ranzen und den nicht gerade überzeugenden Pro Keds im unschuldigen Nachmittagslicht, die Arme taub, und blinzelte zu Mingus hinüber.

Wackelwichte wanken, aber sie fallen nicht um.

»Wollen wir ein paar Züge bomben gehen oder hier den ganzen Tag rumsitzen und blöd quatschen?«, fragte Robert Woolfolk.

»Gehen wir«, antwortete Mingus leise.

»Willst du deinen Kumpel hier etwa mitnehmen?«

Plötzlich trat eine Frau in ihren Kreis. Wie aus dem Nichts tauchte sie dort auf, wo die Jungen um die Tische saßen und standen. Es war ein Schock, als hätte sie eine Blase zerrissen, ein Kraftfeld zerstört, das Dylan für undurchlässig gehalten hatte, das ihre Gespräche, egal, wie häufig sie das Wort *Fuck* benutzten, in eine Glasur aus fernem Autohupen, Vogelgezwitscher und hellem Kindergeschrei einschloss.

Die Frau war sicher eine Mutter, eines der umherrennenden Kinder musste ihres sein. Sie war vielleicht fünfundzwanzig oder dreißig, blondes Haar, Jeansjacke und passende Schlaghose sowie Omabrille – er kannte sie womöglich von einer von Rachels Partys. Dylan glaubte jetzt, sie vor sich zu sehen, wie sie mit einem Joint herumfuchtelte und einige leidenschaftliche Schwafeleien über Altman oder Sezuan vom Stapel ließ und damit Männer verärgerte, die es gewohnt waren, selbst das Wort zu führen. Dylan mochte sich aber auch getäuscht haben. Es gab wahrscheinlich Millionen wie sie, falsche Rachels, die seine nie gekannt hatten.

»Alles in Ordnung, Junge?«

Sie hatte allein Dylan gemeint, daran bestand kein Zweifel. Der Rest, inklusive Mingus, war in ihren Augen das eine, Dylan das andere. Dylan beschlich das Gefühl, Robert Woolfolk hätte irgendwie das, was Rachel am nächsten kam, zum Leben erweckt, so als wären alle weißen Frauen berufen, das eine entscheidende Eingreifen von Rachel so weit wie nötig in die Zukunft zu tragen.

Und ausgerechnet jetzt musste das sein. Dylan hatte sich bestimmt eine Million Mal gewünscht, dass ein Erwachsener einschreitet, ein Lehrer oder ein Freund seiner Mutter, der um eine Ecke auf der Bergen oder Hoyt Street biegt und in eine seiner unbenennbaren Katastrophen hineinstolpert, um sie mit einer einfachen Frage wie *Alles in Ordnung, Junge?* aufzulösen. Aber nicht jetzt. Diese Katastrophe besiegelte seinen Status als *Whiteboy* bei Robert Woolfolk für immer und ewig, gerade als Mingus dabei war, dem entgegenzuarbeiten.

Mingus, so viel war klar, hatte Dylan mit seinem dreiwöchigen Verschwinden, seinem Ausweichmanöver, eine Botschaft übermitteln wollen: Dass Dylan in der neuen Schule auf sich allein gestellt sein würde. Niemand *hielt ihm den Rücken frei*. Es ging einfach nicht. Dylan hatte jeden Tag dieser drei Wochen gebraucht, um sich die Vorstellung aus dem Kopf zu schlagen, dass Mingus ihn durchs siebte und achte Schuljahr geleiten würde. Mingus zeigte sich klugerweise erst, als die Botschaft angekommen war: *Ich kann dich nicht durchschleppen, Sohn, das übersteigt meine Kräfte.* Dann führte er Dylan mit einer kompensatorischen Aussage von ebensolcher Eindeutigkeit nach Cobble Hill in den Park an der Amity Street, damit er mit Robert Woolfolk ins Reine kam, und um zu sagen: *Wo ich helfen kann, werd ich's tun. Ich bin nicht blind oder gleichgültig, Dylan. Ich pass auf.*

»Hey, Junge? Stimmt was nicht?«

Dylan hatte sich ihr zugewandt, hilflos und mit offenem Mund. Es gab keine Möglichkeit, ihr mitzuteilen, wie sehr sie zugleich richtig- und falschlag, keine Möglichkeit, sie in Luft aufzulösen. Umso schlimmer, dass sie auch noch gut aussah und strahlte wie die Frauen auf den Titelbildern von Rachels Zeitschriften, die Abraham spöttisch im Wohnzimmer gestapelt hatte, damit Dylan schuldbewusst die illustrierten Artikel über Frauen ohne BH durchblättern konnte. Dylan wollte die blonde Frau vor Robert Woolfolks Blicken schützen. Sie hätte nicht aus der anderen Welt heraustreten dürfen, der Cobble-Hill-Welt mit Privatschülern und ihren Aufpassern, es war einfach ein Missverständnis. Er wollte sie nach Hause schicken, um Abraham aus seinem Atelier zu locken, dort hätte sie etwas Nützliches vollbringen können.

Natürlich zählte Robert Woolfolk nicht wirklich. Er war letzten Endes einfach nur ein Feind. Das Schlimmste, was die Frau getan hatte, war seine Erniedrigung vor Mingus.

»Das sind meine Freunde«, sagte Dylan matt. Als es ihm entschlüpft war, wurde ihm bewusst, dass er noch eine Prüfung nicht bestanden hatte, noch eine, in der die richtige Antwort *Was guckst du so blöd?* gelautet hätte. Diese Phrase, entschlossen angewendet, hätte sie vielleicht tatsächlich alle in der Zeit zurückversetzt, vor den Moment, in dem Robert Woolfolk das Wort *Whiteboy* gesagt hatte. Dylan hätte dann die anderen zu einem Rangierbahnhof oder anderswohin begleiten dürfen, um *ein paar Züge zu bomben*, eine mehr als tolle Aussicht. Dylan sehnte sich so sehr danach, ein paar Züge zu bomben, als würde er diesen Ausdruck schon seit Jahren kennen und hätte ihn nicht gerade eben zum ersten Mal gehört. Und er hatte den El Marko in seinem Ranzen, um sie zu bomben, wenn er bloß Gelegenheit bekäme, ihn hervorzuholen.

Niemand anders machte den Mund auf und sagte: *Lady, kümmern Sie sich um Ihren eigenen Scheißdreck*, bis Dylan bemerkte, dass Robert Woolfolk und seine beiden Begleiter, Roberts Lachsäcke, nicht mehr da waren. Verschwunden. Dylan hatte die blonde Frau die ganze Zeit derart bestürzt angestarrt, sich einen Augenblick in Träumereien verloren, dass Robert Woolfolk den Moment genutzt hatte, um sich zu verdrücken, raus aus dem vergnügten Park, in dem er nichts verloren zu haben schien. Als wollte er damit ein stilles Geständnis ablegen und der Frau in ihren Vermutungen recht geben. Nur Mingus blieb zurück. Er stand etwas abseits des Tisches, um den die anderen gesessen hatten, und abseits von Dylan.

»Möchtest du, dass ich dich nach Hause bringe?«, fragte die Frau. »Wo wohnst du?«

»Yo, Dylan, Mann, ich schau später mal vorbei«, sagte Mingus. Er hatte keine Angst, sondern nur kein Interesse daran, sich mit der blonden Frau darüber zu streiten, was sie zu wissen glaubte. Dylan spürte, wie belanglos sie für Mingus war. Dessen Mutter war glatt mit einer Million Dollar abgefunden worden, was ihn gegen Nachwirkungen immun machte. »Bleib cool«, sagte Mingus. Er streckte seine Hand aus und wartete darauf, dass Dylan die Fingerspitzen gegen die seinen schlug. »Ich seh dich im Block, Dee.«

Damit schlang Mingus seine Arme um den Oberkörper, als würde er gegen starken Wind ankämpfen, und stakste zu den sonnenbesprenkelten Bäumen am anderen Ende des Parks, in Richtung der Henry Street, des Brooklyn-Queens Expressway, der Schiffswerften, wohin auch immer er ging und Dylan nicht. Sein Gang war gespielt unsicher, ein Verweis auf irgendetwas Amüsantes und Tiefsinniges, das man irgendwo gesehen hatte, aber nicht zuordnen konnte, vielleicht auf den Baseballspieler Mickey Rivers oder den Zeichentrickhelden Weird Harold oder den Basketballzauberer Meadowlark Lemon. Er erschien wie aus dem einen Bild ausgeschnitten und in das andere hineingesetzt, ein Zeichentrickschnörkel oder eine Basslinie, die zum Leben erweckt worden waren.

Das ist mein bester Freund, wollte Dylan zu der blonden Frau sagen, die ihn immer skeptischer beäugte, je länger er auf ihr Angebot nicht einging, als hätte sie sich getäuscht, als könnte er von der Gesellschaft, in der sie ihn angetroffen hatte, verdorben worden sein, ein Außenseiter, ein Kind, das der Rettung durch sie ohnehin nicht wert war.

Und das wollte er auch für sie sein: Verdorben, beschmutzt, schwarz.

Rassistische Schlampe.

Wo ich wohne? In seiner Fantasie antwortete Dylan: *Ich wohne in Wyckoff Gardens, den Hochhäusern an der Ecke Nevins und 3rd Street. Sie wissen schon, wo's dauernd brennt. Wenn Sie mich nach Hause begleiten wollen, Lady, dann nichts wie los.*

Arthur Lomb wohnte mit seiner Mutter in der Pacific Street zwischen Hoyt und Bond Street, auf der Rückseite des Krankenhauses. Arthurs Block war gespenstisch, kinderlos, ohne Busverbindung, der Schornstein der Krankenhauswäscherei sendete stumm weißen Dampf zum Himmel, die Bodega an der Ecke gab eine weitere Gehsteigversammlung alter Männer auf Milchkästen ab, bloß schwermütiger, weniger fröhlich, weniger musikalisch als der Haufen des alten Ramirez. Auf der Pacific Street murrten die Männer in einiger Entfernung, ledrige Finger schoben Dominosteine über den Filz. Alles, einschließlich einer grauen Katze, die quer über die Straße schoss, schien distanzierter und nachdenklicher. Der Block hätte das Bermudadreieck von Boerum Hill sein können, ein Ort, der in genau dem Abstand zu den Gowanus Houses, dem Brooklyner Untersuchungsgefängnis und der Intermediate School 293 lag, dass er nicht unter die Vorherrschaft des einen oder anderen fiel. Obschon keine langfristige Lösung, bildete Arthurs Treppenaufgang an manchen Oktobernachmittagen dennoch eine Art Oase, wenn er und Dylan unbehelligt dorthin schlichen und unter den schattenwerfenden Dampfschwaden des Krankenhauses ein Schachbrett aufbauten.

»Du bist in Winegars Physikkurs, nicht? Da tust du mir leid. Er ist ein Wurm. Hast du mal gesehen, wie er an seinem Schnauzer spielt, wenn er mit den früh entwickelten puertoricanischen Mädchen redet? Ich könnte kotzen. Aber egal, tu so, als würdest du ihn mögen. Er ist dein Ticket hier raus, so sehe ich das zumindest. Nicht den Läufer ziehen, sonst mache ich dich platt. Ich habe dir tausendmal gesagt, du sollst deine Bauern verketten.«

Arthur hatte ein Bein untergeschlagen und saß da wie ein Kindergärtner. Seine Monologe hielt er mit zusammengezogenen Brauen und geschürzten Lippen, hinterhältige Attentate vermischt mit philosophischen Belanglosigkeiten und umgekehrt. Sein Geplapper war mit einem glottalen Singsang unterlegt, der anscheinend verhindern sollte, dass man ihm den Mund verbat oder sogar eine verpasste, bevor man den Zustand sprachloser Bewunderung für die Bandbreite des akustischen Mülls seiner Streberwelt erreichte. Arthur hatte die Saint Ann's besucht, bis seine Eltern sich scheiden ließen und seine Mutter die teure Privatschule nicht mehr bezahlen konnte. Nun war er darauf aus, auf eine der spezialisierten öffentlichen Highschools zu kommen, die akademische Anforderungen stellten und Aufnahmeprüfungen veranstalteten. Arthur beklagte sich nicht über die Schulausbildung, die er hatte hinter sich lassen müssen, nicht über die verlorene Gemeinschaft mit anderen weißen Kindern, von denen Dylan nur vermuten konnte, dass sie ihn auf ähnliche Weise verabscheut hatten wie die schwarzen Kinder auf der 293. Er demonstrierte vielmehr verbissenes Pflichtgefühl, ein Soldat auf offenem Feld, der Ausschau hielt nach dem nächsten Erdloch.

»Das Einzige, was zählt, ist die Prüfung für die Stuyvesant. Nur Mathe und Physik. Wen interessiert's, ob man in Englisch durchrasselt? Die ganze Sache mit den Zeugnissen ist ein Witz, schon immer gewesen. Ich war nicht ein einziges Mal beim Sport. Kennst du Jesus Maldonado? Er hat gedroht, er bricht mir den Arm wie eine Brausestange, wenn er mich alleine im Umkleideraum erwischt. Sport ist Mord, ganz ehrlich. Ich werde mich nirgendwo innerhalb der Schulmauern bis auf die Unterhose ausziehen, auf gar keinen Fall. Wenn ich groß muss, halt ich es bis nach der Schule zurück.«

Arthur und seine Mutter bewohnten ein Apartment im obersten Stock eines Brownstones, Arthur hatte das hintere Schlafzimmer. Seine Comics lagen ordentlich gestapelt auf niedrigen Regalen, alle in Plastikfolie eingeschlagen. Er behandelte sie mit düsterer Geringschätzung, doch äußerte er Missbilligung, wenn Dylan die Seiten zu schnell umblätterte, um die entscheidenden Sprechblasen gelesen zu haben. Obwohl sie sorgfältig archiviert waren, wiesen seine Comics leichte Druckstellen auf, wo Arthur Pauspapier über die Seiten gelegt und die Brüste der Wespe und der Walküre mit Kugelschreiber nachgezogen hatte. Das so entstandene Blatt mit den blauen amputierten Brüsten wurde wie eine wertvolle chinesische Kalligrafie in Arthurs Schreibtischschublade aufbewahrt. Dylan entdeckte es dort eines Tages, während Arthur gerade einen Teller mit Vollkornkeksen zurechtmachte.

»Sieh zu, dass du diese Prüfung bestehst. Dein Leben hängt davon ab. Wenn du glaubst, dass es nicht mehr schlimmer kommen kann, dann wart mal bis zur Highschool. Wenn du nicht auf die Stuyvesant oder wenigstens die Bronx Science kommst, bist du tot. So läuft die Prüfung nämlich, die mit den besten Ergebnissen kommen auf die Stuyvesant, die Nächstbesten auf die Bronx Science, die letzte Zuflucht ist die Brooklyn Tech. Die Sarah J. Hale oder die John Jay sind praktisch wie Gefängnisse. Auf der Sarah J. Hale ist schon mal ein Lehrer erschossen worden, sie haben es im Fernsehen gezeigt. Algebra, Geometrie, Biologie. Bring Winegar dazu, dass er dich mal mündlich prüft, das sag ich dir aus Freundschaft. Er muss glauben, dass du ihn magst. Sag, du willst mit irgendeinem Projekt an Jugend forscht teilnehmen. Du musst es ja nicht wirklich machen. Wenn er weiß, dass du auf die Stuyvesant willst, ruft er vielleicht jemanden an. Tu alles, was nötig ist.«

Auf demselben Regal wie die Comics lagen auch billige Taschenbuchausgaben von Al Jaffees *Bescheuerte Antworten auf hirnrissige Fragen* und Dave Bergs *Schöne neue Bergwelt*. Die schnippische Ironie der *Mad Magazine*-Zeichner schien perfekt zu Arthurs verbitterten Ansichten zu passen; alles, was witzig war, wurde hier möglichst unwitzig präsentiert. Ein Sarkasmus, den man anwandte wie Karate. Um später die eigene stumme Wut zu verheimlichen, wenn einem niemand das richtige Stichwort gegeben hatte.

Arthurs Schlafzimmerfenster gingen auf die Hintereingänge und die heruntergekommenen, von Ailanthusbäumen erstickten Höfe der Geschäfte auf der Atlantic Avenue hinaus, auf die rückwärtigen Fenster der darüber liegenden Apartments, auf das darüber aufragende Untersuchungsgefängnis, auf die dahinter stehenden städtischen Gebäude und Gerichte, und auch auf die Kontur von Manhattans hoher Zahnreihe, die bis ins Zentrum von Brooklyn hin sichtbar war. Arthur schaute mit einem Fernglas aus seinem Schlafzimmer. Manchmal blickten Arthur und Dylan abends nach ihrem unvermeidlichen Schachspiel abwechselnd durchs Fernglas, ohne etwas Besonderes zu erspähen, endlich einmal in wortloser Stille, bis Arthur irgendwann sein Radio anschaltete, das auf einen UKW-Sender eingestellt war, der unaufhörlich »Dream Weaver« oder »Fly Like an Eagle« spielte.

Meistens saßen sie jedoch auf dem Treppenaufgang und studierten die Unfähigkeit der Pacific Street, ihre Verbindung zur Bond oder Hoyt Street anzuerkennen. An manchen Sommertagen hätten sie gut die Exponate eines Dioramas im Naturwissenschaftlichen Museum auf der Upper West Side abgeben können, von Theodore Roosevelt erlegte Geschöpfe, die dann ausgestopft und in einem Schaukasten arrangiert worden waren: DYLAN EBDUS, ARTHUR LOMB, HOMO

SAPIENS, PACIFIC STREET, BROOKLYN, 1976. Die Tage waren trügerisch ruhig, in Zeitlupe gefangen, ohne dass Dylan überhaupt an Mingus oder die Dean Street dachte. Tage, an denen er einfach nur zusah, wie die graue Katze unter einen Wagen huschte, wie die Wolken des Krankenhausdampfs sich hypnotisierend überschlugen, wie der Postbote auf einem anderen Treppenaufgang einen halben Block weiter Zeitschriften las, Tage, an denen er sich fragte, wie lange diese merkwürdige Losgelöstheit wohl den Verlust von tausend Schachpartien in Folge gegen Arthurs durchschaubare, aber unbarmherzige Turmmanöver wettmachte.

Arthur versuchte, mit beiden Händen wieder Gefühl in sein untergeschlagenes Bein zu massieren, während hinter den betroffen dreinschauenden Mäuseaugen bereits das Gehirn rotierte, um den nächsten Wortschwall auszuspeien.

»Es ergibt keinen Sinn, Mets-Fan zu sein, nicht, wenn man sich die Statistiken anguckt. Wenige Leute in unserem Alter haben das wirklich getan, aber die Yankees sind schlicht die erfolgreichste Mannschaft in der Geschichte des Baseballs, wenn es ausschließlich nach Meisterschaften, Spielern in der Hall of Fame und so weiter geht. Das ganze Mets-Getue ist eine sehr junge Entwicklung. Aber viele Kinder wie du sind ihr mit Haut und Haaren verfallen. Ich bleibe dabei, das Vermächtnis der Yankees ist unbestreitbar.«

»Hmm.«

»Du hast dich wahrscheinlich schon gefragt, warum ich nie Turnschuhe trage. Ich hatte auch ein Paar Pro Keds, aber irgendwelche Kinder haben sie mir weggenommen und mich auf Strümpfen nach Hause laufen lassen, unglaublich, oder? Meine Mutter hat mir ein neues Paar gekauft, aber die lass ich zu Hause. Meine Quellen haben mir nämlich berichtet, dass als Nächstes Puma kommt. Falls du auf so was stehst: Das zu tragen, was alle tragen, nur weil alle es tragen. Also, ich nicht.«

»Hmm.«

»Mel Brooks' witzigster Film ist *Frühling für Hitler*, dann kommt *Frankenstein Junior* oder *Is was, Sheriff?* Terri Garr ist der absolute Wahnsinn. Ich bedaure jeden, der *Frühling für Hitler* nicht kennt. Mein Vater hat mich in die ganzen Komödien mitgenommen. Der beste Rosarote-Panther-Film ist wahrscheinlich *Die Rückkehr*. Der beste Woody Allen ist *Was Sie schon immer über Sex wissen wollten*.«

Positionierung, Positionierung, Arthur positionierte sich ständig selbst, indem er seine Ansichten kundtat, ordnete er sie auf irgendeiner Werteskala an, die nie jemand zurate ziehen würde. Hier lag Dylans Bürde, sein Kreuz: Das angehäufte Wissen von Arthurs Altklugheit. Dylan wusste, dass er dieses Kreuz tragen musste, weil sein eigenes Hirn vor Pedanterie überkochte, vor übereifrigen Belanglosigkeiten, die jederzeit hervorsprudeln konnten. Indem er Arthur ertrug, bestrafte sich Dylan vorab dafür, womöglich selbst ein Langweiler zu sein.

»Arbeite an deinen Bauern, oder *Hulk wird zerstampfen*.«

Hin und wieder sah Dylan einen Spalt offen stehen, erhaschte einen flüchtigen Blick auf die Flammen der Wut in Arthurs Innerem. Dylan machte das nichts aus. Er glaubte, es nicht anders verdient zu haben, nach demselben Prinzip der Ähnlichkeit, das ihre Freundschaft von Anfang an bestimmt hatte. Genauso wie Dylan den Überdruss von Arthurs Angeberei schlucken musste, weil deren Keim in ihm selbst schlummerte, so auch dieses Aufglühen des Zorns.

»Letztens konnte ich nicht umhin, zu beobachten, wie du nach der Schule mit diesem Mingus Rude geredet hast. Ähm, lass die Augen auf dem Brett, ich werde dich gleich wieder schlagen. Und es wird dir nicht besser ergehen, bis du gelernt hast, zu rochieren. Wie ich schon sagte, ich habe beobachtet, wie du mit Mingus Rude geredet hast, er ist ein Achtklässler, woher kennst du ihn? Nicht, dass er besonders oft in der Schule wäre, was? Muss aber Vorteile haben, mit, ähhh, so jemandem befreundet zu sein.«

Wie eine kleine verschrumpelte Narbe enthielt Arthurs Rede einen vielsagenden Moment des Innehaltens an der Stelle, wo er das Wort *schwarz* aus dem Satz, nicht aber aus dem ursprünglichen Gedanken getilgt hatte. Und dieser Moment des Innehaltens sagte, so schien es Dylan, alles über Arthur, der ein derartiges Theater um eine unausgespielte Karte veranstaltete, dass er gleich sein ganzes Blatt aufdeckte.

»Woher kennst du Mingus' Namen?«, hörte sich Dylan fragen. Er hatte sich ausnahmsweise aufs Spiel konzentriert und wartete darauf, dass Arthur wieder rochierte, wie er es immer so demonstrativ tat, allerdings war er diesmal vorbereitet, hielt etwas in der Hinterhand. Zerstreut hatte er dabei eine Frage ausgestoßen, die seine Besitzansprüche auf Mingus offenlegte, seine Eifersucht. Man musste Arthur nur einen Monat lang jeden Nachmittag zuhören, und schon waren die eigenen Worte jeder Tarnung beraubt. Das war der Preis, den man zahlte.

»Oh, viele Kinder reden über ihn«, entgegnete Arthur leichthin.

Dylan konnte sich nicht vorstellen, welche vielen Kinder je mit Arthur in der Schule gesprochen haben sollten, im Gegensatz zu den Horden derer, die seine Hosentaschen nach Kleingeld durchsucht hatten. Selbst Dylan mied Arthur innerhalb des Schulgebäudes, erst nach Schulschluss traf er sich mit ihm, um gemeinsam Zuflucht im Schutze der Pacific Street zu suchen. Dass Arthur diese stille Erniedrigung hinnahm, interpretierte Dylan als eindeutigen Maßstab für dessen Verzweiflung und Einsamkeit. Also welche vielen Kinder?

»Tja, ich kannte ihn schon vorher«, sagte Dylan und verstummte, bevor es zu spät war. Sollte Arthur doch weiterrätseln. Als Antwort auf dessen Rochade rückte Dylan seinen Springer vor. Er führte den Zug nachlässig aus, aber sein Herz pochte. Arthur war blind, was Springer anging, es hatte bloß die ersten tausend Partien gebraucht, um das zu bemerken.

»Vor was?«, fragte Arthur mit dünnem Sarkasmus. Abwesend zog er einen Bauern und blickte finster an Dylan und dem Schachspiel vorbei in Richtung Hoyt Street, möglicherweise in Gedanken nach einer bescheuerten Antwort suchend.

»Schach«, sagte Dylan.

Nun schaute Arthur stirnrunzelnd aufs Brett, und seine Augen irrten hektisch umher, um diese unerwartete Wendung zu erfassen.

»Steht der Bauer *hier* oder *hier*?«, fragte er.

»Was?«

Arthur zeigte darauf, und Dylan beugte sich vor. Auf einmal wackelte das Brett, hob sich an einer Ecke. Dann wuchs sich das Rütteln unter den Schachfiguren zu einem Beben aus, und das Brett gab nach, die einzelnen Teile kippten und rollten davon, Arthurs bedrohter König klapperte atonal die Stufen hinunter in Richtung Straße und verriet so, dass er aus Plastik war.

»Sieh mal, was ich wegen dir angerichtet habe«, sagte Arthur.

»Du hast es umgeworfen.«

Arthur streckte seine Hände vor: Dann verhafte mich doch.

»Ich hätte dich geschlagen.«

»Jetzt werden wir das niemals wissen.«

»Du gewinnst die ganze Zeit und kannst es nicht ertragen, dass ich dich ein einziges Mal schlage!«

Arthur strich sich gedankenverloren übers Kinn. »Weißt du, ich glaube, es wäre auf ein Remis hinausgelaufen. Du solltest dich nicht künstlich aufregen, Dylan, es könnte noch ein Weilchen dauern, bis du mich schlägst. Aber du wirst immer besser. Ich gratuliere dir dazu. Du hast definitiv ein paar Dinge aufgeschnappt. Wo wir davon reden, haha, kannst du dir den König da auch schnappen? Mein Bein scheint eingeschlafen zu sein.«

Zwei Männer, zwei Väter. Zwei Väter, die aus ihren Höhlen vertrieben wurden und zur Abwechslung nach Manhattan müssen, sind für den drohenden Regen gerüstet und haben sich das Kinn rasiert, um an ihren Bestimmungsorten einen guten Eindruck zu machen. Zwei Väter schauen mit fest zugezogenen Schals und vorübergehend eitlem Blick in die Flurspiegel, bevor sie sich selbst aus dem Versteck auf die Straße spülen. Zwei Väter, die beide seufzen, als sie die Treppen zur U-Bahn hinabtauchen, um die drängelnde Menge zu ertragen, die auf den Bahnsteigen wogt und sich durch aufspringende Türen schiebt, dann in den blinkenden, quietschenden Zügen müde an Handschlaufen oder Stahlstangen hängt. Der eine führt Anschauungsmaterial mit sich, eine schwarze, gekrispelte Zeichenmappe mit Schnüren; der andere kommt mit leeren Händen, seine Instrumente sind sein Kehlkopf und seine Lunge, mitgeführt in der Reisetasche seiner Brust. Zwei Väter fahren eine Weile in verschiedenen Zügen, dann sind die Haltestellen erreicht, Times Square für den einen, West Fourth für den anderen, und wieder setzen zwei Väter ihre Schuhsohlen aufs Straßenpflaster, jetzt draußen auf der großen Insel. Zwei Väter, die im Jahr der Riesenkreuzer mit Abe Beames zerbröckelnder, verkümmerter Infrastruktur kämpfen, zwei Väter, die verwirrt umherschauen, beide erstaunt, wie sehr sie sich in ihre Dean-Street-Einsamkeit zurückgezogen haben, in ein vergeistigtes Brooklyn, das sich jeden Tag weiter von Manhattan entfernt wie bei einer Kontinentalverschiebung. Zwei Väter, die sich kurzzeitig und unfreiwillig ihre andere, weniger morbide und sensibilisierte Persönlichkeit ins Gedächtnis rufen, während sie betäubt durch die stroboszierenden Gesichter der späten Oktoberstraßen laufen, zwei Väter, denen beiden klar wird, dass sie allein von der Diaschau fälschlichen Wiedererkennens geblendet werden – *du! Bist du nicht aufs City College gegangen? Bist du nicht Charles Wieheißtdunochmal?* –, zwischen teilnahmslosen Millionen, die Manhattan täglich durchstapfen,

Millionen, die von solch sinnfreier Überreizung völlig abgestumpft sind. Zwei Väter schütteln das ab, erhöhen gewaltsam die Schwelle ihrer eigenen Naivität, kehren in der Kühle des aufkommenden Regens zu ihren zwillingshaften Großstadtmissionen zurück. Zwei Väter überwinden sich, rufen sich ihre Künstlerpersönlichkeit in Erinnerung, ihren Platz in der Welt. Zwei Väter, die schließlich nicht ohne Grund hier sind, die Geschäfte machen und nicht herumtrödeln wollen.

Der eine Vater hält unvermittelt an, duckt sich unter einen Schirm, um bei einem Straßenverkäufer fünfzig Cent gegen einen Hotdog einzutauschen, ein weiteres verloren gegangenes Ritual, das es in seinem Teil von Brooklyn, in seinen festgeschriebenen Bahnen nicht gibt. Er jongliert die Mappe voller bemalter Kartons unter dem einen Arm, hat so beide Hände frei, faltet das Wachspapier auseinander und isst den heißen, senfigen Hotdog in vier Bissen, die mehr geschlungen als gekaut sind. Die Zwischenmahlzeit glüht angenehm in seiner Bauchhöhle, wenn nur sein Atem nicht verdorben ist, was für einen Eindruck wird er machen, und der Hotdog-schlingende Vater hält erneut an einem Zeitungskiosk, um Pfefferminzkaugummis zu kaufen. Einundvierzig Blocks südlich hat der andere Vater ähnlichen Heißhunger und ist versucht, bei den verführerischen Düften zu halten, die in der frostigen Kälte von ebensolch einem Wagen mit Hotdogs in kochendem Wasser und fettigem Knish auf dem Grill freigesetzt werden, tätschelt sogar seinen Bauch bei dem Geruch, geht aber weiter und gibt sich der Vorfreude auf das fürstliche Mahl hin, das versprochenerweise im Aufnahmestudio auf ihn wartet, Maisbrot und geröstete Rinderbrust und rote Bohnen und Reis von Sylvia's, so hat es geheißen.

Zwei Väter erreichen die jeweilige Türschwelle, halten inne. Der Regen wird jetzt vom Wind schräg herabgetrieben und zwingt sie, ihre Überlegungen abzukürzen. Zwei Väter atmen tief durch. Der eine betritt den Fahrstuhl in der Eingangshalle des Büroturms auf der 49th Street und drückt den Knopf für den siebzehnten Stock. Der andere schielt durch einen Sehschlitz und drückt dann die Klingel an der Tür des niedrigen Aufnahmestudios auf der West 8th Street, bekannt als Electric Lady.

An diesem Ort zu sein heißt zuzugeben, dass man existiert.

An diesem Ort zu sein heißt zuzugeben, dass man etwas will.

Oder man redete sich vielleicht ein, dass man es für den Jungen tut.

Der eine Vater geht am Empfangstisch auf und ab, steht lieber, als sitzend auf den künstlerischen Leiter des zweitgrößten kommerziellen Science-Fiction-Taschenbuchverlags in der Stadt zu warten, keine Klitsche wie Belmont Books mit ihren um drei Monate verspäteten Schecks und dem billigen Büro, wo sechs Typen in bekleckerten Hemden sitzen, nein, das hier ist sauberes Verlegen, einschließlich einer mürrischen Empfangsdame und Karamellbonbons im Glas sowie einer Telefonanlage mit drei blinkenden Leitungen. Der andere Vater im Zentrum wird vom Tontechniker von der Straße mit Ledergeschäften und herumlungernden weißen Strolchen in die eigenartige Backsteinfestung eingelassen, unter Entschuldigungen wird ihm mitgeteilt, dass die anderen sich verspätet haben, aber nur kein Stress, immer herein. Der Typ kennt seinen Namen und ist *ein großer Fan* seiner Musik, sagt das tatsächlich, was selten ist für diese Leute, die normalerweise ihre Ehrfurcht hinter ihrer Alles-schon-gesehen-Coolness verstecken. Schön, schön. Der Vater im Zentrum nickt kühl, lässt es an dem Techniker aus, dass er sich wie ein Arsch fühlt, weil er zu früh ist, weil er der Erste ist.

Also zwei Väter, die man beide länger schmoren lässt, als sie erwartet hatten. Dann erscheint der künstlerische Leiter, um dem einen kräftig die Hand zu schütteln, ein Mann im

Pullunder, der an einer erkalteten Pfeife kaut, von Kopf bis Fuß ein wohlgenährter Firmen-Hipster, während im selben Augenblick im Zentrum die Türen zur Electric Lady aufspringen und die ganze Gang mit ihren Elton-John-Sonnenbrillen und Zuhälterhüten und Boas aus einer am Bordstein parkenden weißen Limousine herausquillt, der Bassist in seinem Astronautenanzug mit gepolsterten Satinschultern und -gürtel, einfach nur so gekleidet, weil sie sich halt so kleiden, nicht für die Bühne oder einen Fototermin, sondern weil sie ein Haufen Freaks sind, die glauben, sie wären Jimi Hendrix und Sly Stone und Marvin der Marsmensch in einem – und der Vater ruft sich in Erinnerung, dass er diese Vögel kennt, dass sie ihn mögen und dass er deshalb hier ist, sie haben dieselbe Vergangenheit. Scheiße, sie alle – jede Einzelne dieser Witzfiguren einschließlich ihm selbst – sind damals bei Motown unter Vertrag gewesen.

Ihn am Ellbogen nehmend und ins Büro führend, sagt er: *Wirklich schön, Sie kennenzulernen, Ebdus. Ich habe das Gefühl, wir werden beide froh sein, dass Sie angerufen haben.*

Seine Hände oben und unten abklatschend und auf die ganze Schwachsinnsprozedur bestehend, sagen sie: *Hey, Mann, wir sind heute Morgen einfach nicht aus dem Bett gekommen! Aber jetzt sind wir ja hier! Du wirst dieses gottverdammte Stück liiieben, Mann.*

Sie waren schon über Belmont hinausgewachsen, bevor Sie angefangen haben, für die zu arbeiten, Ebdus. Glauben Sie mir, Ihre Arbeit ist allen direkt bei Erscheinen aufgefallen. Die Branche ist nicht besonders groß, nicht wenn man einmal drin ist. Es ist wie auf der Highschool, jeder weiß, wer die coolen Kids sind. Ehrlich gesagt verstehe ich nicht, warum Sie nicht gleich zu uns gekommen sind.

Vergiss den Rechtescheiß, Mann. Wir schreiben einen anderen Namen auf die Hülle, nennen dich, äh, Pee-Brain Rooster. Findest du das gut? Jeder, der Ohren hat, wird wissen, dass du es bist, sobald du den Mund aufmachst, Mann. Sobald du

diesen Motherfucker von Stimme rauslässt. Der rechtlichen
Scheiß regeln wir ein anderes Mal, davon lassen wir uns nicht
kleinkriegen.

Was der eine Vater nicht sagt, ist, dass seine Anwesenheit
bereits das Zugeständnis ist, an einer Art *Karriere* zu arbeiten. Sich selbst gegenüber hat er, in einer zugegebenermaßen
verdrehten Logik, immer beteuert, die Vereinbarung mit Belmont sei eine Art Gefallen gegenüber Perry Kandel: Um seinen ehemaligen Lehrer glauben zu machen, er hätte ihn zurück in die Welt geführt. Es war ein Jux. Außerdem erschien
die Reihe der New Belmont Specials wie eine begrenzte Verpflichtung, mit einem absehbaren Ende. Aber diesen Anruf
zu tätigen und den Termin wahrzunehmen bedeutet, dass er
jetzt ein Taschenbuch-Maler, ein Illustrator ist. Und hier so
überaus freundlich empfangen zu werden bedeutet, dass er
trotz der Verachtung, die von seinem Pinsel tropft, annehmbare Arbeit abgeliefert hat. Die Verführungskraft des Hand-
werks hat ihn hierhingeleitet, zur Verführungskraft der Anerkennung. Im Fahrstuhl hätte er schwören können, Perrys
böses keuchendes Lachen zu hören.

Was der andere Vater nicht sagt, ist, dass obwohl er diese
als Zeichentrickluden und Superhelden verkleideten Männer um ihre Freiheit beneidet, dass obwohl ein Teil von ihm
denkt: *Scheiße, warum hab ich nicht auch diesen überdrehten*
Freakscheiß ausgepackt, warum bin ich immer so zugeknöpft
im gottverdammten Philadelphia-System geblieben, ein anderer Teil den Gesang und die Instrumente auf dem Begleitband
überhaupt nicht gut findet. Funk ist Soul auf LSD, im Guten
wie im Schlechten; heute im Schlechten. Dieses Stück wu-
chert ohne Richtung, auf seine Weise so schlapp wie Disco.
Porno-Disco, das ist es in Wirklichkeit. Es wird von ihm also
erwartet, dass er über einen harmonisierenden Hintergrund-
gesang dudelt, der nicht harmonisiert, und das erste Mal,
seit er die Subtle Distinctions verlassen hat, vermisst er ihre
lieblichen formellen Stimmen, die ihm stets ein so weiches

sauberes Klangkissen lieferten, von dem aus er seine Rhapsodien, seine Höhenflüge starten konnte.

Möchten Sie eine Tasse Kaffee? Er ist gar nicht mal so schlecht.

Hey, Mann, das Futter ist auf dem Weg. Brauchst du einen Joint?

Irgendwas nicht in Ordnung?

Sag einfach, was du brauchst, Mann.

Väter, Väter, warum so trübselig? Heute habt ihr eure Häuser, eure Verstecke verlassen und wurdet herzlich willkommen geheißen. Lächelt, Väter. Entspannt euch. Heute will diese Welt euch in sich haben.

NEUN

Am Ende eines weiteren Winters, der Löwe gibt den Weg frei
für das Lamm, rollt er sich eines Tages in den langen Nach-
mittagsschatten an der Ecke Atlantic Avenue und Nevins
Street zu einer Kugel zusammen und bleibt dort liegen, auf
dem Pflaster direkt neben der Straße, vor dem stets geöffneten Schnapsladen und dem nie geöffneten Schlüsseldienst.
Durch und durch verdreckt, im eigenen Erbrochenen und
Urin und Schweiß gebadet, die Hose schwarz davon, liegt er
ruhig da wie eine Moorleiche oder eine präparierte Mumie
in einem Glaskasten, die Augen geschlossen, der Mund starr,
die Arme um die Körpermitte geschlungen, um die Kälte abzuwehren, die herrschte, als er sich vor einer Woche in diese
Stellung begeben hat. Er wirkt zusammengekauert wie zum
Schutz gegen die Zeit selbst, als erdulde er den Winter, der
bereits vorüber ist, seine Haltung ein Protokoll des Schmer-
zes, eine im Sonnenlicht erstarrte Ganzkörpergrimasse.
Über seinen Schultern und unter sein Gesäß geschoben ist
ein dünner synthetischer Kinderschlafsack, ein erbärmlicher
Schutz, doch falls er noch lebt, hat er es ihm zu verdanken.
Die beiden sichtbaren Spitzen des Schlafsacks sind in Streifen gerissen, und die baumwollartige Füllung lugt hervor,
ganz grau vom Straßenschmutz. Die beiden Streifen sind
unter dem melierten Kinn zusammengeknotet, sodass das
Ganze eine merkwürdige Ähnlichkeit mit dem Umhang
eines Superhelden hat.

Der fliegende Mann bleibt für absehbare Zeit am Boden.

Der Typ sieht aus, als wäre er tot, wenn du mich fragst.

Wie das? Ist so was nicht verboten? Isabel Vendles Boerum
Hill war doch zum »bestgehüteten Geheimnis der Stadt« er-

klärt worden, *New York Magazine*, 12. September 1971. Gentrifizierung – man darf es ruhig aussprechen, kein Grund, sich zu schämen, bloß was macht dieses komatöse Alkoholopfer hier auf offener Straße? Höchstwahrscheinlich wird niemand Anteilnahme empfinden oder seine Schulter berühren, um zu sehen, ob er sich noch regt, ob er noch lebt, höchstwahrscheinlich wird nicht einmal jemand die Polizei rufen.

Weil er schwarz ist?

Möglicherweise zählt die Atlantic Avenue zwischen Nevins Street und Third Avenue nicht richtig zu Boerum Hill. Möglicherweise ist es Gowanus oder irgendwas anderes ohne Namen. Diese Gentrifizierung läuft sowieso seltsam langsam und bei Weitem nicht so einheitlich ab, wie Isabel Vendle es sich erhofft haben mag. Es gibt jetzt eine kleine Ansammlung von Antiquitätenläden auf der Atlantic Avenue zwischen Hoyt und Bond Street, zugezogene Familien auf der Pacific und Dean Street, auch auf der Bergen Street. Nicht so auf der Wyckoff Street, die Wyckoff liegt zu nah an den Sozialbauten, bloß keine falschen Hoffnungen. Dann gibt es da noch die Kommunen. Vorausgesetzt, dass niemand Patty Hearst in seinem Untergeschoss auf der Dean Street versteckt, sind sie harmlos, annehmbare Platzhalter. Irgendein flinkes Wiesel hat ein französisches Restaurant an der Ecke Bergen und Hoyt Street eröffnet, vielleicht etwas voreilig, aber einen Versuch ist es wert. Sogar die State Street, die so nah an der Schermerhorn Street, dem Untersuchungsgefängnis und dem unansehnlichen, verwahrlosten Zentrum von Brooklyn liegt, sogar die State erlebt einen zarten kleinen Aufschwung.

Nur geschieht das wie unter einem Zauberbann, einem Deckmantel. Die weißen Familien ziehen dieser Tage kontinuierlich zu, bereits zu viele, um sie zu zählen, aber zusammengefasst bleiben sie noch immer ein Traum, eine Projektion, heraufbeschworen von Isabels Willen. Die Renovierer – ein höflicheres Wort für diese Leute – sind ein Ensemble von Gespenstern aus der Zukunft, die das Getto von heute durchspuken. Sie sind ein Vorschlag, eine Skizze. Wenn man blinzelt, könnten sie weg sein.

Getto? Ist das das richtige Wort? Kommt drauf an, welchen Block in diesem Flickenteppich man dabei im Sinn hat. Steig auf, wie es der fliegende Mann nicht mehr vermag. Und schau. Hier ist die Fourth Avenue eine breite Schneise von Leichtindustrieruinen, ölbefleckten Autowerkstätten und verlassenen, vollgesprühten Lagerhäusern, den Gehsteigen voller Glasscherben, die die Ereignisse der Nacht vor chinesischen Schnellrestaurants nachzeichnen, den Schnapsläden, den Bodegas, die ihre Kunden alle durch Schlitze oder Schubladen in Plexiglasfenstern bedienen. Am entgegengesetzten Ende bildet die Court Street ein altes italienisches Revier, dessen Seitenstraßen südlich der Carroll Street im Bann des Mafiageflüsters ruhig geworden sind, wo alte Rechte mit Baseballschlägern und aufgeschlitzten Reifen durchgesetzt werden, bis dorthin, wo der aufragende, sich windende Brooklyn-Queens Expressway einen Stahlvorhang um das ehemalige Red Hook formt und es abtrennt. Im Süden das Niemandsland des Gowanus Canal mit verscharrtem oder versickertem Giftmüll und angeschmorten Reifenteilen, während Ulano, die Lösungsmittelfabrik, eine blockfüllende Maschine mit Fenstern wie Schlitzaugen, neue unsichtbare Gifte und die damit einhergehenden Geschichten von Nervenkrankheiten und Hirntumoren in die Luft pumpt. Die Sozialbauprojekte Wyckoff Gardens und Gowanus Houses – nun, Projects halt, sie haben ihre eigenen Gesetze, Meteore des Verbrechens, die inmitten der Stadt eingeschlagen sind, immer noch zu heiß, um sich ihnen zu nähern. Der Knast heißt Untersuchungsgefängnis, ein schwacher Euphemismus, dem man trotzdem treu bleiben sollte. Sind also die Häuserreihen, die diese Grenzen umspannen – Wyckoff, Bergen, Dean, Pacific –, ein Getto?

Nennen wir sie das »bestgehütete Geheimnis der Stadt«.

Auf der Nevins Street gibt es einzigartige Grundstücke, die am Kopfende an die Flatbush Avenue grenzen und südlich bis in die Wyckoff Gardens hineinragen, dabei auf dem Weg das Übergangshaus, die Zulassungsstelle, den Schermerhorn Park und die Nevins-Kindertagesstätte auffädeln, auf deren Stufen Trunkenbolde beim Rein- und Rausgehen die Sozialhilfemütter grüßen, die an den Armen von schreienden Kindern ziehen wie an Jo-Jo-Schnüren. Und wenn es auch gerne verschwiegen wird, so ist doch weit bekannt, dass an der Ecke Pacific und Nevins Street Prostitution geduldet wird. Irgendeine behördliche Nachlässigkeit hat sie hierhin vertrieben, wo man in einer ruhigen Nacht nach dreiundzwanzig Uhr ein einzelnes Strichmädchen oder manchmal auch zwei im Schatten der Public School 38 ausmachen kann, die mit gurrenden Rufen einsame Spaziergänger anlocken. Empörte Anrufe bei den zuständigen Stellen ernten nur leere Versprechungen, nichts weiter. Auf der unergründlichen Ebene, auf der solche städtischen Entscheidungen getroffen werden, ist diese eine unwiderruflich, und das obwohl die angrenzenden Gegenden sich so rasant entwickeln. Was die Polizei als ausgesprochen skeptisch ausweist, unempfänglich für die Besorgnisse der Immobilienmakler. Dieses Gebiet liegt – vor der Öffentlichkeit geheim gehalten – auf ihrer offiziellen Landkarte der Hoffnungslosigkeit.

Möglicherweise war es dasselbe Prinzip, das es dem nicht-mehr-fliegenden Mann erlaubte, wochenlang ungestört in seiner Fötalstellung an der Ecke Nevins Street und Atlantic Avenue zu ruhen. Am letzten Samstag des März liegt er immer noch dort, als der schwarze und der weiße Junge vorbeikommen. Ja, sie haben wieder zueinandergefunden, das außergewöhnliche, sporadische Paar, dessen Solidarität für jeden Außenstehenden verwirrend ist, vielleicht versehen mit einem Fünkchen utopischem Symbolismus, sicher etwas, das Norman Rockwell als Sujet für eine seiner Illustrationen in Betracht gezogen hätte, was aber nicht die Tatsache aufwiegt, dass die beiden heimlichtuerisch wirken, vielleicht bekifft sind und unverkennbar auf irgendwelche Schwierigkeiten zusteuern, wenn sie nicht schon mittendrin stecken. Selbst diejenigen, die nicht zufällig sehen, wie sie dicke Filzmarker, die vor violetter Farbe triefen, aus ihren Jacken ziehen und wieder darin versenken, müssen merken, dass wahrscheinlich etwas nicht stimmt. Das ist Brooklyn, hier lässt sich nichts so einfach einordnen. Wer führt wen an der Nase herum? Wenn die Cops auf Zack wären, würden sie dieses Paar schon aus Prinzip voneinander trennen.

Der weiße und der schwarze Junge stehen beim Taggen abwechselnd Schmiere. Der Vorgang ist radikal vereinfacht worden: Der weiße Junge hat aufgehört, nach einem eigenen Spitznamen zu suchen, und ist vom schwarzen Jungen ermutigt worden, dessen Tag zu imitieren. DOSE, DOSE, DOSE. Für beide Seiten eine glückliche Lösung. Der schwarze Junge weiß seinen Namen weiter verbreitet, um Angeberpunkte für Allgegenwart zu sammeln, dem entscheidenden Kriterium für den Erfolg eines Graffitikünstlers. Der King der Linie C ist zum Beispiel einfach ein lausiger Schmierfink mit zu viel Freizeit, der sein einfallsloses CE an jedes Fenster jedes Zuges auf der gesamten Strecke geschrieben hat. Ein derartiger Erfolg ist ebenso wenig strittig, wie er mechanisch, geistlos ist. Graffitikünstler konkurrieren miteinander wie Viren: durch reine Ausbreitung.

Und was springt für den weißen Jungen dabei heraus? Nun, auf diese Weise ist es ihm gestattet, seine Identität mit der des schwarzen zu verschmelzen und so seinen Funkymusicwhiteboy-Komplex in der Illusion aufzulösen, er und sein Freund Mingus wären beide Dose, nicht mehr und nicht weniger. Ein Team, eine geschlossene Front, ein Markenzeichen, eine Idee. Die Beherrschung der Linie, die er in Tausenden von Spirographenspiralen ausgefeilt hat, und sein Talent zur Nachahmung – Kannst du Sparky zeichnen? – haben ihm dabei gute Dienste geleistet. Seine Ausführung des DOSE-Zeichens ist klarer, perfekter, automatischer – sogar sauberer und sicherer in der Linienführung als die des schwarzen Jungen. Einfach eine Frage der Geschicklichkeit, nichts, was man nicht lernen könnte, wenn man es eine Zillion Mal in Erwartung dieses Moments üben würde.

Der Marker ist jetzt in der Hand des schwarzen Jungen. Der weiße ist der Aufpasser. Der schwarze Junge schreibt DOSE auf den Sockel der Ampel an der Ecke Atlantic Avenue und Nevins Street sowie an das verschlossene Rollgitter des Schlüsseldienstes. Dann dreht er sich um und betrachtet die zusammengerollte Gestalt nahe des Bordsteins. Sie beide betrachten die Gestalt. Der Penner – das Wort, das ihnen eingefallen wäre, wenn sie nach einem gesucht hätten – lag nun schon so lange schlafend oder tot an dieser Ecke, dass er ihnen beiden zu unterschiedlichen Zeiten aufgefallen war. Doch dies ist das erste Mal, dass sie ihn zusammen sehen, wodurch sie gezwungen sind, die Gestalt auf eine Weise wahrzunehmen, wie sie es allein nicht getan hätten.

Der weiße und der schwarze Junge haben unterschiedliche Gefühlswelten. Der weiße Junge hat diesen speziellen Penner schon zu besseren Zeiten gesehen, hat ihn *am Himmel* gesehen, so idiotisch das klingen mag. Er weiß nicht, ob sein Freund Mingus auch über diese Information verfügt, und ebenso wenig, wo er möglicherweise mit einer Erklärung anfangen sollte. Er ist gefangen in einem anhaltenden Stadium sprachloser Verwunderung, vermischt mit einer gehörigen Portion Angst.

Der schwarze Junge schürzt die Oberlippe und schämt sich mit einem Mal: Natürlich ist es ein *Schwarzer*, der hier auf der Straße liegt, das braucht man gar nicht eigens zu erwähnen. Kein Latino. Wie viele hispanische Säufer auch aus den Logierhäusern der Dean Street strömen mögen, sie wanken alle wieder nach Hause, schlafen in Betten, wechseln die

Kleidung, lösen die Sozialhilfeschecks ein und beginnen von vorn. Und er ist kein Weißer, darüber muss man gar nicht erst nachdenken.

»Pass auf«, sagt der schwarze Junge.

»Was?«, fragt der weiße Junge.

Der schwarze Junge prescht so wagemutig vor, dass dem weißen der Atem stockt. Er hat den Verschluss vom Marker gezogen. Der plastikartige Schlafsack, der sich über den Rücken des Penners spannt, glänzt trotz des Schmutzes und fordert den Marker mit seiner Glätte geradezu heraus. Der schwarze Junge kniet sich neben die stinkende Form und legt los, schafft es, auf den geschwärzten Synthetikstoff zu schreiben, obwohl die Filzspitze immer wieder hängen bleibt. Nach einem Augenblick ist es vollbracht und beide springen erstaunt zurück.

Auf dem Rücken des Penners steht DOSE.

»Weg hier!«

»Er bewegt sich nicht. Ey, Scheiße! Sieh dir das an!«

»Komm schon!«

Das war's, sie haben für heute genug getaggt, dies hier könnten sie sowieso nicht überbieten. Die beiden hasten die Nevins Street entlang und bekommen vor Lachen kaum Luft, trunken von dem abscheulichen Schabernack, von der Demonstration ihrer gefährlichen neuen Macht, einfach die Hand auszustrecken und ein Zeichen auf die Vielleicht-Toten dieser Welt zu setzen.

Sie kamen zu spät und mussten getrennte Sitzplätze einnehmen, die ein Stück weit auseinander lagen. Dylan saß vorn, in der zweiten Reihe. Sein Vater hatte darauf bestanden, dass Dylan den vorderen Platz nimmt, und hatte selbst einen weiter hinten an der linken Außenseite des Vortragssaals gefunden. Dylan begriff, dass er an dieser Nahsicht auf den experimentellen Filmemacher Stan Brakhage Gefallen finden sollte, den Abraham schlicht als *einen großartigen Mann, einen wunderbaren Mann* bezeichnete. Das Thema war ganz generell Farbe auf Film. Dylan hatte bis zu diesem Moment nicht gewusst, dass es außer Abrahams noch andere gemalte Filme gab. Und schon gar nicht, dass man damit eine Menschenmenge anziehen konnte, die einen Saal mit unbequemen Metallklappstühlen füllte.

Tatsächlich zog Brakhage Dylan in seinen Bann, sobald er zu sprechen begann, obwohl der kein Wort davon verstand. Brakhage war charismatisch und volltönend und weckte Erinnerungen an Fernsehsendungen mit Orson Welles. Wie Welles strahlte er eine Größe aus, die genügend Distanz zu sich selbst wahrte, um in sich zu ruhen und, wie in diesem Fall, der beweihräuchernden Atmosphäre im Raum keine Beachtung zu schenken. Der einzige Schwachpunkt des Abends war, dass Brakhage selten redete. Er saß meist da, nippte am Wasserglas und blickte flüchtig umher, betrachtete die Zuschauerschaft und überließ das Feld einem Forum jüngerer Männer, die in umständlichen Wendungen zur Bedeutung seiner Filme Stellung nahmen. Ihr spitzer, überreizter Tonfall half nicht gerade, den Eindruck zu vertuschen (oder sollte ihn vielleicht auch gar nicht vertuschen), dass sie allein das Werk des Filmemachers verstünden. Dylan war, wie Rachel gesagt hätte, *scheißgelangweilt.*

»Ich sehe meine Arbeit eher als Versuch an, die ästhetischen Bereiche klar zu trennen, den Film von anderen Künsten und Ideologien zu befreien«, sagte Brakhage, als er wieder durfte. Seine Worte schwangen durch den Raum und fanden Widerhall in den Köpfen, die sich derart auf den Sprecher konzentrierten, dass sie fast überkochten. Dylan spürte es selbst. Er schaute sich nach seinem Vater um, der ebenfalls angespannt dasaß, ganz gefangen in einer Mischung aus Bewunderung und Empörung. »Vielleicht um eine Klarheit zu hinterlassen, die es Männern und Frauen auf unterschiedliche Weise ermöglicht, menschliche Sensibilität zu entfalten.«

Der neonbeleuchtete, schlecht verputzte Vorlesungssaal im Untergeschoss der Cooper Union war jetzt vollständig gefüllt, es gab nur noch Stehplätze. Dylan wurde unruhig, aber er war nicht der Einzige. Der Mann auf dem Stuhl neben ihm war dabei, einen Styroporbecher in Tausende schuppenartige Stücke zu zerreißen, die auf dem Boden zwischen seinen zappelnden Füßen eine Schneewehe bildeten. Der Styroporzerreißer unterdrückte womöglich gequält eine Frage, die er den Männern auf der Bühne am liebsten laut zugerufen hätte. Vielleicht dachte er, er gehöre selbst auf die Bühne. Überall knarrten Stühle.

»Ich glaube an Musik«, sagte Brakhage. »Ich möchte Musik machen und tue es aus ziemlich selbstsüchtigen Motiven, aus meinem innersten Bedürfnis heraus, zu einer Sprache zu gelangen, die vergleichbar ist mit Musik und verwandt mit allem tierischen Leben auf der Erde. Ich bin berührt von der ganzen Bandbreite der Musik, vom Anheulen des Mondes durch den Wolf bis zum Gebell des Hundes in der Nachbarschaft, und mit allergrößter Bescheidenheit möchte ich etwas zu diesem Konzert beitragen.«

Als die Anspannung im Raum ihren Höhepunkt erreicht hatte und der Styroporbecher ganz verarbeitet war, sprang der Schredder neben Dylan auf und schrie in das Geleier der Redner: »Was ist mit Oskar Fischinger? Niemand von Ihnen erkennt die Verdienste Oskar Fischingers an!«

Nachdem er seinen Fehdehandschuh geworfen hatte, stand der Mann zitternd da und erwartete möglicherweise wütende Rückendeckung von den Zuhörern, die bereit wären, das Podium zu stürmen.

»Ich denke nicht, dass irgendjemand Fischingers Verdienste in Abrede stellt«, sagte einer der Männer auf dem Podium mit triefendem Sarkasmus. »Nur, darum geht es überhaupt nicht.«

»Vergessen Sie Fischinger«, meldete sich eine andere Stimme. Es war Abraham Ebdus. Er sprach aus der Ecke des

Raumes, ohne dabei aufzustehen, und weitaus ruhiger als der Schredder, der immer noch stand. »Aber vielleicht sollte an dieser Stelle jemand Walter Ruttman erwähnen.«

Schweigen auf dem Podium, nur unterbrochen von Brakhages leichtem und nicht überraschtem Nicken, das zu sagen schien: *Ruttman, ja, Ruttman.* Beleidigt setzte sich der Schredder wieder.

Dann durchbrach ein weiterer Zwischenruf von der Rückseite des Saales die atemlose Stille: »Scheiß auf Ruttman! Was ist mit *Disney*?«

Dies rief schallendes Gelächter hervor, weil eigentlich niemand Vergnügen daran fand, festzustellen, wie wenig er über die Arbeiten Fischingers und Ruttmans wusste. Die Erheiterung ging über in grenzenloses Geschwätz. Dann stellte Brakhage wieder Ruhe her und fing an, Fragen aus dem Publikum zu beantworten. Die Feindseligkeiten zerstreuten sich allmählich, als die Diskussionsteilnehmer kraft Brakhages Autorität mit der Menge auf eine Stufe gestellt wurden. Da sie nun schwiegen, konnten alle den jüngeren Männern mehr oder weniger vergeben, dass sie auf der Bühne saßen.

Alle bis auf Abraham.

Hinterher wurde Brakhage am Fuße der Bühne umringt. Abraham entdeckte Dylan in dem Strudel von Körpern, nahm seine Hand, und zusammen kämpften sie sich zum Ausgang. Dylan fühlte die schwelende, unausgesprochene Wut seines Vaters, fühlte sich darin eingeschlossen wie in einem Kokon, als sie die Treppenstufen zur U-Bahn am Astor Place hinunterliefen und auf dem Bahnsteig warteten, dann in die Linie 6 einstiegen, fühlte, wie diese Wut sie von den anderen nächtlichen Fahrgästen trennte, deren Köpfe mit den Bewegungen des Zuges auf den müden Stielen ihrer Körper hin- und herschwankten, fühlte, wie es sie von der ganzen Stadt um sie herum ausschloss.

Dylan sog die Verlegenheit seines Vaters mit jedem Atemzug ein. Irgendetwas war schiefgelaufen, als Abraham seinem

Sohn Brakhages Großartigkeit und seine, Abrahams, Verwandtschaft mit dem großen Filmemacher hatte vorführen wollen, seinem heimlichen Tutor, seinem Polarstern. Möglicherweise war der Saal zu voll gewesen. Möglicherweise wäre er schon zu voll gewesen, wenn nur eine weitere Person außer Brakhage, Abraham Ebdus und seinem Sohn da gewesen wäre. Der Abend war gründlich verdorben, sobald deutlich geworden war, dass Brakhage sich nicht nur nicht so stark nach Anerkennung sehnte wie Ebdus, sondern dass er sich nicht im Geringsten danach sehnte.

Oder vielleicht war einfach das Arschloch schuld, das *Disney* gerufen hatte, um einen Lacher zu provozieren.

Die Stimmung dauerte an, als sie an der Haltestelle Brooklyn Bridge auf die Linie 4 warteten, dieser zusätzlichen Erniedrigung durch die Weigerung der 6, bis nach Brooklyn hineinzufahren, und sie dauerte an, als sie auf der Nevins Street wieder herauskamen und schweigend in Richtung Dean Street gingen, in Richtung ihrer Betten, die ein süßes Vergessen des ruinierten Abends versprachen. Abrahams unterdrückte Wut hätte sie vermutlich bis nach Hause begleitet, wenn da nicht der bekritzelte Penner immer noch in seiner Selbstumklammerung an der Ecke der Atlantic Avenue gelegen hätte.

Dylan blickte kurz hinüber, als sie vorbeigingen. Die mumifizierte Haltung des früher-einmal-fliegenden Mannes war unverändert, obwohl er jetzt näher am Rinnstein zu liegen schien. Auf der Reklametafel seines Rückens leuchtete DOSE, angestrahlt vom Licht einer Straßenlaterne.

Abraham Ebdus hob seine Augen aus der dunklen Versenkung in das Pflaster zu seinen Füßen und folgte Dylans Blick zum Rücken des Penners. Er blieb stehen.

»Was ist das?«

»Was?«, stieß Dylan hervor.

»*Das.*« Abraham zeigte unmissverständlich und unausweichlich auf das angestrahlte DOSE auf dem Schlafsack.

»Nichts.«

»Was steht da?«

»Ich weiß es nicht«, sagte Dylan verzweifelt.

»Doch, das weißt du«, erwiderte Abraham. »Du schreibst es auf deinen Ordner.« Bestimmtheit machte sich jetzt in Abrahams Stimme bemerkbar, seine undeutliche Verärgerung nahm Gestalt an. »Ich habe es gesehen. Das ist das Wort, das du und Mingus überall hinschmiert. Denkst du, ich bekomme das nicht mit? Denkst du, ich bin *blöd*?«

Dylan konnte nichts entgegnen.

»Lass mich deine Turnschuhe sehen.«

Abraham Ebdus fasste Dylan mit klauengleicher Hand an der Schulter, ein erschreckender Ausdruck der Machtverhältnisse zwischen ihnen. Väterliche Missbilligung oder Zuneigung zeigten sich bei Abraham üblicherweise im fließenden Zusammenspiel verschiedener Eindrücke, hauptsächlich akustischer Art: Schritte im oberen Stockwerk, eine Stimme, die die Treppe hinunterruft. Abraham war eine Ansammlung von Geräuschen, die in seiner bedrückten Stimmung zu menschlicher Form fanden.

Jetzt standen sie in der kühlen Nacht an der Ecke der Atlantic Avenue, verbunden durch Abrahams Griff. Der Strahlenkranz der Laterne auf der Gestalt zu ihren Füßen, ein stinkender Auswuchs der Gosse, der nach wochenlanger Ignoranz zuletzt doch noch menschliche Beachtung erfährt. Abraham drehte Dylan an der Schulter und begutachtete die Turnschuhe seines Sohnes so eingehend wie Beweise in einem Mordfall.

Die Augen hinter den vorbeifahrenden Windschutzscheiben könnten kaum weniger Interesse zeigen.

Einen Block entfernt schritt eine Hure zur Ecke Pacific Street. Sie rief einem alten Mann, der einen Hund spazieren führte, etwas zu, ohne sich viel davon zu versprechen, einfach nur aus Langeweile. Doch der Frühling war im Anmarsch, sie konnte ein allgemeines Aufleben spüren.

»Was ist das?«, fragte Abraham, ohne den Griff zu lockern. »Das ist das Gleiche, nicht wahr?«

Ausreden waren sinnlos. Der dicke weiße Rand der Sohlen von Dylans Pro Keds war überzogen mit Minitags. Das weiche Gummi nahm das Blau eines Kugelschreibers auf wie Butter die Zacken einer Gabel, eine Entdeckung, die Dylan während einer gähnend langweiligen Mathestunde in Entzücken versetzt hatte. Obwohl er damit genau genommen seine preisgekrönten 69er verunstaltete, hatte Dylan sich nicht zurückhalten können. Zumindest würden sie so nicht mehr geklaut werden.

»Mingus hat das geschrieben«, hörte sich Dylan sagen.

Abraham ließ Dylans Schulter los, und die beiden sprangen in einer physischen Abwehrreaktion auseinander, die genauso heftig war wie die Berührung selbst.

»So weit sind wir also schon!«, sagte Abraham und schob dabei mit einer Hand Augen und Stirn zusammen. Es war nicht einmal klar, ob er mit Dylan redete.

Dylan wartete erstarrt ab.

»Was soll das eigentlich bedeuten?«, brach es jetzt aus Abraham hervor. »Habe ich dich dafür großgezogen? Für eine solche Missachtung menschlichen Lebens? Was macht du und Mingus da auf der Straße, Dylan? Streunt ihr herum wie die wilden Tiere? Wer hat euch so was *beigebracht*?«

»Ich habe doch gar nicht …« Aber Dylan konnte Mingus' Namen nicht noch einmal nennen.

»Vielleicht ist das einfach nur ein schrecklicher Ort. Vielleicht sind in diesen Straßen Recht und Unrecht vertauscht, und du und deine Freunde, ihr lauft herum wie tollwütige Tiere, die einem Menschen so etwas antun.« Rachel blieb ausgespart, ungenannt, aber sie beide wussten: Von diesem Ort zu sprechen bedeutete, von ihr zu sprechen, wie wenig sie sich das auch wünschten. Möglicherweise blieben Dylan und Abraham nur wegen Rachel in Gowanus, hielten für sie die Stellung. Und nun waren sie an eine Grenze gestoßen, die Rachel gezogen hatte. Ein Schatten hing über dem Wort *Tiere*, der Abraham tief beschämte.

»Es ist die Zeit, in der wir leben«, sagte Abraham, auf der Suche nach einem epischen Ausspruch, um den Gedanken zu vertreiben, der ihnen beiden gekommen war. »Wir befinden uns in der Hölle, das ist die einzige Erklärung.« Der Körper auf der Straße mit dem DOSE-Schriftzug auf dem Rücken könnte Gerald Ford oder Abe Beame zugeschrieben werden, vielleicht sogar dem Schah von Persien.

In einer Stadt, die von einem forderte, abends *tot umzufallen*, wäre es nicht unwahrscheinlich, wenn ein paar ihrer Einwohner dies wörtlich nähmen und es auf offener Straße täten. Ganz besonders auf der Nevins Street.

»Diese Gegend macht uns fertig, es ist meine Schuld, Dylan, es tut mir leid. Dafür bin ich verantwortlich.« Zuletzt und beinahe mechanisch wandte sich Abraham mit jedem Funken Enttäuschung und Abscheu gegen sich selbst. Er hatte womöglich die Demütigung vom Vortragssaal der Cooper Union bis hierher getragen. Oder eine andere, weiter zurückliegende, die von Rachel. Für Dylan bedeutete das keine Erleichterung. »Schau uns an, Gott«, jammerte Abraham. Und jetzt riss er die Augen weit auf, die er zuvor bedeckt hatte. Die Absolution lag vor ihnen. Zu ihren Füßen.

»*Lebt* dieser Mann überhaupt noch?«

»Ich weiß nicht«, sagte Dylan.

Abraham kniete nieder und fasste der Gestalt durch den umgewickelten Schlafsack hindurch an die Schulter. Stupste sie an und rollte den Körper ein Stück herum. Dylan sah entsetzt zu. »Sind Sie …«, begann Abraham stumpfsinnig. Welche Frage war angebracht? Fragte man eine Leiche, ob sie in Ordnung ist, ob sie es bequem hat? Abraham flüchtete sich in ein: »Hallo?«

Unglaublich, aber der Mann auf dem Boden reckte sich, streckte die Glieder. Dann sagte er in einem schnarchenden Grunzton: »*Dammich!*«

Der Mann auf dem Boden verdrehte den Hals und stieß mit eingeknickten Handgelenken und Ellbogen in die Luft, wobei er an einen Tyrannosaurus Rex erinnerte, der mit seinen kleinen Vorderfüßen fuchtelte. Wie lang sein Schlaf auch gewesen sein mochte, der Mann erwachte in einem unbeendeten Konflikt und schien irgendetwas oder irgendjemanden verscheuchen zu wollen. Die Bewegung verbreitete seinen Geruch, ließ seine Körpergröße erahnen. Abraham zog erschrocken seine Hand zurück.

Sie hatten wirklich gedacht, er wäre tot. Dylan und sein Vater blinzelten, entsetzt darüber, dass sie über einem lebenden Körper geredet hatten. Der gefallene Mann hatte womöglich sogar zugehört.

»Halt durch, Mann«, sagte Abraham mit hohler, gepresster Stimme. Für Dylan hörte es sich an, als dächte Abraham, der Mann auf dem Pflaster wäre einen Moment zuvor noch gut beieinander gewesen und dann nur ohnmächtig geworden, als wäre dieser Zwischenfall an der Straßenecke nicht aussagekräftig für das Leben des Mannes, sondern nur eine kurze Unterbrechung, ein Schluckauf. »Wir rufen einen Krankenwagen.«

Die Hure, die in ihrer Langeweile ungewöhnlich weit lief, erreichte die Kreuzung. Die Atlantic Avenue lag ruhig da, es warteten keine Autos an der Ampel, die mit einem im Insektensummen der Straßenlaternen gerade noch hörbaren *Klock-klock* von Rot auf Grün wechselte. Sie trippelte den halben Weg über die Kreuzung und rief ihnen, dem kleinen Mann und dem großen Dünnen und dem dicken Schwarzen auf dem Boden, zu:

»Hat einer von euch Lust aufn Date?«

Die besten Farben haben immer die besten Namen: Himalajablau, Verrückte Pflaume, John-Deere-Gelb, Goldfischorange, Verkehrsrot. Ein Blinder könnte die richtige Farbe nur anhand des Namens stehlen. Diese Farben sind die Grundlage zum Anbringen eines *Burners*, eines vollflächigen Meisterwerks aus flammenden, dreidimensionalen Buchstaben, übersät mit Nieten oder klaffenden Wunden, umgeben von Sternen, Blitzen und einem Vaughn-Bodé-Zauberer oder Felix dem Kater, der wie ein Zeremonienmeister danebensitzt. Ein Burner entsteht entweder an der Seitenwand einer ruhenden U-Bahn oder auf einer Sportplatz- oder Schulmauer. Eine nicht ganz einfache Aufgabe, die fünf bis sechs Stunden dauert und im Dunkel der Nacht erfolgt. Zwei Leute sprühen die Farbe auf, wobei der talentiertere sich um die Outlines und Schatten kümmert, während der andere das Ausfüllen besorgt und zwei weitere in der Regel am anderen Ende des Blocks oder am Eingang zum Abstellbahnhof Wache schieben. Dazu kommen ein Vollbad in Pigmenten und total versaute Klamotten. Für wachsame Eltern bei Weitem offensichtlicher als Drogen – die Kiffer haben es leicht.

Doch als Erstes muss man die Sprühdosen besorgen.

Das heißt bei McCrory's *zocken* gehen.

Heute ist die Dean Street Crew dran: Ein temporäres, möglicherweise einmaliges Konglomerat, angeführt von Mingus Rude. Zur Crew gehören Lonnie, Alberto, Dylan und Mingus. Mingus ist der älteste. Die vier haben eine Strategie, einen Schlachtplan, der wie die ganze Expedition Mingus' höchsteigene Idee ist – oder wenn Mingus ihn von jemand anders hat, gibt er es zumindest nicht zu. Der Plan hört sich für die Dean Street Crew herrlich originell an, gibt ihnen ein gutes Gefühl. Sie sind regelrecht high davon, schreien und tanzen.

McCrory's ist das kleinere der beiden Warenhäuser auf der Fulton Street. Das andere, A & S – Abraham und Straus –, liegt einen Block entfernt, ein achtstöckiger Jugendstil-Monolith, eine vergoldete Zeitmaschine in eine glorreiche Shopping-Zukunft. Es ist zugleich einschüchternd und manhattanartig, mit uniformierten Fahrstuhlführern und ehemaligen Polizisten als Wachen. Im fünften Stock von A & S gibt es eine Spezialitätenabteilung mit Regalen voll handgeschöpfter Schokolade, im siebten sind die Spielsachen, Puzzles, ein Tresen mit alten Münzen und Briefmarken. Außerdem ein integrierter Plattenladen, ein Haus im Haus, von dem noch keiner behauptet hat, darin erfolgreich Platten geklaut zu haben. Die Gangs meiden das A & S, vielleicht wegen der peinlichen Erinnerungen an die Besuche mit den Eltern, bei denen man auf dem Schoß des Weihnachtsmannes saß. Der Ort ist einfach ein wenig zu verträumt.

McCrory's ist das Kaufhaus, das sie verstehen und das zu ihnen passt, McCrory's ist einen Tick zugänglicher. Es ist eigentlich ein Abklatsch von Woolworth, mit buttergetränkten Popcorndüften, Modeschmuck in Plexiglaskästen, einem Passbildautomaten und einem trostlosen Schnellimbiss, bei dem ein scharfäugiges Kind einen Milchshake bestellen und mit dem Trinkgeld, das andere auf dem Tresen lassen, zahlen kann, wenn es nur langsam genug trinkt. Im Erdgeschoss jede Menge Unterwäsche und Babykleidung sowie namenlose Billigturnschuhe in Tonnen. Sonderangebote zum Schulbeginn gehen über in orangefarbene Kreppkürbisse gehen über in halb erleuchtete Weihnachtslichterketten gehen über in Valentins- und Osterrestposten gehen über in Sommerschnäppchen, alles flankiert von einem mechanischen Dröhnen aus unsichtbaren Lautsprechern. Im Untergeschoss ist die Haushaltswarenabteilung. Diese ist heute das Ziel der Dean Street Crew. Sie haben die Örtlichkeit am vorangegangenen Nachmittag ausgekundschaftet. Sie sind bereit.

Ganz nach Plan wartet Dylan Ebdus jetzt allein auf der Fulton Street, eine ruhende Gestalt in der vorbeiziehenden Menge, hauptsächlich schwarze Frauen mit kleinen Kindern im Schlepptau. Ausnahmsweise trägt er heute seine Brille, dazu ein grün-weiß gestreiftes Piqué-Hemd – ironischerweise nicht von ihm, sondern von Mingus –, das er bis zum Hals zugeknöpft hat, um das Bild eines harmlosen Privatschulstrebers abzugeben. Er hat auch einen Schulranzen auf, der zwar leer ist, aber mittels eines gebogenen Drahtkleiderbügels vortäuschen soll, voller Schulbücher zu sein.

Lonnie, Alberto und Mingus befinden sich bereits im Untergeschoss von McCrory's und tragen Sprühdosen von einem Gang in den anderen, verstecken sie in weniger scharf bewachten Bereichen hinter Wenn-Sie-etwas-nicht-finden-fragen-Sie-uns-Schildern und Fotoalben aus Holzimitat. Die drei Jungs, zwei schwarze und ein Puerto Ricaner, ziehen die gesammelte Aufmerksamkeit des Sicherheitspersonals von McCrory's auf sich. Ihre Anwesenheit wirkt wie ein stiller Alarm in dem Laden, und so ist es auch gedacht. Sie freuen sich darüber, dass man sie beobachtet, wie sie Krylon-Dosen aus dem Regal nehmen und damit in eine andere Ecke laufen, wo sie besser darauf achtgeben, beim Verstauen der Dosen nicht entdeckt zu werden. Ein paarmal führen sie sogar pantomimisch vor, wie sie die Farben in ihre weiten Jacken stopfen, und kichern dabei. Dieses unverbrecherische Verbrechen, diese spielerische Ausbeutung des rassistischen Vorurteils, sie wollten das Geschäft ausräumen, ist eine glänzende Unterhaltung.

Fünf Minuten später kommt Dylan ins Untergeschoss und gibt mit keinem Wimpernschlag seine Verbindung zu den zwei schwarzen Jungs und dem Puerto Ricaner zu erkennen. Mit zu Schlitzen verengten Augen orientiert er sich auf dem Spielfeld, dem hell erleuchteten Wirrwarr von Gängen, Kunden, Wächtern und seinen Kumpanen. Zieht den Popcorn-Duft ein, muss schlucken. Das Sicherheitspersonal, hauptsächlich riesige jamaikanische Frauen, ist erwartungsgemäß damit beschäftigt, Mingus, Lonnie und Alberto aufgeregt in die Tiefen der Haushaltswarenabteilung zu folgen, zu einem hohen Gang mit Mülltonnen, Kehrbesen und Rechen, den sie vorher wegen der schlechten Überschaubarkeit ausgesucht haben. Hir-niiis! Dylan setzt einen ernsten Blick auf, rückt seine Brille zurecht, läuft mit Unschuldsmiene die Gänge ab, die sie am Tag zuvor festgelegt haben. Das ist der Clou des Plans: Dylan als Einsammler. Sein Atem knackt in der Kehle, er holt die Krylon-Dosen aus den verschiedenen Verstecken in den unverdächtigen Gängen und lässt sie mit vor Angst elektrisierten Fingern in seinen Schulranzen plumpsen: Mandarin, Chromsilber, Saphirblau.

Heute bist du aus gutem Grund ein Whiteboy.

Überlass es Mingus, die Unterschiede zwischen euch für seine Zwecke wettzumachen, für Robin-Hood-Taten zum Wohle der Kunst.

Dylan geht zum Ausgang. Die Sprühdosen klacken und klicken verführerisch in seinem Ranzen, ein sicherer Schatz. Die anderen drei stiften jetzt heillose Verwirrung, indem sie in den Gängen unterschiedliche Richtungen einschlagen und einzeln das Geschäft verlassen. Mingus, der sich am meisten aufgespielt hat, wird angehalten und von zwei Wächtern gefilzt. Alberto schreit hinter sich in den Eingangsbereich: »*Fuck you!*« Ohne besonderen Grund, einfach weil ihm danach ist.

Zurück auf der Fulton Street, sammeln sie sich wieder im Schatten des Parkhauses, alle völlig außer Atem und mit klopfenden Herzen, obwohl sie überhaupt noch nicht rennen mussten. Die Sprühdosen werden schnell begutachtet und geschüttelt, um ihnen das vielversprechende Rasseln der Farbkügelchen zu entlocken, und dann auf Jackentaschen und -ärmel verteilt. Soll ihnen ruhig irgendein übermenschlicher Wächter nachjagen, er wird sie niemals alle vier fangen. Sie toben die Hoyt Street hinunter und tun so, als würden sie verfolgt, lachend schreien sie: »Oh, Scheiße! Zisch ab, Mann! Kannst du nicht rennen? Stimmt was nicht mit deinen Beinen?«

Tiere, Abraham? Die kannst du haben.

Sie gingen schweigend den langen Weg über die Flatbush Avenue bis zur St. Felix Street, zu dem Krankenhaus aus rotem Backstein, das an die eine Seite des Fort Greene Park gezwängt war. Ein Samstagnachmittag Anfang April, in der Luft der erste Anflug von Hitze, die sich paarenden Vögel und die sonnenseligen Kinder in dem schwindelig machenden, fast vertikal abfallenden Park schrien einträchtig und bombardierten die Krankenhausfenster mit ihrem schrillen Gesang. Selbst die weit geöffneten Fenster halfen nicht gegen den linoleum- und urinschwangeren Fäulnisgestank der Entgiftungsstation, eine Mischung aus Körpergiften, überlagert von Desinfektionsmitteln und scharf riechenden Fürzen der kürzlich Stabilisierten. Daher bestand auch keine Gefahr, dass ein Vogel sich ins Krankenhaus verirrte. Er würde von der Wand des Gestanks abprallen wie von einer Glasscheibe.

Dylan lehnte im Türrahmen. Eine jamaikanische Krankenschwester stand neben ihm, eine Augenbraue hochgezogen. Abraham trat ans Bett. Der Mann lag da wie ein zugedeckter Koloss, die Gelenke waren mit Stofffesseln an das Aluminiumbettgestell gebunden, die Hände hingen herunter, mitleiderregend und groß. Ein verschorfter Fuß war über die Bettkante gelegt, der andere zeigte unterhalb des bedeckten Knies nach innen, gleich dem eines Tänzers. Seine linke Wange und Braue waren zu einem versteinerten Blinzeln zusammengezogen. Ein Infusionsschlauch tröpfelte irgendetwas Gelbgrünes in seinen Arm, das auch einen entsprechenden Fleck auf dem Laken hinterlassen hatte. Flecken gehörten zu seinem Naturell, selbst hier. Es fiel schwer, sich vorzustellen, dass er den Himmel bezwungen hatte.

Abraham runzelte die Stirn über die festgebundenen Gelenke, die Kruste am Einlauf der Kanüle, den unappetitlichen Geruch. Diese Versorgung war nicht gut, nicht gut genug. Möglicherweise hatte Abraham Schuldgefühle: Nichts konnte für den Mann im Bett gut genug sein. Er verdiente es, wie ein menschliches Wesen behandelt zu werden, und nicht wie ein Penner oder Verbrecher. Denn dadurch, dass er noch atmete, als er schon hätte tot sein können, war er zu einem Symbol der Sühne geworden. Die jamaikanische Krankenschwester sah von ihrer Ecke aus zu. Sie runzelte ebenfalls die Stirn und zeigte so ihre Missbilligung über Abraham Ebdus' stille Kritik, das Krankenhaus käme seinen Pflichten nicht nach bei diesem betrunkenen Dummkopf, der sich wie viele Tausende andere selbst umbrachte und keine Sonderbehandlung verdiente, bloß weil er zufällig von einem Weißen in diese Station eingeliefert worden war.

»Hat er etwas gegessen?«, fragte Abraham schließlich.

Die Schwester rollte die Augen. »Er wird schon essen, wenn ihm danach ist. Zum Frühstück hat er ins Essen gespuckt. Wir können niemanden zum Essen zwingen, verstehen Sie?«

»Ich möchte mit einem Arzt sprechen«, beschloss Abraham entschieden.

»Der Arzt kommt um vier Uhr, jetzt ist er nicht da.« Sie schob Abraham zur Seite, um an dem Rädchen zu drehen, das den Infusionsfluss regulierte, und so ihr Oberkommando zu demonstrieren. »Hier braucht man keinen Arzt.«

»Dann Ihren Vorgesetzten.«

Die Schwester schnalzte mit der Zunge und antwortete nicht. Sie und Abraham Ebdus gingen zusammen in Richtung Aufnahme, die weißen Turnschuhe der Schwester quietschten dabei auf den Fliesen. Dylan blieb mit dem Mann im Bett allein zurück.

Abraham mochte der Wohltäter dieses Mannes sein, aber er hatte ihm gegenüber nie mehr als ein Grunzen oder einen Fluch geäußert. Dylan kannte er und schien ihn jetzt auch zu bemerken; sie hatten schon einmal miteinander gesprochen. Die geschwollenen Augenlider flatterten auf.

»Kleiner weißer Junge.«

Würde Dylan wieder gebeten werden, sein letztes Kleingeld zu opfern? Welchen Nutzen konnten fünfzig Cent oder ein Dollar für den gefangenen fliegenden Mann hier im Krankenhaus haben, während er ans Bettgestell gefesselt war? Instinktiv suchte Dylan seine Taschen ab, fand aber nichts.

»Komm mal her. Kann dich nich sehn.«

Dylan gehorchte.

»Du hast mich gesehn.«

Es war keine Frage, aber Dylan nickte.

»Ha. Ha. Mach die Schublade da auf.« Ohne sein verdrehtes Auge zu drehen, nickte er in Richtung eines Nachtschränkchens neben dem Bett, auf dem Blumen abgestellt werden konnten, wenn es welche zum Abstellen gab. »Jah, diese Schublade, mach sie *auf*!«

Dylan zog an der Schublade und hatte Angst, darin irgendeine höllische Spritze vorzufinden, die sich der fliegende Mann in den Arm stecken wollte.

Nur eine brüchige Plastikbrieftasche, dünn wie eine Monatskartenhülle. Ein Führerschein, ausgestellt in Columbus, Ohio, 1952, auf Aaron X. Doily.

Und der silberne Ring, den der fliegende Mann an seinem kleinen Finger getragen hatte.

»Dasisser, dasisser.«

»Der Ring?«

»Ich bin fertig, ich bin *am Ende*, Mann. Komm nicht mehr an gegen die *Luftwellen*.«

»Sie wollen …?«

»Nimm ihn, Mann.«

Als Abraham Ebdus und die Krankenschwester ins Zimmer zurückgerannt kamen, kämpfte der Mann im Bett schon mit den schlimmsten Entzugserscheinungen oder dem Delirium tremens oder mit was auch immer, der Schweiß strömte überall aus seinem Körper, Krämpfe erschütterten das Bettgestell. Die Fesseln hielten, sodass Körper und Bett eine rappelnde Einheit wurden, die unter den Schmerzen erzitterte.

Der Infusionsständer bekam einen Schlag ab und fiel zu Boden, wobei der Beutel zerplatzte und alles voll gelbe Flüssigkeit spritzte. Der Junge stand ohne Anzeichen von Panik an die gegenüberliegende Wand gepresst und schaute ruhig zu. Die Schwester schnaubte, um deutlich zu machen, wie wenig sie das überraschte: Es zeigte nur mal wieder das tägliche Einerlei. Abraham, der bei den Vorgesetzten im Schwesternzimmer auf dem Flur nichts erreicht hatte, nahm den armen Jungen, der nun weiß Gott genug gestraft war, und brachte ihn nach draußen. Das Gebrüll des Mannes wurde immer schlimmer. Es war wirklich schwer zu ertragen.

Dylan hielt den Ring in der Faust umschlossen, die Faust tief in der Hosentasche vergraben, wo der Ring in seinen schwitzigen Fingern zu pulsieren schien, als wäre er ein Zeichen, ein winziges Fragment der wahnsinnigen Anfälle des Mannes im Krankenhausbett, von dem er jetzt wohlbehütet weggeführt wurde in den unbeschwerten Nachmittag von Fort Greene.

»Was hat er gesagt?«, fragte Abraham seinen Sohn sanft, nachdem sie erst einmal ein paar Blocks weit gegangen waren und sich der gelbe Irrsinn des Krankenhauses wie ein Traum aufgelöst hatte.

Dylan zuckte nur die Schultern. Der fliegende Mann hatte eine Menge Dinge gesagt.

Und zuletzt – das war doch nicht tatsächlich »*Bekämpf das Böse!*« gewesen, oder doch?

ZEHN

Sommeranfang 1977: Mehrere Häftlinge werden freigelassen, mehrere Urteile und Freiheitsstrafen sind verbüßt. Zum Beispiel haben wir hier Barrett Rude Senior, der sechs Jahre einer zehn- bis fünfzehnjährigen Strafe abgesessen hat, nun wegen guter Führung auf Bewährung freikommt, einen grünen Anzug aus Kunstseide und abgelatschte Budapester trägt, die er schon bei seinem Prozess anhatte, und am Fenster eines Greyhound sitzt, der über eine spiralförmige Rampe ins Innere des Port-Authority-Busbahnhofs jagt, während sich die Wolkenkratzer in dem getönten Glas spiegeln und im Takt der Motorenvibration auf und ab tanzen. Sein einziges Gepäckstück, ein Aktenkoffer, der aufrecht zwischen seinen Beinen steht, enthält Papiere, eine Urkunde über sein Priesteramt in der Kirche der göttlichen Gemächer und zwei Fotografien – der jugendliche Barrett Junior mit seiner damals ungefähr dreißigjährigen, mittlerweile verstorbenen Mutter auf dem einen, ein Porträt von Mingus als Fünftklässler mit Doktorhut auf dem anderen. Sie befinden sich in einem Rahmen aus raffiniert verflochtenen Zigarettenpackungen, abwechselnd das Parliament-Logo und Marlboro. Außerdem perlmutterne Manschettenknöpfe, eine zusammengerollte Krawatte und eine goldlederne Bibel. Mingus Rude war geschickt worden, um ihn vom Bus abzuholen, seinen Großvater zu einem Taxi zu führen und zur Dean Street zu bringen. Er wird ihm anbieten, den Aktenkoffer zu tragen, und zurückgewiesen werden. Sei nicht beleidigt, kleiner Mann, aber noch kann Reverend Barrett Rude Senior seine Sachen selber tragen.

Schnitt zu Aaron X. Doily, der eine Woche später denselben Busbahnhof durchquert. Er hat eine Busfahrkarte nach Syracuse in der Brusttasche eines alten Fischgrätenjacketts von Abraham Ebdus stecken, das dieser übrigens bei Franz Klines letzter Einzelausstellung zu Lebzeiten trug. Dieses Jackett ist so stark gespannt wie eine Leinwand und droht an Aaron Doilys Schultern zu reißen. In Syracuse wird er von der örtlichen Heilsarmee in Empfang genommen und in einem Heim untergebracht werden, in dem er drei Quadratmeter und einen Platz zum Schlafen bekommt, wenn er im Gegenzug verspricht, die Anonymen Alkoholiker aufzusuchen, wo er unter verhärmten, arbeitslosen Drehertypen der einzige Schwarze sein wird. Das heißt, falls er überhaupt an Bord des Syracuse-Busses geht; wir sehen ihn jetzt, wie er den Fahrkartenschalter in dem Wissen beäugt, dass er das Ticket wahrscheinlich eintauschen könnte. Eine Flasche Starkbier in Reichweite von fünf Minuten, ein leichtes Spiel. Aber wir wollen die Spannung nicht überstrapazieren: Aaron Doily findet die Kraft, diese Gelegenheit vorüberziehen zu lassen, er steigt in den Bus. Sitzt blinzelnd über dem schnurrenden Motor in der dunklen Abfahrtshalle und spielt gedankenverloren mit seinem rechten Daumen und Zeigefinger an einem imaginären Ring am linken kleinen Finger. Er ist sich nicht sicher, wann und wie er den Ring verloren hat, glaubt aber nicht, dass es groß was ausmacht. Lassen wir ihn, er ist kein geheimnisvoller fliegender Mann mehr, nur ein unfassbar einsamer Alkoholiker mit einem seltsamen Namen, der im Frühling vom Straßenpflaster auferstanden ist, um sich dann für den Alltag zurechtgemacht, frisch gebadet und mit einem Plastikband am Handgelenk wiederzufinden, gerade dabei, die Stadt zu verlassen.

Schauen wir nach vorn, noch zwei Wochen weiter: Dann besteigt Dylan Ebdus selbst einen Bus, auf dem Schild steht SAINT JOHNSBURY, VERMONT. Abraham Ebdus nickt ihm zum Abschied durch die getönte Fensterscheibe zu. Er verspürt in diesen Tagen einen alten Groll gegen die Stadt und eine neue Neigung, diejenigen aus ihr zu verbannen, die er beschützen möchte, zuerst den entgifteten Doily und nun seinen eigenen Sohn, in Richtung Norden, aufs Land nach New England. Dylan ist diesen Sommer fürs Frischluft-Programm angemeldet. Was in den Fünfzigern gut genug für Rachel war, sollte wohl auch gut genug für Dylan sein. Diesem Vorhaben hätte sie zugestimmt; beiden, Vater und Sohn, ist das klar, klarer geht's nicht. Abrahams Vorahnung wird sich nach dem großen Stromausfall im Juli als berechtigt erweisen, die anschließenden Plünderungen und Verwüstungen werden bis zu Ramirez' Bodega reichen, dessen eingeworfenes Schaufenster noch nach Tagen auf der ganzen Dean Street verstreut liegen wird, dazu werden die Mordserie und die Verhaftung von David Berkowitz kommen. Das alles wird jenem Sommer einen unheilvollen Anschein geben, und Dylan in seiner sicheren Idylle wird ihn verpassen.

Doch warten wir ab, Dylan ist nicht nach Vermont unterwegs, noch nicht. Er denkt nicht einmal darüber nach. Heute ist der erste Vormittag nach dem letzten Nachmittag des siebten Schuljahrs. Der Frühling ist ausgebüxt, genau wie er. Die I. S. 293 liegt erst einmal hinter ihm, und er braucht drei Monate lang nicht die Smith Street zu überqueren, wenn er nicht möchte. Die achte Klasse ist ein entferntes Gerücht, ein zurückgestellter Bescheid, und Dylan weiß aus Erfahrung, dass der Sommer dazwischen alles Mögliche verändern kann. Er und auch Mingus Rude und sogar Arthur Lomb sind fürs Erste befreit von dem Malen-nach-Zahlen-Schema ihrer Schultage, von ihren festgelegten Rollen als Schwänzer oder Opfer, befreit für einen unverdorbenen Sommer, diesen einladenden Nährboden, um ganz in Selbstentfaltung aufzugehen. Wer weiß schon, wie das Ergebnis aussehen wird, wie sie am Ende daraus hervorgehen werden? Alles, was Dylan weiß, ist, dass ihn ein Gefühl der Leichtigkeit, der Gelöstheit, des Fliegens ergriffen hat.

Nur, *wie weit er fliegen wird*, bleibt abzuwarten.

Heute, an seinem ersten Tag in Freiheit, hat er eine Verabredung mit sich selbst. Abraham ist nicht zu Hause, also steht es Dylan frei, die Leiter im Atelier hochzuklettern, die Dachluke zu entriegeln, sie zu öffnen und auf der weichen Teerpappe hinaus in den neuen Sommermorgen zu krabbeln.

Dylan würde nicht zugeben, dass er Höhenangst hat, aber auf dem Dach des Brownstones wird ihm immer schwindelig, nicht so sehr vom Blick auf den Boden als vom Blick über die Dächer, bis nach Coney Island und darüber hinaus. Es ist einfacher, wenn du auf die Türme von Manhattan schaust. Sie verorten dich, verankern dich in einer festen Relation von Erbärmlichkeit und Größe. Noch einfacher ist es, dich an die Dachkante zu knien, die Hände um die knöchelhohe Mauerbrüstung geklammert, und hinunter in den eigenen Hinterhof zu starren: Ein Ailanthusbaum, ein Backsteinhaufen, wucherndes Unkraut, ein schmutziger Spaldeen, den du wie ein Stückchen Haut gerade so erkennen kannst. Die ungeschminkte Realität hat etwas Beruhigendes.

Völlig aus der Fassung bringt es dich dagegen, wenn du Manhattan den Rücken kehrst und dich dem Stadtviertel zuwendest. Von dem Canyonplateau oberhalb der tiefen Straßenschluchten aus wirkt die Aussicht über Brooklyn wie die Betrachtung der endlosen Weite der Prärie in Kansas. Jedes Dach im Umkreis von Meilen befindet sich auf derselben Höhe wie das, auf dem du stehst. Die Dächer bilden eine Flottille von Flößen, ein potenzielles Schachbrett für Springer, nur unterbrochen von der Felsformation des Wyckoff-Sozialbauprojekts, dem skelettartigen Eagle-Clothing-Zeichen und der Hochtrasse der Linie F, dort, wo sie über den Gowanus-Kanal führt. Manhattan ist das Sahnehäubchen, dafür ist Brooklyn ein aufgeklapptes Sandwich, dessen entblößte Stellen von Tauben und Möwen ausgekundschaftet werden.

Ein Himmel voller Tauben und Möwen, und du stehst da mit dem Ring eines fliegenden Mannes am Finger.

Dylan steht an der vordersten Kante, so nah, wie er sich früher schon herangewagt hat, dann noch näher. Setzt einen Fuß auf den Sims, beugt das Knie wie George Washington im Schiffsbug beim Überqueren des Delaware River. Er kann gerade noch hinunter in den Schacht der Dean Street sehen, auf die Spitzen der neu gepflanzten Bäume, die Lüftungsschlitze des vorbeifahrenden Busses, aber das Gefühl dabei ist schwindelerregend. Er tritt einen Schritt zurück. Es ist nicht gut, hinunterzustarren und sich selbst herauszufordern: Der Wille zu fliegen zersetzt sich, schwindet dahin. Das ist womöglich auch Aaron Doilys Fehler gewesen. Man braucht Anlauf, einen herrlich selbstbewussten Sprung auf das gegenüberliegende Dach, statt der verzehrenden Angst vor einem Absturz, der ganz sicher auf langes und wirres Nachdenken folgen würde.

Schließ deine Augen, streck die Hand aus und fühl die *Luftwellen*, falls es welche gibt. Nutze die Macht, Luke.

Okay, okay. Dylan schreitet rückwärts eine unsichtbare Startbahn ab, die er anlaufen wird. Fünf Schritte sollten genügen. Er hat sich bis zur Mitte des Daches zurückgezogen. Ein Zuschauer würde denken, er kneift, aber es ist genau das Gegenteil – er ist sprungbereit, kann es kaum erwarten zu fliegen. Dann jedoch sinkt er aus Angst vor dem, was er sich vorgenommen hat, in die Knie, als hätte ihn eine riesige Hand aus dem Himmel niedergedrückt. Die Finger zu einer Doppelfaust um den Ring geballt, kauert sich Dylan zusammen, zittert und pinkelt sich langsam und ohne Gegenwehr in die Hose. Der Urin läuft an seinem Hosenbein hinunter zu seinem Knöchel, tropft in seine Socken und Turnschuhe und auf den klebrigen, sonnenerhitzten Teer.

Der einzige Fluch des Ringes besteht womöglich darin, sich selbst vollzupissen.

Eines muss man dem fliegenden Mann lassen: Es ist gar nicht so einfach, sich von einem Dach zu stürzen.

Da es dem Dean-Street-Bus nicht möglich war, an der weißen Stretchlimousine vorbeizufahren, die in zweiter Reihe vor Barrett Rudes Haus parkte, hing er an deren Stoßstange fest und summte wie ein Kühlschrank, während sich der Verkehr dahinter bis zur Bond Street staute. Der Bus beförderte bloß zwei Fahrgäste, von denen einer halb schlief, aber die Karre musste dennoch ihre Runde zu Ende drehen. Der Busfahrer bearbeitete die Hupe, ihr Blöken durchschnitt den verschlafenen, schwülen Nachmittag. Der Chauffeur hatte die Limousine stehen gelassen und war zu Ramirez geschlichen, um sich eine Flasche Miller und ein Schinken-Käse-Sandwich zu holen.

Dementsprechend wurde auch der Letzte im Block, der den Luxusschlitten noch nicht durchs Wohnzimmerfenster oder von einem der oberen Stockwerke aus bestaunte, auf diesen Umstand aufmerksam gemacht, dieses höchst ungewöhnliche Ereignis am letzten Nachmittag im Juni. Niemand hatte ihn kommen sehen, aber sie wollten verdammt sein, wenn sie nicht mitbekämen, wer darin wegfahren würde. Männer auf Treppenaufgängen knitterten neue Papiertüten bis zum Flaschenhals auf, nicht weiter. Frauen lehnten ihre knüppeldicken Arme auf Fensterbretter und warteten darauf, dass etwas passierte. Hinter einem Fenstergitter im Untergeschoss flocht La-La Marillas Haar zu Zöpfchen und riss ihren Kopf dabei mit immer größerem Schwung nach hinten, bis Marilla meinte: »Hey! Hast du ein Problem?«

Ein Weißer mit einem Rechen holte die tägliche Ernte an Verpackungen und Flaschenverschlüssen aus seiner Forsythie und murmelte unter seiner Red-Sox-Kappe vor sich hin.

Abraham Ebdus bestrich nichts ahnend ein Zelluloidbild mit grauer Farbe.

Dylan entging die Limousine ebenfalls. Er saß zurückgezogen im Schatten des Ailanthusbaums in seinem Hinterhof und las hastig in *Die Spinnung steigt*, einem New Belmont

Special, geschrieben von Semi Cellos, Umschlagillustration A. Ebdus.

Der Chauffeur trat aus dem Laden des alten Ramirez, das Sandwich bereits halb ausgepackt, bemerkte dann den blockierten Bus, wobei ihm fast das Bier aus der Hand gefallen wäre, und vollführte eine theatralische Geste mit den Ellbogen für sein Publikum. Die Schlange der aufgestauten Autos begleitete ihn mit einem Hupkonzert, während er den Schlüssel ins Zündschloss steckte und dabei murmelte: »Komm schon, Baby, komm schon.« Die Limousine bog um die Ecke der Nevins Street, und der Stau löste sich auf.

Die Straße wurde wieder ruhig. Für einen Moment schien es, als hätten die Zuschauer alles nur geträumt und wären jetzt wieder zum Leben erwacht, bloß ein wenig verwirrt. Dann aber kurvte der weiße Wagen haifischartig um die Ecke Bond Street und hielt wieder vor Barrett Rudes Haus. Der Fahrer blieb diesmal hinterm Lenkrad sitzen, knabberte dort an seinem Sandwich, eine träge Hand ließ das zusammengeknüllte Verpackungspapier auf die Straße fallen, bevor sie sich hob, um den Rückspiegel für eine Runde Zahnstochern zu justieren.

Gelbgrüne Sonnenflecken brachen durch das Blattwerk, nahmen elliptische Formen an, umspannten die weiße Motorhaube, zogen weiter.

Der Chauffeur schlief – was für ein Leben.

Als sich Barrett Rudes Haustür am oberen Ende des Treppenaufgangs öffnete, war es, als würde eine Sonntagszeitung auf den Comicseiten aufgeschlagen. Die Figuren sprangen eine nach der anderen heraus, Zeichentrick-Zuhälter, Batman-Bösewichte, überdimensionierte quirlige Clowns, die das Auge nicht fassen konnte. Der Funk Mob: Sänger, Musiker, alles, was als Gefolge durchging, und ein paar durchgeknallte Puppen. Sie waren Barrett Rude Junior auf dem Sprung zu einer Werbeveranstaltung in der Fulton Mall besuchen gekommen und hatten sich nach besten Kräften in Schale geworfen: malvenfarbene Federn, Sternsonnenbrillen, silberne Schulterklappen, blitzförmige Kopfbedeckungen, Astronautenstiefel, Plateauabsätze, Tutenchamun-Bärte, das komplette Programm.

Sie platzten laut lachend aus dem Haus und bewegten sich mit grotesker Eleganz, eine zum Leben erwachte Ralph-Bakshi-Zeichnung, high von Barrett Rudes' Gastfreundschaft und Kokain, beides abgekocht und gepudert. Den Bewohnern der Dean Street kamen sie vor wie ein Stück menschlichen Graffitis, wie ein bewegliches Meisterwerk auf einem Zug, der vorbeirauscht, bevor man ihn richtig gesehen hat. Der Anblick verflog ebenso schnell, jedes Bandmitglied klatschte Barrett Rude in seinem Boxerumhang und seiner Satinhose zum Abschied an der Tür ab, dann kletterten sie im Rückwärtsgang wieder in den Zirkuswagen. Der glatte weiße Kasten ließ das ganze Durcheinander von Glitzern und Funkeln und federnden Schritten hinter undurchlässigen Scheiben verschwinden. Der Chauffeur rieb sich die Augen, drehte den Schlüssel im Zündschloss um, brachte den Motor auf Touren. Die Limousine rauschte den Block hinunter und verschwand.

Barrett Rude Junior stand in seinem Morgenmantel auf dem Treppenaufgang und kicherte, schüttelte den Kopf und fuhr sich mit dem Handrücken über die kokskalten Nasenflügel und Lippen. Gut möglich, dass er sich ein oder zwei Sekunden lang in der Bewunderung der Dean Street sonnte: Wussten sie etwa nicht, dass er ein Star war? Verdammt, dann wurde es Zeit, dass sie es erfuhren. Das war das Problem, wenn man in einer Gruppe sang. Nie kannte jemand deinen Namen, nur den der Gruppe, die Distinctions, wie den der Burgerkette White Castle oder des Autoherstellers Oldsmobile.

Die weißen und puerto-ricanischen Motherfucker hier in der Gegend hatten seine millionenfach verkauften Songs wahrscheinlich nie gehört, dachten wahrscheinlich, irgendein Zuhälter oder Gangster hätte sich direkt vor ihrer Nase ein Haus zwischen den Renovierern geschnappt.

Er stand für eine weitere nachdrückliche Minute mit den Händen in den Hüften da, mahlte mit dem Kiefer und starrte ins Leere, während er den Herzschlag des Blocks aufnahm, bevor er sich umdrehte und hineinging.

Erst nachdem er die Tür geschlossen hatte und die Dean Street schließlich von der Limousine, den Kostümen und den Sängern in Seidenroben befreit war, richteten sich die Blicke womöglich auf eine Gestalt im Türrahmen des Untergeschosses, die mit einem Fuß und Knie im späten Sonnenlicht stand, während der Rest aus dem Schatten unter dem Treppenaufgang zuschaute. Ein alter Mann mit gekräuseltem grauem Bart und zerfurchten Wangen, die dünnen Arme in einem ärmellosen weißen T-Shirt steckend, einen goldenen Davidstern an einer Kette auf der Brust baumelnd: Barrett Rude Senior. Es hatte sich bereits herumgesprochen, dass die dritte Generation im Hause Rude angekommen war. Dies war der erste Eindruck. Nur dass Senior selbst die ganze Zeit über zugeschaut hatte, bereits seit Tagen zuschaute, durch die halb versenkten Untergeschossfenster spähte, von seinem Schemel neben dem abblätternden Heizkörper aus, auf Augenhöhe mit den Knien der Passanten auf dem Schiefer der Dean Street. Er hatte Marilla und La-La auf der anderen Straßenseite zugeschaut, der neuen Generation von Ballspielern auf Henrys Treppenaufgang, den Hundehaltern, die verstohlen die Scheißhaufen in die Gosse schoben. Er hatte den Funk Mob kommen und gehen sehen, ihr Gelächter durch die Decke gehört. Jetzt beobachtete er die Dean Street, die ihn beobachtete, zufrieden damit, nur halb gesehen zu werden, genauso wie sein Sohn.

Der Ring half ihm nicht, gegen Arthur Lomb beim Schachspielen zu gewinnen, so viel stand fest. Dieser brachte seinen König innerhalb von einer Stunde dreimal hintereinander zu Fall, während sie beide auf den sonnenbeschienenen Stufen hockten wie Eidechsen auf einem Fels. Dylan betete inständig, Arthur möge sich endlich des roten Saftes und der Putenbrust-Sandwiches und der Rosinenkekse annehmen, die dessen Mutter jeden Tag, bevor sie zur Arbeit ging, in Wachspapier einwickelte und in den Kühlschrank stellte. Ihre Mittagspause war die einzige Erholung von den Angriffswellen von Arthurs Bauern, hinter denen seine brutalen Türme bereitstanden, um Dylans hinkende Springer, seine dösenden Läufer, seinen ungedeckten König, seinen Kampfgeist anzugreifen und zu vernichten. Arthurs Mutter hatte sich auf Dylans Besuche eingestellt und machte nun immer gleich zwei Pakete mit Sandwiches. Es war mitleiderregend einfach, mit einem anderen Kind zusammen tägliche Routinen zu entwickeln, wenn man dessen einziger Freund war und seine Mutter es wusste. Dylan hatte den Verdacht, dass die Sandwiches und Kekse als Bestechung gedacht waren. Vielleicht argwöhnte Arthur dasselbe, vielleicht war das der Grund, warum er sie mit der gleichen krankhaften Verbissenheit zermalmte, mit der er Schach spielte. Als versuchte Arthur, die Morgen und Nachmittage des jungen Sommers zu Krümeln zu verarbeiten, zu geschlagenen Bauern, die man einfach wegfegen konnte.

Das Problem war nur, dass er die Bauern nie wirklich wegfegte, sondern sie so schnell, wie er sie geschlagen hatte, wieder aufstellte und Dylan zum nächsten Spiel antrieb, und zum übernächsten. Und wie es Arthurs zugleich unterwürfiger und sadistischer Art entsprach, ordnete er die Schachfiguren immer gleich für sie beide neu an. Wenn die Yankees oder die Mets tagsüber ein Spiel hatten, gestalteten sich die Nachmittage erträglicher, Arthurs Transistorradio war auf Lindsey Nelson oder Phil Rizzuto gestellt, für die die Mets nie etwas erreichen würden, während die Yankees mit Scharfschützen gespickt waren und einer ruhmreichen

Zukunft entgegensahen. Ansonsten hörten sie immer wieder die kurze Schleife von »Afternoon Delight« und »Right Back Where We Started From« in einem der Top-40-Hitparaden-Sender, auf die Arthur fixiert war.

»Das ist wirklich ein recht interessanter Song«, sagte Arthur jedes Mal, wenn »Convoy« lief. Er erläuterte das nie näher. Der rituelle Kommentar erklärte sich seiner Meinung nach von selbst.

Und Dylan fragte auch nicht, fiel nicht darauf herein, sondern spielte nur mit dem Ring an seinem Finger. Er war immun dagegen, in Gedanken ganz woanders, im Gleitflug.

Arthur fing damit an, *Schmacht* statt *Schach* zu sagen. »Schmacht. Schmacht. Schmacht*matt*.«

Zur Entspannung holten sie sich die neuesten *Fantastischen Vier* und *Verteidiger* und *Geisterreiter* vom Zeitungskiosk auf der Verkehrsinsel der Flatbush Avenue. Sie lasen sie in fünf Minuten aus, dann packte Arthur sie in Plastikfolie ein und begann wieder, die Figuren aufzustellen.

An dem Tag, als Dylan Halluzinationen bekam und meinte, dass Arthurs gerunzelte, schweißbedeckte Augenbraue tickte wie eine Bombe, warf er seinen König um und sagte: »Lass uns sehen, ob Mingus zu Hause ist.«

Arthur blickte erstaunt vom Brett auf. »Habe ich dich richtig verstanden?«

»Klar.«

»Du willst mich zu Mingus Rude mitnehmen?«

Arthurs Gesichtsausdruck schwankte zwischen Erstaunen und Häme. Es war fast, als hätte der zehntägige Schachmarathon nur dazu gedient, dieses eine Resultat hervorzubringen.

»Warum nicht?«, fragte Dylan.

»Ich werde mich nicht beschweren«, erwiderte Arthur.

Dylan zuckte die Schultern, um nicht den Eindruck zu erwecken, er hätte irgendwas Wertvolles preisgegeben. Denn eigentlich hatte er geschworen, Arthur Lomb nie mit in die Dean Street zu nehmen, zumindest nicht, wenn die Kinder, die noch im Block verblieben waren, ihn möglicherweise sehen konnten. Zur Hölle damit, es war bloß ein weiteres Versprechen, das er sich selbst gegenüber gebrochen hatte, niemand sonst würde je davon erfahren. Wenn die Kinder auf der Dean Street ihn jetzt noch mit Arthur Lomb gleichsetzen würden, war sowieso nichts mehr zu retten. Arthurs weiße Hautfarbe konnte nicht auf ihn abfärben, konnte ihn nicht noch weißer machen, als er schon war. Das Tabu ergab keinen Sinn.

Alles, egal was, um bloß nicht weiter seine dezimierten Bauern auf ihren Feldern umfallen sehen zu müssen.

Mingus war zu Hause. Genau genommen saß er auf seinem Treppenaufgang, halb im Schatten des Hauses, und starrte benommen auf etwas, das er in seinen beiden Händen hielt wie einen Schatz oder ein kleines Tier, das seinen Schutz benötigte: Ein nagelneuer Spaldeen, dessen rosafarbenes Gummi makellos war, als hätte er noch keine Bekanntschaft mit der Straße gemacht, als wäre noch jeder latente Aufprall darin eingeschlossen, die reine Möglichkeit.

Er blickte auf, als Dylan und Arthur näher kamen, und Dylan sah sofort, dass Mingus an Barrett Rude Juniors Gefrierfachdepot gewesen war, sich total zugekifft hatte, ein einsamer Nachmittagsausflug. Seine Augen waren ganz aufgequollen davon.

»Ich hab ihn *gefunden*«, erklärte er und hielt den Spaldeen hoch.

»Das ist Arthur«, sagte Dylan beiläufig und vermittelte damit die Bekanntschaft, die er nie hatte vermitteln wollen und deshalb nur nachlässig betrieb: »Von der Pacific.«

Mingus mimte plötzlich übergroßes Interesse, streckte sich, um Arthurs Hand zu schütteln. »Yo, Arthur, wie läuft's?«

»Ganz okay«, antwortete Arthur dümmlich.

»Pa-*cif*-ic«, gab Mingus von sich, wobei er die Silben mit

seiner drogenschweren Zunge einzeln auskostete. »Hast du deine eigenen Kumpels oben auf der *Pacific*, Arthur?«

»Es gibt, äh, keine anderen Jungs in meinem Alter in der Gegend.«

»Ach, wirklich?« Mingus sah beeindruckt aus. »Verstehe, ich glaub, ich weiß, was du meinst, absolut. Also, was denkst du – hat vielleicht irgendein kleines Kind den Ball verloren, Mann?«

»Ich nehme an, das ist das Wahrscheinlichste«, erwiderte Arthur. Er wirkte verunsichert, so von Mingus ausgefragt zu werden, jenseits seiner gewöhnlichen Gesprächstaktiken. Er wähnte sich womöglich an der Grenze zu *einer bescheuerten Antwort* auf *eine hirnrissige Frage*, das schien sein Blick jedenfalls zu verraten.

»Denkst du, wir sollten ein wenig Stufenball spielen?«

Arthur machte ein hilfloses Gesicht, schaute Dylan an.

»Was denkst du, D-Man?«

»Wenn du überhaupt noch weißt, *wie*«, sagte Dylan. Er genoss den gewissen hartgesottenen Unterton in seiner Antwort, zufrieden, damit vor Arthur Lomb die lange und leidvolle Geschichte zwischen sich und Mingus Rude geltend zu machen, eine Geschichte, deren Tiefgründigkeit Arthur sich nicht einmal ansatzweise vorzustellen vermochte.

»Ich zieh dir die Hose mit einem Homerun runter, Alter.«

»Das will ich sehen.«

Vielleicht wartete der Sommer nur darauf, dass sie wieder ihre Plätze einnahmen, sodass das Licht und die Hitze um sie herum Gestalt annehmen konnten. Der Block war wie ein Freilichtmuseum ihrer frühen Kindheitstage, der Schiefer wies immer noch dieselben Sprünge und Risse auf, das leer stehende Haus gehörte immer noch ihnen, wann immer sie es wieder in Besitz nehmen wollten. Es hatte allerdings Arthur Lombs Anwesenheit bedurft, diese Dinge heraufzubeschwören. Mingus und er hatten sich stillschweigend verbündet, um ihm zu zeigen, was Dean Street bedeutete, die alten fundamentalen Werte. Wenn sie allein gewesen wären, hätten sie DOSE auf Laternenpfähle geschrieben, fern vom Hauptquartier auf irgendeiner geheimen Mission.

Arthur Lomb und das Strahlen des neuen Spaldeen. Es hatte auch etwas mit dem rosafarbenen Ball zu tun, der in Mingus' Hand aufleuchtete wie ein ungelöstes Problem, eine alte Wunde.

Zunächst waren sie nur zu dritt. Mingus drehte sich am leer stehenden Treppenaufgang seitwärts, wenn er ausholte, um den Ball hoch von den Stufen abprallen zu lassen. Dylan auf dem gegenüberliegenden Gehsteig, jenseits der parkenden Wagen, spielte im Außenfeld. Arthur war dazwischen platziert, auf der Straße, unter dem Blätterdach der Bäume, um die Rolle des Innenspielers zu übernehmen und sich dünn zu machen, wenn ein vereinzeltes Auto vorbeifuhr.

»Mother*fucker*!«, schrie Mingus, als Dylan einen perfekten Fang gemacht hatte. Um sich zu trösten, ratterte er einen Zweier durch die Mitte und rief Arthur eine verspätete Ermutigung zu: »Block ihn mit dem Körper, Artie, Arthur Fonzarelli, Fonzie, *A-Boy*.«

Wie magnetisch angezogen strömten die Dean-Street-Kinder aus den Haustüren zurück in den Block, ein unheimlicher Sog. Niemand von ihnen hatte geahnt, dass sie sentimental waren, bis sie Dylan und Mingus im goldenen Streiflicht sahen, das die Mitte des Blocks erfüllte, ein Traum vom vergangenen Sommer, der zu Geschichte wurde, ohne dass es jemand bemerkte. Zusätzlich war da noch dieser neue, linkische, verdrießlich dreinschauende weiße Junge auf der Straße, dessen Beine sich stets verhedderten, wenn er versuchte, die tollen zischenden Bodenwürfe oder Linienbälle zu stoppen, die Mingus vom Treppenaufgang abfeuerte.

Unmöglich, nicht hinzuschauen. Und dann hinüberzugehen.

»König Artus, Mann, du sollst nicht hinfallen!«

»Tschuldigung.«

»Entschuldige dich nicht, *Sohn*! Entschuldigungen sind für Kriecher. *Fang* den verdammten Ball!«

Mingus ließ ihn in hohem Bogen über die parkenden Wagen fliegen, auf die Hausnummer 233 zu, den tief liegenden Betongarten der Dean Street, die Stelle, an der eine Stufe kaputtgegangen war. Dylan sprang hoch, um dazwischenzugehen, und fand den kühlen Spaldeen in seiner Hand wieder, von Mingus' Hand über Stufe und Luft in seine geleitet. Er warf den Ball lässig über Arthur hinweg zurück. Mingus schüttelte den Kopf, durchaus beeindruckt, aber nicht in der Stimmung zu übertreiben.

Alberto tauchte auf, die Hände in den Hosentaschen. Schnell erfasste er die Situation und stellte sich hinter Arthur, um alles einzufangen, was an ihm vorbeizischte oder -holperte, um nur den Ball zwischen die Finger zu bekommmen. Als Nächstes tauchte Lonnie auf, dann ein paar junge hispanische Kinder, deren Namen sich niemand merken konnte. Mingus dirigierte sie an ihre Plätze, im Innenfeld entstand ein regelrechter Menschenauflauf. Er warf einfach weiter.

Marilla und La-La erschienen auf der Bildfläche, pflanzten sich auf Henrys Treppenaufgang und taten so, als interessierte sie das alles nicht.

Henry selbst war auf der Aviation Highschool in Queens und selten da. Bloß ein Ballspiel-Veteran, dessen Name einen bestimmten Treppenaufgang schmückte.

In der Theorie wurde nach fünf gefangenen Bällen der Werfer ausgewechselt, in der Praxis war das an diesem Tag nicht so sicher. Mingus bestimmte die Regeln. Arthur und die jüngeren Kinder wussten es sowieso nicht besser. Alberto hielt sich zurück, alles klar. Dylan, Mingus' Mitverschwörer, war im Außenfeld geparkt und sagte nichts dazu. Er kannte Mingus' zugedröhnte Unnachgiebigkeit, er hatte gesehen, wie er sich beim Taggen in Gefahr begeben oder einfach nur lautstark seinen Standpunkt kundgetan und sich dabei in einem fort wiederholt hatte. Er würde am Treppenaufgang stehen bleiben, bis er einen Homerun zustande brächte.

Arthur warf Dylan hilfesuchende Blicke aus der Menge der Kinder zu, die sich auf der Straße um eine gute Ausgangsposition drängelten.

Sofern es ihm überhaupt etwas bedeutete, hätte Dylan feststellen können, dass er mittlerweile eines der älteren Kinder auf der Dean Street war.

Aber er war mehr darauf konzentriert, wie seine Füße vom Boden abhoben, als er sich nach dem nächsten Linienball streckte, die nächste Granate aus dem Vorgarten von 213 pflückte. Perfekter Fang numero tres.

Marilla sang unterdessen mit hoher Fistelstimme: *I used to go out to parti-i-ies, and stand around …*

Er blieb genauso lange in der Luft stehen, wie notwendig war, passte die Flugbahn des Spaldeens exakt ab. Dann landete er weich und unversehrt.

Whiteboy war heute eine Art Fangroboter.

Du warst dabei zu *fliegen*.

'Cuz I was too nerv-uh-us, to really get down …

Arthur trat einen Bodenwurf seitwärts die Straße hinunter, und alle standen mit hängenden Köpfen da und schauten ihm nach, wie er hinterherhechelte.

»Yo, Mingus«, sagte Lonnie mit gespielter Heiterkeit. »Hab den Funk Mob gesehen, wie er gestern deinen Vater besucht hat.«

»Ich weiß nicht, wovon du sprichst«, konterte Mingus trocken.

»Musst du doch gesehen haben, Mingus, Mann. Sie haben mit einer riesigen weißen Limousine die ganze Straße blockiert. Sie sahen aus wie Superhelden, Mann.«

»Was für Drogen hast du genommen, Lon?«

»Sag nicht, du *weißt* nicht, wovon er redet«, mischte sich Marilla ein.

Dylan hatte Earl und einige andere am Tag zuvor davon reden hören: Von der Limousine, von den wild kostümierten Musikern, die dort herausgepurzelt waren.

»Ich hab nichts gesehen«, behauptete Mingus mit wachsender Selbstzufriedenheit und genoss sichtlich die Absurdität seines Leugnens.

»Der Junge *lügt*«, meinte La-La und schüttelte den Kopf.

Mingus richtete sich auf, der Spaldeen schoss in den Himmel. Ein dunkles Flattern zeichnete die Flugkurve des rosafarbenen Balles vor dem Hintergrund der sonnendurchfluteten Blätter nach.

»Versuch's *damit*!«, höhnte Mingus.

Dylan flog los und erneut fand er den Ball in seiner Hand wieder.

Der Ring und der Ball besaßen irgendeine magische Verwandtschaft.

Und du dazwischen: der Nutznießer, der Luftgetragene.

»Scheiße! Kann mein Mann *springen*!«

Unter den erstaunten Blicken von der Straße warf Dylan den Ball zurück.

»Schau dir deinen D-Lone an, König Artus, Mann. Von dem kannst du noch was lernen.«

»Ich mach mir gerade Notizen«, sagte Arthur angesäuert.

Marilla warf ihren Kopf in den Nacken und rollte die Augen, wobei sie weitersang und die Silben eigensinnig streckte: *But my bod-dee-ee, yearned to be – freee …*

Bis zu dem Zeitpunkt, als Robert Woolfolk auftauchte, hatte Dylan neun sichere Homeruns von Mingus vereitelt und war auf dem besten Weg, zur Legende zu werden, ein wundersamer Wächter, der den gegenüberliegenden Gehsteig und den Luftraum darüber kontrollierte. Das Spiel war zur reinen Formsache geworden, ein endloser Wettstreit zwischen dem bekifften Mingus und dem fliegenden Dylan. Die anderen blieben außen vor, waren bloß Zuschauer, die Brotkrumen zugeworfen bekamen.

Marilla und La-La ignorierten ganz bewusst, wie Robert

Woolfolk um ihren Platz auf dem Treppenaufgang herumscharwenzelte, seine um Aufmerksamkeit heischenden Blicke. Robert versetzte nicht mehr gleich die ganze Dean Street in Aufruhr, wenn er um die Ecke gebogen kam, davon zeugten ihre spöttischen Stimmen. *I got up on the flo-oo-or board, somebody can – choose – me …*

Inspiriert und mit neuem Selbstbewusstsein ausgestattet, beschloss Dylan, an diesem Tag keine Angst vor Robert Woolfolk zu haben, nicht in seinem eigenen Block, nicht mit Aaron Doilys Ring am Finger. Außerdem war ja Arthur hier das schwächste Glied. Man konnte praktisch spüren, wie Robert an Arthurs Hals für einen Würgegriff Maß nahm, genauso wie Kojote Karl sich den Roadrunner im Geiste als Grillhähnchen vorstellte.

Dylan erschien es nun sogar so, dass der Streit mit Robert Woolfolk allein Rachel betroffen hatte. Die aus ihrem Leben verschwunden war, selbst wenn Robert das noch nicht kapiert hatte. Das war nicht Dylans Problem. Es gab Tage, an denen er kaum noch an sie dachte.

Heute zum Beispiel.

»Yo, Gus, Mann, lass mich den Ball mal kurz sehen«, sagte Robert. Er legte den Kopf schräg, drehte die Augen zur Seite, blickte hinter sich. »Ich geb ihn zurück, Mann, du weißt, dass ich das tue.« Ein anderes Kind hätte gefragt, ob es mitspielen dürfe. Robert Woolfolk musste sich *einschmuggeln*. Sein allererster Impuls war stets krimineller Natur. Er konnte es selbst dann nicht lassen, wenn es unnötig war.

Mingus hob herausfordernd den Kopf, starrte Robert Woolfolk an, als spräche er Marsianisch. Die jüngeren Kinder zogen ab, halb verängstigt, halb gelangweilt, weil sie nie an den Ball kamen. Arthur sah verschreckt zu Dylan, sein berühmter Trickblick. Womöglich würde er gleich einen Asthmaanfall vortäuschen.

»In Ordnung«, sagte Mingus unvermittelt und ließ den Spaldeen zu Robert hinüberhüpfen, die Homeruns vergessen, der Spielstand annulliert. Mingus war in der Lage, einfach den Schalter umzulegen. »Ich geh ins Außenfeld«, verkündete er. »Zusammen mit meinem Mann *Dee*.«

Dylan rückte ein wenig zur Seite, und Mingus gesellte sich zu ihm, zwei Feldspieler im Wettstreit um alles, was sich in der Luft befand. Roberts erster Wurf, eine geschleuderte Unterhand, bei der die Fingerknöchel fast das Straßenpflaster streiften, schoss auf Augenhöhe an der Außenlinie entlang, prallte an einem Wagen zwischen Innen- und Außenfeld ab und hätte Arthur auf dem Hin- und Rückweg fast den Kopf rasiert. Robert Woolfolk blieb einfach der Spezialist für bizarre Querschläger, wie ein Flipper, der über Jahre kaputt in der Spielhalle steht und immer weiter Münzen frisst.

»Meine Mutter hat gemeint, dass ich jetzt nach Hause muss, Dylan«, sagte Arthur bedrückt. Die unlogische Folgerung verriet sein Unbehagen. Wer hatte etwas von *Müttern* gesagt?

»Okay«, erwiderte Dylan desinteressiert.

»Gut, ich geh dann mal.« Arthur schien zu denken, Dylan sollte ihn nach Hause begleiten oder zumindest das Spiel unterbrechen, um ihn zu verabschieden.

»Man sieht sich.«

»Ja, König Artus«, nahm Mingus den Faden auf. »Wir sehen uns beim nächsten Abpraller.«

»Nett, dich kennengelernt zu haben.«

»Schöne Grüße an die Pacific Street, Mann – und an deine Mama.«

Alberto und Robert Woolfolk brachen augenblicklich in Gelächter aus. Mingus und Dylan verzogen keine Miene, taten so, als ob nichts wäre. Es war auf eine Weise witzig, die man nicht genau bestimmen konnte, denn Mingus hatte ihn im Grunde beleidigt, ohne es auszusprechen.

Gegenseitige Interpretationsfreiheit.

Arthur sackte nur in sich zusammen und ging den Block hinunter, ein geschlagener Bauer.

Und Marilla sang: *No more stand-di-ing beside the wall ...*

Robert krümmte und streckte sich wieder, der Ball stieg an den Stufen steil nach oben und flog so weit wie nie zuvor.

Alberto lehnte an einem Wagen und dachte keinen Augenblick, dass dies sein Ball sein könnte. Er wandte sich zu Dylan und Mingus, die Ellbogen an Ellbogen bereit zum Absprung waren.

I done got myself togeth-a, baby ...

Als er aufstieg, konnte Dylan den ganzen Block überblicken. Er hing mühelos in der Luft, unterhalb der Äste, oberhalb der Autos. Er nahm wahr, dass Mingus neben ihm nicht ganz so hoch kam. Der rosafarbene Ball fand seinen Weg in Dylans linke Hand, seine Fanghand, seine Ringhand, traf aus eigener Willenskraft auf seiner Handfläche auf. Dylan brauchte es nur zuzulassen. Er hatte sogar noch Zeit, sich kurz umzuschauen, Marillas Gesang wurde langsamer, *to, geth, a, ba, by*, und von oben sah er auch, dass Robert Woolfolk auf dem Kopf eine kahle Stelle hatte, die wohl kaum eine beginnende Glatze sein konnte, sondern eher eine Abschürfung oder Krätze. Der Ball zog sich in Dylans Hand zusammen wie zu einem Seufzer. Am Rande seines Blickfelds trottete Arthur allein über den Schiefer nach Hause. *Der Junge kann einfach nicht fangen, da kann man nichts machen.* Dylan bemerkte La-Las süße Titten und war über sich selbst erstaunt, den Begriff *süße Titten* direkt beim ersten Mal, dass er welche bemerkte, parat zu haben. In Wahrheit verdankte er diesen Segen wahrscheinlich Arthur, nicht, dass er ihm das zugestanden hätte. Wer brauchte also schon die Solver-Mädchen? Möglicherweise war dein Leben doch noch nicht vertan, dein Glück noch nicht verschleudert, bevor du es auskosten konntest. Möglicherweise waren Leben, Sex, alles, was zählte, genau hier auf der Dean Street zu finden und nicht woandershin verschwunden. Dylan spürte Mingus ein wenig unterhalb an seiner Seite, ihre beiden Körper berührten sich sanft, als Mingus versuchte, es Dylan gleichzutun, es aber nicht schaffte und ohne die Kraft des Ringes zurückfiel. Mingus war nicht ganz so hoch gekommen wie Dylan.

In Sonnennähe fühlte sich Dylan wie eine verzögerte Musiknote, die nun aufwärts stieg. Die Dean-Street-Kinder, sie waren womöglich alle Noten in einem Lied. Mingus war DOSE. Obwohl Dylan den Namen auch getaggt hatte, gehörte er doch ganz zu Mingus. Mingus hatte sein Drogending, seinen Zugang zu Barretts Vorrat, und das war okay so, das war cool. Robert Woolfolks Rolle war es, einschüchternd und bedrohlich zu sein. Robert hatte eine kriminelle Ader, Dylan konnte ihm das nicht verdenken. Das musste man jemandem aus den Projects zugestehen und einen großen Bogen um ihn machen. Arthur Lomb war der Whiteboy, er hatte seinen Platz gefunden. Sogar Arthur war in Ordnung, er wusste es nur noch nicht.

Was Dylan betraf, so hatte er den Ring. Die irregeleiteten Augenzeugen waren nicht ganz im Unrecht gewesen, auf der Dean Street gab es Superhelden. Bloß waren das keine Musiker in einer Limousine, es war Dylan, der fliegende Junge. Er würde sich ein Kostüm nähen und sich auf die Dächer begeben, würde *das Böse bekämpfen*, und sie wüssten dann, was sie jetzt noch nicht wissen durften. Für heute musste es ein Geheimnis bleiben, die Entdeckung des Fliegens, genau vor ihrer Nase. Auch wenn er bereits auf seinem Jungfernflug eine allumfassende Liebe und Sympathie empfand, während er so in der Luft schwebte und sein Blick sich verschob.

Dann sang Marilla die Zeile zu Ende, die Hände wedelten synkopisch in der Luft, in einem Takt, den nur sie hörte: *I done got myself togeth-a, baby – now I'm havin' a ball!* Dylan landete, die Pro Keds quietschten leise, den Bruchteil einer Sekunde nach Mingus, obwohl sie zusammen abgesprungen waren. Der Ball lag in Dylans kühler Handfläche. Überall sonst an seinem bebenden Körper war ihm, während er oben war, der Schweiß ausgebrochen.

»Der Känguru-Junge!«, schrie Mingus. »Hat wohl immer brav seine *Vitamine* genommen, was!«

La-La antwortete auf Marillas Fistelstimme mit Hohngelächter:

Got to give it up, baby!
Oh, yeah: Got to give it up!

Es wird der Knaller des Sommers '77, obwohl es erst Anfang Juli ist: Grandmaster DJ Flowers kommt mit seiner Crew von Flatbush rüber, um nach der Blockparty in der Bergen Street auf dem Schulhof der P. S. 38 ein paar Scheiben aufzulegen. Das hat sich schnell herumgesprochen. Der heißeste Tag des Jahres, doch keiner beschwert sich, keiner macht schlapp, während die Sonne auf Manhattan und den Hafen herabsinkt und beides in ein orangefarbenes Licht taucht, denn der Tag hat noch gar nicht begonnen, nicht, wenn man weiß, was noch abgehen wird. Man kann gar nicht genug Bier trinken, um sich wirklich abzukühlen oder müde zu werden. Die Blockparty selbst ist bloß Vorgeplänkel, die weißen Renovierer grillen in ihren Vorgärten Rippchen und bemühen sich, die Nachbarn besser kennenzulernen, ein paar Hispanos spielen auf ihren Steeldrums, alles nichts Besonderes. Die Kleinkinder sind sich selbst überlassen, Mädchen und Jungen, hispanisch, schwarz und weiß durcheinandergewürfelt, wie das in dem Alter eben so ist. Sie verausgaben sich in der Sonne, gewinnen und verlieren schrottige Preise, marmorierte Flummis, grünhaarige Kobolde, saugen süßen Saft aus geschabtem Wassereis in Pappbechern, lassen sich das Gesicht von einem Clown bemalen, der in Wirklichkeit die Mutter von irgendwem ist und unter der Neonperücke geröstet wird. Die jüngeren quietschen und rennen herum, sind um vier Uhr bereits müde und knatschig. Die älteren Kinder schonen sich für den Abend. Sie schlagen die Zeit tot, sitzen auf den Treppenaufgängen herum, schielen auf die große Flasche Helium am Ballonstand und essen Paella zu einem Dollar fünfzig den Teller.

Die ersten Kids haben sich um sechs Uhr auf dem Schulhof der 38 eingefunden, obwohl Flowers nicht vor Einbruch der Dunkelheit anfangen wird. In der Zwischenzeit sind die ortsansässigen Crews an der Reihe, die einen kleinen Wettstreit inszenieren, um den Appetit anzuregen. Die P. S. 38 gehört zum Gebiet der Flamboyan Crew, da ihr gefeierter DJ Stone vom Untergeschoss des Colony-South-Brooklyn-Jugendzentrums nebenan operiert. In der Tat ist Flowers heute Abend auf Einladung der Flamboyan Crew hier. Was nicht heißt, dass nicht doch jemand die Vorherrschaft der Flamboyaner infrage stellen wird. Die geografische Lage macht den Schulhof der 38 zu einem Schnittpunkt unterschiedlicher Kräfte: Die Atlantic-Terminals-Kids kommen von Fort Greene herüber, der Wyckoff-Houses-Faktor zieht die Nevins Street hoch. Außerdem die harten Highschool-Kids von der Sarah J. Hale, die von überallher in den benachbarten Block der Pacific Street strömen.

Und von Red Hook kommen die Disco Enforcers – sie haben von Flowers' Besuch gehört und wollen auch ein Wörtchen mitreden. Die Flamboyaner finden sich also inmitten eines musikalischen Gefechts wieder, obgleich sie doch nur Flowers präsentieren wollten, mit ihnen als Anheizer. Nur ruhig Blut, Stone ist dem gewachsen. Er ist so brillant bei den Übergängen, dass er gut Brooklyns König darin sein könnte, wenn es Flowers nicht gäbe. Die rivalisierenden Crews arbeiten beim Aufbau zusammen, aus der nächstgelegenen Straßenlaterne zapfen sie Saft ab und verlegen ihn bis zum äußeren Ende des Schulhofs, wo ihre Plattenspieler und Verstärker stehen. Gleichzeitig versuchen sie, den Inhalt ihrer Plattenkisten voreinander zu verbergen, weil sie glauben, so den Überraschungseffekt zu bewahren. Die Heimlichtuerei ist eigentlich ein Witz: Alle, einschließlich Flowers, werden ziemlich sicher dieselben fünfzehn oder zwanzig Stücke spielen.

Die Enforcers legen als Erste los. Sie sind eine rein schwarze Crew, wobei der zweite Teil ihres Namens, *Vollstrecker*, locker alle schwuchteligen Assoziationen des ersten aufwiegt. Ähnlich verhält es sich mit ihren Anhängern, die auf Rollerskates tanzen – *abrocken* nennen sie das –, und niemand lacht darüber. Sie balancieren Kniebeugen und Drehungen auf einer Ferse aus, begleitet von einer ganzen Serie von Hodengriffen und geballten Fäusten, eine provozierende Geste. Einer mimt das Herausholen eines endlosen feuerwehrschlauchdicken Schwanzes. Der Red-Hook-DJ baut auf »Fatbackin« von der Fatback Band und Babe Ruths »The Mexican«, heizt die Menge aber auch immer wieder mit Alvin Cash and the Registers' »Stone Thing (Part 1)« an, ein ungewöhnlicher Jam. Bei den Schlagzeugbreaks flippt die Reihe der Tänzer vor den Leuten aus, ein Wirbelsturm aus menschlichen Gliedmaßen, die Rollschuhe sprühen Funken auf dem Beton.

Wem es jedoch gelingt, den Blick eines Tänzers aufzufangen, kann ihn schüchtern blinzeln sehen. Denn dort rauszugehen und abzurocken ist nicht leicht. Da ist es weitaus einfacher, mit einem Flunsch und gekreuzten Armen in sicherem Abstand stehen zu bleiben, vielleicht ein wenig mit dem Kopf zu wackeln und abzuwarten, wie sich die Dinge entwickeln.

Der Beat ist eine akustische Werbetrommel, die in der Pacific Street, Nevins Street und Third Avenue widerhallt, ein Posaunenstoß an alle, die die Botschaft noch nicht vernommen haben: *Es geht was ab in der Achtunddreißig, yo.*

Als Nächstes übernehmen die Flamboyaner. Diejenigen, die sich später noch an etwas anderes erinnern können als an Flowers' Auftritt, werden beschwören, dass DJ Stone die Disco Enforcers *vom Hof gefegt hat.* Stone findet nicht nur den richtigen Break, er holt auch alles aus ihm raus. Und während die DJs der Enforcers die Leute selbst anfeuerten – ein paar dürftige *Evveybody git down!* –, hat Stone einen Burschen am Mikrofon, der die Menge anstachelt, einer, der von sich zu glauben scheint, er wäre Flowers' kleiner Bruder. Der hagere Junge, der sich MC Ruff nennt, will einfach nicht mit dem Skandieren und Reimen aufhören.

Die Flamboyan Crew verfügt nicht über eigene Tänzer, aber die Breaks von Stone und die Ausrufe von Ruff verwandeln fast den ganzen Schulhof in eine Folge von *Soul Train*. Ohne große Überraschungen, einfach nur mit »Paradise Is Very Nice« und »Love Is the Message« in hundert verschiedenen Variationen. Das sind die Grooves, die die Leute von der Wand weglocken. Besonders »Love Is the Message« von MFSB, der Hausband des Philly-Groove-Labels. Ihr Name steht angeblich für »Mother, Father, Sister, Brother«, aber jeder weiß, dass es in Wahrheit »Motherfuckin' Sons of Bitches« bedeutet. Es gibt keinen DJ, der nicht mindestens drei oder vier Exemplare von dieser kostbaren Scheibe besitzt. Sie ist der wichtigste Bestandteil jedes Sets, und niemand beschwert sich darüber.

Zwei Stunden später hören sie wieder »Love Is the Message«, diesmal von Flowers. Unter seiner Hand klingt es genauso gut, sogar besser. Flowers hat eine ganz eigene Faszination an sich, er ist ein kräftiger jamaikanischer oder westindischer Typ und über Streitigkeiten und Zwist erhaben wie ein Kung-Fu-Kämpfer. Flowers ist einer der Entdecker – *der Isolatoren* – des Breaks, einer, der gezeigt hat, wie man die Leute dazu bringen kann, wild auf den Ausschnitt eines Songs zu tanzen, der nicht von Gesang oder Melodie belastet ist. Und er beweist es heute Nacht erneut.

Zu dem Zeitpunkt sind die Spieltische und das Krepppapier auf der Bergen Street schon lange weggeräumt. Man will jetzt lieber hier sein. Etwa dreihundert Kids drängen sich um die Plattenspieler und die Verstärker, ganz vorne die Tanzenden, die harten Brocken entsprechend ihrer Zugehörigkeit zusammengerottet: Atlantic Terminals, Wyckoff Gardens, Hispanos von der Fifth Avenue. Niemand will der Idiot sein, der Rabatz veranstaltet, auch wenn der Stolz Wachsamkeit gegenüber jedem verlangt, der dich oder deine Lady zu lange anglotzt. Rivalisierende Gruppen bilden Frontlinien wie Apachen und tragen ihre Aggressionen im Tanz aus, legen verwegene Figuren hin. Sicher, hier und da gibt es eine kleine Rangelei. Aber eigentlich ist es eine friedliche Veranstaltung, die Polizei muss erst kurz vor Mitternacht gerufen werden, um sie zu beenden, wobei man bei einer Gruppe in den Strümpfen versteckte Fleischermesser findet. Und einer der Cops zerbricht ein Nunchaku überm Knie, bevor alle vom Schulhof geschickt werden, immer noch voller Energie, der Abend hatte noch gar nicht richtig angefangen.

Dennoch dauert Flowers' Set lange genug, um diese Nacht legendär werden zu lassen. Der Jam von '77, kurz vor dem großen Stromausfall. Der dunkle Hof erleuchtet von den Taschenlampen der DJs, die die Grooves übereinanderlegen, die Breaks gleichzeitig laufen lassen: In der kollektiven Erinnerung vermischt sich diese Nacht mit den Fackeln und Kerzen in der darauffolgenden Woche. Außer in der Erinnerung des weißen Jungen, dem einzigen weißen Gesicht auf dem Schulhof, mitgebracht von seinem Kumpel Dose, an dessen Seite er die ganze Zeit über klebt. Kein Blackout für Whiteboy. Er hat sein letztes Schachspiel verloren, sein letztes Putenbrust-Sandwich von Mrs. Lomb verdrückt, morgen steigt er in den Greyhound nach Vermont. Das Frischluftkind.

Dylan ist heute Abend nicht belästigt worden. Wer weiß schon, warum, vielleicht ein Zeichen für die Klasse des Jams. Er hat den ganzen Abend dagestanden und alles in sich aufgesogen, einer in der Menge der zuckenden Körper und beseelten Gesichter, er hat sogar *Ho-o!* und *Ow!* geschrien, wenn Flowers dazu aufrief, obwohl ihm das finstere Blicke von einigen Brüdern eingetragen hat, die in der Nähe standen. Dennoch, er ist durchgekommen. Vielleicht hat er in dieser

Nacht einfach Glück gehabt, vielleicht ist er durch eine Art Fegefeuer gegangen und auf der anderen Seite wieder herausgekommen. Möglicherweise hat es an dem Ring gelegen. Möglicherweise hat ihn der Ring unsichtbar gemacht. Möglicherweise hat ihn der Ring *schwarz* gemacht. Wer weiß das schon?

Ein Schwarz-Weiß-Foto von Fidel Castro in Baseballmontur, wie er auf einem Werferhügel steht:

> wenn die mets tom seaver gegen
> einen roten eintauschen müssten
> sollten sie ihn nach kuba schicken
> um diesen typen zu holen
> würde besser ins che stadion passen
> sagt zumindest kommissar krabbe

Die Postkarte glitt zwischen den Ausstellungseinladungen und den Wurfsendungen der chinesischen Schnellrestaurants hervor, die durch den Briefschlitz gestopft wurden und auf dem Teppich der Diele landeten, mit der Schriftseite nach oben. Abraham Ebdus verzog keine Miene, sondern ließ sie nur auf den kleinen Stapel fallen, der sich auf dem Beistelltisch im Wohnzimmer häufte. Er ging davon aus, dass im Moment keine Eile mit den Rennende-Krabbe-Postkarten bestand, jedenfalls nicht in irgendeinem zeitlichen Sinne. Der Junge konnte sie lesen, wenn er zurückkam. Abraham selbst würdigte die Dinger keines Blickes mehr.

ELF

Die Fische kamen an die Oberfläche des Teiches und schienen nach Luft zu schnappen. Nebelschwaden hingen über dem hohen Gras, stiegen spiralförmig von den Ufern auf und setzten sich in den Bäumen jenseits der Wiese fest. Der kurze, verrottete Steg, an dem der Junge aus der Stadt saß, schwebte über der graugrünen Brühe wie die zerfressene Fotografie einer Wolke. Es war einfacher, durch die Linse des Teiches auf die schillernden Sonnenbarsche und die brokkolihellen Wasserpflanzen zu sehen, die am Grunde des Tümpels wuchsen, als bis zur gegenüberliegenden Seite.

»Wenn's regnet, beißen die Fische besser«, hatte Buzz Windle, der pflichtvergessene Sohn der Gastfamilie, an jenem Morgen zu dem Großstadtkind gesagt. »Ich zeig's dir. Es ist gar nicht so schwer.« Buzz versuchte, den Jungen mit miesen ländlichen Zeitvertreiben loszuwerden, Beschäftigungen, denen er selbst nicht einmal nachgehen würde, wenn man ihn dafür bezahlte. Buzz hatte mit sechzehn bereits einen dünnen Oberlippenbart und war unheimlich wild darauf, wieder zu seinen kettenrauchenden Kumpels zu stoßen, Vietnamveteranen, die den ganzen Tag über der offenen Motorhaube eines in der Theorie aufgemotzten, in der Praxis aber trägen Mustangs hingen. Das Großstadtkind war ihm einen Nachmittag und einen Abend lang überallhin nachgelaufen, bevor Buzz ihn abgehängt hatte. In einer ölverdreckten, überwucherten Auffahrt warfen seine erwachsenen Freunde mit glühenden Kippen nach einem lahmenden Golden Retriever, urinierten in leere Pabst-Blue-Ribbon-Bierdosen und rissen Witze in einer Sprache, die der Junge aus der Stadt nicht verstehen konnte.

Es war einfach nur bösartig, Fische aus dem Wasser zu reißen und sie auf den glitschigen Planken ersticken zu lassen. Der Junge zeigte kein Interesse daran, die hastigen Erklärungen von Buzz in die Tat umzusetzen. Die Angel lag im gebogenen Gras vor dem Steg, versteckt wie eine Spange im Haar. Der Junge hockte mit hochgezogenen Schultern in seinem geliehenen gelben Ölzeug da, dem Trampelpfad, der zu den Feldern hinter dem Haus führte, den Rücken zugekehrt, und gab so für sich und jeden, der näher kam, ein Bild des Jammers ab: seines Brooklyn beraubt in Vermont, 1977.

Wie dem auch sei, für seine demonstrative Fischliebe gab es vielleicht ein Publikum. Heather, die Tochter der Windles, mit ihren dreizehn Jahren gegenüber seinen zwölf. Er hatte gespürt, wie sie ihm mit ihren Blicken gefolgt war. Die gestelzte Art, in der er mit ihren Eltern redete, und seine langen Ponyfransen, abstoßend für Buzz, hatten ihre Neugier geweckt.

Sie war blond wie die Solvers.

Sie sauste lautlos auf ihrem Fahrrad heran wie eine Figur in einem Brueghel oder de Chirico.

Du könntest einem Mädchen im Sommer auf einem Steg Dinge zuflüstern, die du dich in der Schule nie trauen würdest.

Du könntest ein verdammt glücklicher Bastard sein.

Heather Windle ging vorsichtig den Trampelpfad hinunter. Ihre Beine waren für den gelben Regenmantel schon viel zu lang, was ihr das Aussehen von dem Mädchen auf der Morton-Salzpackung gab. Sie hüpfte auf den nassen Steinen hin und her und verscheuchte mit gespreizten Fingern einen Mückenschwarm.

Also hatte das Großstadtkind den Übergang vom Bruder zur Schwester geschafft.

»Hi, Dylan.«

»Hi.«

»Was machst du?«

»Nichts.«

Sie stand am Fußende des Steges und schaute auf die Angel im Gras.

»Bist du traurig?«

»Warum sollte ich traurig sein?«

»Ich weiß nicht, du siehst einfach traurig aus.«

Möglicherweise war er das. Jedoch nicht, wenn der Rest des Juli ihnen gehören würde, auf dem Steg, in den Feldern, im Nebel, überall, nur nicht auf der öligen, dosenringverseuchten Auffahrt und dem Supermarktparkplatz voller Pick-ups. Dylan war bereit, aus dem Vermont von Buzz zu verschwinden und einzutauchen in eine Mädchenwelt, in Heathers Haar. Er wollte sie fragen, ob er nicht einfach ihre Blondheit einatmen, an den Strähnen auf ihren Wangen schnüffeln dürfte.

»Ich habe auf dich gewartet«, hörte er sich sagen.

Sie antwortete nicht, sondern setzte sich umständlich neben ihn an das regengetupfte Fenster des Teiches.

»Bist du traurig, weil du keine Mom mehr hast?«, fragte sie schließlich.

»Ich sagte, ich bin nicht traurig.«

»Deswegen bist du doch hergekommen, oder nicht?«

Dylan zuckte die Schultern. »Viele Frischluftkinder haben Mütter.« Er hatte das Programm am Abend zuvor einem bekifften Typen mit Augenklappe gegenüber verteidigt, und die Argumente kamen ihm leicht über die Lippen. »Weißt du, der Sinn besteht darin, dass Großstadtkinder den Sommer auf dem Land verbringen können. Zur Abwechslung. Ich nehme an, deine Eltern fanden das eine gute Sache.«

»Ich weiß«, sagte sie. »Letztes Jahr hatten wir auch jemanden, aber der war schwarz.«

»Mein bester Freund ist schwarz«, entgegnete Dylan.

Heather dachte einen Augenblick lang nach und lehnte sich dann bei ihm an. Die Gummiellbogen rieben quietschend aneinander. »Ich bin noch nie in New York gewesen.«

»Echt nicht?«

»Bis jetzt nicht.«

»Dann kannst du es dir auch nicht vorstellen.« Ein innerliches Glühen war die Antwort auf den Druck ihres Körpers. Dylan empfand ihre Neugier als eine Art umhüllende Strahlung, als Magnetfeld.

Natürlich würde er traurig sein, ihr Mitleid brauchen, alles nutzen, was sich ihm anbot.

In dem Moment beschloss er, ihr sein Geheimnis zu verraten, ihr das Kostüm zu zeigen, das er heimlich in seinem Rucksack mitgebracht hatte, den Ring, seine geheimen Kräfte.

»Weißt du, was Graffiti ist?«, fragte er.

»Nö.«

»Züge bomben?«

»Was soll denn *das* sein?«, fragte sie vergnügt.

»Man sprüht Graffiti auf einen Zug«, antwortete Dylan. »Statt auf die Wand.«

»Aber was bedeutet Graffiti?«

Ja, er würde das Kostüm für sie hervorholen, es für sie tragen. Aber zunächst einmal saßen sie im Nebel, und er erzählte ihr von Brooklyn.

Als Heathers Mutter sie nach dem Abendessen von dem spitzgiebligen Dachboden herunterrief, wo die beiden miteinander gespielt und geflüstert hatten, überkamen Dylan Schuldgefühle für etwas, das noch gar nicht passiert war, so als würden seine Sehnsüchte wie ein Film unten auf die Wände projiziert. Er hatte den ganzen Nachmittag auf Buzz' spöttische Blicke gewartet, doch als dieser nicht zum Abendessen erschien, wurde er mit keiner einzigen Silbe erwähnt. Dylan hatte sich und Heather auf dem Dachboden vor den Augen der Windles für unsichtbar gehalten, wie Hausmäuse, Staubflocken. Bei dem Ruf ihrer Mutter hatten sie sich einen herrlich komplizenhaften Blick zugeworfen und waren dann schweigend zur Treppe gegangen.

»Du solltest besser mal deinen Vater anrufen, wenn du überhaupt durchkommst«, sagte Heathers Vater im fernsehbeschienenen Zimmer von seinem Liegesessel aus. Er sprach, ohne den Kopf von dem bläulichschwarzen Spektakel auf der Mattscheibe abzuwenden. New York lag im Dunkeln und stand in Flammen.

Das Telefon klingelte viermal, bevor sein Vater abnahm.

»Ich wäre nicht scharf drauf, in der Fulton Street zu sein«, sagte Abraham Ebdus. »Hier ist es aber ruhig, bis auf ein paar Dummköpfe, die rumgrölen. Ramirez hat seinen Kombi auf dem Gehsteig vor seinem Schaufenster geparkt und steht mit einem Baseballschläger daneben, ich kann ihn sehen. Ich vermute, er wird vergeblich warten.«

Dylan hätte beinahe nach Mingus gefragt, unterließ es jedoch.

»Es ist so heiß gewesen, dass es wirklich eine Wohltat ist. Ich bin im Atelier, ich werde die Sterne malen, man sieht sie ja sonst nie. Oder ich male Ramirez. Mir passiert nichts, keine Sorge.«

»Okay.«

»Ist bei dir auch alles in Ordnung, Dylan?«

»Klar.«

»Gib mir noch mal Mrs. Windle.«

Dylan reichte das Telefon weiter und wandte sich Heather zu. Um seine Beherrschung angesichts der entfernten Unruhen zu zeigen, sagte er: »Das ist keine große Sache.« Dann fuhr er ein wenig überheblich fort: »So geht das eigentlich die ganze Zeit, nur dass es normalerweise nicht in die Nachrichten kommt.« Das trug ihm einen verdutzten Blick von Heathers Mutter ein, die gerade den Hörer aufgelegt hatte.

Das Fernsehen kam nicht mehr auf den Stromausfall zurück. Dennoch hatten die kurzen Einstellungen von zersplittertem Glas und flüchtenden Menschen den Bericht seines

Vaters übertrumpft. Dylan lag wach und träumte von der brennenden Stadt.

Während Mrs. Windle ihre Einkäufe tätigte, marschierten die drei gemeinsam zum Zeitschriftenregal in dem breiten, hell erleuchteten Seitengang des Supermarkts. Dort demonstrierte Buzz seine Gleichgültigkeit gegenüber den neuen Verhältnissen. Dylan und Heather knieten vor den Comics und murmelten leise miteinander, wobei Dylan geduldig die Geheimnisse der *Unmenschen* von Marvel erläuterte, derweil Buzz Automagazine und *High Times* durchblätterte, um dann weiterzugehen.

Dylan sah, wie er dabei von einer Frau mittleren Alters in einer schmutzigen blauen Schürze beobachtet wurde, an deren Hand eine Etikettenpistole baumelte, die aussah wie die Luger von Dirty Harry. Sie stand locker da, verfolgte, wie Buzz um die Ecke des Ganges verschwand, und schlenderte dann hinter ihm her. Dylan musste schmunzeln und widmete sich wieder den Comics. Heather hatte nichts mitbekommen.

In einem Laden verfolgt zu werden wie ein schwarzes Kind.

An der Kasse hinter seiner Mutter herbummelnd, bemühte sich Buzz, den Unschuldigen zu spielen, alberte herum, tippte mit dem Finger an ein Regal mit Kaugummis, redete dumm daher und war doch enttarnt. Die Frau mit der Pistole und ein glatzköpfiger, streng dreinblickender Geschäftsführertyp standen in der Nähe einer geschlossenen Kasse und warteten ab, bis es offiziell war, bis Buzz zum Ausgang strebte, ohne die Sachen in seiner Hose und Jacke aufs schwarze Laufband gelegt zu haben. Nur Mrs. Windle und Heather waren überrascht, als der Geschäftsführer sie gleich hinter den elektrischen Schiebetüren anhielt.

»Es tut mir leid, Mrs. Windle.« Der Mann blinzelte ins

helle Sonnenlicht und sprach, als bedauere er das Unvermeidliche zutiefst. »Wir müssen Buzz leider bitten, mit ins Büro zu kommen.«

»Oh, *Buzz*«, stöhnte Mrs. Windle.

Buzz stand blöde grinsend da und trat von einem Bein aufs andere, ein Schmierenkomödiant in einem Stück, von dem er die Finger nicht lassen konnte.

»Warum kommt ihr Kinder nicht mit. Diese Lektion wird euch bestimmt nicht schaden.«

In dem engen, fensterlosen Büro sahen sie zu, wie Buzz gehorsam ein *Hot Rod*-Magazin, den *Penthouse* und eine Schachtel mit Schrotmunition aus der Jagd- und Angelabteilung hervorholte.

»Das letzte Mal haben wir gesagt, beim nächsten Mal rufen wir den Sheriff, Buzz.«

»Sag doch was«, befahl seine Mutter.

»*Ich* hätte den Sheriff rufen sollen, so wie Leonard mich beim letzten Mal behandelt hat«, nuschelte Buzz. »Scheiße, ich hätte gar nicht mehr herkommen sollen.«

»Ich fürchte, da hast du recht, Buzz, das hättest du nicht machen sollen. Leonard hat damit nichts zu tun.«

»Na, da bin ich mir nicht so sicher«, meinte Buzz und glaubte wohl, ein Hintertürchen gefunden zu haben. »Sie müssen mal ernsthaft mit ihm reden, damit er mich in Ruhe lässt, Mann.«

»Was hat Leonard zu dir gesagt?«, fragte der Geschäftsführer mit schlagartig rot anlaufendem Gesicht.

»Ihr Kinder wartet besser beim Wagen«, sagte Mrs. Windle und nickte Heather und Dylan zu.

Sie fuhren schweigend zurück, Buzz auf dem Beifahrersitz des Ramblers hatte elend Arm, Kopf und Hals, so viel von sich wie möglich, aus dem Fenster gelehnt, während seine Mutter starr vor Wut hinterm Lenkrad saß. Heather und Dylan machten sich klein und schnitten im Schutze der vorderen Sitzbank Grimassen. In einer Art Striptease hob Dylan sein

Hemd und ließ kurz *Die Unmenschen Nr. 7* und zwei Schokoriegel sehen, die in seinem Hosenbund steckten. Heather bekam große Augen und hielt sich bewundernd die Hand vor den Mund. Zu Hause aßen sie die beiden Schokoriegel gemeinsam auf dem Dachboden, derweil unten Mr. Windle mit seinem Sohn abrechnete.

Die Brooklyner Methoden funktionierten auch in Vermont. Mit Buzz in der Rolle des schwarzen Kindes, das die Aufmerksamkeit auf sich zieht, war es wirklich ein Leichtes gewesen, die Schokolade und das Comicheft zu zocken.

Buzz hatte Dylan *freigeblockt* – so hätte Mingus es genannt.

An den Nachmittagen herrschte meist lähmende Hitze. Man ließ das Fahrrad ins Gras oder auf den Kies fallen, wann immer man genug davon hatte, streifte sein T-Shirt ab, schleuderte die Sandalen fort und ging wieder schwimmen, da man sowieso nur in einer gerade trocknenden Badehose durch die Gegend radelte. Heathers Brüste steckten wie reife Pflaumen in den Armlöchern ihrer Trägerhemden, und es bestand immer die Möglichkeit eines anderen Blickwinkels, einer anderen Einstellung auf das Objekt der Begierde. Man sammelte diese Ansichten, bis sich die ersehnten Formen in die Netzhaut eingebrannt und die obsessive Kraft einer Werbung entwickelt hatten, die man ewig übersah, um dann plötzlich darauf aufmerksam zu werden – wie bei den Sea-Monkeys oder der Röntgenbrille.

Stechmücken und Ständern entging man am besten durch Abtauchen.

Dylan erwähnte mindestens zweimal am Tag, dass er im August dreizehn würde.

Es war nur allzu natürlich an diesen schwülen, insektenreichen Nachmittagen – das Haus, der Teich, das Feld, der Kies im Vorgarten, alles gehörte Dylan und Heather ganz allein –, dass sie erst in Badesachen nebeneinander nasse Poabdrücke auf dem Sofa hinterließen, wobei hysterisches Gelächter und schweres Atmen in schneller Folge wechselten, und dann etwas später auf den Stühlen vor der Anrichte knieten und gefrorene Limonadenkristalle aus der Tupperdose mit kaltem Leitungswasser verrührten. Genauso wie es normal war, dass sie als Nächstes eisgefüllte, beschlagene Gläser auf den Dachboden trugen, wo tagsüber der Staub in psychedelischen Wolken durch das schräg einfallende Licht trieb.

Halb nackt lagen sie auf der karierten Tagesdecke wieder nebeneinander und lutschten Eis.

»Ich habe gar kein Gefühl mehr in den Lippen.«

»Ich auch nicht.«

»Fühl mal.«

»Eiskalt!«

»Jetzt du.«

Die Stadt-Land-Prämisse erlaubte ihnen, so zu tun, als wäre alles eine Überraschung. Möglicherweise hatte Eis ja in New York eine ganz andere Wirkung.

»Küss dahin, wo ich hingeküsst habe.«

Eine Pause, dann der Versuch.

»Ich spüre gar nichts.«

»Küss meine Lippen.«

Obwohl sie die eiskalten Lippen auf die Gelenke geschmatzt hatten, war der erste Kuss nur ein Hauchen, ein Vogelpicken.

»Ich bin ganz taub – *ganz tumb*.« Sie brachen in Lachen aus.

»Okay, noch mal.«

»Ah.«

Heather hatte ihre Augen geschlossen.

Sie rollten zur Seite. Dylan wälzte sich auf den Bauch und unterdrückte ein Pochen in seiner Badehose. »Hast du schon mal Lachgas aus Schlagsahne gesaugt?«, fragte er, um den Strom der Blödeleien nicht abreißen zu lassen, der so vieles möglich machte.

»Neiiiin«, antwortete sie. »Aber *Buzz* bestimmt.«

Buzz war ihr Code für alles Krude, Kleinstädtische, Verachtenswerte. Dylan und Heather waren Geschöpfe des Teiches und der weit entfernten Großstadt, dazwischen hatte nichts Platz. Vergiss also das Lachgas.

»Möchtest du, dass ich dir den Rücken massiere?«

»Gerne.«

»Dreh dich um.«

Sie gehorchte und blieb damit ihrer stillschweigenden Vereinbarung treu: Nichts war mit irgendetwas anderem verbunden. Sie waren Geister, die alle Tabus verscheucht hatten und auch ein wenig unterbelichtet waren, sich absichtlich dumm stellten. Der Kuss fand auf dem einen Planeten statt, die Rückenmassage auf dem anderen.

Er knetete und kniff sie, gab ihrem Rückgrat eine Spezialbehandlung mit den Fingerknöcheln, was auch immer ihm kunstfertig erschien.

In dem Arrangement ihrer auf der Tagesdecke verschlungenen Arme traten ihre Brüste hervor, zwei Drittelmonde. Er verdiente sich durch ausgedehnte Rippenmassage einen Grapscher, verweilte gerade lang genug, um sie enttäuschend pastillenförmig und hamburgerhart zu finden. Ihre Augen flackerten unter den Lidern.

Als seine Finger knapp unterhalb des straffen Gummibands an ihren Hüften herumkurvten, drehte sie sich zur Seite und setzte sich auf.

»Ich bekomme hier drin keine Luft mehr.«

Sie stürzten nach draußen auf die Fahrräder und rasten den Kieshang hinab, bloß zwei Kinder aus der Nachbarschaft, die die Zeit totschlugen, wie jeder dösende Autoinsasse im Vorbeifahren gemeint hätte. Heather strampelte wild voran, die Knie wirbelten in dem bronzefarbenen Schatten, Dylan dicht hinter ihr, erleichtert sog er mit offenem Mund die feuchte Luft ein, den unendlichen Nachmittag von Vermont.

Mr. Windle parkte den Rambler am äußeren Rand des Autokinos, um sich den Weg über die Route 9 ins Blind Buck Inn abzukürzen. Dort, so sah Buzz voraus, würde er sich während des gesamten Doppelprogramms – *Krieg der Sterne* und *Die Katze kennt den Mörder* – nicht vom Tresen rühren und so blau wiederkommen, dass er Buzz gerade noch die Schlüssel für die drei Meilen lange Rückfahrt überreichen könnte. Der Parkplatz war nur zu einem Drittel gefüllt, etwa fünfzig Wagen hingen an den schief aus dem wurzelrissigen Pflaster ragenden Servicesäulen wie an lebenserhaltenden Apparaten.

Raum und Zeit wuchsen in der Großstadt in die Höhe. Hier ging das Wachstum in die Breite, in die Bäume.

Im blauen Dämmerlicht liefen Gestalten von Wagen zu Wagen, lehnten sich in die offenen Fenster, um nach Feuer zu fragen, machten Witze über vollgestopfte Rücksitze und schafften so einen geselligen Augenblick, bevor sich alle zurücklehnten.

»Ich lass den ersten Film aus«, sagte Buzz, ohne Dylan anzusehen. Heathers Bruder hatte ihnen mit dem Zehner, den Mr. Windle dagelassen hatte, edelmütig Colas spendiert, die Dylan zurücktragen durfte, und dann das Wechselgeld eingesteckt. Er stand in der Ticketbude über einen Evel-Knievel-Flipper gebeugt und hatte sich vorgenommen, Hunderte oder Tausende von Freispielen herauszuschinden. Möglicherweise umfasste seine Tagesordnung auch noch andere Punkte als Flippern, zum Beispiel eine vier Fuß hohe Bongpfeife, die in einem Kofferraum auf ihn wartete. Höchstwahrscheinlich lungerten seine Komplizen irgendwo in der Nähe.

Es gab immer einen Steinbruch oder Teich, von dem sich das Gerücht über die Felder verbreitete, dort ginge es richtig ab.

Buzz deutete mit dem Kinn auf die entfernte Leinwand. Diese abgenutzte leere Reklametafel war der für die Augen uninteressanteste Flecken am ganzen Firmament, das in den Farben eines Blutergusses leuchtete.

»Du kannst mit meiner Schwester auf der Rückbank sitzen bleiben, wenn du willst.«

Dylan stand betreten da und umklammerte das Papptablett mit den Colas. Heather eine Woche lang in jedem unbeobachteten Moment zu küssen hatte ihn schwach und träumerisch werden lassen, unfähig, Ernst und Spott bei Buzz auseinanderzuhalten. Das könnte sogar ein schroffer Segensspruch gewesen sein.

Er nickte, und Buzz grinste.

»Ich wette, jetzt findest du die Negerferien auch die beste Sache, die dir je untergekommen ist, was?«

Sie schauten wirklich von der Rückbank aus zu. Dylan lenkte Heathers Aufmerksamkeit auf die entscheidenden Details, obwohl *Krieg der Sterne* hier, wo der Film aufblitzte wie ein Stereoskopfoto im durchlöcherten Sieb des Nachthimmels, nicht dieselbe Wirkung entfaltete wie in Loew's Astor Plaza auf der 45th Street. Dylan hatte ihn dort viermal gesehen, die letzen beiden Male allein, ein zwergenhafter Zuschauer, dessen Begeisterung immer wuchs, sobald die Bilder in seinen Augen pulsierten, und der in unterschwelliger Vorfreude auf bestimmte Dialogstellen, in der Erinnerung an gewisse schauspielerische Gesten die Möglichkeit sah, emporzuschweben und den Lichtstrahl auf halbem Weg zu unterbrechen, um der menschliche Projektor zu werden, der insgeheim für die Existenz dieser Bilder verantwortlich war.

»Parsecs messen den *Raum*, nicht die Zeit«, schwadronierte er, unfähig, damit aufzuhören, obwohl der Punkt nicht vermittelbar schien, arthurhaft. »Einige Leute behaupten, es sei ein Fehler, aber ich bin mir sicher, es ist Absicht. Han Solo tut so …«

»Dylan«, flüsterte Heather.

»Was?«

Sie schloss die Augen. Dylan beendete stumm den Satz und suchte nach dem Zusammenhang zwischen Sprache und dem Atem zweier Münder, der miasmatischen Welt, die durch die Verbindung zweier Gesichter entstand. Wie in der morgendlichen Kühle des Dachbodens, wie in der Mittagshitze des Teiches, lag nichts dazwischen, die Bruchstelle war völlige, glückselige Sprachlosigkeit.

Genug gequatscht.

Es war nur schwer zu glauben, dass es nicht verboten war. Aber jetzt halt schon die Klappe und küss sie.

Dann öffnete er die Augen.

Das Auto der Windles schaukelte.

Vier Hinternpaare klebten wie helle Monde an den Fenstern des Ramblers und wiegten ihn sanft von einer Seite zur anderen.

Ihre Haare trockneten blitzschnell zu Hörnern und Superman-Schmalztollen, während sie schwammen und sich küssten. Die sonnenüberfluteten Köpfe tauchten ruhig auf und ab wie Eisschollen, derweil eine Libelle auf Augenhöhe Schachzüge auf dem Wasserbrett zu beschreiben schien. Knapp darunter zappelten Fische im kühlen Grün. Der Junge hatte das Mädchen inzwischen überall angefasst, seine irrsinnigen Hände hatten die Formen in der Negativzone inventarisiert, dort, wo es nicht zählte. Zweimal hatte er ihre Finger über seinen teichgekühlten Zacken streifen spüren und war praktisch ertrunken.

Morgen würde er nach Brooklyn zurückkehren.

»Dein Dad schickt dich vielleicht auf eine Privatschule«, sagte Heather, wobei ihr Atem den Teich zwischen ihnen kräuselte. Sie sank herab, bis ihr das Wasser über der Nase stand und ihre blauen Augen mit nahezu unsichtbaren Pupillen gedoppelt in der Spiegelung trieben.

»Wovon redest du da?«

»Buzz hat gehört, wie er mit meiner Mom geredet hat. Buzz sagt, du hättest mit *einem starken schwarzen Einfluss* zu kämpfen.« Sie hatte diese Formulierung geübt und traute sich kaum, sie auszusprechen.

»Und Buzz hat mit einem starken *schwachsinnigen* Einfluss zu kämpfen«, erwiderte Dylan. »Ich denke, er wird den Kampf verlieren.«

»Er hat gesagt, du seist verprügelt worden.«

Dylan tauchte, stieß hinab in den Schlick und die Schatten der Negativzone. In den vergangenen Wochen hatte er sich selbst beigebracht, unter Wasser die Augen offen zu lassen. Der Teich griff die Augäpfel nicht so an wie das chlorverpestete Schwimmbad gleich hinter den Gowanus Houses, wo er ein paarmal mit Mingus schwimmen gewesen war. Man brauchte auch keine Turnschuhe zu tragen aus Angst vor Glasscherben. Er hätte gerne mal gesehen, wie Buzz damit zurechtgekommen wäre.

Jetzt schwamm er in tonloser Zeitlupe auf Heathers Seerobbenkörper zu, ihren roten Badeanzug, aus dem die Glieder im gebrochenen smaragdgrünen Licht herauszufließen schienen wie Milch. Sie strampelte an die Oberfläche, wehrte ihn nicht ab. Einen Arm um ihre Hüfte gewickelt, presste er seinen Mund auf ihren Bauch. Eine Hand glitt flüchtig über ihre Brust. Sie stieß ihn nicht weg oder entzog sich ihm gar. Alles unterhalb der Wasseroberfläche betraf scheinbar nur ihn und ihren Körper.

Als er zum Luftholen wieder aufgetaucht war und sie keuchend und tropfend auf dem Steg lagen, zwischen den Fingern hindurchschielten, um ihre Augen vor der Sonne zu schützen, sagte Dylan: »Ich muss dir etwas zeigen.«

»Was denn?«

»Überraschung!« Er hatte ihr das Kostüm heute sowieso vorführen wollen. Jetzt schien es außerdem die richtige Antwort auf Buzz' Gelaber zu sein.

»Wo ist sie denn?«

»Nimm dein Fahrrad. Hol ein paar Limos. Wir treffen uns wieder hier.«

Sie nickte gespannt, unbekümmert.

Im Gästezimmer der Windles streifte er sich den Ring über den Finger, dann klemmte er sich das Kostüm unter den Arm. Aus Angst davor, gesehen zu werden, schlüpfte er durch die Küchentür und lief quer über die Felder.

Auf dem Steg breitete er das Kostüm aus und betrachtete es das erste Mal, seit er mit dem Greyhound aus der Stadt gefahren war.

Er hatte seinen Vater ohne große Erklärungen dazu gebracht, ihm die einfachen Stiche beizubringen, die er benötigte, um es zusammenzunähen. Der Umhang war aus einem gebrauchten Dr.-Seuss-Betttuch geschnitten, *Ein Löwe leckt einen Limonenlutscher*, und an zwei Stellen am Kragen des himmelblauen T-Shirts befestigt, das den Hauptbestandteil des Kostüms ausmachte. Er hatte den Löwen, ein angemessen rätselhaftes Symbol, auf dem Umhang möglichst weit in die Mitte platziert. Die Ärmel des T-Shirts hatte er mit einem bunt gestreiften Paar Hosenbeinen von einer alten Schlaghose seiner Mutter verlängert, die er auf einem Haufen am Boden ihres Kleiderschranks gefunden hatte, den nur er manchmal durchstöberte. Sie hingen majestätisch herab, und seine Hände ragten aus dem Saum von Fäden heraus wie die Klöppel einer Glocke. Unpraktisch vielleicht, aber dies war nur ein Prototyp. Ein Vorzeigestück. Das Brustteil des T-Shirts hatte er auf einen Karton gespannt und unter dem Spirographen bemalt, was mit den rostigen Stiften und den störrischen Zahnrädern eine mühselige Arbeit gewesen war, deren Ergebnis ihn nicht zufriedenstellte. Das Emblem zeigte einen ausgeleierten Kreis, die immer weiter werdende Bahn einer Atomspur durch den Raum, die *Kraftlinien* darstellen sollte. Aus der Entfernung betrachtet, verschwamm sie allerdings zu einer fetten Null.

Der Großstadtjunge schlängelte sich in das kunstvoll gearbeitete Oberteil und stellte sich auf den leeren Steg, um inmitten eines Schleiers aus Gewittertierchen zu warten.

Einen Augenblick später erschien das Mädchen am oberen Ende des Trampelpfads, zwei grüne Flaschen klirrten vor ihrem Bauch. Sie hielt den Kopf gesenkt, während sie vorsichtig die bloßen Füße auf die Felsen setzte.

Am Steg angekommen, legte sie die Limonadeflaschen ins Gras und betrachtete ihn.

»Und?«

»Was soll das sein?«

»Wonach sieht es denn aus?«

Sie schien es nicht zu wissen.

Er plusterte den Umhang mit den Ellbogen auf und wünschte sich einen Windhauch herbei. Das Gewicht zog den Ausschnitt des T-Shirts nach hinten, sodass dieser an seinem Hals scheuerte, eine Schwäche des Entwurfs. Den nächsten Umhang würde er vielleicht an den Schultern befestigen.

»Das ist meine wirkliche Identität«, sagte er.

Sie sagte immer noch nichts, stand bloß da.

»Aeroman.«

»Und wer ist das?«

»Das bedeutet *fliegender Mann*. Dylan Ebdus ist nur meine Geheimidentität.«

Stirnrunzelnd sagte sie: »Also, mir gefällt das nicht.«

»Was meinst du damit?«

»Es sieht komisch aus.«

»Wenn es fertig ist, geht es auch über die Beine. Das ist nur die obere Hälfte.«

»Woher hast du das?«

»Ich habe es selber gemacht.« Er sagte nichts von dem Ring, von Aaron X. Doily.

Sie stupste die sonnendurchschienenen Limonadenflaschen an, die einen grünen Schatten auf ihre nackten Zehen warfen. »Es sieht nicht nach dir aus.«

»Aber das *bin* ich«, beharrte er. Ihm wurde jetzt klar, dass er sich wünschte, Heather würde es ihrem Bruder erzählen, damit Buzz kapierte, dass er von Dylan oder Brooklyn keine Ahnung hatte.

Sie setzte sich ins Gras, schlug die Beine übereinander. Er blieb stehen und wartete auf ein Anzeichen dafür, dass sie die Wichtigkeit seiner Mitteilung begriffen hatte.

»Dylan?«

»Was?«

»Wenn du hierbleiben würdest, müsstest du nicht auf eine Privatschule gehen.«

Er war sprachlos. Die Bemerkung war dermaßen irrelevant und erschreckend, dass er nicht einmal wusste, wo er anfangen sollte.

»Ich bleibe aber nicht hier«, sagte er deshalb nur, vielleicht ein wenig zu hart.

Heather stand jäh auf, das Gesicht gerötet und entsetzt, als hätte er ihr eine Ohrfeige verpasst.

»Zieh das aus«, sagte sie. »Ich mag es nicht.«

»Nein.«

Sie lief zum Trampelpfad und ließ die Flaschen im Gras liegen.

»Und was ist mit der Überraschung?«, fragte er. Plötzlich kam eine Brise auf, und er spürte Bewegung in seinen Umhang kommen, der perfekt wie eine Stadionflagge an seinem Hals flatterte.

»Die ist mir egal«, antwortete sie, ohne sich umzudrehen.

»*Ich habe sie dir ja noch gar nicht gezeigt*«, rief er, aber sie war schon verschwunden.

Einen Augenblick später trottete er dennoch zum Ende des Steges, ging in die Knie, streckte die Arme vom Körper und bereitete sich auf die Ausführung des Planes vor, den er vor Wochen ausgeheckt hatte. Heather saß vielleicht oben im Gras und schaute vom Feldrand aus zu – das war gut möglich. Oder eben nicht, was jetzt auch egal war. Er legte keinen Wert darauf, in Vermont berühmt zu sein, dieser Nullzone, die man nur nach ihrer Entfernung zur Großstadt bemaß, nach ihrem Nutzen als Erholungsgebiet, um sich zu sammeln, bevor man wieder in die reale Welt zurückkehrte. Oder, in seinem Fall, um sich darauf vorzubereiten, in der Großstadt dreizehn zu sein, Großstadtmädchen zu küssen und als der fliegende Junge das Großstadtverbrechen zu bekämpfen – all der Scheiß, der für jemanden aus Vermont unverständlich war.

Er tauchte in der Luft. Die spiegelgleiche Oberfläche blendete seine Augen, während er eine Handbreit darüber eine Flipperrunde drehte wie die Libellen. Er richtete seinen Blick auf das gegenüberliegende Ufer, damit ihm nicht schwindelig würde, flog heran und drehte ab, wobei er das hochstehende Gras streifte und eine Schar Wasserläufer aufschreckte, die unten an den Wurzeln gedöst hatten.

Er umrundete den Teich zweimal. Als er im Laufschritt auf dem Steg landete, rammte er sich einen Splitter in die Ferse: Nie ohne das richtige Schuhwerk fliegen. Außerdem hatten die Spitzen seines Umhangs heruntergehangen und waren nass geworden. So dicht war er dran gewesen. Also: 1. Turnschuhe tragen. 2. Umhang kürzen. Auf die eine oder andere Weise lernte man immer dazu.

ZWÖLF

Die Kirche war in einer Garage auf der DeKalb Avenue untergebracht, etwas zurückgesetzt hinter einem niedrigen weißen Lattenzaun, der niemandem etwas vormachen konnte und direkt an den geborstenen Schiefergehsteig grenzte. Links und rechts zwängten sich eine Schlosserei und eine Klempnerwerkstatt an das Grundstück. Ohne Rücksicht auf die Messe nebenan herrschte samstags in der Schlosserei Hochbetrieb, das offene Rolltor ließ einen Mann mit Schutzmaske erkennen, der ein Schweißgerät an ein Fenstergitter hielt, wobei Funken auf den Betonboden sprühten. In dem Block befanden sich außerdem eine Autowerkstatt, an deren Schaufenster ein Pin-up-Kalender von 1967 hing, ein »Platten«-Laden, dessen Scheiben mit leeren Albumhüllen zugepappt waren, um die höchst zwielichtigen Geschäfte im Inneren vor Blicken von der Straße zu schützen, sowie zwei holzverschalte Imbissstuben, vor denen noch die Coca-Cola-Schilder aus den Dreißigerjahren hingen und mit längst vergessenen Berühmtheiten warben. Die Kirche, deren weiß getünchtes Äußeres mit goldenem Davidstern und einem handbemalten Blechschild verziert war, auf dem GEMÄCHER GOTTES, »IN SEINE HÄNDE BEGEBEN WIR UNS«, REV. PAULETTA GIB, PASTORIN stand, war wirklich nichts anderes als eine Garage. Die geöffneten Sperrholztüren gaben den Blick frei auf fünf Reihen mit den Rücken und nickenden Köpfen der auf Klappstühlen Sitzenden, die sich der Frau mit dem Mikrofon im vorderen Teil des Raumes zugewandt hatten. Die Augustsonne brannte von oben herab und brachte die Kirchgänger ins Schwitzen. Die Krawatten an den Hälsen waren gelockert, die Knie gespreizt, um die

Genitalien zu kühlen, die Hemdsärmel hochgezogen. Das geblümte Kleid der Pastorin war am Bauch und an den Stellen, wo sich ihre wabbeligen Oberarme an die Rippen pressten, schweißnass. Während sie vorne hin und her lief, zog sie das Mikrofonkabel zu ihren Füßen fachmännisch über den Boden, ohne dass es sich an ihren hohen, dicksohligen Schuhen verfing, die ein zu ihrem Kleid passendes Muster trugen.

Die beiden Männer, Vater und Sohn, die in der späten Vormittagshitze in Anzug und Schlips schmorten, gingen durch das Tor des Lattenzauns und nahmen ganz hinten Platz, gerade noch im Schatten der Garage.

»Wir sollten danach *streben*, es den fünf Jungfrauen gleichzutun«, intonierte die Frau am Höhepunkt ihrer Predigt. »Unsere Dochte gestutzt halten und unser Öl rein, um die Flamme zu bewahren, oh ja.«

»Oh ja«, kam die gemurmelte und gerufene Antwort.

»Dieses *Licht* gilt es zu bewahren, damit der räuberische Bräutigam uns bei seiner Ankunft treugläubig am Fenster warten sieht, oh ja, in unseren *prachtvollsten* Gewändern, in all unserer unberührten Pracht, nicht ein Fingerabdruck, der unsere Kleidung befleckt, nicht ein einziger.«

»Nicht ein einziger, nicht ein einziger.«

Als sich am Ende die kleine Kirchengemeinde durch die Umzäunung auf den Gehsteig drängte, ging die Pastorin auf die Fremden zu, die so spät eingetroffen waren und sich ganz nach hinten gesetzt hatten: Barrett Rude Senior und Junior. Sie standen auf, als die Frau näher kam.

»Willkommen«, sagte sie und streckte die Hand aus. »Pauletta Gib.«

»Das war eine vorzügliche Messe, Schwester Gib«, erwiderte Senior und vollführte eine tiefe Verbeugung. Seine Krawatte war trotz der Hitze immer noch eng um den Hals geknotet.

Sie nickte ihm zu, öffnete dann die Hände zum Himmel, und zusammen traten sie hinaus ins grelle Sonnenlicht. Pauletta Gib wandte sich dem Sohn zu. »Sie sind der Sänger von den Distinctions.«

»Barrett Rude Junior, Madam. Bin nicht mehr in der Gruppe.«

»Ich habe gehört, Sie sind in der Gemeinde aufgezogen worden.«

»Von meinem Vater in der Gemeinde aufgezogen worden, ja.« Der Sänger dämpfte seine Stimme, sprach so bescheiden er konnte. Die heutige Pilgerfahrt zu der Kirche in der Garageneinfahrt hatte er Senior zuliebe unternommen, nicht als Zugeständnis, sondern als Geschenk.

Aber Pauletta Gib gefiel der groß gewachsene Mann, der an diesem Tag nur im Schatten seines Vaters stehen wollte. »Ihr Gesang hat den Menschen viel Freude bereitet.«

Barrett Rude Junior senkte den Kopf, als sein Vater antwortete: »Mein Sohn ist kein frommer Mensch, Schwester.«

Pauletta Gib hob eine Augenbraue: »Ich bin sicher, ich muss Ihnen nicht erklären, Mr. Rude, dass die Frömmigkeit eines Menschen an jedem Sabbattag von Neuem beurteilt wird. Und heute befindet sich Ihr Sohn innerhalb meiner vier Wände.«

»Ich bin gerade erst hier in der Stadt zu ihm gestoßen. Er hatte keine Ahnung von der Existenz Ihres Tempels.« Seine Wortwahl drückte Zurückhaltung gegenüber der Situation aus, gegenüber der herausgeputzten Gemeinde, die auf dem Gehsteig verstreut stand, wo Schlossereiarbeiter ein Stück Gitter mit schwarzer Sprühfarbe einnebelten. Als sich die Farbschwaden legten, hinterließen sie ein unscharfes Negativ des Gitters auf dem Pflaster.

»Aber heute haben Sie zu uns gefunden, gelobt sei der Herr.«

Schließlich nahm der Vater seinen Mut zusammen, um loszuwerden, was er ihr unbedingt sagen wollte: »Ich hatte früher einmal eine eigene Gemeinde der Gemächer in Raleigh, North Carolina.«

Ihr strenger Blick schien den alten Mann zu durchleuchten, schweifte über seine eng geknotete Krawatte, seine frisch rasierten Wangen, seinen angespannten und trotzigen Gesichtsausdruck, als wollte sie fragen: *Und wie lange ist das her? Was ist in der Zwischenzeit geschehen?*

Was sie sagte, verriet jedoch nichts über die Schlüsse, die sie aus ihrer gründlichen Prüfung gezogen hatte: »Die Liebe baut sich ein Gemach, wohin auch immer sie kommt.«

Dem konnte Barrett Rude Senior nur mürrisch zustimmen: »Lobet den Herrn.«

Die Frau nahm die Hände des Sohnes in die ihrigen und schaute ihm tief in die flackernden Augen. »Würden Sie am nächsten Sabbattag in unserer Kirche singen?« Ihr Tonfall suggerierte, dass es ein Gefallen gegenüber dem Sänger war, nicht etwa die Bitte um ein Gratiskonzert.

Obwohl es eigentlich der Vater war, der nach Pauletta Gibs Mikrofon lechzte und jetzt das Gewicht von einem quietschenden Schuh auf den anderen verlagerte.

»Ich weiß nicht«, sagte Barrett Rude Junior aufrichtig, da er sich nicht sicher war, was sein Vater hören wollte. Am liebsten wäre es ihm gewesen, er hätte die Frage rückgängig machen können.

»Sagen Sie jetzt nichts dazu«, erwiderte Pauletta Gib und tätschelte die Hand des Sängers. »Ihr Herz wird die Frage im Schlaf für Sie klären.« Dann wandte sie sich an den Vater, wobei ihre Stimme eine Oktave tiefer rutschte: »Ich verlasse mich aber darauf, *Sie* nächste Woche wiederzusehen, Mr. Rude. Es sei denn, Sie haben schon einen eigenen Tempel gegründet.«

»Hmpf.«

Barrett Rude Senior drehte sich um und schmollte, während er in die Sonne blinzelte. Er überprüfte seine Manschetten, zupfte einen nicht existenten Faden von der Brust seines Jacketts und untersuchte ihn kurz, bevor er ihn in umständlich dandyhafter Manier in Richtung Bordstein schnippte.

Pauletta Gib hatte Senior und Junior zwangsläufig an ihre verstorbene Ehefrau und Mutter erinnert.

Wie die Frau, an die beide zurückdachten, zog sie den Sohn dem Vater vor.

Jetzt traten zwei von Pauletta Gibs Schäfchen, die das Gespräch am Rande verfolgt hatten, mit einem Kugelschreiber und einem Briefumschlag hinzu und drückten Barrett Rude Junior beides in die Hand. Das Mädchen in einem ärmellosen bedruckten Kleid, die dunklen Arme mit einer Spur von Talkum versehen, ihr gertenschlanker kleiner Bruder in einem hellen apricotfarbenen Anzug. Der Junge stand schüchtern an der Seite seiner Schwester, sodass das Mädchen ihr gemeinsames Anliegen vorbringen musste. Sie verlangten nichts Großartiges, dennoch war es etwas, das der Sänger seit fast zwei Jahren nicht mehr gegeben hatte: ein einfaches Autogramm.

»Yo.«

»Yo, Mann.«

»Was geht?«

»Nichts, Mann. Was machste?«

»Was glaubste, Mann. Dasselbe wie du – ich besorg mir Farbe.«

»Cool, cool.«

Samuel J. Underberg's, Eingetragener Supermarktausstatter, ist ein kastenartiges, blassgrünes, fünfstöckiges Gebäude auf der anderen Seite der Flatbush Avenue, jenseits des Zeitungskiosks auf der Verkehrsinsel, und inmitten von plattgewalzten Grundstücken und stillgelegten Lagerhäusern im Schatten des Williamsburgh Savings Bank Tower. Die Gegend ist in vielerlei Hinsicht ein großes Nichts, eine Oase des Mangels. Hinter der Brooklyn Academy of Music, hinter dem Long Island Rail Road Terminal ist nichts mehr los, ist niemand zu Hause. Obwohl sich keiner daran zu erinnern scheint, war der Ort einmal für den Neubau des Ebbets Field vorgesehen, bevor die Dodgers abtrünnig wurden. Man war gerade mal so weit gekommen, eine große Anzahl alter Backsteingebäude abzureißen, ohne etwas an deren Stelle zu setzen. Niemand riecht hier den Duft von Bier und Erdnüssen, da das Stadion nie gebaut wurde. Dieses eingeebnete Gebiet ist eine Art in den Schutt gezeichnete Umrisslinie des amputierten Stadtteils. Und was die herumstreunenden Jugendlichen angeht – sozialbaumäßig –, so befindet man sich jenseits der Schutzzone der Wyckoff Gardens schon auf dem Gebiet der Atlantic Terminals.

Auf dem leer gefegten Gehsteig teilen seltsame Gruppen mit wackelnden Köpfen und abgewandten Augen nach allen Seiten unruhige Grüße aus.

Alle Blicke sind auf das Lagerhaus gerichtet, die prachtvolle Graffitiexplosion auf der dortigen Mauer.

Im Zentrum dieses Niemandslands ist Samuel J. Underberg's der Quell geheimnisvoller Aktivitäten, die von dem Familienunternehmen allerdings nicht wahrgenommen werden. Sie haben nichts mit dessen eigentlichem Geschäft zu tun, das hauptsächlich im Verkauf neuer Einkaufswagen besteht, als Ersatz für die von Obdachlosen gestohlenen oder bei Zusammenstößen auf Parkplätzen demolierten. Jeden Tag liefern die Lastwagen von Underberg's Dutzende von Einkaufswagen aus dem Lagerhaus an Supermärkte in ganz Brooklyn. Sie transportieren auch richtig teure Sachen wie Registrierkassen, Mattenbeläge und Drehkarusselle. Nennen wir es eine Nische. Zumindest schafft es Arbeitsplätze für eine Anzahl zumeist untereinander verschwägerter Männer.

Aber nichts davon erklärt im Entferntesten die besondere Anziehungskraft von Underberg's für die Jugendlichen, die sich dort versammeln. Das Geheimnis liegt im Inneren des kleinen Ausstellungsraums, in dem die Requisiten bereitstehen, die ein Supermarkt benötigt, um dem Schauspiel des Einkaufens die Bühne zu bereiten: Künstliche Petersilienbarrieren, die man zwischen verschiedene Fleischsorten in die Kühltruhen stellt, Plastiksalamis und unechte Käseblöcke zum Auffüllen der ausgestellten Waren, Vinyl- und Laminat-Preisschilder in Form von Fischen und Schweinen, die in die Auslagen der Delikatessen gesteckt werden, rosa- und orangefarbene Neonschilder mit der Aufschrift SONDERANGEBOT!

»Yo, Mann, zieh dir das rein, das ist Strike, Mann.«

»Strike? Echt?« Ein ungläubiges Flüstern, dass *der King der Broadway-Linie* sich in menschlicher Gestalt materialisiert hat.

»Zieh dir das rein, der taggt hier.«

»Ey, Alter, Mann. *Strike.*«

»Ich frag ihn, ob er mein Buch signiert.«

Der Ausstellungsraum von Underberg's ist der einzige Ort in ganz Brooklyn, an dem jeder x-beliebige Kunde ohne lästige Fragen eine 250-Milliliter-Flasche Garvey Formula XT-70 Violet kaufen kann, eine Industriefarbe, die aus Ethanol, Butylether und Polyamidharz besteht und speziell zur Preisauszeichnung auf gefrorener Zellophanfolie und schleimigen Fleischverpackungen entwickelt wurde. Das einzigartige Haftvermögen von Garvey-Violett schließt sogar schmutzige Fensterscheiben ein – in diesem Fall die von U-Bahn-Waggons. Garvey-Violett ist ein unersetzlicher Bestandteil der selbst gemachten Marker der Graffitikünstler, was wiederum das kleine unscheinbare Geschäft zu einem Anziehungspunkt macht. Es sorgt außerdem dafür, dass die Seitenwände des Gebäudes ein sich ständig erneuerndes Museum für die Tags des gesamten Stadtbezirks bilden, einen Schaukasten rivalisierender Stämme in temporärer Zusammenarbeit.

Die Männer mit den Scheitelkäppchen im Ausstellungsraum haben zumindest so viel kapiert: Das Garvey-Violett ist sicher hinterm Tresen verwahrt, sodass man es nur kaufen kann, nicht klauen. Und der gläserne Tresen, hinter dem es steht, enthält Besteck, Ausbeinmesser, Hackbeile. Bei einem Spottpreis von 5,99 Dollar pro Flasche Garvey-Violett ist jeder Sprüher bereit zu löhnen – die einzige Alternative bestünde ohnehin nur darin, den Laden mit Schrotflinten zu stürmen. Ihr Auftreten im Ausstellungsraum ist etwas zurückhaltender: Ein paar gestohlene Kunstfrüchte hier, ein paar kleine gekritzelte Tags auf den Pappschildern dort.

Aber abgesehen davon tendieren die Sprüher dazu, bedrückt hinein- und wieder hinauszugehen. Einer nach dem anderen knallen sie das Geld auf den Tresen und brummen ihren Kaufwunsch, was die Angeberei zumindest so lange dämpft, bis sie wieder auf der Straße sind.

»Yo, Mann, hast du das gehört? Er hat gefragt, *möchtest du eine Tüte haben, mein Jude?*

»Ach, halt's Maul, Mann.«

»Ich schwör's, Mann, das hat er gesagt. Ich hab das nicht erfunden.«

Diese argwöhnischen Gruppen reichen Zeichenblöcke umher, die in rauem schwarzem Karton eingebunden sind und sowohl eigene als auch fremde Tags enthalten sowie farbige Filzstiftentwürfe für vollflächige Burner, die sie irgendwann in der Zukunft auf einem Zug zu verewigen hoffen. Underberg's ist ein guter Ort, um die Bücher zu zeigen und von überallher Schriftzüge zu sammeln, auch wenn immer die Gefahr besteht, ausgelacht oder verspottet zu werden, falls ältere, stärkere Sprüher es darauf anlegen, eine jüngere Fraktion aufs Korn zu nehmen.

Von der Flatbush Avenue hoch mit der Linie D, von der Fourth Avenue hoch mit den Linien N und R bis zur Pacific Street, zu Fuß hoch von den Sozialbauten, von allen Seiten her treffen in Wellen Grüppchen ein und mischen sich unter das Gedränge auf dem Gehsteig, behindern die Männer von Underberg's dabei, ihre Lastwagen zu beladen. Lärmend kommen und gehen sie und bilden so selbst eine Form menschlichen Gekritzels.

An diesem Tag stehen zwei weiße Jungen inmitten des Gebrabbels, das sie plötzlich umschlossen hat, und hoffen, nicht allzu sehr aufzufallen. Ein einfacher Gang zu Underberg's ist doch nicht ganz so einfach. Einer der beiden ist im Akt des Schreibens erstarrt.

»Zieh dir die weißen Jungs rein, Mann, sind die scheiße.«

»Was schreibst du da, Whiteboy?«

Der weiße Junge mit dem Marker schweigt, die Schultern gegen die Spötter hochgezogen, beendet aber mit einer gewissen Sturheit sein Tag auf dem kleinen Flecken Wand, der zwischen den großen, gesprühten Umrissen noch frei war.

»Was soll das heißen? Art? A-R-T?«

»Das Tag von dem Typen ist *Art*, Mann. Ist das bescheuert.«

»Heißt du *Arturo*, oder was? Siehst mir nicht sehr puertoricanisch aus.«

»Halt's Maul, Mann, lass den Jungen in Ruhe.«

»Er ist ein Toy.«

»Lass ihn in Ruhe, Mann.«

»Ich mach den Typen nicht an, yo, ich will nur sehen, was er schreibt. Bist du bei 'ner Crew, *Art*?«

Rhetorische Frage: Welcher weiße Jugendliche gehört schon einer Crew an? Oder umgekehrt, welche Crew mit einem gesunden Selbstverständnis würde schon einen weißen Typen aufnehmen, noch dazu einen kleinen, frettchenhaften wie diesen, ganz zu schweigen von *zwei* weißen Typen? Und dann auch noch zwei wie diese beiden, die sich instinktiv gegen die Mauer von Underberg's ducken, wie sie es auf den Fluren und dem Schulhof und den umliegenden Straßen der Intermediate School 293 schmerzhaft gelernt haben.

Ritualisierte Unterwürfigkeit, die tief in die Psyche der beiden weißen Jungen eingegraben ist, vorgetäuschte Asthmaanfälle und andere Formen der Abbitte stehen schon zum Einsatz bereit, als derjenige, der für sie das Nächstliegende zu einer *Crew* darstellt, mit einer neu erworbenen Flasche Garvey-Violett aus dem Ausstellungsraum herausplatzt: Mingus Rude.

Mingus erfasst die Situation so unmittelbar und fließend, dass seine Bemerkung im gleichen Augenblick aus seinem Mund hervorzukommen scheint wie er selbst aus dem Geschäft, wobei er die Farbdose in die große Beintasche seiner Armeehose gleiten lässt. Er wendet sich nicht an die vier schwarzen Jugendlichen, die das Lasso ihrer Körper um Arthur Lomb und Dylan Ebdus enger ziehen, sondern spricht in einem genervten Tonfall, als wären alle außer Arthur und Dylan unsichtbar.

»Verdammt, was machst du da, Art, Mann? Ich hab dir doch gesagt, dass die anderen auf uns warten. Wir haben keine Zeit hier rumzutrödeln, Mann, wir müssen *los*.«

Die Anspielung auf *die anderen* hat eine magische Wirkung. Das Lasso lockert sich. Arthur und Dylan nicken Mingus gehorsam zu, ziehen ihre Köpfe ein, die Augen aufs Straßenpflaster gerichtet, folgen sie ihm.

Die drei entkommen gemeinsam und räumen den Gehsteig vor Underberg's für zukünftige Konfrontationen.

Auf der anderen Seite der Flatbush Avenue schließt Arthur überdreht zu Mingus auf, während Dylan hinterhertrottet. Arthurs Nachahmungseifer mündet in einer affektierten, mechanischen Imitation von Mingus' gebeugtem, federndem Gang. In diesem Sinne ist er wirklich ein *Toy*: er degradiert sich selbst zu einer Mingus-Marionette. »Yo, diese Typen haben über Strike geredet, Mann, sie haben gesagt, er war am Taggen, aber ich hab ihn nicht gesehen. Könnte Wunschdenken gewesen sein, so wie alle behaupten, sie hätten Son of Sam gesehen. Egal, Strike ist okay, aber ich bin eher für Zephyr, ich find, er hat das originellste Tag, yo, Mann, weißt du, was ich meine?« Mingus brummt nur und stapft weiter, was für Arthur Ermunterung genug ist. »Mann, der eine Typ hat sich echt unheimlich aufgespielt, aber hast du sein Gesicht gesehen, er sah aus wie ein Baby, seine Lippen waren ganz wulstig. Yo, ich hätt's wahrscheinlich mit ihm aufgenommen, wenn du nicht grade rausgekommen wärst. Da hat er Glück gehabt, würd ich sagen, yo.« Arthurs sorgfältiges Nuscheln bei bestimmten Wörtern steht in auffälligem Kontrast zu seiner ansonsten peniblen Aussprache, und Dylan fragt sich, warum Mingus ihm nicht einfach eine knallt, damit er Ruhe gibt. Aber Mingus toleriert Arthurs nachgeplappertes Geschwätz, akzeptiert diese Verwandlung, die Arthur irgendwie in dem Monat von Dylans Abwesenheit durchgemacht haben muss. Arthur, so scheint es, hat allerlei in petto: Er hat diese Transformation mit derselben schäbigen Leichtigkeit vollzogen, mit der er früher schon die Mets zugunsten der Yankees fallen ließ. »Ich wette, ein paar weiße Jungs hätten ihnen leicht ihre Farben und sonstigen Scheiß abnehmen können, das heißt, falls sie überhaupt was hatten, das es wert gewesen wäre, was ich bezweifle, yo, man braucht sich nur mal ihre Turnschuhe anzusehen.«

»Bleib cool«, sagt Mingus jetzt, und ohne zur Seite zu blicken, streckt er seinen Arm aus, um Arthurs federnden Gang zu verlangsamen. Es mag keinen Weg geben, um Arthurs Redefluss zu stoppen, nicht wenn er einmal derart in Schwung ist. Aber zumindest könnte er aufhören, so zu hüpfen.

Arthur wird tatsächlich langsamer. Er gestattet Mingus voranzugehen und gibt ihm damit Gelegenheit, in seiner eigenen gereizten Gedankenwelt zu brüten, was des Öfteren notwendig ist, wenn Mingus eine Zeit lang keinen Joint geraucht hat. Stattdessen wendet sich Arthur an Dylan. »Was denkst du, hätten wir's mit ihnen aufgenommen, yo?«

»Yo mich nicht an«, antwortet Dylan.

Er hockte in der Dunkelheit auf dem Treppenaufgang des leer stehenden Hauses und lauschte dem entfernten Sirenengeheul. Etwas näher, auf der Bond Street, waren Stimmen zu hören, ein Lachen, das die schwüle Luft durchschnitt und zum Himmel aufstieg. Obwohl der Abend sehr warm war, trug er ein Sweatshirt. Darunter hatte er das Kostüm, der Umhang war am Rücken hineingestopft wie ein weicher Schildkrötenpanzer, die weiten Ärmel waren mehrfach ums Handgelenk gewickelt. Er schwitzte fürchterlich, aber das ließ sich nicht ändern. Den Ring hatte er wie einen gefalteten Dollar in seiner Socke versteckt: Die Vorstellung, in den Würgegriff genommen zu werden, während er noch am Boden war, verfolgte ihn zu sehr. Vielleicht hätte er auf den Dächern anfangen sollen, aber der Zugang zu seinem eigenen verlief durch Abrahams Atelier, und der malte an diesem Abend Filmbilder. Dylan hatte die Ateliertür geöffnet und seinen Vater im Licht eines einzigen schwachen Klemmstrahlers vorgefunden. Die Finger umklammerten einen winzigen Pinsel, das Transistorradio war leise gestellt und spielte nervöse Jazzklänge, das kaum hörbare Gedudel von Rollins oder Dolphy.

»Ich geh raus.«

»Jetzt noch?«

»Nur für eine Stunde.«

»Solltest du nicht eigentlich im Bett sein?«

»Nur eine Stunde.«

Es war der Abend vor dem Beginn des achten Schuljahrs.

Er war sich nicht ganz sicher, wie er anfangen sollte.

Mingus und Arthur waren unterwegs und wollten auf dem städtischen Schrottplatz am Fuße der Brooklyn Bridge einen Burner auf die Seitenwand eines ausgemusterten Polizeitransporters sprühen. Die Expedition war seit Tagen geplant worden, eine Totenwache für den dahinsiechenden Sommer, ein letztes Aufbäumen. Dylan hatte sich an den Vorbereitungen beteiligt, einschließlich dem Einheimsen von Sprühdosen bei McCrory's und dem Anfertigen eines ganzen Stapels farbiger Skizzen, um dann in letzter Sekunde aus dem Unternehmen auszusteigen. Damit stellte er sicher, dass er

Mingus oder Arthur an diesem Abend nicht in die Arme laufen würde. Dylan war die ganze Mingus-Arthur-Geschichte sowieso leid. Er fragte sich allmählich, inwiefern er sie durch seine Anwesenheit sogar noch unterstützte. Sollten sie doch allein losziehen, sollte Mingus doch einmal die ungezügelte, besitzergreifende Wucht von Arthurs Speichelleckerei ertragen, ohne dass Dylan als Puffer dabei war, mal sehen, wie es ihm gefiel.

Außerdem würden die beiden Dylans Entwurf auf den Polizeitransporter sprühen, seine Handschrift war in den Skizzen unübersehbar. Mingus mochte Dose sein, aber Dylan lieferte ihm den charakteristischen Stil.

Teenager zu sein war in erster Linie eine Geheimidentität.

Mit dreizehn fingst du an, Spuren zu hinterlassen, geheimnisvolle Namen und Zeichen wurden häufiger, Bettlaken, die du unter allen Umständen selbst waschen wolltest.

Wie das Zahnrad des Spirographen zog dein sich schlängelnder Pfad nichts als Chaos hinter sich her.

Aeroman zeigte da einen deutlicheren Weg auf, nur war er schwer aus seinem Sweatshirtpanzer zu befreien.

Wo in Gowanus fand ein frisch geschlüpfter Superheld die Art von Verbrechen, bei dem er sinnvoll eingreifen konnte? Dylan kauerte sich auf dem Treppenaufgang zusammen, lauschte dem feuchten Geheul des Spätsommerwinds, der Stimmen durch die Nacht trug. Die Schwulen führten ihre Hunde spazieren, ansonsten war der Block menschenleer. Die Dean Street würde es nicht bringen. Die Nevins war einfach zu viel, die Prostituierten, die alten Männer an Ramirez' Ecke, die Gefahr, dass von den Sozialbauten Jugendliche ausschwärmen konnten. Mit der Smith Street gab es dasselbe Problem. Er brauchte eine abgeschiedene Nachtlandschaft, eine dunkle Allee, eine Frau, die nach einem Handtaschendiebstahl um Hilfe rief, das klassische Raubüberfallszenario wie bei der Spinne: Genau das, was er noch nie im Leben gesehen hatte. Ein Superheld, der Täter und Opfer auseinanderhielt. In Gowanus tendierten die Unterschiede dazu zu verschwimmen.

Vielleicht brauchte er Höhe. Musste aufsteigen.

Er erhob sich vom Treppenaufgang und ging zur Straßenecke, dann die Bond Street entlang zur U-Bahn, zur Station Hoyt-Schermerhorn, obwohl ihm bewusst war, dass er unter normalen Umständen um diese Zeit nicht dort hingehen würde, und sie waren unwesentlich anders als normal. Er ähnelte nur sich selbst, nicht Aeroman, solange er das Sweatshirt anbehielt. Und Aeroman ging auch nicht zu Fuß, er flog durch die Luft. Solange er sich nicht überwinden konnte, von einem Dach zu fliegen, war er nicht Aeroman, sondern ein Junge mit einem Kostüm unter einem Sweatshirt, der die Straße entlangging. Der Ring befand sich in seiner Socke – er griff hinein und vergewisserte sich dessen. Ein weißer Junge um elf Uhr abends an der Ecke Bond und Schermerhorn Street. Hier war es öde genug, leere Parkplätze und Basketballfelder, düstere Verwaltungsgebäude, kein Verkehr auf der breiten Fahrbahn. Vielleicht sogar zu öde. Die Orte, die man am meisten fürchtete, waren immer verlassen, die Angst vor ihnen rein theoretisch. Man wollte sich ums Verrecken nicht dort aufhalten, also ging man gar nicht erst hin, also ging niemand hin, und wozu auch?

In Wahrheit spielte sich alles darunter ab, in dem langen, nach Urin stinkenden U-Bahn-Tunnel unterhalb der Schermerhorn Street. Der Fahrkartenschalter lag tief im Block vergraben, der Weg dorthin ein furchterregender Spießrutenlauf, das Zuhause von Bettlern, die vor den dunklen Scheiben der unterirdischen Auslagen zusammengesunken waren, Relikten aus einer Zeit, bevor Abraham & Straus herausfand, dass es in den Gängen unter der Erde niemanden gab, der es wert war, umworben zu werden, zumal keine Möglichkeit bestand, die ausgestellten Waren zu schützen. Der Tunnel war ein bekannter Brennpunkt.

Doch er ertappte sich selbst: *Welchen Nutzen hat ein flie-*

gender Mann in der U-Bahn? Ein Anfängerfehler, fast wäre er drauf reingefallen. Er rechnete es sich hoch an, dass er ihn vermieden hatte. Aeromans erster Triumph, ein umsichtiges Zögern. Es war eine Erleichterung, nicht in den Tunnel hineingehen zu müssen.

Möglicherweise war die Smith Street doch die bessere Wahl.

Morgen begann das achte Schuljahr.

Aeroman wollte in Erscheinung treten, bevor es zu spät war, aber dafür brauchte er ein Verbrechen, das ihn herausforderte.

Unter seinen Füßen rumpelte das Pflaster, als die Linie A oder GG in die Station einfuhr, dann tröpfelte eine Handvoll einsamer Gestalten aus der Station in die Nacht. Er stand auf der gegenüberliegenden Seite der Schermerhorn Street neben einem Laternenpfahl und sah zu. Eine weiße Frau blickte kurz in seine Richtung, ihre umherhuschenden Augen suchten die leere Straße ab. Sie bog in die Bond ein, dann weiter in die State Street.

Unter seinem Buckel schwitzend, folgte ihr Aeroman.

Vielleicht passierte ja noch etwas. Ihre Angst zog ihn magnetisch an, er konnte sie gut nachempfinden. Sie in der Frau widergespiegelt zu sehen war ein prickelndes Gefühl. Hier zeigte sich genau das, was Aeroman zu bekämpfen beabsichtigte, die hektisch beschleunigenden Schritte von Stöckelschuhen auf einer dunklen Straße, in der die Baumkronen das Licht der Laternen abschirmten. Ohne im Laufen innezuhalten, griff er nach unten an seinen Knöchel, schnappte sich den Ring und streifte ihn über den linken Zeigefinger. Von den zurückgesetzten Treppenaufgängen drangen die Stimmen verborgener Papiertütentrinker herüber, faule, untätige Zuschauer, die nie auf die Idee kämen, einer Frau in Gefahr zu helfen.

Sie war sehr dünn angezogen, leicht zu vergewaltigen und bereute bestimmt schon, je das Wort *Brooklyn* gehört zu haben, ganz zu schweigen von dem Köder mit den angeblich sagenhaft günstigen Mieten hier, den Hartholzböden.

Es gab nur einen Haken: Die Szene entbehrte schmerzlich eines Bösewichts. Außer ihm folgte niemand dem Mädchen.

Er war es, der sie den Block entlangjagte. Es waren seine Schritte, vor denen sie floh.

Der angebliche Raubüberfall glich einem Ei auf einer gockellosen Farm, er war unbefruchtet, unvollständig.

Als sie auch noch losrannte, blieb er mitten auf der State Street stehen und gab die Verfolgung auf, sprachlos vor Ärger. Sollte er vielleicht vorausfliegen, einen Salto machen und sie anhalten, um sich zu entschuldigen? Aber er würde sie damit nur noch mehr ängstigen, als er es ohnehin schon getan hatte.

Aeroman hatte dem Feind ins Auge geblickt, es war – Aeroman.

Jetzt stapfte er zur Smith Street.

Keiner beachtete ihn dort mit seinem ausgebeulten Sweater, die Hände vor dem Bauch übereinandergelegt, die rechte über der linken, der mit dem Ring am Finger. Für den Augenblick war er schon froh, niemandem Angst einzujagen, einfach ein Teil der Menge zu sein. Es war eine lebendige Sommernacht, Puerto Ricaner strömten in Vierergruppen aus den Kulturvereinen zu den Dominospielen auf dem Gehsteig, jüngere Männer in Yankee-Shirts gesellten sich dazu. Der Eingang zur U-Bahn-Station auf der Bergen Street war bevölkert mit Jugendlichen aus den Gowanus Houses, Jungs mit Nylonkappen und böse dreinblickende Mädchen, die er teilweise von der Schule her kannte. Ja, die Schule, bald ging es wieder los, bald bekam er wieder seinen Platz zugewiesen. Er spürte erneut das dringende Bedürfnis, ein bedeutsames Verbrechen aufzuspüren, etwas, das er bewältigen konnte. Er stahl sich an dem Haufen von Gowanus-Kids vor der U-Bahn vorbei, ganz sicher, dass es hier für ihn nichts zu holen gab.

Er war hungrig. Während er nach beiden Seiten Ausschau

hielt, fischte er in seiner anderen Socke nach dem Dollar, der darin steckte. Der Geldschein war völlig durchnässt. Er beförderte den Dollar in seine Hosentasche und rieb ihn an der Innenseite gegen seinen Oberschenkel, um ihn zu trocknen. An der Ecke Bergen und Smith Street befand sich eine Pizzeria, die Arthur und er ganz am Anfang ihrer Freundschaft eines Nachmittags auf dem Weg von der Schule zur Pacific Street, zu Arthurs Treppenaufgang, mutig geentert hatten, obwohl es auch dort von älteren Teenagern nur so wimmelte. Nun, da es im ersten Monat jenes Sommers zu dem bedauerlichen Zwischenfall bei ihrem Schachmarathon gekommen war, würde er womöglich nie wieder in den Genuss des roten Saftes oder der Putenbrust-Sandwiches von Arthurs Mutter kommen. Aber er konnte es sich nicht leisten, sentimental zu werden. Arthur war ein Blender, und Mingus würde das früh genug merken. Er stellte sich vor, wie Arthur sagte: *Yo, Mister Machine nervt, Jack Kirby kann nicht mehr zeichnen, verdammt, aber eine Nummer eins ist eine Nummer eins, yo, in luftdichte Plastikfolie packen und ins Regal legen, sag ich immer, yo.* Er betrat die Pizzeria, bestellte ein Stück und breitete den feuchten Dollar auf dem Tresen aus.

Eine Hand klatschte auf die beiden Quarter Wechselgeld, als sie anstelle des Dollars erschienen. Dylan blickte auf. Robert Woolfolk steckte sich die Münzen in die Tasche. Die Männer hinter dem Pizzeriatresen interessierte das nicht: Der Zwischenfall hatte sich im Teenagermilieu abgespielt, das sie auf einer vorbewussten Ebene filterten. Dylan oder Aeroman interessierte es selbst auch nicht sonderlich. Er knickte das Pizzastück an der Kruste und faltete es, sodass es stabiler wurde und sein eigenes Gewicht besser trug, entfernte das transparente Blatt Papier darunter und streute dann Knoblauchsalz darüber, gelbbraune Körner, die sich sofort in dem angesammelten Öl auflösten. Mit dem Pizzastück in der Hand trat er auf die bevölkerte Straße. Robert Woolfolk folgte ihm. Er hatte einen Kumpan dabei, eine Schmalspurversion seiner selbst, dunkelhäutig und schlaksig, den Dylan nie zuvor gesehen hatte.

»Beiß da nicht rein, Mann«, sagte Robert.

»Wieso nicht?«

»Nimm sie ihm ab«, befahl Robert dem anderen Jungen, der kleiner war als Dylan.

»Was redest du da?«, erwiderte der Junge, der das Offensichtliche nicht fassen konnte.

»Nimm seine Pizza.«

Unter den Quälereien war das für Dylan eine durchaus vertraute Variante: Der Meister instruiert seinen Lehrling, befiehlt *Nimm es ihm ab* oder *Durchsuch seine Taschen, Mann*. Nennen wir es die Batman-und-Robin-Nummer.

Doch ein Stück Pizza, das war neu. Ziemlich originell.

»Komm schon, Mann«, flehte der Schützling, ohne Dylan anzusehen.

»Nimm sie, Mann. Los.«

Dylan biss die Spitze der Pizza ab. Während er mit offenem Mund kaute, um den geschmolzenen Käse zu kühlen, suchte er Blickkontakt mit dem Jungen. Er empfand eine eigentümliche Freude an der animalischen Verwirrung, die er bei diesem auslöste. Ja, ich bin dein erster *Whiteboy*. Schau mich an. Du wirst auf deinem Weg noch vielen anderen begegnen. Mit einigen wirst du es aufnehmen können, einige wirst du sogar in Angst und Schrecken versetzen.

Er biss ein zweites Mal ab.

»Nicht essen, hab ich gesagt.« Roberts Stimme wurde lauter. »Nimm die Pizza«, befahl er wieder.

»Bäh, er hat schon abgebissen«, klagte Roberts Praktikant in wehleidigem Tonfall.

Robert zeigte auf das Pizzastück. »Hör auf, Mann, oder ich nehm dich auseinander!«

Dylan schluckte und senkte seine Zähne erneut hinein. Robert Woolfolk war durch seinen widerspenstigen Nebenmann handlungsunfähig – würde er selbst nach der

Pizza greifen, wäre es ein Eingeständnis seines Versagens. Das Stück schrumpfte sowieso dahin, also blieb nur noch, das Prinzip zu verteidigen, falls es von Anfang an überhaupt um etwas anderes gegangen war. Dylan wusste, dass er hierbei nur eine günstige Gelegenheit abgab, das Objekt eines obskuren Rituals, das zur Abwechslung einmal nichts direkt mit ihm zu tun hatte. Der schwarze Junge hatte heute Nacht die Arschkarte gezogen und würde durch eine Serie von armseligen halbkriminellen Aktionen geschubst werden.

Der Junge wusste das auch. Er schmollte im Hintergrund, während Dylans Bisse Tatsachen schufen. Robert Woolfolk wandte sich jetzt Dylan zu, wirkte dabei aber fahrig, abgelenkt, ein wenig neben der Spur, als bliebe ihm keine Zeit mehr.

Der letzte Tag vor Schulbeginn ging praktisch jedem unter die Haut.

»Eines Tages mach ich dich noch kalt«, sagte Robert Woolfolk.

Dylan kaute weiter und blickte Robert mit einem dümmlichen, treuherzigen Gesichtsausdruck an.

»Tu nicht so, als ob du mich nicht verstanden hast.«

Dylan zuckte die Schultern, zumindest sicher, dass Robert ihn heute Nacht nicht mehr kaltmachen würde.

»Verdammt, was ist mit deinem *Rücken* los, Mann?«

»Nichts«, antwortete Dylan zwischen zwei Bissen.

Robert schaute genauer hin. »Lass mich mal kurz den Ring sehen.«

»Das ist ein Geschenk«, erwiderte Dylan. »Von meiner Mutter.«

»*Fick* deine Mutter, *Motherfucker.*« Jetzt tanzte Robert Woolfolk umher, als würden ihn unsichtbare Insekten attackieren. Der Ring war dennoch eindeutig tabu, an ihm haftete Rachels Zauber. Robert zuckte wie ein Roboter mit durchgebrannter Sicherung, der sich im Kreis dreht.

»Denkst wohl, Gus wird dich für immer beschüzzen?«

Nein, Aeroman wird mich für immer beschüzzen, dachte Dylan und schluckte herausfordernd ein paar unzerkaute Bissen hinunter.

Doch Aeroman war heute Nacht nicht geflogen, da brauchte er sich nichts vorzumachen.

Dylan hatte sich bis zu der ausgefransten Kruste vorgenagt, die er sich nun wie das Lächeln einer Halloweenmaske vor den Mund hielt.

Roberts Arm schoss hervor und schlug Dylan die Kruste aus der Hand. Gleich Sternguckern auf einem hohen Berg schauten sie zu, wie sie in die Gosse trudelte und endgültig dahin war. Der größte Teil von Roberts Anspannung hatte sich in der Geste entladen. Er konnte sich wieder seinem Schützling zuwenden, der unterwürfig danebenstand.

Robert Woolfolk zeigte mit dem Finger auf Dylan, als sie sich aufmachten, aber seine Stimme ging unter, seine Drohung verflüchtigte sich in der Skurrilität dieser Begegnung.

Wieder allein auf der Smith Street, ignoriert von den puerto-ricanischen Kulturvereinsfreunden in ihren geblümten Hemden und Strohhüten, bog der bucklige, schwitzende Dreizehnjährige in die Dean Street ein und schlenderte merkwürdig zufrieden über den schattigen Schiefer nach Hause.

Aeroman war nicht geflogen, war verpuppt in Dylans Ärmeln und Hosenbund stecken geblieben.

Dennoch hatten sich zwei Ereignisse zugetragen, jedes für sich zwar unvollständig, aber irgendwie miteinander verknüpft zu einem größeren Ganzen, dem Phantombild eines vereitelten Raubüberfalls – die Straßen von Gotham City waren sicherer geworden.

Heute Abend war die rennende Frau in der State Street diejenige gewesen, die Angst gehabt hatte, nicht Dylan. Das war doch schon mal was, ein kleiner Hoffnungsschimmer in finsterer Nacht. In diesem Schimmer würde Aeroman aufleuchten, er war nur noch nicht so weit.

Das achte Schuljahr, richtig, es nahm allmählich Gestalt an. Für jeden Tag galt nun dasselbe wie für das kommende Jahr, du musstest irgendwie durch. Perfektionier einfach einen einzelnen Tag, und du hast eine Methode, die du aufs Ganze anwenden kannst.

Abraham trug seinen Teil dazu bei, indem er Toastbrote schmierte, während Dylan sich am Küchentisch mit Matheaufgaben herumschlug, einem Übungstest, den er in fünfzehn Minuten, zur ersten Stunde, abgeben musste.

Barrett Rude Senior zündete sich womöglich gerade im Schutze seiner Eingangstür eine Frühstückszigarette an, strich sich über die grauen Stoppeln und begrüßte den Morgen.

Ramirez rollte sein Gitter hoch, während Mütter Erstklässler zur P. S. 38 schleiften.

Henry absolvierte sein zweites Jahr an der Aviation Highschool in Queens, er war anderthalb Fuß gewachsen, und man konnte den jungen Mann manchmal im Block antreffen, wenn er die Jüngeren abklatschte. Sich ins Gedächtnis zu rufen, dass er mal eine Schlägerei mit Robert Woolfolk gehabt hatte, war sinnlos. Es gab keine Geschichte der Kinder eines Blocks, solche Fakten waren nicht auf eine Art und Weise vermittelbar, die andere interessierte.

Das neue Organisationsprinzip hieß, sich einen runterzuholen, eines der wenigen Dinge, die man selbst in der Hand hatte. Du konntest auf dem Nachhauseweg von der Schule einen Steifen bekommen, ihn in deiner Hosentasche festhalten und dich auf eine Nachmittagssitzung freuen.

Aeromans neues Outfit war in Vorbereitung und alles in allem einfacher, mit leichterem und kürzerem Umhang, der nun an den Schultern befestigt war, sowie eng an den Handgelenken anliegenden Bündchen.

Es ging langsam voran, Stich für Stich, diesmal ohne unnötige Eile.

Als das Wetter kühler wurde, nahmen Dylan und Arthur

die Linie A zur Canal Street. Sie durchwühlten Eimer voller durchsichtiger Türknäufe, tranken Schokobrause bei Dave's Famous und machten sich dann auf den Weg zum Armeeladen. Mit dem Geld, das sie von Arthurs Mutter und Abraham für Wintermäntel geschnorrt hatten, kauften sie grüne Drillichkleidung, wie sie Mingus besaß, Jacken mit belüfteten Taschen und seltsamen Schlaufen für Kampfmesser oder Munition, wer wusste das schon. Möglicherweise waren in Vietnam schon Typen in diesen Jacken gestorben, das war nicht auszuschließen, auch wenn die verräterischen Einschusslöcher fehlten.

Auf dem Weg zurück zur U-Bahn hielten sie an, um auf dem Gehsteig ein paar gebrauchte Beatles-Platten in Augenschein zu nehmen, *Let It Be, Abbey Road*. Dylan stieß auf einen Namen, den er kannte. Er war in eine Fotografie von fünf grinsenden, bartlosen Schwarzen in apricotfarbenen Anzügen und Rüschenhemden einkopiert, die in einem Fotostudio vor einem blau erleuchteten Hintergrund auf unterschiedlich hohen Hockern saßen und wie ein Blumenbukett arrangiert waren: *The Deceptively Simple Sounds of the Subtle Distinctions*.

Dylan zeigte sie Arthur. »Das ist der Dad von Gus.«

Arthur schien wenig beeindruckt. Dylan kaufte die Platte und nahm sie mit nach Hause, aber sie war zerkratzt, nicht abspielbar.

Eine Woche lang trugen Dylan und Arthur die Jacken in der Schule so, wie sie waren. Dann tauchte Arthur eines Tages in einer mit Gold- und Silberfarbe glamourös ruinierten Jacke auf, ein Krylon-Überzug auf den Ärmeln, Graffitiflecken, Beweisspuren. Arthur grinste triumphierend, Dylan schwieg. In derselben Nacht mottete er seine jungfräuliche Jacke ein, bevor ihn Mingus darin erwischte.

Mingus selbst war mittlerweile ein Zufallstreffer geworden, ein Schatten oder Gerücht, von dem man nur manchmal einen flüchtigen Blick erhaschen konnte. Er blieb über Wochen verschwunden, dann traf man sich, kiffte bei ihm im Untergeschoss und ging ins Rex auf der Court Street, um sich ein Charles-Bronson-Doppelprogramm reinzuziehen und stundenlang in der Dunkelheit zu sitzen, ohne etwas anderes von sich zu geben als *abgefahren* oder *ey, Alter*.

Mingus war in unregelmäßigen Abständen gut bei Kasse, verheizte sein Geld aber im Handumdrehen. Später sah man ihn dann, wie er in den Sofaritzen nach Münzen suchte und Kleingeld von Abrahams Tellerchen im Flur einsteckte, um genug für einen Beutel Gras zusammenzukratzen.

Niemand nahm Dylan fünfzig Cent oder einen Dollar ab, ohne dass er ihn meilenweit im Voraus kommen sah. Einmal lieh sich Dylan die Eisensäge seines Vaters aus und präparierte im Untergeschoss zwei Quarter, mit denen er in der Tasche klimpernd spazieren ging. Als er bei der unvermeidlichen Durchsuchung mit einem dämlichen Grinsen die zersägten halben und viertel Quarter präsentierte, zogen die Gowanus-Kids, die ihn in die Enge getrieben hatten, kopfschüttelnd und mit gequältem Gesichtsausdruck davon, als hätte er Chinesisch gesprochen oder eine Antenne ausgefahren.

Dieses Spiel der Tage war dir so vertraut wie dein eigener Handrücken – falls sich dein Handrücken genauso schnell veränderte wie der eines Werwolfs.

An einem anderen Tag kam Dylan nach Hause und fand Abraham mit einem Paket auf dem Küchentisch vor, einem aufrecht stehenden Bündel, eingewickelt in unzählige Lagen Packpapier und Kordel. Abraham zerfetzte es mit einem Steakmesser und befreite den verborgenen Gegenstand auch noch von den Zwiebelhäuten des Zeitungspapiers, wie Humphrey Bogart einst den Malteser Falken ausgepackt hatte. Dylan dachte, es könnte etwas von Rachel sein, vielleicht eine Statuette, die *Eine Krabbe, rennend* darstellte. Dann legte Abraham die Spitze des Gegenstands im Inneren frei: die goldene Nase einer Fünfzigerjahre-Rakete.

»Nur keine Sorge, ich habe es ehrlich und fair gewonnen«, sagte Abraham. »Sidney hat es für mich entgegengenommen.«

Die Worte auf dem vergoldeten Rumpf der Rakete lieferten zumindest teilweise eine Erklärung: HUGO AWARD, BESTER NEUER KÜNSTLER, 1976, ABRAHAM EBDUS.

»Die öffentliche Anerkennung schleicht sich an einen heran«, bemerkte Abraham düster.

Dylan stemmte das Ding hoch, verzog das Gesicht.

»Möchtest du es als Türstopper haben?«

Dylan überlegte, nickte.

»Sag bloß nicht, ich würde dir nie was schenken.«

DREIZEHN

Der Song lief Mitte Februar 1978 für ein oder zwei Wochen im New Yorker Radio, noch nicht besonders hoch platziert, aber *auf dem Sprung*, auf Nummer vierundachtzig der R-&-B-Charts eingestiegen, mit steigender Tendenz – jedes Mal, wenn die entmutigende Zahl lautstark genannt wurde, folgte die Versicherung *mit steigender Tendenz –*, und rutschte zwischen Earth, Wind and Fires »Serpentine Fire« und Con Funk Shuns »Ffun« in die Rotation: »(Did You Press Your) Bump Suit« von Doofus Funkstrong, eine drei Minuten und vierzig Sekunden lange Singleauskopplung der ausufernden achtzehnminütigen Jamsession, die auf der zweiten Seite des Debütalbums der Band, *Double Breasted Rump*, bei Warner Brothers veröffentlicht worden war. Die DJs baten um telefonische Wortmeldungen – Heiß oder Scheiß, Smash oder Trash, Funk oder Junk? Ein paar Dutzend Anrufe konnten einen Song in den regionalen Hitparaden immer noch nach oben bringen und ihm zum nationalen Durchbruch verhelfen. Jeder, der seinen Ohren traute, wusste, dass Doofus Funkstrong ein Deckname für den rechtlich geknebelten und daher unter Pseudonym musizierenden Funk Mob war – für diejenigen, die sich da weniger sicher waren, genügte ein Blick auf das psychedelische Pedro-Bell-Plattencover. Weitaus weniger Hörer konnten den Namen des Sängers richtig einordnen, dessen Koloraturen nur die letzten achtunddreißig Sekunden der Singleauskopplung schmückten, und der, den Absprachen gemäß, auf der Albumhülle mit Pee-Brain Rooster angegeben war. Unter seinem eigenen Namen gehörte Barrett Rude Junior zum Zwischenbereich des Radios, seit Jahren nicht mehr gespielt, aber immer noch kein Oldie. Wenn sich doch ein paar Hörer fragten: *Ist das nicht der Sänger der Distinctions?*, so war das nur ein flüchtiger Gedanke – wie sollte es denn auch möglich sein, dass die Tenorstimme der eleganten und sanften Distinctions plötzlich oben auf dieser verzerrten Synthesizer-Basslinie ritt?

Dann brach der Song ein. Niemand verlangte eine Erklärung – es wurde auch ganz sicher keine geliefert. Songs brechen eben ein, dieser zumindest. Man konnte höchstens verrückt finden, dass er es mit Refrains wie *Up jumped the globster, caught her with a mobster!* und *Goof a wedgie up your rump pocket!* überhaupt in die Charts geschafft hatte. Es gibt Grenzen. Also brach er ein. Nennen wir Doofus Funkstrong ein *albumorientiertes Projekt* – ein Euphemismus für *Wen interessiert's?*, Die Tantiemen versickerten in einem juristischen Labyrinth und hatten einen zu geringen Streitwert, als dass es für Pee-Brain Rooster Sinn gehabt hätte, einen Anwalt zu konsultieren. Ein paar Wochen lang hörte man den Song oder auch nicht, dann blieb es nervigen Fachleuten überlassen, ihn auseinanderzunehmen, ihn in endlosen blechernen Monologen hochzuloben oder niederzumachen. Geschichte schrieb er jedenfalls nicht. Man würde Marilla und La-La nie diesen Song in ihrem Vorgarten singen hören, weder beim Seilspringen noch beim Zöpfeflechten noch beim Jungsärgern mit ihren breiter gewordenen Hüften. Diesen Test konnte er nicht bestehen, selbst wenn man das Musikalische beiseiteließ: Dem Song fehlte der Dreh.

Als Mr. Winegar ihn aufforderte, nach dem Unterricht noch zu bleiben, stellte er sich vor, er wäre irgendwie berühmt geworden und der Physiklehrer hätte es als lokaler Sprecher der Schwerkraft auf sich genommen, die Sache zur Sprache zu bringen: *Junger Mann, es ist völlig unmöglich, dass Menschen fliegen können! Hören Sie sofort damit auf!* Stattdessen holte

Mr. Winegar einen Brief aus seiner Schublade und schob ihn über den Schreibtisch. Er zwirbelte an der Spitze seines Schnurrbarts, während er zuschaute, wie Dylan den Inhalt aufnahm: Aufgrund der Prüfungsergebnisse war er zur Stuyvesant Highschool zugelassen.

Draußen schneite es, puzzleförmige Flocken türmten sich auf dem Sims, verklumpten das Gitter vor dem Fenster. Die ganze Schule war in den weiß gepuderten Nachmittag hinausgeströmt. Durch die Verzögerung hatte Dylan jegliche Chance verpasst, sich in der schützenden Menge sich bewegender Körper über die Smith Street zu schummeln, und würde stattdessen eine erstklassige Zielscheibe für die Schneebälle derjenigen abgeben, die in der Nähe der Schule umherstreiften.

»Das einzige Kind in der ganzen Schule, das es geschafft hat«, sagte Winegar. »Allerdings haben auch nur sechs Schüler an der Prüfung teilgenommen. Ich habe darum gebeten, es dir persönlich mitteilen zu dürfen, und ich kann sagen, ich bin stolz darauf, wie sehr du dich angestrengt hast.«

Winegars Schnurrbarttiraden und sein verwirrter Gesichtsausdruck straften seine knappe Rede Lügen: Er hatte den Brief zurückgehalten, um einen Blick auf diesen Freak, diesen Anti-Idioten zu werfen, der unverhofft aus dem Ozean schreiender protokrimineller Seelen aufgetaucht war, den Dylans Klassenkameraden bildeten, den eigentlich alle fünf Unterrichtsblöcke seines täglichen Stundenplans bildeten – den, wenn er darüber nachdachte, seine ganze missratene Laufbahn bildete. *Wenn ich gewusst hätte, dass du das hinbekommen würdest, hätte ich mir selbst einen Gefallen getan und dich früher beachtet.*

Aber auf Winegars Erstaunen Rücksicht zu nehmen gehörte nicht zu Dylans Prioritäten.

»Was ist mit meinem Freund Arthur Lomb?«

Winegar runzelte die Stirn. »Ich bin nicht befugt, über die Ergebnisse der anderen Schüler zu sprechen.«

Das konnte nur eines bedeuten. Dylan tat es für Arthur leid, ihn erfüllte ein nicht erwartetes Mitgefühl.

»Er muss es doch wenigstens auf die Bronx Science geschafft haben«, legte er dem Lehrer nahe.

Winegar sah beleidigt aus. »Bestimmte Schüler …«, begann er und brach dann ab. Dylan verstand: nicht die Bronx Science, nicht einmal die Brooklyn Tech. Arthur Lomb, Schach-Rambo, Pantomimegenie, Meisterstratege des Verdünnisierens, hatte seinen eigenen Ratschlag nicht beherzigt und nicht für die Prüfung gelernt. Vielleicht hatte er gedacht, ein Asthmaanfall in letzter Minute würde ihn retten, vielleicht hatte er während der Prüfungszeit stolz ein großes Geschäft zurückgehalten, vielleicht hatte er ein paar *Yos* in die Runde geworfen. Alles nicht besonders wirkungsvoll in den Fangzähnen der Algebra. Houdini war in seiner eigenen verschlossenen Truhe ertrunken.

Winegars Reaktion machte deutlich, dass Arthur es sich schon vorher mit dem Lehrer verdorben hatte, die Erwartungen mit einer Reihe bescheuerter Antworten und abfälliger Bemerkungen enttäuscht hatte.

»Andererseits liegt die Sarah Hale direkt vor meiner Haustür«, sagte Dylan, einem sadistischen Impuls nachgebend. Er verfiel in einen schwachsinnigen, nervtötend monotonen Tonfall, sein Tribut an Arthur Lomb, den gefallenen Soldaten. »Ich meine, es sieht so aus, als gingen alle meine Freunde auch dorthin.«

»Wie bitte?«

»Ich habe an der Prüfung nur teilgenommen, um zu sehen, wie ich abschneide. Ich geh da vielleicht gar nicht hin.«

Winegar sah traumatisiert aus. Die Sarah J. Hale Highschool war die nächste schlimme Verwahranstalt, die routinemäßig auf die Intermediate School 293 folgte. Man konnte zwei Jahre lang durchgehend den Unterricht schwänzen, wie Mingus es getan hatte, und würde schließlich doch auf die Sarah J. weitergereicht werden, nur damit der Platz im

Klassenzimmer für jemand anders frei wurde. Dylan hätte genauso gut sagen können: *Ich denke, ich geh einfach direkt ins Brooklyner Untersuchungsgefängnis.* »Ich würde es nicht gutheißen, wenn du deine Chance derart vertust ...«

Du bist weiß!, hätte Winegar am liebsten geschrien.

Ich kann fliegen!, hätte Dylan am liebsten geschrien.

»Ich überleg's mir«, sagte Dylan.

»Du bist sehr befähigt ...«

Ich bin sehr beflügelt.

»Ich muss mit Abraham darüber reden. Meinem Dad.«

Der Schnurrbart würde unter Winegars Fingern zerbröseln, falls Dylan nicht ein wenig Mitleid zeigte. »Sicherlich. Bitte lass deinen Vater wissen, dass ich gerne für Fragen zur Verfügung stehe ...«

»Okay.« Er blickte nach draußen. Brooklyn war in einem Netz trügerischer Ruhe gefangen, die Schule ertrank. Winegar langweilte Dylan jetzt, der sich auf sein Eisball-Schicksal vorbereitete.

Die schneebeladenen Dächer wären bestens geeignet für Sprungübungen, das Hinterlassen unerklärlicher Fußspuren, Hüpfer ins Nichts.

Aeroman agiert lokal, müssen Sie wissen, wie sein Vorgänger.

Marihuana war Rachels Opfergabe. Es zu inhalieren war eine Vereinigung, ein Vergeben und Aufgehen in ihrer Rauchgestalt. Dylan lernte langsam, simulierte zunächst, wenn Mingus ihm einen Joint reichte, produzierte Sauggeräusche am nassen Filter, während sich Rauchkringel um seinen Kopf wanden. Dann simulierte er nicht mehr, erntete für seine Bemühungen aber nichts als den groben Eindruck, dass seine Kehle ein überbeanspruchtes Nasenloch war. Erst als er das sechste oder siebte Mal ernsthaft inhalierte, stülpte sich Mingus' Zimmer stecknadelkopfgroß nach außen, genau so, wie Dylan es schon die ganze Zeit zu erleben behauptet hatte.

In dem Moment gesellte sich Rachel zu ihm, dort, in Mingus' Zimmer, wo ein Handtuch vor dem Türspalt lag und die eiskalte Luft durch die rückwärtigen Fenster hereinströmte. Sie hatte scheinbar entweder in der Droge oder in Dylans Innerem geschlummert, um durch das jeweils andere hervorgerufen zu werden. Möglicherweise war es auch einfacher: Wenn Dylan ihre Platten hörte, das Modern Jazz Quartett oder Nina Simone oder Three Dog Night, machte er sich überhaupt erst mit Rachel vertraut, anhand ihrer Vorlieben, ihrer Wortspiele und letztendlich auch anhand ihrer Drogen.

Dylan lagerte die Rennende-Krabbe-Postkarten, mittlerweile um die fünfunddreißig, vierzig Stück, nach Poststempel sortiert auf einem Regal, in dem die Hugo-Award-Statuette als Buchstütze diente. Sie lagen gestapelt zwischen Robert A. Heinleins *Fremder in einer fremden Welt* und den New Belmont Specials Nummer eins bis sechzehn – eine Folge, die abgebrochen war, als Abraham aufgehört hatte, die Umschläge zu illustrieren. Dylan archivierte die Postkarten nicht nur neben Abrahams kommerziellen Arbeiten, um seinen Vater zu ärgern, falls dieser in der Batmanhöhle des Sohnes herumschnüffelte, während er in der Schule war, sondern auch, weil es sich zutiefst richtig anfühlte: Die Objekte ergaben ein Voodoo-Poem des Abraham-und-Rachel-Kults, die DNS seiner Eltern, ihre halb freiwilligen Häutungen, die wie Fingernägel oder Haare miteinander vermengt auf einem Bücherbord lagen.

Dylan beschloss jetzt, alle Postkarten in bekifftem Zustand erneut zu lesen, noch einmal von vorn anzufangen, um mithilfe der Droge Rachels Verschwinden zu entschlüsseln.

»Zieh dir das rein«, sagte Mingus, nachdem er den Rauch in den Hinterhof gewedelt und das Fenster geschlossen hatte. Die Kälte machte ihm nichts aus, er trug auch drinnen immer seine fleckige Armeejacke. Er war stets nur auf der

Durchreise, bereit zu neuen Taten, sogar wenn er stunden-lang nicht das Zimmer verließ.

Er zog jetzt »Theme from S.W.A.T.« von Rhythm Heritage aus der Hülle, legte die Maxisingle vorsichtig auf den Platten-teller und führte die Nadel in die Rille.

Als das Knistern in die Anfangsbreaks überging, fing Min-gus an, die Platte vor- und zurückzudrehen, um den Beat zu isolieren. Im Flüsterton rappte er mit gedehnter Zeichen-trickstimme vor einem imaginären Schulhofpublikum, der Bugs Bunny des Gettos.

Dylan nickte anerkennend.

»Nicht schlecht, was?«, sagte Mingus.

»Das ist *cool*«, wagte Dylan sich vor.

»All die Stücke, an die andere DJs nicht rankommen, hab ich heimlich oben aus Juniors Sammlung geklaut. Willst du noch mehr hören?«

»Ja.«

»Gut so, mein Kleiner will mehr hören, das lässt sich ma-chen.«

Diesmal legte Mingus »Scorpio« von Dennis Coffey und der Detroit Guitar Band auf. Erneut scratchte er sie vor und zurück, erneut rappte er murmelnd den Song mit, die Augen dabei schüchtern nach unten gerichtet.

Mingus mochte noch nicht reif für einen Schulhofauftritt sein, aber er hatte die Stücke dafür. Sie waren wahrscheinlich in ganz Brooklyn die einzigen beiden Jungen, deren Platten-sammlung direkt vom Planeten Supercool heruntergebeamt worden war.

Mingus' Zimmer hatte sich verändert. Dave Schultz von den Philadelphia Flyers und Mercury Morris von den Miami Dolphins waren weg, die Jackson Five ebenso. Alle drei Poster waren signiert gewesen, Geschenke für Barrett Rude Junior. Egal, sie waren von der Wand gerissen worden und unter den Reißzwecken blieben nur Schnipsel übrig. Ein einziges Poster wurde verschont, der Sechserfalz verwies auf ein Vorleben als Zugabe in einem Doppelalbum: Bootsy Collins und seine Rubber Band in Metallic-Smokings, Plateauschuhen und rosafarbenem Nebel. Es war ebenfalls signiert. Nach einem Besuch oben bei Barrett Rude Junior war Bootsy höchstpersönlich ins Untergeschossapartment dirigiert worden, hatte bei Mingus im Zimmer gestanden und das Poster in tropfendem Garvey-Violett unterschrieben, mit einem verschmierten Spruch, der seine glitzernde, sternförmige Gitarre halb verdeckte: *Love Ya, Bootsy!* Der silberfarbene Sprayüberzug war neueren Datums. Mingus hatte begonnen, innerhalb seines eigenen Zimmers zu taggen. Sogar wenn er zu faul oder zu bekifft war, hinauszugehen und sie dem Blick der Öffentlichkeit zu präsentieren, flossen die Tags immer noch aus ihm hervor: DOSE, DOSE, DOSE. Silberne Schleifen zogen sich über die Wände, über den Stuck, berührten die Decke, vernebelten sogar das Glas der rückwärtigen Fenster. Der Heizkörper war besprüht, ein dreidimensionales Bilderrätsel. Wenn man von der Seite draufschaute, bildeten die Rippen eine einheitliche Oberfläche, auf der das Tag lesbar war: ART. Aus jedem anderen Blickwinkel löste es sich in Streifen auf, in einen inhaltslosen Code.

Auch Farrah Fawcett-Majors war verschwunden, der rote Einteiler mit den erigierten Brustwarzen und dem schiefen blonden Grinsen, der vielsagend in Augenhöhe neben Mingus' Einzelbett gehangen hatte. Stattdessen lag ein Packen von Barrett Rude Juniors abgelegten *Playboy*- und *Penthouse*-Magazinen nur unzureichend versteckt unter dem Bett, ramponierte Ausklapptafeln, die aus der Klammerheftung gerissen waren und heraushingen wie die Zungen hechelnder Hunde. Ein weißer Ballen zusammengeknüllter Kleenex konnte eine Dose mit Vaseline nicht ganz verdecken.

»Du hast mir nie was von dem Mädchen in Vermont erzählt, Mann.«

»Welches Mädchen?« Dylan blätterte die Seiten von *Die Verteidiger Nr. 48* um und blickte verliebt auf die Walküre in ihrer blauen ärmellosen Rüstung und ihrem Ketten-BH. Mingus' Comics hingen in Fetzen, ihre glänzenden Umschläge hatte er mit schwarzem El Marko beschrieben.

»König Artus sagt, du hättest damit angegeben, Mann, also versuch gar nicht erst, mich anzulügen.«

»Ich habe Arthur überhaupt nichts erzählt. Der spinnt ja.«

»Schau dir meinen Kleinen an, wie er versucht es abzustreiten! Arthur sagte, du hättest *es getan*. Du kannst dich nicht vor mir verstecken, D-Man, du *weißt*, dass du mir in einer Minute alles erzählen wirst.«

Dylan benötigte weniger als eine Minute, bevor er sagte: »Sie heißt Heather.«

»Na also.«

»Wir sind schwimmen gewesen.«

»Ich hab von mehr als schwimmen gehört.«

Obwohl er zwei Jahre lang geschwänzt hatte, war Mingus auf die Sarah J. Hale versetzt worden. Wie der Schatten einer Sonnenuhr war er in die nächste Zeitzone vorgerückt, die nächste Phase. Sein Zimmer hatte sich verändert, sein Körper hatte sich verändert. Er war größer und kräftiger geworden, wenn er die Dean Street entlangfederte, sang er Reime vor sich hin, Discjockeygeplapper. Er hatte seine eigene Stereoanlage. Durch den Briefkastenschlitz eines Mietshauses in der Bergen Street kaufte er sein eigenes Gras und plünderte nicht mehr Barrett Rude Juniors Gefrierfachdepot. Sein Zimmer war sein Heiligtum. Obwohl Barrett Rude Senior in den vorderen Bereich des Untergeschosses eingezogen war, schien es fernab von jeglicher fremden Autorität zu liegen. Die Räume des Hauses waren zu Festungen geworden, die drei Generationen der Rudes hatten sich in ihren jeweiligen Herrschaftsgebieten verbarrikadiert wie zu einem stummen Krieg. Mingus nannte seinen Großvater Senior und betrat nie dessen Vorderzimmer, das durch die halb offene Tür recht karg aussah, als hätte Senior vergessen, wie man einen großen Raum möbliert. Senior saß meist an der Heizung und starrte zwischen den Eisenstäben der Untergeschossfenster hindurch auf die Dean Street wie durch Gefängnisgitter. Manchmal steckte er Kerzen an. Mingus' Zimmer roch nach Vaseline und noch etwas anderem. Das Plattencover von Ohio Players *Fire*, das den unglaublich heißen Körper eines Mädchens mit obszön zwischen den Beinen hervorlugendem Feuerwehrschlauch zeigte, war überzogen mit einer klebrigen Schicht, Harz vielleicht, und in dieser Schicht steckten die Pflanzensamen und Stängel vom Jointrollen. Es war ein wenig ekelig, aber andererseits auch faszinierend, wie ein Stück Blatt im Haar oder Essensreste am Kinn, auf die man jemanden nicht aufmerksam zu machen wagt.

Aus Juniors Zimmern oben roch es wieder nach etwas anderem, etwas Teuflischem, nach erhitzter Alufolie, versengten Kristallkörnern. Senior brannte Kerzen ab und rauchte Kette, wobei er regelmäßig die nächste Pall Mall mit dem Stummel der vorherigen anzündete. Mingus und Dylan hatten sich in das Heiligtum mit dem Handtuch vor der Tür eingeschlossen und pafften Gras, während Junior oben im Wohnzimmer, das niemand mehr betrat, Freebase-Kokain in einer Glaspfeife verbrannte.

Barrett Rude Junior und die Famosen Flammen.

»Glaub nicht, ich habe vergessen, dass du mir gerade von Heather erzählen wolltest, Mann.«

»Das hättest du wohl gerne.«

»Wie alt ist sie?«

»Dreizehn.«

»Eine ältere Frau – das hab ich ja immer schon gesagt.«

»Ich habe ihr den Rücken massiert.«

»Na also. Es geht doch. Ich *weiß* aber, dass es nicht dabei geblieben ist.«

»Wir haben uns geküsst, auf dem Dachboden.« Während er es erzählte, konnte Dylan den Ort wieder riechen, erinnerte sich an die knarrenden Holzstufen, das blonde Licht. »Sie hatte nur ihren Badeanzug an.«

»Mal im Ernst jetzt. Ist sie eine *frühe* oder eine *späte* Dreizehnjährige?« Mingus' Hände beschrieben die fraglichen Formen in der Luft.

Dylan dachte *Orangen*, sagte aber: »Pampelmusen.«

»*Verdammt!*« Mingus' Begeisterung war so groß, dass er das Gesicht verzog. »Warte kurz.« Er raffte sich auf und legte Slys *Fresh* auf den Plattenteller, drehte die Lautstärke hoch. Dann ließ er sich wieder auf sein Bett fallen, die Hände auf die Oberschenkel gelegt. Zwischen den Oberschenkeln und den gespreizten Fingern hob sich unter seiner Cordhose ein Ständer ab.

»Erzähl weiter.«

Something moving in the brain of a doer, sang Sly in einem schlüpfrigen, schläfrigen Ton.

»Ich zeig's dir«, sagte Dylan. »Dreh dich um.«

Mingus nickte und gehorchte.

Dylan war hier der Geschichtenerzähler, ihm war jetzt klar, dass Mingus ihm nicht widersprechen würde und darauf wartete, dass er weitererzählte.

Mingus lag mit dem Gesicht nach unten auf seinem Bett, als wäre es nur eine Frage der Zeit gewesen, bis Dylan kapiert hatte, wie er ihn ruhigstellen konnte.

Dylans Handflächen über der grünen Jacke auf Mingus' Schultern.

»Also, du bist das Mädchen, klar?«

»Mh hmh.«

»Sie wölben sich an der Seite raus, und mich macht das ganz verrückt.«

»Mh hmh.«

»Aber ich mache langsam.«

»Mh hmh.«

»Dann fasse ich sie von den Seiten an.«

»Scheiße.«

»Sie sagt nichts und versucht auch nicht, mich zu stoppen.«

»Oh.«

»Dann versuche ich, in ihr Höschen zu kommen.«

Diese Welt hatte keinen Namen, man trug Masken, gehörte zur Rasse der Unmenschen. Mingus' Zimmer stellte eine weitere Negativzone dar, unter Wasser, unter dem Haus, losgelöst von der Dean Street wirbelte es einem anderen Ort entgegen. Hatte das schon immer getan, seit dem Tag, als Mingus seine Pfadfinderuniform getragen und seine Finger über die Abzeichen hatte fahren lassen, Passstempel eines fernen Reiches.

Man errichtete Lagerfeuer, markierte Brücken und Züge, wichste in Taschentücher und Socken.

Eine Hand, die Mingus' Hintern durch seine Hose hindurch knetete, benötigte keine Erklärungen, das war keine Schwuchtelnummer, nur eine Geschichte, die du erzähltest: Der Stapel *Playboys* unterm Bett, die aufgetürmten Gewitterwolken der Brüste, die überall hingen, verhießen Frauenkörper für dein Leben, rückten einen Horizont ins gemeinsame Blickfeld.

Wie dem auch sei, wenn du nach all der Zeit Mingus streicheltest, wolltest du eigentlich nur seinen *Wuschelkopf* mit einem Lockenkamm kämmen, du hast dich schon immer gefragt, wie es sich wohl anfühlte, über seinen Kopf zu streichen und ihn mit jener geheimnisvollen Stimmgabel zu zupfen.

Aber Schluss mit den irritierenden Zärtlichkeiten, das ist ein Gespräch unter Jungs.

»Allein vom Berühren ihres Arsches bin ich hart wie Stein geworden.«

»Kein Scheiß.«

»Sie hat meine Hand aber nicht druntergelassen.«

»Du musst gestorben sein!«

»Oh ja.«

»Ich hätte gesagt: *Yo!* So aber nicht!«

»Genau das habe ich auch gemacht«, sagte Dylan und lichtete den Anker der Wahrheit. »Ich habe ihr gesagt, sie soll mal sehen, in was für einem Zustand ich bin, und überlegen, was sie dagegen tun will.«

»Sag *nicht*, was ich glaube, was du sagen wirst.«

Sie lagen jetzt ausgestreckt nebeneinander, so wie Dylan und Heather damals auf dem sonnenerhitzten Dachboden nebeneinander auf der Tagesdecke gelegen hatten, Limonade aus beschlagenen Gläsern trinkend und sich die Unterarme kühlend. Nur dass Dylan und Mingus bekifft dalagen, die Köpfe auf Mingus' besabbertem Kissen, jeder mit der Hand in der Hosentasche, ohne es beim anderen bemerken zu wollen. Ihre Atemzüge wurden tiefer, und Mingus' Seufzer rasselten wie ein leises Schnarchen.

Er streckte sich zur Stereoanlage und stellte die Musik noch einen Tick lauter, sodass sie ganz vom Funk durchströmt, noch benommener wurden.

»Erzähl schon.«

»Wir hatten kein Gummi, also musste sie mir einen blasen.«

»Verdammt!«

Sie schwiegen eine Weile. Als Mingus wieder sprach, war seine Stimme ruhig und ernst: »Hast du weiß oder durchsichtig abgespritzt?«

»Weiß. Vorher war es meistens durchsichtig.«

»Genau.« Dann, nach einer weiteren Gesprächspause: »Wie fühlt es sich an, im Mund eines Mädchens zu kommen, Mann?«

»Das beste Gefühl der Welt«, log Dylan mit Bestimmtheit.

»*Das* hab ich gehört.«

»Ich wünschte, es würde jetzt eine an mir rumlutschen.« Wieder eine Pause, dann sagte Dylan: »Nimm ihn ruhig raus, wenn du willst.«

Mingus' Penis war von einer braunrosa Färbung, wie seine Handflächen. Er pochte in seiner Hand.

»Mach die Augen zu«, sagte Dylan.

»Ohne Scheiß?«

»Hände hinter den Kopf.«

Dylan kam bis auf Flüsterabstand heran, bevor er kniff, nah genug, um den Geruch von Mingus' Beinen zu riechen, den Schambereich im Schlitz seiner Unterhose.

»Mach es mit der Hand«, sagte Mingus.

Als die Tür aufflog, wurden Dylan und Mingus mit Vaseline in den Fäusten erwischt, die Hosen wie Schalldämpfer bis auf ihre Pumas heruntergerutscht. Es blieb überhaupt keine Zeit, irgendwie anders zu reagieren, als den erstarrten Blick von Mingus' Vater zu erwidern, der barfuß in seiner blauen Satinschlaghose und einem Designer-T-Shirt mit weiblich weitem Ausschnitt in der Tür stand. Barrett Rude Junior kleidete sich immer mehr wie jemand, der nie das Haus verließ, sein ganzes Wohnzimmer war zu einem Ego-Harem geworden, einem Königreich der Pyjamas. Mingus und Dylan hätten Termiten oder Maulwürfe sein können, die sich unter der Playboywohnung eingegraben hatten und nun von einem Spaten entdeckt worden waren, der in ihren Bau eindrang und sie dem Tageslicht preisgab. Trotz der heruntergelassenen Hosen hatten sie immer noch mehr an als Junior, Mingus seine Jacke, Dylan seinen Pullover, beide mit Straßenschuhen. Sie bräuchten nur schnell die Hosen über die entblößten Oberschenkel zu zerren und könnten wieder raus, in Bewegung sein, davonhuschende Ratten, Geschöpfe der Straße. Sie zogen sie hoch. Dylan blickte zu Boden.

»Mach die Musik leiser, Gus, Mann.«

Mingus drehte an dem Knopf, bis sie so schwach, so hauchzart war wie die Musik von Junior, die sie jetzt durch die Decke hören konnten.

Mingus' Vater betrachtete sie aus kleinen, verschlafenen Augen, schmatzte in Zeitlupe mit den Lippen und kratzte sich mit einem der ungeschnittenen Fingernägel den Spitzbart. Seine Nasenflügel weiteten sich, vielleicht weil er die medizinische Paste auf ihren Händen und Schwänzen roch.

Er zögerte und schien auf den richtigen Beat zu warten, um loszulegen, nicht aus der Stereoanlage, sondern aus seinem Inneren. Als er wieder sprach, war es in einer tiefen, beiläufigen Melodie.

»Es ist mir eigentlich egal, was ihr Motherfucker hier unten treibt, aber ihr solltet ein bisschen leiser sein, Mann.«

Sein müder Auftritt drückte umfassende Kenntnis von allem aus, was sie vermeintlich für sich selbst erfunden hatten, zusammen mit einem leichten, aber liebevollen Widerwillen gegen ihr linkisches Ungeschick, ihr armselig ausstaffiertes Liebesnest. Möglicherweise hätten Dylan und Mingus Weihrauchkerzen anzünden und lilafarbene Nachthemden tragen sollen – wie auch immer, es ging ihn nichts an. Er legte die Hand auf den Türgriff.

»Du kannst von Glück reden, Gus, dass ich es war, der hier reingekommen ist, und nicht jemand anders. Besorg dir ein Schloss für diese gottverdammte Tür, Mann.«

Dann war er verschwunden.

Seine wenigen Sätze waren womöglich die freundlichsten Worte gewesen, die Dylan in seinem Leben gehört hatte.

»Scheiße«, sagte Mingus leise in Richtung der geschlossenen Tür, leicht angeekelt von den Mutmaßungen seines Vaters, jetzt, wo er es sich wieder erlauben konnte.

Dylan sah Mingus nur an und wartete ab. Vielleicht rieb er sich ein wenig verwundert die Augen.

»Keine Angst, Junior wird deinem Vater nichts erzählen. Ich hab ihn selber bei viel abgefahrenerer Scheiße überrascht, und er weiß das.«

»Ehrlich?«

»*Frag* lieber gar nicht erst.«

Damit war die Sache erledigt, es war, als wären sie nie ertappt worden. Mingus drehte die Platte um, stellte herausfordernd die Lautstärke hoch.

Zehn Minuten später spritzten sie einander in die Fäuste, während Slys ganze Band *Que sera, sera, the future's not ours to see* stöhnte und Dylan von einer neuen Erkenntnis durchdrungen wurde: Die Freundschaft zwischen ihm und Mingus war wiederhergestellt. Sie hatten wieder gemeinsame Geheimnisse, abgesichert durch drohende Schwuchtelvorwürfe, Geheimnisse vor Arthur Lomb und Robert Woolfolk, absolute Geheimnisse vor allen anderen. Sogar Barrett Rude Juniors Komplizenschaft war tröstlich, sie war wie ein Siegel, wie ein Klumpen Wachs auf einem Briefumschlag. Selbstverständlich waren sie keine Schwuchteln, sondern beste Freunde, Entdeckungsreisende. Dylan konnte Mingus vertrauen, sie waren wieder allein und einzigartig. Dylan hatte ein Geheimnis für sich behalten und war von diesem Geheimnis vergiftet worden, wie ihm nun klar wurde. Aber es bestand keine Gefahr, es war in Ordnung: Er konnte Mingus von dem Ring erzählen. Er konnte ihm das Kostüm zeigen.

Eine einsame Gestalt auf dem Straßenpflaster, ein weißer Junge, der auf der Atlantic Avenue, zwischen Court Street und Boerum Place, nervös seine Bahnen zieht. Es ist eine kühle Dienstagnacht im April, kurz nach zwölf. Völlig allein und ziemlich klein, erscheint der Junge wie eine Marionette auf einer großen Theaterbühne. Wenn er durch die Lichtkegel der Laternen geht, verkürzt und verlängert sich sein Schatten. Die nahe liegende Frage: Was macht er da? Der Block wird zur Court Street hin von arabischen Geschäften begrenzt, zum Boerum Place hin vom St. Vincent Waisenhaus für Jungen. Dahinter ragt drohend das Brooklyner Untersuchungsgefängnis auf, ein Monolith aus Glasbausteinen. Doch der Block, den er entlanggeht, ist ein Nichts: lediglich ein Parkhaus, ein vierstöckiger Betondamm aus Rampen. Auf der anderen Seite der Straße eine Mobil-Tankstelle, die geschlossen ist.

Der Junge spaziert zur einen Ecke des Parkhauses, dann zurück zur anderen, als wäre er eingepfercht, eine Springmaus in einem unsichtbaren Laufgang. Was er dort zu suchen hat, lässt sich wirklich nicht erklären, auch wenn man länger darüber nachdenkt, was niemand tut. Der Block ist eine schlechte Wahl für einen Mitternachtsspaziergang, es wird bestimmt noch etwas Schlimmes passieren.

Das ist genau der Punkt.

Bis zur Ecke und wieder zurück: Beeil dich und passier schon.

Jetzt ist es so weit. Die Angreifer erscheinen in gewohnter Manier, zwei schwarze Teenager, einer lang und der andere kurz, beide haben ein Nylonnetz über ihre kurz rasierten Schädel gezogen – einen *Doo-rag* nennt man das –, ein Paar von zentraler Bedeutung für die Besetzung der folgenden Szene. Sie streifen den Boerum Place entlang, nachdem sie irgendwelchen Zerstreuungen in der Fulton Mall nachgegangen sind, möglicherweise ein Spätfilm im Duffield oder im Albee, vielleicht haben sie sich gerade Gras besorgt in einem der Haschläden auf der Myrtle Avenue, auch bekannt als Murder Avenue. Wie dem auch sei, ihr Whiteboy-Radar ist eingeschaltet. Der heutige Fang ist fast schon ein wenig zu einfach, um wahr zu sein: Im Schutze des riesigen Parkhauses können sie sich Zeit nehmen, etwas Spaß haben. Es ist wirklich weit und breit niemand zu sehen. Ein weißer Junge, der so blöd ist, hat verdient, was auch immer jetzt passiert, hoffentlich ist er nicht so ein Idiot, der gleich anfängt zu heulen.

»Yo, ich möcht mal kurz mit dir reden.«

Der weiße Junge blinzelt nur. Die beiden sind ihm fremd, er kennt sie nicht aus der Schule. Dies ist ihr erstes Zusammentreffen. Es sollte eines werden, an das sie sich noch erinnern würden.

»Was, will der etwa nicht mit dir reden, Mann?«

»Vielleicht ist der Nigger taub oder so'n Scheiß.«

»Oder er mag deine Hautfarbe nicht, Mann, vielleicht ist das das Problem.«

In diesem Moment kommt es aus dem Nachthimmel angeflogen, das Verschwommene in Maske und Umhang. Der Sprung beginnt drei Stockwerke höher, auf dem Dach des Parkhauses, und sieht zunächst nicht anders aus als ein normaler Kopfsprung, ein Selbstmordversuch. Der schwarze Junge mit dem selbst genähten Outfit und dem Ring am Finger hat seit Wochen in Hinterhöfen und auf Dächern geübt – dies ist allerdings das erste Mal, dass er sich damit auf die Straße wagt.

Kein Problem, er ist ein Naturtalent. Was man auch zum Fliegen braucht – Gleichgewichtsgefühl, Ausgeglichenheit, Entschlossenheit, ein Gespür für *Luftwellen* –, er besitzt es offensichtlich. Knapp unterhalb des zweiten Stocks des Parkhauses setzt er zum Sturzflug an, die zwei geballten Fäuste leiten den Angriff ein, als er der drohenden Kollision mit dem Pflaster in einer Schleife ausweicht und erst schräg, dann unverkennbar horizontal durch die Luft gleitet. Als er mit den Möchtegernpeinigern des weißen Jungen zusammenstößt, befindet er sich schon im Steigflug, schießt wieder in den Himmel hinauf. Während er aufsteigt, schlägt der fliegende Junge mit der Faust, den Knien und zuletzt auch mit den Turnschuhspitzen auf Schultern und nylonbekrönte Häupter ein – ein perfekter und verwirrender Angriff von oben. Die beiden Opfer gehen ungläubig zu Boden, fluchend betasten sie ihre lädierten Eierköpfe.

»Was *war* das?«

»Scheiße, Mann, du hast mir einen übergezogen!«

»Ich hab dich nicht angerührt, Mann, was redest du'n da?«

Der fliegende Junge macht in der Luft einen Salto, rauscht erneut nach unten, die Fäuste nach vorn gestreckt. Sein weißer Umhang flattert und knattert dramatisch an den Ellbogen seines langärmligen T-Shirts mit dem Spirographenmuster. Außerdem trägt er eine genähte weiße Maske, die hinter den Ohren festgebunden ist und oben seinen Afro freilässt, wie bei Marvels Black Goliath.

»Los, Mann, lass uns hier abhauen!«

»Lauf!«

Sekunden später sind sie verschwunden, den Boerum Place in Richtung Bergen Street hinunter getürmt, höchstwahrscheinlich nach Hause zu den Gowanus Houses. Der kostümierte Junge landet neben dem weißen Jungen auf dem Pflaster und schreit den flüchtenden Schatten nach: »Rennt nur, Motherfucker! Macht, dass ihr wegkommt! Niemand legt sich ungestraft mit Arrowman an!«

»*Aer*-o-man«, korrigiert der weiße Junge.

»Hab ich doch gesagt – Arrowman.«

VIERZEHN

Die Wände im Inneren waren irgendwann in einem intensiven, seidenmatten Arzneimittelrosa gestrichen worden, der Farbe eines Durchfallmittels oder der Darstellung eines leidenden Gehirns, bevor es von einer Kopfschmerztablette erlöst wird. Auf dieser schmutzigen, feuchten Oberfläche hingen der Gratiskalender einer Bank, die Matrizenkopie eines Tagesplans und ein vergilbtes Fünfzigerjahre-Flugblatt der Anonymen Alkoholiker, nicht viel mehr – zumindest nicht so etwas wie diese Plakate mit der Aufschrift MAN MUSS NICHT VERRÜCKT SEIN, UM HIER ZU ARBEITEN, ABER ES HILFT, und ganz sicher keine Schnappschüsse von Ehefrauen, Haustieren oder Kindern. Das Kirschbaumfurnier des Schreibtischs, an dem sich die beiden Männer gegenübersaßen, wies Gebrauchsspuren von dreißig Jahren auf, Kaffeetassenringe und Büroklammerkratzer. Er war von der nahe gelegenen öffentlichen Schule zur weiteren Verwendung hierhergebracht worden. Die der Tür zugewandte Seite des Tisches zeigte einige nervöse Tags, Graffiti oder Kratziti, mit Kugelschreiber, Schlüsselspitze oder Taschenmesser diskret auf Kniehöhe angebracht, wo fahrige Hände vor den Blicken des Fragestellers geschützt waren, während das Gesicht darüber einen Ausdruck intensiven Zuhörens zur Schau trug.

Auf dem Schreibtisch zwischen den Männern lag eine aufgeklappte Akte.

Juli 1978. Beide trugen Krawatten: Der dreißigjährige Weiße ein taubenblaues Exemplar über einem weißen, kurzärmligen Hemd ohne Jackett, das in dem rosafarbenen Bürogehirn wie ein entzündeter Nervenstrang wirkte. Der ältere Schwarze hatte einen unzeitgemäß schmalen schwarzen Schlips umgebunden, der ordentlich in der Weste seines neu erstandenen gebrauchten Nadelstreifenanzugs steckte, einem eleganten grauen Dreiteiler mit übertrieben großem Revers. Die fünf Knöpfe der Weste waren zu, sie umspannte den dünnen Körper wie eine Wurstpelle. Es gab hier keine Klimaanlage, also kam ein spitzenbesetztes Taschentuch zum Einsatz, tupfte Brauen, Nasenspitze und den faltigen Hals, von dem nur wenig über dem engen Knoten der Krawatte sichtbar war.

»Ich sage Ihnen, in diesem Hause geschehen seltsame Dinge«, erklärte Barrett Rude Senior.

»Was kümmert Sie das?«

»Ein Mann Gottes steht immer in der Pflicht.«

»Dieser Mann Gottes sollte sich lieber erst mal drei Jahre von den Mädels auf der Pacific fernhalten, bevor er jemand anders an den Arsch geht«, entgegnete der Mann hinterm Schreibtisch. »Nur weil irgend so ein Frischling Mitleid mit Ihnen hat und Sie nicht verwarnt, heißt das nicht, dass der Bericht nicht trotzdem auf meinem Tisch landet. Tun Sie nicht so, als hätten Sie das hinter sich, Barry, glauben Sie bloß nicht, ich wüsste nicht, was läuft.«

Der Mann hinterm Schreibtisch mochte ein wenig zu jung erscheinen, um derart mit dem älteren Rude oder sonst jemandem umzuspringen, sein hartgesottener Ton ein wenig zu künstlich, die Straßensprache aufgesetzt. Wenn dem so war, dann lag die Erklärung für seine Arroganz nicht bei dem Pistolenhalfter an seinem Unterschenkel, das sichtbar wurde, als er seine Hose raffte, um die Beine übereinanderzuschlagen, und auch nicht bei den Handschellen, die an seinem Gürtel baumelten; nein, dies waren alles nur Symptome für etwas, Hinweise auf einen speziellen Personentypus, der sich in diesem Arbeitsbereich tummelte. Ein Inhaftierter würde den Typus *Cowboy* nennen. Wie Kautionsjäger oder Gefängniswärter gehörten Cowboys zu dem Schlag Männer, die entweder zu sadistisch oder zu eigenwillig waren, um in den gewöhnlichen Polizeidienst zu kommen. Unter Bewährungshelfern sind die vereinzelten Weltverbesserer im Stile eines Frank Serpico in der Minderheit; die Cowboys sind die Norm. Jemanden fertigzumachen war für sie tägliches Einerlei, nicht der Rede wert.

Falls das Übergangshaus, die Kindertagesstätte und die Zulassungsstelle nicht ausreichen, um eine gewisse gewalttätige Atmosphäre auf der Nevins Street zwischen Flatbush Avenue und State Street zu erklären, dann kommt hier die Auflösung: Eine Bewährungshilfestelle, die bewusst unauffällig im ersten Stock eines Gebäudes an der Ecke Schermerhorn Street untergebracht war; sechs Büroräume, die von einem Wartezimmer abgingen, die Küche umgewandelt zu einem Labor für die Sofortuntersuchung von Urinproben, einschließlich einem Hinterzimmer mit vergitterten Fenstern als improvisierter Gefängniszelle. Seit er sich das erste Mal gemeldet hatte, nachdem er am Tag zuvor am Port Authority aus dem Greyhound geklettert war, stattete Barrett Rude Senior diesem Ort wöchentlich seinen Besuch ab, immer tadellos herausgeputzt. Sein Bewährungshelfer erwiderte die Höflichkeit nicht, sondern hatte meist das Hemd über der Hose hängen, war unrasiert und ließ die ausdünstenden Sandwichverpackungen offen auf seinem Schreibtisch liegen.

»Sie missunterschätzen einen alten Mann«, sagte Barrett Rude Senior. »Ich habe diesen Mädchen nur die Segnungen Jesu näherzubringen versucht.«

»Sie und Jesus halten Ihre Segnungen um ein Uhr nachts von der Pacific Street fern, schlage ich vor. Haben Sie mir eine Unterschrift mitgebracht?«

Barrett Rude Senior zog ein handgeschriebenes Blatt hervor, auf dem die Stunden gemeinnütziger Arbeit bescheinigt waren, die er unter Aufsicht von Pastorin Gib in der Myrtle Avenue für die Kirche der Gemächer Gottes verrichtete.

Wenn er keine Arbeit fand, musste ein bedingt auf Bewährung Entlassener irgendeine andere Stechuhr bedienen; dies hier war seine, auf seinen eigenen Wunsch hin. Dennoch empfand er es als Erniedrigung. Jede Woche drohte ihn eine Welle der Empörung aus der Fassung zu bringen, wenn er mit knöchrigen Fingern in seiner Brusttasche nach dem geforderten Nachweis kramte.

»Ich war spazieren«, sagte er starr vor verletztem Stolz, anstatt die Sache zu vergessen. »Verbringe zu viel Zeit in jenem Haus, ich muss ab und zu meinen Geist ein wenig lüften.«

»Machen Sie Ihre Spaziergänge nachmittags, nicht mitten in der Nacht. Gehen Sie Enten füttern.«

»Es dringen Geräusche durch die Decke, die niemand hören sollte, weil niemand sie machen sollte.«

»Was soll ich dazu sagen, Barry? Tragen Sie Ohrenschützer.« Der Bewährungshelfer warf einen Blick auf den Zettel und gab ihn zurück.

»Ich muss aus jenem Haus verlegt werden, denn der Teufel bringt dort meinen Geist in Unruhe. Mitansehen zu müssen, wie der Junge verdorben wird, ohne etwas dagegen tun zu können.«

»Die Bedingung für Ihre Überstellung aus Carolina war die Unterbringung im Haus Ihres Sohnes.« Er sprach, als zitierte er ein fades Rezept: Zwei Teile Wasser zu einem Teil Reis. »Wir können Ihre Unterlagen jederzeit nach Raleigh zurückschicken, und Sie gleich mit, wenn es das ist, was Sie wollen. Ihr Aufenthalt in New York, wo die ganze Nacht über Miniröcke auf der Straße flanieren, ist abhängig von einem festen Wohnsitz, und das wissen Sie.«

»Ich erkläre hiermit offiziell, dass es nicht gut für meine Resozialisierung ist, von Drogensüchtigen und Funkmusik umgeben zu sein. Notieren Sie das.«

»Kommen Sie, Barry. Spielen Sie keine Spielchen mit mir.«

»Ich bedauere es, sagen zu müssen, dass mein einziger Sohn Satan huldigt. Schreiben Sie das in Ihren Bericht. Er und ich werden aneinandergeraten, oder noch schlimmer. Ich verlange daher zu unser aller Wohl eine Verlegung, und Sie sind dafür verantwortlich. Ich würde den Jungen mitnehmen, aber er ist selbst schon ein halber Mann und muss sich da durchkämpfen. Ich bete jeden Abend, wenn ich mich bei all dem Gegröle und Gestöhne und dem Knistern der Pfeife überhaupt noch hören kann.«

»Wir bemühen uns hier zusammenzuhalten, was Sie zusammenhält, und Sie reden nicht mit mir. Ich habe diese ganze Leier schon gehört, das sind alte Geschichten. Ich werde Ihren Sohn nicht verhaften lassen, und ich bin auch kein besonders religiöser Mensch, insofern haben Sie, was mich angeht, bisher noch keinen Ton gesagt.«

»Ich möchte ein Zimmer im Times Plaza, um nicht mehr unter diesem Druck zu stehen.«

»Und wer bezahlt das?«

»Ich nehme an, der Teufel wird zahlen, um mich vom Hals zu haben.«

»Diese alte Wanzenburg ist kaum besser als ein Gefängnis. In der Hälfte der Zimmer wohnen Knackis, die die Zeit bis zum nächsten Bruch totschlagen.«

Barrett Rude Senior erstarrte wieder, als wäre er missverstanden worden. »Aus der Gemeinde kenne ich einen Mann, der dort wohnt, einen ehrbaren, frommen Mann. Er schaut aus dem Fenster und sieht den Filz um sich herum nicht.«

»Der Vogelmann von Alcatraz, was?«

Senior warf ihm nur einen Blick unverhüllter Verachtung zu. Im Funkeln seiner Augen bündelte sich einen Moment lang die konservierte Beredsamkeit eines Vermächtnisses von singenden Männern auf Baumwollplantagen, schweißgebadeten Glaubensbrüdern, maskierten Reitern, Galeerenschiffen aus Afrika, alles Dinge, die der Bewährungshelfer mit seinem Dion-and-the-Belmonts-Bronxakzent nicht annähernd erfassen konnte. Einen Moment lang schien es, als wäre Senior auf einem Maultier zu diesem Treffen geritten, als dränge das Bellen von Jagdhunden, die durch Sumpfland stürmten, in den Raum.

Irgendein Funken Serpico-Weichherzigkeit, den der Bewährungshelfer in seiner Cowboypsyche bewahrt hatte, wurde in diesem kurzen Augenblick angerührt. »Es läuft wirklich scheiße zwischen Ihnen und Ihrem Sohn, was, Barry? Ich muss annehmen, dass Sie es ernst damit meinen, in diese Absteige ziehen zu wollen.«

»Ich habe Frauen auf Frauen gesehen und andere widernatürliche Dinge.«

»Genug davon, ich krieg schon Ausschlag. Ich will sehen, was ich tun kann.«

»Geboren in Babylonien, gezogen nach Kalifornien ...«

»Wir sind die Ritter, die immer sagen *Nie*!«

»Berausch dich und geh zu einem gähnenden Fest.«

»Wir – wollen – ein – schönes – Gebüsch!«

»Hey, lass uns zu Blimpie gehen, ich hab so einen Hunger, ich könnte ein ganzes Pferd essen. Aua, Scheiße, wofür war denn das?«

»Ich hab gesagt, ich knall dir eine, wenn du noch einmal *Blimpie* sagst.«

»Du blöder Bastard!«

Mit rauer, schnarrender Stimme: *»It's the blimp, it's the blimp, it's the mothership!«*

»Komm schon.«

Mit Fistelstimme, während sie die Straße vor der Schule überquerten: *»Basketball Jones, I got a basketball Jones ...«*

Gabriel Stern und Timothy Vandertooth schwadronierten in einem akustischen Graffiti aus Stimmimitationen: Marty Feldman, George Carlin, Devo, Monty Python, Frank Zappa und Spock. Gabe Stern hatte die Songs von Tom Lehrer auswendig gelernt, Tim Vandertooth konnte den Liverpooler Akzent, Steve Martin und Peter Sellers als Swami nachmachen. Die Bekanntschaft mit den beiden hatte er in der zweiten Schulwoche gemacht, am Montag, kurz nach drei Uhr. Gabe und Tim hatten Dylan umzingelt, als er gerade in die U-Bahn-Station auf der 14th Street gehen wollte, und hatten ihm ein Stück Original-Ray's-Pizza mit extra Käse gekauft. Dann waren sie gemeinsam in Crazy Eddie's Ausstellungsraum gegangen und hatten das Testmodell von Pong gespielt, wobei sie sich bei jeder Niederlage unter vorgetäuschten Qualen gewunden hatten, ohne auf die Kunden oder Verkäufer zu achten.

»Du Bastard!«

»Rache, ich schwöre Rache.«

»Isch furze auf eusch, ihr Schweinepriester.«

Gabe, breitschultrig, dunkelhäutig und mit lockigem Haar, hatte auf beiden Wangen entzündete Aknekrater, als wäre Säure draufgeträufelt worden und fräße sich durch. Tim war rotblond, knochig und hatte einen hüftbetonten Gang, als müsste er seinen großen, hageren Körper lenken wie einen Drachen im Wind. Neben den beiden wirkte Dylan klein. Er war zwar gewachsen, hatte persönliche Entwicklungen durchgemacht, merkwürdige Haarbüschel an sich entdeckt, aber in Gabe und Tims Gegenwart fühlte er sich kindlich und nahezu unsichtbar. Irgendwie wurden doch alle auf die eine oder andere Weise von ihren Körpern betrogen, und so wurde alles verziehen und nie darüber gesprochen.

Dylan fand sich als überflüssiger Dritter in der Gemeinschaft von Gabe und Tim ein: Schiedsrichter, Publikum, Anhängsel. Manchmal schienen sie Dylan regelrecht etwas vorzuspielen, schienen um ihn zu buhlen, als wäre er in der Lage, einen Konflikt zu entscheiden, den sie schon ihr ganzes Leben lang zu lösen versucht hatten: Wer von uns beiden ist witziger, lauter, unwiderstehlicher? An solchen Tagen spürte Dylan, dass es wichtig war, sie in ihrer Manie im Gleichgewicht zu halten, dass bei der geringsten Bevorzugung von Tim oder Gabe der andere auf dem Straßenpflaster verbrutzeln würde wie die Böse Hexe des Westens. An anderen Tagen behielten sie ihre Energien für sich, bildeten einen geschlossenen Kreislauf, sodass Dylan genauso gut Tom-und-Jerry-Zeichentrickfilme im Fernsehen hätte anschauen können, den Kopf auf die Hände gestützt, die Possenreißer in seinen Brillengläsern gespiegelt.

Gabe und Tim fingen manchmal unvermittelt an, auf dem Gehsteig vor der Schule miteinander zu ringen, wobei ihre Rucksäcke in den Rinnstein schlitterten, als würden sie von hinten angegriffen, gewürgt. Dennoch war das etwas anderes als wirkliche Feindseligkeiten, die augenblicklich Zuschauer anzogen. Niemand außer Dylan kümmerte sich darum. Wenn einer von beiden den anderen überwältigt hatte, die Knie auf dem Brustkorb, den Kopf im Ellbogen eingeklemmt, den Arm hinter den Rücken gedreht, wurde meist ein idiotisches Passwort gefordert.

»Sag Fanta.«

»Nein. Aua! Dr. Pepper!«

»Nicht Dr. Pepper, *Fanta*.«

»Seven-up!«

»*Fanta*.«

»Mr. Pibb! Nein. Scheiße, hör auf! Bastard, blöder Bastard!«

»Du weißt, was ich hören will.«

»Okay, aua, okay, okay – Fanta!«

»Jetzt Sprite!«

»Nein! Niemals! Lass mich los!«

Die Stuyvesant Highschool zog Hochbegabte aus allen fünf Stadtbezirken an, verursachte eine Völkerwanderung im Schutze der Rushhour: U-Bahn-Fluten von Lacoste-gewandeten Upper-West-Side-Kids, die einander seit dem Kindergarten kannten; verwirrte schwarze Mathegenies aus der South Bronx, die über die Flure schlurften und sich fragten, ob sie sich je wieder von dem Schock erholen würden; wissbegierige puerto-ricanische Streber aus Stuyvesant, die nur die Straße zu überqueren brauchten, um zur Schule zu gelangen, und sich immer noch in den Krallen der lokalen Rowdys aus ihrem früheren Schulleben befanden; fleißige chinesische Erfolgstypen aus gemischtrassigen Immigrantenvierteln, Greenpoint, Sunnyside, für gewöhnlich nach dem Orgelpfeifenprinzip, sodass immer eine ältere Schwester in einer höheren Klasse zur Stelle war, um ihren kleineren Bruder am Schlafittchen zu packen, wenn dieser zu der Masse von Schülern abdriftete, die fast vom ersten Tag an den Unterricht schwänzten, Joints rauchten und im Stuyvesant Park am Ende des Blocks Frisbee spielten. Die Lemminge strömten aus allen Ecken der Stadt herbei, einige Unglücksraben kamen jeden Morgen mit der Fähre aus Staten Island und mussten ihre Wecker auf fünf oder sechs Uhr stellen, oder auf noch unbarmherzigere Zeiten.

Gabriel Stern und Timothy Vandertooth wohnten auf Roosevelt Island und hatten sich drei Jahre zuvor kennengelernt, als ihre Familien in die neue Siedlung dort gezogen waren. Roosevelt Island war ein Mysterium, ohne Autos und ohne Hunde, umspukt von den Ruinen eines Tuberkulosesanatoriums am südlichen Ufer. Dort zu leben war wie die Mitgliedschaft in einer Sekte. Die Science-Fiction-Seilbahn, die parallel zur Brücke an der 59th Street entlangschaukelte und die Tim und Gabe jeden Tag gemeinsam zur Schule und nach Hause nahmen, stand zugleich für ihr entschlossenes und unerschütterliches Freundschaftsgebaren: Sie waren Freaks, die täglich von ihrem trabantenartigen Mond auf die Insel Manhattan gebeamt wurden. Kein Wunder, dass sie ihre eigene Sprache hatten, nano nano, lebe lang und in Frieden.

Die Stuyvesant war jüdisch-weiß, protestantisch-weiß, hippie-weiß, chinesisch, schwarz, puerto-ricanisch und vieles mehr, hauptsächlich aber war sie streberhaft, streberhaft, streberhaft und noch mal streberhaft, die große Familie all derjenigen, die es geschafft hatten, die Zugangsprüfung zu bestehen. Bleistiftkauer, bebrillte Lieblingsschüler, in allen war nun der Arthur Lomb los, der sich nicht mehr ducken musste. Es war mitleiderregend, dabei an Arthur selbst zu denken, der all die Jahre auf der Saint Ann's auf dem Weg zu dieser seiner natürlichen Bestimmung gewesen war und dann, nur etwa ein halbes Jahr vor dem Ziel, von der Dean Street aus der Bahn geworfen wurde. Das große Rätsel bestand darin, warum so viele, die strammgestanden hatten, die das Lernen über ihr Leben gestellt hatten, um die Prüfung zu schaffen, nur wenige Wochen nach Schulbeginn auf Jim-Morrison- und Led-Zeppelin-bemalte Jeansjacken umstiegen und den ganzen Tag im Park abhingen, womit unzählige akademische Karrieren über Nacht ruiniert waren.

Timothy Vandertooth und Gabriel Stern rutschten nicht in irgendwelche Kifferkreise ab, nicht wirklich. Das einzige Fach, das sie schwänzten, war Sport, und obwohl sie diese Zeit wie auch die Mittagspause und den Nachmittag im Park verbrachten, waren sie unfähig beim Frisbee, behielten ihre kurzen Haarschnitte und interessierten sich nicht für Jimi Hendrix, Jim Morrison oder Led Zeppelin, Musik, die zu stumpf und ernst war, um sie nüchtern zu verkraften. Die melancholischen, langhaarigen Parkmädchen schenkten Tim und Gabe keinerlei Beachtung, schienen nicht in der Lage, irgendwelche Witze zu verstehen.

»Ich schwöre dir, fast hätte sie geguckt, als sich deine Stimme überschlug. Du solltest nur noch so reden, besorg dir eine Flasche Helium.« Tim und Gabe diskutierten in voller Lautstärke, als wären die Mädchen taub, eine lahme Retourkutsche für das Schweigen, das sie ernteten.

»Ich glaube eigentlich eher, sie war abgelenkt, weil sie auf deine Hose gestarrt hat. Schau mal nach dem Reißverschluss, vielleicht sind Kakaoflecken drauf, oder Schaum oder so.«

»Das ist wegen der Zucchini, die ich in meiner Unterhose verstecke, meine neueste Methode, kann ich sehr empfehlen. Kannst du umsonst haben, du musst nicht mal Prozente zahlen. Und irgendwann geht auch das Kältegefühl weg.«

Tim und Gabe rauchten Gras oder ließen es bleiben. Sie

passten so oder so nicht hierher, waren bloß Touristen, eine komische Nummer für die Langhaarigen im Park, die wiederum eine komische Nummer für sie abgaben, wodurch nie klar war, wer über wen lachen sollte, nur dass Tim und Gabe auf einer höheren Drehzahl liefen, ihre Bewegungen und Gedanken waren hektisch, sprunghaft. In diesen ersten Monaten der Highschool warteten sie auf etwas, das sie vervollständigen würde, oder umgekehrt, etwas wartete darauf, sie zu vervollständigen. Sie waren eingeschränkt wie Roboter, die in einem fort ihre einprogrammierte Frustration abriefen.

»Öffne das Gondelschleusentor, Hal. Öffne das Gondelschleusentor, Hal. Öffne das Gondelschleusentor, Hal. Öffne das Gondelschleusentor, Hal.«

»Ich bin keine Nummer. *Ich bin ein freier Mensch!*«

Du spürtest es auch und wartetest mit ihnen.

Eine neue Sicht der Dinge rührte sich an der Peripherie, war an der Zusammenstellung der Mitternachtsvorführungen im Eighth Street Playhouse und dem Waverly auf der Sixth Avenue festzumachen: *Clockwork Orange*, *Pink Flamingos*, *Rocky Horror Picture Show*, *Eraserhead*. Innerhalb von sechs Wochen hattest du alle Filme bis auf *Eraserhead* gesehen, vor dem dir zu sehr graute, obwohl du das nie zugegeben hättest, sondern dir bloß die Ausrede aus den Fingern saugtest, du hättest für den Abend Hausarrest. Tatsächlich hattest du in deinem Leben noch nie Hausarrest gehabt, fragtest dich sogar, wo du das Wort aufgeschnappt hattest.

Ein Typ kam jeden Tag mit weiß geschminktem Tim-Curry-Gesicht und schwarz lackierten Fingernägeln zum Unterricht, wurde zur Zielscheibe spöttischen Gelächters und heimlicher Bewunderung.

Jeden Morgen gingst du auf dem Weg von der U-Bahn-Station 14th Street zur Schule an Max's Kansas City vorbei, einem angeblich übernatürlichen Ort, auch wenn du nichts Näheres wusstest.

Die Band Devo mochte mit dem neuen Etwas, das in

der Luft lag, zu tun haben, Liedtexte über *Mongoloide* und *schwellende juckende Gehirne* öffneten eine ironische Hintertür in animalischere Kontexte, eine Möglichkeit, die entsetzlich direkte Jim-Morrison-Route zu umgehen.

Das Hauptproblem, mit dem alle Jungs zu kämpfen hatten, war die Frage, wie man sich selbst auf irgendeine Weise *sexy* finden konnte, auch wenn sie nicht auf das richtige Wort kamen. Vergiss mal fürs Erste die Mädchen, das eigentliche Problem gab es zwischen dir und deinem Spiegelbild.

Manhattan interessierte sich glücklicherweise einen Scheiß für dich.

Was war eigentlich mit Mingus und Aeroman?

Nachdem er die Nachmittage mit Gabe und Tim abwechselnd bei Crazy Eddie's und Ray's Famous und Blimpies und J & R Music World und im Washington Square Park verbracht hatte, schlich Dylan im verblassenden Abendlicht zurück in die Dean Street und kam sich vor wie ein Ausbrecher, der heimlich zum Nachtmahl in seine alte Zelle heimkehrt. Der Block war tot, soweit er das beurteilen konnte. Er hatte ihn getötet, als er die I. S. 293 abgeschlossen hatte und auf die Stuyvesant gewechselt war. Das betraf nicht nur Mingus. Henry, Alberto, Lonnie, Earl, Marilla und La-La waren alle von der Bildfläche verschwunden oder hatten sich bis zur Unkenntlichkeit verändert. Manchmal ging man schweigend an Leuten vorbei, die man als Kind gekannt hatte, und sie hatten nun einen Schnurrbart oder Brüste, und sie waren schwarz und du warst weiß, und niemand sagte ein Wort.

Es gab keine neue Generation von Kindern, es sei denn, man ließ den Haufen schmuddeliger Puerto Ricaner gelten, die nicht einmal wussten, dass man sich in Henrys Vorgarten oder vor dem leer stehenden Haus traf, ja, sie kannten nicht einmal Henrys Namen. Sie hockten wie Insekten auf dem Gehsteig und waren ebenso wenig in der Lage, die Belange des Blocks voranzubringen, wie Insekten es gewesen wären. Einmal sah Dylan eines der Kinder ein primitives, unbeholfenes Skullyspielfeld kratzen, und zwar nicht auf Schiefer, sondern auf ein unebenes Quadrat gegossenen Betons, einfach hoffnungslos, wie ein Überlebender, der nach einer Atomkatastrophe völlig strahlenverseucht einen Entwurf für die Neuerfindung des Rades skizziert. Ein anderes Mal, als Dylan an den insektenhaften Kindern vorbeikam, rief eines mit einer solch zaghaften Stimme »Honky«, Weißer, dass Dylan sich über diese Niedlichkeit kaputtlachte. Das leer stehende Haus stand nicht einmal mehr leer. Ein Schild war angebracht worden, auf dem CINDERELLA NR. 3, EIN PROJEKT DER BROOKLYN UNION GAS stand, und eines Tages durchstießen sie die Hohlblocksteine und ersetzten sie durch langweilige Fenster mit Aluminiumrahmen, müde Augen. Der geheimnisumwitterte Ort war zerstört. Dennoch tranken die Penner ein paar Monate lang unbeirrt weiter auf dem Treppenaufgang bis zum Umfallen, dann zogen auch sie weiter.

Ungefähr alle zwei Wochen traf Dylan Mingus auf seiner eigenen Treppe sitzend an, wie einen Penner, mit einer Literflasche in einer Papiertüte. Mingus war wieder Herr über seinen Vorgarten, nun, da Barrett Rude Senior mehrere Blocks entfernt in das Sozialhilfeheim auf der Atlantic Avenue gezogen war. Er grüßte Dylan immer in althergebrachter Weise, als wären sie gerade erst unterbrochen worden.

»Erinnerst du dich an die Parlet-Platte, von der ich dir erzählt hab? Ich hab sie mir gerade besorgt.«

»Ach, echt?«

»Dieser Scheiß ist abgefahren, sag ich dir, Dillinger, das *musst* du dir jetzt anhören.«

Dylan und Mingus trafen sich ohne besonderen Plan oder Grund, waren wie Dartpfeile, die man auf einen Kalender wirft, ein reines Roulette der Tage. Sie gingen für gewöhnlich ins Untergeschossapartment und kifften, und Tim und Gabe, die Dylans Stuyvesant-Welt ausmachten, lösten sich in Rauch auf. Manhattan erschien dann genauso unfassbar wie Neptun oder Vulkan, fiel zurück in den Status eines unentdeckten Planeten, die Zukunft.

Der Flur und das Badezimmer waren inzwischen ebenfalls getaggt, das gesamte Untergeschoss ein U-Bahn-Tunnel. Nur Seniors Zimmer blieb weiterhin tabu, ein verlassener Schrein, der nach verstaubten Kerzen stank.

Mingus trank mittlerweile regelmäßig Bier, Colt und Cobra.

Dylan nicht, er kiffte nur.

Dylan wusste, dass Mingus nach wie vor auch mit Arthur Lomb herumhing, er sah dessen mit Kuli geschriebene Übungstags auf Zetteln im Zimmer verstreut, manchmal begegnete er ihm auch persönlich. Arthur war mit dem Fluch der Schwächlichkeit geschlagen: Er sah immer noch aus wie elf oder zwölf, da half kein *Was-geht* und kein *Yo*, kein Schlendergang, keine grünen Wildlederpumas. Nachdem er durch die Stuyvesant-Prüfung gerasselt war, hatte Arthurs Mutter ihre Meldeadresse gefälscht, damit er auf die Edward R. Murrow versetzt wurde, eine weiße Highschool tief im irisch-italienischen Herzen des Bezirks. Es war dennoch zu spät, so wie die Dinge standen, hätte er genauso gut auf die Sarah J. Hale gehen können. Arthur war verlottert, die Ärmel waren stets mit einer Krylon-Schicht verkrustet, sein rotes Haar war wirr und struppig, die Jeans schwarz vor Dreck. Arthur war jetzt ein Kiffer, seine Augen schimmerten oft rötlich, glasig von einer Nachmittagstüte. Sein raues Straßenimage war alles, was er hatte, und das schien entsetzlich brüchig.

Mit Mingus zusammen gesehen zu werden war für Arthur ein Gottesgeschenk, das ihm Dylan nun nicht mehr missgönnte: Arthur hatte es viel nötiger, als Dylan es je gehabt hatte. Sollte Arthur nur denken, es herrsche Gleichstand. In Wahrheit, wusste Dylan, war ihre Freundschaft zu Mingus mehr als verschieden. Dylan und Mingus lebten in einem mutterlosen Reich voller Geheimnisse. Aeroman einerseits.

Gewisse sonstige Dinge andererseits. Dylan bezweifelte sogar, dass Arthur überhaupt schon Schamhaare hatte. Außerdem kannten Dylan und Mingus den Vater des jeweils anderen, und Mingus kam zu Dylan nach Hause. Dylan war sich sicher, dass Arthur nicht daran gelegen sein konnte, Mingus sein mamifiziertes Allerheiligstes aus Hohes-C-Saft und Hydrox-Keksen sehen zu lassen.

Wenn Mingus ein Dollar für einen Beutel Gras fehlte, suchten die beiden manchmal gemeinsam in Dylans Küche nach herumliegendem Kleingeld oder erklommen sogar die Stufen zu Abrahams Atelier. Dort wartete Mingus bei leise herausdringendem Radiojazz an der Tür, während Dylan Geldscheine schnorrte. Abraham spürte immer den Zaungast im Korridor und fragte dann:

»Ist das Mingus?«

»Ja.«

»Er braucht sich nicht zu verstecken. Sag ihm, er soll reinkommen und Hallo sagen.«

In Abrahams Gegenwart wurde Mingus ganz höflich, nannte ihn *Mr. Ebdus*, fragte nach den Fortschritten des Filmes. Abraham pflegte dann zu seufzen und einen undurchsichtigen Orakelspruch von sich zu geben.

»Da kannst du genauso gut Sisyphus fragen, mein lieber Mingus.«

»*Süßipus?*« Mingus war immer schnell mit einer frei assoziierten Antwort bei der Hand. Er und Abraham hatten eine Art gegenseitiges Missverstehen als Wortspiel etabliert und konnten gar nicht genug davon bekommen.

»Ach, Süßipus. Möglicherweise macht Süßipus seinerseits mal Fortschritte. Ich hoffe es für ihn.«

Im Gegensatz dazu gingen die beiden nicht mehr hinauf zu Barrett Rude Junior. Die Treppe zwischen Unter- und Erdgeschoss hätte genauso gut versiegelt sein können. Dylan sah Anzeichen dafür, dass Mingus die Küche oben mied: Konservendosen, die auf Seniors Kochplatte erhitzt worden waren,

Lebensmittelverpackungen, die sich im Badezimmermüll türmten. Wenn sie jedoch Mingus' Stereoanlage aufdrehten, erwartete, ja, sehnte sich Dylan geradezu danach, dass Junior in der Tür stünde und mit sanfter Missbilligung *Was zum Teufel tust du da, Gus?* sänge, den Ausschnitt einer Melodie, die man unbedingt ganz hören wollte.

Aber keine noch so hohe Lautstärke brachte Junior mehr an die Tür von Mingus' Apartment, nun waren sie wirklich Maulwürfe, auf ihrer eigenen Forschungsreise ins Unbekannte.

Sie ließen Foxys »Get Off« fünfzehnmal hintereinander laufen, jedes Mal lauter, und versuchten so die Distanz zwischen sich selbst und dieser zähen, fleischartigen Basslinie zu überwinden, als wäre der Song eine Fotografie, eine *Playboy*-Ausklapptafel, die sie Stück für Stück vergrößerten, bis sie hineinpassten, bis sie das Bild betreten könnten.

Und sie starrten so lange auf bestimmte Fotos, dass sie auf den Seiten womöglich Schuppen von ihren aufgequollenen Augen hinterließen, bevor sie dann erleichternde Handgriffe austauschten, ohne viel Aufhebens darum zu machen.

Mingus bewahrte den Ring und das Kostüm auf, offiziell war er Aeroman. Beides war zusammen mit einer Eishockeytrophäe und Mingus' altem Footballhelm auf einem Regal hoch über der Tür verstaut, der Ring den Blicken entzogen, das Kostüm hinter den Helm geknüllt, sodass kein überraschender Besucher, Arthur Lomb zum Beispiel, im Zimmer irgendwas bemerken würde. Ob Mingus sie je in Dylans Abwesenheit trug, wurde nie angesprochen. Es gab Nachmittage, an denen Aeroman gar nicht erwähnt wurde, an denen der Ring weder in die Hand genommen noch begutachtet wurde. Dylan saß dann einfach nur auf Mingus' Bett und blickte zwischen zwei Zügen an einem Joint kurz zum Regal, ohne dass etwas passierte, sie liefen vielleicht auf die Straße oder liehen sich einen Kung-Fu-Streifen aus, oder Dylan ging einfach bekifft nach Hause, wo Abraham irgendein Abendessen zubereitet hatte. An solchen Tagen hätte Aeroman genauso gut die Hauptfigur in einer bald wieder eingestellten Marvel-Serie gewesen sein können, wie *Omega* oder *Warlock*, oder eine ermordete Nebenfigur, schnell gerächt und noch schneller vergessen, oder möglicherweise ein Name aus dem goldenen Zeitalter, wie der Puppenmann oder die Menschliche Bombe, mit anderen Worten: in keiner Weise ein Superheld, kein richtiger, keiner, an den man sich erinnerte.

Manchmal hatte er Abraham zuvor erzählt, er esse bei Mingus zu Abend, oder er schlüpfte aus dem Haus, um ins Untergeschossapartment zurückzukehren, nachdem er das Essen hinuntergeschlungen hatte. Und wenn es spät genug war, warf Mingus ebenfalls einen kurzen Blick aufs Regal und fragte:

»Kampf gegen das Verbrechen?«

»Ja.«

»Sicher?«

»Absolut.«

Dann grinste Mingus und fügte hinzu: »Schau einer an, das klingt ja fast wie, *ich dachte schon, du würdest nie fragen.*«

In jenem Herbst flog Aeroman sechs- oder siebenmal, war in vielleicht acht oder neun Zwischenfälle verwickelt und konnte guten Glaubens drei Rettungen verbuchen, klar erkennbare Verbrechen, auf die er wirklich hinabstieß und sie vereitelte. Auf der State Street Nähe Hoyt geboten sie einem sechs Fuß großen Puerto Ricaner Einhalt, als er mit einem Fleischermesser einen kleinen Chinesen bedrohte, der voller Panik zusammengerollte Dollarbündel aus seinen Taschen hervorzauberte. Mingus-Aeroman stürzte sich von einer Feuerleiter herab und umschlang mit beiden Beinen den Hals des Messermannes, wobei das Drehmoment sie gemeinsam aufs Pflaster schleuderte, während Dylan aus dem Hauseingang eines Apartmentgebäudes hervorschoss und sich aufs Messer stürzte, es vom Boden aufhob und mit seinem Körper abschirmte, als könnte es detonieren. Der Puerto Ricaner und der Chinese flohen in Panik. Obwohl Dylan mit den zerknitterten Banknoten wedelte und dem Opfer hinterherrief, drehte es sich nicht einmal um. Atemlos und völlig verblüfft über die konfiszierte Waffe und das Geld, stopften Dylan und Mingus die Aeroman-Ausrüstung in eine Papiertüte und gingen zu Steve's Restaurant auf der Third Avenue, wo sie den Adrenalin- und Marihuanakick in gefräßigen Heißhunger umsetzten und mit mitternächtlichen Cheeseburgern und Schokoladenshakes feierten, die adoleszenten Zellen mit Lipiden besänftigten. Die Kellner beäugten sie während der gesamten Mahlzeit misstrauisch, da sie befürchteten, Dylan und Mingus würden die Zeche prellen und davonlaufen, was denen aber herzlich egal war. Sie hatten die Knete, gaben sogar ein üppiges *Leck mich*-Trinkgeld.

Auf der Smith Street verschreckte Aeroman mit improvisiertem Cowboy-und-Indianer-Geheul ein paar Betrunkene, als diese gegen die Tür eines Kulturvereins trommelten, der einzige Einsatz am Ende einer langen Nacht des Umherstreifens und erfolglosen Suchens nach einem Auftritt, während der sie die Zeit damit totgeschlagen hatten, ihre Tags auf Metalltüren zu kritzeln. Auf der Third Avenue vereitelte er in einer kalten, regnerischen Oktobernacht einen versuchten Raubüberfall auf einen der plexiglasgeschützten chinesischen Läden und hinterließ dabei einen verstreuten Haufen platt getrampelten orangefarbenen Bratreises am Eingang. Am entlegenen Ende der Heights Promenade provozierte er im Schutze der Dunkelheit in seinem Kostüm frivole Zurufe von Männern, die sich dort auf Parkbänken trafen und seiner Hilfe nicht bedurften. Auf der Pacific Street Nähe Court entdeckten Dylan und Aeroman den Zugang zum Dach eines Mietshauses, lagen dort in Verkleidung und Straßenklamotten auf dem Bauch, spähten über die Dachkante und prägten sich den Alltag in dem fremden Block ein, jedes Mädchen, das jemandem »*Mira, Mira!*« zurief und keine Antwort bekam, jeden Jungen, der einen Spaldeen gegen die Wand warf, jede Großmutter, die mit Buddhaarmen auf der Fensterbank lehnte und genau wie Mingus und Dylan versunken und untätig zuschaute.

Der Brückenübergang war nach Einbruch der Dunkelheit ein sicherer Tipp, es war ein großer Fehler, dort bei Nacht hinüberzugehen. Also entschieden sie sich für die Brücke: Dylan stand als Lockvogel bei dem massiven Stützturm, der noch immer Monos und Lees grandios verwitterte Schriftzüge trug; Mingus war im Kostüm zu einem Ausguck auf dem hohen, schwankenden Kabel geflogen. Unten auf den Straßen herrschte Spätsommer, aber hier, oberhalb der Stadt, kündigte sich bereits der Winter an, der vom Ozean herübergeweht kam. Dylan wurde innerhalb von Minuten überfallen, was bei aller Vorhersehbarkeit etwas Komisches hatte, und es wirkte fast schon abgedroschen, wie sich die beiden Gangmitglieder aus dem Dunkel unter dem Turm lösten und sagten: »Hey, Whiteboy, leih mir mal 'nen Dollar, Mann.«

Dylan tat bereitwillig so, als suche er in seinen Taschen nach Geld, und sah die Angreifer schon an der Leine zappeln. Nur dass Mingus die Leine nicht einholte, er schlug einfach nicht zu.

»Was schauste dich so um, Mann?«

Dylan hatte die beiden nervös gemacht. Durch sein Zögern witterten sie die Falle und folgten seinem Blick nach oben zu den harfenförmig gespannten Trossen der Brücke. So sahen alle drei die Gestalt mit dem Umhang, wie sie gegen eine Böe ankämpfte, die sie vom Kabel gefegt hatte, sahen Mingus in der Luft strampeln, wie er versuchte, wieder Halt zu bekommen, was ihm auch beinahe gelungen war, als ihn der Wind in den Bereich zwischen Brücke und Wasser riss, ins wilde Nichts. Alle drei Zuschauer verloren ihn unterhalb der Fahrbahn aus den Augen. Es war nur ein kurzes Aufblitzen gewesen, Maske, Umhang, vielleicht ein Paar Pumasohlen, dann gar nichts mehr. Er war von der Brücke geweht worden.

Dylan drehte sich auf den Bohlen des Fußgängerwegs um und stürmte los in Richtung Brooklyn, verließ den Schauplatz genau so, wie Rachel es ihm immer geraten hatte – *Lauf davon, Kind, benutz deine Springstöcke, sie können es nicht mit dir aufnehmen!* – und wie er es nicht ein einziges Mal bei Tausenden von Quälereien gemacht hatte. Für Mingus erinnerte er sich an seine Beine, er rannte. Am Fuße der Treppe wäre er fast gestolpert, als er einem Polizisten ausweichen musste, der dort Streife ging, winkte auf dessen stutzigen Blick hin nur ein kurzes »Hallo, ich hab's eilig« und lief dann keuchend und mit wirbelnden Beinen weiter. Anonyme Taxis fuhren von der Brücke ab und kurvten durch den Cadman Plaza zur Henry Street, Clinton Street, zu friedlichen Brownstones mit unechten Gaslaternen. Es gab niemanden, den man um Hilfe bitten konnte, Dylan war auf sich gestellt, Mingus, Aeroman, der Ring – ertrunken, auf dem Wasser zerschmettert. Dylan steuerte auf die dunklen Pfade unter der Brücke zu und suchte nach dem Flussufer, dem zugemüllten Niemandsland, wo die Stadtverwaltung verunglückte Polizeiwagen, ausgeplünderte Parkuhren und andere Beweise ihrer Unfähigkeit verschwinden ließ.

Mingus saß zusammengekauert und triefnass auf der Befestigung des Anlegeplatzes und wrang das Wasser aus den Enden seines Umhangs, wobei sich die Tropfen auf dem Betonboden in Form eines Schneeengels ausbreiteten. Dylan kam keuchend und mit rotem Gesicht heran, brachte kein Wort heraus, bevor Mingus sagte: »Ey, *Scheiße*, Mann.«

»Bist du okay?«

»Ich bin geschwommen, Mann. Ich kann eigentlich gar nicht richtig schwimmen.« Er redete in leiser Verwunderung und deutete mit dem Kinn aufs Wasser.

»Was meinst du damit?«

»Wie ein Fisch, D-Man.«

»Du willst sagen, der Ring *hat dir die Fähigkeit zu schwimmen verliehen?*«

»Oder unter Wasser zu fliegen, frag mich nicht. Ich hab jedenfalls eine ziemliche Aquaman-Nummer abgezogen.«

Verstohlen schlichen sie zurück zur Dean Street. Die vorzeitig abgebrochene Rettungsaktion auf dem Fußgängerweg und den Plumpser von den Kabeln ließen sie auf sich beruhen, auch wenn Dylan und Mingus und Aeroman die Brücke in der Folgezeit mieden. Aeroman wurde zum Trocknen ausgelegt und musste sich auf dem Regal wochenlang erholen, bevor er seinen Mut und seine Kraft wiedergewonnen hatte, was möglicherweise die Folgen des Absturzes waren. Mingus verlangte es nicht nach dem Kostüm, und Dylan bedrängte ihn nicht. Stattdessen interessierte sich Dylan kurzzeitig intensiv für die verborgenen Kräfte des Ringes. Sollte Aaron X. Doily sich ihrer nicht bewusst gewesen sein? Möglicherweise war der Name Aeroman voreilig vergeben worden, und er hatte noch mehr zu bieten. Dylan streifte sich den Ring über und tauchte den Kopf in Mingus' gefüllte Badewanne, in der Hoffnung, unter Wasser atmen zu können. Er schnorchelte Wasser in seine Lungen und kam prustend wieder hoch, musste sich fast übergeben, während das Badewasser in seinen Nasenflügeln brannte.

Genauso wenig verlieh der Ring einen Röntgenblick, auch wenn sie einen aufregenden Abend damit zubrachten, sich selbst vom Gegenteil zu überzeugen, indem sie schamlos auf Frauenkleider starrten: Von schwarzen Huren, die auf der Pacific und Nevins Street arbeiteten, von weißen Saint-Ann's-Mädchen, die vor dem Baskin-Robbins-Eisladen auf der Montague Street zusammenstanden.

»Warte, warte, ich seh was.«

»Ich bin dran.«

»Oh – mein – Gott. Sie hat kein Höschen an.«

Aeromans letzter Ausflug in dieser ersten Highschool-Saison wurde zwei Wochen nach Thanksgiving von leichtem, außergewöhnlich frühem mitternächtlichem Schneefall begleitet. Dylan ging die State Street entlang, während

Mingus oben über die Dächer hüpfte und Schritt hielt. Seit dem Vorfall mit dem Chinesen, der sein Geld hatte fallen lassen, war die State Street zwischen Hoyt und Bond ihr bevorzugtes Revier: In sicherer Entfernung zu allen, die sie auf der Dean oder Bergen Street kannten, aufgrund einer ausgeworfenen Straßenlaterne äußerst dunkel und so nah an der U-Bahn-Station Hoyt-Schermerhorn, dass doofe Junkies, die sich nicht bis in die Heights trauten, es hier sicher genug fanden, um Renoviererfrauen, zitternden Whiteboys und alten Knackern aufzulauern. An diesem Abend war jedoch ein Schneeball das Einzige, was Dylan abbekam. Ein einzelner großer puerto-ricanischer Jugendlicher, der an einem Wagen lehnte, schob Neuschnee auf der Windschutzscheibe zusammen und landete einen glatten Volltreffer in Dylans Rücken. Als Dylan herumwirbelte, sagte er: »Versuch's erst gar nicht, Motherfucker, ich warn dich.«

In dem Moment fuhr Mingus mit einer Ladung Schnee im Arm herab und schaufelte sie dem großen Typen in den Kragen.

Dann landete er weich neben Dylan, und laut johlend rannten sie davon, wobei Mingus das Kostüm und den Umhang über den Kopf zog, einen Augenblick lang mit blanker Brust durch die schneiende Nacht lief.

Die Nachmittage mit Mingus, die Nächte mit Aeroman, das war nichts, was er am nächsten Tag in der Stuyvesant erzählen konnte, selbst wenn er gewollt hätte, selbst wenn er Tim Vandertooth und Gabe Stern irgendwie dazu gebracht hätte zuzuhören. Aber Dylan hatte kein Interesse daran, es zu erzählen. Am Morgen danach fühlte er sich immer wie ein Raumschiff beim Wiedereintritt in die Erdatmosphäre, das geheime Wissen hinter den Hitzeschilden geschützt. Mingus und Aeroman waren dann Lichtjahre entfernt, in einer anderen Galaxie, in Brooklyn. Außerdem war das, worauf Tim und Gabe gewartet hatten, endlich eingetroffen.

Als es erst einmal da war, leuchtete es sofort ein, hatte sogar schon einen vertrauten Namen: Punk. Oder New Wave. Es waren vernetzte Ebenen: Sex Pistols, Talking Heads, Cheap Trick. Die Unterschiede zu erkennen, die eigene Beziehung dazu präzise zu formulieren, gehörte mit zur Sache. So entstand ein Kontinuum der Jetztzeit, innerhalb dessen jeder eingestuft werden konnte. Selbst die langhaarigen Kiffer in ihrer Verweigerungshaltung definierten etwas, waren Anti-Punk.

Tim kam eines Tages mit einem nietenbesetzten Hundehalsband zur Schule. Er zeigte ihnen, wie es funktionierte, ein einfacher Schnappverschluss. Eine Woche lang machte Gabe unsicher hämische Bemerkungen, dann zog er los und kaufte sich eine mit Reißverschlüssen und Schnallen besetzte Ramones-Lederjacke, die nach Imprägniermittel und Leim roch, fast wie Abrahams Leinwände. Gabe schlug die Jacke im Park gegen einen Stein, um sie älter aussehen zu lassen. Gemeinsam begutachteten sie das Ergebnis. Die Jacke sah immer noch neu aus wie Lakritze. Oder sie selbst waren das Problem, ihre Ponys, die Strähnen, die ihnen über die Ohren hingen. Nach einer weiteren Woche kamen Tim und Gabe von Roosevelt Island und hatten sich das Haar mit einer Kinderschere versaut. Auch die Jacke sah etwas besser aus.

Tim rauchte jetzt Zigaretten.

Gabe schnitt sich mit einer Rasierklinge ein winziges Hakenkreuz in den Unterarm. *»Hast du eine Ahnung, was meine Eltern mit mir machen würden, wenn sie das sähen?«*, flüsterte er düster, als wäre er von Satanisten entführt und gezwungen worden, ihr Gelübde abzulegen.

Auf einmal wurden auch die Mädchen mit den kurzen schwarz gefärbten Haaren sichtbar. Sarkastisch, blass und flachbrüstig, boten sie eine ganz andere Geschmacksrichtung, die bisher übersehen worden war.

Ein paar hatten sogar Titten, was vielleicht nicht ganz der reinen Punklehre entsprach, aber man war bereit, Ausnahmen zu machen.

Peinlich berührt, sie im Haus zu haben, verschob Dylan ganze Rucksackladungen von Rachels Blind-Faith- und Creedence-Clearwater-Revival-Platten zu Bleecker-Bob's-Plattenbörse, um mit *Give 'Em Enough Rope* von Clash zurückzukehren. Steve Martin war was für Kinder.

Es gab nicht viel Ärger. Die 14th Street, die First Avenue, sie waren heruntergekommen, aber belebt, es gab viele Drogendealer, aber selten größere Scherereien. Möglicherweise warst du aus der Opferrolle herausgewachsen, obwohl es schwer vorstellbar war, dass darüber allgemeines Einverständnis herrschen könnte, also musstest du wachsam bleiben. Ein Mädchen deines Alters war auf dem Weg zur Music and Art Highschool vom Bahnsteig gestoßen worden, eine Cellistin, der von der U-Bahn ein Arm abgetrennt worden war und nur durch eine Wunderoperation wieder angenäht werden konnte. Der Zwischenfall verursachte kurzzeitig Panik unter den weißen Schülern und ihren Eltern, doch das war in Harlem passiert, 135th Street. Was hatte das arme Kind erwartet? Gott sei Dank warst du nicht selbst auf die Music and Art gegangen. Den äußeren Stadtbezirken zu entkommen, nur um mit der U-Bahn über die Sicherheitszone Manhattan hinaus bis nach Harlem zu gleiten, beinhaltete eine gewisse Ironie. Zumindest ein dummer Fehler, den du vermieden hattest.

Das Einzige, was Schwierigkeiten bereitete, war die Lederjacke. Ausnahmsweise waren es mal nicht Dylans Schwierigkeiten. Ein vielleicht achtzehn- oder neunzehnjähriger Puerto Ricaner – groß, mit Schnurrbart und ziemlich breiten Hüften, ein birnenförmiger Typ, anscheinend eine selbst ernannte Ein-Mann-Gang, die die 14th Street zwischen Second und Third Avenue kontrollierte – sonderte Gabe mit seiner neuen Jacke von Hunderten vorbeiströmender Stuyvesant-Schüler ab und versperrte ihm auf dem Gehsteig den Weg. Irgendetwas störte ihn, und er wollte sich mit Gabe darüber verständigen.

»Willste dich mit mir anlegen?«

»Was?« Gabe blinzelte ungläubig.

»Denkst wohl, bist ein taffer Kerl, willste dich mit mir anlegen?« Er stieß Gabe gegen die Schulter. Gabe sah zu Tim und Dylan hinüber, die beide einen Schritt zurücktraten.

Gabe artikulierte sich mit höchstmöglicher Präzision. »Ich denke eigentlich *nicht*, dass ich ein taffer Kerl bin, nein.«

»Biste in einer *Crew*?«

Es war ein Problem der unterschiedlichen Codes, die selbstverächtliche Ironie des Punk war noch nicht bis in den puerto-ricanischen Gangquadranten des Universums vorgedrungen. Der Typ selbst trug eine einfache Jeansjacke, war nicht irgendwie auffällig oder extravagant gekleidet. Ein rotes Taschentuch, das an eine Gürtelschlaufe geknotet war, hatte möglicherweise etwas zu bedeuten. Erneut suchte Gabe Tim oder Dylan mit Blicken, aber die hatten sich in Luft aufgelöst. Passanten schoben sich desinteressiert an Gabe und seinem Widersacher vorbei.

Als Gabe antwortete, war sein Sarkasmus zu einem Jammern geronnen. »Ich *trage* sie nur, das heißt nicht, dass sie etwas *bedeutet*.« In Gabes vorschneller Unterwürfigkeit kamen alte Narben zum Vorschein, Schulhofdemütigungen, über die sie niemals gesprochen hätten. Sein Tonfall war nicht allzu weit entfernt von Arthurs Flehen *Ich krieg keine Luft*.

»Lauf hier nicht noch mal mit dem Ding rum, Mann, sonst muss ich es dir abnehmen.«

Dass sie inmitten einer Menschenmenge standen, war keine große Hilfe, sondern machte es nur noch erniedrigender. Daher gehorchte Gabe dem Puerto Ricaner trotz Tims Spöttelei gewissenhaft. Er verpflichtete Tim und Dylan dazu, ihn über Wochen hinweg auf einem großen Bogen um den fraglichen Block herum zu begleiten. Trotz dieser Vorsichtsmaßnahme fühlte er sich verfolgt und sah sich bei jedem Gang durch eine U-Bahn-Station und entlang bestimmter Blocks ständig über die Schulter, trug seine Jacke mit der

Angst des Gebrandmarkten – was seiner Punkaura wahrlich zugutekam.

Erstaunlicherweise ortete der Radar seines Widersachers Gabe ausgerechnet an dem Tag erneut, als sie den Erlass missachteten, wiederum inmitten einer vermeintlich schützenden Menge. Er schubste ihn mit der Brust von Tim und Dylan weg zum Bordstein.

»Ich hab's dir gesagt. *Leg* dich nicht mit mir an.«

Gabes Gesicht war hochrot geworden, er sprach leise und mit einer absurden Anspannung. »Ich *leg* mich nicht mit dir an.«

Nicht Dylan oder Aeroman rettete Gabe, sondern Tim, mit einem geschickten Manöver, das Dylan kaum nachvollziehen konnte. Er trat auf Gabe und den Typen zu, griff in die Brusttasche seiner eigenen Jeansjacke und zückte seine Marlboros.

»Kippe?« Er steckte sich eine Zigarette zwischen die Lippen und hielt dem Puerto Ricaner die Packung hin. Während der glotzte und das Angebot überdachte, sagte Tim: »Sei nicht so hart zu ihm, Mann. Er meint es nicht so, er kann nichts dafür.«

Offensichtlich reichte es dem Puerto Ricaner, Gabes tiefe Anstößigkeit von außen bestätigt zu bekommen. Er akzeptierte die Zigarette. »Sag ihm, er soll sich hier nicht mehr blicken lassen«, erwiderte er ohne jede Aggressivität in der Stimme, wobei er Gabe ignorierte.

»Sicher, sicher.«

Zum ersten Mal merkte Dylan und möglicherweise auch Gabe, was für ein toller, cooler, vielleicht sogar *richtig* cooler Typ Tim eigentlich war. Er hatte aufgehört, mit dem Hundehalsband herumzulaufen. Sein Haar nahm den wüsten Schnitt gut an, anders als Gabes Lockenkopf. Und wenn man es sich genau überlegte, gewann er jedes Mal, wenn die beiden miteinander rangelten – nur Gabe musste immer *Sprite* oder *Klitoris* rufen. Aber sie hatten schon seit Monaten kein

Kämpfchen mehr ausgetragen. Tim schwänzte mittlerweile den kompletten Unterricht, machte nur noch blau, während Gabe wie Dylan auf Seriosität setzte. Eines Tages tauchte Tim im Park mit nachlässig gezogenem Lidstrich und einem James-Dean-Habitus auf, der einen in Versuchung führte, Bemerkungen über den Eyeliner zu machen. Man verkniff es sich. Tim rauchte morgens um acht vor dem Unterricht mit den Hippies Gras, während Gabe in seiner nutzlosen Jacke, die er ohne Tims Hilfe nicht verteidigen konnte, verärgert danebenstand.

Vielleicht mochten Gabe und Tim sich nicht einmal, wurde dir nun klar. Sie redeten kaum noch miteinander und rissen keine Witze mehr, kamen nicht mal mehr notwendigerweise zusammen zur Schule, benutzten unterschiedliche Bahnen. Im Algebrakurs deutete Mr. Kaplon auf Tims leeren Stuhl und fragte: »Mr. Stern – haben Sie irgendeine Ahnung über den Verbleib Ihres Freundes Mr. Vandertooth?« Und Gabe antwortete: »Wieso fragen Sie mich?« Womit er es ziemlich gut zusammenfasste. Kurz vor den Weihnachtsferien spielten Gabe und Dylan in wütendem Schweigen das Testmodell von Pong bei Crazy Eddie's, und man konnte sich Tim hier nicht einmal mehr vorstellen. Das war nicht sein Ding.

Mingus Rude, Arthur Lomb, Gabriel Stern und Tim Vandertooth, sogar Aaron X. Doily: Dylan stieß immer nur auf Leute, die dabei waren, sich in jemand anders zu verwandeln. Er hatte ein besonderes Talent dafür, auf Personen zu treffen, die ihre Identitäten oder Masken gegen neue austauschten. Mittlerweile wurde er bestens damit fertig. Gut möglich, dass Rachel-Rennende-Krabbe ihm das beigebracht hatte.

3.4.1979
aus einem radioaktiven blickwinkel
nasenlöcher wollen ein kleenex

falls sie niesen könnten sie brooklyn
zum guten alten england hinüberpusten
wie sehr der geschmolzene kern auch juckt
bohr nicht zu tief darin herum
oder du röstest deinen panzer
infrarot wie meinen
kernschmelzkrabbe

FÜNFZEHN

Zwei Söhne dachten womöglich, dass zwei Väter nie ihre Verstecke verließen, außer um bei Ramirez oder Buggy's die notwendigsten Besorgungen zu machen: Toilettenpapier, Tropicana, horrend überteuerter Aufschnitt oder sonst was.

Zwei Söhne dachten womöglich, dass die Väter völlig ungeschult in der Kunst des Treppensitzens waren – hatten sie womöglich im Verdacht, gleichgültig gegenüber ihren Nachbarn und der freudetrunkenen Schönheit der Sonne in den Schluchten der Brownstones zu sein.

Zwei Söhne lagen da womöglich vollkommen falsch. Abraham Ebdus und Barrett Rude Junior hatten ihre eigene Dean Street, die Elf-Uhr-morgens-Wochentagsausgabe.

Abraham war zu dem Zeitpunkt bereits seit Stunden auf den Beinen, hatte einen stummen und verschlafenen Dylan mit einem angebissenen Toastbrot in der Hand zur Schule verfrachtet, hatte dann eine Thermoskanne voll Kaffee nach oben getragen, um bei natürlichem Licht eine Runde Filmbilder zu malen. Abraham arbeitete frühmorgens und spätabends an dem Film, seine besten Stunden, und behielt sich die verdauungsschweren Nachmittage zum Entwerfen von Weltraumlandschaften und Elektrokobolden aus der vierten Dimension vor, je nachdem, was der neueste künstlerische Leiter verlangte. Buchumschläge waren Selbstläufer, sogar wenn er dabei in Halbschlaf sank. Die Müdigkeit dämpfte den Ekel und den guten Geschmack, unbrauchbare Widerstände. Der Film erforderte seine ausgeschlafenen, koffeingeschärften Augen und geistige Anwesenheit. Zwischen halb neun und elf konnte er fünf bis sechs Sekunden Filmzeit schaffen, um dann seine Glieder zu strecken, die Thermoskanne auszuspülen und kurz vor die Tür zu gehen. Zu dieser Stunde befand sich die Dean Street gedankenverloren in einem Übergangsstadium, diejenigen, die zur Arbeit oder zur Schule gingen, waren fort, die Faulenzer standen gerade erst auf. Der Erste von Ramirez' Eckkumpanen hatte schon einen Milchkasten gefunden oder auch nicht. Einen halben Block weiter fegte vielleicht ein Vermieter sein Stück Gehsteig. Und Barrett Rude Junior war wahrscheinlich gerade aufgewacht, in seine Hausschuhe geschlüpft und zur Tür gegangen, um einen kurzen Blick auf den Tag zu werfen, einen tiefen Zug Luft und Licht zu inhalieren.

Nach dem Aufwachen stapfte Junior oft als Allererstes zur Stereoanlage, deren rote Lichter noch brannten, und senkte die Nadel wieder auf die Langspielplatte, die ihn in der Nacht zuvor in den Schlaf gewiegt hatte, sodass die Klänge von Donny Hathaways *Extension of a Man* oder Shuggie Otis *Inspiration Information* im Hintergrund ertönten, wenn er im Morgenmantel oder Pyjama seinen Treppenaufgang in Besitz nahm. War die Lautstärke ausreichend und der Dean-Street-Bus nicht in der Nähe, konnte Abraham leise die Musik vernehmen. Junior erschien mit seinem eigenen Soundtrack, trug einen Lichterkranz aus Musik wie einen ausströmenden Duft, war sprichwörtlicher Funk. Auf die Entfernung erreichten Abraham zwar keine realen Körpergerüche, aber es fiel nicht schwer, sich vorzustellen, wie sie in konzentrierter Form an der verschlissenen Seide hafteten.

Es freute Abraham immer, um elf Uhr Mingus' Vater zu sehen. Er hätte selbst nicht sagen können, warum. Es passierte alle paar Tage: nicht nach einem festen Muster, sondern als Akkumulation, oder als langer Polyrhythmus. Sie thronten auf der Höhe ihres jeweiligen Treppenaufgangs, die wahren Könige des Blocks. An wärmeren Tagen setzten sie sich beide hin, an kalten oder regnerischen blieben sie kaum länger als einen Augenblick draußen. In jedem Fall gab sich Abraham Mühe, ihre Verabredung einzuhalten, und er hatte das Gefühl, Barrett Rude Junior tat dasselbe. Ohne sich dessen sicher sein zu können, denn sie nickten einander nur mit erhobenem Kinn zu, manchmal winkten sie auch.

Abraham sah den alten Mann nicht mehr und wunderte sich ein wenig.

Der Bus schnurrte durch den blattgesprenkelten Schatten. Ein Bandwurmsatz aus geplatzten Schieferplatten.

Die Dachgesimse ein Horizont, die Fensterstürze wie Ablagerungen in einem Canyon oder Steinbruch.

Selbstverständlich beeinflusste die Dean Street seine Arbeit, wie hätte es anders sein können. Abraham malte Reihenhausfassaden und schwärzte sie dann, Repräsentation verlor sich in Abstraktion. Neben anderen Dingen war der Film ein Protokoll verdeckter Techniken, ein Friedhof künstlerischer Strategien. Er überraschte sich selbst, als er eines Tages eine Figur pinselte, einen Treppengeist, einen armlosen Rumpf, umgesetzt in graue Schlieren. Die regelwidrige Form, Barrett Rude Junior beim Einatmen der Morgenluft, hüpfte und tanzte durch die Arbeit von zwei Wochen, eine ganze Filmminute, bevor sie des Feldes verwiesen wurde. Abraham löschte sie jedoch nicht nachträglich aus. Er ließ sie stehen. Der Schemen beanspruchte nur einen kurzen Zeitraum, dann *drehte er sich um und ging hinein*. Einfach so.

Der Film verschlang Tage und Jahre, und Abraham ließ es zu. Er hatte frühe Sequenzen kopiert und spulte sie hin und wieder in seinem handbetriebenen Schnittpult ab, weniger um sie zu schneiden, als um sich am Fortgang seiner Arbeit zu weiden. Völlig darin versunken. Er konnte die Motive in den frühen Abschnitten nicht mehr mit den Eckpunkten, den Fakten seines Lebens in Verbindung bringen. Watergate, Erlan Hagopian, Rachels Weggang. Der Film schwebte über seinen täglichen Routinen, Kaffeetassen, Tageszeitungen, dem Aufwachsen des Kindes. Alles andere waren Belanglosigkeiten, Stimmungen, Pragmatismen. Ein Körper, der sich durch den Alltag bewegte und einem höheren Zweck diente.

Abraham Ebdus war sich verhältnismäßig sicher, dass er das Prinzip der Zeit unterlief.

Aus diesem Grund, und nicht weil er irgendeine Faszination für den Tod verspürte, liebte er Nachrufe. Sie waren vielleicht die einzigen Nachrichten, die zählten, die stille Auflösung vergessener Konten, sie enthüllten Lebensläufe, die Jahrzehnte über ihren vermeintlichen Höhepunkt hinaus waren, ihren vergangenen Ruhm. Er widmete sich ihnen beim Frühstück und zitierte daraus mit übertriebener Begeisterung, mit einem Hauch von schlechter Schauspielerei. »War in Mexiko einer von Trotzkis Leibwächtern und gab später das Verbrauchermagazin *Popular Mechanics* heraus – ist das nicht *unglaublich*, Dylan? All diese Menschen, so verschieden und verrückt, so *widersprüchlich*, und man hört nie von ihnen, bis sie schließlich sterben. Machmal wusste man nicht einmal, dass es sie *gab*!« Je weniger Dylan auf diesen Redefluss reagierte, desto mehr tyrannisierte ihn sein Vater damit: »Jean Renoir, sein Vater war der Maler Renoir, du weißt schon«, oder, »Hör dir das an: Al Hodge, er spielte die Grüne Hornisse und Captain Video – unfassbar.« Charles Seeger, Jean Stafford, Sid Vicious, die Namen reihten sich zu einer Frühstückslitanei aneinander. Und wenn sie nur dem einen Zweck diente, den Jungen aus dem Haus zur Bahn zu jagen. Wahrscheinlich verdankte Dylan den Nachrufen seine hervorragenden Anwesenheitsnoten. »Der am besten geschriebene Teil der ganzen Zeitung, diese Typen sind *Genies*, hör dir das an ...«

Daher war es reiner Zufall, dass der Junge an jenem Morgen noch am Frühstückstisch saß: Niemand Interessantes war gestorben. Die Seite war außergewöhnlich langweilig. Abraham überwand diese kleine Enttäuschung und widmete sich dem Lokalteil, und da war es, ein Foto von Mingus in einem seltsamen Oberteil, überschüssiger Stoff war am Kragen zusammengeknüllt.

»Haha. Verrückt. Dylan, das musst du dir anschauen.«

Dylan kaute auf einem Mund voll Cornflakes und ignorierte ihn, was zu erwarten war.

Abraham faltete die Zeitung so zusammen, dass Dylan den Artikel nicht übersehen konnte, und reichte sie ihm über den Tisch. Das Thema war besserwisserisch und schlampig recherchiert, voller Lücken und offener Fragen, alles andere als ein Nachruf, aber es besaß seine eigene Faszination.

Drogenspitzel fängt maskierten Rächer

VON HUMBOLT ROOS

BROOKLYN, 16. MAI. Nach Angaben des 78. Polizeireviers scheiterte am späten Montagabend eine verdeckte Aktion bei den Walt Whitman Houses in Fort Greene durch Einmischung eines Jugendlichen, der sich als Superheld verkleidet hatte.

Der kostümierte Weltverbesserer, später identifiziert als Mingus Rude, 16, hielt sich auf dem Gelände des Wohnkomplexes anscheinend in einem Baum versteckt, bevor er den verdeckten Ermittler bei der Durchführung einer Drogentransaktion mit stadtbekannten Dealern attackierte, weil er den Beamten vermutlich für einen der Kriminellen hielt. Die geplante Festnahme bereitete dem Zivilfahnder Morris, der mit leichten Verletzungen vor Ort behandelt wurde, im wörtlichen Sinne einige Kopfschmerzen und den leitenden Beamten eine Menge Papierkram. Die Geheimoperation, ein seit Wochen intensiv vorbereiteter Einsatz, ist damit fehlgeschlagen, und es konnte niemand festgenommen werden.

Die Polizisten vom Rauschgiftdezernat mussten sich mit dem Trostpreis in Form von Mr. Rude begnügen, der noch in derselben Nacht seinen Eltern übergeben wurde und mit einer Verwarnung davonkam. Der mit einer handbemalten Maske und einem Umhang bekleidete Mr. Rude wollte zunächst ohne Anwalt keine Aussage machen und gab als Namen »Aeroman« an. Die Polizei bestätigte, dass in den letzten Wochen verschiedene lokale Zwischenfälle mit dem Möchtegernhelden gemeldet worden waren …

Und so weiter.

Dylan war knallrot angelaufen. »Kann ich das haben?«

»Aber sicher.« Abraham breitete die Hände aus. »Warum nicht?«

Der Junge stopfte die gefaltete Zeitung in seinen Rucksack und stand mit so viel Schwung vom Tisch auf, dass er fast sein volles Glas Orangensaft sowie die Schüssel mit der Milch und den restlichen Cornflakes umgeworfen hätte. Er hielt den Blick abgewandt, aber seine Ohren leuchteten wie Rücklichter.

»Tschüss!«, rief er aus dem Flur.

Und weg war er.

Noch Fragen? Sicher hatte Abraham noch Fragen. *Weißt du irgendwas darüber, Junge? Gibt es etwas, das du mir erzählen möchtest? Was machen du und Mingus eigentlich den ganzen Tag und die ganze Nacht?*

Ist Brooklyn vielleicht selbst eine geografische Form des Irrsinns?

Sind wir, weißt du das zufällig, mein lieber Junge, von Gott verlassen?

Aber wer bekam heutzutage schon Antworten auf seine Fragen?

Er würde etwas tun, das er sonst nie tat: Die Schule schwänzen. Und noch etwas anderes, das er seit Jahren nicht gemacht hatte: Er würde Mingus suchen, anstatt sich auf den

Zufall zu verlassen, der sie sonst zusammenführte. Doch zunächst musste er sich durch die ersten Stunden quälen, denn er wusste, Mingus würde höchstwahrscheinlich nicht vor zehn aus dem Bett kommen, und er wollte es nicht riskieren, Barrett Rude Junior aufzuwecken. Er war auch nicht gewillt, die Aufmerksamkeit von Polizisten, Aufsehern, Sicherheitsleuten, Gangmitgliedern, *wem auch immer*, auf sich zu lenken, denn das, dachte er, würde passieren, wenn er geradewegs zu Mingus' Schule latschte, ein weißer Jugendlicher mit einem Rucksack um neun Uhr morgens nach dem Läuten der Schulglocke auf dem Gehsteig vor der Sarah J. Hale. Also fuhr er mit der Bahn zur Stuyvesant und litt auf seinem Platz, unterdrückte die beklemmenden Gedanken während Französisch, Physik und Geschichte, ließ die gefaltete Zeitung immer wieder zur grauenvollen Bestätigung aus seinem Ordner hervorgleiten, *ja, es war wirklich passiert, Aeroman war verhaftet worden*, vielleicht hundert, vielleicht sogar tausend Mal. Zumindest hatten sie den Namen richtig wiedergegeben! Zur Mittagspause setzte er sich ab, fuhr mit der Bahn zurück nach Brooklyn und streifte auf dem verfluchten Terrain der Sarah J. Hale umher, wo er auf dem Schulhof nach Mingus suchte. Seine Belohnung war genau das, was sein schuldbewusstes, verschrecktes Herz womöglich verdient zu haben glaubte: Robert Woolfolk.

Robert und zwei seiner Kumpane hatten auf der Pacific Street genau gegenüber der Sarah J. Hale einen Treppenaufgang besetzt. Alle drei hielten große Bierdosen in ihren Ärmeln verborgen, an denen sie verstohlen nippten, wenn die Luft rein war – ein ganz normaler Mittwochnachmittag im späten Frühlingsglanz, das Leben konnte so schön sein. Der Block war menschenleer, keine Aufsicht, Cops oder Gangs, kein Mucks aus dem Inneren des Gebäudes, Robert Woolfolk war noch immer die menschliche Neutronenbombe des Gowanus-Viertels. Als Dylan näher kam, schenkte Robert ihm ein seliges, schiefes Lächeln. Die Szenerie war das Gegenteil von dem, was Dylan erwartet hatte, dass es nämlich vor der Sarah J. Hale von Schwänzern wimmeln würde wie im Park gegenüber der Stuyvesant. Stattdessen lag die Pacific Street verlassen da wie eine Zeichentrickwüste, durch deren Weiten Dylan begleitet von kreisenden Zeichentrickgeiern kroch, und Robert und seine Crew waren wie ein Trupp mexikanischer Banditen, vor denen man auf die Knie fiel.

Wir brauchen keine elenden Sheriffsterne.

Dylan blieb auf dem Gehsteig stehen, aber Robert rührte sich nicht. Niemanden schien es groß zu beeindrucken, was ihnen da ins Netz gegangen war. Diese Jungs würden vielleicht ein anderes Mal ihre Karrieren als Kriminelle, oder zumindest als Schikaneure, Quälgeister, Angstmacher fortsetzen. An diesem Tag hatten sie einen dreißigjährigen Vorsprung vor den Männern, die auf den Stufen der Logierhäuser oder im Eingangsbereich der Colony-South-Brooklyn-Kindertagesstätte auf der Nevins Street lungerten, sie waren entspannte, gelassene Beobachter der vorbeiziehenden Ströme des Lebens, Thoreaus in ihrem privaten Walden. Sie waren sturzbetrunken.

Die vorbeiziehenden Ströme des Lebens konnten auch Rinnsale von Urin sein, die von Hauseingängen zur Gosse liefen, aber das tat nichts zur Sache.

»Hey, Robert?«, sagte Dylan.

»Yo«, erwiderte Robert mit glasigen Augen. Es machte ihm nichts aus, von Dylan angesprochen zu werden, nicht heute: *Wir leben auf demselben Planeten, da kann ich auch gleich zugeben, dass ich dich kenne.*

»Hast du Mingus gesehen?«

Robert kippte den Kopf nach hinten und zur Seite, Muhammad Ali, der einem Jab ausweicht. Möglicherweise imitierte er auch ein wieherndes Lachen, aber es war kein Ton zu hören.

Einer seiner Kumpane streckte die Hand aus, und Robert

klatschte ihn ab. Dylan war in eine Art lebende Skulptur hineingeraten, einen Fries, der sich langsam bewegte. Aber obwohl er damit mehr oder weniger ein Teil des Frieses geworden war, konnte er ihn doch nicht beschleunigen.

»Hast du ihn gesehen?«, fragte er erneut, hilflos, mit wachsender Panik.

»Du suchst nach *Arrowman*?«, fragte Robert zurück.

Bei ihm klang es wie *Errorman*.

Dylan unterließ es, ihn zu berichtigen.

Jetzt ertönte dreistimmiges, wieherndes Gelächter. Roberts Kohorten wälzten sich auf der Stelle, als würden sie gnadenlos gekitzelt, rangen augenblicklich nach Luft, bettelten um Gnade nach diesem Lachanfall. Wieder wurden Hände abgeklatscht, Robert nahm die Gratulationen für seine Schlagfertigkeit entgegen.

»Ey, *Scheiße*«, sagte einer der Kumpane und schüttelte den Kopf, während er sich wieder beruhigte.

»Nee, Mann, Gee ist hier heut noch nicht aufgetaucht«, sagte Robert. »Soll ich ihm was von dir ausrichten?«

»Schon okay.«

»Ich bestell ihm was, Mann. Traust du mir etwa nicht?«

»Sag ihm einfach nur, ich war hier und habe ihn gesucht.«

»Okay. Du hast ihn gesucht, cool.«

Dylan murmelte Danke.

»Yo, Dylan, wart mal, Mann. Hast du vielleicht einen Dollar, den du mir leihen kannst?« Keiner rührte sich aus seiner hingegossenen Stellung auf den Stufen. Nur eine tütenverhüllte Bierdose wurde geleert und weggeworfen. Robert hätte genauso gut mit dem Himmel reden können, Dylan wurde keines Blickes für würdig befunden. »Denn du weißt, ich mein's gut mit dir, Mann. Diese Jungs kennen dich nicht, ich musste sie davon abhalten, dich in die Mangel zu nehmen. Ich hab ihnen gesagt, du gehörst zu mir, wir sind ja praktisch zusammen groß geworden, bist wie ein kleiner Bruder für mich.«

Die Logik war hieb- und stichfest. Auf jeden Fall widersprachen Roberts Kumpane nicht, obwohl sie im Moment nicht gerade geneigt schienen, etwas größeres als eine Katze in die Mangel zu nehmen. Dylan leerte in völliger Verzweiflung seine Taschen, das Geld war nebensächlich, wenn er hier nur wegkam.

Ein Bargeldtransfer bewirkte zumindest immer, dass das Blatt sich wendete.

Er ging in die Heights, da er es nicht riskieren konnte, vor drei auf der Dean Street gesehen zu werden, während in Brooklyn Heights keine Autoritätsperson einem weißen Jungen mit einem Rucksack, der früher von der Schule nach Hause kam, Fragen stellen würde. Auf einer Bank am südlichen Ende der Promenade bezog er Stellung, das Kinn auf die Hände gestützt, eingeklemmt zwischen Himmel und tosendem Güterverkehr zu seinen Füßen, dem verpesteten Brooklyn-Queens Expressway. Er verlor sich in Gedanken und starrte auf den Fluss, auf die Fähren, die nach Staten Island und zur Freiheitsstatue tuckerten, die Müllboote, die Fracht für die Deponie Fresh Kills aufnahmen, auf den ganzen wässrigen Mund der Stadt. Jede Möwe im Gleitflug ließ Mingus vor seinem inneren Auge erneut von der Brücke stürzen, weiße Flügel, die wie Umhangzipfel das Wasser berührten und Dylan tausendfach täuschten.

Überall im Himmel war Aeroman zu sehen, bloß war er es nicht.

Dylan würde nie in Brooklyn fliegen können, wenn der Ring weg war. Sie hatten verabredet, ihn abwechselnd zu benutzen, die Verwandlung von Schwarz zu Weiß hatte eines von Aeromans mystischen Merkmalen sein sollen, eine weitere Ebene seiner Geheimidentität, aber es hatte immer nur Mingus das Kostüm getragen, immer hatte Dylan hinter einem parkenden Wagen kauern oder als Lockvogel dienen müssen, während Mingus geflogen war. Und nun spielte Mingus den Helden bei den Sozialbauten am anderen Ende der Flatbush Avenue, wo sich Dylan niemals hintrauen würde. Es war Dylan gewesen, der Rachels Stoffreste zusammengenäht und sich die Geschichte ausgedacht hatte, und dann hüllte sich Mingus in diese Lumpen und warf sich bei einem Drogendeal auf einen Cop. Wenn man der Zeitung glauben konnte. Natürlich musste man es erst mal verstehen, bevor man es glauben konnte.

Irgendetwas an der Meldung war nicht zu verstehen.

Oder vielleicht wolltest du es gar nicht wissen.

Was interessierte Aeroman ein *Drogendeal*?

Zwei schwarze Kids entdeckten Dylan dort am Ende der Bank, wie er auf die Insel und das Wasser und den Himmel hinausschaute. Halt dich nur lange genug an einem Ort auf, und sie werden dich finden, wie Motten das Licht. Diese hier waren allerdings genauso wenig ein Problem wie Motten, zu jung, um ihm etwas anhaben zu können, wahrscheinlich Fünft- oder Sechstklässler, zwei räuberische Robins, ohne einen Batman, der ihnen den Rücken stärkte. Wenn sie in die Heights kamen, vermutlich aus der I. S. 293, hieß das, es war nach drei, die Schule war aus.

Sie umschwirrten Dylan, als wäre er ein Bienenstock, machten sich gegenseitig Mut.

»Was ist los, Whiteboy?«

»Haben dich deine Freunde im Stich gelassen?«

»Weißt du nicht, wie du nach Haus kommst? Hast du dich verlaufen?«

»Weinst du etwa, Whiteboy?«

»Er redet nicht.«

»Entweder ist der Junge dumm oder zurückgeblieben.«

»Durchsuch seine Taschen.«

»Mach's doch selbst, Mann.«

Dylan blickte auf, und sie tänzelten zurück. Es bestand keine Gefahr, dass sie ihm etwas anhaben würden. Er war zwar nicht Aeroman, aber er hatte an Schwerkraft gewonnen, besaß eine mittelgroße Statur, weder Möwe noch Maulwurf.

»Ooh, ooh, jetzt ist er sauer.«

»Er geht dir gleich an den Kragen, Mann, hau besser ab!«

»Nee, er fängt gleich wieder an zu weinen.«

»Ein blöder Whiteboy.«

»Ein Blödian.«

»*Blöö*-dian.«

»Der Nigger ist 'ne Tunte.«

Man konnte sich fast schon nach Robert Woolfolk zurück-sehnen. Die klassische Situation minus Angst war einfach nur idiotisch. Dylan hatte genug vom Herunterleiern der Rassenrollen. Er war Tausende Male als Whiteboy bezeichnet worden, und dem gab es nichts mehr hinzuzufügen. Die andere Option, Manhattan, lag so überdeutlich vor ihm, dass es fast in den Augen wehtat. Wenn Aaron X. Doilys Ring futsch war, wäre Dylan fürs Erste fertig mit Brooklyn, fertig damit, das fünfte Schuljahr zu verdauen, fertig mit Mingus' beschissener Geheimnistuerei und bereit, die Flucht anzutreten.

Die beiden schwarzen Kids wurden seiner überdrüssig und zogen weiter, vielleicht um irgendein Packer- oder St.-Ann's-Kind anzumachen und Dampf abzulassen, ein oder zwei Dollar zu verdienen.

Ein Schleppkahn brummte von den Docks herüber, auf der Seite ein dreifarbiges Graffiti von Strike, eine sehr gute Arbeit.

Er saß und saß und sang im Kopf Lieder von Clash, »I'm So Bored with the USA«, »Julie's in the Drug Squad«, Platten, die er Mingus nie vorgespielt hatte, weil sie ihm auf der Dean Street peinlich waren, er hätte einfach nicht gewusst, wie. Dann die Talking Heads: *Find myself, find myself a city to live in.* Er saß da und maß mithilfe der Geländerstangen die Wolkenkratzer aus, und als er des Sitzens müde war, hatte die Sonne sich gesenkt und ließ ihre dünnen orangefarbenen Strahlen zwischen den Türmen und Brücken aufblitzen. Das honigfarbene Licht loderte noch einmal auf und wurde schwächer, und Dylan hatte Abrahams Abendessen verpasst. Er hatte den ganzen Tag lang dagesessen.

Bei Dunkelheit kehrte er in den Block zurück und klopfte an Mingus' Tür.

Mingus erschien höchstpersönlich am Gitter des Eingangs im Untergeschoss, unversehrt, drogenumnebelt. Es schien ihm nichts auszumachen, dass Dylan da war.

»D-Man. Was geht?«

»Wo ist der Ring?«

»Ich hab ihn, alles cool, keine Sorge.«

»Wo?« Dylan suchte mit seinem Blick die Straße ab, als befürchtete er heimliche Lauscher. Dort war aber nichts, und seine Paranoia wurde auch nicht von Mingus geteilt. Zwei Tage später interessierte die Sache schon keinen mehr, Aeroman oder Errorman war ein Witz, ein Name, der auf den Treppenaufgängen weitererzählt wurde, bevor er aus dem Gedächtnis verschwand.

»Ich hab ihn versteckt.«

»Hat die Polizei dich fliegen sehen?«

»Die Cops, Mann? Die denken, ich bin von einem *Baum* gesprungen.«

»Was …«

Mingus hob die Hand, wie um zu sagen, *Genug, nicht jetzt.* »Willst du reinkommen? König Artus ist auch da.«

Das Regal war leer, kein Kostüm, kein Ring, nur der Footballhelm, Manayunk Mohawks, mit triefenden Markerspuren von Art und Dose auf der bowlingkugelartigen Rundung. Auf dem Plattenteller drehte sich »Get Off«, und auch wenn die Nadel die Musik noch nicht ganz aus dem Vinyl gekratzt hatte, hörte es sich an, als wäre sie kurz davor. Arthur Lomb lag seitlich auf dem Bett, die dreckigen Pumas auf der Tagesdecke, und ließ Hanfsamen aus einem Tütchen in den Albumfalz von Spinners' *Pick of the Litter* rieseln. Im

Kreis um ihn herum lagen zerknüllte Blättchen, misslungene Drehversuche, gleich dem Zirkel eines fragwürdigen Zauberrituals. Er grinste, als er Dylan erblickte: *Willkommen in meiner Gruft, buh-hah-hah!*

Arthur Lomb hatte sich zu einem widerlichen Gnom entwickelt. Er wirkte kleiner. Der optische Eindruck täuschte wahrscheinlich, eine Folge der Kapuzenshirts titanischen Ausmaßes und der schlabbrigen Armeehosen, in die locker ein Dutzend seiner Pfeifenstopferbeine gepasst hätten. Arthurs Kleidung war ohne ihn gewachsen. Endlich hatte er den Joint fertig gebaut und zog ihn in abstoßender Weise über die Lippen, um das Papier mit Speichel zu befeuchten. Er redete erst wieder, nachdem dieser angezündet war, um zu demonstrieren, wie fachmännisch er mit angehaltenem Atem sprechen konnte, seine Stimme dabei heliumgedämpft vor Anstrengung: »Schon gehört, dass Gus verhaftet worden ist?«

»*Halt's Maul*, Arthur.«

Arthur reichte Dylan den Joint, wobei der eingehaltene Rauch mit einem Stoß aus seinem Mund quoll. »Er ist um Mitternacht zu den Projects auf der Myrtle Avenue gegangen und in Unterwäsche von einem Baum gesprungen. Ich nehm an, wenn man auf LSD oder Heroin trippt, findet man das eine gute Idee. Ich hab so was mal in einer FBI-Sendung gesehen. Ein Mädchen nagte auf freier Flur an der Rinde eines Baums. Sie sah auch noch ziemlich scharf aus.«

»Ich geb dir gleich einen Tritt in den Arsch.«

»Mach doch, Superheld.«

»Wenn ich's mache, wirst du um Gnade winseln.«

»Auf den Tag wart ich noch, dann würde ich dich zumindest mal in deinem schwulen Strampelanzug sehen, *Arrowman*.«

Arthur stichelte auf dieselbe Art, wie er Türme zog, er schämte sich nicht fürs Offensichtliche. Er agierte monoton und zermürbend, einfach zu überhören. Mingus hatte sich diese Fähigkeit offenbar angeeignet.

»Was hast du für Superkräfte, Dylan? Wir brauchen jetzt nämlich alle Superkräfte, wir sind schließlich Superfreunde. Ich hab gedacht, ich wär vielleicht in der Lage, Leute nur mit meinem Willen auszuziehen, das heißt, ihre Kleider würden tatsächlich *verschwinden*, so könnte man Verbrecher demütigen und sie würden sich auf der Stelle ergeben. Ich werd mich *Feigenblattmann* nennen.«

Mingus sah Dylan nicht an, als er den Joint an ihn weiterreichte. Es war einfacher, offene Fragen unbeantwortet zu lassen: Warum Mingus alleine flog, was Aeromans Absichten bei den Walt Whitman Houses gewesen waren. Wenn er einen Drogendeal hatte auffliegen lassen wollen, hätte es gereicht, zur Bergen Street zu gehen, oder zur Atlantic Avenue, ins Foyer des Stundenhotels. Oder einfach die Treppe hoch, in Juniors Apartment, wo tagtäglich, wenn nicht sogar stündlich irgendwelche Deals abliefen.

Aber möglicherweise war das genau die Zwickmühle gewesen, die Aeroman aus seiner normalen Umlaufbahn getrieben hatte – das Risiko, einen Bekannten bei einem kleinen Deal zu erwischen. Einschließlich Barrett Rude Junior oder Senior.

»Yo, D-Man, diese Platte *musst* du dir anhören, ›King Tim Personality Jock‹ von Fatback …«, begann Mingus. Er streckte sich zur Stereoanlage und setzte damit dem Gespräch über sein zwei Tage zurückliegendes Abenteuer ein Ende, um zu den wirklich interessanten Punkten zurückzukommen: Sie lebten in einer grandiosen Zeit, wo jeden Augenblick heroische Fortschritte in der Musik, Entdeckungen von neuen, ungehörten *Breaks* gemacht werden konnten. »Das ist echt geiler *Stoff*, hör's dir an.«

Mingus drehte sich kurz um und verpasste Arthur einen Schlag auf den Arm. Arthur schrie »Mother*fucker*!« und rieb sich die betroffene Stelle, ohne seine Position auf der Tagesdecke zu verändern, ein gackernder, abgestumpfter Zwerg.

Aeroman war tot, oder zumindest in der Warteschleife,

vorübergehend vom Dienst suspendiert. Er würde vermutlich nie wieder in derselben Form erscheinen. Dylan war sich sicher, dass das Kostüm verloren gegangen oder zerstört war. Aber das Kostüm war sowieso unerheblich. Mit den Bettlakenstreifen und dem zittrigen Spirographsymbol war es zu persönlich gewesen, zu sanft für die raue Straße, wie Dylan nun bewusst wurde. Aaron X. Doily hatte seinem Umhang zu Recht entsagt, Dylan hatte den Wink nicht verstanden. Jetzt war Doilys Ring versteckt, und das war gut so. Der Ring stellte ein Rätsel dar, über das noch mal nachgedacht werden musste. Das Kostüm war wahrscheinlich genauso *blööde*, wie Arthur meinte, aber von dem Ring hatte er nichts erwähnt, und die Polizei beziehungsweise die Meldung in der *New York Times* auch nicht.

Sie wurden immer bekiffter und hörten auf zu reden.

Wenn man nicht allzu sehr darüber nachdachte, war eigentlich nichts Besonderes an dem Treffen der drei. Aus einem anderen Blickwinkel betrachtet, schien es seltsam, dass es nicht schon früher dazu gekommen war.

Aber Dylan und Mingus teilten immer noch Geheimnisse miteinander, auch wenn diese auf Eis lagen, irgendwo verborgen hinter Mingus' ins Leere starrenden Augen.

Dylan Ebdus dachte sich Geschichten aus und malte Bilder, Arthur Lomb nörgelte und nervte, doch Mingus Rude besaß eine noch größere Kraft, alles beherrschende Stimmungen, die Gesetzen gleichkamen. Er zeigte jedem unerwünschten Bereich des Realen die kalte Schulter, sein finsterer Blick brachte Väter, Großväter, Schulstunden zu Fall. Darüber brauchte man nicht zu diskutieren. Fürs Erste war Aeroman verschwunden, ausradiert.

Drei weiße Highschool-Schüler hüpfen auf ihrem Rückweg von J & R Music World die West 4th Street entlang zu einem Apartment auf der Hudson Street, wo irgendeine geschiedene Mutter nicht zu Hause ist, wo sie die Schlüssel und den kompletten Nachmittag für sich haben. Alle drei haben sich gegen das spätherbstliche Wetter mit schwarzen Motorradjacken gewappnet, die Brando-Elvis-Ramones-Variante, Lederhäute besetzt mit Metallsternen und Totenköpfen, mit Schnallen, die lose herunterbaumeln, und Reißverschlüssen, die trotz der Kälte offen stehen. Die drei grapschen einander an den Hintern, schwingen sich ungeschickt um Straßenlaternen, reden in ihrer eigenen Sprache, StreberpunkArgot.

November 1979: »Rapper's Delight« ist gerade in die Top 40 vorgerückt. Auch ins Bewusstsein der weißen Schüler auf der Stuyvesant, einschließlich dieser Bande. Der Song ist im Radio und auf der Straße, dringt aus den Läden und den vorbeiziehenden geschulterten Gettoblastern, ein neuer Sound, unmöglich zu überhören.

Doch um ihn wirklich ganz für sich allein genießen zu können, muss jemand Bares auf die Theke legen und das Ding kaufen.

Die LP von Sugar Hill Records mit ihrer genrehaften Hülle steckt in einer Tüte mit anderen Neuerwerbungen: Brian Eno, Tom Robinson, Voidoids, dem *Quadrophenia*-Soundtrack. »Rapper's Delight« ist eine absolute Neuheit in den Pop-Charts, als Neueinsteiger direkt hinter »The Streak«, »Convoy« und »Kung Fu Fighting«, und in diesem Sinne haben die weißen Jungs ihren Kauf getätigt: Die Platte kommt ihnen unbegreiflich dumm und umwerfend komisch vor, zwei Auffassungen, die sich neuerdings nicht mehr zwangsläufig ausschließen, Gabba Gabba Hey.

Die nach außen gekehrte Selbstverachtung ist der schwachsinnige Stolz eines Punks.

Falls einer der drei mehr weiß, gibt er es nicht zu.

Man kann es auch anders ausdrücken: Wenn einer der Punkmodeläden auf dem St. Marks Place ein T-Shirt mit der Aufschrift BITTE WÜRG MICH anböte, würdest du auf der Stelle eins kaufen.

Mach dann auf der Heimfahrt nach Brooklyn aber die Jacke zu.

Jetzt werden im Schutze des Apartments die anderen Scheiben beiseitegelegt, und nur die eine LP landet zum Zwecke sofortiger Belustigung auf Muttis Plattenteller. Die Nadel wird angehalten und mehr als ein Dutzend Mal zur ungläubigen Bestätigung bestimmter gesungener Reime zurückgesetzt: *I don't care what these people think, I'm just sittin' here makin' myself nauseous with this ugly food that stinks.* Die drei weißen Jungs brechen in Gelächter aus, bekommen vor Lachen kaum noch Luft.

»*The – chicken – tastes – like – wood!*«, keucht einer.

Die Jacken werden abgestreift. Der Freund der geschiedenen Mutter hat ein Sechserpack Heineken im Kühlschrank stehen gelassen, der Depp, und dies wird rasch geleert. Eine Schachtel Eierplätzchen wird restlos vernichtet, selbst die Krümel auf dem Boden der Packung werden rausgeschüttelt und aufgesaugt. Dann wird erneut »Rapper's Delight« gespielt, die Punks vollführen einen grotesken Tanz, pogen auf dem Sofa und machen sich über Breakdance lustig, erfinden neue Posen.

Auf der Platte ist unter anderem eine Passage, in der Superman verhöhnt wird. Der Rapper, der sich selbst Big Hank nennt, umwirbt zum Schein Lois Lane mit angeberischen Zweizeilern: *He may be able to fly all through the night, but can he rock a party 'til the early light?* Eine wirklich exzellente Frage an Superman und alle anderen Fliegerhelden.

Das heißt, falls Fliegen nicht gerade das Letzte ist, woran du denkst.

Jetzt fangen die drei an, ihre Lieblingsstellen zu zitieren, wobei sie versuchen, die Modulation des Rappers nachzuahmen und dabei ein ernstes Gesicht zu bewahren. »*I understand about the food*«, sagt einer und muss vor Vergnügen fast heulen. »*Hey, but bubba, we're still friends!*«

Zwei dieser harmlosen, rotwangigen Punks sind in Manhattan geboren und dort auf eine Privatschule gegangen, bis sie auf die Stuyvesant wechselten, um ihren Eltern das Schulgeld zu sparen. Was sie betrifft, so könnte diese Platte allein zu ihrem privaten anthropologischen Vergnügen aufgenommen worden sein, sie hören sie mit einem inneren Abstand, als käme sie direkt vom Mond. Sie haben noch nie jemanden *rappen* gehört, genauso wenig, wie sie Fat Albert oder Sanford & Son auf der Straße begegnet sind. Ihre übereinstimmende Meinung lautet, dass »Rapper's Delight« und Schwarze im allgemeinen so wahnsinnig witzig sind, weil ihnen jegliche *Ironie* abgeht. Hey, es ist nicht rassistisch, Schwarze ebenso ernst zu finden wie Hippies, ebenso derb und peinlich wie Comichefte. Diese Jungs sind Punks, und Punks feixen nun mal gerne herum. Das gehört dazu, damit muss man umgehen können.

Ein Mangel an Ironie ist wohl kaum ein Problem für den Dritten im Bunde, den Punk aus Gowanus.

Sein Ich ist in prächtig verschlungenen Knoten gefangen. Er würde jeden Lackmustest für Persönlichkeitsspaltung spielend bestehen. Aber hey, während du in deinen Converse-All-Star-Turnschuhen auf den Sofakissen turnst und in linkischen Parodien die Hüften kreisen lässt, erinnerst du dich an Marillas Lichtjahre zurückliegende Hula-Hoop-Stunde auf dem Gehsteig, erinnerst dich auch an die Enttäuschung, dass Marilla keine blonde Solver war, deines Schuldgefühls bei diesem Gedanken, deiner Scham über die Unfähigkeit deines Körpers, der kläglich gescheiterten Versuche – *na und?* Über »Rapper's Delight« zu lachen soll nicht die Rache dafür sein, und außerdem war es nicht deine Idee, und außerdem ist es *witzig*. Die Dean Street ist eine andere Geschichte, ein Wissensbereich, der hier nicht anwendbar ist.

Du hast die Dean Street und Aeroman fast ganz hinter dir gelassen.

Wenn das bedeutet, der einen Person, die dich die ganze

Junior Highschool über beschützt hat, der einen Person, der du es einst sehnlichst gleichtun wolltest, der einen Person, deren Umlaufbahn du stets überglücklich gekreuzt hast, aus dem Weg zu gehen – wenn das bedeutet, die von Abraham fein säuberlich notierten Anrufe des Eine-Million-Dollar-Kindes nicht zu beantworten –, dann ist das ein geringer Preis fürs Erwachsenwerden, oder etwa nicht?

This ain't no party, this ain't no disco, this ain't no foolin' around.

Es ist das Ende, das Ende der Siebziger.

SECHZEHN

Obwohl es Barrett Rude Junior die ganze Zeit über beschäftigte, Nahrung war für sein grüblerisches Herz, hatte er den Anwesenden den eigentlichen Anlass für das Abendessen verheimlicht. Das hatte sie nicht davon abgehalten, sich über den gedeckten Tisch herzumachen, über die Berge von Fleisch und Käse und Oliven und Eibrot und Roggenbrot und Käse-Kirsch-Kuchen, die er telefonisch bei Junior's geordert hatte – und nicht zuletzt den Whiskey, die Drogen. Diese Schar von Freaks, Horatio, Crowell Desmond, die drei Mädels, sie brauchten keinen Grund zum Feiern. Als er ihn schließlich verkündete, erntete er nur ein schwaches Echo, der größte Teil der Truppe war zu dem Zeitpunkt schon zu hinüber, um mehr zu tun, als freundlich und verträumt zu nicken und das Glas zu erheben, falls sie gerade eines in der Hand hielten. *Barry hat was zu feiern, wessen Geburtstag? Egal, das ist cool.* Nur das eine Mädchen, dessen Namen er vergessen hatte, fragte:

»Wie alt?«

Sie hatte ihn schüchtern angelächelt, als sie hereingekommen war, eine von drei Miezen in Horatios Schlepptau, mit klirrenden Ohrringen und Pharaonenwimpern, hellbraunem eng anliegendem Kleid, fast fünfzig Knöpfe an der Seite, vom Knöchel bis zur Achselhöhle, von denen das untere Dutzend offen stand. Eines von Horatios Prachtexemplaren, allerdings ganz neu und unbekannt. Man stelle sich vor, wie sie den Hörer abhebt, und Horatio sagt: *Hast du Lust, Barrett Rude kennenzulernen? Den Sänger der Distinctions? Zieh dir was Nettes an, Baby.* Wie sie vor dem Spiegel steht und die offenen Knöpfe abzählt, nichts dem Zufall überlässt.

Das spricht Bände, ohne zu sprechen.

Bruder, das singt sogar, wenn man genau hinhört.

Gleich nachdem sie zur Tür hereingekommen war, hatte sie angefangen herumzufuhrwerken, hatte das große Licht gedimmt und in seinen Schubladen nach Kerzen gesucht, bis er ihr gesagt hatte, es gebe keine. Daraufhin hatte sie ihr Schultertuch über seine Lampe geworfen und so die gesamte Decke mit einem Schattenmuster überzogen, das aussah wie ein aufgerissener Mund mit Fransenzähnen.

»Fährst du auf solche Fleetwood-Mac-Zigeunersachen ab, Mädel?«

Wieder hatte sie nur gelächelt, ohne etwas zu sagen, um dann wegzugehen und eine Line zu schnupfen, die Horatio auf dem Küchentresen ausgelegt hatte.

In perfekter Eleganz, einen lackierten Fingernagel auf den Nasenflügel gepresst.

Den kleinen Finger abgespreizt, als tränke sie Earl Grey.

Er versuchte, sie zu ignorieren, legte etwas Leichtes auf den Plattenteller, Little Stevie Wonders *Journey Through the Secret Life of Plants*. Dann machte er sich selbst daran, von Horatios Angebot zu kosten, zog eine Line, während er wartete, bis das Kokain für die Pfeife erhitzt war. Eines der anderen Mädchen fragte ihn nach den Goldenen Schallplatten auf dem Kaminsims, und er antwortete ihr, dass dort eigentlich vier weitere stehen müssten, um die Wahrheit zu sagen. Es ärgerte ihn nicht einmal mehr, es war einfach nur noch eine Geschichte. Während er sie erzählte, beobachtete er aus den Augenwinkeln das stille Mädchen, wie sie herüber- und schnell wieder wegschaute, das übliche Spiel. Nur keine Eile, die Schweigsamen öffnen sich immer noch früh genug. Wie ein Zeitzünder, der losgeht. Jetzt zeigte sie sich interessiert daran, dass er einen Sohn hatte, der Paarungsinstinkt.

Na schön, Mädel, das lässt sich machen. Das wäre definitiv eine Richtung, in der wir zusammenkommen könnten.

Er sagte: »Siebzehn, kannst du das glauben? Ich bin ein alter Mann, verdammt.«

Barrett Rude Junior saß in seinem Schmetterlingsstuhl, die Arme hinter dem Kopf, die Beine breit gespreizt, wie er es am liebsten hatte, ohne Rücksicht darauf, ob die jungen Frauen auf dem Teppich in seine Boxershorts sehen konnten. Erstes Beweisstück, bitte bedient euch. Ihr seid doch alle hergekommen, um mich zu *sehen*, also vergewissert euch ruhig, dass ich aus Fleisch und Blut bin.

»Aber wenn es sein Geburtstag ist, wo ist er dann?« Ihre Stimme war mädchenhaft, schnurrend, lasziv.

Sein Blick glitt zur Tür des Untergeschossapartments. »Warum rufst du ihn nicht hoch? Er heißt Mingus.«

Draußen hatte ein Gewittersturm die Juninacht abgekühlt, eine erfrischende Brise strömte durch die Wohnzimmerfenster und umspielte die Vorhänge.

1963, in der Nacht, als der Junge zur Welt gekommen war, hatte es auch geregnet.

Das Mädchen schaute überrascht zur Tür, als hielte er dahinter einen armen Gefangenen eingesperrt. »Er hat das ganze Untergeschoss für sich«, brachte er zur Verteidigung an. »Ich hab ihn vorhin gerufen, aber er war mal wieder unterwegs. Der Motherfucker lebt nur für die Straße. Aber der Sturm hat ihn vermutlich nach Hause getrieben. Oder wird es noch.« Er schloss die Augen und sang im Falsett mit gespieltem Al-Green-Lispeln: »*I can't stand the rain – against my window – bringing back sweet memories – hey windowpane …*«

Sie nahm die Herausforderung an, ging zur Tür des Untergeschossapartments und rief zaghaft den Namen, als glaubte sie nicht so recht daran. Einen Augenblick später erschien das Geburtstagskind, stand plötzlich wie ein herbeigerufener Hund auf dem Teppich in ihrer Mitte, mit seinem fleckigen Drillichzeug und seinem wuscheligen Haar, den ersten Dreadlockknötchen. Die jungen Frauen sahen ihn sich wie auf Befehl an, ließen den erwachsenen Männern zuliebe ein verführerisches *Mhm Mhm* vernehmen.

»Was ist?«, fragte Mingus.

»Hey, Gustopher, Mann, wie *geht's*?«, fragte Crowell Desmond, lehnte sich über den Tresen und streckte die Handfläche zum Abklatschen aus, was Mingus widerwillig tat. »Wie kommt's, dass ich dich nie zu *Gesicht* bekomme, Mann?«

»Gus kommt nur noch hoch, um meine Platten und mein Gras aus dem Gefrierfach zu klauen«, antwortete Barry für ihn. »Es ist unter seiner *Würde*, mit uns abzuhängen.«

»Dein Vater hat gesagt, heute ist dein Geburtstag«, meinte das zigeunerhaft aussehende Mädchen, immer noch skeptisch.

Mingus nickte.

»Du siehst bekifft aus, Junge. Hast du geschlafen? Stell dich der Dame vor.«

Sie schüttelte seine Hand. »Yolanda.«

»Yo. Mingus.«

»Yolanda, *Yomingus*«, sagte Barry. »Ja, seid ihr Zwillinge?«

Desmond Crowell, der bei der Spüle stand, wo Horatio in einem Glasröhrchen Kokain aufkochte, wieherte vor Lachen.

»Wirklich sehr lustig, Barrett«, erwiderte Mingus leise.

»Nenn mich nicht Barrett, Junge. Schau dich doch an, in deinem hippiemäßigen Vietnamscheiß. Du solltest mal lieber ein paar von meinen *Klamotten* klauen.«

Yolanda kehrte zurück zur Couch, wo die Frauen aufgereiht saßen, Mingus blieb verlassen am Rand des Teppichs stehen. Die Platte war zu Ende, die Nadel knisterte aufs Label zu, die hohl klingende Rückführung des Tonarms, dann Stille. Jetzt horchten alle im Zimmer auf, vielleicht war die Sache mit dem Geburtstag doch noch bis in die trüben Gehirne vorgedrungen. Oder sie hatten auch ein Knistern in der Luft gespürt, das Sommergewitter. Barry fühlte sich zurückgewiesen und verschmäht, obwohl er Mingus nicht einmal in seine Pläne eingeweiht hatte. Aber solche Gefühle liegen jenseits der Vernunft.

Man ist mit seinem Sohn durch genetische Schwingungen verbunden, und nur man selbst kennt die ganze Geschichte, nicht aber der Junge, der noch gar nicht auf der Welt war, als diese Schwingungen einsetzten.

Die mütterliche Seite der Schwingungen blieb ein unkontrollierbarer Faktor.

Unter seiner schmuddeligen Kleidung hatte Mingus die Schultern hochgezogen. Spindeldürr, in sich gekehrt, den Blick auf die Straße gerichtet, wo er jetzt wahrscheinlich lieber gewesen wäre. Wann hatte Barry ihn sich das letzte Mal angesehen? Schwer zu sagen. Einander nicht anzusehen beruhte auf gegenseitigem Einverständnis, es bedurfte keiner Absprache. Er wollte lieber nicht wissen, was für ein Bild sein Sohn von ihm hatte – oder diese Yolanda –, mit seinen verhornten Fingernägeln, den Puddingschenkeln, dem von einem Backenbart kaschierten Stiernacken. Allein das Kokain bewahrte ihn davor, aus allen Nähten zu platzen und sich in eine korpulente Zeichentrickfigur zu verwandeln.

Er hätte im Zimmer herumtanzen sollen, stattdessen fühlte er sich in den Stuhl gedrückt von tausend Pfund Ballast.

Es war dieses *Weltgefühl*, das ihn wieder überkam. Das war das einzige Wort, mit dem er es je hatte beschreiben können.

»Ich nehm dich nur auf den Arm, Gus, mach nicht so ein Gesicht. Setz dich zu uns. Wir feiern hier den Geburtstag eines Mannes, Leute. Desmond, leg eine verdammte Platte auf.«

Mingus drehte sich in der Mitte des Teppichs um.

»Hast du einen deiner Freunde unten versteckt? Jetzt sei doch nicht so verschlossen, hol ihn hoch.«

»Nein, es ist nur …«

»Weißt du, Yolanda, Mingus steht auf weiße Jungs.«

Er hatte es einfach so dahingesagt, keine große Sache, sollten sie es verstehen, wie sie wollten. Dennoch legte sich ein seltsames Schweigen über alles und nagte an ihm. Der Raum war voller Ionen, Gewitterteilchen, und Barrett Rude Junior fühlte sich davon massiv aufgeladen. Er sollte tanzen, aber es gab keine Musik, und während sein Weltgefühl stärker wurde, wuchsen Arme und Beine ins Gebirgshafte. Wenn Yolanda zu ihm käme, wäre sie wie ein miauerndes Kätzchen, das über die Landschaft seiner selbst krabbelte. In einer Tiersendung im Fernsehen war einmal der rosa Embryo eines Kängurus im Zeitraffer vom Bauch bis in den Beutel gekrochen, der Elternteil als planetares Gebilde. Das war jetzt auch seine Dimension. Und je länger er auf seinem dicken Hintern sitzen bliebe, desto größer würde er.

Mingus stand nur da und blickte entgeistert drein wie das Kind in *Shining*, glotzte seinen Vater mit großen Augen an.

Inzwischen ging es drüben an der Spüle voran, ein glühend heißer Gestank wehte herüber, ein vielversprechender Geruch. Das gab ihm unverzüglich Auftrieb, sodass er am liebsten gesungen hätte.

»Reib dich jetzt nicht in irgendwelchen Geschichten auf, Horatio. Stopf die Pfeife und bring sie her. Und such mal Musik aus, Desmond, du nichtsnutziger Speichellecker. Ich schreib dir eine Titelmelodie: *Nichts-nuh-ziger Speichellecker, kann mir keinen Gig besorgen, ich wette, jeder andre könnte das …*«

Vielleicht um Barretts Improvisation Einhalt zu gebieten, wählte Desmond schließlich eine neue Platte aus. *For You* von Prince, zumindest nichts allzu Nervtötendes.

Wenn Barry nicht mehr wüchse wie ein aufgeblähter Planet und Horatio, Desmond, Mingus und die Mädels nicht mehr als kleine Satelliten in seiner Umlaufbahn kreisten, wäre alles wunderbar.

»Desmond, hab ich dir schon mal von diesem Gefühl erzählt, dass ich immer größer werde, während alle anderen immer kleiner werden?«

»Nee, Mann.« Desmond klang verblüfft.

»Wir werden *alle* irgendwann schrumpfen«, sagte Horatio. »Das ist nicht so schlimm.«

»Meine frühere Frau, die Mutter dieses Jungen hier, hat mir immer vorgeworfen, ich sei *hochtrabend*, aber daran ist nichts Hochtrabendes. Ich hab nur manchmal das Gefühl, meine Fingerspitzen befänden sich Tausende von Meilen entfernt.«

»*Verrückt*, Mann«, erwiderte Desmond, weil er wohl Angst hatte, etwas Falsches oder Anstößiges zu sagen.

»Ja, verrückt«, meinte Barrett Rude Junior und sah ein, dass jeder Erklärungsversuch sinnlos war. »Es ist irgendein verrückter Scheiß, in Ordnung. Und jetzt gib dem Jungen sein Geschenk, Ratio.«

»Was?«

»Tu nicht so, als hättest du's vergessen.« Seine Stimme kroch aus der Höhle seiner Brust in den Weltenraum, wo die Kurvatur seiner Ohren sie empfing und bestätigte. Er vertraute darauf, dass er tatsächlich gesprochen hatte.

Mit geweiteten Pupillen kam Horatio hinterm Küchentresen hervor und zog aus der Innentasche seiner Weste ein gefaltetes Briefchen aus Alufolie, das Geschenk, von dem er nicht gewusst hatte, ob Barrett Rude Junior es ernst damit meinte. Er hatte in jedem Fall vorgesorgt: Wenn man mit Barry feierte, konnte man nie genug davon bei sich haben.

»Da ist es. Ein Gramm ganz für dich alleine. Jetzt musst du nicht mehr von Bäumen springen.«

Mingus starrte ihn nur an.

»Das ist für dich, nimm schon. Wenn du direkt was schnupfen willst, gibt dir Horatio was von seinem ab.«

Mingus ließ das Päckchen in die geräumige Hosentasche an seinem Oberschenkel gleiten und schüttelte den Kopf.

»Herzlichen Glückwunsch. Du bist jetzt ein Mann.«

Dann bemerkte Barrett Rude Junior, der immer tiefer in sich versank, dessen Geist und Stimme nach und nach zu einer kleinen Insel im Ozean seines Körpers wurden, dass das Geschenk unvollständig war. Natürlich war Mingus undankbar, und zu Recht. Das Gramm war nicht genug. Sein Vater musste ihm das Mädchen überlassen, Yolanda. Barry selbst hatte heute Nacht keine Verwendung für sie, nicht mit diesen zentnerschweren Gliedern. Das Mädel würde erdrückt, wenn er irgendwie auf sie draufkletterte. Und wenn sie ihm einen blasen wollte, wäre sie unerreichbar, Meilen entfernt, hinter dem Horizont des Realen. Heute Nacht war der Junge an der Reihe.

»Horatio, bist du endlich fertig? Bring mir die Pfeife, denn ich schwör dir, ich bin genauso *unfähig*, mich aus diesem Stuhl zu erheben, wie Old King Cole. Hey, Yolanda?«

»Ja«, sagte sie ein wenig geziert, da sie überrascht war, jetzt von ihm beim Namen genannt zu werden.

»Was hältst du davon, runterzugehen und dir Gus' Bude anzuschauen?«

Er hatte es leichthin gesagt, als wüsste sie schon, was er meinte, eine Sache ergab die andere. Aber niemand sonst sah die tiefe Güte, die hinter dieser Weiterreichung vom Vater zum Sohne steckte. Alle stürmten mit einem Mal auf ihn ein.

Yolanda rief: »Was soll denn *das* heißen?« Sie blieb auf der Couch sitzen, schlug aber die Beine übereinander, um den Schatz zu behüten, und wandte ihren Oberkörper empört von der Tür ab.

»Das ist so abgefuckt, Barrett«, sagte Mingus in einem tiefen und mitleidsvollen Tonfall.

»Barry, bleib cool«, fügte Horatio hinzu, als hätte er in diesem Haus irgendwas zu melden.

»Es soll gar nichts *heißen*, entspannt euch. Verdammt. Und wenn ich dir stattdessen ein Wette anbiete? Wie alt bist du, kleine Yo-*landa*? Wenn du näher an seinem Alter bist als an meinem, gehst du dann nach unten? Mit meinem Sohn ein paar Geburtstagsnasen ziehen, das wär doch nur fair.«

»Sie kann nicht«, sagte Mingus mit ausdrucksloser Stimme.

»Wart's ab, Gus, das wollen wir von dem Mädel selber hören. Wie sieht's aus, Baby? Im Jahr des Drachen oder der Ratte oder was?«

»Du bist ein süßer Typ, Mingus«, sagte Yolanda trotzig und sah Barrett dabei nicht an. In ihrer Stimme schwangen Sex, Mütterlichkeit, der ganze geheimnisvolle Frauenscheiß mit, der Barry beschämen und ihm vor Augen führen sollte, was er verpasst hatte. Denn er hatte es verpasst, es verpatzt, sie war auf und davon. »Lass dir deinen Geburtstag nicht von deinem Vater verderben. Ich komm runter und schau mir dein Zimmer an, wenn du möchtest.«

Aber Mingus ignorierte sie. »Sie kann nicht runterkommen«, wiederholte er.

»Und warum nicht?«, fragte Barry.

»Senior ist vorne. Ich hab ihn gehört.«

»Er hat sich hier wieder eingeschlichen?«

»Was hast du erwartet? Du hast ihm seinen Schlüssel nicht abgenommen.«

Barry gab sich nun ganz seinem Weltgefühl hin. Und so fühlte es sich an: Er war zu einem Planeten geworden, und seine Bevölkerung schwärmte um ihn herum wie Stechmücken, tauchte auf und wieder ab. Also war sein alter Herr zurück, der Schleichfuß! Senior musste es sich irgendwie mit den Zuhältern und Dealern im Times Plaza Hotel verdorben haben, hatte vielleicht ein Mädchen auf sein Zimmer gelockt und versucht, sie zu bekehren, oder vielleicht auch nur zu lange in der Eingangshalle gewettert – egal, er hatte sich unbeliebt gemacht und war dann hierher zurück ins Untergeschoss gekrochen. Mingus und Senior waren vom selben Schlag, von Natur aus undankbar und ihm so fremd geworden wie seine weit entfernten Hände. Horatio, Desmond, Sohn, Vater, Muschis, Goldene Schallplatten, alles flog in einem Schwarm vorbei, gottverlassen und winzig.

Was er dringend brauchte, war ein Zug an der Pfeife. Ein oder zwei Lines, selbst ein Dutzend würden heute Nacht nicht ausreichen, würden sein unerträgliches Gewicht nicht schrumpfen lassen oder die anderen Personen im Zimmer von ihrer irritierenden Kleinwüchsigkeit erlösen.

Draußen verdampfte der Regen auf dem vom Tag erhitzten Teer.

Pass *verdammt* gut auf, dass Pfeife, Kelch und die Drei Fiedler sich nicht heimlich die Autorschaft erschwindeln.

Es war die Tatsache gewesen, dass die Veranstaltung an der New School stattfinden sollte, ein Name, den er mit alternativen Anlässen und der Verpflichtung wenig reputierter Professoren verband, die ihn dazu verleitet hatte, diesen Fehler zu begehen. Das und der holländische Sammler von Taschenbuchillustrationen, der Abraham ein halbes Dutzend Mal am Telefon bestürmt hatte, bis er nachgab. Vielleicht auch eine morbide Neugier auf seine Kollegen: Howard Zingerman zum einen und Paul Pflug zum anderen, so unglaublich die Namen auch klingen mochten. Wahrscheinlich empfanden andere Leute seinen eigenen Namen, *Ebdus*, auf ähnliche Weise, und wahrscheinlich war es auch der Eigenartigkeit ihrer Namen zu verdanken, dass sie in diese Unternehmung hineingeraten waren. Gut möglich, dass Abraham allein aus Eitelkeit zugesagt hatte. Ganz sicher aus Eitelkeit. Und wegen des Begriffs *Popkultur*, mit dem der Holländer so wild um sich geworfen hatte. Er gehörte jetzt zur Popkultur. Also wollte er hingehen und sich anschauen, was das zu bedeuten hatte, und dabei Zingerman und Pflug kennenlernen. Was konnte es schon schaden, auf einem Podium zu sitzen?

Nun, er hatte es erfahren, welchen Nachteil, welchen Preis es haben konnte, sich aus dem Versteck locken zu lassen. Das Auditorium der New School bot keine Sicherheit vor Kränkungen. Die kleine Zuhörerschaft, weniger als fünfzig Leute, fast alles absonderliche Kerle mit komplizierten Barttrachten, war nur gekommen, um Pflug zu sehen. Pflug selbst war vielleicht dreißig Jahre alt, hatte, wie viele seiner Bewunderer, einen langen Pferdeschwanz und schien Gewichtheber zu sein, auch wenn er den zotteligen Bart eines alten Mannes trug, oder vielleicht eher den eines Zauberers.

Pflug arbeitete in einem Stil, der auf Abrahams gefolgt war, und der ihn in seiner Popularität überflügelt hatte. Das heißt, falls Abrahams Stil überhaupt je wirkliche Popularität genossen hatte, außer bei den künstlerischen Leitern der Verlage, die ein paar Jahre lang darum gewetteifert hatten, Abraham selbst zu verpflichten, und armselige Nachahmer beauftragten, wenn er nicht zur Verfügung stand. Diese Zeiten waren vorbei. Auch wenn Abraham immer noch Aufträge bekam, war die Mode der gehobenen Psychedelik vorüber. Pflug stand stellvertretend für das, was ihren Platz eingenommen hatte. Er malte Drachen und Muskelprotze, wie sie auf Plakaten bestimmter zurzeit populärer Filme zu sehen waren, seine Himmel waren überzogen von aufgetürmten Maxfield-Parrish-Wolken, seine Barbaren und Gladiatorinnen, ja, selbst die Drachen waren durchgängig in einer fotorealistischen Perfektion ausgeführt, die bis in jede Feder und Schuppe, bis in jede blonde, geföhnte Strähne der anachronistischen Frisuren hineinreichte.

Tatsächlich stellte sich heraus, dass es Pflug *war*, der das Plakat für einen der zurzeit populären Filme entworfen hatte. Das erklärte die Ähnlichkeit und auch die Existenz seiner Anhängerschaft. Sie hatten ihre Ungeduld während der kurzen Podiumsdiskussion kaum verhehlen können, als sie darauf warteten, Pflug mit Plakaten zu bestürmen, die jetzt in der Hoffnung auf ein Autogramm ehrfürchtig aus Papprollen herausgezogen wurden. Hier interessierte sich niemand für Taschenbuchillustrationen, und warum auch? Es war nichts, das besonders interessant war.

Die einzige Ausnahme stellte der Holländer dar, der die Veranstaltung im Alleingang organisiert hatte, Gott steh ihm bei, und dafür extra aus Amsterdam angereist war. Aber er wiederum interessierte sich ausschließlich für Zingerman. Der Holländer, jünger noch als Pflug, war geschniegelt und gestriegelt. Am Telefon hatte er reifer geklungen, aber in natura war er zurückhaltend, ehrfürchtig still. Zingerman war sein Idol. Er hatte Zingerman-Originale aus den Lagerhäusern pleitegegangener Taschenbuchverlage gekauft, von langfingrigen Mitarbeitern, aus Katalogen, die unter Liebhabern wie ihm zirkulierten. Der Holländer war der Verfasser einer Monografie, eines Werkkatalogs, und suchte dafür Zingermans Segen. Seine Atlantiküberquerung hatte eine Pilgerreise direkt vor die Füße seines Meisters werden sollen, aber er war zu schüchtern gewesen, wie es nun den Anschein machte, und so hatte er als Vorwand diese ganze heuchlerische Podiumsdiskussion Zingerman-Pflug-Ebdus, »Die geheime Welt der Taschenbuchillustration«, organisiert.

Zingerman besaß als Maler eine gewisse Integrität, vertrat eine Art Ashcan-School-Realismus. Sein Stil war malerisch im Sinne der Soyer-Brüder, oder, wenn man so wollte, sogar im Sinne des frühen Philip Guston. Zingermans Milieu waren urbane Grotesken, Figuren, die er auf der Höhe eines expressiven Leidens einfing, Männer, die Frauen die Hemden vom Leib rissen, und umgekehrt, aber auch Momente der Zärtlichkeit und sogar der Nachdenklichkeit. Kleine Hunde und verrostete Dosen, die im Schatten einer faulknerschen Veranda lagen. Nur die Frauen wirkten immer ein wenig zu schön, Playboyhäschen auf Abwegen, die sich unters einfache Volk gemischt zu haben schienen. Hände, Gesichter und Brustansatz standen deutlich im Mittelpunkt, während der Rest sich im Chiaroscuro verlor, ein prägnantes Stilmittel, das zudem noch Arbeitsstunden sparte und langfristig sicher weniger ermüdend war als Pflugs autistische Detailversessenheit.

Die vorliegenden Beispiele, Bücher in Schutzhüllen aus Plastik und zwei der eigentlichen Gemälde, kamen sämtlich aus der Sammlung des Holländers. Die Titel umspannten die letzten vier Jahrzehnte, von den Vierzigern angefangen, Paul Bowles und Hortense Calisher neben eindeutiger Pornografie – Zingermans Behandlung der unterschiedlichen Themen blieb konsequent. Den Siebzigerjahren opferte er nur das Sfumato einer Palette aus Grau- und Brauntönen, hellte die Farben auf und fügte der Garderobe seiner Frauen Paisley-Bikinis und bedruckte Blusen hinzu, verpasste den verbissenen männlichen Protagonisten flaumige Koteletten.

Zingerman als Mensch? Verseuchtes Territorium. Er war um die siebzig und hatte die Größe eines Basketballers. Seine riesige Gestalt war in einen staubgrauen Anzug gehüllt und verrenkte sich ungelenk hinter dem Tisch, an dem sie gemeinsam saßen. Aus den Umschlagmanschetten quollen Haare hervor, als trüge er darunter ein Affenkostüm, wohingegen die Hände und das Gesicht eher papieren wirkten, aller Lebenskraft beraubt. Trotz der ausdrücklichen Hinweise auf den Verbotsschildern im Auditorium rauchte er unablässig Zigarren, so dick wie seine klobigen Finger. In regelmäßigen Abständen bekam er Hustenanfälle. Es war schwer, sich diese Hände mit einem Pinsel vorzustellen – andererseits waren viele Dinge schwer vorstellbar, und es gab sie dennoch, wie diese Abendveranstaltung.

Zingerman wollte mit Pflug nichts zu tun haben und schien auch den Holländer, seinen James Boswell, kaum zu ertragen. Vielleicht lagen beide unter einer bestimmten Altersgrenze, die für Zingermans Aufmerksamkeit erforderlich war. Als Pflug Plakate signierte – eine weitere künstlerische Aufgabe, der er sich in mühevoller Kleinarbeit widmete, indem er jedes mit einer Zeichnung und einem Spruch verzierte –, streckte sich Zingerman in seinem Stuhl, bot Abraham eine Zigarre an und offerierte mit einem Schlag seine gesamte Lebensphilosophie.

»Leg die Mädchen flach.«

»Wie bitte?«

Zingermans Stimme war rau und schroff, möglicherweise hatte Abraham ein umständliches Husten versehentlich für eine Aussage gehalten.

»Leg die Mädchen flach, jede einzelne von ihnen.« Zingerman deutete auf die Taschenbücher auf dem Tisch vor ihnen, dann nach hinten auf die großen Originale, die dort an der Wand hingen. »Die Modelle. Das war mein einziger Trost in diesem miesen, dreckigen Geschäft, und daher kann ich mir auch nicht erklären, warum ein Typ wie Sie diese merkwürdigen Dinger malt, diese geodätischen Formen. Was haben Sie vor, eine Geodätische Kuppel flachlegen? Das ist ein einsamer Weg.«

»Ihre Modelle? Sie sind mit ihnen ins Bett gegangen?«

»Ins Bett, auf die Couch, mitten im Zimmer in einem Leopardenfell, in einem Meerjungfrauenkostüm, mit falschen Fangzähnen, mit einer Spielzeugpistole in der Hand, mit Farbe an den Fingern, leg sie flach, leg sie flach, leg sie flach. Immer dieselbe Taktik. Bestell den Jungen, bestell das Mädchen, lass sie ihre Posen einnehmen, schieß ein paar Polaroids, schick den Jungen nach Hause, fummel unter einem Vorwand an den Kleidern herum, richte den Kragen, Hand auf den Arsch, leg sie flach, leg sie flach, leg sie flach, fünfunddreißig Jahre lang.«

»Wie Picasso«, war alles, was Abraham dazu einfiel.

»Darauf können Sie Ihren Arsch verwetten. Anders hätte ich es nicht ausgehalten, diese Bilder zu malen, ich hätte den Kopf in den Ofen gesteckt. Ich habe versucht, es meinem Freund Schrooder zu erklären. Er denkt, ich mache Witze. Ich mache keine Witze. Sind Sie verheiratet?«

»Ich war es.«

»Das waren wir alle. Diese Jungspunde haben ja keine Ahnung. Der da? Denken Sie, der legt sie flach? Der ist viel zu beschäftigt damit, die Haare zu malen, die Federn, die Reflexe auf den Seifenblasen. Wenn ich eins dieser Mädchen mit den Schwertern und den Haaren in meinem Atelier hätte, wüsste ich, was ich zu tun hätte. Der da, mit diesen Armen? Ich glaube, der schaut eher den Jungs hinterher.«

»Oder den Drachen.«

»Oder den Drachen. Und Sie, was ist mit Ihnen? Ficken Sie Formen? Picasso hat zumindest realistisch angefangen. Nachdem er sie flachgelegt hatte, waren beide Augen auf derselben Seite. Danach konnten sie nicht mehr aufrecht gehen. Bei Ihnen ist es wie ein Blick durchs Mikroskop. Sind Sie nicht einsam, so allein mit Ihren Bakterien?«

Abraham dachte: Frauen und Bakterien. Genau darauf lief es bei Zingerman hinaus. So weit war es also gekommen, Abraham Ebdus, der Übergang zwischen Ashcan-School-Schund und fotorealistischen Drachen, ein flüchtiges Intermezzo. Er allein mit seinen Bakterien.

Nein, er würde den Film hier nicht zur Sprache bringen, er würde den Film hier nicht diskutieren, sich nicht darüber austauschen.

»Ja, ich bin einsam«, antwortete er ehrlich.

»Natürlich sind Sie das, man riecht es förmlich.«

»Ein großer Karrierefehler, der Biomorphismus.«

»Da sagen Sie was. Schneiden Sie sich eine Scheibe von mir ab. Leben Sie«, sagte Zingerman. »Leg die Mädchen flach.«

»Ich werd's beherzigen.«

An diesem Punkt des Gesprächs senkte Zingerman die Stimme, um die Lehrstunde abzuschließen, um weiterzugeben, was er sich erarbeitet hatte, was er wirklich wusste. »Hören Sie«, sagte er. »Erzählen Sie Schrooder nichts davon.«

»In Ordnung.«

»*Durchlöchert.*« Er fuhr mit der Zigarre verschwörerisch über die ganze Länge seines Körpers.

»Wie bitte?«

»Es fing in der Lunge an, also haben sie ein Stück Lunge rausgeschnitten. Spielt keine Rolle, wo es anfängt. Es geht in die Lymphen, ins Gehirn, in die Blutbahnen.«

»Oh.«

»Ich *scheiße* Krebs. Spielt keine Rolle, Sie brauchen kein Mitleid mit mir haben. Und wissen Sie auch, warum nicht? Ein Versuch.«

»Leg die Mädchen flach?«

»Der Mann bekommt eine Zigarre.«

schlimmer dezember
kein scherz mein junge
nicht ein auge zugetan
stell eine rose für mich
vor die tür des dakota-gebäudes
ich bin die walrosskrabbe

»Horatio, wo zum Teufel warst du, Mann?«

Schweigen.

»Oh, hey, wie geht's dir, Barry?«

»Hast du so viel am Laufen, dass du nicht mal einen Nigger zurückrufen kannst?«

»Tut mir leid, Baby, ich wollte dich noch anrufen. Hat nichts zu bedeuten. Was ist denn los?«

»Du musst mir unbedingt ein Teil besorgen.«

Schweigen.

»Wovon *redest* du, Barry?«

»Schaust du kein Fernsehen, Horatio?«

»Na klar schau ich Fernsehen, schwarzer Mann, was ist los mit dir?«

»Weißt du, was ein Beatle ist?«

»Was? Oh, ja, natürlich.«

»Ich muss etwas aufrüsten. Eine ganz einfache Sache, Horatio. Also, kannst du was für mich tun? *Das* ist die Frage.«

»Mann, bist du verrückt? Der Scheiß hat doch nichts mit dir zu tun.«

»Ich hab diesen Chapman-Arsch *gesehen*, wie er letzte Woche auf der Dean Street rumspaziert ist und mein Haus angestarrt hat. Wenn er es nicht war, dann war's sein Vetter. Der weiße Motherfucker hatte eine *Liste.*«

»Meinst du das *ernst?*«

»Weißt du eigentlich, wie viele Leute mich gerne von der Bildfläche hätten, um ein paar Vier-Spur-Bänder in die Finger zu kriegen? Ich traue nicht mal *Desmond,* verdammte Scheiße. Da sind mindestens fünf bis zehn Nummer-eins-Hits auf diesen Bändern, meinst du, die Leute *wüssten* das nicht? Ich hab Feinde, Ratio, auf der Straße, in den oberen Vorstandsetagen, kein Scheiß, selbst in meinem eigenen *Unter*geschoss. Die Frage ist, ob du einem Bruder aushelfen kannst, oder ob ich mich an jemand anders wenden muss? Was du auch sagst, sei ehrlich zu mir.«

Schweigen.

»Kein Problem, Barry. Ich besorg dir, was du brauchst.«

»Jetzt redest du eine Sprache, die ich verstehe.«

SIEBZEHN

Stately Wayne Manor soll zwischen Miller Miller Miller & Sloane und den Speedies auftreten, das ganze Programm ein Wettstreit zwischen Highschool-Bands. Die Musiker kommen alle von der Music and Art, der Stuyvesant, der City-As-School, der Bronx Science und der Dewey, wo auch immer die Speedies zur Schule gehen oder rausgeflogen sind. Auf dem Gehsteig der Bowery Street wimmelt es von Jugendlichen, niemand überprüft die Personalausweise, es sind sogar Zwölfjährige von der Junior Highschool darunter. Die Mädchen sind umwerfend, sensationell, sie flanieren in Kattunkleidern vor dem CBGB, mit Fünfzigerjahre-Lippenstift und toupiertem Haar, die Pickel überschminkt, und sie schützen die Zigaretten mit der gewölbten Hand vor dem leichten Windhauch, auf den nackten Armen eine Gänsehaut. Sie entflammen die Nacht, Paradiesvögel, die erwachsene Männer ins Schwitzen bringen würden, nur dass es hier keine gibt, außer den paar Bewohnern einer billigen Absteige, die sich bereits im Delirium tremens befinden. 1981, Sechzehnjährige regieren die Nächte von Manhattan, können öffentlich Joints qualmen und in den Miniclubs Bier in Plastikbechern bestellen. Zweier- oder Dreiergruppen von Jungs in Leder und Jeans murmeln neben den Mädchencliquen, fälschen mit Kugelschreibern Eintrittsstempel und drängen nach drinnen zur Bühne, oder sie bleiben draußen, reichen Flaschen mit etwas Härterem in Tüten herum und schubsen einander gelegentlich unter lauten Anfeuerungen auf die Straße, vorgetäuschte Aggressionen. Jemand fährt vor, und beklebte Verstärker und Gitarren werden aus dem Kofferraum geladen. Alle bewundern die bandagierten Finger des Gitarristen. Er hat ein Wagenfenster eingeschlagen und sich drei Knöchel gebrochen, war einfach wütend, weil es ein Mädchen geschafft hatte, das letzte Wort zu behalten. Er spielt heute Nacht auf jeden Fall, mit Halbhandschuhen, ein Held des Showgeschäfts.

In einem nahe gelegenen Hausflur betritt ein Mann die Fahrstuhlkabine und kehrt zurück in sein Ein-Zimmer-Apartment, in dem er seit 1953 lebt.

Ein schwarz-weißer Polizeiwagen, der auf der Rivington Street am Bordstein parkt, schaukelt leicht, ein Cop bekommt auf dem Rücksitz einen geblasen, während sein Partner an der Ecke zur Bowery aufpasst und wartet, bis er dran ist. Es gibt bestimmt einen geheimen Code für diese Aktion, ein *Bummler*, oder eine *Null-Eins-Null*.

Auf den Wänden ist Punkgraffiti zu sehen, eine völlig andere Art, der Buchstabe A für Anarchie ist umkreist, dazu in Versalien alberne Sprüche von Bands wie Mice und Steaming Vomit, möglicherweise der einzige bleibende Eindruck, den sie hinterlassen.

Heute herrscht in der Stuyvesant-Schar größere Aufregung als sonst, einer von ihnen hat dieses Wochenende sturmfreie Bude, und es ist geplant, dass sie dort zusammen LSD nehmen. Wochenende, alles passiert am Wochenende, als wäre die Schule nicht bloß vierundzwanzig Stunden weit weg, als hätte sich dein Leben auch nur um einen Deut verändert. Du könntest gegen den Rhythmus ankämpfen, an einem Dienstag- oder Mittwochabend zu Konzerten gehen oder zur Bowl-Mor, einer Bowlingbahn am University Place, die die ganze Nacht geöffnet hat und mit »Rock 'n' Roll Bowling!«, wirbt – aber das hätte zu viele Nebenwirkungen wie Schwänzen und Schulverweis, die Wegweiser in Richtung deiner lokalen Highschool. Es könnte sein, dass man von dir wie von Tim Vandertooth nie wieder etwas hört.

Also werft euch in Schale und vergesst, dass ihr euch alle

am Montagmorgen in Trainingsanzügen wiederseht, mit einem Kater und ziemlich verlegen.

Drinnen beenden Miller Miller Miller & Sloane ihren Auftritt. Ihre berühmte Zugabe ist eine schräge Parodie, in der der Schlagzeuger hinter seiner Schießbude hervorkommt und Aretha Franklins »Respect« singt, was man guten Gewissens unter dem ironischen Aspekt genießen kann, dass hier schnöselige weiße Jugendliche in dem angesagtesten Punkladen der ganzen Welt spielen.

Und es ist zugegebenermaßen ein ziemlich großartiger Song, den alle noch am nächsten Tag summen werden, wenn das Acid nicht jegliche Erinnerung aus dem Gedächtnis gefegt hat.

Stately Wayne Manor ist in fünfzehn Minuten dran.

Dylan tummelt sich im Gewühl am Fuße des Podests, obwohl er die Band doch erst um die hundert Mal gehört hat, bei kleinen Gigs und in ihrem Probenraum auf der Delancey Street. Sein Freund Gabe Stern spielt Bass bei den Stately Wayne Manor – er hat es sich auf der Bühne selbst beigebracht, wie Sid Vicious. Dylan ist so etwas wie das fünfte Bandmitglied, er kennt ihr kurzes Programm auswendig, beschriftet ihre Konzertplakate mit der Hand, hört sich im Vertrauen die Probleme ihrer Freundinnen an.

Knutscht manchmal mit ihren Freundinnen rum.

Könnte eines Tages von ihren Freundinnen flachgelegt werden.

Aktuelle und zukünftige Freundinnen machen einen ansehnlichen Teil des Publikums aus, das die Theke umlagert, als wäre sie die Sodabar in einem Archie-Comic. Die drei Bands haben nicht einen einzigen Fan über achtzehn. Jeder hier würde mit Sicherheit behaupten, auf der winzigen Bühne des CBGB schon die Talking Heads gesehen zu haben, was gelogen wäre, da sie bei deren letztem Auftritt hier erst zwölf oder dreizehn waren. Man konnte in einer Stadt aufwachsen, in der Geschichte geschrieben wird, und trotzdem alles verpassen. Heutzutage spielen die Talking Heads im Tennisstadion von Forest Hills: Kauft euch bei Ticketron im Untergeschoss von Abraham & Straus einen Sitzplatz und fahrt mit der U-Bahn nach Queens wie jeder andere Spießer auch.

Der Schlüssel zu fast allen Dingen ist es, so zu tun, als wäre es *nicht* das erste Mal.

Heute Nacht LSD zu nehmen ist bloß das nahe liegendste Beispiel.

Jetzt taucht Dylans Kumpel Linus Millberg mit einem Becher Bier in der Menge auf und ruft ihm zu: »Dorothy ist John Lennon, die Vogelscheuche ist Paul McCartney, der Blechholzfäller ist George Harrison, der Löwe ist Ringo.«

»*Raumschiff Enterprise*«, befiehlt Dylan über den lausigen Klimpercountry hinweg, den sie im CBGB zwischen den Auftritten spielen.

»Das ist einfach«, schreit Linus zurück. »Kirk ist John, Spock ist Paul, Pille ist George, Scotty ist Ringo. Oder Chekov, nach der ersten Staffel. Ist auch egal, eine Scotty-Chekov-Kombination ist Ringo. Nebenrollen sind immer zusätzliche Georges oder Ringos.«

»Aber sind nicht Spock-hat-kein-Herz und McCoy-hat-kein-Hirn wie der Blechholzfäller und die Vogelscheuche? Also ist dann Dorothy Kirk?«

»Du kapierst es nicht. Das ist nur eine oberflächliche Übereinstimmung. Die Beatles sind ein *Archetyp*, so was wie die menschliche Grundformation. Jeder entwickelt sich automatisch zu einem bestimmten Beatle, man kann nichts dagegen tun.«

»Sag noch mal die Typen.«

»Zuverlässiger-Elternteil, Genie-Elternteil, Genie-Kind, Clown-Kind.«

»Okay, jetzt für *Krieg der Sterne*.«

»Luke *Paul*, Han Solo *John*, Chewbacca *George*, die Roboter *Ringo*.«

»*Tonight Show.*«

»Äh, der Moderator Johnny Carson *Paul*, der Gast *John*, der Ansager Ed McMahon *Ringo*, der Bandleader, dieser Dingsda, *George.*«

»Doc Severinsen.«

»Ja, genau. Verstehst du, alle sind auf John fixiert, *sogar Paul.* Daher ist John der Gast.«

»Und Severinsen ist still, aber talentiert, wie ein Wookie.«

»Allmählich kommst du dahinter.«

Dylan ist der Kassierer für den heutigen LSD-Einkauf, sackt von allen die Scheine ein, einhundertneunzig Dollar, die er aus alter Gewohnheit krampfhaft festhält, die Hand in der Hosentasche. Sein Stolz verbietet es ihm, in noch ältere Muster zurückzufallen und das Bündel in seine Socke zu stopfen. Die Aufgabe, das Acid zu besorgen, ist Dylan und Linus Millberg aus zwei Gründen zugefallen: 1. Sie sind Stammkunden bei dem Dealer, einem Schwulen auf der 9th Street, der den Stuyvesant-Kids in seinem Apartment Drogen verkauft. 2. Sie sind nicht in der Band.

Linus Millberg ist ein außergewöhnliches Mathegenie aus dem zweiten Jahr, der sich meist mit Älteren umgibt und früher sehr schüchtern war.

»Wenn wir jetzt gehen, bekommen wir noch den Auftritt der Speedies mit«, sagt Linus.

»Okay, nur noch eine Minute.«

»Wir hätten schon vor einer Stunde gehen sollen.«

»Okay, ich weiß, aber wart noch kurz. Geh mir ein Bier holen.«

Linus nickt und kämpft sich wieder zur Bar durch.

Dylan ist insgeheim dankbar für Linus' hündische Unterwürfigkeit, vielleicht weil sie seine eigene gegenüber den Stately-Wayne-Manor-Leuten verdeckt. Es gibt viele Gründe, warum es cool sein mag, bei der Band, aber nicht in ihr zu sein. Meistens jedoch nervt es. Und das ist die eigentliche Ursache für seine Trödelei: Stately Wayne Manor hat noch nie im CBGB gespielt, und Dylan ist nicht gewillt, auf seinen Anteil am Glamour ihres Debüts zu verzichten.

Du kannst zugleich vor und auf der Bühne stehen.

Es ist so ähnlich, wie noch einmal neben Henry zu stehen, wenn er einen Spaldeen aufs Dach wirft, den du zuvor von der Straße aufgehoben hast.

Und es ist spannend: Wird Josh, der Sänger, beim Auftritt betrunken sein, und kann Giuseppe, der Gitarrist, mit verbundenen Händen überhaupt spielen? Obwohl die Akkorde der Gruppe dermaßen simpel sind, dass man sie auch mit dem Ellbogen oder Fuß auf dem Hals einer Stratocaster spielen könnte.

»Da ist die *Gawcet*, sie sieht großartig aus.«

Linus ist mit dem Bier zurückgekommen.

»Die Gawcester ist hier, Ebdus«, wiederholt er. »Diesmal solltest du besser etwas unternehmen.«

Linus hat ins Schwarze getroffen: Ein weiterer Grund für die Trödelei ist Liza Gawcet. Liza ist eine neue Schülerin im ersten Jahr, und Dylan mag sie ein bisschen. Sie hat streng reglementierte Ausgehzeiten, also würde sie später nicht mit Drogen nehmen oder bowlen: Dies ist seine einzige Chance. Dylan hat das Bekenntnis seiner Verzauberung durch ihre blonde, stumme, neu entfaltete Netzstrumpfhosen-Niedlichkeit über eine Reihe von Mittelsmännern durchsickern lassen, erstaunt und entsetzt zugleich, dass dieses System verkuppelter Flirts bei ihm genauso funktioniert wie bei so vielen anderen, die er dafür verachtet. Aber das System hat *trotz* seiner Überheblichkeit funktioniert. Sie mag Dylan auch ein bisschen – so die Botschaft von Lizas Freundinnen im Gegenzug.

Er würde heute Nacht mit ihr sprechen, wenn er sie von der Gänseschar lösen könnte, ein heikles Unterfangen.

Die Art und Weise, wie Lizas Netzstrümpfe an den Knien und am Po durch die Löcher in ihrer Oshkosh-Latzhose durchscheinen, wirkt unglaublich kindlich und scharf, als würde sie die punkigen Strumpfhosen unter Klamotten anziehen, die sie seit den Himmel-und-Hölle-Spielen der fünften Klasse trägt.

Du kannst sechzehn sein und dir trotzdem pädophile Neigungen vorwerfen.

Alle in der Band tuscheln in letzter Zeit über Liza und erzürnen damit ihre älteren Freundinnen, aber Dylan hat einen direkteren Zugang zu ihr.

Linus sagt: »Du hast ein gut geschnittenes Gesicht, Josh hat den entsprechenden Körperbau, Gabe ist in der Band, und ich kann mit jedem ein Gespräch anfangen – wenn wir in einer Person vereint wären, könnten wir jedes Mädchen auf der Schule ficken.«

»Halt die Klappe.«

»Gerne, aber dann tu was.«

»Find heraus, ob sie einen Drogendealer kennenlernen will.«

Das Faszinierende an Linus ist sein Hang zum Gehorsam. Und das ist keine Frage des Mutes, sondern der knetbaren Fügsamkeit. So hat er sich zum Beispiel auf Gabes Geheiß hin bei Ray's Famous eine einsame Pizzaschachtel vom Tresen geschnappt und ist den ganzen Weg bis zum Washington Square gerannt. Jetzt sieht Dylan zu, wie sich Liza Gawcet und ihre Freundinnen Linus' übermütigen Vorschlag anhören. Linus zeigt zur Tür, dann auf seinen Eintrittsstempel, und erklärt, wie sie wieder reinkommen, kein Problem.

Und Liza Gawcet *nickt*.

Die Verstärker von Stately Wayne Manor sind aufgebaut, und die Band sitzt in der Garderobe, raucht Gras, benimmt sich wie eine Band und lässt das Publikum warten. Scheiß auf sie. Dylan hört in Gedanken die Eröffnungsakkorde, die falschen Einsätze und die ewig selben Witze. Gabe würde spielen und Dylan am Bühnenrand vermissen und ihn später danach fragen, und Dylan würde antworten: *Gawcet hast du auch nicht gesehen, oder?* Soll er sich ruhig wundern.

Hey, vielleicht hätte er ja richtiges Glück. Vielleicht würden sie bei dem Dealer high werden, und Liza würde auf ihre Ausgangszeiten pfeifen. Er ist in jedem Fall froh, sie vom großen Triumph der Manors fernzuhalten. Und es ist kein besonderer Schock, tief in seinem Inneren Neid auf die Band zu verspüren, er hat dort jedes beschissene Gefühl gespeichert, wenn er nur genau genug hinschaut.

Auf dem Gehsteig verfallen sie sofort in eine Junge-Junge-Mädchen-Mädchen-Mädchen-Formation, ohne dass Dylan es bisher geschafft hat, Liza direkt anzusprechen. Aber Linus und er führen die Frischlinge vom CBGB weg über den St. Mark's Place, heilige Scheiße.

In einer schützenden Blase ziehen sie durch die Nacht. Ältere Teenager, Männer mit Einkaufswagen, Taxis, alles tritt in den Hintergrund, wird unsichtbar.

»Mary *John*, Lou *Paul*, Murray *George*, Ted Baxter *Ringo*.«

Linus wird damit fortfahren, bis ihm jemand Einhalt gebietet, aber daran ist Dylan gar nicht interessiert, so gerät zumindest das Gespräch nicht ins Stocken. »Das ist gut.«

»Ich habe den Scheiß nicht erfunden«, sagt Linus. »Es ist das grundlegende menschliche Gruppenverhalten.«

»Deswegen ist Stately Wayne Manor also auch zum Untergang verdammt – schlechte *Beatlesdynamik*.«

»Ja, genau, es ist furchtbar offensichtlich.«

»Andrew denkt, er sei John, und niemand will Paul sein.«

»Sie denken *alle*, sie seien John. Sie sind vier Möchtegern-Johns. Eigentlich vier *Georges*. Ohne einen Ringo, der ihnen helfen könnte, die Dinge lockerer zu sehen.«

»Ist nicht *ein* wirklicher John darunter?«

»Vielleicht Giuseppe. Aber das ist nicht entscheidend. Ohne Paul als Friedensstifter ist John genauso schlimm wie George.«

»Ich dachte, George tut niemandem etwas, er will nur, du weißt schon, einen Song pro Album schreiben und auf seiner Sitar spielen.«

»Nein, nein, George ist böse, er will John stürzen, das liegt in seiner Natur.«

Chewbacca will Han Solo stürzen? Aber egal. Dylan sagt: »Dann müssen sie sich trennen.«

»Zweifellos.«

»Lass uns zurückgehen und es ihnen sagen.«

Die Mädchen horchen auf. »Stately Wayne Manor trennen sich?«, fragt Liza.

»Noch heute Nacht«, scherzt Dylan, und das Erstaunliche ist, dass er wirklich noch nie darüber nachgedacht hat. Nicht einen Augenblick hat er daran gezweifelt, dass die Band einen Vertrag bekommen und berühmt werden würde, eine hervorragende Aussicht aufs Leben. Als ihm nun klar wird, wie unwahrscheinlich das ist, verwandelt sich seine Eifersucht in Großmütigkeit: Die Stately Wayne Manors würden gar nichts erreichen, also sollten sie heute Nacht ruhig im CBGB spielen. Sollten sie doch von ihm aus noch einen Monat zusammenbleiben und an Halloween als Vorgruppe von Johnny Thunders' Heartbreakers im Roxy spielen.

Unterdessen versucht Linus, den Mädchen die Beatles-dynamik zu erklären, indem er sein bisher schlechtestes Beispiel bringt. »... sie werden nie von der Insel wegkommen, weil Skipper so ein schwacher Paul ist, und Gilligan ist ein John, der lieber ein Ringo wäre. Er kämpft praktisch mit Mr. Howell um den Ringo-Status. Außerdem ist der Professor ein herrschsüchtiger George, womit sie endgültig verloren sind ...«

Als eine von Lizas Freundinnen fragt: »Und was ist mit den Mädchen?«, kann Linus sich nicht beherrschen und antwortet ungeduldig: *»Die Mädchen spielen keine Rolle.«*

Dylan beschließt, für ihn in die Bresche zu springen. »Eine Rockband braucht eine bestimmte Alchemie«, sagt er ominös. »Hast du *Quadrophenia* gesehen?«

»Klar.«

»Genau so, verstehst du – wie die vier Köpfe der Who.«

Liza starrt ihn verständnislos an, als wäre für sie *Quadrophenia* eher *dieser Film mit Sting*. Dylan spürt Verzweiflung in sich aufsteigen. Netzstrumpfhosen ersetzen noch lange kein kulturelles Grundvokabular. Schon früher haben sich ehemalige Privatschülerinnen gegenüber dem ironisierten, bezugsschwangeren Palaver, das Dylans einziger Gesprächsstoff ist, regelmäßig als immun erwiesen.

»Ich glaube, ich bevorzuge Bands mit einer starken Persönlichkeit im Vordergrund«, sagt sie. »Wie die Doors.«

Dylan ist dreifach niedergeschmettert. Zunächst lernt Lisa die Grundidee von Linus' Metapher nur durch die Nebelwand von *Gilligans Insel* hindurch kennen, woraufhin sie sie schnell verwirft, was wahnsinnig voreilig ist. Außerdem steht sie deprimierenderweise auf die Doors. Und schlimmer noch – hat er die Andeutung richtig verstanden? –, sie findet, dass einer von Stately Wayne Manor *eine starke Persönlichkeit* hat.

Aber sie sind jetzt an der Ecke 9th Street und Second Avenue, fast bei der Kontaktadresse, und Dylan ist sehr daran gelegen, sich als Kriminalgelehrter in den Mittelpunkt zu rücken. *Sie wollte schließlich einen Drogendealer kennenlernen.* »Ich kann nicht so viele Leute mit nach oben nehmen, das ist nicht cool«, sagt er. Und als wäre es eine zufällige Wahl, fährt er fort: »Äh, Liza, du kommst mit mir hoch. Linus kann mit euch anderen unten bleiben.«

Linus schaltet sofort, und mit geduckter Haltung und zusammengekniffenen Augen fügt er hinzu: »Wir halten *Ausschau*.«

»Ausschau nach was?«, fragt eine von Lizas Freundinnen erschreckt.

»Nach nichts«, sagt Dylan genervt.

»Warum können wir nicht alle zusammenbleiben?«, jammert das erschreckte Mädchen.

»Keine Sorge.« Dylan fand die Vorstellung von Straßenschläue in Manhattan schon immer einen Witz, muss sich stets zusammenreißen, dass er seine Freunde von der West Side und aus Chelsea nicht auslacht, wenn sie die Straßenseite wechseln, um irgendwelchen Gangmitgliedern aus dem Weg zu gehen, als würde hier überhaupt *jemals* etwas passieren. Das East Village ist viel zu überlaufen und geschäftig, als dass es gefährlich werden könnte, und, mal ehrlich, überall stehen Cops. Seine Freunde wissen nicht, was Angst bedeutet, sie haben ja keine Ahnung. Obwohl, was ist das, jetzt lungert hier auf der obersten Stufe vom Treppenaufgang des Schwulen ein schwarzer Jugendlicher mit übergezogener Sweatshirtkapuze und sieht nicht gerade sehr eingeschüchtert von der ungewohnten Umgebung aus.

Ein Blick die Neunte hinunter zeigt zwei weitere mit ins Gesicht gezogenen Kangol-Mützen und weiten Hosen, die in aufreizender Langsamkeit die Straße überqueren, und ihm ist etwas mulmig, aber es wird ihm langsam zu *blöd*: Er macht sich ja selbst Angst. Und jetzt ist keine Zeit für Sperenzchen.

»Wir sind in fünf Minuten wieder unten. Ihr könnt um die Ecke in die St. Mark's gehen und euch ein Stück Pizza holen, aber kommt zurück.«

»Äh, Dylan?«, sagt Liza, als sie im Gebäude sind. Auf dem Treppenabsatz des ersten Stocks warten sie darauf, dass der Dealer seine Tür entriegelt.

»Ja?«

»Ich glaube, die Haustür unten ist nicht richtig zugeschlagen.«

»Was meinst du damit?«

»Als hätte jemand den Fuß dazwischengestellt.«

»*Entspann dich.* Linus versucht bloß witzig zu sein, sie schließt ganz normal.«

Es ist Dylans kleines Geheimnis, dass er die Besuche in Toms Apartment trotz des durchdringenden Geruchs nach altem Katzenstreu genießt. Der schwule Dealer erinnert ihn an jemanden, den er gut nachmittags nach der P. S. 38 in Rachels Frühstücksecke hätte antreffen können. Wie

Rachel legt auch Tom beim Kiffen nicht dieses übertrieben verstohlene Gehabe der Pubertierenden an den Tag, dieses Einsaugen und Verschlucken und Mit-unterdrückter-Stimme-Sprechen, das Dylan heimlich verachtet, sondern raucht würdevoll, schlägt die Beine übereinander und wedelt während des Redens mit dem Joint, ohne darauf zu achten, auch ja den Rauch einzuhalten. Die Satinshorts, in denen Tom das ganze Jahr über herumläuft, lassen zwar etwas zu viel behaarten Oberschenkel sehen, aber Tom ist in Ordnung. Zwei- oder dreimal hat Dylan schon bei ihm abgehangen, Platten gehört und sogar andere Kunden kennengelernt, und Tom hat anderslautenden Geschichten zum Trotz nie jemandem angeboten, ihm im Tausch den Schwanz zu lutschen.

Heute ist es anders: Alles hier ist abstoßend, und Dylan weiß ums Verrecken nicht, warum er Liza mit hochgenommen hat. Er bemerkt nur den filzigen Flokati und die geschmacklose Einrichtung, Coca-Cola-Gläser, ein gerahmtes Broadway-Plakat. Und Tom sieht aus wie ein gekochter Hummer, aus unerfindlichen Gründen hat er ganz rote Haut. Dylan will nur einkaufen und abhauen, aber Tom lässt sich nicht hetzen.

»Kennst du diese Platte?«, fragt Tom. *And the colored girls go doo, doo-doo, doo, doo-doo-doo, doo, doo-doo, doo, doo-doo-doo, doo, doo-doo*, schallt es aus den Lautsprechern, und bestimmt hat Dylan das schon mal gehört, aber teilweise abgelenkt durch stroboskopartige Visionen von Marilla und La-La, könnte er im Moment nur darauf tippen, dass das der *Titel* des Songs ist: »The Colored Girls Go Doo-Doo-Doo« und so weiter. Was nicht stimmen kann. Also schüttelt er kurz den Kopf, was Tom leicht interpretieren kann: *Ich hab keine Ahnung.*

»Lou Reed, wie schnell man doch vergisst.«

»Klar«, sagt Dylan. In seinem Kopf ist Lou Reed zusammen mit Mott the Hoople und den New York Dolls in einem nebligen Bermudadreieck zwischen Sixties-Rock, Disco und

Punk angesiedelt, wobei Letzterer die ersten beiden vermutlich ausgelöscht hat. Der unverfrorene Intellektualismus der Musik erschwert die Zuordnung. Die einfachste Lösung, besonders aus dem Blickwinkel von Toms Bude, scheint, dieses fragwürdige Genre *schwul* zu taufen. Das ist schwule Musik. Aber ziemlich eingängig.

»Ihr habt hoffentlich nicht vor, die ganze Pappe alleine zu schlucken, du und deine Freundin.«

»Nein.«

Toms graue Maine-Coon-Katze hat sich auf der Latzhose in Lizas Schoß niedergelassen, und Liza beugt sich jetzt über sie, zieht den Kopf ein und raunt ihr etwas zu. Sie ist gar nicht ganz da, in Beschlag genommen von femininen und felligen Dingen.

»Ach Gottchen, ich hätte nicht *Freundin* sagen sollen. Ich kann nie die Klappe halten. Einen Augenblick, ich mache nur die Tür auf.«

Tu es nicht, will Dylan sagen, bleibt aber stumm.

Die Türkette springt auf, und Tom stolpert rückwärts ins Wohnzimmer.

Es sind die beiden mit den Kangol-Mützen und der mit der Kapuze, sie stürmen sofort in Toms Apartment und schreien: »Setz dich hin, Motherfucker! *Setz dich verdammt noch mal hin!*« Tom stolpert weiter zur Couch und plumpst zwischen Dylan und Liza, seine nackten Oberschenkel berühren sie beide.

»Scheiße, Scheiße, Scheiße«, stöhnt Tom.

»*Maulhalten*«, sagt eine der Mützen.

Einige Dinge werden schlagartig deutlich an dem Kind-Mann mit der Kapuze, an dem Dylan und Liza auf der Treppe vorbeigekommen sind:

Er hat eine Pistole in der Hand. Und fuchtelt damit herum. Die Pistole ist klein, schwarz, glanzlos, völlig überzeugend. Die drei auf der Couch starren sie an, und auch die drei schwarzen Teenager starren sie an, sogar der, der sie hält.

Sogar die Katze. Der ganze Raum scheint sich auf das matte faustartige Objekt hin auszurichten, als schluckte es Licht.

Er ist eindeutig der Anführer.

Er ist groß und bewegt sich mit einer merkwürdigen Steifheit.

Er ist nicht irgendein beliebiger Schwarzer mit einem Adamsapfel groß wie ein Ellbogen, er ist jemand ganz Bestimmtes.

»*Robert?*«, fragt Dylan ungläubig.

»Ey, Scheiße«, sagt eine der Mützen leise.

Robert Woolfolk blickt starr unter der Kapuze hervor, ebenso verblüfft wie Dylan. Es gibt keinen Plan, das ist offensichtlich. Das Ganze ist wohl der dumme Witz eines gottlosen Universums.

»Du *kennst* ihn?«, fragt Tom.

»Wer ist dieser Whiteboy, Nigger?«, fragt eine Mütze.

Liza hat sich an den Fellball geklammert und zittert.

Robert schüttelt nur den Kopf. Er hat die Überraschung auf der Stelle überwunden. Alles, was übrig bleibt, ist ein Lippenbekenntnis der Enttäuschung, gepfeffert mit purer Wut. »Du glücklicher kleiner Motherfucker«, sagt er ruhig.

»Verschwindet aus meiner Wohnung, alle zusammen.«

»*Maulhalten*, Schwuchtel, ich *red* nicht mal mit dir. Komm hier rüber, Dylan, was hast du für mich, Mann?«

Robert durchsucht Dylans Hosentaschen in altgewohnter Vertrautheit und scheint an dem dicken Bündel aus Zwanzigern, Zehnern und Fünfern nichts Ungewöhnliches zu finden, sein rechtmäßiger Anspruch. Diese Taschen und Roberts Finger sind von Brooklyn aus auf parallelen Wegen zu diesem unerwarteten Wiedersehen gereist: Warum sollte dabei nicht etwas Besonderes herauskommen?

Und dann, ohne die geringste Andeutung von Gewalt und ohne den kleinsten Seitenhieb auf Rachel, steckt Robert Woolfolk die Pistole in den Hosenbund, gut versteckt unter dem Sweatshirt, das ihm fast bis zu den Knien reicht, und winkt seine Kumpane zur Tür und weiter ins Treppenhaus. Vielleicht hat Robert den Ursprung von Dylans Unantastbarkeit vergessen. Vielleicht gehorcht er wie in *Erinnerungen an die Zukunft* weiter einer Gottheit, deren Namen er nicht kennt und an die er sich nicht einmal mehr genau erinnern kann.

Das Letzte, was sie hören, ist: *»Wer ist der Whiteboy, Robert?«* Und die Antwort: *»Maulhalten, Nigger.«* Und weg sind sie.

Dylan starrt Tom in verwirrtem Schweigen an.

»Raus aus meiner Wohnung.«

»Aber ...«

»Ihr habt sie hergebracht, also *raus hier.*«

Dylan berührt Liza an der Schulter, doch sie stößt ihn weg, verjagt mit derselben Bewegung auch die Katze. Kann es sein, dass eine Katze beim Anblick einer Waffe vor Angst pinkeln muss? Denn der Ammoniakgeruch scheint jetzt näher als das Badezimmer, und Liza hat einen nassen Fleck auf ihrer Latzhose.

Oh.

Im Treppenhaus kommt die Angst auf, dass Robert Woolfolk noch in der Nähe sein könnte, dass die Episode noch nicht zu Ende ist. Als die Haustür hinter ihnen ins Schloss fällt, erzittert Dylan vor dieser Möglichkeit, eine gezupfte Saite. Aber nein, hier ist schon Linus, der an der Spitze eines Pizzastücks knabbert und sagt: »Hey, was ist los?« Dylan dreht sich zu Liza um und will sie bitten, *sag nichts*, aber sie schiebt sich an Linus vorbei, weint jetzt und bedeckt den Urinfleck auf ihrer Hose, sucht Trost bei ihrer Schar – sie hätte nie von deren Seite weichen sollen, sich nie auf diese Expedition einlassen sollen, wahrscheinlich hätte sie nie das achte Schuljahr in der Dalton abschließen und sich von ihren Eltern zur Stuyvesant-Prüfung überreden lassen sollen, diesen Geizhälsen. Dylan sieht sich fast sehnsüchtig um, aber Robert Woolfolk ist verschwunden, keine Spur von ihm, kein

Hinweis, nichts als die Geschichte, die zu erzählen er sich fürchtet, das unglaubwürdige, unvermittelbare, unwahrscheinliche Geständnis.

Brooklyn lässt dreißig Punks in einem Apartment auf dem Trockenen sitzen, und sie werden eine gute Begründung verlangen.

Brooklyn hat dich in die Enge getrieben, und niemand wird einen anderen Schluss daraus ziehen, als dass du gebrandmarkt bist, verflucht, man geht dir besser aus dem Weg.

Brooklyn hat auf dein blondes Schicksal gepisst.

Du hättest die Pisse mit dem Mund aus den Netzstrümpfen gesaugt, um es wiedergutzumachen, aber keine Chance.

Möglicherweise könntest du Liza Gawcet und Linus Millberg dazu verpflichten, den anderen die Sache im Sinne der Beatlesdynamik zu erklären: Wie der George Harrison der Dean Street heute Nacht das Leben des Paul McCartney der Dean Street verschont hat. Oder du bist bereit, wirklich alles zu erzählen – Mingus, Arthur, Robert, Aeroman –, das könnte gehen, eine Wahnsinnsgeschichte, mindestens zweihundert Dollar wert, selbst schon ein Drogentrip. Aber da gäbe es eine Menge zu erzählen, und es würde in Bereiche hineingehen, die du auch dir selbst gegenüber wohlweislich im Dunkeln belässt. Sei realistisch: *Du wirst es nicht tun.*

Das Vier-Spur-Tonbandgerät war in dem Pfandhaus an der Ecke Fourth und Atlantic Avenue sicher untergebracht, nicht im Schaufenster, sondern ganz weit hinten, auf dem Regal hinter dem Verkaufstresen. Es würde dort auf ihn warten: Wer hatte hier in der Gegend schon Verwendung für ein Vier-Spur-Gerät? Die Bänder selbst waren unter dem lockeren Dielenbrett in seinem Schlafzimmer versteckt, zusammen mit Pfeife, Seidentuch, Handschellen, Revolver und allerlei Drogenzubehör. Zu rauchen oder zu schnupfen war jedoch nichts dabei, denn dann hätte er es längst genommen. Manchmal war er unsicher, ob die Bänder nicht doch leer waren, ob er überhaupt eine einzige der Kompositionen, die ihm ständig durch den Kopf gingen, aufgezeichnet hatte. Dann wiederum war er sich sicher, dass er auf einem Duckschen Geldspeicher schlief, auf zukünftigem Plattengold.

Jedenfalls würde niemand, der den Wandschrank im Untergeschoss durchstöberte, auch nur das Geringste finden, ob der Plünderer nun durch ein Fenster oder eine Tür käme oder schon drinnen war, ein Insider, ein Maulwurf. Dafür müssten sie erst seine Festung oben stürmen. Und falls ihn jemand zwänge, sein Versteck zu öffnen, würde er nicht die Magnetbänder herausholen, sondern die Fünfundvierziger.

Und er meinte damit keine Fünfundvierziger-Single. Ganz sicher nicht.

Das Times Plaza Hotel lag auf dem Rückweg vom Pfandhaus, und er legte dort einen Zwischenstopp ein, um sich von dem frischen Geld etwas zu gönnen. In der Eingangshalle lief immer irgendein Deal ab. Er hatte nur zweimal vorbeikommen müssen, um nach Senior zu schauen, und schon hatte er die Witterung aufgenommen.

»Hey, Süßer, ich kenn dich.«

»Nein, du irrst dich. Du kennst mich nicht. Aber das lässt sich ändern.«

»Ich kenn dich, weil ich deinen Vater und deinen Kleinen kenn. Nur dich hab ich hier noch nie gesehen, aber ich *kenn* dich.«

»Baby, ich komm oft hierher, wir haben uns einfach verpasst.«

»Du bist *Sänger.*«

»Das ist richtig.«

»Weißt du, ich hätte dich bemerkt, wenn du schon mal hier gewesen wärst, weil ich deinen Vater kenn. Er ist ein sehr *religiöser* Mensch. Er hat mir *alles* über dich erzählt.«

»Tatsächlich?«

»Mmmh hmm. Ich würd es aber nicht *wagen*, dir zu sagen, was er mir erzählt hat.«

»Vielleicht hat er mir ja auch von dir erzählt.«

»Weißt du, jetzt redest du echt Scheiße.«

»Hör mal, Baby, weißt du, wo ich diese Typen aus Trinidad finde, die hier manchmal vorbeikommen?«

»*Vielleicht* schon.«

Er ließ es melodisch und verführerisch klingen, zog das ganze Register: »Ich weiß, du weißt alles, deswegen frag ich dich.«

1981: Den Begriff *Crack* kennt noch keiner. Und das wird auch noch zwei oder drei Jahre so bleiben, mindestens. Was in letzter Zeit aus Jamaika, aus Trinidad, von den Leeward und den Windward Islands, auf die Straßen gespült worden ist, wird, je nachdem, *Base-rock*, *Gravel*, *Baking-soda Base* und *Roxanne* genannt. Der Stoff ist nicht so rein wie hausgemachter, und in ein paar Jahren wird seine undurchschaubare Kolumbien-Hollywood-NewYork-Karibik-Miami-und-zurück-Herkunft von dem neuen Namen komplett verdeckt werden. Crack wird dann als ein fataler Meteoriteneinschlag von einem fremden Planeten angesehen werden, Getto-Kryptonit. In der derzeitigen Übergangsphase herrscht jedoch Verwirrung. Einige Leute würden einem erzählen, Base-rock und Freebase seien überhaupt nicht dasselbe, und Barrett Rude Junior, der gewisse urheberrechtliche Ansprüche daran geltend macht – *Scheiße, Mann, ich war von Anfang an dabei, ich und die Jungs aus Philadelphia haben Freebase praktisch erfunden!* –, ist geneigt, dem zuzustimmen.

Aber es ging nicht darum, Zusammensetzung, Bedeutung oder Urheberschaft zu diskutieren. Es wäre nicht die erste seiner Erfindungen, für die er keinen Ruhm oder keine Tantiemen kassierte. Es ging jetzt darum herauszufinden, wie diese Frau den Stoff nannte und ob sie gerade an welchen herankam.

»Würdest du mir zu einer kleinen Party verhelfen, Mädchen?«

Party: Das Wort hatte dieselbe Wirkung wie *Sesam öffne dich*. »Selbstverständlich würd ich das, Baby. Ich muss von dir nur wissen, wie groß die Party *in etwa* sein soll.«

Wenn du jetzt durchs Viertel liefst, hattest du manchmal das Gefühl, als wärest du bereits ein Besucher aus der Zukunft.

Das Straßenpflaster, der Schiefer, hatte sich nicht verändert, aber auch, wenn du nie höher geflogen warst als bei dem einen lang zurückliegenden Spaldeenfang, triebst du nun ab wie ein losgelassener Ballon, zu weit entfernt, um noch einzelne Risse erkennen zu können, die du einmal auswendig kanntest, ganz zu schweigen von den fortgespülten Skully-Geistern.

Drei Collegebewerbungen waren auf dem Weg: Yale, ein schlechter Scherz, Berkeley, ein Fangnetz, auf Abrahams Drängen gespannt, aber dorthin würde Dylan bestimmt nicht gehen, und Camden, das Einzige, das ihm wichtig war, mit seinem schlechten Ruf und dem herben Charme des Geldes. Wenn ein Junge aus Gowanus auf das teuerste College Amerikas geht, dann ist er möglicherweise doch aus Boerum Hill. Oder sogar aus Brooklyn Heights.

Rennende Krabbe kann sich ihre Armutsromantik sonst wohin stecken.

Es war sowieso seit einer Ewigkeit keine Postkarte mehr gekommen.

Das bedeutete, im letzten Highschool-Jahr jeden Tag nach Unterrichtsschluss und die ganzen Sommerferien über zu arbeiten, um das Geld fürs College aufzubringen – Darlehen, Stipendien, Aushilfsjobs und die eigenen erbärmlichen Ersparnisse, all das wäre nötig, um die sagenhaften 13 000 Dollar Studiengebühren zusammenzukratzen, eine Zahl, die einem wie eine wild gewordene Karotte vor der

Nase herumhüpfte. Abraham hatte sich fast in die Hosen gemacht, als er sie hörte, er hatte sich erst mal setzen und tief durchatmen müssen.

Die große Flucht verursacht auch große Kosten.

Also verkaufte Dylan Ebdus in dem Häagen-Dazs auf der Montague Street in roter Schürze Eiscreme an die Mädchen von der Saint Ann's, mit denen er bald aufs College gehen würde, nach zwölfjähriger Wartezeit endlich auf einer Privatschule. Und spuck nicht in ihre Hörnchen, wenn sie mal nicht gucken – in der Mitte der Nacht beginnt ein blonder Tag.

In den Wintermonaten kam so gut wie niemand, außer ein paar Müttern, die von Hand zubereitete Riesenpackungen für Geburtstagspartys brauchten. Dylan wurde jeden Tag übel von den Selbstversuchen mit Doppelportionen Schokoladeneis, beim Saubermachen drehte er stets seine Lieblingskassette voll auf, bevor er mit finsterem Blick die ganze Henry Street entlang bis zur Amity Street nach Hause ging, wobei er die Court und die Smith Street erst im allerletzten Moment überquerte. Die Dean Street war mittlerweile nur noch ein Stück Weg, ohne jegliches Leben, und Dylan hielt den Kopf gesenkt, um nicht von jemandem von früher wiedererkannt zu werden.

Gelegentlich passierte es aber doch, dass ein schlaksiger Puerto Ricaner mit Schnurrbart »Hey, Dylan!« rief, was dann in der Regel Alberto oder Davey war. Manche Leute verließen den Block nie, würden ihn vielleicht auch nie verlassen.

Unmöglich, ihnen zu erklären, dass sie dich nicht grüßen sollten, weil du eigentlich gar nicht mehr hier warst, schon auf und davon. Es war einfacher, *Hey, Alberto, was geht, Mann?* zu sagen und ein Lächeln vorzutäuschen oder ihn abzuklatschen. Um dann zu bemerken, dass das alle machten – etwas vortäuschen. Möglicherweise liefen überall solche Asphalt-Zombies wie du herum.

Gemessen daran, wie selten ihm Mingus Rude über den Weg lief, hätte Dylan sich genauso gut nach Hause *telepor-*

tieren können. Seine Wahl, wann und auf welchen Straßen er ins Viertel zurückkehrte, entsprang einem sorgfältig durchdachten System, das von vornherein jegliches Zusammentreffen ausschloss.

Eines Morgens beim Frühstück sagte Abraham:

»Ich habe neulich wieder deinen Freund Mingus getroffen.«

»Mmmhmm.«

»Er fragt jedes Mal, wo du steckst, warum man dich nicht mehr zu Gesicht bekommt.«

Dylan konnte nicht zugeben, dass Mingus' Angewohnheiten ihm mittlerweile Angst machten. Mingus' Schwarzen-Drogen, Mingus' dunkles, versifftes Zimmer, das waren unzugängliche Bereiche, in der Vergangenheit isoliert. Wenn Dylan Schuldgefühle bekam, weil er seinem besten Freund beharrlich aus dem Weg ging – was bloß an jedem einzelnen Tag seines Lebens vorkam –, musste er sich nur ins Gedächtnis rufen, dass Mingus den Ring hatte.

Aaron X. Doilys Kirmesgewinn stellte eine Art Abfindung dar, setzte einen Schlussstrich unter alles, worüber Dylan Ebdus nicht mehr nachdenken wollte oder konnte.

»Auf mich hat er keinen besonders guten Eindruck gemacht«, fuhr Abraham fort. »Als ich ihn darauf ansprach, hat er nur gelacht und gesagt, ich könnte ihm ja einen Dollar geben.«

»Hast du es getan?«

»Selbstverständlich.«

»Er hat dich reingelegt, Dad.«

»Wie bitte?«

»Vergiss es.«

Montags machte Dylan auf seinem Weg in die Montague Street immer halt bei der Independence Savings Bank an der Ecke Court Street und Atlantic Avenue, um den Häagen-Dazs-Scheck mit dem gesetzlichen Mindestlohn der vergangenen Woche einzureichen. Auf dem Sparbuch waren bereits zweitausend Dollar vermerkt, was dem Gegenwert von einem halben Jahr Eisportionieren mit einem stumpfen Gegenstand entsprach. Am Ende des Sommers hätte er diese Summe verdoppelt und würde dann alles auf einmal Abraham überreichen. Auch an diesem Februartag stapfte Dylan mit Marlon-Brando-mäßig gegen den Wind hochgeschlagenem Kragen und dummerweise ohne Mütze – er hatte schon ganz rote Ohren – durch den schmutzigen Schnee auf dem Gehsteig der Atlantic Avenue.

Als er an der Smith Street vorbeikam, zeigte ein Mann, der gerade seinen Wagen an der Shell-Station tankte, mit dem Finger auf den Knast, das Brooklyner Untersuchungsgefängnis, wobei sein vor Staunen offen stehender Mund zu fragen schien: *Sieh mal, am Himmel, ist das ein Vogel, ist das ein Flugzeug?*

Wusste der Mann nicht, *dass es so etwas wie Superman nicht gibt?*

Vielleicht war Buddy Jacobsen, der Pferdetrainer aus Long Island, der seine Freundin ermordet hatte, wieder einmal ausgebrochen, mithilfe von aneinandergeknoteten Laken aus einem der hoch gelegenen Fenster geklettert. Die Nachricht von jenem Ausbruch hatte das Gefängnis vor zwei Jahren landesweit in die Schlagzeilen gebracht, eine Woche lang war plötzlich die Verwahrlosung des ganzen Viertels durch die Fünf-Uhr-Nachrichten gegeistert. Es hatte Isabel Vendles schlimmsten Albtraum wahr werden lassen, die Öffentlichkeitsarbeit eines ganzen Jahrzehnts war mit einem einzigen Schlag zunichtegemacht worden.

Also blickte Dylan zu dem Gefängnisklotz.

Dort prangte auf der gewaltigen Fassade aus Glasbausteinen und Beton eine schamlose Unverfrorenheit, vielleicht zehn Stockwerke über der Straße und drei Stock hoch, das größte Tag in der Geschichte des Graffiti. Die Linien waren unterbrochen und zittrig, so, als wären sie aus dem offenen Fenster eines in der Luft stehenden Hubschraubers gesprüht worden, was die einzige Erklärung dafür sein konnte, wie das Tag dort überhaupt hingekommen war, richtig? *Richtig?* Wie ausgefranst es auch sein mochte, das Teil war ein Meisterwerk, das Monos und Lees altes Brückenkunststück bei Weitem in den Schatten stellte und das Denkvermögen des Betrachters mit der offensichtlichen Frage konfrontierte: *Wie zum Teufel war es da oben hingekommen?*

Vier Buchstaben: D, O, S, E.

Das Tag war ein Aufschrei, eine Anklage, eine unbestreitbare Tatsache. Das hoch aufragende Gefängnis, dem nie jemand Beachtung schenkte, und die Spur tropfender Farbe, die sich durchs ganze Stadtbild zog und der auch nie jemand Beachtung schenkte: Diese beiden unsichtbaren Tatsachen hatten einander sichtbar gemacht, zumindest für kurze Zeit.

(Tatsächlich dauerte es zehn Tage, bevor es verschwunden war. Wer konnte schon die Außenfassade eines sechsundzwanzigstöckigen Gefängnisses reinigen? Und auch danach blieb ein phantomhaft in den geschrubbten Beton geätztes DOSE zurück.)

Dylan starrte in sprachloser, schuldbewusster Verwunderung hinauf und versuchte es zu begreifen, fragte sich, was nun in der Welt, die er verlassen hatte, vor sich ging. Zerbrach sich den Kopf über die Botschaft hinter den vier Buchstaben. Ob es überhaupt eine Botschaft *war*.

Oder einfach nur ein Tag.

Irgendjemand betrog einen anderen, aber du wusstest nicht, wer.

Irgendjemand flog, und das warst nicht du.

ACHTZEHN

An einem heißen Julinachmittag, sechs Wochen bevor er die Stadt verlassen würde, um aufs College zu gehen, blickte Dylan Ebdus von Hesses *Steppenwolf* auf und sah Arthur Lomb vor sich auf den Tresen des Häagen-Dazs' gelehnt, wie er sich das schweißdurchnässte weiße T-Shirt vom Körper zupfte, tief durchatmete und in der kühlen Luft der Klimaanlage die Backen aufblähte. Bis auf sie beide war der kleine Verkaufsraum leer, Dylan mit seiner Brille über das Buch gebeugt, die schokoladenverschmierte Schürze über einem Polohemd, seine *Remain in Light*-Kassette gerade noch hörbar im Summen der Kühltruhen. Arthur Lomb war schließlich doch noch gewachsen. Genau genommen schwankte er turmhoch, eine Bohnenstange, an der die Jeans wie Standarten flatterten, dazu kastanienbraune Wildlederpumas, hinter dem Ohr eine Zigarette. Seine Augen waren klein und rot und faltig wie die eines Tierfötus, einer Blindmaus oder eines neugeborenen Kalbes. Es war eigentlich nicht sonderlich überraschend, ihn hier zu sehen: Jeder Jugendliche aus Gowanus konnte nach Brooklyn Heights spazieren, wann es ihm passte, sie alle hatten das millionenfach bewiesen.

Dylan richtete sich auf, nahm die Brille ab, legte das Buch umgedreht auf den Tresen.

»Yo, Dee, lass mich mal, hm, das Macadamia probieren.«

Er gab Arthur einen Löffel voll.

Der deutete mit dem Kinn auf das Taschenbuch. »Wofür liest du denn *das* da?«

»Und was ist dabei?«

»Diese Typen *nerven*. Yo, ich hab gehört, du wirst aufs College gehen.«

»Von wem?«

»Och, weißt schon, irgendwo. Ich glaub, dein Dad hat es Barry erzählt.«

»Ja. Nach Vermont.«

»Cool, cool. Ich werd aufs Brooklyn College gehen. Ich beleg nur noch ein paar Sommerkurse, um auf der Murrow Punkte gutzumachen.«

Also hatte es sogar Arthur durch die Highschool geschafft, der Streber in ihm brannte wie ein Feuer, das selbst die Dean Street nicht ganz auszulöschen vermochte. Wahrscheinlich hatte seine Mutter ihm Beine gemacht.

»Nette Bude hier«, sagte Arthur. »Wenn's heiß ist, sahnst du richtig ab, was?«

»Ich bin kein Taxifahrer. Ich bekomme immer dasselbe, auch wenn niemand reinkommt.«

»Du legst es fürs College beiseite, nehm ich an.«

Dylan umklammerte im Geiste sein Sparbuch.

»Ich erwähne das nur, weil ich einen Vorschlag hätte, der dich interessieren könnte«, fuhr Arthur hinterlistig fort und fiel dabei in seinen alten Hausiererton zurück. »Ich dachte, ich lass es dich als Ersten wissen, bevor ich alles zu dem Comicladen auf der dritten Straße schleppe. Ich lös nämlich die Sammlung auf. Die ganzen Erstausgaben. Ich hab gedacht, das Zeug interessiert dich vielleicht immer noch.«

»Wieso?«

»Och, ich weiß nicht, ich erinnere mich nur, wie du immer gesagt hast, du wirst *X-Menschen* so lange weiter kaufen, bis Chris Claremont zu texten aufhört. Ich hab in dir immer den ultimativen Sammler gesehen.«

Die Art, wie Arthur ihn vereinnahmte, hatte etwas Demoralisierendes an sich, wie ein Geruch, den man nicht abwaschen konnte. Doch es stimmte, Dylan holte sich immer noch neue *X-Menschen*-Hefte. Nicht jeden Monat, aber manchmal. Die anderen Ausgaben nahm er nicht mit nach

Hause, sondern blätterte sie am Drehständer in dem Zigarrenladen auf der 14th Street flüchtig durch. Es war wie mit einer Exfreundin auf einer Party rumzuknutschen, ein deutlicher Fingerzeig, dass man keine bessere Alternative hatte. Was genau auf Dylan und Amy Saffrich zutraf, nach ihrer Trennung am Semesterende hatten sie sich den ganzen Sommer über in Hauseingängen und Toiletten umarmt. Die Monate zwischen Highschool und College waren eine Zeit bedrückenden Durcheinanders, alle waren auf dem Sprung zu neuen Ufern, aber noch war niemand angekommen, man saß zu Hause herum, völlig infantil. Es war nur folgerichtig, dass Arthur Lomb in diese Kerbe schlug, um seinen schwachen Anspruch geltend zu machen.

»Nein«, sagte Dylan jetzt. »Ich meine, warum willst du verkaufen?«

»Och, na ja. Ich versuch nur etwas – Kapital aufzutreiben.« Arthur redete lässig daher. »Es ist ein guter Zeitpunkt, um auszusteigen.«

»Stimmt«, erwiderte Dylan und tat so, als dächte er nach.

»Ich bin mir sicher, dass es mittlerweile ziemlich viel wert ist. Alles ist in sehr gutem oder gutem Zustand.«

»Aha.«

Dylan fasste seinen Plan aus Neugier, keinesfalls, um Mingus oder dem Ring auf die Schliche zu kommen. Es deutete auch nichts darauf hin, dass es aus Enttäuschung oder Verärgerung über das DOSE auf dem Gefängnis geschah. Es war zunächst einfach nur der Impuls, ein letztes Mal Arthur Lombs Zuhause zu sehen, sein Zimmer, möglicherweise auch seine Mutter. Nichts weiter. Dylan befand sich bereits in Sicherheit, er war schon fort, auf dem Weg nach Vermont. Warum nicht eine kleine Abschiedstour machen?

»Wann kann ich vorbeikommen und mir die Sachen anschauen?«, fragte er leichthin.

»Heute Abend?«

Arthur sah aus, als könnte er sein Glück nicht fassen. Sein Vorschlag war ein Probeschuss gewesen, ein Jux.

So wie bei allen guten Geschäften waren beide davon überzeugt, den anderen zu bescheißen. »Um elf habe ich Schluss«, sagte Dylan. »Sei zu Hause.«

Das Apartment war unverändert, eine Zeitkapsel: Teppich, Klavier, herumstehende Schildpattkatzen. Arthur Lombs Mutter ohne BH in einem Batik-T-Shirt. Sie grüßte Dylan mit überschwänglicher Herzlichkeit, anscheinend dankbar dafür, ihn immer noch mit ihrem Sohn verbunden zu sehen. Sie vermittelte ihm dadurch, wie großmütig es von ihm war, sie in dem Glauben zu belassen, Dylan und Arthur stünden weiterhin auf derselben Stufe. Arthur war unterdessen bereits feixend in sein Zimmer gegangen und hatte die Tür hinter sich zugezogen.

»Gehst du aufs College?«

»Camden.«

»Das ist toll, Dylan. Das freut mich so für dich. Mein Gott, du bist so erwachsen geworden.«

Es war ekelhaft festzustellen, dass er mit Arthurs Mutter flirtete, nun, da er Mädchen grokkte, festzustellen, dass er *immer schon* mit Arthurs Mutter geflirtet hatte. Noch schlimmer, sie war fickbar.

»Ich, äh, ich wollte mir ein paar von Arthurs Sachen anschauen.«

»Es ist schön, dich zu sehen, Dylan.«

»Ja.«

Die Sammlung lag in Arthurs Kleiderschrank unter zusammengeknüllter Unterwäsche und einem Stapel unterschiedlichster Pornohefte, hauptsächlich *Players* und *Hustler*. Arthur schien sich für den Haufen von schwarzen Ausklapptafeln nicht zu schämen, die purpurrot hinterleuchteten Afros und Kakaoaureolen. Probierte er aus, wie es wäre, schwarz zu sein? Dylan wollte es gar nicht wissen. Arthur zog die Molkereikästen mit den plastikversiegelten Comics in die Mitte des Raumes, ließ sich aufs Bett zurückfallen und zündete eine Kool an.

»Pures Gold.«

Dylan kniete unsicher auf dem Teppich, der übersät war mit Hanfsamen und abgebrannten Streichholzköpfchen, und ging die Kästen durch. Er fühlte sich irgendwie reduziert, zurückversetzt in die Zeit von Fruchtsaft und Schachkatastrophen, aber er schob den Gedanken beiseite. Die Sammlung war größtenteils gut erhalten. Arthur hatte einen überraschend großen Posten tadelloser Erstausgaben zusammengetragen: jeweils fünf bis zehn Hefte von *Peter Parker, Kobra, Ragman, Mister Machine, Nova*. Was auch immer das wert sein mochte.

»Du willst das alles verkaufen?«

»Jep.«

»Was, äh, was hast du dir so vorgestellt?«

»Fünfhundert.«

»Du spinnst.«

»Vierhundert.«

»Ich mache dir nicht mal ein Angebot, bevor du nicht die *Howard-* und *Omega*-Hefte zurücklegst. Einschließlich *X-Menschen Nr. 97*. Ich nehme an, sie liegen unter deinem Bett.« Dylan hatte die Plastikhüllen dort glitzern sehen.

Arthur war so schnell nichts peinlich. »Klar. Vierhundert für alles zusammen, *Howard, Omega*, was du willst.«

»Ich gebe dir hundert Dollar.«

»Du denkst wohl, ich bin bescheuert.«

»Hundertfünfzig.«

»Du Arschgesicht. Wann bekomm ich das Geld?«

»Ich habe es dabei. Aber du musst mir helfen, das Zeug nach Hause zu tragen.«

Sie holten die versteckten Schätze unterm Bett hervor und schulterten dann jeder einen Kasten. Sie schlüpften nach unten, zur Haustür hinaus. Angesichts des Geldes würde Arthur unvorsichtig, angeberisch werden. Eine gute Gelegenheit für Dylan, sich bestätigen zu lassen, was er längst vermutete, dass nämlich die Spur des Kapitals zu Mingus führte. Als er die Scheine abzählte, fragte er:

»Also – Kapital wofür?«

»Gus, Robert und ich werden ein viertel Kilo kaufen und verschneiden und richtig gutes Geld machen. Mithilfe von Barrys Kontakt.«

»Kokain?«

Arthur prustete los. »Nein, wir dachten, wir machen es wie du – Schokostreusel.«

»Das heißt, ihr Jungs schmeißt Geld zusammen.«

»Mh hmh.«

»Meinst du, Mingus hätte auch Interesse daran, seine Comics zu verkaufen?«, fragte Dylan.

»Du machst wohl Witze«, antwortete Arthur. »Seine Hefte sind völlig *im Arsch*.« Als wären die Innenseiten seiner eigenen nicht übersät mit Spuren von durchgepausten Brüsten und Sea-Monkeys-Werbungen mit überdimensionalen Geschlechtsteilen. Aber Dylan ging darüber hinweg.

»Ja, ich weiß, dass sie in schlechtem Zustand sind, aber er hat ein paar Ausgaben, an denen ich interessiert bin.« Sollte Arthur doch denken, er wäre verrückt, sollte er mutmaßen, was er wollte, er würde niemals Dylans wahren Grund hinter dem Vorwand mit den Comics erraten. Darüber brauchte er sich sowieso keine Sorgen zu machen: In Arthurs Augen standen Dollarzeichen – und auch dahinter, in seinem Hirn.

»Ich nehm an, ein gutes Angebot würde er sich durch den Kopf gehen lassen.«

Dylan ließ nicht locker. »Ich müsste noch mehr Geld von der Bank holen.«

»Das ist eine hervorragende Idee, dann kannst du das Geschäft gleich abschließen.«

»Aber denk dran, ihm Bescheid zu sagen.«

»Das werd ich tun.«

Nur noch sechs Wochen. Die beiden Kästen mit Arthur Lombs Erstausgaben waren sicher in den Tiefen seines eigenen Wandschranks verstaut, während Dylan sich auf seinem Hochbett in Selbstverachtung suhlte. Der einzige Trost war die bevorstehende Flucht, die so nah schien, dass er sie wie ein leises Pochen zu hören vermeinte, wie einen sommerlichen Gettoblaster auf einer puerto-ricanischen Terrasse oder einen DJ im Hinterhof der Wyckoff Gardens. Es mochte momentan den Anschein haben, als wäre er wieder in Arthurs und Mingus' Morast geraten, dabei ging es nur darum, einige alte Geschichten abzuschließen, um sich den Abschied aus der Dean Street zu verdienen. Sechs Wochen: Er konnte intrigieren, feige sein wie Arthur, das alles spielte keine Rolle mehr. Er winkte bereits auf Wiedersehen.

Mit dem Bild von Arthurs Mutter vor Augen wichste er sich in den Schlaf, ein Tribut, den er ihr schon vor Jahren hätte zollen müssen.

Arthur spielte nun den Vermittler, setzte für den folgenden Abend, einen Freitag, ein Treffen an. Er tat am Telefon übermäßig vage und geheimnisvoll, als hätten Dylan und Mingus das ohne seine Hilfe nicht hinbekommen.

»Wir treffen dich an der Treppe und lassen dich rein. Bloß nicht klopfen, das würde Senior aufwecken.«

»Ich kenne Mingus' Großvater, Arthur.«

»Du hast ihn aber nicht in letzter Zeit erlebt.«

»Nein, nicht in letzter Zeit.«

»Dann hör einfach auf mich.«

Arthur und Mingus standen zur verabredeten Zeit am Treppenaufgang. Mingus umarmte Dylan zur Begrüßung, grub seinen Kopf in Dylans Schulter, verpasste ihm Phantomschläge. »Dillinger, wo bist du *gewesen*, Mann? Mein Kleiner ist ja erwachsen geworden, *verdammt*!«

Dylan sagte sich, er hätte die Umarmung erwidert, wenn er und Mingus allein gewesen wären. Unter Arthur Lombs Blicken fühlte er sich spröde, wie mit einer Eisschicht überzogen. Die punkige Aura, die er sich in Manhattan zugelegt hatte, zählte in Arthurs Augen nicht: Dylan sah sich dort nur als Hörnchenfüller widergespiegelt, als *Whiteboy*. Daher schob er Mingus abwehrend von sich, konzentrierte sich ganz aufs Geschäft. Egal, Dylan hatte einen Plan entworfen, in dem das hier nur der Probelauf war: Jetzt Comics kaufen, später was anderes.

Jegliche Gefühlsregung konnte für den nächsten Besuch aufgehoben werden, den Dylan plante, dann aber ohne Arthur.

»Ich habe gehört, ihr versucht, ein bisschen Geld zusammenzukriegen«, sagte Dylan.

»Ja, genau, D-Man, willst du noch in das Geschäft einsteigen, das wir am Laufen haben?« Mingus schien immun gegen Zurückweisungen.

»Ich könnte dir die Comics abnehmen.«

Das Zimmer glich einer Höhle, alles war abgedunkelt. Welchen Schaden die Comics auch genommen hatten, es waren ganz sicher keine sonnenverblichenen Stellen, Schimmel war schon eher möglich. Dylan hob den Blick weit genug, um zu sehen, dass das Regal über der Tür herausgerissen worden war, im Putz waren Löcher zurückgeblieben. Kein Footballhelm oder Ähnliches weit und breit. Er schenkte dem Rest keine Beachtung, den besprühten Wänden und der Decke, es interessierte ihn nicht. Dann bewegte sich jemand im Dunkel, wechselte die Stellung, raffte die Hosenbeine über den Knien und zog sich den Schritt zurecht, um sich aufrecht hinzusetzen. Robert Woolfolk. *Die Partie der dritten Partei*, das passte dazu. Robert nickte unmerklich. Dylan nickte zurück. Sobald die Tür geschlossen war, drehte Mingus die Lautstärke wieder auf, irgendein pulsierender Funksong. Arthur kratzte und hackte mit einer Rasierklinge auf einem abgebrochenen Stück Spiegel herum, dessen scharfe Kanten mit schwarzem Isolierband abgeklebt waren. Er schnupfte eine Line und bot Dylan den zusammengerollten Dollar an.

Dylan schüttelte den Kopf.

»Gutes Zeug.«

»Nein, danke.«

Arthur reichte den Dollar weiter an Robert, der seinen Oberkörper aus dem Dunkel heraus über den Spiegel beugte.

»Du kennst Robert, nicht wahr?«, fragte Arthur kühl, hämisch.

»Klar«, antwortete Dylan. »Er hat mir mal das Rad geklaut.« Er würde darüber hinaus nichts zugeben: keine Rachel, kein Pizzastück, kein East-Village-Überfall. Sollten Arthur und Mingus doch über die Anspielung auf die Urgeschichte des Blocks nachgrübeln. Robert würde ihm bestimmt nicht widersprechen. Dylan war sich des Schweigepaktes sicher, den sie mit einem einzigen Blick im Apartment des schwulen Dealers geschlossen hatten. Oder sogar schon früher, ein lebenslanges Missverständnis, das auf dem Schulhof der P. S. 38 seinen Anfang genommen hatte. Robert Woolfolk würde Dylan nicht widersprechen, weil er trotz allem kein Lügner war – auch kein Lüger.

»Aber das ist lange her«, fügte Dylan in lockerem Sarkasmus hinzu. »Wie geht's, Robert?«

»Yo«, sagte Robert undeutlich, während er mit Kokain vermischte Spucke die Kehle heruntersog.

Mingus hatte die Comics aus seinem Wandschrank zutage befördert und stapelte sie hastig auf. Er hatte sie sich wahrscheinlich seit Jahren nicht mehr angesehen. »Ich hab's nie geschafft, sie in Plastikhüllen zu tun«, meinte er entschuldigend, abwesend. Er schlug eine Ausgabe der *Fantastischen Vier* auf und wurde ganz wehmütig. »Verdammt, ich hab sogar überall meinen *Namen* reingeschrieben, seht euch das an.«

Mingus redete mit sich selbst. Seine Nostalgie lief ins Leere, keiner interessierte sich für die Comics.

»Ich geb dir hundertfünfzig dafür.« Dylan sah beim Sprechen nicht Mingus an, sondern starrte feindselig zu Arthur hinüber, der weiterhin mit der Rasierklinge zugange war.

Robert Woolfolk lehnte sich nur in dem tiefen Sessel zurück und wurde wieder von der Dunkelheit umfangen.

Mingus runzelte die Stirn in gespielter Nachdenklichkeit, eine Vorstellung, die in der dünnen Luft dieses schwachsinnigen Geschäfts schnell zu Ende war. »Tja, ich glaub, das ist fair.«

Dylan warf das Geld auf den Spiegel. Er verließ sich darauf, dass sie verstehen würden, wie lächerlich die Summe für ihn war. Es war eine Demonstration für sie alle drei als offizielle Vertreter von Gowanus, dass Dylan hier nicht länger hingehörte.

Als einzige Reaktion darauf schob Robert Woolfolk das Geld zusammen, holte eine dicke Rolle mit Banknoten hervor und legte Dylans Scheine darum.

»Ich habe einen Rucksack mitgebracht«, sagte Dylan. »Ich komme alleine zurecht.«

Mingus nickte und zwinkerte ihm zu, geschlagen von Dylans Effizienz. »Na gut, dann ist ja alles astrein.«

Mit dem Rücken zu den dreien schaufelte Dylan die filzstiftverschmierten, zerfledderten Comics in den Rucksack. Er ärgerte sich, weil er vor ihnen auf dem Boden kniete. Im Affekt schnappte er sich auch einen von Mingus' Lockenkämmen und ließ ihn in die Öffnung des Rucksacks fallen, oben auf die Comics drauf. Dann gewann er seine Fassung zurück, rief sich ins Gedächtnis, wie er gerade das Geld hingeworfen hatte. Es ging hier um etwas Größeres, um seinen Plan. Die Comics waren nur ein Witz. Dylan war der Müllmann ihrer kompletten Jugend, der endlich gekommen war. Er hätte genauso gut einen ganzen Berg aufs Dach geworfener Spaldeens aufkaufen können, oder alte spermaverklebte Socken.

»Bringst du mich noch raus?«, fragte er, als er aufgestanden war.

»Ja, ja, sicher.«

Erneut schlichen sie auf Zehenspitzen an Seniors Krypta vorbei. An der Tür zum Untergeschoss flüsterte Dylan:

»Ruf mich morgen an. Wenn Lomb und Woolfolk nicht dabei sind.«

Lomb und Woolfolk, wie Abraham und Straus oder Jekyll und Hyde, eine unlösbare Verbindung. Dylan musste fast lachen.

Mingus' gerötete Augen weiteten sich, aber Dylan ließ ihn im Unklaren. Man konnte zu zweit einen Pseudokrimi spielen oder zu dritt oder zu viert: Geheimnisvoll tun konnte jeder, aber ein vorgetäuschter Straßenslang war noch keine Überlebensgarantie. Und Dylan hatte die Dean Street überlebt, während Mingus Rude in Philadelphia bei den Pfadfindern gewesen war und Arthur Lomb ein Privatschuldepp. Nur Robert Woolfolk hatte eine ernsthafte Gefahr dargestellt, aber darum hatte Rachel sich gekümmert, womit Dylan unantastbar geworden war. Die anderen beiden waren für alle Ewigkeit Neulinge und Comicheftchen-Sammler, und wenn sie die großen Spieler spielen wollten, dann konnte Dylan das auch. Er ging davon aus, dass sein Auftreten ihnen in angemessener Weise deutlich gemacht hatte, wer die dickste Brieftasche besaß und damit die Karten in der Hand hielt.

Elf Uhr morgens, die Hitze spannte den Tag bereits ein wie ein Schraubstock, und es wäre beinahe schon am Anfang schiefgegangen, als Abraham hereinkam, während Dylan gerade Geld zählte. »Du meine Güte«, sagte Abraham.

Dylan stopfte es schnell in die Tasche seiner gelb karierten Shorts, Ska-Mode für den Asphaltdschungel.

»Wie viel hast du da?«, fragte Abraham.

»Dreihundert«, log Dylan.

»Gehört das nicht auf die Bank?«

»Das geht dich nichts an.«

Das brachte Abraham aus der Fassung, und er suchte nach einer strengen Replik, ein Bemühen, das Dylan immer mitleidig verfolgte.

»Ich würde schon sagen, dass es mich etwas angeht, Dylan. Was hast du mit dem Geld vor?«

»Ich muss es Mingus leihen«, erwiderte Dylan lahm und lag damit viel zu nah bei der Wahrheit.

»Wofür braucht Mingus dreihundert Dollar?«

»Weiß ich nicht.« Dylan ging zur Tür.

»Dylan?«

»Behandle mich nicht wie ein kleines Kind, Abraham«, sagte Dylan kalt. »Ich habe dir gesagt, wie viel ich am Ende des Sommers beisteuern werde, und noch ist es nicht so weit.«

Nein, noch war der Sommer nicht zu Ende: Er war am *Scheidepunkt*. Yoo-Hoo, Rheingold, Manhattan Special, überall waren Kronkorken von den im roten Bereich dahinschleichenden Autos unwiederbringlich in den karamellisierten Teer einmassiert worden. Wenn sie die Nevins Street entlangfuhren, kurbelten die Beifahrer schnell die Fenster hoch, um die dosengelenkten Wasserstrahlen abzuwehren: Ein paar übermotivierte Bürger hatten wieder einmal einen Hydranten aufgedreht, um die städtischen Ressourcen anzuzapfen, und kein hitzegeplagtes Gehirn machte sich die Mühe, die Polizei oder Feuerwehr zu rufen. Gegen Mittag waren alle Türen und Fenster offen, um frische Luft hereinzulassen. Doch vergeblich. Die Luft stand förmlich über der Straße.

Mit fünfhundert in der Hosentasche, seinem absolut letzten Angebot, schlenderte Dylan so lässig wie nur möglich zu Mingus und schwitzte doch Blut und Wasser.

Arthur Lomb und Robert Woolfolk waren nicht unter den Gestalten, die mit minimaler Geschwindigkeit den hitzeflirrenden Gehsteig entlangschlurften. Dylan erkannte niemanden, sein Blick war verschlossen.

Sonntags war Senior in der Kirche der Gemächer Gottes auf der Myrtle Avenue, sodass Mingus das ganze Untergeschoss für sich hatte. Auch hier standen alle Türen offen.

Dylan folgte der Musik nach drinnen.

Mingus lag in kurzen Hosen und einem angegrauten Unterhemd ausgestreckt auf seinem Bett. Die Laken waren ans Fußende gerutscht, das Kissen unter dem Kopf gefaltet, und er döste dort bei lauter Funkmusik im Sonnenlicht. Möglicherweise hatte er den Tag schon zwei- oder dreimal begonnen und sich jedes Mal wieder hingelegt, hatte keinerlei Verpflichtungen, bis Dylan kam, Ausgleich für eine lange Nacht oder eine Reihe langer Nächte, Ausgleich für die ganze Highschool-Zeit. Der Spiegel war weggeräumt, der Raum bei Tageslicht irgendwie weniger unheimlich, einfach nur ein Zimmer. Wände und Decke waren schwarz gestrichen worden, vielleicht der einzige Farbton, der silberne Sprühfarbe und Garvey-Violett überdeckte.

Mingus rieb sich wie ein Neugeborenes mit geballten Fäusten die Augen.

»Yo, Dee.«

Dylan antwortete befangen: »Yo.«

»Also will mein Kleiner doch ins Geschäft einsteigen.«

»Könnte sein.«

Mingus schwang die Beine aus dem Bett, bedeutete Dylan, sich zu setzen, knetete seinen Mund und schmatzte mit den Lippen.

»Meister Dillinger hat Bedenken«, tönte Mingus spöttisch. »Es gibt Dinge, die er *wissen muss*. Er arbeitet auf einer *Wissens*basis.«

Dylan schwieg.

»Ich versuch dich zu einem Lächeln zu bewegen, D-Man. Was ist los? Hast du Angst, dass Robert sich mit dir anlegen will? Denn du weißt doch, ich pass auf.«

»Ich habe keine Angst vor Robert.«

»Schon gut, cool. Wollte ich damit auch nicht sagen.«

Dylan ging direkt zum Geschäftlichen über. »Wie viel fehlt euch noch für den Deal?«

»Vielleicht fehlt uns gar nichts mehr. Die Frage ist, wie viel du zuschießen möchtest?«

»Zweihundert.«

»Zweihundert.« Mingus dachte nach. »In Ordnung. Ich seh darin kein Problem.« Die Ohren gespitzt, wartete er jetzt auf den Haken. »Wir können dich mit zwei Scheinen beteiligen, das ist keine große Sache.«

»Aber ich will noch etwas anderes.«

»Ah, noch etwas anderes.«

»Den Ring.«

»Ey, Scheiße.« Mingus hielt sich die Hände vors Gesicht, lachte ungeniert und schüttelte den Kopf. »Der Typ kommt her, redet über *dieses* und *jenes*, und die ganze Zeit will er eigentlich den *Ring* zurück.«

»Hast du ihn noch?«

»Also *darum* geht es. Ich hab die ganze Zeit gedacht, es geht hier um, was weiß ich, *Comics* oder *Drogen* oder so'n Scheiß.«

Mingus' Lachen klang verbittert. Es war, als hätte Dylan vorgeschlagen, ihm ihre Freundschaft abzukaufen, all ihre Geheimnisse, Aeroman und die Brücke, all die Dinge, die man nicht wirklich benennen konnte. Als hätte er auf sechs oder sieben Sommer ein Preisschild von zweihundert Dollar geklebt, zehn Zwanziger, der Lohn für eine Woche Eisschaben aus tiefgefrorenen Behältern. Vielleicht hatte er das.

Mingus stützte die Händen auf die nackten Knie, stand auf und stolperte ohne ein Wort zu sagen in den Flur hinaus. Durch die offene Tür hörte man Urin auf Porzellan prasseln.

»Ich hab ihn noch, ja«, sagte er, als er zurückkam. »Du weißt, dass du mich nur danach hättest fragen müssen.«

»Okay, dann gib ihn mir zurück.«

»Wie, und jetzt gibst du mir kein Geld?«

Es lag eine erschreckende Genugtuung darin, schließlich doch noch Wut bei Mingus durchzuhören. »Doch, ich weiß es zu schätzen, dass du ihn für mich aufgehoben hast«, sagte Dylan mit unterkühlter Stimme und erhitztem Gesicht. »Dafür zahle ich gerne.«

»Verdammt aufrichtig.«

»Wer weiß sonst noch von dem Ring?«, fragte Dylan. Er hatte die ganze Highschool-Zeit über darauf gewartet, das zu fragen. Jetzt hatte er für dieses Recht bezahlt.

Mingus wandte sich ab.

»Hast du es Arthur erzählt?«

»Nee.«

Natürlich nicht, wer würde das schon tun? »Robert?«

Schweigen.

»Motherfucker, du hast es Robert erzählt.«

»Er war dabei, als ich auf den Cop gesprungen bin«, sagte Mingus. »Ich musste ihm den Ring geben, um ihn loszuwerden, als sie mich verhaftet haben.«

»Hat er es jemals – versucht?«

Mingus zuckte die Schultern. »Er war wie du.«

»Was soll denn das heißen?«

»Das heißt, er hat es *versucht*.«

Natürlich. Der Ring war kein neutrales Werkzeug. Er reagierte auf seinen Träger: Aaron Doily war betrunken geflogen und Dylan wie ein Feigling, nur dann, wenn es nicht von Bedeutung war, wie am Teich der Windles. Also hatte er sich auch Robert Woolfolks Chaos angepasst.

»Sag nichts«, meinte Dylan. »Er ist seitwärts geflogen.«

Mingus beließ es bei der Andeutung. Er hatte schon immer jeden von ihnen vor den anderen in Schutz genommen – Dylan, Arthur, Robert. Lieber nichts gesagt.

Dylan stand auf und legte zweihundert Dollar auf das fleckige Laken. Mingus schaute das Geld stirnrunzelnd an.

»Das scheint mir nicht zu reichen«, meinte er kühl.

Es dauerte einen Moment, bis Dylan verstand.

»Was willst du?«, fragte er mit belegter Stimme.

Mingus grinste fast. »Lass mal sehen, was du bei dir hast.« Die Formulierung war wie ein Stichwort aus einem bekannten Drehbuch – *lass mal sehen, lass mal kurz halten, ich geb es dir zurück, Mann, du weißt, ich würd dir nie was wegnehmen* –, die eisige Macht über einen Whiteboy, die Mingus nie ausgeübt hatte. Zuletzt ließ Mingus ihn den Unterschied zwischen ihnen doch noch spüren.

Zum ersten Mal dachte Dylan darüber nach, was Mingus ihm womöglich alles erspart hatte. Seine Wangen wurden rot, als er nach den verbliebenen dreihundert in seiner Hosentasche tastete, die genauso gut aus Glas hätte sein können. Bloß, weil ihnen der Ring nie einen Röntgenblick verliehen hatte, hieß das noch lange nicht, dass es so etwas wie einen Röntgenblick nicht gab.

Dylan brach am ganzen Körper der Schweiß aus. Jetzt tropfte er ihm sogar in die Augen.

»So ist's recht.« Mingus riss eine Kommodenschublade auf und legte Dylans Geld auf einen großen Haufen Banknoten. Vielleicht war es Robert Woolfolks Bündel, vielleicht kam es aus einer anderen Quelle, schwer zu sagen. Mingus ließ die Schublade offen stehen, drückte damit seine Gleichgültigkeit aus, vielleicht wollte er Dylan auch in Versuchung führen, seine Studiengebühren wieder zu stibitzen.

Ohne dass jemand Notiz davon nahm, häuften in ganz Gowanus junge dynamische Männer Reichtümer an.

Isabel Vendle wäre stolz auf sie gewesen. Sie hatte Dylan immer empfohlen, jeden Dollar in eine Schublade zu tun und zuzuschauen, wie sich das Geld vermehrte.

»Ich muss ihn von oben holen«, sagte Mingus.

»Von oben?«

»Er ist in Barretts Geheimversteck. Flipp nicht aus, da ist er sicher. Barrett will dich sowieso sehen, ich hab ihm gesagt, dass du vorbeikommst. Er fragt immer, warum du dich nicht mehr blicken lässt.« Und da er es sich nicht verkneifen konnte, das Messer in der Wunde herumzudrehen, fügte er hinzu: »Siehst du hier sonst noch was, das du haben möchtest? Aber ich nehm an, dafür fehlt dir jetzt das nötige Kleingeld.«

Sie gingen nach oben.

Die Goldenen Schallplatten waren von den Wänden verschwunden und hatten dort helle Rechtecke mit kleinen Löchern hinterlassen. Sonst gab es wenig Veränderungen, alles war nur etwas heruntergekommen, vernachlässigt. Barrett Rude Junior stand hinterm Küchentresen und goss Tropicana in ein großes Glas, dessen Rand an drei Stellen gesprungen war. Auch die Fliesen auf dem Tresen lagen lose im zerbröselten Mörtel und knirschten, als er den Karton absetzte. Sein seidener Morgenmantel sah fadenscheinig aus, unter beiden Armen hatten sich große Schweißflecken gebildet. Er hing etwas zu locker an ihm herab. Barrett Rude Junior hatte abgenommen, der Bauch war weg. Sein Bart war immer noch zu schmalen Streifen getrimmt, doch nun waren sie asymmetrisch, grau meliert. Seine Finger- und Zehennägel waren verhornt und gelb wie Tierklauen. Die Haut unter den Augen hatte sich zurückgezogen, war eingesunken.

Im Schlafzimmer surrte ein Ventilator. Abgesehen von den Geräuschen, die mit der stickigen Luft von der Straße hereinströmten, war keine Musik zu hören.

»Little Dylan, verdammt.«

Dylan war wie betäubt, sprachlos.

Falls Abraham auch so alt werden würde, wollte er es lieber nicht mitansehen.

»Es ist zu lange her, Mann. Ich erkenn dich ja gar nicht wieder, großer Mann. Lass dich anschauen.«

»Hey, Barry«, brachte Dylan heraus.

»Gut, deinen knochigen Arsch zu sehen, Junge. Deinen Vater seh ich die ganze Zeit, aber dich bekommt man ja gar nicht mehr zu Gesicht. Der Tag scheint verdammt heiß zu werden, was? Wollt ihr kalten Saft?«

»Nee, für mich nicht«, sagte Mingus.

»Nein, danke«, schloss sich Dylan an.

»Du musst O-Saft trinken, Gus, du brauchst *Vitamine.* Damit du deine Abwehrkräfte stärkst, Junge. Setzt euch, ihr beiden macht mich ganz nervös. Seht aus wie zwei Gauner, die was im Schilde führen.«

»Ich muss was aus deinem Zimmer holen«, sagte Mingus.

»Dann hol es, wo liegt das Problem? Dylan, setz dich. Nimm etwas eisgekühlten Saft, sag nicht, dass sich das bei der Hitze nicht gut anhört. Lust aufs Yankee-Spiel? Noch fünf Minuten, mit Ron Guidry, Mann. Der beste Werfer der Welt.«

Mingus ging nach hinten. Dylan setzte sich auf die Couch, hinter den Beistelltisch. Barrett Rude Juniors Spiegel war wahrscheinlich der einzige unversehrte Gegenstand im ganzen Zimmer. Puderschlieren lagen darauf verstreut wie eine Sternengalaxie, darin ein Plastikstrohhalm.

Barrett Rude Junior fing den Blick auf, mit dem er das pudrige Windrad anstarrte, und sagte: »Nur nicht so schüchtern.«

»Oh, nein, danke.«

»Bedank dich nicht bei mir, Baby, bedien dich.«

»Mach schon«, sagte auch Mingus und kam aus dem Schlafzimmer hervor. »Zieh eine Line, Dee.«

»Ist schon gut.«

»Was, du warst noch nie high, Mann?«

»Lass ihn in Ruhe, Gus. Little Dylan kann machen, was er will. Er ist mein Kleiner, er wird aufs College gehen, *verdammt*, ich kann kaum glauben, wie die Zeit vergeht, du vielleicht, Gus? Little Dylan haut ab aufs College, der Junge kann nicht high werden, weil er *seinen Scheiß zusammenhält.*«

Während Barrett Rude Junior an seinem Text weiterarbeitete, eine Variation des alten Themas – nennen wir es »Little

Dylan Is the Man, Part 2« –, ließ sich Mingus neben Dylan auf die Couch plumpsen, ihre Knie berührten sich, als sie gemeinsam in die Mitte rutschten. Ohne ein Wort zu sagen, öffnete er die Hand, sodass Aaron X. Doilys Ring leise auf eine freie Stelle des kokainbedeckten Spiegels klimperte.

Barrett Rude Junior stellte zwei Gläser Orangensaft mit halbmondförmigen Eisstücken ab, die darin wie tote Fische mit dem Bauch nach oben schwammen.

»Was ist das?«, fragte Junior.

»Das ist bloß Zeug, das ich für Dylan unter deinem Parkett aufgehoben habe. Er nimmt es mit nach Ver-*mont*, wo die Mädchen ohne Klamotten schwimmen gehen und die Nigger an Tankstellen arbeiten.«

»Ach so.« Junior hatte nicht zugehört. Er machte es sich auf dem Schmetterlingsstuhl gemütlich, sein Morgenmantel gab den Blick frei auf die Boxershorts und die eingefallene Brust, von der sich das Brustbein abhob wie eine Zeltstange.

Ein Baum von einem Mann, ausgehöhlt, als wären Termiten am Werk gewesen.

Dylan griff sich den Ring, steckte ihn in die Hosentasche. Gedankenverloren führte er die Hand an die Nase und schnüffelte an der Stelle, wo sie den Spiegel gestreift hatte.

»Na also«, sagte Junior. »Das wird dich sofort abkühlen.«

»Siehst du, er will doch«, fügte Mingus hinzu. »Er weiß es nur noch nicht.«

Den Ring sicher in der Tasche verstaut, hörte Dylan auf einmal sein eigenes Lied, das er sich den ganzen Sommer über vorgesungen hatte: »Little Dylan's Almost Gone«. Er rief sich sein Motto in Erinnerung: Nicht im Knast, nur zu Besuch. Sollte Mingus ihn doch ruhig ein letztes Mal auf neues Terrain führen, bevor er den Notausstieg zum Camden College in Camden, Vermont, benutzte. Er hatte LSD geschmissen, auf einer Bowlingbahn eine Pille geschluckt, am Jones Beach Pilze gegessen, also wozu noch zögern? Arthur war nicht hier, um ihn auffliegen zu lassen. Keiner würde etwas davon mitbekommen, wenn er eine Prise Kokain schnupfte. Denk nur immer daran, was du gelernt hast: Tu so, als wäre es nicht dein erstes Mal.

Dylan führte den Strohhalm vom Spiegel an die Nase und schnupfte, wie er es bei anderen beobachtet hatte.

Und Mingus Rude zog eine Line.

Und Barrett Rude Junior zog eine Line.

Und sie alle zogen noch eine Line, und Dylan Ebdus kokste mit Gus und Junior, ein ganz normaler Sommertag in der Dean Street, keine große Sache. Es war wie ein Besuch in einem parallelen Leben, eines, in dem er den Block nie verlassen hatte, nie aufgehört hatte, in diesem Haus ein und aus zu gehen. Die Droge rieselte durch Dylans Körper und unterstützte die Illusion, verscheuchte alle Zweifel.

Dein Körper konnte von innen gefroren sein und dabei schwitzen wie ein eisgekühltes Glas.

Nie hatte sich eine Basslinie so tiefgründig angehört wie die von Bunny Siglers LP *Let Me Party with You*, auf die Barrett Rude Junior die Nadel gesenkt hatte, und der Orangensaft löste das schlammige Rinnsal in der Kehle überraschend gut.

»Gefällt es dir?«, fragte Junior. Sein bärtiger Schädel dehnte sich zu einem Lächeln. Dylan könnte sich daran gewöhnen.

»Ja«, gab Dylan ehrlich zu, die Augen weit aufgerissen.

»Das ist super Zeug, was?«, fragte Mingus. Sein Tonfall war sanfter geworden, als hätte er die ganze Zeit nur darauf gewartet, dass Dylan wieder zu ihm stieße, als hätte er sich gewünscht, dass sein ältester und bester Freund ihm auf die Ebene des Kokains folgte.

»Ja«, antwortete Dylan erneut.

Vielleicht war es möglich, Vergebung zu finden. Vielleicht hattest du etwas missverstanden, und alles war eigentlich total cool. Der Ring befand sich jetzt in deiner Hosentasche. Du hingst mit Mingus und Junior ab, und es waren nur noch wenige Wochen, Tage, bis du aufs teuerste College der Welt gehen würdest. Die beiden Welten schlossen einander nicht aus, deine Angst war unbegründet.

Vielleicht war alles perfekt, aber gerade als du das dachtest, kam Barrett Rude Senior die Treppe hoch und platzte zur allgemeinen und zu seiner eigenen Überraschung ins Zimmer.

Trotz des heißen Tages trug er seinen schwarzen Anzug, seine goldene Krawattennadel, Manschettenknöpfe und ein weißes Einstecktuch.

Er duftete stark nach Blumen, nach Rosen.

Mingus war derjenige, der gerade seinen Kopf über den Spiegel gebeugt hatte. Er ließ den Strohhalm fallen und fuhr sich mit dem Finger über die Nase.

»Das geht hier also vor sich, sobald ich aus der Tür bin«, sagte Senior mit bebender Stimme. »Nachbarskinder werden in ihr moralisches Verderben gestürzt.«

»Geh nach unten, alter Mann«, sagte Junior einfach nur, ohne seinen Vater anzusehen.

»Wenn du das Kind des weißen Mannes in Versuchung führst, wirst du Unglück über dieses Haus bringen.«

Dylan hatte sich selbst und alles, was er über Gowanus und die damit verbundene Welt wusste, vergessen. Die Situation erschien ihm plötzlich so urkomisch, dass er fast in schallendes Gelächter ausgebrochen wäre. Mingus stieß ihm mit dem Ellbogen in die Rippen.

»Warum bist du an einem Sonntag überhaupt so früh zu Hause?«, fragte Junior. »Hat dich Schwester Pauletta endgültig rausgeschmissen, weil du eins ihrer Blumenkinder gezwickt hast?«

»Der Herr möge der kranken Seele vergeben, die einmal mein kleiner Junge war.«

Barrett Rude Junior erhob sich, straffte seinen Morgenmantel, ging an seinem Vater vorbei zur Spüle. »Ich bin schon krank *geboren* worden, alter Mann. Das Kranke wurde mir vererbt. Also warum legst du deine Last nicht ab, Baby. Locker deine Krawatte, es ist einfach zu heiß heute. Wenn du eine Nase möchtest, bedien dich.«

»Ich danke Gott jeden Tag dafür, dass deine Mutter das nicht mehr miterleben muss.«

Barrett Rude Junior drehte sich um und sagte leise: »Du dankst Gott, hab ich richtig gehört? Im Namen meiner *Mutter*?«

»Das tue ich.«

»Und was antwortet Gott dir, alter Mann? Wenn du ihren Namen erwähnst?«

Mingus sagte besänftigend: »Geh in dein Zimmer und bete, Großvater.«

»Jeden Tag und jede Nacht bete ich zu Füßen der Sünder«, erwiderte Senior. »Eines schönen Tages werde ich aus meinem Versteck kommen, um zu verkünden, was ich gesehen habe.«

»Geh jetzt«, bat ihn Mingus flehentlich.

»Ich werde es den Bergen zurufen.«

Dylan verstand nicht, wie es Barrett Rude Junior möglich gewesen war, den Raum so schnell zu durchqueren, seinen Vater mit beiden Fäusten am Revers zu packen und gegen die Wand des Treppenhauses zu schleudern. Ein Seufzer entfuhr ihnen beiden, Junior und Senior, scheinbar in einem Laut vereint. Dann war Senior die Treppe hinunter verschwunden, und Junior hatte der Couch wieder den Rücken zugekehrt, während er in der Spüle Wasser laufen ließ.

Dylan erstarrte bei diesem Anblick in schuldbewusstem Schweigen. Mingus schüttelte bloß den Kopf und widmete sich wieder Strohhalm und Spiegel.

Dylan spürte seinen Herzschlag überall im Körper: wahrscheinlich die Droge.

Die Musik spielte weiter, und für einen Augenblick schien es, als wäre nichts passiert. Nur für einen Augenblick, dann war das Zimmer wieder angefüllt mit Rosenduft, Senior stand am Treppenabsatz, und es schien nun, als wäre er nie

weg gewesen und der friedliche Moment bloß ein trüge-
risches Blinzeln. Aber er hatte einen Ausflug ins Untergeschoss gemacht: Was er dort gefunden hatte, hielt er in beiden Händen. In der Linken einen Strauß Zwanziger, den er
sofort von sich warf, sodass er sich über den ganzen Teppich
verteilte. In der Rechten eine Waffe.

Gleichgültig sang Bunny Sigler weiter aus den Lautsprechern.

»Du sollst deine Hand nicht gegen deinen Vater erheben«,
sagte Barrett Rude Senior zu seinem Sohn. »So steht es geschrieben. Und jetzt habe ich den Beweis dafür, dass du Kinder für deine Drogengeschäfte missbrauchst. Das Zimmer
des Jungen ist voll von deinem schmutzigen Geld. Du kennst
keine Scham, daher muss ich sie dich lehren, Junge.«

»Mingus hat sein eigenes Geld«, sagte Junior ruhig und beobachtete, wie die Waffe in der Hand seines Vaters zitterte.

»Du bringst andere auf den Pfad der Sünde und wirst dafür
büßen, dass du die Hand gegen deinen eigenen Vater erhoben
hast.«

»Leg die Waffe weg, alter Mann.«

»Nenn mich jetzt Vater. Die Waffe soll dich Respekt lehren.«

»*Du musst ge-stehn, du bist ein alter Mann.*« Es war eine
weitere von Barrys improvisierten Melodien, die letzte, die
Dylan zu Gehör bekommen würde.

Mingus sprang von der Couch auf und rannte ins Schlafzimmer seines Vaters. Bevor er hinter der Tür verschwand,
drehte er sich um und schrie: »Geh *nach Hause*, Dylan!« Er
beschützte ihn immer noch.

Dylan Ebdus würde sich später nicht daran erinnern können, wie er von der Couch zur Tür, von der Tür zum Treppenaufgang, vom Treppenaufgang zum Gartentor und auf
den Gehsteig gekommen war. Ein Teil von ihm war immer
noch drinnen und schlug wie ein Puls hinter Augen, auf deren Netzhaut die Gesichter eingebrannt waren, die Waffe,

und Mingus, wie er einen Augenblick im Türrahmen stand, bevor er sich wegdrehte und ins Schlafzimmer seines Vaters abtauchte. Dylan Ebdus hörte immer noch die Musik und spürte das Beißen in seinen Nasenflügeln, wunderte sich immer noch über die fehlenden Goldenen Schallplatten an der Wand, das fehlende Fleisch in Barrett Rude Juniors Gesicht. Sodass der strahlende Tag, in den er ausgespien worden war, keinerlei Eindruck bei ihm hinterließ. Dennoch, er befand sich draußen. Mingus hatte ihn angeschrien, er solle gehen, und er war gegangen, und er war unversehrt, der Ring in der Tasche, fünfhundert Collegedollar von Barrett Rude Senior auf dem Teppich verstreut, Auftrag ausgeführt. Er war nicht drinnen. Er stand auf der Dean Street und wippte auf einer Schieferplatte, als er den Schuss hörte.

ZWEITER TEIL
BOOKLET

NOCH EINMAL BOTHERED BLUE:

Die Geschichte von Barrett Rude Jr. und den Distinctions

VON D. EBDUS

Die Rolle des Sängers ist trügerisch; indem er desintegrative und andere potenziell destruktive Aspekte des schwarzen Alltags in Amerika thematisiert, übt er eine integrative Funktion aus ... das Bewusstsein von Identität ist aber nicht allein dem Verhältnis von Vortragendem und Publikum eingeschrieben ... sondern dem Zusammenspiel der verschiedenen Klänge, die er produziert – den musikalischen Techniken an sich.

CHRISTOPHER SMALL, DIE MUSIK DER ALLTAGSSPRACHE

Die Leute sind sich der Bedeutung des Ruf-und-Antwort-Schemas nicht bewusst. Das liegt daran, dass heutzutage die meisten Songs von denjenigen geschrieben werden, die sie später auch singen, und für sie ist das Bild normalerweise vollständig, sobald sie darin sind. Aber ein Zuhörer erwartet mehr als das. Der Chor, die Antwort, ist die Stimme der Gesellschaft: Ob sie nun Tratsch verbreitet (wie »Is she really going out with him?«) oder affirmativer Art ist (wie »Amen!«, oder »Yeah, yeah, yeah«) ... Ich würde gern eine systematische Studie zu den Hits der letzten 30 Jahre durchführen. Ich bin mir sicher, dass mindestens 80 % davon eine irgendwie geartete zweite Stimme aufweisen. Und ich würde wetten, dass andererseits nicht einmal 30 % aller veröffentlichten Songs einen Chor verwenden ...

BRIAN ENO, EIN JAHR MIT GESCHWOLLENEM BLINDDARM

Stimmen der Erinnerung, die man nicht benennen kann, sind voller unerfüllter Sehnsüchte: Zum Beispiel ein Song im Radio, der einen für einen Augenblick in seinen Bann zog, bevor man ihn rührselig, peinlich, schmalzig fand. Vielleicht drückte der Song etwas aus, das man noch nicht wahrhaben wollte, etwas, für das man noch nicht bereit war. So geht der Song verloren, zumindest für einen persönlich. Wenn es der Zufall will, hört man ihn fünfzehn Jahre lang nicht mehr, bis zu dem Tag, an dem der eigene Kummer unerwartet hochkommt. Das ist der Moment, in dem der Song einen im Sturm erobert, wenn er aus dem Autoradio rieselt und die losen Bande der Jahre neu bindet. Betört gestattet man sich zuzuhören. Doch der Discjockey vermasselt die Ansage, nennt den Namen des Interpreten nicht. Oder vielleicht passiert es in einem Kino, wo der alte Song bei einer Filmszene im Hintergrund läuft. Am Ende versucht man den Abspann zu lesen, aber ein Dutzend Lizenzverweise laufen auf einmal vorüber, es ist hoffnungslos.

Also vergisst man den Song erneut. Oder erinnert sich nur an den Refrain, eine dumme Liedzeile, die im Gedächtnis ihren Reiz verliert. Wie konnte das je so bittersüß klingen wie die eigene verflossene Jugend? Was natürlich in der Erinnerung fehlt, ist das Kissen vokaler Harmonie, auf dem die Leadstimme schwebte, und das Strömen der Streicher, das flockige Gemurmel der Bassgitarre, der *Groove*, alles so damalig, so perfekt. Außerdem fehlt die Geschichte, der Kontext, der Raum, in dem der Song sich entfaltete. Ganz zu schweigen von der Möglichkeit, ihn sich anzueignen, die Möglichkeit, sagen wir, $ 34,99 für eine Doppel-CD auszugeben. Aber gut. Es tut niemandem weh, wenn man die Spur nicht verfolgt. In einer ungewissen Welt ist es eine hinreichende Gewissheit, dass dieser vergessene Song einen noch weniger braucht, als man selbst ihn braucht.

Nicht wahr?

Neben dem vorherrschenden Pantheon männlicher Soulsänger – Sam Cooke, Otis Redding, Marvin Gaye und Al Green (ergänzen Sie Ihre Namen, ich ergänze meine) – existiert ein weiteres Pantheon, die Schattenhalle derjenigen Sänger, die schlicht zu kurz gekommen sind. Sie teilen sich mehr oder weniger in zwei Kategorien auf. Zum einen diejenigen, denen die Launen des Schicksals oder des Temperaments nicht hold waren – zum Beispiel Howard Tate und James Carr, vielleicht auch noch O. V. Wright. Sänger, die auf ein paar verschiedenen Labels veröffentlichten, ein oder zwei Klassiker landeten und dann in der Versenkung verschwanden. In der Soulideologie der »Großen Männer« rangieren sie unter ferner liefen. Die zweite Kategorie bilden diejenigen Sänger, die hinter dem Ruhm und Erfolg einer Gruppe zurücktreten: Ben E. King von den Drifters, David Ruffin von den Temptations, Levi Stubbs von den Four Tops, Philippé Wynne von den Spinners. Sie alle zählen unter ihresgleichen zu den besten Sängern, die je vor ein Mikrofon getreten sind. Der Rest der Welt kennt sie nur vom Zuhören, nicht aber dem Namen nach.

Barrett Rude Jr. ist eine der am schwersten fassbaren und zugleich einzigartigsten Figuren der Popgeschichte. Obwohl man es niemandem sagen muss, der Ohren hat – wenn Sie schon das Booklet lesen, dann lassen Sie auch die verdammte CD dazu laufen –, werde ich es trotzdem tun: Er ist zudem einer der größten Soulsänger aller Zeiten, und nicht bloß einer der besten, die ihre verdiente Anerkennung nie gefunden haben. Rude kam 1938 in Raleigh, North Carolina, als einziges Kind einer schwierigen Ehe zur Welt. Sein Vater war Wanderprediger der Pfingstgemeinde (und wurde später straffällig), während seine Mutter mit Ende zwanzig starb (»an gebrochenem Herzen«, wie Rude 1972 dem *Cash Box*-Magazin anvertraute). In Bezug auf seine musikalische Ausbildung wird häufig übertrieben: Es ist zwar richtig, dass Rude in der Gemeinde seines Vater sang, doch dieser wurde aus dem Priesteramt entlassen, als der zukünftige Sänger gerade einmal elf Jahre alt war, und landete nur ein Jahr darauf im Gefängnis. Von seiner Tante großgezogen, brach Rude frühzeitig die Highschool ab und siedelte von Raleigh nach Memphis über, wo er als Hausmeister, Schulbusfahrer und kurzzeitig auch als Nachtmoderator eines lokalen Radiosenders arbeitete, wobei er sich auf Blues und Jazz spezialisierte. Dort lernte er auch Janey Kwarsh kennen, die Tochter des weißen Inhabers, die als Sekretärin im Büro ihres Vaters arbeitete. Rude und Kwarsh heirateten kurz darauf und bekamen ein Kind – vielleicht war es auch umgekehrt.

1967, im Alter von 29 Jahren, nahm Rude in Willie Mitchells Hi-Records-Studio zwei Singles auf. Niemand weiß mehr, wie das Studio auf ihn aufmerksam wurde – Rude bestritt stets, dass sein Schwiegervater ihm die Gelegenheit verschafft hätte. Damals hielt sich Hi noch mit Instrumentalstücken und gängigen Neuerscheinungen über Wasser, während der Produzent Willie Mitchell mit dem Sänger O. V. Wright bereits begonnen hatte, die Tiefen des Grooves auszuloten, den er mit Al Green schon bald so meisterhaft umsetzen würde. Möglicherweise hätte Rude Al Green zuvorkommen und so die Popgeschichte verändern können – den Beweis dafür liefern die vorliegenden vier Stücke, einschließlich dem bläsergetriebenen Proto-Funk von »**Set a Place at Your Table**«, das im Februar 1967 kurz die R-&-B-Charts streifte, und die verlangsamte, unheimlich scharfe Hank-Williams-Coverversion »**I Saw the Light**«. Aber es hat nicht sollen sein. Rude kam in den Ruf eines grüblerischen Exzentrikers und wurde von dem ausgeglichenen Mitchell wegen seiner Eigensinnigkeit fallen gelassen, bevor seine Karriere überhaupt richtig begonnen hatte.

Dementsprechend war Rude, mit einer Handvoll Kult-Singles im Gepäck, scheinbar auf dem besten Wege zur ersten Kategorie – bis zu jenem Tag im Februar 1968, als ein Studiogitarrist namens Marv Brown, der ein Jahr zuvor auch bei Hi Records gespielt hatte, ihn in einem Übungsraum in

Philadelphia einer auftrittserprobten und handwerklich versierten Gesangsgruppe empfahl, die damals unter dem Namen Four Distinctions bekannt war. Die Gruppe hatte gerade einen Managementvertrag abgeschlossen und probte unter der Führung des jungen Produzenten Andre Deehorn. Deehorn hatte eine Reihe von Songs in petto, von denen er sich Erfolg für eine Harmony-and-lead-Gruppe versprach. Mit den Distinctions hatte er zwar Harmonik, aber noch keinen Leadsänger.

Brown behauptete, er würde den Sänger kennen, den sie suchten, einen ehemaligen Kollegen, der in Memphis gescheitert war und jetzt als Busfahrer in Raleigh, North Carolina, lebte – wohin sich Rude mit Frau und Kind zurückgezogen hatte, um wieder bei seiner Tante zu wohnen. Obwohl in Philadelphia bestimmt ein Dutzend arbeitsloser Sänger zur Verfügung gestanden hätten, hörten die Distinctions auf Browns Empfehlung und riefen ihn an. Rude kaufte sich ein Ticket für den Greyhound und kam zum Vorsingen. Mit 30 noch völlig unbekannt, hätte er in den Annalen der Popmusik auch gut ein unbeschriebenes Blatt bleiben können. Und in der Tat schien dieses Schicksal nie fern angesichts einer Karriere, die durchzogen war von Wutausbrüchen, Launenhaftigkeit und plötzlichem Verschwinden bei Studio- und Konzertterminen. Es darf angenommen werden, dass neben anderen leidvollen Erfahrungen eine unglückliche gemischtrassige Ehe im Amerika der 60er-Jahre eine schwere Bürde war. Seine Plattenkarriere umspannt nur ein Jahrzehnt. Drogenmissbrauch und private Probleme bereiteten ihr in den späten 70ern ein Ende.

Doch von dem Moment an, als er in Philadelphia das Studio betrat, war es Barrett Rude Jr. bestimmt, ein Sänger des zweiten Typs zu sein: die geheimnisvolle, hochfliegende Stimme innerhalb einer berühmten Gesangsgruppe. Rude hatte mit den Distinctions den Kontext gefunden, in dem er seine persönliche Geschichte erzählen konnte, den Platz, an dem er das eine tun konnte, auf das jeder Mensch hofft – für eine Weile von Bedeutung sein. Wenn er selbst es als eine Art Gefängnis empfunden hat, so bleibt uns nichts, als ihm respektvoll zu widersprechen und dankbar dafür zu sein, dass seine Kunst auf dem Drama von Gefangenschaft und Ausbruch beruhte.

Aber wer waren diese vier Männer, die ich Ihnen hier als *Kontext* und *Gefängnis* für Barrett Rude Jr. verkaufe? Die Distinctions fingen in der Ära von Johnny Ace und Jackie Robinson als befreundete schwarze Jugendliche aus der Arbeiterklasse an, die in der industriellen Vorstadt von Inkster, Michigan, (auch die Heimat der Marvelettes) aufwuchsen. James Macy, Dennis Longham, Rudolph Bicycle und Alfred Maddox waren schon ein Quartett, bevor sie eine Gesangsgruppe wurden; sie formten das schwarze Innenfeld der Dearborn-Inkster Chryslers, eines frühen integrierten Highschool-Baseballteams, das 1958 hochumstritten die Staatsmeisterschaft errang. Als sie vom Baseball zum Doowop wechselten, war es der Shortstop Jimmy Macy, der die Bassstimme sang, und der First Baseman Rudy Bicycle, der die Tenorstimme übernahm, was wohl ein gutes Beispiel dafür ist, dass der Pop die absurdesten Geschichten schreibt. Die Baritonisten Fred Maddox und Denny Longham bewegten sich zwischen Macys Tiefen und Bicycles Höhen. Die Chrystones, wie sie sich zunächst nannten, waren eine Gruppe ohne religiösen Hintergrund, und es dauerte kein Jahr, bis Longham den anderen klarmachte, wie irreführend ihr Name klang, und eine Alternative vorschlug: The Four Distinctions. Unter diesem Namen trat die Teenager-Truppe bei Schulfesten, Jahrmärkten und, jawohl, bei Baseballspielen auf.

Im Mai 1961 zahlten die Four Distinctions fünfzig Dollar Teilnahmegebühr für das Privileg, einen Gesangswettbewerb von Jerry Baltwoods berühmt-berüchtigtem Tallhat-Label zu gewinnen. Ihr Preis bestand aus zwei Studiosessions.

Wer die vier Nummern geschrieben hat, die in jenem Juni in Tallhats Hinterzimmerstudio mitgeschnitten wurden? Es ist sehr wahrscheinlich, dass die Distinctions mit den Songs ins Studio marschiert sind, aber Baltwood sicherte sich die Rechte daran. Ausgewählt sind hier »**Hello**« und »**Baby on the Moon**«, das erstere ein lieblicher, klagender Doo-wop-Song, das letztere eine Improvisation im Stil der Five Royales. Keines von beiden gelangte in die Hitparaden, weder auf dieser Welt noch auf dem Mond.

1965 wurde Tallhats Klitsche von Motown aufgekauft, aber mit dem größeren Unternehmen kamen für die Gruppe nur neue Frustrationen. Dort standen die Distinctions hinter den Four Tops, den Temptations und einigen anderen Aspiranten an vierter oder fünfter Stelle, wenn es um neue Songs ging, sodass sie auf einmal nur noch Begleitungen sangen, Besorgungen machten, Telefondienst verrichteten und die Stars vom Flughafen abholten. Denny Longham lernte Haare schneiden und frisieren; Martha Reeves behauptete sogar, er sei »der beste Haarentkräuseler der ganzen Stadt«. Zumindest durften sie mit »**Ain't Too Proud to Beg**« einmal am Ruhm schnuppern, derselben Norman-Whitfield-Produktion, mit der die Temptations bald darauf in die Top Ten schießen sollten. Rudy Bicycles herrlich luftiges Falsett wurde zugunsten der etablierten Gruppe unterschlagen, allerdings erst, nachdem eine B-Seite fertiggestellt war. »**Rolling Downhill**« schien die missliche Lage der Gruppe in Berry Gordys Firma am besten zu beschreiben; tatsächlich ist es ein vergessenes Kleinod von einer Holland-Dozier-Holland-Ballade. Es dauerte weitere drei Jahre, bis der Knoten platzte und Andre Deehorn ihrem Bandnamen das »Subtle« hinzufügte. Dennoch zeigen alle Motown-Tracks zur Genüge, dass die Distinctions auch vor Rude schon subtil und brillant waren, indem sie es sich zur Gewohnheit gemacht hatten, die schwierigsten Stellen ganz einfach wirken zu lassen.

Gerald Early schreibt in *Eine Nation unter einem Groove*:

Motown und die amerikanische Kultur: »Die drei wichtigsten Bands aus den Anfangsjahren des Unternehmens – die Supremes, die Temptations und die Miracles – wurden in ihren jeweiligen Highschools gegründet und gefördert. Sie waren keine Kirchengruppen … und in den verschiedenen Autobiografien wird wenig von dem Einfluss der schwarzen Kirche auf ihre Musik gesprochen …« Ein wichtiger Punkt, der aber etwas zu kurz greift. Der Sound, der Soul definiert, verkörpert sich am besten in der Zusammensetzung der Subtle Distinctions, nachdem Barrett Rude Jr. dazugestoßen war: eine Highschool-Gesangsgruppe im Detroit- oder »Northern«-Stil mit einer raueren, säkularisierten Leadstimme im »Southern«-Stil. Dieses Zusammentreffen von Struktur und Eleganz, von ungezügelter R-&-B-Lust und -Reue mit poliertem, crossoverbereitem Pop spiegelt sich auch im kurzlebigen Aufeinandertreffen von Leidenserfahrung und Exilleben einerseits und den neu entdeckten Möglichkeiten von Mittelklassestreben und Konformität andererseits.

Nehmen wir zum Beispiel »There Goes My Baby« von den Drifters aus dem Jahre 1959, das vielfach als Übergang von R & B zu jenem anderen Musikstil angesehen wird, den man *Soul* nennt. Die erstickte, verzweifelte Stimme des Leadsängers Ben E. King ist zwischen einen vagen Latin-Beat und pseudoklassische Streicher gepresst. Das Ergebnis entsetzte zu der Zeit nicht nur die Plattenfirma, die es beinahe nicht veröffentlicht hätte, sondern irritierte auch den Produzenten des Songs, Jerry Leiber, der einmal sagte: »Es lief manchmal im Radio, und ich war überzeugt, zwei Sender gleichzeitig zu hören, die dasselbe spielten.« Dieses Drama wiederholte sich sowohl bei James Browns Streicher-und-Schrei-Balladen als auch bei seinem »Bewildered« und »It's a Man's Man's Man's World« genauso wie bei den süßlichen Arrangements, die die Musikkarrieren von Stöhnern wie Jackie Wilson und Solomon Burke begleiteten.

Erstaunlich daran ist nicht, dass die in den 50er-Jahren üblichen Songstrukturen den entfesselten Soulstimmen, die damals ihre Kraft erprobten, unangemessen waren. Erstaunlich ist, dass der Soul der 60er in den von Schwarzen geleiteten Unternehmen wie Motown, Vee-Jay und Stax daraus eine ganz eigene Sprache schuf, die gerade auf der Beschränkung solcher Stimmen in einem unangemessenen oder scheinbar unangemessenen Umfeld basierte. Ihre reinste Form nahm diese Sprache in den vokalen Wechselspielen von Gruppen wie den Soul Stirrers und den Five Royales an sowie in Tausenden von Doo-wop-Abstufungen – Stimmen, die in einem Käfig aus Echos rattern, die Zwangsjacke des Reims abwerfen oder Harmonieschwaden übersteigen, von denen sie verschlungen zu werden drohen.

Und hier kommen die Distinctions ins Spiel. Der besondere Produktionsstil in Philadelphia, der ihnen zu ihren großartigsten Plattenaufnahmen verhalf, belebte den geschliffensten aller harmonisierenden Doo-wops wieder, um neuen Entwicklungen in der Aufnahmetechnik genügen zu können. Produzenten wie Thomas Bell und das Team von Gamble und Huff führten diese Verfeinerungen auf die nächste Stufe, sodass ausdrucksstarke Sänger wie Teddy Pendergrass von den Blue Notes und Eddie Levert von den O'Jays nichts unversucht lassen durften, um sich nicht nur schreiend, grunzend und flehend aus dieser Falle zu befreien, sondern im Falsett sogar glucksen und flüstern mussten.

Keiner beherrschte das Fallenstellen so gut wie Deehorn und die Distinctions, und niemand wich dem so gut aus wie Rude. Zum ersten Mal ist das auf den Demoaufnahmen vom Frühling 1968 zu hören, die den Deal der Distinctions mit Philly Groove besiegelten: eine Tonskizze ihres ersten Hits **»Step Up and Love Me«**. Auch ohne das vollständige Produktionskonzept von Deehorn flechten die beinahe A-capella-artigen Stimmen ein Nest für Rudes flüsterndes Intro, bevor er sich dann zum Flug aufschwingt. Aus denselben

Sessions stammt das nie zuvor veröffentlichte Debüt von Rudes Sangeskunst: **»So-Called Friends«**.

Die neu formierte Gruppe wurde in die Sigma-Sound-Studios geschickt, um ein komplettes Album aufzunehmen. Rude, der in der ersten Zeit bei Marv Brown auf der Couch übernachtete, kaufte daraufhin ein Haus und ließ seine Frau und sein Kind aus North Carolina nachkommen. Auf dem streicherlastigen Debütalbum *Have You Heard The Distinctions?* dominieren Deehorns warme, ansprechende Liebeslieder und seine sinnlichen, sehnsuchtsvollen Produktionen – hier hatte er die richtige Truppe für seine todsicheren Hits beisammen. Sein Arrangement von »Step Up and Love Me« mit Flügelhorn und Glockenspiel machte die Gruppe hitparadentauglich: In den R-&-B-Charts schnellten sie auf Platz 1, in den Pop-Charts schafften sie Platz 8. Rude wurde als Co-Autor des herzzerreißenden **»Heart and Five Fingers«** angeführt, obwohl man sich nur schwer vorstellen kann, dass sein schmeichlerisches, schluchzendes Outro tatsächlich jemals niedergeschrieben wurde. Als sich zu guter Letzt noch die Konzertveranstalter meldeten, war die Gruppe so weit: Sie übten ihr Handwerk ja auch erst seit einem Jahrzehnt aus.

Die Lehrjahre waren vorbei. Atlantic Records kaufte sie aus dem Vertrag mit dem kleineren Label heraus und verfrachtete das Team wieder zu Sigma, damit sie ihr erstes Meisterwerk aufnehmen konnten: *The Deceptively Simple Sounds of the Subtle Distinctions.* Der Klassiker **»(No Way to Help You) Ease Your Mind«** begründete eine kurzzeitige Partnerschaft beim Songschreiben zwischen Deehorn, Rude und Brown. Mit **»Happy Talk«** und **»Raining on a Sunny Day«** gelangten sie ebenfalls in die Hitparaden. Niemand, der ein Radio hatte, konnte im Sommer 1970 die sehnsuchtsvolle Falsettstimme von Rude und die vollen, eindringlichen Harmonien der Distinctions überhören. Das Album war ein Bukett eleganter zeitgenössischer Strömungen, die Gruppe am Höhepunkt ihres ersten Karriereabschnitts, was Dave

Marsh in seinem Buch *Das Herz von Rock und Soul* am besten beschreibt: »Ein reines Déjà-vu, das scheinbar eine Nostalgiewelle für Doo-wop-Soul heraufbeschwört, der eigentlich nie existiert hat.« Obwohl es absehbar war, dass sich der Ton verdunkeln würde, wünschte man sich damals einfach, der Sommer möge nie vorübergehen – oder es möge Hunderte solch wunderbarer Alben geben. Es blieb bei einem einzigen.

In Anlehnung an Curtis Mayfields »Move on Up« und Marvin Gayes »What's Going On« nahmen die Subtle Distinctions im Herbst 1971 das sozialkritische *In Your Neighborhood* auf. Mit einem Coverfoto, das die Gruppenmitglieder zeigt, wie sie sich auf einem unbebauten Grundstück über einer brennenden Tonne die Hände wärmen, wurde das Album schnell vor Weihnachten in die Läden gebracht, da die Plattenfirma Angst hatte, das Interesse an Sozialkritischem könnte sich legen. Die Angst war unbegründet – *Superfly* stand noch bevor –, doch die Aufmachung passte nicht zur Gruppe, und *Neighborhood* war nicht gerade eine Weihnachtsplatte. Rude lieferte in seinen eigenen Stücken glänzende Gesangspartien ab, »**Sucker Punches**« (das in den R-&-B-Charts auf Platz 18 kam, wohingegen es nicht in die Pop-Charts gelangte), »**Jane on Tuesday**« und »**Bricks in the Yard**«, aber das Album floppte. In der zweifelhaften Tradition von 100-Proofs »I'd rather Fight Than Switch«, Marvin Gayes und Tammi Terrells »Ain't Nothing Like the Real Thing« sowie anderen von der Madison Avenue inspirierten Klängen bahnte sich hingegen Deehorns »**Silly Girl (Love Is for Kids)**« seinen Weg auf Platz 11 der R-&-B-Charts und Platz 16 der Pop-Charts und sorgte so zumindest für etwas tonalen – und finanziellen – Ausgleich.

Rache ist bekanntlich süß: *Nobody and His Brother* war weniger ein Rückzieher als vielmehr eine Umarbeitung der dunklen Töne von *Neighborhood* zu einer tieferen, persönlicheren Begrifflichkeit, die durch Rudes Führungsrolle beim

Songschreiben möglich geworden war. »**Bothered Blue**« schaffte es aus dem Stand auf Platz 1 und führte im Oktober 1972 beide Hitparaden an. Wenn das der einzige Song war, den Sie mit Sicherheit zu kennen meinten, als Sie diese Box gekauft haben, dann sei Ihnen verziehen. Hören Sie noch mal hin. Der Song wird mit jedem weiteren Jahr besser, herzzerreißender und wahrer, und er ist mit Sicherheit eines der *reifsten* Zeugnisse von Ambivalenz und Überdruss, die je in einer Volkswagen-Werbung zu hören waren. Tracks wie »**The Lisa Story**«, »**If You Held the Key**« und »**So Stupid Minded**« drücken den Kampf mit Co-Autor Deehorn um die Loyalität der Band aus – Rudes Gesang und Text bäumen sich auf gegen die zahmen Passagen, die Deehorn ihm in den Weg stellt, während Maddox, Longham, Macy und Bicycle die Friedensstifter spielen, indem sie die im Vordergrund wütende Stimme mit Harmonie zu besänftigen versuchen. Wenn Rude abhebt, halten sie ein Sprungtuch bereit, wenn er stolpert, helfen sie ihm wieder auf die Beine, wenn er am Ende Schlaf braucht, decken sie ihn zu. Nur »Bothered Blue« schaffte es in die Charts, aber das reichte, um dem Album seinen Rang zu verschaffen und es zu ihrem Verkaufsschlager werden zu lassen.

Rude verließ die Gruppe, noch während der Song in den Hitparaden war. *Love You More!*, das letzte Album der Distinctions, ist ein retrospektives Schlachtengemälde, zu dem Deehorn die Probeaufnahmen, die Rude in seinem Kielwasser zurückließ, zusammenflickte. Das eingängige, zurückhaltende »**Painting of a Fool**« hatte im Juni 1973 einen kleinen R-&-B-Erfolg, aber die Platte konnte niemanden an der Nase herumführen. Die Distinctions wurden von Atlantic fallen gelassen und trennten sich bald von Deehorn, der schon irgendeinen Discofisch an der Angel hatte. Die Gruppe ging schnell und schmerzlos zu einem zweiten Leben als Oldies-Band über, offensichtlich weder bereit, den Namen gänzlich untergehen zu lassen, noch, ihn durch Plattenaufnahmen ohne Rude zu ruinieren. Nur wenige treten so würdevoll ab.

Über den Weggang des unersetzlichen, unberechenbaren und heiß geliebten Rude war niemand sonderlich überrascht. Seine Auseinandersetzungen mit Deehorn im Studio waren legendär, und das aus gutem Grund. Schwarzer Pop entwickelte sich trotz »Bothered Blue« in eine andere Richtung. Deehorn produzierte in den folgenden Jahren viele Hits, aber Barrett Rude Jr. hatte alles andere als einen sicheren Stand. Auf jeden Soul-Schreihals wie Johnny Taylor, der mit »Disco Lady« einen Karriereaufschwung erlebte, kamen Dutzende, die am Ende ihres Weges angekommen waren. Doch dass der flotte Rhythmus der beschwingten Philly-Nummern die Entwicklung der Discomusik vorwegnahm, unterstreicht nur die Bedeutung des Sounds der Spinners, Manhattans, Blue Notes, Delphonics, Stylistics und Subtle Distinctions, die den klassischen Soul zum letzten Höhepunkt führten.

Es ist schwer zu beschreiben, was an Stevie Wonders Platten anders wurde, als er anfing, alle Instrumente selbst zu spielen, außer, dass es sich nicht wie Soul *anfühlt* – eher wie der menschlichste Pop-Funk, der je aufgenommen wurde. Indem er die verschiedenen Elemente seiner Musik in Einklang brachte, überwand Wonder die Widersprüche. In ähnlicher Weise ist der späte 70er-Jahre-Gospel von Al Green gute Musik, aber nachdem er Willie Mitchell und die Hausband von Hi hinter sich gelassen hatte, schwankte seine Musik nicht mehr zwischen den verschiedenen Welten. Das Gegenbeispiel dafür ist Marvin Gaye, der mit dem Arrangement seines eigenen Materials nur noch tiefer in unlösbare Konflikte hineingeriet. Gaye ist die paradigmatische Gestalt des Souls, der seine Beschränkungen, in die eigene Stimme eingebettet, immer mit sich führte.

Hätte Barrett Rude Jr. in den 70ern mit einer ähnlichen Kraft wie Gaye weitermachen können? Vielleicht. Er hat es versucht. Er ist gescheitert. Rude war nie ein selbstsicherer

Songschreiber – nur bei zweien seiner Stücke für die Distinctions sind Deehorn oder Brown nicht als Co-Autoren aufgeführt. Und die Plattenkäufer und Radiomacher kannten zwar seine Stimme, aber nicht seinen Namen: Er konnte »Bothered Blue« auf der Bühne singen, bis er selbst beunruhigend grau geworden wäre, aber er konnte es nicht erneut aufnehmen. Mit 34 fing er noch einmal von vorn an. *On His Own* (1972) schien kein schlechter Start zu sein: Mit Marv Brown als Arrangeur im Schlepptau nahm Rude einen Satz träumerischer Liebeslieder auf, die so persönlich waren wie Tagebuchnotizen. Ungenannt sangen die Distinctions die Begleitung zu zwei Stücken, »**This Eagle's Flown**« und dem einzigen Hit »**As I Quietly Walk**«, der sich auf Platz 12 der R-&-B-Charts festsetzte, aber das Album nicht vor dem Desinteresse des Publikums bewahren konnte.

Unsere Herzen wenden sich ab, wenn ein Spieler zu einer anderen Mannschaft wechselt, wenn Kinderstars älter werden oder wenn Musikgruppen sich auflösen und die Mitglieder solo weitermachen. In Rudes Augen repräsentierten die Distinctions jedoch ein frühes Kindesalter und die Solokarriere sein lang ersehntes Erwachsensein. Der Misserfolg von *On His Own* war daher besonders bitter. Zunehmend unzugänglich für die Ratschläge seiner Freunde, ließ sich Rude von Janey Kwarsh scheiden und zog nach New York. Sein letztes Album, *Take It, Baby*, verarbeitet die Trennung mit qualvoller Genauigkeit – die Abfindung von einer Million, die er beim Verlassen der Distinctions ausgehandelt hatte, ging für eine gütliche Einigung drauf. Die Hilfe von Atlantic verschmähend, ließ Rude sogar Marv Brown hinter sich und arbeitete in den New-Jersey-Studios von Sylvia Robinson, der späteren Patin der Sugarhill Gang. Das Ergebnis ist eine Glanzleistung ungezügelter Ressentiments und gemessen an den Standards, die die Fans der Distinctions gewohnt waren, fast nicht anzuhören. »**Lover of Women**« und »**Careless**« stiegen kurzfristig in die R-&-B-Charts ein. »**A Boy Is**

Crying« spielt auf den Streit ums Sorgerecht an, aber vom Klang her könnte es genauso gut ein Streit zwischen Rudes inneren Stimmen sein, bei dem es nur Verlierer gibt.

Rudes letzte, verirrte Single »**Who's Callin' Me?**«, 1975 aufgenommen und im selben Jahr veröffentlicht, ist das Bekenntnis eines paranoischen Rückzugs. Der Form nach eine Kette von Vermutungen über die Identität eines Anrufers, ist durch die fiebernde Funkmusik hindurch ein klingelndes Telefon zu hören. »*A bill collector?*«, fragt sich Rude. »*Can't be my brother, my brother never calls.*« Nachdem er »*A wrong number / Some unwed mother / my last producer / a slick seducer / a mob enforcer*« und andere mehr erwägt, hört man in der Abblende noch eine letzte, qualvolle Möglichkeit: »*Is it my mean old father, callin' me?*« Im Licht der späteren Ereignisse bekommt diese Zeile einen verstörenden Beiklang.

Zum letzten Mal betrat Rude 1978 ein Aufnahmestudio, als Gastsänger auf Doofus Funkstrongs »**(Did You Press Your) Bump Suit**« (Singleversion), einer zwanzigminütigen Funksession, die für die Veröffentlichung auf Singlelänge zusammengeschnitten wurde. Der Song streifte die Hitparaden, hielt sich aber nicht. Rudes stimmliche Akrobatik hat nie besser geklungen und – durch einen albernen Text losgelöst von allem Sinn – nie weniger bedeutet. Einen noch merkwürdigeren Schlusspunkt setzen zwei Beispiele privat aufgenommener Vier-Spur-Demos, die etwa zwischen 1977 und 1979 entstanden sind. »**Smile Around Your Cigarette**« und »**It's Raining Teeth**« sind schwermütige und brüchige Kompositionen, die beide wunderschön, wenn auch nachlässig gesungen sind und den Einfluss von Sly Stone verraten. Rude war zu dem Zeitpunkt schwer kokainabhängig.

Ich habe eine Geschichte versprochen, und jede Geschichte hat ein Ende. Andre Deehorn produzierte in Philadelphia und später in Los Angeles noch eine Vielzahl von Stücken und punktete in den Charts unter anderem mit Sophistifunction und Fool's Gold. Er arbeitet mittlerweile als Musikmanager in Los Angeles. Rudy Bicycle und Alfred Maddox sind ihr Leben lang Freunde geblieben, beide wohnen mit ihren Familien in Dearborn, Michigan, und verdienen ihr Geld weiterhin in der Branche, die sie die ganze Zeit ernährt hat: Bicycle bucht Musikgruppen für die Spielcasinos im nahe gelegenen Windsor, Ontario, und Maddox arbeitet als Pressesprecher für das Motown-Museum. Denny Longham hat nie sein Interesse an Haaren verloren; nachdem sich die Distinctions 1977 endgültig aufgelöst hatten, eröffnete er King's Hair Throne, einen Friseursalon in Süd-Philadelphia, und war Anlaufstelle für die gesamte Nachbarschaft, bis er 1985 mit 44 Jahren an einer Lungenentzündung starb. James Macy folgte Andre Deehorn 1977 nach Los Angeles und bemühte sich jahrelang vergebens, auf verschiedenen kleinen Labels einen Hit zu landen. Zusammen mit zwei Begleitern wurde er am 25. September 1988 in Culver City von Unbekannten mit einer Schrotflinte erschossen, als er im Wagen an einer Ampel wartete. Er war 47 Jahre alt. Marv Brown konnte nie wieder eine musikalische Partnerschaft schließen, die so erfolgreich war wie diejenige, die 1967 im Hi Studio begonnen hatte. Er arbeitete noch ein Jahr für die Hausband von Sigma, bevor er von der Bildfläche verschwand und sich 1994, mit 56 Jahren, in einer Absteige in Patterson, New Jersey, erhängte.

Nachdem er das Sorgerecht für seinen Sohn zugesprochen bekommen hatte, zog Barrett Rude Jr. nach Brooklyn und fiel dort nach und nach in eine vom Kokain ausgelöste Depression. Nach seiner Freilassung aus dem Gefängnis stieß Rudes Vater 1977 zum Haushalt hinzu. Seine damalige Beziehung zu Rude ist bestenfalls als problematisch zu bezeichnen. Die Atmosphäre zwischen den beiden war äußerst gereizt, eine ungute Mischung aus Rudes Hedonismus und der schrulligen Gläubigkeit seines Vaters mit ihrer moralischen Inbrunst, ihrer Hassliebe zu Musik und Sinnlichkeit, ihren geheimnisvollen Sabbattagen. (Es mutet seltsam an, dass Marvin Gaye, Philippé Wynne und Barrett Rude Jr. alle, aus freien Stücken oder von Haus aus, *verrückte schwarze Juden* waren.) Am 16. August 1981 bedrohte Barrett Rude Senior seinen Sohn und seinen Enkel während eines Familienstreits mit einer Pistole. Ob er vorhatte, sie zu benutzen, weiß man nicht. Eine weitere Waffe tauchte auf, und der Enkel erschoss den Großvater. Rudes Sohn, der zwei Monate zuvor achtzehn geworden war, wurde nach Erwachsenenstrafrecht wegen fahrlässiger Tötung verurteilt. Obwohl Rude nicht verletzt wurde, setzte der Schuss seinem öffentlichen Leben ein Ende. Seit jenem Tag hüllt er sich in vollkommenes Schweigen. Aber der Mann ist noch am Leben, was auch immer das heißen mag.

So weit die Geschichte. Aber wirklich bedeutsam ist nur die Geschichte eines Songs. Die Musik in dieser Auswahl erzählt ein Märchen von Schönheit, Inspiration und Schmerz, mit den Stimmen des Gettos und der Vorstadt, der Kirche und des Schulhofs, Stimmen der Freude und der Trauer, manchmal Stimmen von solcher Schwermütigkeit und solchem Kummer, dass sie im Medium Pop fehl am Platze zu sein scheinen. Mögen diese Stimmen Sie dazu anregen, mitzuträllern oder zu tanzen, mögen sie Sie dazu inspirieren, zu verführen oder zu spüren oder aufzubegehren oder einfach nur etwas weniger fernzusehen. Die Stimmen von Barrett Rude Jr. und den Subtle Distinctions führen allerdings nirgendwo hin, wenn nicht in Ihre eigene Nachbarschaft. In die Straße, in der Sie wohnen. Zu Dingen, die Sie zurückgelassen haben.

Und genau das ist es, was man braucht, was man die ganze Zeit gebraucht hat. Wie der Song schon sagt: Manchmal müssen wir alle »Bothered Blue«, beunruhigend traurig sein.

Disc 1: 1–2: The Four Distinctions, **Singles auf Tallhat**, 1961, »Hello«, »Baby on the Moon«. 3–4: The Four Distinctions,

nicht erschienene Single auf Tamla, 1965, »Ain't Too Proud to Beg«, B-Seite »Rolling Downhill«. 5–8: **BRJ-Singles auf Hi**, 1967, »Set a Place at Your Table« (R & B Nr. 49), »Love in Time«, »Rule of Three«, »I Saw the Light«. 9–10: **Unveröffentlichte Demos**, 1968, »Step Up and Love Me«, »So-Called Friends«. 11–14: Von der LP *Have You Heard the Distinctions?*, Philly Groove, 1969, »Step Up and Love Me« (R & B Nr. 1, Pop Nr. 8), »Eye of the Beholder«, »Heart and Five Fingers«, »Lonely and Alone«. 15–19: Von der LP *The Deceptively Simple Sounds of the Subtle Distinctions*, Atco, 1970, »(No Way to Help You) Ease Your Mind« (R & B Nr. 1, Pop Nr. 2), »Far More the Man«, »Raining on a Sunny Day« (R & B Nr. 7, Pop Nr. 88), »Happy Talk« (R & B Nr. 20, Pop Nr. 34), »Just in Case (You Turn Around)«. Disc 2: 1–4: Von der LP *The Distinctions in Your Neighborhood*, Atco, 1971, »Sucker Punches« (R & B Nr. 18), »Silly Girl (Love Is for Kids)« (R & B Nr. 11, Pop Nr. 16), »Jane on Tuesday«, »Bricks in the Yard«. 5–9: Von der LP *Nobody and His Brother*, Atco, 1972, »Bothered Blue« (R & B Nr. 1, Pop Nr. 1), »Finding It Out«, »So Stupid Minded«, »If You Held the Key«, »The Lisa Story«. 10: Von der LP *The Subtle Distinctions Love You More!*, Atco, 1973, »Painting of a Fool« (R & B Nr. 18). 11–13: Von der LP *On His Own (BRJ-Solo)*, Atco, 1972, »As I Quietly Walk« (R & B Nr. 12, Pop Nr. 48), »It Matters More«, »This Eagle's Flown«. 14–16: Von der LP *Take It, Baby (BRJ-Solo)*, Atco, 1973, »Careless« (R & B Nr. 24), »Lover of Women«, »A Boy Is Crying«. 17–18: **BRJ Solo-Single**, Fantasy, 1975, »Who's Callin' Me?« (R & B Nr. 63), B-Seite »Crib Jam«. 19: Casablanca, 1978, *BRJ*-**Gastauftritt** auf Doofus Funkstrongs »(Did You Press Your) Bump Suit« (R & B Nr. 84, Pop Nr. 100). 20–21: *Unveröffentlichte BRJ-Demos*, »Smile Around Your Cigarette«, »It's Raining Teeth«.

DRITTER TEIL
PRISONAIRES

EINS

In der Dachkammer, die ich als mein Büro bezeichnete, stand eine Bettcouch, auf der normalerweise Berge von Papier verstreut lagen, Pressematerial, das zusammen mit Promo-CDs gekommen war, zerrissene Luftpolsterfolie und wattierte Umschläge. An diesem Morgen jedoch war die Tagesdecke bloß eingehüllt in das schräg einfallende Sieben-Uhr-Septemberlicht, das Licht des Altweibersommers, frei von Verpackungsmüll, frei von Reklame. Stattdessen lagen auf der Bettcouch zwei Dinge: Eine CD-Mappe, mit Einstecktaschen für vierundzwanzig Discs, und Abigale Ponders, in fadenscheinigem Meat-Puppets-T-Shirt (meinem) und Calvin-Klein-Männerunterhose (nicht meiner, hat sie sich selbst gekauft), die Gliedmaßen im Schlaf elegant verrenkt. Nur eines von beidem würde mich auf dem Neun-Uhr-dreißigFlug nach Los Angeles begleiten. Discman und Kopfhörer waren bereits in eine kleine Reisetasche gepackt, die unten an der Tür bereitstand, zusammen mit einer einzigen Garnitur zum Wechseln.

Es war ungewohnt, Abby in meinem Dachbüro zu sehen. In Wahrheit war ich deswegen sogar ziemlich gereizt. Ich hatte gehofft, aus dem Haus schlüpfen zu können, während sie noch unten im Zimmer schlief. Stattdessen war sie mir hier hoch nachgetrottet. In dem Streiflicht, mit den weißen Shorts, die sich von ihrer Haut und der kastanienbraunen Tagesdecke abhoben, gab sie ein schönes Bild ab – wenn man sich das Meat-Puppets-Logo auf dem ausgeleierten weißen Shirt wegdachte, hätte es gut auf das Cover einer alten Blue-Note-Jazz-LP gepasst. Sie ähnelte selbst einer braunen Puppe, die Arme in die Seite gestemmt, den Kopf seitlich aufgestützt, den Mund leicht geöffnet, die Augen verschlafen. Ich hätte schon ein finster dreinblickender Miles Davis sein müssen, um mich ins Bild zu trauen. Oder zumindest ein Chet Baker. Abbys ganze Existenz war wie ein Vorwurf an mich. Ich liebte es, eine schwarze Freundin zu haben, und ich liebte Abby, aber ich war kein Trompeter.

Während ich an meiner CD-Wand entlangstreifte, öffnete ich eine Hülle und ließ Ron Sexsmiths *Whereabouts* neben die Mappe auf die Decke fallen.

Sie gähnte. »Warum bleibst du eigentlich über Nacht?« Abby rechnete mit meiner angeschlagenen Widerstandskraft, um das Patt aus der vorangegangenen Nacht zu brechen. Wir hatten einen stummen Kampf ausgefochten, schlimmer als je zuvor. Es war einen Versuch wert – da stimmte ich ihr zu, auch wenn ich nicht darauf eingehen konnte.

»Ich habe dir gesagt, ich muss einen Freund treffen.«

»Hast du etwa ein *Date*?«

Ich murmelte die Lüge vor mich hin. »Ein alter Freund, Abby.« Meine nächste Wahl traf auf Bill Withers' *Still Bill*. Ich schleuderte die Disc auf die Tagesdecke, ohne mich vom Regal abzuwenden.

»Richtig, alter Freund, Abendessen, habe ich vergessen. Hoppla.« Die CD klapperte auf den Boden. »Das war ich.« Sie lachte kurz auf.

Ich schnappte mir die Disc, während sie sich noch drehte, und steckte sie in die Mappe zu ihren Füßen.

»Ich versuche, mit dir zu reden.«

»Ich werde noch mein Flugzeug verpassen.«

»Die fliegen stündlich, habe ich gehört.«

»Richtig, und ich werde um eins bei DreamWorks erwartet. Zick nicht rum.«

»Keine Sorge, Dylan, ich fick nicht rum. Das hast du doch gesagt?«

»Abby.« Ich versuchte, ihr einen strafenden Blick zuzuwerfen.

»Nicht einmal mit dir. Also brauchst du nicht eifersüchtig auf dich selbst zu sein, weil du nicht zum Zuge kommst.«

»Geh zurück ins Bett«, schlug ich vor.

Sie gähnte wieder und streckte sich. Die Hände auf den nackten Oberschenkeln, die Ellbogen auf ihren Bauch gerichtet, als wollten sie sich dort berühren. »Wenn wir noch miteinander ficken *würden*, Dylan, könnte das vielleicht helfen.«

»Wem helfen?«

»Zum Ficken gehören nun mal zwei Leute.«

Ich warf Brian Enos *Another Green World* aufs Bett und wünschte mir eine Sitzreihe für mich allein in sechzigtausend Fuß Höhe.

Sie ließ ihre Daumen unter das Gummiband gleiten. »Ich habe es mir letzte Nacht selbst gemacht, nachdem du eingeschlafen warst.«

»Dazu, jemand anders von Masturbation zu erzählen, gehören auch zwei Leute, Abby, aber deswegen ist es noch kein Ficken.« Solche Worte fielen schnell zwischen Abby und mir. Der Beigeschmack der Wiederholung bei dem Geplänkel machte es einfach, weiter meine Plattensammlung durchzusehen.

»Möchtest du wissen, an wen ich gedacht habe, als ich gekommen bin? Es ist widerlich.«

»Hast du das Weiße in seinen Augen gesehen?«

»Was?«

»Vergiss es. Ich habe dich unterbrochen.«

»Ich sag's dir, wenn du mir den Namen deines geheimen Dates in L. A. verrätst.«

»Wir tauschen eine reale Person gegen eine imaginäre? Das soll ein gutes Geschäft sein?«

»Oh, er ist real.«

Ich antwortete nicht, sondern suchte schnell ein paar weitere CDs heraus – Swamp Dogg, Edith Frost.

»Ich habe schon halb geträumt, wirklich. Guy d'Seur betatschte mich überall mit seinen froschigen kleinen Händen. Ist das nicht *bescheuert*, Dylan? So habe ich noch nie an ihn gedacht, nicht einen Moment. Er holte seinen Schwanz raus, und der war *riesig*.«

»Das überrascht mich nicht.«

Überhaupt nicht. Weder d'Seurs Auftauchen in Abbys Fantasien noch die Größe, die sie seinem Apparat zugestanden hatte. Guy d'Seur war mehr als nur Abigale Ponders' Doktorvater, er war in Berkeley eine Berühmtheit. Dagegen konnte man einen Musikkritiker vergessen – dagegen konnte man sogar einen Rockmusiker vergessen. Die Professoren der verschiedenen Fakultäten waren die Stars, die diese Bastion besetzt hielten. In ein Café in Berkeley hineinzugehen und einen von der Liste schwarz gekleideter Theoretiker der Rhetorik- oder Anglistikfakultät vor einem Latte macchiato und einem Küchlein sitzend anzutreffen – Avital Rampart, Stavros Petz, Kookie Grossman und Guy d'Seur bildeten das derzeitige Pantheon –, ließ einem das Herz bis zum Halse schlagen. In Berkeley waren das die Leute, die einen Raum zum Verstummen brachten. Ihre unlesbaren Wälzer füllten die vordersten Tische in den Buchläden.

Abigale Ponders war das einzige Kind eines schwarzen Zahnarztehepaars aus Palo Alto, ehrliche, strebsame Mittelständler, deren einziger Wunsch es gewesen war, dass sie einen Universitätsabschluss erlangte, und die dann völlig entsetzt über das Ergebnis waren. Abbys Doktorarbeit, »Die Figuration der schwarzen Sängerin in Pariser Darstellungen afroamerikanischer Kultur von Josephine Baker bis Grace Jones«, hatte sie zwei Jahre zuvor dazu veranlasst, den einzigen in Berkeley arbeitenden Journalisten zu kontaktieren, der Nina Simone interviewt hatte. Ich hatte meine demütige Pilgerfahrt zu Simone 1989 im Auftrag des *Musician Magazine* gemacht, und Abby hatte bewiesen, dass sie eine bibliografische Recherche bestens durchführen konnte. Damals hatte ich Abby die Interviewlaune mit dem Vorspielen seltener Simone-Platten ausgetrieben, bis es spät genug war, um eine Flasche Wein zu öffnen.

Drei Monate später ist sie in mein kleines Haus in Berkeley eingezogen.

»Jetzt schuldest du mir etwas«, sagte sie. »Wen triffst du in L. A.? Wer ist ein Hotelzimmer wert, das du dir nicht leisten kannst?«

»Das Hotelzimmer ist in Anaheim, und es kostet mich gar nichts«, erwiderte ich. »Ich würde sagen, das ist schon mal ein Anhaltspunkt.« Ich hatte mich damit abgefunden, das Geheimnis preiszugeben.

»Du wirst *für Sex bezahlt*? Mit einer *Disneyfigur*?«

»Versuch's noch mal, Abby. Wer besteht immer darauf, alles zu bezahlen, wenn man ihn besucht?«

Sie verstummte, nur leicht beschämt.

Ich nutzte meinen Vorteil. »Du träumst von d'Seur, weil du seinen froschigen kleinen Händen eine Kapitelübersicht schuldest, weißt du.«

»Leck mich.«

»Okay, aber warum nutzt du das nicht als Gelegenheit, dich wieder an die Arbeit zu machen?«

»Ich habe *die ganze Zeit* gearbeitet.«

»Okay. Entschuldige, dass ich überhaupt etwas gesagt habe.«

Sie setzte sich auf und kreuzte die Beine. »Warum fährt dein Vater nach Anaheim, Dylan?«

»Er hat dort geschäftlich zu tun.«

»Was für eine Art von Geschäft?«

»Abraham ist der Ehrengast – der *künstlerische* Ehrengast – bei VerbotenKon.«

»Was ist VerbotenKon?«

»Ich schätze mal, ich werde das noch herausfinden.«

Kurzes Schweigen. »Hat das etwas mit seinem Film zu tun?« Sie sprach das sanft aus, und das war auch besser so.

Das unvollendete Lebenswerk von Abraham Ebdus war nicht zum Lachen.

Ich schüttelte den Kopf. »Es ist irgendeine Science-Fiction-Sache. Er hat einen Preis gewonnen.«

»Ich dachte, er interessiert sich nicht für solches Zeug.«

»Ich nehme an, Francesca hat ihn überredet.« Die neue Freundin meines Vaters, Francesca Cassini, hatte ein Händchen dafür, ihn aus dem Haus zu locken.

»Warum hast du mir nicht gesagt, dass er kommt?«

»Er *kommt* nicht. Ich treffe ihn dort.« Unser Tonfall war mechanisch und flach, ein Runterkommen von Abbys sexuellen Provokationen. Diese verflüchtigten sich nun genauso schnell wie der Rauch einer einzelnen Zigarette.

Ich nahm Esther Phillips' *Black-Eyed Blues* aus der Hülle und steckte sie in die Mappe. Draußen war es heller geworden. In einer halben Stunde würde der Flughafenbus kommen.

Abby zog an einer der kurzen Dreadlocks auf ihrer Stirn und zwirbelte sie sachte zwischen ihren Fingern. Es erinnerte mich an eine junge Ziege, die ihre weichen, knubbeligen Hörner an einem Gatter reibt, etwas, das ich einmal vor unzähligen Jahren in Vermont beobachtet hatte. Als Abby meinen Blick spürte, sah sie nach unten, starrte auf ihre nackten Knie. Ihr Mund arbeitete, brachte aber nichts heraus. Ich hatte das starke Gefühl, dass es sie ein wenig erregt hatte, mich zu piesacken.

»Du wirkst ein bisschen bedrückt«, sagte ich.

»Was?«

»Wieder etwas depressiv in letzter Zeit.«

Sie blickte ruckartig auf. »Benutz nicht dieses Wort.«

»Ich meinte es mitfühlend.«

»Dazu hast du kein Recht.«

Damit lief sie plötzlich aus dem Zimmer, und während sie die Treppe hinunterstürmte und aus dem Blickfeld verschwand, zog sie sich das Meat-Puppets-Shirt über den Kopf.

Ich sah nur kurz ihren Rücken aufblitzen. Einen Augenblick später hörte ich die Dusche. Abby hatte heute ein Seminar, das zweite des neuen Semesters. Sie hatte die Sommermonate darauf verwenden sollen, einen Abschnitt ihrer Doktorarbeit zu schreiben – genau wie ich wahrscheinlich einen Entwurf meines Drehbuchs hätte anfertigen sollen. Stattdessen hatten wir uns gestritten und geliebt und waren in unseren zwei Zimmern immer tiefer in isoliertes, düsteres Schweigen verfallen. Und jetzt, wo Abby mit mehr oder weniger leeren Händen ihren Mentoren gegenübertreten würde, befand ich mich auf dem Abflug nach Los Angeles, um eine heiße Idee anzupreisen, von der ich nicht einmal die ersten heißen Grundzüge zu Papier gebracht hatte.

Mein Gelegenheitsredakteur bei der *L. A. Weekly* hatte das Präsentationsgespräch arrangiert, mein erstes. Innerhalb der letzten beiden Jahre hatte ich als Freiberufler langsam über 30 000 Dollar Schulden auf meiner Kreditkarte angesammelt, meinen Lebensunterhalt bestritt ich zuletzt hauptsächlich mit Arbeiten für ein in Marin ansässiges Label für Neuauflagen, Remnant Records. Meine geschäftlichen Beziehungen zu dem Inhaber von Remnant, einem ergrauten Beatnik namens Rhodes Blemner, quälten mich. Dementsprechend war die heutige Präsentation ein Wink der Freiheit.

Ich musste in eine Art Dämmerzustand gefallen sein, denn als Nächstes stand Abby angezogen auf dem Treppenabsatz. Sie trug Jeans, ein schwarzes ärmelloses Trägerhemd und kniehohe Stiefel, in denen sie größer war als ich. Die Stiefel mit ihrer Vielzahl von Ösen waren noch nicht geschnürt. Sie rieb sich Feuchtigkeitscreme auf Handflächen und Ellbogen und sah mich mit eisiger Wut an.

»Ich erzähle nicht von den Schattenseiten meines Lebens, um sie mir von dir vorhalten zu lassen«, sagte sie. »Falls ich jemals depressiv gewesen bin, hatte ich zumindest den Nerv, es zuzugeben. Ich will das Wort nie wieder von dir hören, hast du mich verstanden?«

»Sicher hast du einen Nerv. Anscheinend habe ich ihn gerade getroffen. Das heißt jemanden an sich heranlassen, Abby.«

»Ach, wirklich? Und wie heißt es, wenn man sich nicht einmal an sich *selbst* heranlässt?«

»Was meinst du damit?«

»Warum hast du mir nicht erzählt, dass dein Vater kommt, Dylan? Wie konntest du mich nur so zappeln lassen?«

Ich starrte sie an.

»*Du* bist depressiv, Dylan. Das ist dein Geheimnis vor dir selbst. Du lässt es bloß nicht zu. Stattdessen hast du dich damit umgeben, um dir nicht eingestehen zu müssen, dass du die Quelle bist. Schau mal nach.«

»Das ist eine interessante Theorie«, murmelte ich.

»Verdammt, Dylan, das ist nicht *interessant*, das ist keine *Theorie*. Du bist so sehr damit beschäftigt, mit mir und *wem auch immer*, Sam Cooke vielleicht, Mitleid zu haben, dass du dich dabei geflissentlich selbst ignorierst.«

»Was genau willst du, Abby?«

»Reingelassen werden, Dylan. Du versteckst dich vor mir, am helllichten Tag.«

»Ich würde sagen, das ist nur eine andere Beschreibung dafür, einer anderen Person seine starken Stimmungsschwankungen zu ersparen.«

»Ist es das, worüber wir hier reden? *Stimmungen?*«

»Im einen Moment machst du es dir auf dem Teppich, und jetzt dieser Ausbruch. Das halt ich nicht aus, Abby.«

»Du denkst, du hast mir deine *Stimmungen* erspart? Was glaubst du, wie es für mich ist, hier unter deinem Cockpit des Leidens zu leben?« Sie deutete auf die Wand mit den vierzehnhundert Compact Discs, die ich die ganze Zeit über betrachtet hatte: Zwei Einheiten, in denen jeweils siebenhundert Stück untergebracht waren. »Das ist eine *Mauer* der Stimmungen, eine Mauer der *Depression*, Mr. Objektiv Korrelativ.« Sie schlug gegen die Regale, die leise schepperten.

»Toll, da hast du ja einen richtigen Prozess eröffnet.« Ich versuchte Zeit zu gewinnen, nichts weiter.

»So nennst du es, wenn ich für dich nicht *depressiv* spiele? Du schaltest um auf deine kleinen Kafka-Fantasien? Ich habe nicht die Macht zu *prozessieren*, Dylan. Ich bin nur das offizielle Maskottchen für den ganzen Scheiß, den du dir nicht zu fühlen erlaubst. Ein weiteres Ausstellungsstück in der Ebdus-Sammlung *trauriger schwarzer Menschen*.«

»Das ist unfair.«

»Mal sehen, Curtis Mayfield, ›We People Who Are Darker Than Blue‹ – hört sich für mich nach Depression an.« Sie schmiss die CD auf den Boden. »Gladys Knight, Elend, Depression. Johnny Adams, Depression. Van Morrison, die totale Depression. Lucinda Williams, da hilft nur Prozac. Marvin Gaye, tot. Johnny Ace, tot, tragische Figur.« Nachdem sie die Titel abgetan hatte, riss sie diese aus dem Regal, sodass die Hüllen beim Aufprall zersplitterten. »Little Willie John, tot. Little Esther und Little Jimmy Scott, traurig – die ganzen Littles sind traurig. Was ist das, *Dump*? Du hörst dir tatsächlich etwas an, das Dump heißt? Stimmt das? Syl Johnson, *Is It Because I'm Black*? Vielleicht bist du auch nur ein *Loser*, Syl. Gillian Welch, hilfe, mammamia. Die Go-Betweens? Five Blind Boys of Alabama, kein Kommentar. Al Green, ich hatte immer gedacht, Al Green wäre *fröhliche Musik*, bis du mir erklärt hast, wie verdammt *tragisch* alles ist, wie er sich an einem Topf mit heißer Maisgrütze verbrannte und sich dann seine Frau erschoss, weil sie so schrecklich *depressiv* war. Brian Wilson, verrückt. Tom Verlaine, *sehr* depressiv. Nicht einmal *du* hörst dir die Platte an. Ann Peebles, *I Can't Stand the Rain*. Harold Melvin and the Blue Notes, bäh. ›Drowning in the Sea of Love‹, ist das gut oder schlecht? David Ruffin, ich weiß, er war drogenabhängig. Donna Hathaway – tot?«

»Tot«, antwortete ich.

»Die Bar-Kays, es *klingt* fröhlich, aber ich habe ein schlechtes Gefühl, ich spüre die schlechten Schwingungen dieser CD. Was ist mit den Bar-Kays los?«

»Äh, sie waren mit Otis Redding im Flugzeug.«

»Die *Death-Kays*!« Sie zerschmetterte sie an der gegenüberliegenden Wand, von wo die Scherben aufs Kopfkissen regneten.

»Okay, Abby.« Ich hielt flehend die Hände hoch. »Friede. Ich ergebe mich.« Mein rotierendes Gehirn fügte hinzu: *Sprite! Dr. Pepper! Klitoris!*

Sie hielt inne, und wir beide starrten auf den Splitterhaufen zu ihren Füßen.

»Ich habe auch fröhliche Musik«, sagte ich, dümmlich ihre Begrifflichkeit übernehmend.

»Zum Beispiel?«

»›You Sexy Thing‹ ist einer meiner Lieblingssongs. Es gibt eine Menge Musik aus der Discoära, die ich mag.«

»Furchtbares Beispiel.«

»Wieso?«

»Eine Million winselnde, stöhnende Interpreten, zehn Millionen depressive Songs und fünf oder sechs fröhliche Songs – die dich daran erinnern, wie du mit dreizehn verprügelt wurdest. Du lebst in der Vergangenheit, Dylan. Ich bin deine Geheimniskrämerei leid. Hat dein Vater überhaupt gefragt, ob ich mit dir komme?«

Mein Gesicht wurde heiß, und ich konnte nichts sagen.

»Und *dieser* ganze Scheiß. Was *ist* das überhaupt für ein Scheiß?« Auf dem Regal über den CD-Hüllen war neben den CD-Boxen eine Ansammlung von Objekten aufgereiht, die ich ihr nie gezeigt oder erklärt hatte: Aaron X. Doilys Ring, Mingus' Lockenkamm, ein Paar von Rachels Ohrringen und ein kleines, handgemachtes, handgebundenes Buch mit Schwarz-Weiß-Fotografien und der Aufschrift »Für D. von E.«. Abbys ungeschnürte Stiefel knirschten auf den zerbrochenen Kunststoffhüllen, als sie darüberging. »Wessen kleiner Schrein ist das? Emily? Elizabeth? Komm schon, Dylan, du hast es so hingestellt, dass ich es sehen kann, also schuldest du mir auch eine Erklärung.«

»Nicht anfassen.«

»Warst du mal verheiratet? Nicht einmal das weiß ich.«

Ich nahm den Ring vom Regal und steckte ihn mir in die Tasche. »Das sind alles Sachen aus Kindertagen.« Es war eine geringfügige Vereinfachung: E. war die Ehefrau eines Freundes auf dem College, das Buch die Erinnerung an ein *Beinahe*, das in Wirklichkeit ein *Zum-Glück-nicht* war.

Mingus' Comichefte waren in einer Kiste in meinem Wandschrank, zusammen mit meinen eigenen.

Sie griff nach dem Lockenkamm. »Du hast dir schon Souvenirs von schwarzen Mädchen geholt, als du noch ein Kind warst? Das glaube ich nicht, Dylan.«

»Der ist nicht von einem Mädchen.«

»Nicht von einem Mädchen.« Sie warf den Kamm aufs Bett. »Willst du mir damit etwas sagen, das ich gar nicht wissen möchte? Oder hast du ihn bei eBay erstanden? Ist das der Kamm von Otis Redding, den jemand aus dem Flugzeug gestohlen hat? Vielleicht hat er auch einem der Bar-Kays gehört. Ich nehme an, diese *Ungewissheit* lässt dir keine Ruhe.«

Ich schlug zurück. »Und ich nehme an, ich muss mir diese Scheiße anhören, weil du dich nicht schwarz genug fühlst, Abby. Weil du als Kind in der Vorstadt auf Ponys geritten bist.«

»Nein, du musst dir das anhören, weil du denkst, das hat alles mit deiner und meiner Herkunft zu tun. Hör dir doch mal selber zu, Dylan. Was ist bloß *los* mit dir? Deine Kindheit ist eine Art unantastbares Heiligtum, in dem du die ganze Zeit lebst, anstatt hier mit mir. Denkst du, ich *weiß* das nicht?«

»Nichts ist los mit mir.«

»Stimmt«, sagte sie mit bösem Sarkasmus. »Also warum bist du so besessen von deiner Kindheit?«

»Weil …« Ich wollte ihr wirklich antworten, nicht nur, um sie zu besänftigen. Ich wollte es selbst wissen.

»Weil?«

»Meine Kindheit ...« Ich sprach bedächtig, wählte sorgfältig jedes Wort. »Meine Kindheit ist die einzige Zeit meines Lebens, die nicht, äh, von meiner Kindheit überschattet wurde.«

Überschattet – oder meinte ich *ruiniert*?

»Stimmt«, sagte sie wieder. Und wir starrten einander einen Augenblick lang an. »Vielen Dank.«

»Vielen Dank?«

»Du hast mir gerade gesagt, woran ich bin, Dylan.« Sie hörte sich traurig an, wollte nicht länger etwas beweisen. »Weißt du noch, als ich das erste Mal in diesem Haus übernachtet habe? Denkst du, da bin ich nicht hier hochgegangen und habe mir deinen Scheiß angeschaut? Denkst du, ich habe den Kamm auf deinem Regal nicht gesehen?«

»Es ist nur ein Kamm. Ich mag die Form.«

Sie ignorierte mich. »Ich habe mir gesagt, Abby, dieser Mann will dich nur wegen deiner Hautfarbe. Das war okay, ich war einverstanden damit, in die Sammlung aufgenommen zu werden. Ich mochte es, dein Nigger zu sein, Dylan.«

Das Wort stellte sich zwischen uns und gestattete mir keine Widerrede. Ich konnte es mir in einer Zeichentrick- oder Graffitischrift vorstellen, wie es in grellen Verzierungen aufleuchtete, Blitze, Sterne, Lichterkränze. Ähnlich wie bei dem Kamm, wusste ich die *Form* zu schätzen. Die meisten solcher Wörter verlieren ihren Wert, wenn sie täglich von Schuljungen jeder Hautfarbe auf der Straße hinausgeschrien oder von Liebenden wie Abigale Ponders und mir geflüstert werden. Obwohl es mehr als einmal in unserer Beziehung aufgetaucht war, besaß *Nigger* die Seltenheit eines sich selbst erneuernden Anti-Entropiemittels. Die tiefe Hässlichkeit des Wortes stand immer wieder zur Verfügung, wenn sie gebraucht wurde.

»Aber ich war nie gewillt, meiner *Stimmungen* wegen

gesammelt zu werden, Mann. Du hast meine Depression gesammelt, du hast sie gepflegt wie einen Kaktus, wie eine schmollende Katze, die du in deiner Nähe haben wolltest, um Mitleid mit ihr zu empfinden. Das hatte ich nicht erwartet. Nein, wirklich nicht.«

Abby redete mit sich selbst. Als ihr das einen Augenblick nach mir bewusst wurde, erstarrte ihr Gesichtsausdruck. »Räum dein Zimmer auf«, sagte sie nur und ging nach unten.

Ich bemerkte jetzt, dass die Hupe des Flughafenbusses schon eine Zeit lang ertönte. Mein Zimmer würde aufs Aufräumen warten müssen, und die fünf oder sechs ausgewählten CDs mussten reichen. Die Syl-Johnson-Platte *Is It Because I'm Black* war auf einen kleinen Haufen aus Discs und Kunststoff gerollt, der dort zurückgeblieben war, wo Abby eben noch gestanden hatte. Ich hob sie auf und schob sie in die Mappe.

Abby stand am Küchentisch, den einen Stiefel auf einem Stuhl, und zog die endlosen Schnürsenkel fest. Sie hatte sich bereits den afrikanisch anmutenden Schmuck in ihre Piercings gesteckt. Wenn ich nicht gewusst hätte, dass sich ihre Kommilitonen die gleiche Mühe gaben, im Seminar gut auszusehen, wäre es mir für eine Studentin wie eine absurde Maskerade vorgekommen. Allerdings stellten die Stiefel ein kleines Hindernis für einen gelungenen dramatischen Abgang dar – sie hatte sicher beabsichtigt, vor mir aus der Tür zu sein, beabsichtigt, ihre oben geäußerten Worte so stehen zu lassen.

Ich nahm die Tasche, die an der Tür stand. Als sie aufblickte, sah sie verletzt, erschüttert, schutzlos aus. Der Bus hupte erneut.

»Viel Glück heute«, sagte sie betreten.

»Danke. Ich ruf an …«

»Ich bin den ganzen Tag unterwegs.«

»Okay. Und, Abby?«

»Ja?«

»Dir auch viel Glück.« Ich wusste selbst nicht, ob ich es ernst meinte, oder, wenn dem so war, was genau ich meinte. Wünschte ich ihr viel Glück dabei, mich zu verlassen? Aber zumindest war unser widersinniger Schlusssatz vollendet, *viel Glück* allerseits. Dann war ich weg.

ZWEI

September 1999, die Jahreszeit der Angst – in drei Monaten würde der Zusammenbruch des weltweiten Computernetzes die lange Jahrhundertparty beenden. Doch während die Party zu Ende ging, gab es im Radio ein heißes neues Programm namens Jammin' Oldies. In meinem Taxi spielte Los Angeles MEGA 100, erst kürzlich nach den neuesten Trends umkonzipiert – der Song von War hieß »Why Can't We Be Friends?« –, derweil ich den Fahrer instruierte, mich zu den Universal Studios zu fahren, und wir vom LAX in den palmengesäumten, grauen Verkehrsstrom einschwenkten. Die Bäume machten einen durstigen Eindruck auf mich.

Auch San Francisco hatte einen Jammin'-Oldies-Sender. Alle Städte hatten einen, ein Gezeitenwechsel in der Bereitschaft meiner Generation, die Hitparadenstürmer unserer Jugend zu romantisieren. Alte Unterteilungen waren verwischt worden, um zugeben zu können, dass Disco nicht halb so schlimm gewesen war wie all die neuen Sachen und dass wir es angeblich schon immer geliebt hatten. Die Tanzhits von Kool & the Gang und der Gap Band, gegen die wir als Teenager angekämpft hatten, als wir deren Pulsieren in unseren Körpern leugneten, waren nun Massenware bei Hochzeiten und Mittagessen im ganzen Land; die O'Jays und Manhattans und Barry-White-Balladen, die wir so verachtet hatten, waren nun zusammen mit gut gemixten Martinis oder einem Zinfandel die Grundelemente jeder anständigen, kompetenten Verführung. Wenn es nach dem Radio ging, war ich in einer rassenblinden Utopie groß geworden. Dass am anderen Ende der Skala die Hip-Hop-Sender in strikter Quarantäne weiterhämmerten, in einer Art von Beugehaft, spielte keine Rolle. Schon gar nicht heute, nicht für jemanden, der auf dem Rücksitz eines von Nicholas M. Brawley gesteuerten Taxis durch den sonnengebleichten Smog zu einem Termin beim Chef der Stoffentwicklungsabteilung von DreamWorks befördert wurde, nein.

»Mögen Sie diesen Song?«, fragte ich Nicholas Brawleys etwa vierzigjährigen, grau gekräuselten Hinterkopf.

»Ist nicht schlecht.«

»Kennen Sie die Subtle Distinctions?«

»Sehen Sie, das ist mal gute Musik.«

Das Wachpersonal am Einfahrtstor zum Universal-Gelände wusste über meinen Termin Bescheid, sodass Brawleys Taxi durchgewunken werden konnte, um an den parkenden Jeeps, den langen fensterlosen Hangars und den Backsteinbaracken, die aussahen, als wären sie erst am Morgen errichtet worden, vorbeizugleiten. Das Gebäude von DreamWorks schien mindestens eine Meile innerhalb des Komplexes zu liegen, hinter einem baumgeschützten Parkplatz, für den man eine Spezialgenehmigung brauchte. Da keine ausgestellt worden war, setzte mich Brawley am Innentor ab.

»Haben Sie eine Karte?«, fragte ich ihn. »Ich brauche eine Rückfahrt in, ich weiß nicht – vielleicht einer Stunde?«

Er kritzelte eine Nummer auf die Rückseite seiner Firmenkarte. »Rufen Sie mich mobil an.«

Als ich den schattigen Parkplatz in Richtung Eingang überquerte, kam mir ein vornehm gekleideter Lakai entgegen, der wohl unter den Eukalyptusbäumen Pause machen wollte. In den Händen trug er einen Oscar. Die Handflächen über Sockel und Schultern der Statuette, schien er nach jemandem Ausschau zu halten, dem er ihn verleihen könnte. Ich fragte mich, ob sein Job vielleicht darin bestünde, den ganzen Tag auf dem Parkplatz herumzulaufen, um jeden Besucher auf die hiesigen Ansprüche aufmerksam zu machen.

Drinnen schickte man mich hoch, wo ich einem hübschen Mädchen mit Headset meinen Namen nannte. Sie holte mir eine Flasche Wasser, bevor sie mich in einer Flottille aus Sofas und Zeitschriften zurückließ. Dort stellte ich meine traurige kleine Reisetasche ab, raffte meine Hose, um die Beine übereinanderzuschlagen, und versuchte, neben den gerahmten, blöde grinsenden Plakaten nicht allzu demoralisiert dreinzublicken. Die Zeit verging, die Telefone klingelten, die Teppiche seufzten, jemand flüsterte um eine Ecke.

»Dylan?«

»Ja?«

Ich legte das *Men's Journal* beiseite, und ein junger Mann in einem Anzug mit scharfen Bügelfalten gab mir die Hand.

»Du bist der Musikmann – richtig?«

»Richtig.«

»Ich bin Mike. Schön, dich zu sehen. Jared beendet nur noch ein Telefonat.«

Wir gingen zu Mikes kleinem Büro, einem Durchgangszimmer, offenbar eine Probebühne für die Begegnungen mit Jared. Zuerst die Katzen-mit-den-Tatzen, dann der Kater-im-Prater. Zumindest nannten wir uns alle beim Vornamen.

»Mike?«, sagte eine Stimme durch die Sprechanlage.

»Ja.«

»Dylan kann reinkommen.«

Mike gab mir das Daumen-hoch-Zeichen, dass ich die Türschwelle zu Jareds Büro überschreiten durfte, und zwinkerte mir aufmunternd zu.

Das Zimmer geizte nicht mit hellen Erdtönen. Es gab keine Plakate, nichts, was das Auge hätte beleidigen können – wie das Sprechzimmer eines Psychiaters. Das Sonnenlicht wurde von ein paar Gummibäumen in Töpfen geteilt und warf Muster auf den Teppich. Jared stürzte hinter seinem Schreibtisch hervor. Er trug kein Jackett, war blond, dicklich, weich und eins mit seinem Körper, vermutlich ein Fitnessjunkie. Beim Stufenball hätte ich ihm trotzdem eine Abreibung verpasst.

Eine Sitzung mit Jared Orthman galt als das Nächstbeste nach einer Audienz bei Geffenberg höchstpersönlich. Tausende oder sogar Millionen von Autoren lechzten nach der Chance, die ich heute bekam. Ich hoffte, ich würde sie nicht versieben, nicht so sehr ihretwegen als im Interesse meiner verkümmerten Perspektiven und angehäuften Schulden.

»Hier, setzen wir uns hierhin.« Er führte mich vom Schreibtisch weg quer durch den Raum zu einander gegenüberstehenden Zweisitzern, der Präsentationszone. Ich stellte meine Tasche ab, die in sich zusammenfiel wie eine Claes-Oldenburg-Skulptur, was für künstlerische Impotenz im Wirtschaftsumfeld zu stehen schien. Ich wünschte mir, ich hätte meinen Discman und die Unterwäsche zum Wechseln in so etwas wie einen Aktenkoffer gepackt. Wir setzten uns, lächelten, schlugen die Beine übereinander.

Jared runzelte die Stirn. »Hast du Wasser bekommen? Hat man dir Wasser gegeben?«, fragte er besorgt.

»Ich habe es draußen stehen lassen.«

»Möchtest du etwas haben? Wasser?« Er sah aus, als wäre er sogar bereit, das Lebenselixier aus Steinen zu pressen.

»Ich möchte nichts, danke.«

»Also.« Er grinste, runzelte die Stirn, öffnete die Hände. Wir musterten einander und versuchten, freundlich zu bleiben. Jared und ich schienen ungefähr gleich alt, aber ansonsten waren wir aus entgegengesetzten Ecken des Universums zu diesem Treffen angereist. Meine schwarze Jeans war wie ein Asche- oder Kotzfleck in seiner Sahnecremewelt.

»Ich bin ein Freund von Randolph«, half ich ihm auf die Sprünge. »Von der *Weekly*.«

»Riiichtig.« Er nickte und dachte darüber nach. »Nur … wer ist Randolph?«

»Randolph Treadwell? Die *Weekly*?«

Er nickte wieder. »Ich denke, ich weiß, wen du meinst.«

»Nun, er, äh, hat das vermittelt.«

»Okay. Okay. Also, äh, was machst du in meinem Büro?«

»Wie bitte?« Die Frage kam völlig unverblümt. Ich war so perplex, als hätte er gefragt: *Warum habe ich diesen Job und nicht jemand anders? Kannst du mir das bitte erklären?*

»Einen Moment«, sagte er und hielt einen Finger in die Luft, bevor er vom Zweisitzer aufsprang. Er beugte sich über seinen Schreibtisch und drückte einen Knopf. »Mike?«

»Ja.«

»Was macht Dylan in meinem Büro?«

»Er ist der Musikmann.«

»Der Musikmann.«

»Du erinnerst dich. Er hat einen Film.«

»Aaaah.« Jetzt drehte sich Jared um und lächelte mich an. Das war ja die reinste Freude. Einen Film! Und so völlig überraschend. »Wer ist Randy Tretmühle oder so ähnlich?«, fragte er in die Sprechanlage.

»Er ist der Typ, den du kennengelernt hast, als du über die Sache geredet hast.« Klick, summ. »Auf dem Boot.«

»*Aaaah.* Okay. Okay.« Er ließ die Sprechanlage los. Hier gab es eine Hierarchie des Erinnerns, wie ich jetzt verstand. Mike erinnerte sich für Jared an die Art von Dingen, an die sich Jared früher einmal für jemand anders erinnert hatte, auf seinem Weg die Leiter hoch. Eines Tages würde auch Mike jemanden haben, der sich für ihn an Dinge erinnerte, und es stünde ihm frei, diese Fähigkeit zu verlernen.

Jared kam zum Zweisitzer zurück und zeigte wieder mit dem Finger auf mich, nur dass es jetzt ein fröhlicherer Finger war.

»Du hast einen *Film*«, sagte er warmherzig.

»Ja.«

»Genau das wollte ich hören.« Ich verstand jetzt, dass er nicht den blassesten Schimmer hatte. Ich hätte ihm eine Komödie über einen jungen Vibrafonisten der Boston Pops anbieten können, oder einen Thriller über einen Spion, der mittels Ultraschallpfiffen tötet, irgendwas, das man von einem *Musikmann* allem Anschein nach erwarten würde.

»Ich schließe meine Augen«, sagte Jared. »Das bedeutet, ich höre zu.«

Ich konnte mir in Ruhe seine gebräunten Lider ansehen, den aufgeräumten Schreibtisch, die zwillingshaften Gummibäume. Ich war anscheinend die Ameise, die das alles tragen musste.

»Dein Film handelt von …?« Dies war eine Nur-weil-meine-Augen-geschlossen-sind-heißt-das-nicht-ich-habe-viel-Zeit-Situation.

»Einer wahren Geschichte«, sagte ich.

»Okay.«

»In Tennessee …«

»*Tennessee?*« Jared öffnete die Augen.

»Ja.«

»Was ist in Tennessee passiert?«

Ich fing von Neuem an. »In den Fünfzigern gab es in Tennessee eine Gesangsgruppe, die sich die Prisonaires nannte. Weil sie im Gefängnis saßen. Aber sie machten dennoch Karriere. Sie nahmen bei Sun Records, wo auch Elvis Presley entdeckt worden war, eine Platte auf. Das ist der Name des Films – *The Prisonaires*.«

»Wusstest du, dass meine Eltern beide aus Tennessee hierhergekommen sind?« Bei ihm hörte sich das an wie von der Krim oder vom Mars. »Oder ist das bloß Zufall?«

»Das wusste ich nicht.«

»Okay. Okay. Klasse. Wie heißt er?«

»*The Prisonaires.*«

»Okay, erzähl mir mehr.«

»Lass es mich erklären.« Mir war geraten worden, alles »szenisch zu verpacken«. »Ich würde den Film im Gefängnis beginnen lassen. Der Anführer der Prisonaires heißt Johnny Bragg. Er ist der Songschreiber, der Leadsänger. Er ist seit einer Ewigkeit im Knast, seit er sechzehn war. Wegen einer an den Haaren herbeigezogenen Anklage. Also er und ein anderer Insasse sind draußen auf dem Hof, spazieren buchstäblich im Regen, und der eine sagt zum anderen: ›Wir spazieren hier im Regen, ich frage mich, was wohl die süßen Mädchen machen?‹ Und Johnny Bragg fängt an, das zu singen, ein schwermütiges kleines Lied: ›Just Walkin' in the Rain‹. Was zu ihrem ersten Hit wurde. Vielleicht könnte man es über den Vorspann legen.«

»Das erinnert mich an irgendwas.«

»Du denkst wahrscheinlich an ›Singing in the Rain‹.«

»Oh ja, sicher. *Das* hat er geschrieben?«

»Ist ein anderes Lied.«

»Okay, nur damit ich es richtig verstehe: Er sitzt zu Unrecht im Gefängnis. Wie lautet die Anklage?«

»Nun, eigentlich waren es sechs Verurteilungen wegen Vergewaltigung. Sechsmal neunundneunzig Jahre, ohne Aussicht auf Bewährung.«

»Autsch.«

»Die Cops haben ihn reingelegt. Er war ein arroganter, gut aussehender Junge, und sie hatten es auf ihn abgesehen. Sie haben ihm eine ganze Serie unaufgeklärter Vergewaltigungen angehängt.«

»Brad Pitt, Matthew McConaughey.«

»Ich habe vergessen zu sagen, dass er schwarz ist.«

»Das sind alles *Schwarze*?«

»Ja.«

»Okay.« Jared fuchtelte mit den Händen, verscheuchte widerwillig Brad Pitt aus dem Zimmer. »Fang noch mal mit Schwarzen an. Wie kommt er aus dem Gefängnis?«

»Nun, gar nicht. Ich meine, später schon, aber nicht sofort. Er gründet im Knast eine Gesangsgruppe, die Prisonaires. Das ist der Witz dabei – sie sind immer noch im Gefängnis. Zu Plattenaufnahmen und Liveauftritten werden sie rausgelassen.«

»Versteh ich nicht. Drinnen oder draußen?«

»Davon handelt der Film. Die Prisonaires waren in Tennessee so berühmt, dass der Gouverneur von beiden Seiten unter Druck gesetzt wurde – sie freizulassen oder zur Abschreckung hinter Gittern zu behalten. Ein paar wurden begnadigt, aber Bragg blieb eingesperrt. Eine große Story, voller dramatischer Höhen und Tiefen.«

»Du bringst mich aus der Fassung.«

»Tue ich das?«

»Weil wir nämlich keine Filme mit dramatischen Höhen und Tiefen machen.«

»Wie bitte?«

»Nur ein Witz, Mann.«

Es wurde immer wahrscheinlicher, dass ich mich gleich *selbst* vor dem Zweisitzer präsentieren und Jared erwürgen würde.

»Wenn ich mal ohne ständige Unterbrechungen weiterreden könnte, würdest du es auch verstehen.«

»Dylan, das ist nicht nett.«

»Es ist doch nur – ich brenne darauf, dir die Story zu erzählen.«

»Ich *mag* dich, Mister.«

Ich wartete, bis ich sicher sein konnte, dass er dem nichts mehr hinzuzufügen hatte, und sagte dann: »Danke sehr.«

»Fünf Minuten.« Er streckte seine Finger aus, um mir *Fünf* anzuzeigen, lehnte sich dann zurück und schloss wieder die Augen.

»Die Prisonaires geben eine der großen unbekannten Storys in der Geschichte der Popkultur ab«, sagte ich. Die Worte wurde mir schal im Mund, aber ich stümperte weiter. »Fünf schwarze Typen im Gefängnis in den Fünfzigerjahren, ein paar von ihnen sitzen hundertjährige Strafen ab, einige reißen weniger runter, aber alle sind Opfer von Vorurteilen und sozialer Ungerechtigkeit im Jim-Crow-Süden. Fünf Knastbrüder, die allein aus Liebe zur Musik eine Gesangsgruppe gründen. Aber sie sind so gut, dass sie es zu einem Vorsingen schaffen. Der Gefängnisdirektor erteilt ihnen eine Sondergenehmigung, sodass sie in die Sun Studios fahren können –

das ist 1953, zur selben Zeit, als ein seltsamer junger Bursche namens Elvis Presley bei Sun rumhängt und eine Session zu bekommen versucht. Aber der Star des Films ist Johnny Bragg, der Leadsänger, der Anführer der Prisonaires. Mit sechzehn Jahren wurde er verleumdet – eine Frau war sauer auf ihn und hetzte ihm die Polizei auf den Hals, vielleicht war sie eifersüchtig, weil er nichts anbrennen ließ. Sie schrie Vergewaltigung. Und die weißen Cops hängten ihm sechs Anklagen an, einfach um sie zu den Akten legen zu können. Sechs ungelöste Fälle, peng. Johnny Bragg wird zu sechshundert Jahren Gefängnis verurteilt.« Das war fast alles aus Colin Escotts Begleittext zur Prisonaires-CD geklaut oder von mir selbst auf der Grundlage einer Handvoll von Zeitungsausschnitten, die ich ausgegraben hatte, zusammengesponnen. Aber es reichte. Ich fing an, mich selbst zu inspirieren, mir fiel wieder ein, was ich ursprünglich vorhatte, das Drehbuch, das ich das ganze letzte Jahr über hätte vorbereiten und schreiben sollen. »Auf der frühmorgendlichen Busfahrt zu den Sun Studios sieht Bragg aus dem Fenster und erblickt ein leeres Autokino und er sagt: ›Hey, schau dir den verrückten Friedhof an.‹ Er ist sechsundzwanzig – seit zehn Jahren im Gefängnis.«

»Nicht so gut«, sinnierte Jared.

»Dann nehmen sie auf. Schneiden eine Single mit, A- und B-Seite. Elvis Presley ist *vor Ort*. Hängt im Studio rum. Einfach nur ein Bursche, den sie dort dulden. Er und Bragg freunden sich an – das ist übrigens alles wahr. Eine tolle Möglichkeit für einen Gastauftritt, wie damals Val Kilmer als Elvis in *Mystery Train*.«

»Habe ich nie gesehen.«

»Er ist ganz okay, kein Muss. Wie dem auch sei, Bragg und die Prisonaires nehmen eine Platte auf, zwei Seiten, und fahren zurück in den Bau. Ende der Geschichte, richtig? Außer, dass der Song ›Just Walkin' in the Rain‹ ein Hit wird. Ein Riesenhit, die Leute rufen die Radiosender an und wünschen sich ihn. In der Zwischenzeit sind die Prisonaires wieder drinnen. Sie haben keine Radios, sie bekommen nichts mit, aber dann kriegen sie auf einmal Briefe ins Gefängnis, Briefe von Fremden. Sie werden zu Stars. Und die Gefängnisleitung wird hineingezogen. Der Direktor telefoniert mit dem Gouverneur, niemand weiß, wie man mit der Sache umgehen soll, ob man es unterstützen soll, welchen Lauf man der Geschichte geben soll.«

Jared nickte und schaukelte leicht, schien zuzustimmen, vielleicht stellte er sich gerade in den Nebenrollen weiße Schauspieler vor: Gene Hackman, Martin Landau, Geoffrey Rush.

»Die Behörden entscheiden sich, den Weg der Toleranz zu gehen, und stellen die Prisonaires als leuchtendes Beispiel der Resozialisierung hin. Sie lassen sie raus zu Radioauftritten, Live-Shows, weiteren Plattenaufnahmen bei Sun. Die Anteilnahme wächst immer weiter, viele Menschen fordern ihre Begnadigung. Nicht zuletzt die Prisonaires selbst – sie nehmen einen Song auf, ›Frank Clement, He's a Mighty Man‹, der dem Gouverneur schmeichelt. Im Grunde bloß eine unverhüllte Bitte um Gnade. Doch nicht jeder ist glücklich darüber. Dieselben schweren Jungs, die Bragg schon einmal reingelegt haben, haben ihn nicht vergessen. Sie passen den richtigen Augenblick ab, warten darauf, dass die Prisonaires ins Straucheln geraten. Als die Wiederwahl des Gouverneurs ansteht, fängt die Sache an interessant zu werden. Die Prisonaires werden zum politischen Spielball. Du kannst dir die rassistischen Verstrickungen sicher gut vorstellen.«

»Ich denke da K K K, das denke ich.«

»Äh, ja. So ungefähr. Nur dass sich der Ku-Klux-Klan in den Fünfzigern in Tennessee nicht immer unbedingt hinter Masken versteckt hat, Jared.« Ich improvisierte hier ein wenig. Aber das war schon okay. Um einen Film zu drehen, musste man mit Sicherheit die Tatsachen verbiegen. Und dazu war ich hergekommen: Um diese Tatsachen in Hollywoods Ohr zu biegen. »Also steht der Gouverneur von beiden Seiten unter Druck, er hat diese Burschen ja ermutigt, hat ihnen Hoffnung gemacht. Er fasst den Plan, die Prisonaires freizulassen, und redet darüber im Radio, schlachtet es aus. Aber sein republikanischer Gegenspieler dreht den Spieß um und macht eine Schauergeschichte daraus. ›Die ehrbaren Bürger von Tennessee können bloß hoffen, dass nicht alle verurteilten Mörder singen können‹ – so einen Scheiß halt.«

»Super. Das ist ein toller Stoff.«

»Ich werde dir eine Szene beschreiben. Für mich ist es die eigentliche Schlüsselszene. Es gibt Fotografien von einem Auftritt der Prisonaires vor den ersten Begnadigungen – du musst dir vorstellen, diese Typen haben Familien, sie haben Frauen zurückgelassen, und die einzige Zeit draußen verbringen sie auf der Bühne. Sie können nicht mit ihnen *verkehren*. Es gibt wahrscheinlich an jeder Ecke der Bühne bewaffnete Wachen, oder so was in der Art. Ich hätte diese Bilder mitbringen sollen, sie werden dich umhauen, Jared.« Mit bloßer Willenskraft holte ich die Realität der Prisonaires, ihren Schweiß und ihr Leid und ihre Liebe, in dieses blasse Zimmer, in Jareds blassen Geist. Sie sollte sich dort festsetzen, wo sonst nichts hängen blieb. Ich begriff jetzt, dass ich für Präsentationen geboren war. Man hatte mich nur in dieses Zimmer vorlassen müssen. »Es ist wie mit den Beatles im Shea-Stadion, Jared. Oder wie mit Elvis. Frauen kreischen, kippen um. Aber das ist nicht einfach nur ein Haufen Teenager. Es sind die Mütter, *Groß*mütter, Tanten, Freundinnen der Prisonaires, die ihre Babys im Arm halten. Sie brechen zusammen, zerreißen ihre Taschentücher und winden sich auf dem Boden, während diese Typen singen. Die Musik ist so wunderschön, sie reißt den Leuten das Herz aus der Brust. Möglicherweise ist auch das Mädchen da, das Johnny Bragg reingelegt hat, ja, wahrscheinlich würde sie auch dort sein. Es tut ihr leid, was sie getan hat, sie ist noch immer verliebt.

Und sie steht inmitten dieser Frauen, die es einfach in *Stücke* reißt.«

»Heilige Scheiße.«

»Und das ist nur der Anfang. Als das Publikum von dieser Gefühlswelle erfasst wird, können sich auch die Prisonaires dem nicht mehr entziehen. Sie versuchen weiterzusingen, aber sie können nicht. Sie sind von diesen Frauen, von ihren *Müttern*, von jedem durch die Bühne getrennt. Und sie fangen auch an zu flennen. Sie fallen einander um den Hals, klammern sich an Mikrofone und Stühle. Versuchen, die Hände auszustrecken, aber die Wachen stoßen sie zurück. Es ist wie in, ich weiß nicht, wie in *Guernica*, Jared. Es ist eine Szene, die man nicht mehr vergisst.«

»Ich kann es förmlich sehen.« Jared schien erstaunt über seine eigene Vorstellungskraft.

»Natürlich kannst du das. Okay, also, wieder zurück: der Gouverneur. Er hört Berichte von diesen Ereignissen. Er spielt mit dem Feuer und er hat Angst, sich zu verbrennen. Also setzt er ein paar von den Typen auf freien Fuß. Dafür werden ihn wiederum seine Gegner bei lebendigem Leibe rösten, aber er lässt sie trotzdem frei. Und da steht auf einmal eine Idee im Raum. Der Gouverneur hat einen tüchtigen kleinen Gehilfen, ein Kissinger-Typ, der vorschlägt, Johnny Bragg eingesperrt zu lassen. Bragg ist derjenige, der die schwerste Strafe verbüßt, und er ist der Songschreiber, der Leadsänger – das Genie. Spalte die Band von ihm ab und möglicherweise bereitet das der ganzen Geschichte ein Ende.«

»Nein.«

»Es ist schrecklich, aber *doch*. So machen sie es. Sie begnadigen *alle vier* anderen Prisonaires, einen nach dem anderen. Alle warten darauf, dass auch Bragg rauskommt und zu ihnen stößt. Es sieht nach einem Happy End aus, aber das wäre zu schön, um wahr zu sein. Die rechten Feinde des Gouverneurs sitzen ihm im Nacken. Also setzt er sich als harter Gesetzeshüter in Szene, indem er Bragg nicht freilässt. Der Gefängnisdirektor beschneidet seine Privilegien. In der Hoffnung, dass sich die Sache ohne die Musik bald von selbst erledigt hat.«

»Mein Gott.«

Mein Gott, ja. Wo hatte ich diesen *Unsinn* ausgegraben? Ich präsentierte die Oliver-Stone-Version.

»Aber Bragg hört nicht auf, Musik zu machen. Da alle seine Prisonaires draußen sind, gründet er eine neue Gefangenengruppe, die Marigolds. Die Jahre ziehen ins Land, verstehst du. Sie quetschen das Leben aus diesem Mann. '56 nimmt Johnnie Ray eine Coverversion von ›Just Walkin' in the Rain‹ auf, und Bragg erhält einen Scheck über vierzehnhundert Dollar ins Gefängnis – er lässt ihn auf sein Gefängniskonto gutschreiben, er denkt, es sind *vierzehn* Dollar. Er hat nie in seinem Leben so viel Geld besessen. Aber er hat keine Möglichkeit, es auszugeben. Die Marigolds nehmen ein paar Stücke für Excello Records auf, aber keines schlägt richtig ein.«

»Warum denn *Marigolds*?«

»Es gab damals einen Fimmel für Blumennamen, die Clovers, die Posies, solche Namen halt. Genauso wie ein paar Jahre später jeder ein Insekt sein wollte – die Crickets, die Beatles.«

»Ah.«

»Bragg wird erst '59 begnadigt, *sechs Jahre* nach dem ersten Hit der Prisonaires. Und dann dauert es nur ein Jahr, bevor sie ihn erneut mit einer anderen Sache reinlegen. Er wird wegen Raubüberfalls und versuchten Mordes angeklagt – weil er *zwei Dollar und fünfzig Cent* gestohlen haben soll. Lächerlich. Wieder sagen weiße Frauen gegen ihn aus und behaupten, er hätte versucht, sich an ihnen zu vergreifen. Er ist eine perfekte Zielscheibe für diese Art von Anschuldigungen. Die klassische Rassenpanik, und Bragg ist deren Symbol, das bei allen Angst auslöst. Der Mann muss eine enorme Präsenz gehabt haben, einen ganz eigenen Stolz, wenn er die Straße entlanggelaufen ist, so stark, dass die weißen Behörden es

nicht dulden konnten. Sie mussten ihn einfach wieder ein-
buchten, das war ihre Art, damit zurechtzukommen.«

»Ich weiß nicht, ob dir das gefällt, aber ich stelle mir die
ganze Zeit Denzel Washington dafür vor.«

»Hör dir das an: Im selben Jahr wird Elvis Presley aus
der Armee entlassen und macht auf seiner Heimreise einen
Abstecher, um das Staatsgefängnis zu besuchen und Bragg
zu treffen. Stell dir das mal vor, derselbe seltsame Bursche,
der im Studio rumhing und die Melodien der Prisonaires
bewunderte, ist jetzt der größte Entertainer des ganzen
Planeten. Und er erinnert sich an Bragg, die Sache ist Elvis
wichtig. Der dreißigjährige schwarze Knacki und der King.
Der Besuch erregt öffentliches Aufsehen, aber nur wegen
Elvis. Niemand erinnert sich mehr an Braggs Fall, und die
Prisonaires sind in der Versenkung verschwunden. Elvis
bietet ihm an, die Kosten für einen Anwalt zu übernehmen,
aber Bragg lehnt dankend ab, er hat einen Deal ausgehandelt. Es gibt nichts Schriftliches, keinen Beweis, aber Bragg
hat dem Gefängnisdirektor versprochen, den Fall nicht
vor den Obersten Gerichtshof zu bringen, wenn er dafür
im Gegenzug innerhalb von neun Monaten freigelassen
würde.«

Ich legte eine Pause ein, um es spannender zu machen.

»Ja und?«

»Sie haben ihn weitere *sieben Jahre* festgehalten.«

»Du machst mich fertig, Dylan.«

»Es geht weiter und weiter. In den Sechzigern ruft er die
Prisonaires erneut ins Leben, diesmal mit einem *Weißen* in
der Gruppe – das Zeitalter der Integration ist mittlerweile angebrochen. Aber den anderen Gefangenen gefällt das nicht,
er wird auf dem Gefängnishof angegriffen. Später kommt er
wieder raus und heiratet eine Weiße, und die Cops nehmen
ihn fest, weil er mit ihr die Straße entlangspaziert ...«

»Hör auf, okay? Hör auf. Du brauchst mir nicht mehr zu
erzählen.«

Jared war mit der Zeit immer aufgeregter geworden, jetzt sprang er von seinem Platz hoch, riss die Augen auf und eilte zum Schreibtisch.

»Stimmt irgendwas nicht?«

»Alles ist großartig, Dylan. Es ist nur – wer weiß noch davon?«

»Du bist der Erste.« Ich nahm an, das war die Antwort, die Jared hören wollte. Überflüssig zu erwähnen, dass die Geschichte der Prisonaires bloß seit ein paarunddreißig Jahren darauf wartete, ans Licht gezerrt zu werden. Sie gehörte mir nicht. Es konnte genauso gut sein, dass ein anderer Autor gerade eine Tür weiter einen überarbeiteten dritten Entwurf seiner Version einreichte.

Ich wagte eine Frage: »Hat es dir gefallen?«

»Machst du Witze? Das ist reines Dynamit. Ich denke nur nach, okay? Ich muss nachdenken. Heute ist Freitag, richtig?«

»Äh, ja.«

»Okay, praktisch gesehen heißt das, ich werde vor Montag niemanden erreichen.«

»Ich bin nicht sicher, ob ich folgen kann.«

»Wohin fährst du von hier aus?«

Ich fürchtete, *VerbotenKon* war keine Antwort, die Jared so leicht nachvollziehen konnte. Sie war ja nicht mal für mich selbst leicht nachzuvollziehen. »Zurück in mein Hotel.«

»Verscheißer mich nicht.«

»Das tue ich nicht.«

»Denn ein Teil von mir, also wirklich, ein Teil von mir will dich nicht aus meinem Büro lassen, bis ich weiß, was wir hiermit machen, bis ich *irgendetwas* von dir habe, das ich in eine Sitzung mitnehmen kann. Und dazu das Versprechen, dass du mir nach dem Wochenende noch ein paar Tage Zeit gibst. Mindestens achtundvierzig Stunden. Möchtest du ein Taschentuch, Mister?«

»Gerne.« Mein Gesicht war tränenüberströmt nach dem Heraufbeschwören von Johnny Braggs Schicksal. Ich fragte mich, wie viele von Jareds Präsentatoren in diesem Büro geweint hatten. Letztendlich wahrscheinlich sogar alle.

Jared ließ die Box mit den Taschentüchern auf meinen Zweisitzer fallen und beugte sich dann über seinen Schreibtisch zur Sprechanlage.

»Mike?«

»Ja?«

»Mike, ich habe gerade etwas *Großartiges* gehört. Das ist es, was ich dir immer sage – du weißt nie, wie es passiert. Der Freund von irgendeinem Bootstypen kommt einfach in mein Büro marschiert, und es ist der Schriftsteller Dylan, und Dylan hat etwas wirklich Großartiges, wirklich, *wirklich* Großartiges.«

»Das ist unglaublich«, sagte Mike.

»Nein, es ist *wirklich* unglaublich.«

»Toll.«

»Mike, ich brauche Dylans Agenten, und zwar *sofort*.«

»Selbstverständlich.«

Jared wandte sich vom Schreibtisch ab. »Ich weiß, das klingt voreilig, aber ich versichere dir, Dylan, damit bekommen wir beide unsere Kinder durchs College.«

»Okay.« Ich putzte mir die Nase.

»Wenn ich diesen Film nicht machen kann, bringe ich mich um.«

»Das heißt dann wohl, dass du den Film machen musst.«

»Genau das heißt es. Heilige Scheiße.« Er war über sich selbst erstaunt, verständlicherweise. Große Ereignisse zeichneten sich ab, und er war mittendrin. »Ich brauche etwas Schriftliches.«

»Ich habe nicht viel aufgeschrieben«, redete ich mich heraus.

»Ich muss es erklären können. Ich muss es anderen Leuten verständlich machen. Ich brauche etwas Schriftliches, wie das, was du erzählt hast. Das war der Wahnsinn. Genau so muss es sein.«

»Dafür würde ich nicht lange brauchen.«

»Willst du damit sagen, dass du *gar nichts* hast?«

»Noch nicht.«

»Das ist schlecht, Dylan. Ich brauche das dringend, dringend, um es anderen zu zeigen.«

Die Sprechanlage klickte. »Jared?«

»Was?«

»Ich habe den Agenten von Dylan nicht.«

»Ich dachte, ich hätte dich gebeten, immer alle Kontaktdaten zu notieren. Weißt du noch, wie ich dir das gesagt habe?«

»Es ist mein Fehler«, soufflierte ich, um Mike in Schutz zu nehmen.

Jared ließ die Sprechanlage los. »Ich steh nicht auf Spielchen«, sagte er.

»Ich auch nicht. Nur lass mich zuerst meinen Agenten anrufen, okay?« Ich hatte weder einen Agenten noch die geringste Ahnung, wo ich einen auftreiben könnte. »Er weiß eigentlich nicht viel von der ganzen Sache.«

»Wenn du glaubst, ich lass dich mit diesem Film im Kopf aus meinem Büro spazieren, dann bist du *verrückt*. Ich brauche irgendetwas von dir, Dylan. Versuch nicht, mich abzuziehen, Mann. Das ist mein Film. Ich kann ihn *fühlen*.«

»Das ist doch großartig«, erwiderte ich und hielt die Hände hoch, in der Hoffnung, dem Wahnsinn Einhalt zu gebieten. »Wir sind beide begeistert. Sag mir einfach, was als Nächstes passieren sollte.«

»Ruf deinen Agenten von hier aus an.«

»Was?«

Er hielt ebenfalls beide Hände hoch. »Setz dich an meinen Schreibtisch. Ich verspreche, nicht zuzuhören. Ich gehe raus auf den Flur.« Er ging nervös auf und ab. »Setz dich hin und ruf ihn von hier aus an.«

»Ich …«

»Ich stell dir mein Büro zur Verfügung, Mann. Los. Setz dich.«

Widerspruch war zwecklos. Ich setzte mich auf seinen Stuhl. Er zog sich in Mikes Vorzimmer zurück, zeigte vorher aber noch hinter halb geschlossener Tür mit dem Finger auf mich. »Sag ihm, dass ich dich so lange als Geisel behalte, bis ich etwas habe, das ich in eine Sitzung mitnehmen kann.«

»Okay.«

Nachdem er die Tür geschlossen hatte, wählte ich meine Nummer. Es klingelte, bis der Anrufbeantworter ansprang, natürlich. Abby war ja in der Uni. Ich legte auf, ohne eine Nachricht zu hinterlassen, dann holte ich mein Adressbuch heraus und rief Randolph Treadwell bei der *Weekly* an. Er nahm ab.

»Hilfe«, sagte ich.

»War das Treffen schon?«

»Ich bin *mittendrin*. Er ist rausgegangen, damit ich meinen Agenten anrufen kann, nur dass ich keinen Agenten habe. Ich sitze an seinem Schreibtisch.«

»Interessant.« Randolphs Stimme klang neutral.

»Ist Jared immer so, äh, explosiv?«

»Ich kenne ihn eigentlich nicht besonders gut. Warum?«

»Er scheint zu denken, dass wir zusammen ein Baby haben werden. Ein Baby aus massivem Gold.«

»So laufen diese Dinge nun mal«, sagte Randolph unbeeindruckt. »Es ist wie mit einem Wasserhahn. Wenn du ihn aufdrehst, dann läuft es. Jetzt musst du ihn nur noch offenhalten.«

»Danke für den Ratschlag.«

»Möchtest du danach im Büro vorbeikommen? Wie lange bist du in der Stadt?«

»Ich bin mit meinem Vater verabredet, in Anaheim.«

»Was macht er denn in Anaheim?«

Jared walzte zur Tür herein. »Ich muss Schluss machen.« Ich legte den Hörer auf.

»Wie ist das Ende?«

»Wie bitte?«

»Ich habe versucht, es für Mike zusammenzukriegen, die ganze Story, die Schwarzen, der Knast, Elvis. Und ich habe vergessen, ob du mir das Ende erzählt hast.«

»Ich … glaube, wir sind nicht bis zum Ende gekommen«, sagte ich vorsichtig.

»Und?«

»Nun, Johnny Bragg war noch ein paar Mal im Gefängnis, glaube ich. Wann immer er konnte, hat er Musik gemacht. Allerdings waren keine großen Hits mehr dabei.«

»Und die Prisonaires?«

»Sie sind gestorben, glaube ich.«

»Könnte es so etwas wie ein großes *Comeback* geben?«

Ich zuckte die Schultern. *Warum nicht?* Auch wenn ich die Worte nicht über die Lippen brachte. Gab es irgendeinen Aspekt von Johnny Braggs Lebensgeschichte, den ich in meiner Präsentation nicht mit Füßen getreten hatte? Was machte da noch ein kleines Comeback aus? Oder ein großes?

»Was ist mit Elvis? Elvis spielt in der ganzen Sache eine ziemlich wichtige Rolle. Das war wirklich eine großartige Stelle, als Elvis zu Besuch kam und du geweint hast, erinnerst du dich?«

Vielleicht könnte Elvis ja zurückkommen und dem Gefängnisdirektor den Kiefer einschlagen, bevor er Bragg höchstpersönlich aus dem Gefängnis befreit. Oder die beiden, Bragg und Presley, könnten an den Füßen zusammengekettet werden und gemeinsam Steine klopfen. Der Gesang wäre jedenfalls außergewöhnlich.

»Nun, die Story hat eigentlich kein großes Ende«, sagte ich. »Es geht einfach irgendwie weiter und weiter. Ich bin aber sicher, wir finden eine gute Stelle, um sie abzuschließen. Vielleicht Johnny Bragg, der als freier Mann durchs Gefängnistor geht. Das letzte Mal.«

»Es muss gut sein.«

»Das kann gut sein.«

»Erwischen sie die Kerle, die es wirklich getan haben?«

»Was getan haben?«

»Du weißt schon, all diese Frauen umgebracht.«

»Da waren keine toten Frauen. Und es gab auch keinen großen Berufungsprozess oder so was. Irgendwann war er einfach alt, und sie haben aufgehört, auf ihm herumzuhacken, nehme ich an.«

»Wie alt?«

Ich hatte mich schon gefragt, wann das zur Sprache kommen würde. »Es könnte sogar sein, dass er noch lebt«, sagte ich. Als Colin Escott vor neun Jahren den Begleittext schrieb, hat Johnny Bragg noch gelebt und Interviews gegeben. Meine Präsentation speiste sich zur Hälfte aus seinen Anekdoten. Seit Jahren hatte ich vor, nach Memphis zu fahren und ihn selbst zu interviewen. Der Besuch hatte, mit so vielen anderen hypothetischen Projekten, auf eine Kombination wie DreamWorks und Finanzierung warten müssen. Das war zumindest meine Ausrede.

»*Er lebt?*«

»Möglicherweise.«

»*Möglicherweise?*«

Ja! Er lebt! Möglicherweise!, hätte ich am liebsten geschrien. »Er wäre jetzt über siebzig.«

»Du weißt das nicht?«

»Ich werde es herausfinden.«

»Das ist ein ernsthaftes Problem, Dylan.« Jared fuhr sich mit der Hand durchs Haar und runzelte die Stirn, geplagt von irgendwelchen Sorgen, die ich nicht nachvollziehen konnte. »Kann ich wieder an meinen Schreibtisch?«

»Was soll ich deiner Meinung nach tun?«, fragte ich ihn, als wir die Plätze tauschten.

Mit finsterer Miene lehnte er sich zurück, schlug die Beine übereinander und knetete mit zwei Fingern erst seinen Nasenrücken und dann den Unterkiefer. Er machte den Eindruck, als erholte er sich von einer Art Besäufnis, *kam runter* wie nach einem Orgasmus oder einem Zug an der

Crackpfeife. Ich fragte mich, wie oft er sich wohl einen genehmigte.

»Du bist hier einfach reingekommen und hast mir die Lebensgeschichte von jemandem präsentiert, der noch lebt«, sagte er, nicht verärgert, sondern mit tiefem Bedauern. »Tja, dafür müssten wir seine Persönlichkeitsrechte optionieren. Und das kann *sehr* heikel werden.«

»Es wäre ihm bestimmt ein Anliegen«, warf ich ein.

»Ja, ja, selbstverständlich. Aber ich bin mir nicht sicher mit dem Ende, Dylan. Ich bin nicht glücklich mit diesem Ende.«

Er redete, als sei *The Prisonaires* bereits gefilmt und geschnitten, und er hätte ihn gerade gezeigt und wäre enttäuscht. Uns blieb jetzt nur noch die traurige Aufgabe, Bilanz zu ziehen, Schadensbegrenzung zu betreiben. »Es ist so vage, er kommt raus, er muss wieder rein, die Band kommt nicht mehr zusammen. Und ich hatte die ganze Zeit erwartet, dass etwas mit dieser Frau passiert, die im Publikum, weißt du? Die, die heult.«

Unweigerlich verfiel ich in denselben absurden Tonfall. »Ich schätze, wir könnten ihn früher enden lassen. Nach der ersten Begnadigung.«

»Oh, ich bezweifle, dass das funktionieren würde.«

»Okay«, erwiderte ich hilflos.

»Hör zu, ich möchte – ich möchte niemandem von dieser Sache erzählen, bevor wir sie festgezurrt haben. Es sollte *perfekt* sein. Ein Volltreffer. Du und ich sollten beide wirklich gut über die Probleme mit dem Ende nachdenken und *nichts* unternehmen, bis wir sie geknackt haben. Wenn ich das oben vortrage, muss es absolut wasserdicht sein, verstehst du?«

»Das hört sich vernünftig an.«

»Hast du mit deinem Agenten gesprochen?«

»Er, äh, sieht das eigentlich genauso.«

»Selbstverständlich tut er das. Er weiß, wie diese Sachen laufen.«

»Also …« Ich war durcheinander. »Was passiert als Nächstes?«

»Die Frage ist, was *du* als Nächstes machst. Es liegt alles in *deinen* Händen.«

»Äh, okay.«

»Ich lasse mich nicht so leicht entmutigen, weißt du. Ich glaube an dich, Mister.«

»Danke.«

»Es gibt übrigens keinen Grund zur Eile. Das läuft uns nicht davon. Es geht weiter, wenn die Zeit reif dafür ist.«

»Okay.«

»Also, hast du einen Fahrer? Ich muss dich jetzt nämlich aus meinem Büro bitten.«

»Ich kann einen rufen …«

»Ja, aber benutz Mikes Telefon.«

Im Durchgangszimmer gab ich Mike die Karte von Nicholas Brawley und bat ihn, anzurufen.

»Jared hat es wirklich umgehauen«, flüsterte Mike und machte immer noch große Augen angesichts dessen, was ich drinnen fertiggebracht hatte.

»Ich denke, er wird sich erholen«, erwiderte ich.

Ich wartete mit meiner Reisetasche fünfzehn lange Minuten auf dem schattigen Parkplatz, bis Nicholas Brawleys Taxi wieder vor dem Tor hielt. Der Mann mit dem Oscar kam nicht zurück. Brawleys Radio war immer noch auf MEGA 100 eingestellt, und der Sender spielte meine alte Titelmelodie der ausgleichenden Gerechtigkeit, Wild Cherrys »Play That Funky Music«. Natürlich wusste der fünfunddreißigjährige Musikkritiker, was das dreizehnjährige Stück Freiwild auf der Intermediate School 293 nicht gewusst hatte: Wild Cherry bestand aus einer Horde von *Weißen*. Der Song, der auf mich wie eine Anklage meines Teenagerdaseins gewirkt hatte, war in Wirklichkeit die reumütige Selbstironisierung einer Rockband aus dem Mittleren Westen. Ich hatte mich seither viele Male gefragt, ob mir dieses Wissen geholfen hätte. Wahrscheinlich nicht. Wie dem auch sei, es erschien mir jetzt in einem anderen Licht, als wäre mir ein weiteres Stück meiner Persönlichkeit genommen worden, ausgezogen wie ein Kleidungsstück, das ich nur geliehen oder gestohlen hatte. Ich stellte vielleicht den am wenigsten überzeugenden Fall von Selbstmitleid auf dem ganzen Planeten dar. In jedem Fall den komischsten.

DREI

Abraham und Francesca standen nebeneinander in der Eingangshalle des Anaheim Marriott, unbeweglich wie eine Skulptur. Um sie herum brodelte die Eingangshalle vor Neuankömmlingen, unförmigen Reisenden in schwarzen und lilafarbenen Klamotten, die nervös nach links und rechts blickten, als machten sie sich Sorgen über den Eindruck, den sie hinterließen, während sie ihre Koffer in gehetzter Aufregung zur Rezeption rollten. Andere schlingerten oder schossen quer durch die große Eingangshalle und versammelten sich zu Vierer- oder Fünfergruppen, um sich zu umarmen oder miteinander zu reden, um Broschüren mit eingekringelten Programmpunkten zu zerknittern oder einander Anstecker und Schleifen zu überreichen, die an Hosenträgern oder Rucksackriemen befestigt wurden. Einige schlangen Sandwiches herunter und leckten sich unbewusst die fettigen Finger ab. Viele von ihnen trugen Brillen mit Kunststoffgestellen oder weiche Hüte oder Formschmuck, wieder andere T-Shirts, die stolz irgendwelchen Unsinn herausposaunten: MEHR ALS MENSCHLICH, SPENDE DEINEN KÖRPER DER PARAWISSENSCHAFT, ICH WAR EIN MILLIONÄR BIS MEINE MUTTER MEINE COMIC-SAMMLUNG WEGGEWORFEN HAT. Fotokopierte Schilder, die unelegant an Korridorwände und Glastüren geklatscht worden waren, gaben die Zimmernummern von Empfängen bekannt, machten auf spezielle Veranstaltungen aufmerksam und wiesen den Teilnehmern den Weg zum Anmeldetisch oder zur Kunstausstellung oder zur Erste-Hilfe-Station. Eingeschweißte Namensschilder waren mit TEILNEHMER oder FREIWILLIGER HELFER beschriftet. Stimmen erhoben sich und gingen unter im Geplapper der anderen – monotone Ansprachen, abgedrehtes Gelächter, verunsicherte Fragen, hysterische Begrüßungen. VerbotenKon 7 war in vollem Gange. Ich musste nur noch herausfinden, was es eigentlich war, oder mir einfach keine Gedanken darüber machen. Ich hatte nicht das Gefühl, dass ich es unbedingt wissen musste.

Francesca sah mich zuerst. »Da bist du ja!«, rief sie aus. Abraham nickte, und beide drängten in meine Richtung, als ich durch die Drehtür kam. Ich eilte ihnen entgegen, um ihnen die Mühe zu ersparen. »Du kommst zu spät!«, sagte Francesca. »Wir verpassen noch Abes *Ehrung.*«

Ich hatte versprochen, sie um drei in der Empfangshalle zu treffen – es war fast vier. Nicholas Brawley hatte gelacht und den Kopf geschüttelt, als ich ihm die Adresse nannte. »Sie hätten besser einen Wagen gemietet«, sagte er, und nachdem wir das vorstädtische Häusermeer zwischen Hollywood und Anaheim durchquert hatten, verstand ich, was er meinte. Der Fahrpreis betrug 114 Dollar. Als ich jetzt allerdings in die Empfangshalle des Kongresshotels trat, kam mir die erheblich größere geistige Distanz in den Sinn, die ich zurückgelegt hatte, als ich von Jared Orthmans Büro zu VerbotenKon gefahren war. Dafür war Brawleys Fahrpreis ein Schnäppchen.

»Dylan«, sagte mein Vater. Wir umarmten einander, und ich spürte ihn an meiner Brust seufzen. Dann wandte ich mich um und beugte mich zu Francesca, gerade noch rechtzeitig, um von ihrem schwärmenden Angriff umhüllt zu werden, aber nicht schnell genug, um absehen zu können, wo auf meiner entblößten Oberfläche der Lippenstift auftreffen würde. Er landete nordnordwest von meinem Mund, ein schiefer Schnurrbart in Dunkelrot. Ich wischte ihn mit dem Daumen weg und sagte: »Entschuldigt, dass ich so spät komme.«

Francesca trug ein schmuckloses Schildchen, während das

von Abraham ein zusätzliches lilafarbenes Band aufwies, auf dem EHRENGAST stand.

»Abraham wird im Künstlerzimmer erwartet«, sagte sie bedeutungsschwer.

»Dann führ uns hin«, erwiderte ich.

»Ist das alles, was du dabeihast?«, fragte Abraham und sah auf meine Tasche. Er schien enttäuscht zu sein. »Du bleibst doch über Nacht?«

»Selbstverständlich.«

»Du bist bereits angemeldet«, meinte Francesca. »Zelmo hat sich um alles gekümmert.« Sie wühlte in ihrer Handtasche, während wir durch die Eingangshalle gingen. »Die hier ist für dein Zimmer. Sie funktioniert wie eine Kreditkarte – du ziehst sie einfach durch. Der Schlüssel ist für die Minibar.«

»Die werde ich mir später mal vorknöpfen«, witzelte ich und nahm beides entgegen.

»Oh, dafür wirst du keine Zeit haben«, entgegnete Francesca. »Zelmo Swift, der Vorsitzende des Komitees, hat uns zum Abendessen eingeladen.« Sie drehte die Augen zum Geehrten.

»Er weiß, dass du mitkommst«, fügte Abraham hinzu. »Ich habe gefragt, und es ist kein Problem.«

»Das war albern von dir, Liebling«, sagte Francesca. »Du bist der Ehrengast, wieso sollte deine Familie nicht eingeladen sein?«

»Es ist eine Person mehr beim Essen, daher habe ich nachgefragt.« Er wandte sich zu mir. »Wir unterhalten uns dort, wenn Zelmo uns zu Wort kommen lässt. Jetzt muss ich erst mal diese Sache hinter mich bringen. Ich hoffe, es macht dir nichts aus.«

»Etwas ausmachen?«, protestierte Francesca und nahm meinen Arm. »Er wird stolz auf dich sein!«

Mein Vater hatte vierzehn Jahre lang allein gelebt, nachdem ich die Dean Street fürs College in Richtung Vermont verlassen hatte. In diesen Jahren hatte sich wenig verändert –

er hatte weiterhin Taschenbuchillustrationen gemalt, um seine Hypothek und sonstige Ausgaben zu bezahlen, und er hatte auch weiterhin jede freie Stunde des Tages und jedes Quäntchen Energie seines Körpers in seinen epischen, endlosen, ungesehenen Film gesteckt. 1989 sah er endlich die Widersinnigkeit ein, drei ganze Stockwerke nur für sich zu haben, und baute das Brownstone zu einem Zweifamilienhaus um; er fügte im ersten Stock eine zusätzliche Küche ein und vermietete das Erdgeschoss zusammen mit dem Untergeschoss an eine junge Familie. Nur das Atelier im obersten Stock blieb unberührt, die Mönchsklause, wo er die Tage mit schwarzer Farbe auf Zelluloid ausstrich. Das Viertel um ihn herum verwandelte sich nach und nach, Isabel Vendles Fluch oder Segen verwirklichte sich in zögernden Schritten. Für Abraham schlug sich das vor allem in erhöhten Grundsteuern nieder. Er hatte nie danach gefragt, was der Mietspiegel hergeben würde – die Einliegerwohnung wurde immer zu einem Spottpreis vermietet.

Es gab keine Frauengeschichten, von denen ich gehört hätte. Falls Abraham diesen Bereich seines Lebens nach Rachel auszufüllen wusste, so wusste er zumindest nicht, wie er darüber sprechen sollte. Dann war er Francesca Cassini aufgefallen, einer achtundfünfzigjährigen Empfangsdame, die bei Ballantine Books arbeitete. Dieser Mann, der stets mit seinen neuesten Umschlagentwürfen, die er in einer gekrispelten schwarzen Mappe mit schwarzen Schnüren bei sich trug, ins Büro schlurfte, dieser Mann, der stets bescheiden gekleidet in seiner Art-Students-League-Proletariertracht aus dem Fahrstuhl polterte, die Fingerspitzen leicht mit Farbe beschmutzt, das Auftreten stets sarkastisch – dieser Mann war der frisch verwitweten Frau aus Bay Ridge ins Auge gefallen. Einer Frau, die, ungeachtet ihres Namens, ihr ganzes Leben inmitten der Nachkriegsgeneration New Yorker Juden verbracht hatte. Francesca sprach wie sie und erkannte sie, wie man nur seinesgleichen erkennt. Sie hatte ihren jüdischen Ehemann sechs Monate zuvor verloren, einen erfolgreichen Buchhalter, einen Mann, den ich mir über eine lebenslange Zahlenkolonne gebeugt vorstellte, die ihm höchstwahrscheinlich ebenso lieb war, wie es der weltweit am längsten in Arbeit befindliche abstrakte Film meinem Vater war. Abraham, eine Umschlagillustrations-Berühmtheit, wegen seines bartelbyschen Verhaltens Zielscheibe unzähliger Bürowitze, hatte keine Chance. Wenn jemals ein Mann Francesca um Rettung angefleht hatte, dann war er das. Sie hatte sich ihm vorgestellt. Sie hatte sich ihm angeschlossen. Als ich eines Winters zu Besuch nach Brooklyn kam, war sie auf einmal da, war in das Haus in der Dean Street gezogen. Ich konnte mich nicht beschweren. Francesca brachte meinen Vater auf Vordermann und schien ihn, in eigentümlicher Weise, glücklich zu machen. Sie ließ ihn durch den Kontrast wieder sichtbar für sich selbst werden.

Das Künstlerzimmer war in einem kleinen Konferenzraum neben der Eingangshalle eingerichtet worden, abgeschirmt vom gewöhnlichen Publikum durch einen freiwilligen Helfer an der Tür. Atemlos erklärte Francesca, dass wir das Gefolge eines Ehrengastes seien, und wir wurden ins Allerheiligste vorgelassen. Darin standen zwei Kannen mit Kaffee und Teewasser sowie eine unterteilte Plastikschüssel voll gewürfeltem Cheddarkäse und Crackern. Zwei Helfer saßen hinter einem Tablett mit unbeschrifteten Schildchen und den passenden Ansteckern. Von ihnen verlangte Francesca einen Ausweis »für Abraham Ebdus' Sohn« und heftete das Geforderte an die Brusttasche meines Hemdes.

Es war nicht ganz klar, worauf wir warteten. Mein Vater stand konsterniert in der Mitte des Raumes, während Francesca außen um die Ecken strich.

»Mr. Ebdus?«, wagte sich einer der Helfer vor.

»Ja?«

»Die anderen Programmteilnehmer sind schon hochgegangen. Zu Ihrer Ehrung. Ich glaube, sie hat bereits begonnen.«

»*Ohne* ihn?«, empörte sich Francesca.

»Im Nebraska-Saal, glaube ich. Nebraska West.«

Wir eilten wieder hinaus. »Ich habe dir ja gesagt, wir könnten direkt hingehen«, sagte Abraham zu Francesca, als wir die breite Haupttreppe zum Zwischengeschoss hinaufstiegen.

»Zelmo hat gesagt, wir treffen uns im Künstlerzimmer.«

Abraham schüttelte nur den Kopf.

Alle bewegten sich unbeholfen in diesem Umfeld, trieben umher, als wären sie steuerlos, erhöhten dann abrupt die Geschwindigkeit, explodierten im Trippelschritt. Wenn sich Wege kreuzten, starrte man sich wütend an, murmelte etwas, wartete auf eine Entschuldigung. Wir kämpften uns durch diesen unberechenbaren menschlichen Ozean zum Nebraska Ballroom West. Ein auf die Tür geklebtes Schild kündigte die Veranstaltung mit »Die Karriere von Abraham Ebdus« an, als erklärte sich alles Weitere von selbst. Ich vermutete, dass es das auch tun würde, spätestens dann, wenn die Ehrung vorüber war.

Wir traten an der Rückseite des Saales ein. Vorne hatten bereits vier Gestalten ihre Plätze auf dem erhöhten Podium eingenommen, hinter Tischmikrofonen und tropfenden Karaffen mit Eiswasser. Das Podium war in kastanienbraunes Flaggentuch gehüllt, das farblich zur Schalldämmung an den Wänden des Saales und der dünnen Polsterung der Stapelstühle passte, die in Reihen hintereinander standen und über die ganze Breite reichten. Vielleicht fünfzig oder sechzig Leute saßen da, geduldig und respektvoll, kratzten sich, husteten, schlugen die Beine über- und untereinander, zerknitterten Papier.

»Nett von Abraham, uns mit seiner Anwesenheit zu beehren«, sagte einer der Teilnehmer mit deutlichem Sarkasmus in sein Mikrofon. Es folgte erheitertes Gelächter aus dem Publikum, dann vereinzeltes Klatschen.

»Los, hoch«, stachelte Francesca ihn an, und mein Vater gehorchte. Sie und ich nahmen direkt am Gang Platz, wobei Francesca vor Aufregung meinen Arm umklammerte.

Der Moderator, der bei unserem Eintreten den Witz gemacht hatte, war ein etwa sechzigjähriger Mann mit schütterem Haar, auf die Entfernung in erster Linie durch sein leuchtend blaues Einstecktuch von Abraham zu unterscheiden. Er stellte sich als Sidney Blumlein vor, ehemaliger künstlerischer Leiter bei Ballantine, und wenn auch nicht direkt Abrahams Entdecker, so doch zumindest sein Hauptarbeitgeber und Förderer während *des entscheidenden ersten Jahrzehnts im Werk meines Vaters*, wie er es nannte. »Ich bin auch sein Verteidiger gewesen, länger, als er Sie wissen lassen möchte«, fuhr Blumlein fort. »Ich schäme mich nicht zu sagen, dass ich seine Kunst mehr als ein Dutzend, mehr als zwei Dutzend Mal vor verlegerischen Eingriffen bewahrt habe. Und ich habe Abe auch ausgeredet, seinen ersten Hugo abzulehnen.« Wieder freundliches Auflachen im Publikum. »Aber ganz ehrlich, es war mir immer eine Ehre.«

Auch die anderen stellten sich vor: Zuerst Buddy Green, der hinter dicken Brillengläsern hervorblinzelte und nicht älter als achtzehn oder neunzehn sein konnte, Redakteur eines Online-Fanzines namens *Der Ebdussammler*, das sich dem Handel mit seltenen Originalblättern der Entwürfe meines Vaters widmete. Ich war ein paar Mal über Greens Website gestolpert, als ich den Namen Ebdus gegoogelt hatte, um meine eigenen journalistischen Arbeiten zu recherchieren. Als Nächstes kam R. Fred Vanal, ein winziges, verhutzeltes Männchen mit einem Henriquatre und Professorenbrille, Autor von achtundzwanzig Romanen, einschließlich *Neuraler Zirkus*, dem allerersten, für den mein Vater einen Umschlag gemalt hatte. Dann Paul Pflug, ein weiterer Taschenbuchillustrator, ein etwa fünfzigjähriger Motorradtyp in schwerer Lederhose und mit blondem Pferdeschwanz, die Augen hinter dunklen Sonnenbrillengläsern verborgen.

Pflug hatte sich ans eine Ende des Podiums gesetzt und einen leeren Stuhl und ein ungefülltes Wasserglas zwischen sich und Vanal freigelassen.

Die Huldigungen und Anekdoten waren nicht sonderlich interessant, sodass ich hauptsächlich meinen Vater und seine Reaktionen beobachtete. Ich konnte mich nicht entsinnen, ihn je so gesehen zu haben, auf einer Bühne, aus der Entfernung, im Angesicht der Öffentlichkeit. Das Ergebnis war eine Art von Nacktheit, die mein Vater immer gemieden hatte, wie mir jetzt klar wurde. Green sprach schwärmerisch in einem hohen Winselton und stellte Ebdus in eine Reihe mit anderen Science-Fiction-Illustratoren von Virgil Finlay bis Richard Powers – Namen, die mir rein gar nichts sagten –, und es war offenkundig, dass Abraham Gefallen daran fand, wie masochistisch das auch sein mochte. Vanal sprach mit gekränkter Eitelkeit – vielleicht wartete er selbst sehnsüchtig auf eine Podiumsdiskussion über »Das Werk von Vanal« – über Ebdus' ungewöhnlich tiefe Einsicht in die surrealistische Natur seines, Vanals, Schreibens. Und als Pflug an der Reihe war, erinnerte er sich schroff, wie er meinen Vater zu Beginn seiner Karriere kennengelernt hatte, und lobte Abrahams Ernsthaftigkeit, sein Qualitätsbewusstsein, als ein Vorbild, das den Verlauf seiner eigenen, Pflugs, Karriere beeinflusst habe.

Abraham sprach nicht, sondern nickte nur, während die anderen sich an den Mikrofonen abwechselten. Doch sein Widerwille gegen das, was Vanal und Pflug erreicht – oder verbockt – hatten, war auf schmerzhafte Weise offensichtlich. Eigentlich war nicht zu übersehen, dass *niemand* auf dem Podium Pflug mochte. Ich fragte mich, wie er überhaupt zu der Einladung gekommen war.

»Ich habe diese Geschichte schon oft erzählt«, sagte Buddy Green. »Ich versuchte damals, die Provenienz der Originale für die Belmont Specials zurückzuverfolgen – seine ersten siebzehn Gemälde. Sie waren nicht im Besitz eines der großen Sammler. Sie waren nicht im Besitz eines der kleinen Sammler. Unglücklicherweise waren sie auch nicht in *meinem* Besitz. Ich schrieb mehrmals an die Belmont-Leute, und sie behaupteten, sie wüssten nicht, wovon ich spräche. Ich dachte, sie würden *mauern*. Auch wenn ich eine lange Leitung habe, kam mir schließlich die Idee, Abraham selbst zu fragen. Und als wäre es keine große Sache, erklärte er mir, dass er sie *vernichtet* hatte. Er konnte sich nicht vorstellen, dass sich irgendjemand dafür interessierte.«

Abrahams Blick streifte über die Menge und suchte mich, wie ich mir einbildete. Ich fragte mich, wie es wohl war, mitanhören zu müssen, dass diese Bilder *seine ersten siebzehn Gemälde* genannt wurden.

»Das stimmt«, sagte Sidney Blumlein mit großer, onkelhafter Genugtuung. »Als ich ihn von Belmont abwarb, vernichtete Abe seine Arbeiten *systematisch*.«

Das provozierte Aahs und Oohs, eine Art Ehrerbietung der Zuhörer.

»Dieser Mann ist der einzige, den dein Vater respektiert«, flüsterte Francesca. »Keinen der anderen. Nicht einmal Zelmo.«

»Zelmo?«

»Der Vorsitzende. Ich meine, des Kongresses. Du wirst ihn beim Abendessen kennenlernen. Er ist ein sehr einflussreicher Anwalt.«

»Aha.«

Jetzt übernahm wieder Blumlein, den Francesca als Abrahams einzigen Freund in der Runde bezeichnet hatte, das Mikrofon. Als Moderator war es an Blumlein, dem Schweigsamen die Zunge zu lösen – einen Weg zu finden, um Abraham Ebdus dazu zu bringen, sich an seine Bewunderer zu wenden.

»Mehr als zwei Jahrzehnte lang hat Abe unserem Fachgebiet Ehre bereitet, und ich meine Ehre. Alles gut und schön. Aber an diesem Punkt der Feier gibt es keinen Grund, um den heißen Brei herumzureden – er hat das stets mit Abstand getan. Er kommt nicht von der Science-Fiction, und das hebt ihn ab von den meisten Berufskollegen bei dieser Versammlung, bei *jeder* Versammlung unseres Fachgebiets. Wir sind Fans, unser Interessengebiet hat seinen Ursprung in der Schundliteratur, wie sehr wir auch hoffen mögen, es darüber erhoben zu haben.«

Pflug grinste höhnisch. Vanal nahm eine Karaffe und füllte sein unbenutztes Glas.

Die Zuhörer waren verstummt, gaben kein zustimmendes oder beifälliges Gemurmel mehr von sich, vielleicht, weil sie sich nicht mehr sicher waren, ob alles, was sie hörten, so gut zur Stimmung eines Ehrendiners der Elch Loge passte.

»Abraham Ebdus, da sollten wir uns nichts vormachen, hatte nie ein Interesse daran, es zu *überhöhen*. Er hat bloß versucht, ein paar Dollars zu verdienen, um seine Kunst zu finanzieren – das, was er als seine wahre Kunst ansieht. Wie vielleicht einige von Ihnen, vielleicht *viele* von Ihnen wissen, ist Abe Filmemacher, ein *experimenteller* Filmemacher, getragen von einer großen Ernsthaftigkeit und Hingabe. Damit verbringt er seine Tage, wenn er keine Umschläge für Bücher malt. Es hat nichts mit Science-Fiction zu tun. Gerade das ist das Wunderbare – und der Grund, warum wir hier versammelt sind –, dass Abe durch sein *wahres* Künstlertum, mit all seiner Tiefe und Weisheit, den Büchern eine visionäre Intensität verliehen hat, die sie *tatsächlich* überhöhte. Die Schönheit und Fremdheit beinhaltete. Weil er nicht anders konnte.«

Ich merkte, wie gut Sidney Blumlein meinen Vater kannte. Er trieb Abraham in das unheimliche Licht dieses Saales voller feierlich gestimmter Gäste und köderte ihn mit der Verlockung einer Zuhörerschaft, die es *wert* war, angesprochen zu werden. Ich war mir nicht sicher, ob ich wollte, dass er Erfolg haben würde.

»Dies ist was, Abe? Dein fünftes oder sechstes Mal auf einem Kongress?« Mein Vater krümmte sich, schien sich zu wünschen, er könnte mit den Schultern antworten. Schließlich beugte er sich zum Mikrofon und sagte: »Ich habe nicht mitgezählt.«

»Als Erstes habe ich dich zu LunaKon mitgeschleift, in New York, in den frühen Achtzigern. Es hat dir nicht gefallen.«

»Nein, das war nicht nach meinem Geschmack«, sagte Abraham widerstrebend.

Die Menge kicherte.

»Und wäre es nicht fair zuzugeben, Abe, dass du die Bücher unter deinen Umschlägen so gut wie nie gelesen hast?«

Jetzt ein kollektives Luftholen.

»Oh, das habe ich nie getan«, antwortete Abraham. »Ich sage das, ohne mich zu entschuldigen. Mr. Vanal, wie war noch mal der Titel Ihres Buchs?«

»*Neuraler Zirkus*«, ergänzte R. Fred Vanal mit zusammengepressten Lippen, sodass er die Vokale verschluckte.

»Richtig, *Neuraler Zirkus*. Der Titel hat mich immer davon abgehalten. Er erschien mir, verzeihen Sie, etwas abgeschmackt. Sie sprachen von den Surrealisten – ich nehme an, Sie meinten die Dichter. Die Spuren symbolistischer Bildsprache kommen mir recht armselig vor, um die Wahrheit zu sagen. Rimbaud vielleicht? Nein, ich wurde gebeten, mir andere Welten vorzustellen, und das habe ich getan. Jede Übereinstimmung mit dem Werk ist rein zufällig.«

Ich hatte R. Freds Buch gelesen. Ich erinnerte mich an eine Truppe genetisch veränderter Akrobaten, die in einem ausgehöhlten Asteroiden hausten.

Blumlein schritt jetzt zur Rettung ein, vielleicht hatte er Mitleid mit Vanal, der auf seinem Stuhl noch kleiner geworden war. »Das ist nur eins von vielen Beispielen, denke ich, für den erweiterten Kontext, die *Gelehrtheit*, die Abe allem verleiht, was er in die Hand nimmt. Für unser Fachgebiet ist er ein vorbeiziehender Komet, den wir erfolgreich in unsere Umlaufbahn gelenkt haben. Ein Reisegefährte wie ein Stanley Kubrick oder ein Stanislaw Lem. Er verschmäht unser Vokabular selbst dann, wenn er es ganz neu erfindet, um seinem eigenen Antrieb zu genügen.«

»Ich muss hier unterbrechen, Sidney, um anzumerken, dass du die Bedeutung dessen, was ich tue, übertreibst.« Hier war ein Thema, das Abrahams Leidenschaft entfachte. »Du wirfst mit Namen um dich, Kubrick, Lem. Und Mr. Green, Gott segne ihn, wirft Virgil Finlay ein, den ich leider nie kennengelernt habe. Jetzt werfe *ich* mal mit ein paar Namen um mich. Ernst, Tanguy, Matta, Kandinsky. Hin und wieder auch der frühe Pollock oder Rothko. Wenn ich eine Sache zustande gebracht habe, dann ist es eine kleine Schule der zeitgenössischen Malerei beziehungsweise dessen, was zeitgenössische Malerei um 1950 darstellte. Die Kreuzung von spätem Surrealismus und frühem Abstraktem Expressionismus. Punkt. Es sind Ableitungen, jeder einzelne Pinselstrich. Alles Zitate. Es hat nichts mit dem Weltraum zu tun, nicht das *Geringste*. Ganz ehrlich, wenn ihr Leute euch nicht so beschränken würdet, wenn ihr wenigstens ein Mal ein Museum besucht hättet, würdet ihr wissen, dass ihr einen zweitklassigen *Dieb* ehrt.«

»Du hast bei der Pop-Art aufgehört?«, fragte Blumlein.

»Also bitte. Dafür habt ihr Mr. Pflug. Das war alles, was es *gab*, als ich mit den Umschlägen begonnen habe – Pop-Art.«

Blumlein und Ebdus wirkten mittlerweile wie eine Art Kabarettnummer, die Witze auf Kosten der Prügelknaben machten, die den Fehler begangen hatten, mit ihnen auf die Bühne zu kommen. Das Publikum verschlang die Worte geradezu.

»Trotzdem bist du hier, Abe, in unserer Mitte. LunaKon war nicht nach deinem Geschmack, aber du hast deine ganze Karriere in unserer Mitte verbracht und dein Talent mit uns geteilt. Du bist der *Ehrengast*.«

»Du willst eine Erklärung. Das ist nur recht und billig. Sie ist nicht schön. Wenn ich eine stärkere Persönlichkeit hätte, wäre ich *nicht* hier. Ich bin anfällig für Schmeicheleien, also bin ich gekommen. Meine Arbeit auf Film ist kaum bekannt. Sie ist eigentlich *unbekannt.* Ihr Leute seid sehr freundlich zu mir gewesen, zu freundlich. Ihr seid mir ans Herz gewachsen, entgegen meinem Naturell. Meine Lebensgefährtin reist gerne. Es gibt nicht die eine Erklärung, es gibt mehrere.«

»Empfindest du dich als ein Teil des Fachgebiets, mit all seinen Fehlern und Schwächen?«

Abraham zuckte die Schultern. »Es ist eine bohemehafte Halbwelt wie jede andere auch. Es gibt ähnliche Zusammenkünfte in der Welt des sogenannten experimentellen Films, aber ich habe es immer abgelehnt, hinzugehen. Ein paar Leute nehmen teil, weil sie glauben, es bringt sie weiter. Aber die Arbeit, die *wirkliche* Arbeit, findet natürlich woanders statt. Vielleicht sind die Ansprüche dort auch zu hoch für mich, also akzeptiere ich stattdessen eure Einladungen. Ich denke darüber nicht nach. Eine Veranstaltung wie diese hier ist ein Zufall, nicht unbedingt ein glücklicher. Ich kann über diese merkwürdige Sache offen gesagt nur staunen, ein ganzer Saal voll Zuhörer, um einen vergessenen Mann zu ehren, einen Niemand. Vielleicht kann ich euch aus eurem Trancezustand wecken, aber ich bezweifle es.«

Fünfzig Leute lachten in vergnügtem Wiedererkennen und brachen spontan in leichten Applaus aus. Ich hörte eine Frau in der Reihe vor mir anerkennend flüstern: »Das sagt er immer.«

»Ich schäme mich für mich selbst«, sagte mein Vater.

Der Applaus wurde stärker. Buddy Green schoss von seinem Stuhl hoch und führte das Klatschen an. Allein Pflug verweigerte sich dem Konsens und wandte sich auf seinem Stuhl ab.

»Ich habe mein Leben verschwendet.«

Das war das Letzte, was ich von meinem Vater vernahm, bevor seine Stimme in den Ovationen unterging. Ein gegenseitiger Masochismus war hier am Werk, ermöglicht durch die totale Abgeschlossenheit der Versammlung. Der *bohemehaften Halbwelt*, wie Abraham sie genannt hatte. Mein Vater war ihr Lieblingshäretiker, ihr auserwählter Prediger der verlorenen oder vergebenen Möglichkeiten. Die Art und Weise, wie er sein Scheitern zur Schau stellte, gefiel dieser Meute, und sie hatten es offenbar erwartet. Indem sie seine Verachtung wie einen Peitschenhieb auf ihren Rücken akzeptierten, konnte sich die Elch Loge von VerbotenKon 7 in ihrer unwürdigen Würde, ihrer gesunden Selbstironie und ihren erlesenen Defiziten bestätigt fühlen.

Und doch spürte ich, dass auch er eine gewissen Zuneigung empfand. Aus seinem Blickwinkel betrachtet, konnte ich sie sogar nachvollziehen. Ich dachte an »Die Glocken der Freiheit« von meinem Namensvetter – *die läuteten für die Verletzten, deren Wunden niemand mehr heilt, für die unzähligen Verwirrten und jeden, der ein ähnliches Schicksal teilt, und für jeden verzweifelten Menschen auf der ganzen weiten Welt!* Natürlich hatte ich bei der South-by-Southwest-Konferenz oder dem CMJ Music Marathon Versammlungen von Musikkritikern oder College-Radio-DJs erlebt, die genauso selbstherrlich marginal waren. Nur die Verkleidungen waren andere. Vor meinem inneren Auge blitzte die Vision einer Welt auf, die übersät war mit Kongressen, Konferenzen, »Kons« aller Art, jede ein Motor, um Minderwertigkeitsgefühle und Selbstmitleid ins Gegenteil zu verwandeln.

Die Veranstaltung war vorbei. Ein anderer Mann hatte sich den Weg nach vorne gebahnt und sich das Mikrofon links von Sidney Blumlein geschnappt. Jetzt klopfte er wiederholt darauf, um unsere Aufmerksamkeit zu erlangen. Der Neuankömmling war ebenso exzentrisch gekleidet wie alle anderen im Saal, doch mit einer völlig unterschiedlichen Wirkung. Sein frisches blaues Nadelstreifenhemd mit weißem Kragen und roter Fliege, der adrette Schnurrbart und das gegelte Haar – das alles ließ an einen republikanischen Senator denken, dessen berechnend altväterliche Wahlkampagne von dunklen und verschwiegenen privaten Kreisen finanziert wird. Seine Stimme war unglaublich laut.

»Dies ist meine erste Gelegenheit, Sie bei VerbotenKon 7 begrüßen zu können«, bellte er. »Was für ein Anfang, nicht? Mr. Ebdus ist zu bescheiden, also weise ich Sie selbst darauf hin, dass wir das besondere Privileg haben, einen Ausschnitt aus seinem Film zeigen zu können, morgen um zehn im Wyoming Ballroom B. Wirklich, verpassen Sie das nicht, es ist eine seltene Gelegenheit.«

»Der da«, flüsterte Francesca. Sie zupfte mich am Arm. »Der *liebt* deinen Vater.«

Du bist es, die ihn liebt, dachte ich, sagte es aber nicht. Du projizierst, Francesca, du siehst es überall. Neben ihr, dem Kumulus der Liebe, zu sitzen, bedeutete, von einer Wolke aus Parfum und Gefühlen umgeben zu sein. Dennoch warf ich einen Blick auf den Mann mit Fliege am Mikrofon, der die Freundin meines Vaters in solch eigentümliche Aufregung versetzt hatte.

»Einen letzten großen Applaus, Ladys und Gentlemen, für unseren künstlerischen Ehrengast, Abe Ebdus!«

Das war der erste Eindruck von dem Mann, den Francesca *Zelmo den Vorsitzenden* genannt hatte. Der einflussreiche Anwalt. Ein unwahrscheinlicher Bote für Geheimnisse, die meine ganze Existenz betrafen, und doch kannte er ein paar.

VIER

Das Restaurant, Bongiorno's, war schlecht und sich dessen nicht bewusst. Alles wurde mit einem unterdrückt aggressiven Schwung präsentiert, als hätten wir nicht genug Grips, um das oreganobeladene Knoblauchbrot, die einzelnen Schälchen für Olivenkerne, die gestärkten Servietten in unseren Weingläsern oder die unnatürliche Betonung des Kellners beim Vortragen der Tagesgerichte zu würdigen. Zelmo Swift riss die Kontrolle über die Weinkarte an sich und redete jeden mit Namen an, um sicherzugehen, dass wir die ganze Episode persönlich nahmen. »Das geht auf mich, nicht auf VerbotenKon«, betonte er. »Die würden ein gutes Essen nicht mal bemerken, wenn es sie in den Hintern beißt. Sie sind zufrieden mit dem Fraß im Hotel. Ich weiß, wie grausig diese ganze Szene werden kann, also versuche ich, die Gäste zumindest ein Mal auszuführen.«

»Wie nett«, log ich. Auch am Tisch bellte Zelmo immer noch mit entsetzlich lauter Stimme. Und er war ein Meister der plötzlichen Gesprächspause, die ihren Tribut einforderte, sein ganzes Gesicht und seine Brust platzten dann fast vor Bereitschaft fortzufahren, sobald ihm mit einem *Im Ernst?* oder *Du Teufel, du!* beigepflichtet worden war.

»Dinieren und Konversation pflegen«, sagte er jetzt. »Das *wahre* Leben. Das Hotel ist voller Mumien. Gott hab sie selig.«

Ja, und bist du nicht der König der Mumien?, hätte ich am liebsten gefragt. Aber ich verstand, dass es gerade Zelmos Erhabenheit über die Versammlung im Marriott war, die unser Abendessen bei Kerzenlicht bestätigen sollte.

»Außerdem wusste ich, dass *Madame Cassini* das beste

italienische Essen in Südkalifornien zu schätzen wissen würde.«

Francesca, die zu Zelmos Rechten saß, strahlte bei dem Kompliment. Ich war mir ziemlich sicher, dass ihr italienisches Erbe nicht viel weiter als bis zu dem Wissen um den Unterschied zwischen einer Neapolitanischen Ecke und einem Sizilianischen Stück in einer Pizzeria am Rande Brooklyns reichte. Andererseits war ich mir auch ziemlich sicher, dass dies nicht das beste italienische Essen in Südkalifornien war. Vielleicht in Anaheim.

Zelmos Aufmachung und Gebaren hatten anfänglich die Tatsache verschleiert, dass er wie ich, und wie Jared Orthman, Mitte dreißig war. Es war das zweite Mal innerhalb eines langen Tages, dass ich einsehen musste, dass meine Kleidung und Ausstrahlung, gemessen an Gleichaltrigen in anderen Berufen, nicht denen eines erwachsenen, arbeitenden Mannes entsprachen, sondern eher denen eines Tankstellengehilfen oder Obdachlosen. Die raue Glaubwürdigkeit, die mein Aufzug in meiner natürlichen Umgebung bedeutete, ließ alle Jareds und Zelmos dieser Welt kalt, für die meine altmodische Stahlgestellbrille nur hieß, dass ich mir keine Kontaktlinsen leisten konnte. In Los Angeles lauerte diese Lehre hinter jeder Ecke, vermutete ich. Anders als Berkeley, das immer noch in seiner Traumblase der Sechziger lebte.

Der Wein kam, und Zelmo probierte ihn. »Der ist es«, rief er aus. Dann vertraute er ganz speziell mir an: »Du wirst ihn *lieben*.« Anscheinend wurde dem Sohn nicht gestattet, während des Mahls deprimiert zu sein. Ich musste gewonnen werden.

Mein Vater saß neben mir, durch Francesca von Zelmo getrennt. Zwischen Zelmo und mir saß seine Begleiterin, Leslie Cunningham. Dass Leslie in ihrem grauen Kostüm einer Anwaltsgehilfin aus einer bestimmten Fernsehsendung verblüffend ähnlich sah, hinderte Zelmo nicht daran zu verkünden, dass sie tatsächlich Anwaltsgehilfin war, und zwar in Zelmos Kanzlei. Im Bongiorno's befanden wir uns jenseits der Grenzlinie der Ironie. Ich machte mir nicht die Mühe, darüber nachzudenken, was sich hinter dem engen Schnitt abzeichnete; ich weigerte mich, Zelmos Frau zu begehren. In Berkeley hätte ich sie nicht mal angeschaut, sagte ich mir. Sie hätte genauso gut Bankkassiererin oder Büroangestellte sein können, einfach eine weitere stilblinde kalifornische Blondine. Ich machte mir auch nicht die Mühe zu hinterfragen, was sie an Zelmos Seite zu suchen hatte, frei nach dem Motto, *die schönsten Dinge im Leben sind umsonst* und, genauso wahr, *das kann man getrost den Vögeln und Bienen überlassen.*

Die Frauen zu beiden Seiten wurden von Zelmos Redefluss mitgerissen. Mein Vater saß in tiefem Schweigen da. Ich nehme an, wir waren uns sehr ähnlich, nur dass er sich sein Abendessen mit zwei Jahrzehnten *Dienst fürs Fachgebiet* erarbeitet hatte. Von mir wurde erwartet, dass ich mich zumindest beeindruckt und dankbar zeigte. Es war Abrahams Markenzeichen, das hatte ich auf der Veranstaltung gelernt, dass er das nicht tun würde.

Der Sommelier füllte unsere Gläser. Ich hatte meines schon an den Lippen, als Zelmo sagte: »Einen Toast.«

»Auf dich!«, erwiderte Francesca. »Und deine Großzügigkeit!«

Zelmo schüttelte den Kopf. »*Ich* habe einen Toast. Als ich Abe einlud, der Ehrengast von VerbotenKon 7 zu sein, konnte ich nur hoffen, dass der Mann genauso wunderbar wäre wie seine Arbeit. Er ist es. Aber wie hätte ich ahnen können, dass er eine so schöne, bezaubernde Frau mitbringen würde! Francesca und Abraham, eure Geschichte rührt mich. Sich so spät im Leben gefunden zu haben.« Zelmo brüllte beinahe, als er sein Glas zur Tischmitte hin erhob. »*Auf das menschliche Herz!*« Die Gäste an den anderen Tischen blickten herüber, um zu sehen, was los war.

Wir stießen an, ein Teller mit frittierten Calamari wurde

abgestellt, und das gefeierte Paar verfiel in leise Zänkerei. Zelmo legte seinen Arm um Leslie Cunninghams Schulter und beugte sich zu mir herüber. »Wie war es, im Haus des großen Mannes aufzuwachsen?«

Der Ausdruck auf meinem Gesicht war sicher schrecklich, denn Zelmo sagte: »Du musst das nicht beantworten. Abraham ist ein harter Knochen. Aber nur so geht es auf dieser Welt voran. Zu wenig Leute wissen, was Härte ist. Niemand von denen im Hotel hat auch nur die leiseste Ahnung.« Er lachte. »Leslie hier versteht nicht, warum ich mich damit plage, Jahr für Jahr den Kongress zu veranstalten. Sie würde keinen *Fuß* dort hineinsetzen. Ist es nicht so?«

»Ich mag Science-Fiction nicht«, pflichtete sie ihm bei.

»Als ich aufwuchs, *liebte* ich sie, Honey. Ohne Ausnahme. *Krieg der Sterne, Raumschiff Enterprise*, ich habe alles verschlungen. Abraham würde das nicht gerne hören, aber es stimmt. Später habe ich Geschmack entwickelt. So läuft es nun mal, Les – er wird *entwickelt*, wie ein Film. Und bei den großen Köpfen der Branche habe ich dieselbe Härte festgestellt, die *mich* dahin gebracht hat, wo *ich* stehe. Nur dass niemand deinem Vater sechshunderttausend im Jahr zahlt – oder etwa doch?«

»Nein«, stimmte ich zu, bloß um ihn wieder loszuwerden.

»Ich wollte etwas zurückgeben. Also schuf ich VerbotenKon. Es ist mein Kind. Seit sieben Jahren. Meinst du, ich bräuchte das, mich mit dem Komitee herumzuschlagen, mit diesen Typen? Sie hassen mich, aber sie *brauchen* mich. Erst ein Abend wie der heutige wiegt die ganze Mühe auf.« Er musste mir gegenüber immer noch klarstellen, dass er sein Kind größtenteils verachtete.

»Warum eigentlich VerbotenKon?«, fragte ich.

»Es wird dir schwerfallen, das zu glauben, aber unsere Konferenz ist noch die *nobelste* von allen. Wirkliches Talent ist bei den meisten dieser Treffen unerwünscht. Dein Vater dort, das wäre Perlen vor die Säue geworfen.«

»Ich meine den Namen. Was ist verboten?«

»Er steht für alles Versteckte, Okkulte, Offenbarende. Das Außergewöhnliche, das Tabu, das selten Gesehene. Schwer fassbares oder vernachlässigtes Wissen. Mühsam angeeigneten Geschmack, wie Kaviar oder Single Malt Scotch.«

»Verstehe.«

»Außerdem ist es ein Verweis auf *Der verbotene Planet*, den großartigsten Science-Fiction-Film aller Zeiten. Viele Leute verstehen diese Anspielung.«

»Aha.«

»Ich gehe noch weiter. Denkst du, Fred Vanal ist in den letzten zwanzig Jahren auf einem Kongress gewesen? Er könnte sich nicht einmal den Eintritt leisten, geschweige denn das Flugticket. Ich habe ihn einfliegen lassen, nur damit Abe sagen konnte, er habe das Buch nie gelesen.«

»Ein peinlicher Moment«, gab ich zu verstehen.

Zelmo macht eine wegwerfende Handbewegung. »Ein Mann wie dein Vater sollte bekommen, was er sich wünscht.«

Dem konnte ich zwar nicht widersprechen, aber ich bezweifelte, dass Vanals öffentliche Bloßstellung ganz oben auf seiner Liste gestanden hatte.

»Und was machst du?«, fragte Leslie, als eine Pause entstand.

Zelmo nahm auch das in die Hand. »Dylan ist Schriftsteller«, sagte er stolz. »Ein Journalist.«

»Ich schreibe über Musik«, fügte ich hinzu. »In letzter Zeit stelle ich hauptsächlich Sampler für Remnant Records zusammen.«

Ich blickte in Leslies blaue, fragende Augen. Ich wünschte mir, ich hätte sie in einer Singlebar in meiner letzten Nacht auf der Erde getroffen, nicht bei diesem schwachsinnigen Gespräch.

»Remnant ist ein Label für Neuauflagen. Ich suche Songs zu verschiedenen Themen heraus, schreibe die Begleittexte, solche Sachen halt.«

»Gib uns ein Beispiel«, sagte Zelmo und fuchtelte generös mit seinem Weinglas herum, als würde er sein Scheckbuch herausholen und Geld lockermachen, wenn ich nur die richtigen Worte sagte. Ich war wieder in einer Präsentation gelandet.

»Na ja, von der *Falsetto-Box* habt ihr vielleicht gehört. Sie hat ziemlich viel Presse bekommen. Vier CDs mit der Geschichte des Falsetto-Souls, wie der Name schon sagt – Smokey Robinson, Curtis Mayfield, Eddie Holman. Und eher unerwartete Sachen. Van Morrison. Prince.«

»Das ist uns entgangen«, sagte Zelmo und sprach damit auch für Leslie. »Wie heißen die anderen?«

»Einige sind ziemlich kommerziell«, gab ich zu. »Remnant hängt sich gerne an Trends. Also, äh, ein Beispiel dafür ist eine CD, die *Your So-Called Friends* heißt – mit all den Songs, in denen dieser Ausdruck vorkommt.«

»Verstehe ich nicht«, sagte Leslie flach.

»Es ist eine umgangssprachliche Wendung, die in verschiedenen Liedtexten auftaucht – *sogenannte Freunde*. Wie in *Du und deine sogenannten Freunde*. Elvis singt es in ›High Heel Sneakers‹, Gladys Knight in ›Come See About Me‹, Albert King in ›Don't Burn Down the Bridge‹ und so weiter. Es ist wie ein Wortvirus, der eine bestimmte Idee oder Emotion transportiert …« Ich verstummte gekränkt.

Unsere Vorspeisen wurden serviert. »Davon möchte ich später noch mehr hören«, warnte mich Zelmo und drohte mit dem Finger.

Aber der Anwalt war zu beschäftigt damit, über das Essen der Frauen zu wachen, sodass ich seinen Fängen für den Augenblick entschlüpfte. Stattdessen wandte ich mich meinem Vater zu, und über unseren Zwillingsportionen Spaghetti mit Fleischbällchen – waren Abraham und ich demselben Instinkt gefolgt, um der aufgeblasenen Liste von Tagesgerichten mit einer einfachen Vorspeise die Luft abzulassen? – hatten wir endlich einen ruhigen Moment für uns.

»Gefällt es dir hier?«, fragte er.

»Klar. Und dir?«

Er hob nur die Augenbrauen. »Bevor ich es vergesse, da ist etwas, das du lesen solltest.« Er holte ein dreifach gefaltetes Blatt aus der Innentasche seines Jacketts und reichte es mir verstohlen auf Tischhöhe. Ich faltete es auf meinem Schoß auseinander. Es war die Fotokopie eines Artikels aus *Artforum*. »Epischer Kriechgang: Die geheime Reise eines amerikanischen Titanen«, von Willard Amato. Er begann:

Wie wahrscheinlich ist es, dass der engagierteste abstrakte Maler der Vereinigten Staaten bereits 1972 das Malen auf Leinwand aufgegeben hat? Oder 1967 zum letzten Mal ausstellte, in einer Doppelausstellung mit figurativen Arbeiten, die kaum Beachtung fand? Genauso unwahrscheinlich wie die Möglichkeit, dass der größte Avantgarde-Filmemacher unserer Zeit in seiner Heimatstadt New York niemals auch nur eine einzige Vorführung bekam, oder dass das letzte monumentale Artefakt der Moderne im Geheimen ausgeführt wird, in einem unbenennbaren Medium, während des langen Ansturms modernistischer Nachzügler. Jede dieser Unwahrscheinlichkeiten führt an denselben Ort, ein Dachgeschossatelier in Boerum Hill, Brooklyn, wo …

»Lies es später«, bat er. »Behalt die Kopie, ich habe noch mehr.«

Also gab sich der vergessene Mann, der Niemand, doch nicht so schnell zufrieden. Es war nichts Neues, dass die Ambitionen meines Vaters noch brannten, aber der Artikel war eine Überraschung. Ich stopfte ihn in meine Hosentasche.

»Sag mal, wie geht es Abby?«

»Es geht ihr gut.«

»Zu schade, dass sie nicht mitkommen konnte.« Ich sah

unseren Tisch plötzlich in einem anderen Licht: Zwei Paare und ein zerbrochenes drittes. Ich hatte keine Ahnung, wo Abby heute Abend war.

»Sie hat Unterricht«, sagte ich und hörte die Abwehrhaltung in meiner Stimme, unfähig, sie zu unterdrücken.

Francesca hörte das und verkündete: »Ich wünschte, wir hätten sie sehen können, Dylan. Sie ist solch ein nettes Mädchen.« Das ließ Zelmo und Leslie aufhorchen. »Sie ist eine Schwarze«, erklärte Francesca mit großäugiger Offenheit. Francesca und Abby hatten sich nur ein einziges Mal getroffen, als Abby und ich auf der Durchreise zu einer Musikveranstaltung in Montreal zu Besuch bei ihnen gewesen waren. »Sie sollten sie kennenlernen«, schwärmte sie Leslie vor. »Solch eine schöne *Haut*.« Francescas gute Absichten machten jedes Gespräch zunichte. Wir saßen vor der Pasta und dem Kalbfleisch wie gehorsame Soldaten.

»Noch in der Schule?«, fragte Zelmo schließlich mit heuchlerischer Anteilnahme. Ja, meine abwesende schwarze Freundin ist auch noch minderjährig. Zähl eine erwachsene, arbeitsfähige Blondine getrost zu derselben Kategorie wie Fliegen, Kontaktlinsen und Lederschuhe: Zubehör, für dessen Verwendung Dylan Ebdus noch nicht reif genug war.

»Magisterstudium«, antwortete ich. »Sie schreibt ihre Doktorarbeit.«

»Das ist ja wunderbar«, erwiderte Zelmo und ließ es wie einen Glückwunsch an Abbys gesamte Rasse klingen, dass sie sich in einer solchen Position befand. Ich begriff, dass es unmöglich war, Zelmos Gönnerschaft zu entkommen. Künstler stellten seine zerstreute, verirrte Herde dar, und er würde so vielen er konnte seine Fürsorge angedeihen lassen: ein Teller voll Fleischbällchen und ein Ticket zu Verboten-Kon. Und Schwarze waren schon per Definition Künstler.

»Liebling«, sagte Francesca zu Abraham. »Erzähl ihm von dem Vater seines Freundes.«

»Hä?«

»Dieser arme Mann in unserer Straße, Abe. Du sagtest, er würde das wissen wollen.«

Abraham nickte. »Dein alter Freund Mingus – erinnerst du dich an seinen Vater, Barry? Unseren Nachbarn?«

Barrett Rude Junior, korrigierte ich ihn stillschweigend. Francescas Logik war liebenswert simpel: *Dylan hat eine Vorliebe für Schwarze* führte schnurstracks zu *Dieser arme Mann in unserer Straße*. Ich nahm mir vor, geduldig zu sein, auch wenn mich Abrahams schwerfälliger Anfang beinahe hätte aufschreien lassen. Unser Nachbar! Mr. Rogers hat Nachbarn – wir hatten einen *Block*. Ich bin ja bloß in dem Haus *aufgewachsen*, hätte ich fast gesagt. Ich habe in meinem Begleittext für die Distinctions-Box ja bloß die Biografie dieses Mannes geschrieben. Aber Ersteres würde ich nicht sagen, weil Abraham es als Kränkung empfände. Und von Letzterem wusste er nichts, weil ich vergessen hatte, es zu erwähnen oder ihm ein Exemplar zu schicken.

Barrett Rude Junior konnte nicht tot sein, da war ich mir sicher. Davon hätte ich gehört. Der *Rolling Stone* hätte mich beauftragt, den Nachruf zu schreiben – meiner Schätzung nach würden sie um etwa vierhundert Wörter bitten.

»Seine Nieren haben versagt«, sagte Abraham nur. »Furchtbar. Sie sind mit einem Krankenwagen gekommen. Er musste an einer Maschine am Leben erhalten werden.«

Das Thema war für Zelmo Swift zu weit entfernt und vielleicht auch zu nah am Leben. Er warf ein weiteres Stichwort für Leslie und Francesca ein, und mein Vater und ich waren wieder uns selbst überlassen.

»Er ist dort wochenlang allein gewesen, lag praktisch im Sterben. Niemand in der Straße hatte die leiseste Ahnung. Er wohnt schon so lange neben uns, aber seit der Schießerei ist er nur selten aus dem Haus gegangen.«

Abraham und ich hatten nie über das gesprochen, was er *die Schießerei* nannte, weder in den zwei verbleibenden Wochen, bevor ich nach Vermont ins College abgehauen bin, noch danach. Mingus und Barrett hatten meinen Namen aus allen polizeilichen Befragungen herausgelassen. Soweit ich wusste, war meine Anwesenheit in ihrem Haus an jenem Tag vor jedermann geheim gehalten worden.

Ich entsann mich zum tausendsten Mal der großen Haufen weißen Puders – *natürlich* hatten seine Nieren versagt. Worauf hatten sie denn noch gewartet? Ich fing im Geiste an, die vierhundert Wörter zu schreiben.

»Dann ist ein Wunder passiert. Dein Freund Mingus wurde ausfindig gemacht. In einem Gefängnis im Norden. Es gab eine richterliche Verfügung, und er wurde in ein Krankenhaus gebracht, um eine Niere zu spenden.«

»*Was?*«

»Sie haben eine besondere Bestimmung angewandt – Mingus war der einzige mögliche Spender. Dadurch, dass er der Operation zustimmte, rettete er seinem Vater das Leben. Und kam zurück ins Gefängnis.«

Ich erhob mein Weinglas, ein Phantomtoast, und spülte dann den Rest hinunter. Mein Kopf wurde heiß hinter dem Glas und meine Kehle schnürte sich zu, sodass ich mich an dem Schluck Burgunder fast verschluckt hätte.

»Also ist Mingus wieder drinnen«, sagte ich.

»Dachtest du, er sei es nicht?«

»Zuletzt habe ich von Arthur gehört, er sei draußen. Aber das war vor vielleicht zehn Jahren oder mehr. Ich weiß ehrlich gesagt nicht, was ich gedacht habe.«

»Barry ist ein liebenswerter Mensch«, sagte Francesca und beugte sich im richtigen Moment herüber. »Sehr still. Ich denke, er ist furchtbar traurig.«

»Du kennst ihn?«, brachte ich heraus. Warum sollte sie nicht? Es schien nun alles gleich wahrscheinlich. Meine Brillengläser beschlugen.

Sie nickte Abraham zu. »Dein Vater und ich bringen ihm manchmal Essen. Suppe, Hühnchen, was immer wir übrig haben. Er isst nicht. Manchmal sitzt er einfach nur da, draußen auf der Treppe. Manchmal sogar im *Regen*. Die Leute im Block kennen ihn nicht. Niemand redet mit ihm. Nur dein Vater.«

»Entschuldigt mich«, sagte ich und warf meine Serviette auf meinen Stuhl. Ich schaffte es noch, die Herrentoilette zu erreichen, bevor ich anfing zu heulen oder in meine Fleischbällchen kotzte. Ich war nicht gewillt, mein neuerliches Elend vor dem Rechtsanwalt auszubreiten, der Single Malt Scotch und *Der verbotene Planet* zu schätzen wusste. Mochten meine Tränen okkult bleiben, schwer fassbar, selten gesehen, ungeeignet zur Ausstellung in Zelmos Museum des Mitleids neben R. Fred Vanal.

Dadurch, dass er der Operation zustimmte, rettete er seinem Vater das Leben. Hin und wieder, so alle zehn Jahre, wurde ich mit aller Macht daran erinnert, dass die Dean Street noch existierte. Dass Mingus Rude nicht nur eine Person war, die ich mir ausgedacht hatte. Ich nahm mir einen Augenblick lang Zeit, mich zu schämen, dann rückte ich Mingus wieder an den Platz, an dem er immer gewesen war, ob ich an ihn dachte oder nicht, zwischen Millionen von gebrochenen Männern, die nicht meine Brüder waren.

Dann ließ ich Wasser über meine Brillengläser laufen, schnäuzte mir die Nase und kehrte zum Tisch zurück, wo ich meinen Vater und Francesca während der folgenden Gänge ignorierte, obwohl sie der einzige Grund waren, aus dem ich dort war. Stattdessen gab ich wirklich mein Bestes, mich an teurem Cognac zu besaufen und Leslie Cunningham mit meinem Witz und Charme, meinen schelmischen Anspielungen zu erobern. Ich denke, ich könnte sogar Eindruck bei ihr gemacht haben, aber bei Zelmo Swift war alle Mühe vergeblich. Ich hätte sie schon auf den Tisch legen müssen, um seinen Gleichmut zu erschüttern.

Zelmo nahm mich beiseite, als wir vom Tisch aufstanden. Mein Vater war zur Herrentoilette davonmarschiert. »Du bleibst doch noch für den Film morgen?«

»Selbstverständlich.«

»Es bedeutet deinem Vater sehr viel.«

Es muss schwer sein, einen Mann mittels einer Fliege zu strangulieren. Womöglich trägt man sie deshalb. »Ich werde versuchen, mich zu benehmen«, sagte ich.

Zelmo runzelte die Stirn, als hätte er sich eigentlich keine Sorgen gemacht, müsste nun aber noch mal darüber nachdenken. »Um wie viel Uhr geht dein Flug?«

»Direkt danach.«

»Vom LAX?«

»Nein, mein Flug geht von Disneyland. Goofy Air.« Der Witz wurde mir schon im Mund schal; ich verdankte ihn einem von Abbys Witzen, vom Morgen dieses endlosen Tages.

»Haha. Ich werde dich hinfahren, wenn du erlaubst.«

Möglicherweise hatte ich mehr getrunken, als mir bewusst war, aber das hier verwirrte mich. »Ich kann ein Taxi nehmen«, sagte ich verärgert.

»Ich würde dir gerne das Geld sparen. Und wir können reden.«

Dann stand Francesca neben mir und flüsterte: »Fahr mit ihm, Dylan.«

»Worüber reden?«

»*Pssst*«, machte Francesca.

Ich lag in Unterwäsche auf einem der zwei zusammengestellten Betten des Marriott und wechselte zwischen den Kanälen hin und her, sah kopulierenden Krokodilen zu und Lenny Kravitz. Zweimal rollte ich hinüber zum Telefon und wählte meine Nummer in Berkeley; zweimal hängte ich bei meiner eigenen Ansage auf dem Anrufbeantworter wieder auf. Ich versuchte, meine Augen auf den *Artforum*-Artikel zu fokussieren.

... Ebdus weist den Vergleich mit dem an Wittgenstein erinnernden Protagonisten in Thomas Bernhards Korrektur zurück, der jahrelang im Wald an einem geheimnisvollen, uneinsehbaren »Kegel« arbeitet, genauso wie er jede konzeptuelle oder philosophische Reduzierung der im Kern materiellen, »malerischen« Natur seiner Untersuchungen ablehnt. Alles in Ebdus' Arbeit entsteht aus der rein physikalischen Natur des Pigments auf Zelluloid und des Lichtes, das durch die Linse des Projektors fällt. Einen fruchtbareren Vergleich könnte vielleicht die jahrzehntelange, meditative (um nicht zu sagen obsessive) Unternehmung des modernen Komponisten Conlon Nancarrow abgeben, der während seines unfreiwilligen Exils in Mexiko die einzigartigen kompositorischen Möglichkeiten des mechanischen Klaviers erkundete und dabei eine ebenso einmalige wie akribische Methode entwickelte, die Rollen, die die Tastatur steuern, von Hand zu stanzen. Zwei oder drei Jahre von Nancarrows Bemühungen flossen in die Produktion einer fünf- oder zehnminütigen Komposition, ein Tempo, das nur wenig langsamer ist als das von Ebdus bei seinem gemalten Film ...

Ich freute mich für meinen Vater, konnte mich aber nicht länger konzentrieren. Mein krankes Herz raste vor Aufregung. Wenn ich die Augen schloss, hatte ich das Gefühl, Mingus Rude wäre im Raum, vielleicht im zweiten Bett oder in der Badewanne. Ich borgte mir aus irgendwelchen Schauergeschichten das Bild eines in Eis gepackten Mannes, dem eine Bande von Organdieben die Niere geraubt hat. Abwechselnd dazu erwog ich trotz einer durch die Wand lärmenden und lachenden Zimmerparty sowie dem Wissen um meinen Vater in einer fünf Stockwerke höher gelegenen Suite die Möglichkeit, dass sich mein Hotelzimmer im Vakuum befand, ein plüschiger Sarkophag mit Kabelfernsehen, der im Weltall trieb. Diese zweite Halluzination ließ mich aus meinem Schlummer auf der Überdecke aufschrecken und nach dem Schlüssel für die Minibar greifen.

Ich hatte den Inhalt meiner Hosentaschen auf die Kommode entleert. Jetzt sah ich, was dort versammelt war. Neben dem Minibarschlüssel, der Zimmerkarte und einigen zerknitterten Dollars lag Aaron X. Doilys Ring. Ich hatte ihn am Morgen eingesteckt, um ihn vor Abbys Blicken zu schützen.

Ich fragte mich, ob der Ring wohl noch funktionierte und, falls dem so war, ob seine Kräfte sich wieder verändert hatten. Noch bevor ich zu einem Schluss gekommen war, zog ich mir meine Hose an, schob mir die Zimmerkarte in die Tasche und den Ring über den Finger. Barfuß überquerte ich den Teppich zur Tür und schritt hinaus auf den Flur, wo ich blinzelnd im grellen Licht stand.

Ich konnte meine Hände und Füße nicht sehen, aber ich war ja auch betrunken. Erst als die Fahrstuhltür aufging und ich ins verspiegelte Innere trat, war ich mir sicher. Ich war allein dort drinnen, und die Fahrstuhlkabine schien leer zu sein. Ich presste meine Hände an den Spiegel und hauchte darauf, sah, wie sich unsichtbare Finger in dem sichtbaren Atemhauch abzeichneten. Völlig egal, dass ich den Ring über Jahre nicht angerührt hatte: Er besaß immer noch seine Kräfte. Die auf mich übergingen, wenn ich mich entschied, ihn zu tragen.

Ich hatte mich oben scheinbar seit Stunden an meinem Elend berauscht. Also nahm ich an, dass die Eingangshalle leer sein würde. Stattdessen war sie voller brabbelnder Verbotenoider. Ebenso die Hotelbar. Ich schlich mich hinein und vermied mit Leichtigkeit die üblichen Zusammenstöße. Zehn Jahre zuvor hatte ich als Unsichtbarer Geschicklichkeit erlangt, und diese Fähigkeiten schlummerten noch in mir.

Die Kongressteilnehmer umlagerten die runden Tische in Zehner- und Fünfzehnergruppen auf zusammengerückten Stühlen. Ihre Gespräche hatten eine intensive, streitlustige

Eigenart, als käuten sie die Podiumsdiskussionen wieder. Aber sie waren menschlich, feuchtfröhlich und durchzogen von stürmischem Gelächter. Einige würden sich heute Nacht wahrscheinlich paaren wie die Krokodile. Ich war froh, dass ich unsichtbar war. Die Bar selbst, eine Insel in der Mitte, war größtenteils frei. Ich stieß am einen Ende ein Glas mit geschmolzenem Eis als Ablenkungsmanöver um, und schlich dann, als der Barmann sich hinüberbeugte, um es aufzuwischen, hinter ihn und schnappte mir eine zu einem Drittel gefüllte Flasche Maker's Mark. Als ich sie an meine Brust presste, wurde sie von meiner Durchsichtigkeit umfangen. Auf Zehenspitzen ging ich zurück durch die Eingangshalle. Paul Pflug saß dort auf einer Couch, festgenagelt zwischen zwei identisch angezogenen Frauen in Lederbustiers und hochgeschnürten Stiefeln, die denen von Abby nicht unähnlich waren. Ich prostete ihm mit der unsichtbaren Flasche zu, dann brachte ich den Whiskey hoch in mein Zimmer, um auf andere Weise unsichtbar zu werden.

Zehn war zu früh, aber zumindest war der Saal dunkel. Mein Vater verhedderte sich wütend, als er den Film in den Projektor einfädelte. Er hatte darauf bestanden, es selbst zu tun, während die beiden Hotelangestellten, die das Gerät in den Saal geschoben hatten, an die Seite verbannt worden waren. Ich saß mit Francesca in der ersten Reihe, nicht in der Lage, ganz über die Tatsache hinwegzusehen, dass nur eine verstreute Schar von fünfzehn oder zwanzig Leuten die Sitze hinter uns füllten, in einem Saal, in den hundert gepasst hätten. Das Publikum wartete geduldig, geduldiger als ich. Einige schlürften mit Strohhalmen Orangensaft aus kleinen Kartons, andere mampften Blätterteiggebäck. Zelmo war nicht in Sicht, noch nicht.

Unter meinen starren Lidern lief bereits der Film meines Katers ab. Ich hatte nur kurz geduscht und war gerade rechtzeitig aus dem Zimmer gekommen, um mich im Wyoming Ballroom B einzufinden. Ich verließ mich auf Kaffee und einen Bagel im Flugzeug sowie eine Aspirin aus Francescas Handtasche für jetzt. Meine schlaffe Tasche war wieder gepackt und unter meinen Stuhl geschoben, Aaron Doilys Ring zurück in meine Hosentasche gewandert. Die leere Flasche Maker's Mark hatte ich in der Minibar versteckt – es hatte einige Mühe bereitet, sie hineinzubekommen.

»Ich werde zwei Sequenzen zeigen«, erklärte mein Vater, nachdem er ohne Vorwarnung begonnen hatte. »Die erste geht von 1979 bis 1981 und dauert einundzwanzig Minuten. Die zweite liegt zeitlich näher, sie ist von 1998. Ungefähr zehn Minuten, glaube ich. Wenn das in Ordnung geht, werde ich alle Anmerkungen und Fragen für den Schluss aufheben.«

Niemand widersprach. Niemand außer Francesca oder mir hätte einen Grund dazu haben können. Die kleine Gemeinde eingefleischter Ebdus-Fans rutschte mit der tuschelnden Aufregung auf den Stühlen umher, die jedem Film vorangeht, selbst einem, der um zehn Uhr morgens im Wyoming Ballroom des Anaheim Marriott gezeigt wird. Sie wussten nicht, was sie erwartete.

Mir war der Film wichtig. Was blieb mir anderes übrig? Abgesehen von meinem Vater, hatte ich länger in seiner Gegenwart gelebt als jeder andere. Während meiner Kindertage war der Film eine Art verkrüppelter, stummer Gott gewesen, der oben wie ein dementer Verwandter gepflegt wurde. Ich kannte den einundzwanzigminütigen Ausschnitt von 1979–81 gut – ich war auch bei seiner einzigen anderen öffentlichen Vorführung vor vier Jahren im Pacific Film Archive in Berkeley dabei gewesen und hatte ihn in der Woche davor zweimal bei Probeläufen gesehen. Es war eine Sequenz, die Abraham als relativ fertig betrachtete. Eine Landschaft, die von einem nicht sichtbaren Mond beleuchtet wird, mit einem Horizont, der die Leinwand teilt, der Boden heller als der Himmel – obwohl Abraham die Begriffe »Landschaft«,

»Horizont« und »Boden« abgelehnt hätte. Dennoch: der Himmel grauschwarz, der Boden graugrau. Der Effekt war mehr oder weniger der von Tausenden späten Rothkos, die in der Zeit gestaffelt waren und im projizierten Licht vibrierten. Die Jahre von 1979 bis 1981 waren bloß zwei von einem halben Dutzend, in denen Abraham dieses eine Bild gemalt hatte – Schwarz und Grau, die einen heftigen Zweikampf austragen. Der Boden konnte sich heben oder leicht wogen, als hätte sich ein Ozean erhoben und Wellen geworfen. Das Schwarz konnte aus dem Himmel tropfen und kurzzeitig über die untere Hälfte laufen – die Momente, in denen das passierte, waren geprägt von einer schockierenden Unruhe in der strahlenden, tanzenden Stille. Nur einmal bewegte sich ein rot-gelber Puls wie eine verdunkelte Sonne hinter dem Schwarz und fiel dann in Stücke. Hatte Abraham in jener Woche, die schon so lange zurücklag, etwa insgeheim der Hafer gestochen? Ich hatte mich nie getraut zu fragen.

Zufällig war ich mir recht sicher, dass der einundzwanzigminütige Teil meinen einzigen Beitrag enthielt, ein einzelnes Filmbild, das ich eines Nachmittags während meines letzten Schuljahrs angefertigt hatte. Ich war nach Hause gekommen, und Abraham war nicht da, vielleicht beim Einkaufen. Später konnte ich mich an die genauen Umstände nicht mehr erinnern, nur an den Zwang, der mich ergriffen hatte, in sein Atelier zu schleichen und das Filmbild zu malen. Abrahams Pinsel waren noch feucht – er hatte gerade erst aufgehört zu arbeiten. Der leere Bildrahmen lag mittig in der Transporttrommel, und ich musste sie nur eine Position weiterdrehen, um meine Fälschung zu verbergen. Mir wurde die Gelegenheit auf dem Silbertablett serviert, dennoch hätte ich mich beinahe nicht getraut. Mit einem farbbeladenen Pinsel zitterte ich über dem Bildrahmen, ohne die Pigmente abzusetzen: die unwiderrufliche Tat. Ich hatte Angst vor der *Autorität* – nicht Abrahams, sondern meiner eigenen.

Ich malte es – trug Schwarz auf, trug Grau auf. Dann brach

ich in Angstschweiß aus und floh vom Tatort. Eine Woche lang wartete ich auf die Vorwürfe, aber sie kamen nicht. Ob ich entdeckt worden bin, würde ich wahrscheinlich nie erfahren. Meinem Vater war es absolut zuzutrauen, das gefälschte Filmbild zu entdecken und nicht darüber zu sprechen. Es entweder drinzulassen oder herauszuschneiden, ohne etwas dazu zu sagen. Mittlerweile gestattete ich mir jedoch zu glauben, er habe es dringelassen. Eine vierundzwanzigstel Sekunde in fünfundzwanzig Jahren: Meine.

Jetzt schluckte ich eine Schmerztablette von Francesca und versuchte, den Druck meines dehydrierten Gehirns auf meine Augäpfel zu ignorieren. Bis auf das knatternde Abspulen des Filmes und das Surren des Gebläses war Ruhe im Saal. Es fiel mir schwer, dem Film gerecht zu werden (wie auch immer das geht), hin- und hergerissen zwischen meinem Kater und meinem Mitgefühl für Abraham, der hinten neben dem Projektor stand und uns über die leeren Sitze hinweg beim Zuschauen zuschaute. Unmöglich, an diesem Ort nicht seine Enttäuschung in meinem Nacken zu spüren. Ich wartete auf das eine seltsame Aufflackern von Gelb und Rot: Da war es. Einundzwanzig Minuten vorbei.

»So quält dein Vater die Menschen, die ihn lieben«, flüsterte Francesca. »Indem er sie solch einer Dunkelheit aussetzt.«

Ich antwortete nicht. Ich hätte im Augenblick noch viel dunklere Dunkelheit gebrauchen können.

Der zweite Auszug war eine Überraschung. Ein Bericht von der Front: Mein Vater hatte ein grünes Dreieck mit abgerundeten Ecken entdeckt, das immer wieder vergeblich versuchte, mit einer Seite auf den gespensterhaften, verschwommenen Horizont zu fallen.

Das Dreieck nahm vielleicht ein Viertel des Raumes auf dem Bild ein. Es zitterte, neigte sich ein wenig, berührte beinahe die Erde, sprang zurück. Fortschritt war Illusion: Zwei Schritte vor, zwei Schritte zurück. Dennoch war es unmög-

lich, nicht mit ihm zu fühlen. Zu empfinden, wie es umher-
tappte, gleich einem Fuß, der nach Halt sucht. Verwegen,
zögernd, scheiternd.

Ich war unerwarteterweise bewegt, vergaß den Saal, vergaß meine Kopfschmerzen, weinte plötzlich ob der Bemühungen des Dreiecks, eine Tragödie in null Akten. Francesca
reichte mir ein Taschentuch aus ihrer Handtasche. Prisonaires, Dreiecke, ich war dieser Tage ein leichtes Opfer. Dann
war es zu Ende, und das Licht ging an. Niemand klatschte –
das Publikum hatte vergessen, wie es ging, oder vielleicht
hatte der Film in ihnen die Angst ausgelöst, ihre Hände würden sich beim Zusammenschlagen verfehlen.

Zelmo Swift tauchte vorne auf und lehrte uns, mutiger zu
sein: Man konnte tatsächlich Klatschgeräusche hervorbrin-
gen. Er führte es vor. Wir applaudierten, und mein Vater kam
nach vorne, wurde wieder vor ein Mikrofon gesetzt, obwohl
man ihn in dem spärlich besetzten Saal auch so gut hören
konnte. Die wenigen Fragen, die gestellt wurden, waren entweder zu zaghaft oder geistlos. Abraham beantwortete sie
höflich.

»Haben Sie jemals darüber nachgedacht, einen Soundtrack
hinzuzufügen?«

»Meinen Sie Dialoge? Oder Musik?«

»Äh, Musik. Man hätte dann was zum Zuhören.«

»Ja, das hätte man. Und dann, ja, dann würden wir der Musik zuhören.« Er machte eine Pause. »Darüber könnte man
nachdenken.«

Jemand anders fragte nach den Fortschritten des Filmes
seit dem zweiten Auszug. Wie sah er jetzt aus?

»Ich finde eine Paraphrasierung nahezu unmöglich. Es hat
Fortschritte gegeben. Sie würden eine oberflächliche Ähnlichkeit mit dieser Sequenz feststellen, denke ich.«

»Ist das Dreieck …« Das war es, was der Fragende tatsächlich wissen wollte. »Ist das Dreieck, äh, *tiefer*? Hat es aufgehört zu fallen?«

»Ah«, sagte Abraham. Er machte eine lange Pause. »Das Grün, ja. Es fährt in seinem Kampf fort. Mehr oder weniger so, wie Sie es gesehen haben.«

Es gab eine Stille in der Stille.

»Wird es *jemals* …?«, brachte jemand heraus. Die Frage, die jeder auf den Lippen hatte. Das unbeendete Fallen hatte viele Herzen angerührt, nicht nur meines.

»Ich möchte lieber nicht spekulieren«, sagte Abraham. »Das ist meiner Ansicht nach die tägliche Aufgabe. Die Weigerung, über die Sache zu spekulieren, ihr nur entgegenzutreten. Nur zu verstehen.«

Zelmo, der auf glühenden Kohlen saß, hielt es nicht länger aus. Er riss das Mikrofon an sich. »Mit anderen Worten, Leute, *bleibt auf Empfang*. Abraham Ebdus ist noch nicht *fertig*. Wirklich erstaunlich.« Ja, der Film war in die Verlängerung gegangen, aber Zelmo der Vorsitzende, Zelmo der Connaisseur, er war keiner dieser Banausen, die vor Spielende zum Parkplatz hechteten, nein, mein Herr.

Damit war der Bann gebrochen. Die Anhänger meines Vaters strömten aus dem Tanzsaal und konsultierten ihre Zeitpläne. Mit ein bisschen Glück saß R. Fred Vanal irgendwo im Gebäude auf einem anderen Podium. Abraham eilte nach hinten, um den Hotelangestellten davon abzuhalten, den Film unsachgemäß zurückzuspulen, und Zelmo und Francesca umringten mich wieder.

»Du musst dein Flugzeug bekommen«, sagte Zelmo gut gelaunt.

»Es ist noch genug Zeit.«

»Sicher, aber mein Wagen wartet unten. Also …«

»Du gehst besser mit, Liebster«, sagte Francesca.

Meine Sinne waren zu sehr getrübt, um mich zu wehren. Zelmo war von Natur aus ein Verbrecher, Francesca eine Verbrecherin aus Liebe, und zusammen würden sie mich im Namen der Bequemlichkeit und irgendeiner irritierenden, geheimen Tagesordnung um eine halbe Stunde in Gesellschaft meines Vaters betrügen. Er würde nach Brooklyn zurückfliegen und wieder würde ein Jahr oder Jahrzehnt vergehen. Allerdings hatte ich bisher wenig aus dem Treffen gemacht, und eine halbe Stunde im Marriott bot nicht viele Möglichkeiten, nicht mit Zelmo und Francesca und meinem Kater, die mich alle umkreisten und ihre Ansprüche anmeldeten. Ich warf mir die Tasche über die Schulter.

»Junge.«

»Dad.«

»Es war schön, dich zu sehen. Dieser ...« Er winkte ab. »Unerträglich.«

»Der neue Ausschnitt war schön.«

Er schloss die Augen. »Danke dir.«

Wir umarmten einander noch einmal, zwei Vogelmännchen, die sich kurz auf einem Ast berühren. Ich hatte zwar geduscht, roch aber schon wieder nach dem Alkohol, der sich durch meine Poren arbeitete. Ich fragte mich, ob mein Vater wohl dachte, ich sei inmitten einer Beziehungskrise oder einer Nervenkrise nach Los Angeles gekommen. Ich fragte mich, ob er recht hatte, sich das zu fragen.

Dann schmatzte ich Francescas Gesicht ab und wurde nach unten eskortiert, durch die Eingangshalle und auf den Rücksitz von Zelmo Swifts Limousine mit Chauffeur und abgetönten Scheiben.

Von dem grauen Vorort-Freeway aus war in der Ferne Disneyland zu erkennen, ein Haufen von Masten, der wie ein Schiff in dem industriellen Meer versank.

»Du kannst mich nicht leiden«, verkündete Zelmo ohne Rücksicht darauf, dass der Fahrer zuhörte. Auf dem ledergepolsterten Rücksitz blieb reichlich Platz zwischen mir und dem Anwalt. Ich nehme an, es sah aus, als wollte ich aus dem Fenster klettern.

»Was soll ich dazu sagen?« Ich brauchte einen Orangensaft, eine Zahnbürste, eine Bluttransfusion, einen Bloody Mary, Abigale Ponders, Leslie Cunningham, einen Schnauch, jemanden, der auf mich aufpasste, jeden Tag ein neues Wunder – alles Mögliche, nur keinen Moment der Wahrheit zwischen mir und Zelmo Swift. Ich brauchte einen *Lautstärkeregler* für Zelmo Swift.

»Nichts. Ich tue das aus Respekt für deinen Vater und Francesca.« Er holte einen Umschlag aus dem Jackett und legte ihn neben meine Hand.

»Was ist das?«

»Ein Zufall. Du wirst es verstehen, wenn du es dir anschaust. Ich tue alles für meine Gäste, Dylan. Was auch immer du von VerbotenKon denken magst, es ist ein Augenblick in ihrem Leben, und ich möchte, dass es ein besonderer wird. Normalerweise spielen wir eine Art ›Das ist dein Leben, Abraham Ebdus!‹ beim Samstagsbankett. Ein Überraschungsgast aus der Vergangenheit, sehr sentimental.«

Ich öffnete den Briefumschlag. Ein einzelnes Blatt, zwei getippte Absätze. Irgendeine Notiz von einem Rechtsanwaltsgehilfen, nicht unterschrieben. Nichts Offizielles, sondern trockener Juristenjargon, der offiziell klingen wollte, eine Sprache, die tot war vor Gleichgültigkeit gegenüber ihrem Inhalt.

Ebdus, Rachel Abramowitz, Verurteilung wegen Urkundenfälschung, Verschwörung, Owensville, Virginia, 18.10.78, Strafe zur Bewährung ausgesetzt. Nachfolgende Verhaftung und Anklage, Lexington, Kentucky, 9.5.79, Beihilfe zu bewaffnetem Raubüberfall; Kautionsflucht, weiterer Verbleib unbekannt; Haftbefehl ausgestellt am 22.7.79.

Und:

Ebdus, Rachel A., letzte bekannte Adresse, Feb. 75: Rural Route 8/1, Bloomington, Indiana, 44605.

»Ich hoffe, du hast nicht das Gefühl, ich hätte herumgeschnüffelt«, sagte Zelmo. »Wir haben eine exzellente Rechercheabteilung in meiner Kanzlei. Was sie entdecken, liegt nicht in meiner Macht.«

»Warum bekomme ich das zu sehen?« Was ich eigentlich meinte, war: *Warum erfahre ich das von dir? Wieso in deiner Limousine, Zelmo?*

Er verstand. »Abraham wollte, dass ich es vernichte. Es interessierte ihn nicht. Francesca hat mich im Vertrauen angesprochen.«

»Also zählt Francescas Wille mehr als der meines Vaters?«

»Sie handelt in guter Absicht, Dylan. Sie dachte, du hast ein Recht darauf.« Seine Stimme hob zu deklamatorischer Gerichtssaallautstärke an. »Du solltest nicht böse auf sie sein. Es ist nicht einfach, neu in eine Familie zu kommen und immer gleich zu wissen, was das Richtige ist.«

Ich sah wieder das Blatt an und spürte Zelmos Blick auf mir ruhen. In meiner Wut wollte ich mich auf ihn stürzen, aber ich blieb sitzen. *Verdammt, was guckst du so blöd?*, hätte ich am liebsten gefragt und ihn dann in den Würgegriff genommen.

Aber ich blieb sitzen, ein weißer Junge, der nichts herausbringt.

»Vergiss es, wenn du möchtest«, sagte Zelmo. »Ich werde die Spuren verwischen.«

»Es ist mir egal, was du tust. Nur belästige Abraham nicht noch mal damit.«

»Ganz gewiss nicht.«

Ich steckte das Blatt in den Umschlag, den Umschlag in meine Tasche. Wir verfielen in Schweigen, und Zelmo war zum ersten Mal dankbar dafür. Ich fragte mich, ob er je so wenig Anerkennung für seine vermeintliche Großzügigkeit geerntet hatte.

Dennoch war es wohl kaum seine Schuld, dass ein Mitarbeiter seiner Kanzlei mehr über mein Leben wusste als ich.

Die Spuren verwischen. Ich hatte nie versucht, das zu tun. Stattdessen hatte ich unbewusst dreißig Jahre lang in ihnen gelebt, ein Blinder, der sich einbildete, unsichtbar zu sein.

FÜNF

Vielleicht hat jedes männliche Tier eine Vorstellung, was es am Abend des Tages mit sich anfangen wird, an dem es in ein neuerlich leeres Haus zurückkehrt – in Zimmer, die, wie meine es taten, deutlich von einem eiligen und endgültigen Weggang sprechen. Vielleicht hält jeder Mann für einen solchen Moment eine tröstende, selbstverleugnende Fantasie bereit, ein Kaninchenloch, in das er sich stürzen kann. Wie auch immer, ich jedenfalls hatte eines. Ich musste mich nur ein paar Stunden auf meiner Bettcouch ausruhen, leicht vor mich hin dösen, um auf meine Chance zu warten, während draußen das Licht in den Bäumen schwächer wurde und der Trümmerhaufen von Abbys Wutanfall noch immer den Boden zu meinen Füßen zierte. Als es Nacht geworden war, brauchte ich nur mein Hemd zu wechseln, mir Wasser ins Gesicht zu spritzen und durch den kühlen Abend ein paar Blocks nach Süden zu gehen, um meinen Plan in die Tat umzusetzen. So nahe liegend war mein selbstzerstörerisches Vorhaben, so fest hatte es die ganze Zeit in meinem Hinterkopf gesessen.

Shaman's Brigadoon auf der San Pablo Avenue war in Berkeley eine Institution, ein schäbiger, posterbeklebter Blues- und-Folk-Nachtclub, in dem seit ein paarunddreißig Jahren schwarze Musiker in dunklen Anzügen, schmalen Krawatten sowie aufgepeppten Filzhüten auf einer kleinen Bühne saßen und vor einem weißen Publikum auftraten, das Baskenmützen, Feze, Ponchos und Dashikis trug. Als Musikjournalist, der Shaman's langjährigem Geschäftsführer bekannt war, konnte ich mich darauf verlassen, ohne Eintritt zu zahlen durchgewunken zu werden. Doch ich erfüllte immer den

Mindestverzehr von zwei Getränken an den Kerzen-im-Ein-machglas-Tischen – das war der Sitzplatz nahe der Bühne wert, und in letzter Zeit auch meine süße, unterschwellige Flirterei mit einer ihrer typischen drallen jungen Cocktail-kellnerinnen, einer offenherzigen, grünäugigen, raukehligen Blondine namens Katha, die scheinbar gerade erst aus Surf-city eingetroffen war.

Katha war in den späten Siebzigern geboren, aber ihr freches Grinsen, das ungezwungene Geplauder und der Schwung ihrer ausladenden Hüften, wenn sie sich mit einem Tablett bewegte, kamen alle aus dem Film noir, ob sie es wusste oder nicht. Obwohl ich sie mit den Augen verschlang, war sie die ersten Dutzend Male, die sie mich bedient hatte, nur ein ein-faches, unpersönliches Symbol sexueller Aufmunterung für mein Leben gewesen. Ich sah in ihren freundlichen Provoka-tionen nicht mehr als einen Aspekt ihrer Professionalität und gab entsprechend Trinkgeld.

Wie es schon des Öfteren der Fall bei mir gewesen ist, war es eine Frau, die meine Aufmerksamkeit auf die Existenz einer anderen lenkte. »Du und dieses Mädchen, ihr habt ja einen Riesenspaß miteinander, oder nicht?«, sagte Abby in einer Mainacht, als wir nach einem Suzzy-Roche-Konzert auf dem Heimweg waren.

»Sie hat ein Drew-Barrymore-Lächeln«, versuchte ich neckisch zu leugnen, indem ich nicht leugnete.

»Sie hat Drew-Barrymore-*Humpen*«, entgegnete Abby und schlug mir auf den Arm. Wir lachten plump-vertraulich, ermattete Kohorten meiner Selbsttäuschung. Und das war die letzte Nacht, in der Abby und ich zusammen zu einem Konzert ins Shaman's Brigadoon gegangen sind.

Bei meinem nächsten Besuch erfuhr ich Kathas Nachna-men und auch noch ein paar andere Dinge. Katha Purly sah bloß aus wie neunzehn – sie war einundzwanzig. Ungeach-tet ihres Äußeren kam sie nicht aus irgendeinem Strandort, sondern aus Walla Walla, Washington. Sie lebte das Klischee einer ehrgeizigen Sängerin und Songschreiberin, die in einem Laden kellnerte, wo sie eines Tages groß herauszukommen hoffte. Sie lebte in einer Wohngemeinschaft in Emeryville, zusammen mit zwei anderen Kellnerinnen aus dem Shaman's, die gleichzeitig mit Katha nach Süden gegangen waren. Nein, die drei waren keine Band, nur Freundinnen. Ich konnte es nicht lassen, diese Fragen zu stellen, aber nachdem ich die Antworten wusste, tat ich so, als wäre dem nicht so. Meine aufrichtige Neugier hätte fast unseren unbeschwerten, mühelosen Schlagabtausch verdorben, aber bei meinem nächsten Besuch erkämpften wir ihn uns wieder zurück. Und dabei hatten wir es belassen, bis zu dieser Nacht.

Auf der Bühne stand ein Trio afrikanischer Musiker, ein Organist, ein Xylofonist und ein Bongotrommler, angekündigt als die Kenianischen Orchestervandalen. Sie sorgten nicht gerade für Stimmung, und ich fragte mich, ob nicht ein großer Teil des Orchesters am Flughafen von Nairobi aufgehalten worden war. Es gab freie Tische in der Nähe des Podests, aber ich saß nicht so nah, wie ich gekonnt hätte. Stattdessen hatte ich mir die ruhigste Ecke in Kathas Revier ausgesucht.

»Hallöchen, Meister«, sagte sie und ließ eine Getränkekarte auf meinen Tisch fallen.

»Katha, Katha, Katha.«

»Was ist los?«

»Überhaupt nichts. Ich sage nur deinen Namen. Er hört sich eigentlich an wie ein Hecheln.«

»Wenn man ein Hund ist, schätze ich. Was trinkst du?«

Sie brachte mir einen Scotch, und ich gab vor, die Band zu bewundern. Wann immer sie in der Nähe war, machte ich Witze über Walla Walla und versuchte, sie zu einer Zigarettenpause an meinem Tisch zu bewegen. Als ich endlich Erfolg hatte, sagte ich: »Was machst du denn später so?«

»Wer, *ich*?« Kathas freudig-überraschter Tonfall war alles, was ich in Zukunft bei ihr, oder eigentlich bei allen lebenden

Menschen, auslösen wollte. Wenn zwei Körper den primitiven unheimlichen Instinkt gemeinsam empfinden, und das auch noch bevor irgendwelche Verletzungen entstanden sind, dann ist es sehr einfach, den anderen zum Lächeln zu bringen.

»Du. Du und deine sogenannten Freunde. Du und deine Verbündeten.«

Sie blinzelte. »Was ist mit dem Pferd, auf dem ich hereingeritten bin?«

»Das Pferd ganz besonders.«

»Willst du mit mir *feiern*, Dylan?«

»Ich will hören, wie du Gitarre spielst.«

Ich spürte ihr Zögern, sie wollte mir nicht in die Falle gehen. *Ich werde dir weder heute Nacht noch irgendwann sonst eine Falle stellen*, schwor ich.

»Ich habe nicht vor halb zwei Schluss«, sagte sie.

Ich zuckte die Schultern, und sie begann zu verstehen, dass ich es ernst meinte.

»Nachher schauen ein paar Leute vorbei«, sagte sie etwas vage. »Aber wenn du Lust hast vorbeizukommen, können wir ein bisschen miteinander abhängen.«

Ich interessierte mich nicht so sehr für die Kenianer, also machte ich einen Spaziergang zum Bootshafen. Mexikaner fischten bei Nacht vom Pier aus, zusammengekauert vor der gleichgültigen Silhouette der Stadt, der orwellschen Transamerika-Pyramide. Ich ging bis zum zerfallenen Ende des Piers, wo die Liebespaare spazierten, obwohl ich nicht so recht wusste, ob ich mich dazuzählen sollte.

Dann zehn Blocks zurück zum Shaman's, zu einer Seitentür, die Katha mir beschrieben hatte. Ein Rap-Beat dröhnte aus einem kleinen Gettoblaster auf einem Küchenregal und spielte Digital Undergrounds »Foghorn Leghorn«, einen Song, der zufällig einige Takte von Doofus Funkstrongs »Bump Suit« enthielt. Man konnte Barrett Rude Juniors tiefen Tenor in dem Sample stöhnen hören, wenn man genau hinhörte. Die Lampen in der Küche waren an, während die Stühle in dem dunklen Vorderraum bereits auf die Tische gedreht waren. Katha und eine ihrer Freundinnen zählten den Kassenbestand, murmelten laut Zahlen wie ein Gebet, hasteten durch ihre Arbeit. Das dritte Mädchen hatte mit einem Küchenmesser Kokain auf der Anrichte ausgelegt.

»Deirdre«, sagte das Mädchen mit dem Messer und reichte mir einen zusammengerollten Dollar. Das Haar war ihr ins Gesicht gefallen, als sie sich auf die Droge konzentriert hatte, und jetzt strich sie es zurück hinters Ohr.

»Dylan. Danke.«

»Du kennst Katha ...?« Sie ließ es offen, damit ich ergänzte.

»Nur von hier.«

»Cool.«

Deirdre vermittelte den Eindruck, schnell geschlossene Bündnisse wären für die Mädchen eine alltägliche Sache. Sie würde mir einen Platz einräumen, *dem leicht verrückten älteren Typen*, wenn ich mir selbst einen Platz einräumte. Es war hier genau wie anderswo, Gowanus, Hollywood, VerbotenKon 7, andere Geheimzonen der Zugehörigkeit. Die Eintrittspunkte zwischen den Zonen sind so lange versteckt, bis sie es nicht mehr sind, bis sie so offensichtlich werden wie eine erleuchtete Küchentür in der Seitengasse eines Clubs, hinter der drei junge Frauen aus Walla Walla die Trinkgelder eines Abends zusammenwerfen. Und wie so oft in meiner Vergangenheit wurde der Übergang zwischen ihnen mit Alkohol oder Marihuana oder Kokain erleichtert, dieser Grenzmedizin. Eine Line, Mr. Leicht Verrückt Älter? *Selbstverständlich* hätte ich gern eine Line und bitte auch eine zum Überschreiten. Wie hätte ich dieses Wochenende hinter mich bringen können, *ohne* Barrett Rude Juniors Droge zu nehmen? Ohne es zu wissen, war es genau das, wozu ich hergekommen war. Nicht, dass ich Katha nicht begehrte. Ich begehrte sie sogar sehr, aber mir war bewusst geworden, dass der Preis dafür eine Nachschulung in der Vorläufigkeit meines Seins beinhalten würde, in der Flüchtigkeit meiner Illusion von Selbstkontrolle. Und ich begehrte ebenso sehr, diesen Preis zu zahlen, wie ich Katha selbst begehrte.

»Schreibst du wirklich für den *Rolling Stone*?«

»Habe ich.«

»Wen hast du alles kennengelernt?«

»Hä?«

»Na, hast du jemals Sheryl Crow kennengelernt?« Die Fragen waren flach, schamlos.

»Nein.«

»R.E.M.?«

»Ich war einmal bei R.E.M. hinter der Bühne, im Oakland Coliseum.« Wie sollte ich erklären, dass ich die ganze Zeit damit verbracht hatte, mit den dBs zu reden – der Vorgruppe?

»Wie sind sie so?«

»Nun, Michael Stipe hing nach dem Konzert an einem Sauerstoffgerät.«

»Wahnsinn.«

Katha saß am Steuer ihres Ford Falcon, Deirdre vorne neben ihr. Ich wurde von Jane, der dritten und jüngsten, auf dem Rücksitz ausgefragt, während wir auf der San Pablo Avenue nach Emeryville hineinsausten. Eine Tüte mit Flaschen aus dem Shaman's stand zwischen uns auf dem Sitz. Die Geschwindigkeit, die Gesellschaft der Mädchen, die so ungestüm waren wie Frank Sinatra und Gene Kelly in *Urlaub in Hollywood*, sowie die aufschlussreichen Sperrstundenansichten der Straßen, denen ich tagsüber gar keine Beachtung schenkte, dies waren die Gifte, von denen ich ebenso berauscht war wie vom Kokain. Oder zumindest konnte ich meine anderen Nervenkitzel nicht von der Wirkung der Droge unterscheiden. Katha hatte vorhin in der Küche des Shaman's nicht direkt mit mir gesprochen, hatte bloß mit einem gequälten Begrüßungslächeln den zusammengerollten Dollar von mir entgegengenommen, bevor sie selbst eine Line zog. Und sie ignorierte mich auch im Wagen, überließ mich ganz Janes Fragen. Das war ein weiterer Nervenkitzel. Das Schweigen schien zu bestätigen, dass wir einen Schritt nach vorn gemacht hatten. Dass wir uns diese Nacht bereits verdient hatten. Wir konnten das Geplänkel fürs Erste ruhen lassen.

Wir hielten vor einem großen, dreistöckigen viktorianischen Haus mit Ecktürmchen, das von der Straße zurückgesetzt war und dessen verwilderten Vorgarten ein niedriger weißer Zaun umgab. Nackte Glühbirnen und weiße Wände voller Poster leuchteten hinter den Gardinen aus Bettlaken und Hippiestoffen, sodass die Wohngemeinschaft aus den zweigeschossigen Schuhschachteln, die zu allen Seiten schlummerten, hervorstach wie eine Piñata. Unter den Wagen, die auf der Straße parkten, waren zwei, die nirgendwo mehr hinfuhren, und einer, der aussah, als wohnte jemand darin. Nachdem meine Augen sich fokussiert hatten, konnte ich einen Schwarzen in einem weißen Unterhemd erkennen, der unter dem Vordach des benachbarten Apartments in einem Gartenstuhl saß und eine Papiertüte um eine Flasche aufknitterte. Sein Blick folgte teilnahmslos der stotternden Einfahrt des Falcon in die Gasse neben der Wohngemeinschaft.

»Willst du Matt kennenlernen?«, fragte Jane, während Katha parkte.

»Das ist nur ihre höfliche Art, Auf Wiedersehen zu sagen«, sagte Deirdre von vorne. »Jane und Matt ficken so ziemlich die ganze Zeit miteinander.«

»*Halt den Mund!*«, erwiderte Jane und schlug Deirdre auf den Kopf.

»Du kannst es nicht abstreiten, du weißt doch, dass es stimmt.«

Auf der Veranda lächelte mich Katha wieder an, als wüsste sie, dass sie es mit einem Mann im Trancezustand zu tun hatte. »Geh vor«, sagte sie. »Mein Zimmer ist im ersten Stock. Du wirst es schon finden.«

Jane und Matt wohnten im Dachgeschoss, das nur mit einer Leiter erreichbar war. Als Jane nach ihm rief, spähte Matt mit blanker Brust über den Rand der Luke. Trotz eines Jesusbarts sah er nicht älter aus als neunzehn.

»Hey«, sagte er.

»Dylan kennt R.E.M.«, rief ihm Jane zu. »Er ist ein Freund von Katha.«

»Cool«, erwiderte Matt blinzelnd und wartete darauf zu ficken, wenn ich Deirdre glauben wollte.

»Okay, tschüss«, sagte Jane zu mir, jetzt zum ersten Mal schüchtern. Dann kletterte sie die Leiter hinauf wie ein Eichhörnchen.

Ich drehte mich um und ging die mehr als baufällige Treppe hinunter, die von einer nackten violetten Glühbirne erleuchtet wurde. Hinter verschiedenen Türen sickerte Musik hervor, und die Luft des Hauses war voller muffiger Gerüche – Wäsche, Zigaretten, abgestandenes Bier. Das war meine Chance: Ich hätte mich am ersten Stock vorbei nach draußen schleichen und ein Taxi nach San Pablo nehmen können. Ich tat es nicht.

Die beiden Zimmer von Katha bildeten auf der Rückseite des ersten Stocks eine Suite, und mit ihren eingebauten Sitznischen in den Erkerfenstern sowie den Stuckdecken und dem Fischgrätenparkett wären es prächtige Räume in einem prächtigen Haus gewesen, wenn es irgendwo anders als in Emeryville gestanden hätte. So aber war die Decke wasserfleckig, das Parkett verzogen, und ich war mir sicher, der Vermieter war dankbar dafür, überhaupt Mieter in dem Haus zu haben, auch wenn sie hauptsächlich Weihnachtslichterketten zur Beleuchtung verwendeten. Kathas Gitarrenkasten lehnte neben einem CD-Gettoblaster an der Wand; in einem Wandschrank ohne Regalbretter und Türen türmte sich Kleidung. Das kleinere Zimmer war bis auf eine einzelne, mit einem Dekostoff drapierte Matratze leer. Es hing rein gar nichts an den Wänden.

Im Hauptzimmer kniete Deirdre auf dem Boden und zerhackte noch mehr Koks, jetzt mit einer abgeklebten Klinge auf einem Spiegel. Katha zog sich in einen der Erker zurück und sprach murmelnd am Telefon, zu leise, um es in dem Gesang von Beck zu hören. Ein weiteres Pärchen saß mit angewinkelten Beinen auf einem Futon vor der Wand, ein hellhäutiger Schwarzer mit einem riesigen Afro, dünnem Bart und sanften Augen sowie seine Freundin, eine etwas älter aussehende Frau mit struppigem, kurzem, schwarz gefärbtem Haar, die, wenn sie sprach, verwirrenderweise einen deutschen Akzent vernehmen ließ. Hingelümmelt auf einem Schmetterlingsstuhl saß ein mexikanisch aussehender Teenager, höchstens fünfzehn oder sechzehn, an seinen dürren Beinen schlotterte eine übergroße Hip-Hop-Hose, um den Kopf trug er ein blaues Tuch. Deirdre stellte uns einander nicht vor. Sexy und leer, wie sie war, schien sie Schauspielerin in einem eingebildeten Warhol-Film zu sein. Rolando und Dunja, das Pärchen auf dem Futon, nannten ihre Namen und lächelten freundlich. Der Teenie im Schmetterlingsstuhl sagte »Yo« und hielt mir die Hand für eine Black-Power-Begrüßung hin. Ich nahm an, und er nuschelte seinen Namen: *Marty* oder *Mardy* oder *Marly*, ich war mir nicht sicher.

Es war die geringste der Ungewissheiten, die meiner langen Nacht in Katha Purlys Zimmer Gestalt verliehen. Kathas Missachtung meiner Person in dem geschlossenen Nachtclub und dann erneut in ihrem Wagen war zur Methode geworden. Wir waren in keinem Sinn, der mir bewusst war, zusammen. Ich nahm Koks und unterhielt mich mit Deirdre, Rolando und Dunja. Möglicherweise-Marty entzog sich dem Gespräch mit einem hochnäsigen Gesichtsausdruck, voll von kindlichem Trotz, wie eine Hauskatze, die sich putzt, um sich für eine Kränkung zu rächen. Möglicherweise-Marty schwieg, doch als das letzte Stück von Beck verklungen war, stand er auf und fand *Straight Outta Compton* von N.W.A.

in Kathas kleiner Sammlung, drehte dann die Lautstärke auf. Wir anderen mussten lauter sprechen, um einander zu verstehen. Mit einer harmlosen Frage schaffte ich es, die gesprächige Dunja anzustacheln, die, wie sich herausstellte, eine *israelische* Deutsche war, halb in Deutschland und halb im Kibbuz aufgewachsen. Ihr Leben war für sie keine Geschichtsstunde oder Allegorie, sondern eine Story. Ich hörte zu und wunderte mich darüber, dass ich meiner Lieblingskellnerin in eine Gettobehausung in Emeryville gefolgt war, um im Schneidersitz und total bedröhnt bei Weihnachtsbeleuchtung zu erfahren, wie ein sechzehnjähriges deutsches Mädchen auf einem mondbeschienenen Fußballfeld im Mittleren Osten mit einem emigrierten russischen Ingenieur ihre Unschuld verloren hat. In der Zwischenzeit schlief Abby an einem anderen Ort in Kalifornien, und in Anaheim hatte mein Vater wenige Stunden zuvor sein Bankett hinter sich gebracht.

Katha machte ein paar Anrufe und verließ den Raum. Sie kam etwa eine halbe Stunde später mit einem Sechserpack Corona zurück, im Schlepptau einen Typen, den sie als Peter vorstellte. Peter war ebenfalls um die zwanzig, zurückhaltend und rundlich, vielleicht schwul, dachte ich. Katha nahm ein wenig vom Koks, aber Peter winkte ab, holte sich stattdessen ein Bier. Er schien die anderen zu kennen, in jedem Fall hatte er einen Draht zu Deirdre und Rolando und erklärte ihnen, er habe einen Streit mit seinem Mitbewohner gehabt und wolle nun nicht mehr zurück – dorthin war Katha gefahren, um ihn abzuholen. Unterdessen erzählte mir Dunja weiter von ihrer Zeit im Kibbuz, ihre verkoksten Erzählungen klangen wie Lexikoneinträge, ohne jede Höhen oder Tiefen. Katha bot mir ein Bier an, die ersten Worte, die sie in der Wohngemeinschaft zu mir gesagt hatte. Ich nahm eins, nur um mir meinen trockenen Mund zu spülen. Es war süß und herb, ein Genuss, den ich nicht erwartet hatte. Möglicherweise-Marty unternahm einige scheue, zaghafte Breakdance-Versuche in der Ecke bei dem Gettoblaster. Niemand schaute zu. Es war drei Uhr morgens.

Ich beugte mich von Dunja und den anderen zu Katha hinüber. Sie saß immer noch am Rand, abwesend – auf Abruf, hatte ich das Gefühl.

»Spiel was auf deiner Gitarre«, sagte ich.

»Du willst mich spielen hören?«

»Irgendwas, das du selber geschrieben hast.«

Wir standen auf und setzten uns in einen der Erker. Bis auf eine summende Straßenlaterne mit darübergeworfenen Turnschuhen herrschte auf der Straße völlige Stille, ärmliche Stille. Sogar in dem bewohnten Auto war das Licht aus. Katha bat Möglicherweise-Marty, die Musik leiser zu stellen – nicht aus, nur leiser –, was er tat, bevor er sich wieder in seinen Schmetterlingsstuhl plumpsen ließ. Die anderen, Deirdre, Peter, Dunja und Rolando, beachteten uns nicht, murmelten weiter. Rolando massierte Dunjas Schultern; sie redete mit geschlossenen Augen. Ich sah, dass Peter es sich anders überlegt und eine Line akzeptiert hatte. Der Vorrat war begrenzt. Deirdre schabte mit obsessiven, mechanischen Bewegungen auf dem Spiegel. Katha stimmte ihre Gitarre, ohne mich anzusehen.

Sie fing unvermittelt an. Ihre Stimme war tief und großartig, der Text gnadenlos:

Psychedelic twitches in my mood
I'm getting down I'm gonna have to get high soon
I didn't mean to smoke your last cigarette
I love you baby but sometimes I forget
It was the drugs that made me lose my mind
It was the drugs that made me so unkind
It was the drugs
That made me love you in the first place

Und:

Last thing I remembered before I passed out
Were your needful eyes staring from across the couch
I never look at you like that
I guess I don't need you, I just need you to need me back
It was the drugs that made me lose my mind
It was the drugs that made me so unkind
It was the drugs
That made me want you in the first place

Möglicherweise-Martys Hip-Hop-Auswahl war in den Pausen zu hören. Doch das Gespräch war versiegt. Katha stimmte ihre Gitarre noch einmal, begann dann mit einem einfachen Blues. Sie übersprang summend einige Zeilen, sang den Refrain aber klar und deutlich.

I don't need you to tell me I'm alone
Don't you think I know I have no home?
I just want to call my mother on the phone
I just want to call my mother on the phone

»Das ist ganz neu«, unterbrach sie sich selbst.

Peter stand schluchzend auf, beide Hände vorm Gesicht, und verließ das Zimmer. Zu meinem Entsetzen legte Katha die Gitarre beiseite und folgte ihm auf den Flur. Auch Dunja sprang auf und folgte ihnen.

Möglicherweise-Marty stellte die Musik wieder lauter.

Rolando ging dazu über, Deirdre die Schultern zu kneten, was ich ihm nicht verübeln konnte. Deirdre hatte zwar eine ungeheure Menge Koks zu sich genommen und erschien mir so verführerisch wie eine magersüchtige Waschbärin, aber die schändliche Wahrheit war, dass ich mich inzwischen danach sehnte, eine der Frauen zu berühren, und Rolandos ungehinderter Zugriff verbitterte mich ein wenig. Ich ging hinüber, um mir ein neues Bier zu holen, und spähte dabei in das violett schimmernde Treppenhaus, aber es war leer. Ich hörte leise Anklänge von Musik aus den anderen Stockwerken dringen, aber nichts davon sprach mich an. Ich zog mich wieder ins Zimmer zurück.

»Yo.«

Es war Möglicherweise-Marty. Ich hatte mich schon daran gewöhnt, so zu tun, als wäre er nicht im Raum, was hier scheinbar die allgemeine Taktik war.

Er hatte die Musik ausgestellt. »Willste mal meinen Scheiß hören?«

»Klar«, sagte ich hilflos.

»Okay, wart mal, ich bin gleich startklar.«

»Okay.«

Ich saß an der Wand neben dem Gettoblaster. In der Stille konnte ich Deirdre atmen hören, während Rolando ihre Schulterblätter bearbeitete. Möglicherweise-Marty schlug seine Handgelenke gegeneinander und hob herausfordernd den Kopf, dann pflanzte er den einen Fuß ein Stück vor den anderen und wippte mit dem Knie wie Elvis auf der Bühne. Er stieß die Worte in einem Schwall aus, seine laute Stimme verschluckte manche Silben und betonte ganz stark die Ps und Gs.

Check it out like this and then like that
Li'l gangsta M-Dog with that smoov-ass rap …

»Wart mal, wart mal, ich fang noch mal an.« Er breitete beschwichtigend die Arme aus, als wäre er herausgefordert worden. Als er fortfuhr, nahm er zwar weiterhin Posen ein, aber seine Augen waren in schüchterner Konzentration geschlossen.

Check it out like this and then like that
Li'l gangsta M-Dog with that smoov-ass rap
Y'know it goes like this and then like this
›Cause when I bus‹ my gat I never miss

I'm good in the hood with my homie Raf
So if you step in our path you might get blown in half
Don't laugh 'cause I'm ill from Emeryville
Where if you don't survive then your memory will

»Wie findest du das?«, fragte er trotzig.

»Lass noch mal hören«, antwortete ich.

Er ging zurück in seine Ausgangsstellung, sofort bereit, der Bitte nachzukommen. Der zweite Durchlauf war selbstbewusster und präziser, und wilder beziehungsweise pseudo-wilder. Möglicherweise-Marty sah für mich jede Minute jünger aus, vielleicht zwölf oder dreizehn, wenn man von den Gangsterattitüden absah.

Ich hatte fünfzehn oder zwanzig Jahre damit verbracht, sauer auf Rapper zu sein, schwarze und weiße gleichermaßen, wegen ihres Getues, wegen ihres Anspruchs, Straßenerfahrung, echte oder erfundene, wie ein Abzeichen zu tragen, während meine eigene nicht ablesbar war. Ich hatte fünfzehn oder zwanzig Jahre damit verbracht, sinnlos wütend auf sie zu sein, und alles nur, weil sie nicht DJ Stone oder einer von der Flamboyan Crew auf dem Schulhof der P. S. 38 waren, weil sie geschichtslos und verlogen waren, weil sie Staggerlee und die Five Royales nicht kannten, weil sie nicht wussten, was ich wusste. M-Dog mit seinem verschämten mexikanischen Gesicht und seinen vollendet nachgeahmten Reimen konnte mich nicht auf diese Weise beleidigen. Vielleicht hätte Katha gesagt, es seien die Drogen, aber ich bewunderte ihn. Ich verstand, dass er nie in einer raplosen Welt gelebt hatte. M-Dogs zusammengeschusterte Reime waren kein Getue – und jetzt erschien es mir auch schrecklich, dass ich immer so hart in meinen Urteilen gewesen war. Sein Greifen nach dieser Sprache war so elementar wie der Wunsch, einen Spaldeen aufs Dach werfen zu können.

Irgendwann war Katha zurückgekommen, und als M-Dog

wieder fertig war, sagte sie: »Das ist toll, hast du das geschrieben?«

»Ich und mein Kumpel haben das ausgetüftelt, absolut.«

»Das ist gut.«

»Es gibt nichts Aufgeschriebenes«, sagte er, darauf erpicht, verstanden zu werden. »Ich hab das alles oben im Kopf.«

Katha nahm meine Hand. Irgendwas hatte sich verändert. Ich hatte etwas richtig gemacht, indem ich M-Dog um eine Vorstellung gebeten hatte – oder sie zumindest ehrlich bewunderte. Es war beinahe so, als wäre Möglicherweise-Martys Auftritt das, worauf wir in dieser Nacht gewartet hatten, als hätte er irgendeinen Stillstand aufgehoben und Kathas Verhalten mir gegenüber geöffnet. Vielleicht war die Veränderung auch in mir selbst abgelaufen. Ich fühlte mich nun nicht mehr geschärft durch die eisige Klinge des Kokains, sondern badete in einem Strom der Liebe – als hätte ich Ecstasy genommen, eine Droge, von deren Wirkung ich nur gehört hatte, oft angewidert, mit derselben Abscheu, die M-Dogs Reime gerade in mir bezwungen hatten.

Katha und ich kehrten zurück zu unserem Erker, ohne die Gitarre. Möglicherweise-Marty legte eine andere CD auf. Die Show war vorbei.

»Was ist mit Peter los?«, flüsterte ich.

»Er ist *verliebt*«, antwortete Katha. Ihr Tonfall legte nahe, dass dieser Zustand etwas Seltenes und Vorübergehendes war, dem man sowohl mit Skepsis als auch mit Sympathie begegnen sollte. »Dunja bringt ihn ins Bett.«

»Das hört sich nett an«, sagte ich und überraschte mich selbst. Es hörte sich tatsächlich nett an.

Sie war jetzt willens, darin eine kleine Anzüglichkeit zu hören, die ich nur halb beabsichtigt hatte. »Ich werfe hier gleich alle raus.«

Ich deutete auf das leere Nebenzimmer, um die Matratze dort ins Spiel zu bringen. »Wir könnten einfach verschwinden. Lass sie doch weiterfeiern.«

»Nein, das Bett ist – nicht dafür.«

»Nicht wofür?«

»Nicht für etwas anderes als meine kleine Schwester.«

»Welche Schwester?«, fragte ich blöde.

»Sie wohnt noch bei unseren Pflegeeltern, in Washington. Manchmal hole ich sie übers Wochenende her. Ich versuche, sie auf einer Schule hier in der Nähe anzumelden, aber sie ist erst vierzehn.«

»Wenn sie erst vierzehn ist, sollte sie dann nicht bei euren Eltern bleiben?«

»Sie würde es hier besser haben.«

Nach diesem abschließenden Urteil ließen wir das Thema fallen. Ich nippte an meinem Bier, während Katha Möglicher-weise-Marty nach Hause schickte und Deirdre und Rolando vom Futon vertrieb, wo die beiden immer noch mit einer langen Massage zugange waren. Deirdres Kopf hing vorn-übergebeugt zwischen ihren Knien, als hätte Rolando sich verpflichtet, mit seinen Händen die lange Nacht des Koka-infiebers aus ihrem Körper zu reiben. Nachdem sie aus dem Zimmer verschwunden waren, legte Katha ohne Scheu vor dem Offensichtlichen *Astral Weeks* von Van Morrison auf. Ich war dankbar, hatte aber auch Angst vor der besonderen, skalpellartigen Wirkung des Albums. Ich fühlte mich so schon nackt genug.

Jetzt waren wir allein. Katha zündete mit der Glut ihrer Zi-garette einen Joint an und reichte ihn mir. Sie schloss die Tür, und wir setzten uns auf den Futon.

»Also, was machst du hier, Dylan?«

Ich bin hier, um mit dir zu feiern?, dachte ich. Es kamen aber keine Worte heraus.

»Was ist mit der Lady, mit der du zusammen bist?«

»Du meinst Abby?«

»Wenn Abby deine schöne schwarze Freundin ist, ja. Ich seh sie oft auf der Telegraph Avenue, weißt du.«

»Wirklich?«

»Beim Bummeln in Buchläden oder so. Sie erkennt mich nicht.«

»Sie ist immer in Eile«, sagte ich und stellte mir Abby auf dieser belebten Straße vor, wie sie an den jugendlichen Schnorrern in ihren Hundert-Dollar-Lederjacken vorbeieilte – wenn ich es als Videoclip vor meinem geistigen Auge ablaufen ließ, war der Soundtrack entweder »Walking into Sunshine« von Central Line oder irgendein anderes nicht im Entferntesten depressives Discostück. In Emeryville war zwischenzeitlich die dunkelste Stunde der Nacht angebrochen, und Van Morrison sowie die heiligen Nebel von Sex und Marihuana riefen mich in ihren Windschatten.

»Auf mich wirkt sie immer irgendwie *wütend*«, sagte Katha zu meiner Überraschung und Freude. »Aber das geht mich nichts an.«

»Schon okay«, erwiderte ich und wunderte mich darüber, dass sie das gesagt hatte. »Vielleicht ist sie das. Wenn man sich nahesteht, ist es manchmal schwer herauszufinden, wie ein Mensch wirklich ist.«

»Ich weiß nicht, was das heißen soll.«

»Wie in deinem Lied.« Ich kannte keine Scham. »Manchmal wird dir plötzlich alles klar, in einem Augenblick.« Ich war Katha so dankbar dafür, dass sie Abby wütend genannt hatte. Ich wollte sie belohnen, sie streicheln, ihr die Segnungen des Orgasmus herbeirufen, dafür, dass sie mein ganzes verpfuschtes Leben mit dieser beiläufigen Beobachtung entschuldigte.

Vor Jahren hatte ich einmal einen Roman, einen Thriller gelesen, in dem sich glamouröse Menschen durch sexuelle Intrigen gegenseitig zerstören. Die Protagonisten sind einander ausgeliefert, das war alles, woran ich mich bei dem Buch erinnerte – und die Frau, die den Mann zugrunde gerichtet hat, erklärt, dass sie so unendlich gefährlich ist, weil sie *beschädigt* ist. Der Schaden dieser Frau macht sie unfreiwillig zur Kriminellen, schien das Buch sagen zu wollen. Ihr Schaden – Waisenkind, Missbrauch, ich wusste nicht mehr, was es war – macht es ihr unmöglich, sich mit denjenigen einzulassen, die besser dran sind, die ohne eine solche Belastung durchs Leben gehen. Die Geschichte war unterhaltsamer Blödsinn, unmöglich, sie nicht zu Ende zu lesen, auch wenn ich sie für die implizite Schlussfolgerung verabscheute, die Unbeschädigten sollten ihre Türen vor den *Beschädigten* verrammeln, da diese sie sonst verletzen würden, wo sie nur konnten, weil sie gar nicht anders konnten. Als ich das Buch las, hatte ich noch niemanden kennengelernt, der unbeschädigt war. Ich glaube, dabei ist es bis heute geblieben.

Plötzlich erschien mir Katha Purly wie eine Widerlegung jenes Buches, eine Widerlegung, von der ich bis zu diesem Moment nicht gewusst hatte, dass ich sie brauchte. Ich hatte mich über den dummen, billigen Roman aufgeregt, wegen des Nervs, den er einklemmte – die Scham über meine eigenen Verletzungen, meine Angst, dass diese mich zu einem Unberührbaren machten, schädlich für andere. Katha entlarvte das als Unsinn. Ich hatte gedacht, ich wäre einem gefährlichen Engel auf sein Lager gefolgt, zu dem mich eine selbstzerstörerische Absicht geführt hatte. Aber Katha war bloß ein ganz gewöhnlicher Engel. Das Zimmer ihrer Schwester war ein Beweis dafür, und M-Dog ebenso, und Peter ebenso. Aber der beste Beweis war meine Anwesenheit hier. Sie hatte sich meiner angenommen, als ich sie brauchte.

Katha war nur so gut wie ihr Schaden. Er bildete die Grundlage für das, was sie wusste. Was mich gefährlich machte, oder zumindest schwer erträglich, war nicht mein Schaden, sondern die Art und Weise, wie ich ihn leugnete. Alles, was ich unversucht gelassen hatte. Katha beherbergte ihre Schwester und M-Dog, Mingus spendete eine Niere, Abraham und Francesca brachten Barrett Rude Junior Suppe und Hühnchen. In meinem visionären Zustand konnte ich die Tupperware-Behälter sehen, den zum Skelett abgemagerten

Barry, wie er sich scharfen Senf auf einen kühlschrankzähen Schenkel oder Flügel schmierte. Währenddessen führten Abby und ich einen witzigen kleinen Krieg darüber, wer von uns beiden wirklich depressiv war. Es schien nun so, als hätte ich mein Leben verkümmern lassen, weil ich mir meinen Schaden nicht eingestand. Ich hatte mich dreitausend Meilen von der Heimatfront in Scheinangriffe und Scharmützel verstrickt. Katha hatte ein gemachtes Bett, das auf ihre Schwester aus Walla Walla wartete – ich hatte die *Falsetto-Box* und *Your So-Called Friends.*

Als ich zehn Monate zuvor meinen Subtle-Distinctions-Begleittext an Rhodes Blemner von Remnant geliefert hatte, hatte er zwei Wochen verstreichen lassen, ohne mich anzurufen und den Empfang zu bestätigen. Schließlich knickte ich ein und rief ihn selbst an.

»Hast du ihn bekommen?«

»Sicher, ich habe ihn.«

»Was ist dann los?«

»Nichts ist los. Wir werden den Text für die Box nehmen, ich habe ihn zum Grafiker geschickt. Alles läuft nach Plan.«

»Wie hat er dir gefallen?«

»Es ist nicht gerade deine beste Arbeit, Dylan.« Rhodes hatte sich eine vernichtende Hippie-Ehrlichkeit zugelegt, ganz nach der Art seiner großen Helden, von Bill Graham bis Robert Crumb. »Nachdem du derart auf eine Wiederveröffentlichung gedrängt hast, war ich enttäuscht. Es war nicht das, was ich erwartet habe.«

»Ich denke, es ist *gerade* meine beste Arbeit.«

»Na ja, der Text vermittelt einem den Eindruck, dass du das denkst. Und er ist voller höherer Gedanken, wenn du das meinst. Aber ich persönlich finde, er ist auch voller Mist. Angefangen mit den einführenden Zitaten, das ganze Brian-Eno-Gewäsch, das ich rausgenommen habe.«

»Fick dich, Rhodes. Schick ihn mir zurück.«

»Wir nehmen ihn. Was weiß ich schon? Du wirst damit

einen Grammy gewinnen, würde ich meinen. Für die heißeste Luft.«

Ich verteidigte mich. »Ich musste einen Kontext schaffen …«

»Es ist der falsche Kontext. Das Teil liest sich, als hättest du ein Jahr lang in einem kleinen Zimmer gesessen und nichts als Distinctions-Platten gehört, um dann die Geschichte der schwarzen Musik zu *postulieren*. Es liest sich, als hättest du dich vor irgendwas gedrückt. Vielleicht hast du dich ja vor deiner Recherche gedrückt. Du zitierst aus *Cashbox*, verdammt noch mal. Das würde höchstens einer von diesen britischen Schreiberlingen machen – einen Text über einen lebenden Musiker schreiben und ein Interview zitieren, das 1974 in *Cashbox* erschienen ist.«

Jetzt, hier auf Kathas Futon, während sich an den Ausläufern eines Rausches, der sich anfühlte, als wäre er der Zeit abgerungen, das Hasch über das Koks legte und meine Hand anfing, das Knie der Kellnerin in automatischer Lust zu erforschen, schien Rhodes Blemners Nörgelei an meinem Begleittext völlig im Einklang mit anderen neuen Einsichten zu stehen. Meine Unfähigkeit, Jared Orthman ein Ende für die Prisonaires-Story zu präsentieren, enthielt dieselbe Botschaft für mich wie die Reime von M-Dog, wie das leere Zimmer von Kathas Schwester, wie das grüne Dreieck meines Vaters – ich steckte mitten in einer Bewegung fest. Meine Faktenlage war miserabel. Ich war von Zelmo Swifts Gehilfen ausgestochen worden, von Francescas Suppe bloßgestellt. *Aber der Mann selbst lebt*, hatte ich geschrieben, ohne es zu glauben, ich hatte es mir wieder und wieder anhören müssen von all diesen Jareds und Rhodes und Zelmos. Der Mann selbst und sein Sohn ebenfalls, auch wenn sie sich ein Nierenpaar teilten.

Katha und ich redeten und küssten uns, während meine Gedanken dahinrasten, bis sie es schließlich sein ließen. Meine Kellnerin und ich hatten monatelange Neckereien auf dem Konto, und jetzt gingen wir ans Eingemachte. Auf dem klebrigen, stoffbedeckten Futon, in dem Licht der Straßenlaterne, das die Wand über unseren Köpfen streifte, mit Van Morrison, der keltische Eingebungen stöhnte, stießen und rieben sich unsere verschränkten Körper aneinander. Heiße verlangende Hände blieben in Hosenbünden stecken, bis wir seufzten und die Verschlüsse aufrissen. Kathas Fleisch war weich und glänzend, gleichzeitig so gummiartig, dass ich mich fragte, ob das der Effekt von Drogenrückständen auf meinen Fingern oder ihrer Haut sein konnte. Sie war rund und glatt wie eine Marzipanfigur. Ein eleganter Saum von Haaren bog sich von ihrem Nabel bis in ihre Schamgegend.

Ich hielt inne, wo ich es meistens tue, Melancholie auf der Türschwelle, ein Schmusebär. In Gedanken: *Wir könnten hier aufhören. Das könnte reichen, das könnte genug sein.* Ich neige oft eher dazu, gehalten als verschlungen zu werden.

»Ich habe etwas«, flüsterte Katha. »Ich bin gleich zurück.«

»Okay«, sagte ich.

Meine Blondinen waren immer wie dieser Leslie-Cunningham-Typus gewesen, der unbeschädigt die Welt durchschreitet oder zumindest den Eindruck macht, leidenschaftslose Göttinnen, denen ich fragwürdig vorkommen musste. Oder wie Heather Windle, oder wie die Solver-Mädchen, die für immer auf ihren Fahrrädern und Rollschuhen kreisen, die für immer packen und aus meiner Nachbarschaft wegziehen. Jetzt hatte ich in Katha Purly meine Blondine. Zuletzt hatte sich mir doch noch eine hingegeben, vollständig und ohne zu verhandeln, aber sie war auch anders, realer, reich an Schäden. Dies war eine gewöhnliche, schnell verblassende Erleuchtung, die letzte von einem ganzen Dutzend: Meine junge Kellnerin war keine Fantasiegestalt, weil das niemand war. Menschen waren wirklich, jeder Einzelne von ihnen. Höchstwahrscheinlich sogar die Solver-Mädchen, wo auch immer sie waren.

Ich hatte jetzt meine Blondine, ja, aber ich konnte nicht

steif in ihr bleiben. Es waren die Drogen – ich konnte mich unter dem Kondom, das sie mir übergerollt hatte, nicht in ihr fühlen. Aber Katha Purly war unerträglich nachsichtig mit mir. In dem frühen Tageslicht, das nun das Zimmer infizierte und die Krümel in den ranzigen Ecken und den stummen Gettoblaster lange Schatten werfen ließ, in den Straßen, die unten zum Dämmerleben anhoben, in dem Haus um uns herum, das still und voller schlafender Körper war wie ein interstellares Raumschiff, berührte Katha sich selbst, verschaffte sich den großen Orgasmus, den ich hatte beisteuern wollen, ließ ihr eigenes Gesicht und ihren eigenen Hals rot anlaufen, die Schläfen rosafarben unter hellen Augenbrauen, während sie mich aufforderte, ihren herrlich vereinten Brüsten Tribut zu zollen, mich mit ihrer Stimme anfeuerte, mich vorwärts gurrte. Ich bekam es hin, gerade so.

Als ich aufwachte, war ich schweißgebadet, die Sonne strahlte über mir und Katha ins kahle Zimmer, unsere Körper hatten sich aus ihrer Umarmung in entgegengesetzte Richtungen gelöst, die Laken waren heruntergerutscht und hatten sich um unsere Knöchel gewickelt. Katha wachte kurz auf und sagte, ich könne bleiben. Aber ich konnte nicht. Ich zog mich an und ging nach Hause, spazierte die San Pablo Avenue entlang nach Berkeley. Es war zehn Uhr morgens. Ich konnte nicht bei Katha Purly bleiben, weil Katha Purly, trotz allem, kein Ort war. Genauso wenig war es Abigale Ponders. Oder Kalifornien, zumindest nicht für mich. Sie waren nicht die Dean Street, um genau zu sein, waren nicht Gowanus, und dort würde ich hingehen. Ich musste dorthin zurückkehren, wo ich einmal hingehört hatte. Ich rief bei einer Fluggesellschaft an und buchte einen Flug zur Ostküste, dann duschte ich, dann schlief ich. Als ich das zweite Mal aufwachte, packte ich eine andere Reisetasche und wieder nahm ich den Ring mit.

SECHS

Ich erinnere mich an kaum etwas aus den wenigen verbliebenen Sommerwochen zwischen Barrett Rude Seniors gewaltsamem Tod und meiner Busfahrt aus der Stadt, um mein Studium am Camden College anzutreten. Die Familientragödie wurde auf der Dean Street selbstverständlich zum Gesprächsthema Nummer eins, allein meine Mitwisserschaft blieb ein Geheimnis. Daher stumpfte meine Empfindung dafür in dem Durcheinander des allgemeinen Geredes ab. Ich hatte wenig Mitleid mit Mingus, der in Untersuchungshaft saß und als Erwachsener angeklagt wurde; ich war die gezündete Rakete der Selbstverleugnung, die auf den Schub wartete, um zu starten. Die Tötung gab den wirren Gründen, aus denen ich Brooklyn verlassen wollte, nur einen eindeutigen Namen. Außerdem fürchtete ich mich vor Mingus. Er hatte einen Menschen mit einer Waffe erschossen. Das hatte es vorher nicht gegeben. 1981 hatten aus dem fahrenden Wagen heraus begangene Schießereien das noch nicht zur Tagesordnung gemacht. Es war immer noch die Zeit der Messer und Baseballschläger, der selbst gebastelten Nunchakus, der Schwitzkästen. Ich hatte gesehen, wie Pistolen gezogen worden waren, aber nie war eine abgefeuert worden.

Vermont war mein Gegengift. Seit meinen Frischluftferien mit dreizehn Jahren war ich nur ein einziges Mal dort gewesen, und das lag gerade mal sieben Monate zurück, Ende Januar, zu meinem Vorstellungsgespräch in Camden. Und obwohl die grünen Hügel der Landschaft von Vermont damals mit Neuschnee bedeckt waren, weißer, als ich es je gesehen hatte, und der Wind auf dem leeren Campus durch meine unechte Daunenjacke pfiff, verspürte ich überall Anzeichen von Heather-Windle-Geistern, Anzeichen meines Libellen-und-Badeanzug-Sommers. Ich kaufte mir im Busbahnhof von Camden ein in Karton und Zellophan eingepacktes Blatt aus Ahornzucker, und als ich es mir auf der Zunge zergehen ließ, wie Heather es mir einst beigebracht hatte, bekam ich die unschuldigste und sehnsuchtsvollste Erektion der letzten vier Jahre.

Doch das Camden College entsprach nicht Heather Windles Vermont. In Camden wäre Heather eine Einheimische gewesen, ein Mädchen, das man im Brass Cat oder Peanut's hätte antreffen können, in einer der Kleinstadtkneipen, zu denen die Studenten manchmal einen Ausflug aus ihrem idyllisch befestigten Gehege wagten, den bukolischen Gefilden des Campus. Innerhalb dieses gestutzten grünen Heiligtums befand sich eine Art kollektives solipsistisches Laboratorium, in dem sich überreizte Stadtkinder austoben durften, wie sie wollten. In Leder, Pelz und Batik gekleidet, durchstreiften sie und ich – denn ich gehörte kurzzeitig dazu – ein Gelände, das zum einen New-England-Weideland war, einschließlich der dazugehörigen weißen, schindelverkleideten Wohnheime, der knorrigen Apfelbäume voller ungenießbarer Früchte, der niedrigen, mit Flechten überzogenen frostschen Steinmauern, die durch den Wald hindurch ins Nichts verliefen, und der verwitterten Friedhofsplätze mit Sterbedaten aus dem achtzehnten Jahrhundert; zum anderen war es ein experimentelles, geisteswissenschaftliches College, gegründet in den 1920er-Jahren von überzeugten linksgerichteten Mäzenen und berühmt für Modernen Tanz sowie die Fakultätshochzeiten; und nicht zuletzt war es eine Verwahranstalt für die missratenen Kinder reicher Eltern, denen psychoanalytische Beratung und Drogenentzug zu vertraut waren, um ihren älteren Geschwistern nach Harvard oder Yale zu folgen, und die im Kleinen die Stammesrituale der mediterranen Ferienclubs und der Sommer in East Hampton und der VIP-Lounge des Studio 54 rekapitulierten.

Ich verstand von alldem nichts. Ich war klassenblind, behütet vor jedem Bezug zu Geld durch das elitäre Kunstdenken meines Vaters und, paradoxerweise, durch den radikalen volksnahen Stolz Rachels: Ich war von einem Mönch und einer Hippiefrau großgezogen worden, die beide willentlich außerhalb der Klassenhierarchie standen. Die Wünsche, die sich unsere kleine Familie nicht erfüllen konnte, waren nie wichtig erschienen, nur snobistisch, dumm und ebenso unangebracht wie Thurston Howells Ansprüche auf *Gilligans Insel*. Abgesehen davon hatte ich mindestens so viel oder sogar mehr Geld gehabt als die meisten Kinder, die ich in Brooklyn gekannt hatte, wenn vielleicht auch etwas weniger als die Mehrheit meiner Schulkameraden auf der Stuyvesant in Manhattan, ich war also irgendwo dazwischen. Ja, klar, das war es: Ich war *Mittel*klasse.

Tatsache war, dass die wenigsten der Studenten in Camden je eine öffentliche Schule betreten, geschweige denn besucht hatten. Und ich hatte nie einen Fuß in die Brooklyn Friends oder die Packer Collegiate oder die Saint Annes gesetzt. Eine Handvoll ehemaliger Schüler dieser Highschools, hauptsächlich aus Brooklyn Heights, wurden mir in den ersten Wochen von anderen Studenten mit »auch aus Brooklyn« vorgestellt, doch ich hatte sie noch nie gesehen, und wenn ich ausplauderte, dass ich auf die P. S. 38 und die I. S. 293 gegangen war, wussten sie besser als jeder andere in Camden, was für ein Freak ich in diesem Umfeld war. Über diese Kluft unterschiedlicher Erfahrungen hinweg starrten meine neuen Bekannten und ich einander an wie Bewohner von Spiegelwelten.

Mit einer Geste, die man entweder als unbedachte Freundlichkeit oder grausame Aussonderung verstehen konnte, wurde mir ein Zimmergenosse zugeteilt, der ebenfalls auf finanzielle Unterstützung angewiesen war. Matthew Schrafft kam aus Keene, New Hampshire, einer Stadt ähnlich wie Camden, bloß fehlte ein glamouröses College. Er hatte bis zur sechsten Klasse Privatschulen in Manhattan besucht, dann wendete sich das Schicksal seiner Familie, als sein Vater eine Karriere als Nachrichtenproduzent bei CBS News aufgab, um in eine Kleinstadt zu ziehen und einen Roman zu schreiben. Ich vermute, dies war der Grund, warum Matthew das Gefühl hatte, nicht so recht dazuzugehören. Wir wurden Freunde, und es war ein Trost, dass mein Zimmergenosse und Freund manchmal genau wie ich auf der falschen Seite der Essensausgabe im Speisesaal stand, eine weiße Schürze trug und heiße Waffeln und Würstchen und Eier aus Stahlbottichen auf die Tabletts unserer Kommilitonen schaufelte. Küchendienst war eine der weniger versteckten oder wohlklingenden Aushilfsarbeiten während des Studiums – die anderen Fürsorgefälle, die still und heimlich als wissenschaftliche Hilfskräfte oder im Studentenbüro arbeiteten, konnten es sich leisten, uns zu bemitleiden, wenn sie sich für ihre Mahlzeiten anstellten.

Matthew und mir wurde auch die Ehre einer für Erstsemester ungewöhnlichen Unterbringung zuteil: das Oswald House Apartment. Das Oswald House war bekannt dafür, das rowdyhafteste und verdrogteste der Wohnheime zu sein, die die Parkanlage umgaben. Jedes dieser acht Schindelgebäude hatte ein zentrales »Apartment«: eine Raumfolge von mehreren miteinander verbundenen Zimmern, mit Kamin und eigenem Bad. Diese vornehmen Buden blieben gewöhnlich den oberen Semestern oder Gastprofessoren vorbehalten, bloß hätte niemand, der auch nur einen Moment seine Ruhe haben wollte, eine Unterbringung im Oswald akzeptiert. Die Böden im dortigen Gemeinschaftszimmer rochen ständig nach verschüttetem Bier, der Teppich war übersät mit Brandlöchern, die Türen gepflastert mit Pornobildern und schrillen, punkigen Graffiti. Das Oswald House war wie ein Piratenschiff, das über eine apfelbestreute Wiese segelte und dabei im Spätsommer mehr oder weniger rund um die Uhr Grateful Dead ertönen ließ, zumal die Lautsprecher in den

Erdgeschossfenstern nach außen gerichtet werden konnten, wenn die Studenten sich auf dem Rasen tummelten. Das Oswald Apartment war zuvor die Behausung zweier legendärer, bärtiger Belushi-artiger Partytypen gewesen, und ich glaube, in der Verwaltung hatte man die Vorstellung, dass man mit dem Austausch dieser Rädelsführer durch zwei blassgesichtige, kurzhaarige Stipendiaten eine Art von Herztransplantation am Oswald House durchführte – dass Matthew und ich das ganze Haus von innen nach außen umkrempeln würden. Ganz so ist es nicht gekommen, aber ich bin sicher, die eingefleischten Oswaldianer waren mindestens so niedergeschlagen, als sie uns in jenem September in das Apartment einziehen sahen, wie es sich die Verwaltung gewünscht hatte.

Matthew und ich verscheuchten unser Unbehagen, indem wir es kulturell verarbeiteten. Devo, eine Band, die mich in der Highschool nie interessiert hatte, wurde zum Aushängeschild unserer Andersartigkeit, nicht nur gegenüber den Hippies in Camden, sondern auch gegenüber den schicken, Bowie-ergebenen Punktypen, die Abonnements von *Interview* hatten und Urlaub in Paris machten. Devo erweiterte das streberhaft-verkopfte Ethos einer Band wie den Talking Heads in eine brauchbare aggressive Richtung. Indem wir Devo vergötterten, war es uns möglich, den Klassendünkel zu schlucken und ihn mit einer antikapitalistischen Satire zu erwidern. Der Name der Band wurde zum Adjektiv: Gewisse Dinge waren furchtbar *devo* an dieser Uni, oder nicht?

Eines schönen Nachmittags innerhalb der ersten Woche in Vermont besuchten Matthew und ich, immer noch überwältigt von den neuen Eindrücken und ohne jemanden zu kennen, eine Gesprächsrunde im Freien mit Richard Brodeur, dem neuen Dekan von Camden. Brodeur schien von der Umgebung genauso eingeschüchtert. Wie Matthews Vater hatte er eine Firmenkarriere für etwas *Echtes* hingeschmissen, und seine Erklärungen, warum er Camden leiten wollte, hörten sich ein wenig nach einer Rechtfertigung an.

Tatsächlich war Brodeur ein Rationalisierungsfachmann, der geholt worden war, um die Verluste auszugleichen, die von einem charismatischen und toleranten Siebzigerjahre-Typen hinterlassen worden waren. Niemand außer uns einfältigen Erstsemestern war zu diesem Gespräch erschienen.

»Es gibt da eine Geschichte, die ich immer wieder gerne erzähle«, sagte Brodeur. »Als ich ein Junge war, habe ich Pizza über alles geliebt, und immer wenn mein Vater mich in die Pizzeria mitgenommen hat, habe ich gleich zwei Stücke bestellt. Dann saß ich da und er schaute mir zu, wie ich das erste Stück hinunterschlang, die Augen bereits aufs zweite gerichtet. Ich habe das erste Stück nicht mal *geschmeckt*. Also sagte mein Vater eines Tages zu mir: ›Sohn, du musst lernen, das erste Stück Pizza zu essen, *während du es isst*. Denn im Moment isst du das zweite Stück, bevor du überhaupt mit dem ersten fertig bist.‹ Und vor etwa einem Jahr merkte ich, dass ich erneut aus dieser Lektion lernen konnte. Ich nahm mein Leben unter die Lupe und stellte fest, dass ich schon ein Auge auf das *zweite* Stück Pizza geworfen hatte.«

Das Gleichnis ging nicht ganz an mir vorbei, aber ich konnte mich der Erinnerung an den Tag nicht erwehren, als Robert Woolfolk und sein kleiner Freund versucht hatten, mir auf der Smith Street meine Pizza wegzunehmen. Ich fragte mich, ob Richard Brodeur wohl irgendeine Lösung für das Problem mit dem *einen* Stück kannte. Wahrscheinlich eher nicht.

Im Anschluss ließen wir uns zurück zur Wiese treiben, wo jenseits der hintersten Reihe von Wohnheimen die gemähten Kanten ins Nichts abzufallen schienen – der Ort wurde auch als Ende der Welt bezeichnet. Dort zapfte eine Schar unserer Mitbewohner gerade ein frühes Fässchen an. Vor dem Hintergrund der grünen Hügel, die von den Schatten des Sonnenuntergangs konturiert wurden, stellten wir uns für einen Plastikbecher mit schaumigem Bier an.

»Was hast du für dich rausgezogen?«, fragte Matthew.

»Wenn du denkst, du isst das erste Stück, könntest du womöglich schon beim zweiten sein?«

»Irgend so was. Egal, ich habe Hunger bekommen.«

Der Witz wurde zum Dauerbrenner: Als wir beide begannen auszuschlafen und dabei Kurse versäumten, nannten wir es *das erste Stück essen*. Wie sich noch herausstellen sollte, war meiner Laufbahn in Camden kein zweites beschieden.

In der Woche erlebten wir auch die erste der berühmten Freitagnacht-Partys. Die Wohnheime waren dazu mit dröhnenden Musikanlagen sowie Plastikbechern und Fässchen aus der Vorratskammer ausgestattet worden – der Verwaltung war daran gelegen, ihre zerbrechlichen Schützlinge am Wochenende vor den Bars in Vermont zu bewahren. Camden war wahrhaftig kein unkontrolliertes Treibhaus, sondern ein bewusstes, ein Experiment wie die Biosphärestation. So kam es, dass gegen elf Uhr zwei- oder dreihundert von uns in einer Masse zu Rick James' »Super Freak« auf dem klebrigen Gemeinschaftszimmerboden des Fish House zuckten, einem anderen Party-Wohnheim, nicht ganz so berüchtigt wie das Oswald. Diese einfache Aneignung des Dancefloor-Funk war für mich ein Vorgeschmack auf etwas, das ich unbedingt verstehen wollte: Die vorstädtische Gleichgültigkeit dieser weißen Studenten gegenüber den verschlungenen Grenzen von Rasse und Musik, die mein Erbe und meine Obsession geworden waren. Niemanden hier interessierte das – es war bloß ein tanzbarer Song. Auf Rick James folgte David Bowie, dann Orchestral Manoeuvers in the Dark und Aretha Franklin. Kurzzeitig befreit, stürzte ich mich in den Tanz.

Ein paar Stunden später brachten Matthew und ich zwei Mädchen zurück zum Ende der Welt. Jetzt fiel die gemähte Kante ab in nebelverhangene Dunkelheit, erklärte so den Spitznamen. Aimee Dunst und Moira Hogarth waren wie wir Erstsemester und Zimmergenossinnen, auch ähnlich punkig, mit Lidschatten und gegeltem Haar. Matthew hatte sie in einem Kurs über Milton und Blake kennengelernt. Wir vier hatten geredet, oder vielmehr versucht, in dem ausufernden Wahnsinn der Party zu reden, dem Halbdunkel der würgenden und sich windenden Körper, bevor wir unsere Plastikbecher mit Grapefruitsaft und Wodka hinaus in die zirpende Dunkelheit trugen.

Aimee kam aus Lyme, Connecticut, und Moira aus Palatine, einem Vorort von Chicago. Ich hatte schon bemerkt, dass kaum jemand wirklich aus der Großstadt war. Wenn sie Los Angeles oder Chicago oder New York sagten, dann meinten sie Burbank oder Palatine oder Mount Kisco.

Beim Flirten hatte ich versuchsweise mit meinem Großstadtwissen geprahlt, hatte mein Unbehagen von innen nach außen gekehrt.

»Bist du schon mal ausgeraubt worden?«, fragte Aimee.

Wie jeder andere, der mich das vorher oder seitdem gefragt hat, dachte auch Aimee an einen Raubüberfall in einer dunklen Gasse, eine Erwachsenentransaktion, eine Transaktion unter Fremden. Sie dachte an *Der Rächer von New York* und *Kojak*. Was dem am nächsten kam, war Robert Woolfolks Überfall auf den Drogendealer. Und dieses Ereignis war jenseits des Erklärbaren.

»Ich bin gewürgt worden«, sagte ich stattdessen. »Seid ihr schon mal gewürgt worden?«

»Wie meinst du das?«

»Das müsste ich euch zeigen.«

Die beiden kicherten, und Matthew machte große Augen, da er auch nicht mehr wusste als sie.

»Ich weiß nicht«, sagte Aimee und wich stolpernd zurück.

»Okay, vergiss es.«

»Mach's mit mir«, sagte Moira kühn.

»Bist du sicher?«

»Mh hmh.«

»Es tut wirklich nicht weh. Aber du solltest deinen Drink abstellen.« Wir bohrten die Plastikbecher ins taufeuchte Gras. Ich richtete mich zu schnell wieder auf, sodass mir schwindelig wurde. Der Vermonter Sauerstoff war wie ein weiterer Drink, ein Absacker.

»Was guckst du so blöd?«

Alle drei drehten sich um, getäuscht von meiner Lautstärke und Aggressivität. Aber wir waren allein, dort am Ende der Welt. Es war der einzige Ort, an dem ich meinen Mummenschanz treiben konnte, meine Dreigroschenoper.

Ich hatte den Blick fest auf Moira gerichtet. Die anderen waren unwichtig. »Gut so, Mädchen. Dreh dich nicht um, ich red mit dir. Verdammt, was glaubst du, wen du vor dir hast?«

»Stopp«, sagte Aimee. Moira starrte einfach zurück, etwas aus der Fassung, dennoch herausfordernd.

»So ist es richtig. Ich will doch gar nichts. Komm mal kurz hier rüber.« Ich zeigte auf den Boden zu meinen Füßen. »Hast du etwa Angst? Ich werd dir schon nichts tun. Lass uns nur mal kurz reden.« Mein betrunkenes Selbst war erstaunt, wie gut ich den Drill draufhatte. Diese Worte waren mir nie zuvor über die Lippen gekommen.

Moira trat näher heran, nahm die Herausforderung an, die Bacall meines Bogie. Am liebsten hätte ich hier schon aufgehört, aber das Drehbuch verlangte, dass ich weitermachte. Ungezähmte Wut war darin eingeschrieben, eine Eindringlichkeit, von der ich nie Gebrauch gemacht hatte.

»Ich bin dein Freund, oder? Du weißt, ich mag dich.« Ich legte einen Arm um Moiras Schulter und zog sie näher heran. »Hast du einen Dollar, den du mir leihen kannst?«

»Gib ihm nichts!«, heulte Matthew, der den Witz jetzt verstanden hatte. Nur dass es eigentlich keiner war.

»Nein«, sagte Moira.

Indem ich Moira so sachte wie möglich in das Dreieck aus Faust, Armbeuge und Schulter klemmte, beugte ich sie vornüber, wie ich selbst hundertmal vornübergebeugt worden war. Nicht weit. Bis auf Höhe meiner Brust. »Sicher? Lass mich mal kurz deine Taschen sehen.« Ich filzte die Vordertaschen ihrer Cordhose, stieß auf ein paar Scheine und zog sie heraus. Dann versuchte Moira sich mir zu entwinden, und ich hatte ein Einsehen und lockerte meinen Griff. Sie sprang verärgert zu den anderen.

Ich hielt die gebündelten Scheine in die Höhe. »Das ist nur geliehen, du kannst mir vertrauen. Du weißt doch, dass ich nur Spaß gemacht habe, oder?«

Moira stürmte los und warf mich ins Gras. Ich spürte, wie wütend sie darüber war, so von mir behandelt worden zu sein, eine Wut, die ich gut nachvollziehen konnte. Aber sie war auch betrunken und erregt und brachte unsere Hüften wieder zusammen. Moira in den Würgegriff zu nehmen, bedeutete auch, sie zu erwählen. Eine große Portion Sex lag in der Luft – wie schon zuvor über der Tanzfläche des Fish House. Sie lag über ganz Camden, wartete nur darauf, dass sich jeder seinen Teil abschnitt, und das hatten Moira und ich gerade getan. Während der ganzen Highschool-Zeit hatte ich nicht ein einziges Mädchen ohne lange Vorrede geküsst, doch hier war es einfach. Als sie nach den Scheinen in meiner Hand griff, griff ich nach ihrer Hand, und gemeinsam steckten wir das Geld wieder in die Tasche ihrer Cordhose, rollten auf der feuchten Wiese hin und her, küssten uns wild, verfehlten das Gesicht des anderen, küssten Ohren und Haar. Etwas weiter weg waren Matthew und Aimee ans Ende der Welt gegangen und in der Dunkelheit verschwunden.

Was ich Moira nie hätte erklären können, war die sexuelle Komponente des Würgegriffs, die schon vorhanden war, bevor wir beide ihn inszeniert hatten, die, wie ich wusste, in den Wurzeln dieser Praxis steckte.

Moira Hogarth und ich verbrachten jene Nacht in ihrem und Aimees Zimmer im Worthell House, während Aimee und Matthew das Oswald Apartment nahmen. Danach waren Moira und ich für zwei Wochen ein Paar – eine Ewigkeit in Camden, wo die Proben fürs Erwachsensein komprimiert in Raum und Zeit durchgeführt wurden. An einem Wochenende konnte eine ganze Beziehung durchgespielt werden, sodass die Wunden vor der nächsten Freitagnacht wieder verheilt waren. In unserem Fall sprachen wir bis Halloween kein Wort mehr miteinander. Dann wurden wir Thanksgiving wieder engste Vertraute, flüsterten und lachten auf unserem Weg über die Wiese und verbrachten ganze Nächte gemeinsam im Bett, sodass sich alle sicher waren, wir wären zusammen, obwohl wir in Wirklichkeit mit anderen schliefen. Noch vor Ende des Semesters hatten wir wieder miteinander gefickt und uns abermals getrennt. Und so weiter: An dieser Uni war es nichts Ungewöhnliches, wenn man Beziehungen zu verwandten Seelen mehrmals wieder aufwärmte. Es gab zu wenige, um sie zu verheizen.

Meine kleine Demonstration für Moira am Ende der Welt wurde zum Ausgangspunkt für ein ganzes Verhaltensmuster: Ich würde ihnen Brooklyn wie einen Fehdehandschuh hinwerfen. Ich hatte es auch nötig. Denn ich musste mich in Camden zwangsläufig wie ein Spießer fühlen, da dort meine Kurzhaarfrisur und mein Strickjacke-und-Slipper-Stil, der auf der Stuyvesant so ausgesprochen David-Byrne- oder *Quadrophenia*-Mod-mäßig gekommen war, nur allzu popperhaft auf diejenigen wirkte, die tatsächlich auf einer Privatschule gewesen waren. Aber niemand konnte mein raues Straßenimage infrage stellen, hier, wo niemand ein Straßenimage hatte. Ich verdiente mir meine Sporen in Camden, indem ich ein lebendes Getto-Gesamtkunstwerk spielte. Ich tat so, als wüsste ich nicht, was Baja und Aspen bedeutete, oder warum Kommilitonen mit den Namen Trudeau und Westinghouse besonders betucht sein mussten. Ich rauchte Kool-Zigaretten, trug eine Kangol-Mütze und sprach meine Freunde mit »yo« an – was, lange bevor die Beastie Boys es weithin bekannt machten, ein paar höhere Semester aus dem Oswald House, zwei hippe Koksdealer namens Runyon Kent und Bee Prudhomme, so witzig fanden, dass sie mir einen entsprechenden Spitznamen verpassten: Für sie war ich *Yoyo*. Im Grunde machte ich mich zur Karikatur von Mingus. Diese Masche war ein hervorragendes Ventil für meine Minderwertigkeitsgefühle und den Hass auf meine Kommilitonen. Und sie machte mich allgemein beliebt.

Ich wurde sehr geschickt darin, die Reichen bis an ihre Toleranzgrenze zu betrügen und lächerlich zu machen. Ich schnorrte, ich beschämte sie so, dass sie mir Mahlzeiten und Haarschnitte und Zigarettenstangen spendierten, ich schmeichelte ihnen und stieß sie vor den Kopf, indem ich ihnen vorrechnete, was sie in den vergangenen Jahren in Vorbereitung auf ein verschwenderisches Leben bereits verschwendet hatten, ohne darüber nachzudenken: Ihr Geld, die Treuhandfonds, die sie mit BMWs, Designerklamotten und Menüs im Le Cheval versorgten, wenn das Essen im Speisesaal sie wieder einmal nicht zufriedenstellte, die Schecks, die weiterhin kamen, obwohl es im ländlichen Vermont nichts, aber auch gar nichts zu kaufen gab. Außer Drogen. Und Drogen waren die andere Weise, auf die ich mir meine Sporen verdiente.

Camden versorgte uns mit Freibier, Filmen, empfängnisverhütenden Mitteln und Psychotherapie. Darüber sprach und witzelte man ganz offen. Aber die Uni stellte auch andere, ungenannte Dinge zur Verfügung, die ebenfalls kostenlos waren, wie zum Beispiel der Kurs für Unkonventionelle Musik, der von einem gutmütigen weißhaarigen Professor namens Dr. Shakti geleitet wurde und bei dem man, wie allseits bekannt war, nicht durchfallen konnte, egal, wie selten man teilnahm. Oder die Bücher und Kassetten, die problemlos aus der Universitätsbuchhandlung geklaut werden konnten, weil irgendjemand verfügt hatte, dass kein Führungszeugnis mit Anschuldigungen jedweder Art belastet werden sollte – vermutlich glich die Verwaltung stillschweigend die Verluste des Ladens aus. Selbstverständlich hätten unsere Eltern über die Bezeichnung all dessen als »kostenlos« nur bitter gelacht: Die Kosten waren in den absurd hohen Studiengebühren enthalten und deckten unsere Erfahrungen ab. Camden war mit so üppigen Privilegien ausgestattet, dass es leichtfiel, die Tatsache zu übersehen, dass eine Handvoll Studenten nicht reich waren. Wir segelten alle erster Klasse, auch wenn einige von uns gleichzeitig das Deck schrubbten.

Was die Drogen betraf, so versorgte uns die Verwaltung nicht im eigentlichen Sinne damit, aber da sie beide Augen zudrückte, wurde das als weiteres Privileg verstanden. Dealer wie Runyon und Bee betrieben ihr Geschäft mit Hingabe. Auf der Wiese wurden offen Joints geraucht, und die Partys im Pelt House waren berühmt für ihre im hauseigenen Labor gebraute LSD-Bowle. William S. Burroughs war als Gastredner für die Zeugnisverleihung nominiert worden, und während der Vorführung von *Eraserhead* oder *Der Mann, der vom Himmel fiel* stiegen Rauchwolken durch den Projektorstrahl der kleinen Aula. Obwohl es als höflich galt, die Tür zu schließen, wenn man eine Nase Koks oder Methedrin zog, machten sich nur wenige die Mühe, die Spiegel anschließend wieder aufzuhängen, und einige ließen sie als Beistelltische auf Kästen, ähnlich wie Barrett Rude Junior.

Ich war ein schwarzes Loch, was Koks anbelangte. Das gehörte zu meinem Auftreten. Nachmittags, wenn wir beim Unterricht oder in der Bibliothek hätten sein sollen, spielten Matthew und ich mit Runyon und Bee Basketball, draußen am Rande des Campus auf dem meist ungenutzten Platz, der tief im Wald lag, noch jenseits des verwaisten Fußballfelds – Camden war kein sportlicher Ort. Runyon und Bee gefiel die Art und Weise, wie ich anzutäuschen und zu tricksen versuchte, all die Bewegungen, die ich aufgesogen und in den Sporthallen meiner Jugend nie anzuwenden gewagt hatte. Matthew und ich wurden zu Runyons und Bees Adoptivkindern, ihren Maskottchen. Wie sie trugen auch wir auf dem Platz Wayfarer-Sonnenbrillen, verteidigten nur nachlässig oder gar nicht und schnupften und rauchten zwischen den Zwei-gegen-zwei-Spielen auf dem von Kiefern beschatteten Asphalt. Dass ich meinen Anteil nicht bezahlen konnte, war für die Dealer irritierend oder liebenswert, je nach ihrer Laune, aber nicht von Bedeutung. Abends hing ich oben in Runyons und Bees Zimmern ab, und wenn gelegentlich ein anderer Student vorbeikam, um ein viertel Gramm zu kaufen, wurde ich in das obligatorische Testen miteinbezogen. Einmal verdiente ich mir meine Kost, indem ich eine Arbeit abtippte, die Runyon über das Thema *Als ich im Sterben lag* geschrieben hatte und die vor Grammatikfehlern nur so wimmelte. Ich schrieb sie neu, wie er es wohl gehofft hatte, und zusammen bekamen wir eine Eins.

An drei oder vier Nachmittagen in jenem Herbst, zu ungewöhnlich früher Stunde schon high von irgendwas, abgeschnitten von meinen Partykameraden, Moira oder Matthew oder den Dealern oben, und nicht in der Lage, gegen das anzukämpfen, was in mir brodelte, ging ich in den Wald und flog. Ich hatte das Kostüm nicht mehr, und ich war auch nicht mehr wirklich Aeroman, sondern einfach ein Jugendlicher aus der Stadt, den man im Wald ausgesetzt hatte und der überschüssige Kraft loswerden musste, indem er zwischen den Ästen hochschnellte. Dass ich nicht mehr Aeroman war, machte es mir nach so langer Zeit wahrscheinlich überhaupt erst wieder möglich zu fliegen. Ich war nie in Brooklyn geflogen, abgesehen von dem einen Spaldeenfang. Ich war feige gewesen, aber auch überfordert von den Zielen Aeromans, dem Heldentum und dem Vollbringen guter Taten. Hier dagegen gab es niemanden zu retten, höchstens uns vor uns selbst, und ein fliegender Achtzehnjähriger hätte das ohnehin nicht schaffen können. Also marschierte ich stattdessen zu den Bäumen östlich vom Ende der Welt, unterhalb des Fußballfelds und des Basketballplatzes, steckte mir Aaron Doilys Ring an den Finger, fand einen hohen Felsen zum Abspringen und durchpflügte die Luft. Sich leicht über den Campus zu erheben, von Weitem die stehen gebliebene Turmuhr zu erblicken, war der Versuch, an mein Glück zu glauben, an meine unwahrscheinliche, berauschende Flucht aus der Dean Street. Ich versuchte, die Hügel Wirklichkeit werden zu lassen, indem ich mich allein und kopfüber auf sie stürzte, eignete mir die Baumkronen an, indem ich die Fingerspitzen darübergleiten ließ. Ich weiß nicht, ob es funktionierte. Ich bin mir nie sicher gewesen, ob ich überhaupt Freiheit spüren konnte, zumindest nicht länger als die ausklingende Wirkung einer Droge oder über die Dauer eines bestimmten Songs hinaus. Und ein Song klingt selten gleich, wenn man auf *Repeat* drückt. Dennoch, weißes Puder, Mentholqualm, Kieferduft – an diesen Nachmittagen schienen meine Nasenlöcher umgekehrt zu arbeiten, als könnte ich rückwärts in mein eigenes minzig-frisches Gehirn riechen.

An einem dieser Nachmittage wurde ich nach der Landung auf meinem Rückweg durch den Wald von Junie Alteck überrascht. Junie war ein sylphidenhaftes Hippiemädchen aus dem Oswald, die ausdauernd zu feiern wusste und oft noch spät Bees Zimmer schmückte, wenn die anderen schon die Segel gestrichen hatten. Wir vermuteten, dass Bee mit ihr schlief, aber er hatte es nie zugegeben. Runyon nannte sie am liebsten »Aspekt«. Sie war allein im Wald herumspaziert. Ihrem Gesichtsausdruck entnahm ich, dass ich ertappt worden war.

»Was hast du gemacht?«, fragte sie verwirrt.

»Performance-Kunstprojekt«, antwortete ich.

»Oh.«

»Ziemlich gut, was?«

»Äh, ja!«

Kokain und schwarzer Slang und Hirngespinste und Fliegen: Alles, was mein ganzes Leben lang gefährlich gewesen war, war hier plötzlich ungefährlich, und warum auch nicht. Camden war dazu bestimmt, sich sicher zu fühlen. In diesem Gemütszustand nahm ich eines späten Abends in den ersten Dezembertagen am Münzfernsprecher des Oswald einen Anruf von Arthur Lomb entgegen.

SIEBEN

Arthur platzte mit seiner Geschichte heraus. Die seltsame Geschäftspartnerschaft, die in den Monaten vor der Schießerei zwischen Lomb, Woolfolk und Rude geschlossen worden war, hatte Mingus' Verfahren wegen fahrlässiger Tötung und seine Verurteilung im Oktober zu zehn Jahren in Elmira, einem Gefängnis im Norden, überdauert. Das Ergebnis war eine noch viel seltsamere Partnerschaft: Arthur und Robert. Sie hatten das Geld genommen, das ich für die Comichefte und den Ring bezahlt hatte, den Rest irgendwie zusammengekratzt und ihr viertel Kilogramm gekauft. Es dann erfolgreich gedealt. Mit Barry als Hauptkunden, soweit ich verstand. Und Arthur und Robert hatten den Profit nicht gleich aufgebraucht, hatten genug behalten, um ein weiteres viertel Kilogramm zu kaufen und von Neuem zu beginnen. Mit dem Unterschied, dass sie sich jetzt in die Haare geraten waren. Robert hatte Arthur mit zwei seiner Kumpane aus den Gowanus Houses einen Besuch abgestattet und Geld verlangt, woraufhin Arthurs Mutter ausgeflippt war und die Polizei gerufen hatte. Dann hatte Robert Arthur gedroht, er würde ihn töten, wenn er nicht bis zu einem bestimmten Zeitpunkt eine bestimmte Summe herbeischaffte. Nur dass Arthur nicht allein nach Gowanus gehen konnte, um zu dealen, da Roberts Freunde sein weißes Gesicht kannten und auch wussten, was er mit sich herumtrug. In der Zwischenzeit war Barry über Thanksgiving verreist, um einen Arzt in Philadelphia aufzusuchen, und war nicht zurückgekehrt …

Ich unterbrach ihn, ich hatte genug gehört. Es war mir wichtig, mich möglichst desinteressiert an den Einzelheiten dieses entfernten Morasts zu zeigen.

»Kein Mingus, der dich beschützt«, sagte ich mit Genugtuung.

Als Antwort hörte ich nur Arthurs Atmen in der Leitung, und ich bemerkte den Anflug eines vorgetäuschten Asthmaanfalls in seiner echten Panik.

»Kauf dir eine Busfahrkarte«, sagte ich. »Wir werden den Stoff in ein paar Tagen los, kein Problem. Dann kannst du ihm sein Geld geben.«

Das musste ich Arthur nicht zweimal sagen. Am nächsten Tag, einem Dienstag, fiel der erste Schnee des Winters, während ich am Busbahnhof von Camden wartete. Der Bus bog auf den großen Parkplatz ein und zog frische Reifenspuren in den Neuschnee. Mit einem Seufzer kam er zum Stehen, und der Fahrer stieg aus, um den Gepäckraum zu öffnen, aber Arthur hatte nichts darin verstaut. Er lief auf Zehenspitzen und mit einer Adidas-Sporttasche über der Schulter seiner unzulänglichen Bomberjacke durch den Schnee, blies sich in die gewölbten Hände und schaute befremdet drein.

»Ist das deine Uni?«

»Das ist die Stadt. Die Uni ist drei Meilen außerhalb.«

Er starrte mich verständnislos an.

»Ist einfach zu trampen«, prahlte ich. Das war eine weitere heimliche Vergünstigung: Jemand aus dem College, ein Student aus einem der höheren Semester oder manchmal sogar ein Professor, erkannte zwangsläufig den Kleidungsstil, der einen von den Einheimischen unterschied, und man wurde an der Route 9a aufgelesen und aus dem sterbenden Zentrum von Camden herausgefahren, vorbei an den Einkaufszentren, die das Stadtleben zum Erliegen gebracht hatten, durch den Wald hindurch und die lange Auffahrt hinter den Collegetoren hinauf. Ich wollte Arthur mit dem Effekt überraschen. Ich hob seine Adidas-Tasche auf, und wir trotteten quer über einen Dunkin'-Donuts-Parkplatz zu der matschig-grauen Fahrbahn.

Wie es der Zufall wollte, gehörte der Wagen, der für uns

hielt, meinem Dekan Richard Brodeur. Möglicherweise war er in die Stadt gefahren, um ein Stück Pizza zu essen. Während wir ins Auto stiegen, stellte ich Arthur als Freund aus New York vor, der mich besuchte. Brodeur begrüßte ihn reserviert und erinnerte mich an die Hausordnung, derzufolge man Gäste, die in den Wohnheimen übernachteten, im Büro anmelden musste. Und an die Höchstdauer von drei Tagen für solche Besuche. Ich versicherte ihm, wir würden das befolgen. Brodeur schien gealtert seit dem Tag, an dem er die Pizza-Rede gehalten hatte – ich fragte mich, ob seine ersten drei Monate in Camden wohl ebenso ausgefüllt gewesen waren wie meine. Eigentlich tat er mir leid. Dass er uns beim Trampen mitnahm, schien Beweis genug für den verzweifelten Wunsch, geliebt zu werden und in der zwanglosen Atmosphäre seinen Platz zu finden.

An den Rändern der Windschutzscheibe türmte sich Schnee auf, wurde von den Scheibenwischern zu bröckelnden Säulen zusammengeschoben, und einzelne Flocken lösten sich und hüpften wild über das Glas.

»Sind Sie auf dem College, Arthur?«

»Nee. Äh, ich geh aufs Brooklyn. City, mein ich. Aber ich, äh, muss erst noch ein paar Punkte gutmachen. Also hab ich ein Jahr Auszeit genommen.«

Dieses widersprüchliche Geschwätz ließ nicht viel Raum für eine Anschlussfrage. Brodeur lächelte und sagte: »Sie sind ein wenig zu dünn angezogen für das Wetter hier in Vermont, nicht wahr?«

»Nee, alles cool«, antwortete Arthur. »Sir.«

Brodeur fuhr uns den ganzen Weg bis vor die Tür des Oswald Apartments, während jeder andere einen Mitfahrer direkt hinterm Wärterhäuschen abgesetzt hätte. Ich verspürte den lächerlichen Impuls, ihn hereinzubitten. Ich fragte mich, ob er in seiner Zeit hier schon in einem Studentenwohnheim gewesen war – wohl eher nicht. Und Matthew wäre beeindruckt. Es wäre sehr *devo* gewesen. Obwohl es nicht wahrscheinlich war, dass irgendwelche Drogenutensilien oder gestohlenes Universitätsgut offen herumlagen, entschied ich, das Risiko nicht einzugehen und die Gelegenheit vorüberziehen zu lassen.

»Genießen Sie Ihre Zeit hier, Arthur. Vielleicht wollen Sie ja mal wechseln.«

»Äh, ja, cool. Danke.«

Innerhalb von zwei Tagen war Arthur Lomb eine lokale Berühmtheit. Wenn ich die Katze mit der Mütze war, dann hatte ich nun eine noch unglaublichere Katze aus meiner Kopfbedeckung hervorgezaubert. Mit seinen weiten Jeans und den dicken Schnürsenkeln und dem plumpen Dialekt, seinen ständigen Verweisen auf Rap und Graffiti sowie seiner unverhohlenen, insektenhaften Ehrfurcht vor dem Ort, an dem er sich befand, erschien Arthur meinen Camdener Freunden wie eine aufrührerische Bestätigung, dass ich mit meiner Gettomasche nicht nur Witze machte, worauf auch immer sie anspielte. Ironischerweise erschien ihnen Arthur *echt.* Als er darauf bestand, ihr Geld zu zählen, bevor er ihnen die Drogen aushändigte – er, Matthew und ich hatten die verblassenden Stunden des ersten Nachmittags damit verbracht, Arthurs viertel Kilo in Camden-übliche Portionen aufzuteilen und in gefaltete Papierbriefchen zu füllen –, waren sie ganz entzückt über seinen Straßengrimm. Endlich war mal ein richtiger Drogendealer auf den Campus gekommen. Und obwohl Arthur selbst der Witz war, kapierte er ihn auch und trieb den Spaß bis an seine Grenzen. Niemand hätte sagen können, wer am lautesten über wen lachte.

An Arthurs drittem Tag auf dem Campus fuhren Runyon und Bee uns nach Camden zu einem Haushaltswarenladen, wo wir einen Posten Krylon und Red Devil mitgehen ließen. Die kurzen Stunden jener Nacht verbrachten wir vier damit, die Seitenwände des Oswald House anzusprühen, dann die Campuskneipe und obendrein den Kunsttrakt. Arthur und ich verschönerten die Gebäude mit »authentischem«

Brooklyner Graffiti, reproduzierten Tags von FMD- und DMD-Mitgliedern, den Crews, die unsere zaghaften Versuche immer mit einem TOY ausgelöscht hatten. Diese Runen bedeuteten hier rein gar nichts, doch wenn wir es gewagt hätten, sie uns auf Wänden in Brooklyn anzueignen, dann wären wir sehr schnell in den Genuss gekommen, die Notaufnahme des Long Island College Hospital von innen zu sehen. Runyon und Bee schrieben ein paarmal in unregelmäßigen Blockbuchstaben KING FELIX – der Name war einer ihrer privaten Scherze –, aber nachdem sie unseren gekonnten Umgang mit den Sprühdosen gesehen hatten, ließen sie es bleiben.

Arthur muss sich vorgekommen sein, als wäre er in einem *Saturday Night Live*-Sketch gelandet: »Ein Samurai als Drogendealer« oder vielleicht »Koksen in Vermont«. Ich tat bewusst so, als würde ich in diese Umgebung bestens hineinpassen, als fände ich es nicht sonderlich bemerkenswert, damit ich sichergehen konnte, dass Arthur die Botschaft verstand: Dylan Ebdus war auf der Dean Street ein Prinz in Lumpen gewesen, der darauf gewartet hatte, seinen rechtmäßigen Platz einzunehmen. Ich wollte ganz sicher nicht darüber reden, was zwischen Mingus, Barry und Senior passiert war. Ich weigerte mich, daran zu denken oder gar zuzugeben, wie lange ich Arthur schon kannte. Ich bezweifle, dass ich Abraham überhaupt erwähnt habe, es sei denn, um darüber zu spotten, wie wenig mein Vater von meinem Leben in diesem College wusste. Der Abraham, der natürlich die Rechnung bezahlte – aber das war ein unangenehmes Detail.

Am Freitag wachten wir auf und erblickten die von uns gekritzelten Tags unserer Feinde überall auf den ländlichen Gebäuden. Es war ziemlich schockierend, die frische rote Farbe im Morgenlicht auf den weißen Schindeln zu sehen, als hätten Arthur und ich unsere urbanen Albträume in einer schlafwandlerischen Zwangshandlung importiert. Im Speisesaal waren alle möglichen Theorien darüber im Umlauf, wer es wohl gewesen war, aber Runyon und Bee überzeugten mich im Flüsterton, dass es keine große Sache war. Wir hatten unseren Laufstall umdekoriert, nichts weiter. Camden gehörte uns.

Arthur hätte der Hausordnung entsprechend an jenem Tag den Bus zurück nach New York nehmen sollen, aber wir hatten anderes im Sinn als die Hausordnung. Ich wollte ihm eine Freitagnacht-Party zeigen – die heutige war im Crumbly House –, und obwohl es sich bei den Koksnasen auf dem Campus herumgesprochen hatte, dass ich im Oswald Apartment einen Ausverkauf veranstaltete, und Arthur das Geld für Robert Woolfolk bereits zusammenhatte, brauchten wir eine weitere große Nacht, eine Partynacht, um den Rest seines Vorrats zu verpulvern.

Wir hatten das Apartment größtenteils für uns. Matthew hatte in letzter Zeit mit seiner ein Jahr älteren Freundin außerhalb des Campus in einem Haus in North Camden übernachtet, und Arthur hatte Matthews Platz im Schlafzimmer am hinteren Ende der Suite übernommen. Mein Bett stand im großen Gemeinschaftsraum mit dem Kamin und der Couch. Den ganzen Nachmittag über hingen Arthur und ich wie betäubt im Vorderzimmer, während draußen das fahle Dezemberlicht in den kahlen Apfelbäumen immer schwächer wurde. Wir beide erholten uns von der vorherigen Nacht und warteten darauf, dass es Abend wurde. Arthur mochte die Devo- und Wire- und Residents-Platten nicht, die Matthew und ich zu der Zeit ständig hörten, und er musste lange in Matthews Beständen suchen, bis er etwas gefunden hatte, das er besser fand: *The Lamb Lies Down on Broadway* von Genesis. Wir lagen im Dunkeln, Arthur auf der Couch und ich auf meinem Bett, und der übertriebene symphonische Glamour der Musik schien die tiefe Absurdität unserer Situation so gut auszudrücken, dass wir das Gefühl hatten, wir müssten nie wieder ein Wort sagen.

Das erste Klopfen an der Tür war kein Kunde für Arthurs

Ware, sondern ein Mitglied der Reinigungskräfte, eine Frau, die ich zuvor schon Dutzende Male gesehen hatte, ohne ihren Namen zu kennen. Blass, dick und gebeugt, wirkte sie auf mich wie ein altes Weib, obwohl sie sicherlich nicht älter als vierzig war. Es war ihre Aufgabe, die Badezimmer im Oswald zu putzen, die zumeist gemeinschaftlich genutzt wurden und an öffentliche Korridore angrenzten. Aber einmal die Woche musste sie das private Badezimmer in unserem Apartment säubern, und so ließen wir sie herein. Mit einem flüchtigen Nicken zu Arthur verschwand sie durch Matthews Zimmer nach hinten. Ich drehte die Platte um und sackte zurück auf mein Bett.

Die Frau war typisch für ein Heer grauer Einheimischer, die die Gebäude und das Grundstück in Camden in Schuss hielten. Sie hatten nicht die Gesichtsfarbe oder Haltung der gewöhnlichen Kleinstädter, sondern waren echte Bedienstete, die die Kunst der Unterwerfung bis zur Unsichtbarkeit perfektioniert hatten. Wir kannten nur die Namen von einigen wenigen der älteren Männer, die seit fünfundzwanzig oder dreißig Jahren ihren Dienst taten und Generationen sowohl von Studenten als auch von Professoren hatten kommen und gehen sehen und schon zum Inventar gehörten. Sie zeigten stets ein kariöses Lächeln, hatten Namen wie Scrumpy oder Red und wurden freudig begrüßt, wenn sie auf einer Mähmaschine oder einem Schneepflug vorbeiholperten. Doch die kloputzenden Morlock-Frauen sprachen nie. Runyon nannte sie mit Vorliebe *kleine Leute*, und ich hatte ihn einmal gesehen, wie er sein Bier gehoben und gesagt hatte: »Ich möchte all den kleinen Leuten danken, besonders demjenigen, der am Samstagmorgen die Kotze vom Treppenabsatz aufgewischt hat, während ich noch glücklich im Koma lag.«

Bevor die Seite der Platte zu Ende war, musste ich mich erneut erheben, um die Tür zu öffnen. Es waren Karen Rothenberg und Euclid Barnes. Karen und Euclid waren Freunde von Moira aus dem Worthell House, ich nehme an, sie waren auch meine. Jetzt waren sie außerdem Kunden – waren es schon während des ganzen dreitägigen Gelages seit Arthurs Ankunft gewesen. Euclid war im vorletzten Studienjahr, groß, sanft und mit fransigem dunklem Pony, der ihm in die Augen fiel. Er war ein resignierter, trübseliger Schwuler, der nie mit jemandem Sex hatte und sich bitterlich über seine Isolation in Vermont beklagte. Karen war seine Beschützerin und Liebesbotin, ein dunkelhaariges, kräftiges Mädchen, das ein bleiches Make-up trug und eine matte Erschöpfung zur Schau stellte. Indem sie Euclid hartnäckig bei verschiedenen Jungs anpries, schien sich mir Karen eigentlich nur vor ihren eigenen Wünschen schützen zu wollen. Ich hatte nämlich vor Wochen – was nach den Maßstäben in Camden Äonen her war – an einem wirren Morgen um drei Uhr ein Doppelangebot von Karen und Euclid ausgeschlagen. Jetzt waren beide völlig besessen von Arthur, dem wilden Mann aus Brooklyn.

Euclid zog seine Matrosenjacke aus und warf sie über einen Stuhl, bevor er anfing, mit seinen Zigaretten zu hantieren. »Was hört ihr denn da?«, fragte er.

»Genesis«, antwortete ich.

»Unsinn, das hört sich nicht nach Genesis an. Stell es aus.«

»Wo ist Moira?«, fragte Karen.

»Ich weiß es nicht«, sagte ich.

»Sie meinte, wir würden uns hier treffen.«

»Okay, aber ich habe davon nichts gehört.«

Karen ließ sich zu Arthurs Füßen auf die Couch fallen und weckte ihn aus seinem Halbschlaf. Die Sause war für ihn anscheinend anstrengender, als ich gedacht hatte.

»Ich bin total blank«, murmelte Euclid hinter seiner Zigarette. Er warf vier Zwanziger auf die Kommode. »Meine Eltern sind zu spät dran mit einem Scheck, sie sind schuld. Das hier muss reichen.«

»Es ist sowieso fast nichts mehr da«, sagte ich. Arthur setzte sich auf und rieb sich die Augen.

Euclid runzelte die Stirn, missbilligte meine Weltfremdheit. »Gibt es nicht immer noch mehr?« Sein Blick glitt zu Arthur, der nun als der persönliche Begleiter des Kokains auf seinem unvermeidlichen Weg von New York nach Camden galt. Zum ersten Mal kam mir der Gedanke, dass es keine einmalige Sache bleiben musste. Ich hatte mein Dealerdasein als eine Art freie Improvisation gesehen, eine übermütige Nachahmung von Runyon und Bee. Aber vielleicht hatten die beiden das auch ironisch gesehen, als sie anfingen.

»Diese Musik ist unerträglich. Die hört sich ja an wie *Troll-musik*.«

»Was ist Trollmusik?«, fragte Arthur.

»Das ist Musik, die sich Trolle anhören«, antwortete Euclid. Er schüttelte den Kopf, um zu unterstreichen, dass das für jemanden, der es nicht verstand, auch nicht zu erklären war. »Ich habe immer prophezeit, dass Dylan und Matthew dem Druck im Oswald nachgeben würden, aber es tut mir weh, mitansehen zu müssen, wie schnell das passiert.«

»Das ist eine Brutstätte für Trolle«, stimmte ich zu.

»Ooh, leg das auf, das liebe ich«, sagte Karen und singsangte vor Freude wie ein Kind. Sie war einen Stapel Platten durchgegangen und hielt jetzt die Psychedelic Furs hoch.

»Verdammt, ich hasse den Scheiß«, sagte Arthur mit idiotischem Ernst, und wir alle lachten.

»Mach es selber«, sagte ich Karen. Sie tauschte die Platten aus, drehte dann die Lautstärke hoch. Richard Butler knurrte *Yaaah fall in love* und wie aufs Stichwort kam Moira ohne zu klopfen herein und setzte sich zu uns aufs Bett, während Arthur Koks auf einem mit Isolierband abgeklebten Stück Stahlblech auslegte, das Matthew und ich aus der Metallwerkstatt organisiert hatten. Innerhalb von nur vier Tagen hatte Arthur sich der Camdener Weise, Kokain zu dealen, angepasst, dem zwanglosen Probieren, das mit dem Hinwerfen der Scheine, wie Euclid es gerade eben getan hatte, einherging. Nach Arthurs Vorstellung ließ sich ein Dealer nicht dazu herab, mit seinen Kunden zu feiern, aber diese Unterscheidung war hier bedeutungslos.

Ich freute mich, Moira zu sehen. Das Gelage mit Arthur, Runyon und Bee war reine Jungssache gewesen, und ich hatte sie vermisst. Ich war froh, dass sie sich mit Euclid und Karen selbst eingeladen hatte, froh, dass sie ohne anzuklopfen hereingekommen war. Genau genommen entschied ich, als sie sich im Röhren der Gitarren, das ein Gespräch überflüssig machte, neben mich schob, dass ich sie wahrscheinlich liebte, dass ich mehr sein wollte als ihr Vertrauter. Und tatsächlich schliefen Moira und ich zwei Tage später, nachdem Arthur endgültig abgefahren war, wieder miteinander. Ein teurer Fehltritt in einem Dezember voller teurer Fehltritte. Jetzt lächelte ich nur, in der Annahme, sie würde dasselbe fühlen wie ich.

Wir zogen alle ein paar Lines. Als Arthur sich beschwerte, wir hätten zu viel weggegeben, besänftigte ich ihn dadurch, dass ich mit meinem Anteil am Gewinn selbst ein Achtel kaufte. Eigentlich tat ich das nur, um Arthur zu ärgern. Dass ich ihn so selbstverständlich als meinen dicksten Freund hinstellte, kaschierte meine fixe Idee, ihm alles unter die Nase reiben zu müssen. Während wir die Lines zogen, überhäuften Euclid und Karen Arthur mit Fragen: Warum waren die Senkel an seinen Schuhen nie geschnürt? Wie konnte er mit den herunterhängenden Jeans überhaupt laufen? Hatte schon mal jemand versucht, sie ihm bis zu den Knöcheln herunterzuziehen? Als Arthur mich in seiner Verwirrung hilfesuchend anblickte, schaute ich weg, zog Moira näher heran und lachte nur. Siehst du, wie ich mir die Mädchen angele, Arthur, und neue Freunde gewinne, und die Lacher auf meiner Seite habe, siehst du, wie hip ich bin? Wenn du geschnallt hättest, dass ich die ganze Zeit auf dem Pfad der Erleuchtung war, hättest du mich nicht wegen Mingus fallen lassen. Du und Mingus, ihr hättet mich nicht füreinander fallen lassen. Arthur und ich spielten immer noch Schach, zwei elende Streber auf seinem Treppenaufgang in der Pacific Street, nur dass ich jetzt seine Dame geschlagen hatte, ihn aber weiterspielen ließ, hinkend und auf der Verliererstraße. Siehst du, siehst du? In ein oder zwei Tagen würde ich Arthur wieder nach Brooklyn schicken, zu Robert Woolfolk. Aber zuerst sollte er sich gut anschauen, was er verloren und ich gewonnen hatte.

Es war fünf Uhr. Die ersten Studenten standen mit ihren Tabletts bestimmt schon im Speisesaal Schlange. Die Party im Crumbly würde erst in einigen Stunden anlaufen, aber es war bereits dunkel, wir waren high, und die Musik war laut. Unsere Party war in vollem Gange. Wahrscheinlich würden wir das Abendessen auslassen. Falls wir Hunger bekämen, würden wir uns in Karen Rothenbergs Toyota quetschen und in die Stadt fahren. Bald würden andere zu unserer Runde dazustoßen, von den Drogen ins Apartment gelockt. Wir würden Matthew zu Gesicht bekommen, ganz sicher, und seine neue Freundin, auch wenn sie eine Langweilerin war und Matthew ebenfalls zu einem machte, das war die einhellige Meinung. Wir würden oben Runyon und Bee besuchen, ihre sechs Fuß hohe Acrylbong antesten. Unsere Gruppe würde größer werden, sich dann teilen wie ein Pantoffeltierchen, wir würden geschmacklose Drinks trinken, all unsere Freunde und Feinde sehen, auf die Tanzfläche gehen, uns verwandeln und doch wir selbst bleiben. Irgendwann würde Euclid bei Arthur einen halbherzigen Annäherungsversuch machen und sie beide damit demütigen. Euclid zu trösten würde ein Drama für sich sein und uns bis in die frühen Morgenstunden beschäftigen. Jeder konnte das alles kommen sehen, doch niemand konnte es aufhalten, und das war das Wunderbare daran. Die Freitagnacht lag in Stein gemeißelt vor uns.

Die Putzfrau zwängte sich aus der Tür und schirmte mit dem Körper ihren gelben Eimer voller Putzutensilien ab wie ein zu klein geratener Verteidiger einen Football. Nachdem sie mit ihrer Arbeit fertig gewesen war, musste sie die ganze Zeit über im Badezimmer gehockt und zugehört haben, wie sich die Party entwickelte, in der Hoffnung, wir würden zum Abendessen auseinandergehen. Als dann die Minuten verstrichen, war ihr mit Schrecken bewusst geworden, dass wir nirgendwohin gehen würden, dass sie keine andere Wahl hatte, als ihren Fluchtversuch zu starten. Um aus Matthews Zimmer und dem Apartment herauszukommen, musste sie an uns fünfen, die wir aufgereiht auf Bett und Couch saßen, vorbei und außerdem einem Haufen von LPs ausweichen, die Karen über den Boden verteilt hatte. Dies tat sie sehr behände, mit der Eleganz eines gehetzten Rehs. Es kann sein, dass sie *Entschuldigung* murmelte, aber nicht hörbar. Entweder hatte sie die Bezüge in unserem Gespräch oder das Kratzen der Rasierklinge auf dem Stahl richtig gedeutet – davon zeugte ihre Angst, die Art und Weise, wie sie ihre Kaninchenaugen abgeschirmt hatte, als sie vorbeilief.

Dann war sie verschwunden und ließ uns entgeistert und sprachlos in der Kreissägenmusik zurück.

Karen ließ den zusammengerollten Dollar, den sie in der Hand gehalten hatte, fallen und hielt sich theatralisch die Hände vor den Mund.

Euclid sprach als Erster: »*Was. War. Das.*«

»Ey, Alter«, sagte Arthur. »Das ist ja abgefahren.«

»Ich hatte vollkommen vergessen, dass sie da war«, flüsterte ich, ohne mich an jemand Bestimmtes zu wenden, meine Gedanken kreisten um den dummen Fehler.

»Hat sie was gesehen?«, fragte Karen mit großen, schwarz umrandeten Vogelaugen.

»*Natürlich* hat sie was gesehen«, sagte Moira. »Was denkst denn du?«

Wir wussten, was wir dachten, aber keiner von uns wusste, was es zu bedeuten hatte. Eine berühmte Camden-Geschichte – ich war sicher, zumindest Moira kannte sie auch – drehte sich um einen studentischen Dealer aus dem Fish

House, der ein paar Jahre zuvor diskret vor einer anstehenden Durchsuchung der Vermonter Polizei gewarnt worden war. Ein wohlwollendes Mitglied des Lehrkörpers hatte dem Dealer geraten, seine Tür abzuschließen und übers Wochenende den Campus zu verlassen. Der entscheidende Punkt: Camden war sehr daran gelegen, uns vor Verwicklungen mit dem Gesetz zu bewahren. Talentierte und exzentrische Jugendliche sollten nicht nach den strengen gesellschaftlichen Standards für Erwachsene beurteilt werden. Man musste sie durch ihre schwierigen Jahre manövrieren – das war der Handel, der stillschweigend in den hohen Studiengebühren und der Quarantäne im Wald eingeschlossen war.

Also was hatte es schon zu bedeuten, wenn einer von den *kleinen Leuten* wusste, dass ich im Oswald Apartment mit Koks dealte? Möglicherweise gar nichts. Es konnte sein, dass sie nichts sagte. Es konnte sein, dass sie nicht alles in vollem Umfang mitbekommen hatte, vielleicht hatte sie nicht gesehen, wie das Geld den Besitzer wechselte. Es war einfach, sich vorzustellen, dass nichts Entscheidendes passiert war, bloß etwas Verrücktes und Lustiges. Ich konnte Runyons Stimme in meinem Kopf hören, die mich von diesem Standpunkt überzeugen wollte. Ich vermied es, mir die Worte in Erinnerung zu rufen, die wir laut gesagt hatten, die Worte, die sie womöglich gehört hatte.

»Also ich finde das fürchterlich«, sagte Euclid und brach das lange Schweigen. »Allein der Gedanke, eine Putzfrau als Lustsklavin in deinem Badezimmer einzusperren. Ich kann mir gar nicht vorstellen, wie du glauben konntest, damit ungeschoren davonzukommen.«

»Igitt, sie war definitiv *nicht* meine Lustsklavin«, sagte ich.

»Selbstverständlich war sie das«, erwiderte Euclid. »Du und Arthur, ihr seid beide Tiere. Zum Glück haben wir euch abgelenkt, sodass sie entkommen konnte. Hattet ihr überhaupt vor, ihr etwas zu essen zu geben? Oder hattet ihr sogar vor, ihr *Drogen* zu verabreichen?«

»Nee, Mann«, entgegnete Arthur, der den Witz jetzt kapiert hatte. »Nur wer zahlt.«

»Anders würde ich es auch gar nicht wollen«, witzelte Euclid.

»Tja, ich bin froh, dass sie weg ist«, meinte Karen. »Ich muss nämlich mal.«

»Das wäre ein Schock gewesen«, fügte Moira hinzu.

»Sieh mal nach, ob sie ein Feuer gemacht hat«, ordnete Euclid an. »Sie hat vermutlich versucht, ihren Artgenossen Rauchzeichen zu geben.«

»Vielleicht hat sie die Seife gegessen«, regte Arthur an.

Die Aufregung legte sich, und wir fuhren fort mit unseren Abendplänen. Als Matthew auftauchte, erzählten wir ihm die Geschichte und überboten uns dabei gegenseitig in den Einzelheiten: Der wahnsinnige Abgang der Frau; Karen, die sich fast in die Hosen gemacht hatte; Arthur, der sicher gewesen war, es wäre die Drogenfahndung, und schon seinen ganzen Vorrat schlucken wollte. Um zehn Uhr im Le Cheval lachten wir fünf über unserem Cassoulet immer noch, mit freundlicher Unterstützung der Mastercard von Karen Rothenbergs Mutter. Am nächsten Tag schilderte ich den Zwischenfall Runyon, der ihn, wie ich erwartet hatte, mit einer Handbewegung abtat. Und so war er schnell vergessen.

Zwei Wochen später war Arthurs Besuch für uns alle nur noch eine ferne Erinnerung, überlagert von einem Dutzend anderer Dramen. Moira und ich waren das dritte Mal zusammen gewesen und implodierten im gegenseitigen Missverstehen, beide fühlten wir uns auf eine Weise verletzt, die wir nicht artikulieren konnten, beide wurden wir von neuen Freunden getröstet. Und als der von Kälte und Dunkelheit umhüllte Campus sich auf die langen Winterferien vorbereitete, schrumpfte das gerade vergangene Semester zu einer niedlichen Belanglosigkeit zusammen. Wo würde man den Januar verbringen, das war jetzt die Frage. Auf Mustique? Auf einem Flussdampfer? Nun, ich fuhr in die Dean Street, aber das hatte nichts zu sagen. Die Zukunft raste uns entgegen – wer würde im Februar, wenn wir zurückkamen, unsere neue Liebe sein? Wir hatten ein paar vielversprechende Aussichten im Blick, die wir beim ersten Mal irgendwie übersehen hatten. Das vergangene Semester war bereits tot und unsere Siege und Niederlagen mit ihm.

Das war meine Gemütslage am letzten Unterrichtstag in der Sprechstunde meines Studienberaters Tom Sweden. Sweden war auch mein Kunstlehrer. Er war ein typischer Camdener Bildhauer, ein barscher, mundfauler Kettenraucher, der ständig in seiner Proletarierkluft aus Arbeitsstiefeln und gipsverklumpten Jeans herumlief, ein bisschen wie ein Marlboro-Mann. Wir mochten einander nicht – ich hatte ebenso wenig Sinn für seine romantischen Armutsfantasien und seinen Antiintellektualismus wie er für meine unrechtmäßigen Privilegien und meine Pseudobildung. Dennoch hatte ich immer geglaubt, Sweden stünde aufgrund meiner Schlagfertigkeit und meines Tatendrangs zusammen mit den hippen Studenten und Professoren auf meiner Seite, im Gegensatz zur spießigen Verwaltung. Ich weiß wirklich nicht, wie ich darauf gekommen bin, außer vielleicht, dass ich ganz trunken vom College war.

Sweden saß in seinem Trümmerhaufen von Büro im Untergeschoss des Kunsttrakts, umgeben von einem Chaos aus losen Dübeln, übervollen Aschenbechern und unsortiertem Papierkram. Als ich zehn Minuten zu spät eintraf, starrte er bereits finster auf einen Haufen rosafarbener Formulare, die abschließenden Bewertungen meiner vier Kurse in jenem Jahr. Also wusste er, wie ich, dass ich in Soziologie glatt durchgefallen war und von meinem Englischprofessor keine Note bekommen hatte.

»Das ist ja nicht so toll«, sagte er und zerknitterte die Blätter.

»Ich werde mich um die fehlende Note kümmern«, sagte ich und ging das Gespräch wie eine Verhandlung an. »Ich habe die Hausarbeit schon halb geschrieben.« Ich hatte noch nicht einmal angefangen.

Sweden rieb sich das stoppelige Kinn mit den schmutzigen Fingern. Wie Brando fühlte er sich über die Rolle, die er spielte, erhaben und litt darunter. Er konnte seine tief schürfenden Gedanken nicht in die banale Sprache pressen, die ihm zur Verfügung stand, also runzelte er nur die Stirn.

»Ich habe dieses Semester einfach mehr *Spaß* am Kunstunterricht gehabt«, sagte ich schmeichelnd.

»Ja, schon ...«, er brach ab und ließ uns beide im Unklaren.

»Und ich habe Unkonventionelle Musik bestanden«, betonte ich.

Sweden hob eine Augenbraue. »Bei Dr. Shakti?«

»Genau.«

»Ja, aber das ist doch kein richtiger Kurs, oder?«

Wenn Sweden das nicht wusste, war er der Einzige auf dem Campus. Ich schwieg.

»Hat dich irgendwas ...« Sweden blickte unablässig zur Tür. »Hat dich dieses Semester irgendwas, äh, *beschäftigt*, Dylan?«

»Nein, ich denke nur, ich brauchte eine Eingewöhnungszeit und kann mich wahrscheinlich besser konzentrieren, wenn ich wieder zurück bin. Auf die Kurse und so. Aber sonst ist alles prima.«

Er kratzte sich erneut am Kinn. Vielleicht reichte meine kleine Rede ja, um uns beide aus dieser Sprechstunde zu erlösen – er schien darüber nachzudenken. Dann klopfte es an der Tür.

»Ja, herein.« Sweden hörte sich mürrisch, aber nicht überrascht an.

Es war unser Dekan Richard Brodeur.

»Ich dachte mir, ich bringe die einfach selber rüber«, sagte er und zeigte Sweden einen Stapel Akten. Sweden brummte, deutete auf seinen Schreibtisch. Brodeur ließ die Akten in das Durcheinander fallen.

»Richard, äh, Dylan Ebdus«, murmelte Sweden äußerst wortkarg. »Wir halten gerade eine, äh, Sprechstunde ab.«

Brodeur griff nach meiner Hand, und als er sie schüttelte, schaute er mir tief in die Augen. »Ja«, sagte er freundlich. »Wir kennen uns.«

»Klar, hallo«, erwiderte ich.

»Ich habe Sie auf der 9a mitgenommen, nicht wahr? Im Schnee.«

»Ja.«

»Wie geht es Ihrem Freund?«

»Gut, nehm ich an. Gut.«

»Na, dann will ich nicht weiter stören«, sagte Brodeur abrupt zu Sweden. »Die Papiere da sind nicht dringend. Wann immer Sie dazu kommen.«

»In Ordnung«, sagte Sweden mit einer Grimasse.

Es gab nichts zu stören. Nachdem Brodeur gegangen war, hatte Sweden nicht mehr viel zu sagen. Er wünschte mir schöne Feiertage und viel Glück mit der Hausarbeit. Er musste sich eine Zigarette anzünden, bevor er fortfuhr, *pass auf dich auf, Mann*. Das war anscheinend alles, was er hatte loswerden wollen.

Der Brief traf knapp eine Woche später in Brooklyn ein. Er war an meinen Vater gerichtet. Wir saßen am Frühstückstisch, als Abraham ihn mir in dem aufgerissenen Umschlag übergab, nur begleitet von einem trockenen »Ich glaube, der ist für dich«. Aber der Brief war schon am Tag zuvor gekommen – Abraham hatte ihn mit nach oben genommen und einen Nachmittag und Abend lang darüber gebrütet, bevor er sich entschieden hatte, nichts dazu zu sagen.

Der Brief war auf dem geprägten cremefarbenen Briefpapier von Camden geschrieben und trug Richard Brodeurs Unterschrift. Er erklärte in bedauerndem Tonfall, dass meine Übertretung der Hausordnung durch unangemeldeten Besuch und Besitz von Betäubungsmitteln vorschriftsmäßig die Beurlaubung für ein Semester nach sich ziehe, gefolgt von einer Anhörung vor dem Studentenausschuss. Schwerer wog jedoch, dass mein Stipendium aufgekündigt worden war, weil ich den akademischen Anforderungen nicht im Geringsten genügt hatte. Nach einer bestimmten Zeitspanne würde ich aufgefordert werden, mich *erneut* für das Stipendium zu bewerben.

Die Legende von dem Dealer aus dem Fish House, dem nahegelegt worden war, seine Geschäfte einzustellen, war keineswegs irreführend, nicht wirklich. Ja, das Camden College konnte und würde sich vor der Vermonter Drogenfahndung schützen. Und es konnte sich auch vor mir und Arthur Lomb schützen. Ich stopfte den Brief in meine Jeans, die Augen gesenkt, um Abrahams Blick auszuweichen. Mein Vater fuhr fort, mit der Untertasse zu klirren und Toastbrote zu schmieren, dann las er mir im Überschwang der Begeisterung einen Nachruf auf Louis Aragon vor, französischer Dichter, mit fünfundachtzig Jahren gestorben. Damit hätte ich mich verabschieden können, die Nevins Street hoch zur Linie 4, in meinem Rucksack lauter ungemachte Hausaufgaben und fotokopierte Handzettel für Stuyvesant-Bands. Die Dean Street war so intakt, wie ich sie verlassen hatte, der Brief in meiner Tasche der einzige Beweis, dass ich überhaupt fort gewesen war.

ACHT

Die Universität von Kalifornien in Berkeley wollte mich noch immer nehmen. Die große Entfernung passte zu meiner Stimmung, Vermont lag so weit weg, dass es in der Masse alter Bundesstaaten unterging, die niemand an der Sonnenküste überhaupt auseinanderhalten konnte. Meine Noten aus Camden waren bei dem Wechsel nutzlos, also fing ich wieder als Erstsemester mit einer sogenannten weißen Weste an. Vielleicht eher mit einem astreinen Komplex auf meiner weißen Weste. Die Uni war das genaue Gegenteil von Camden – ein asiatisches, mexikanisches, schwarzes und weißes Meer aus Studenten, an einer Bucht gelegen, und kein allzeit grünes, künstlerisches Treibhaus wie Camden. In Camden hatten in den Kursen zehn bis zwölf Studenten um einen langen Eichentisch herum gesessen, alle plapperten und diskutierten, alle gaben an und drängelten sich vor. Hier murmelte ein Professor an einem weit entfernten Pult in ein Mikrofon, während ein Stadion voller Erstsemester Notizen machte, die Arme synchronisiert wie Fließbandroboter. Zum ersten Mal in meinem Leben lernte ich, wie man studiert.

Das Beste, was es im Umkreis von Meilen gab, war das Campusradio KALX. Der dortigen Truppe von DJs stand es durch das offene Format des Senders frei, sich in jede beliebige Richtung zu entfalten, und das Ergebnis war eine kunterbunte Mischung. Vielen DJs war es gestattet worden, ihren Sendeplatz auch noch Jahre nach Abschluss des Studiums zu behalten – diese ungewöhnliche Ausnahme von der Regel gab KALX sein spezielles Flair, das Flair einer anarchischen Familie, deren Mitglieder alle Spitznamen hatten, um ihre Sendungen unterscheiden zu können: Marshall Stax, Gale

Warning, Commander Chris und Sex For Teens hießen ein paar meiner Favoriten. Ihre charismatischen, sarkastischen und warmen Stimmen unterbrachen die gleichförmigen Tage und Nächte von Berkeley. In meinem Studentenzimmer im elften Stock eines hässlichen Hochhauses oberhalb der Palmen, die den Weg zur Bucht markierten, waren ihre Stimmen meine einzige regelmäßige Gesellschaft.

Das Funkhaus war ein kleines Gebäude in der Bowditch Street, weiße Hohlblocksteine, auf denen die Wellenlänge des Senders in einem blauen Streifen aufgepinselt war. KALX war wie ein Eisberg, größtenteils unter Wasser – die Kabinen und die Plattensammlung lagen im Keller, oben befand sich nur ein karges Büro, Schreibtische mit Wählscheibentelefonen und ein Wartezimmer voller Sperrmüllsofas, deren Füllungen aus den Brandlöchern herausquollen. Bei der erstbesten Gelegenheit schaute ich vorbei, um mich freiwillig für den Telefondienst bei einem Spendenmarathon zu melden. Meine Schicht lag in den frühen Morgenstunden, und der DJ sah mich an, als wäre ich ein Schwachkopf, weil ich das akzeptiert hatte. Er erklärte mir die Vorgaben: Wer anrief und mehr als fünfundzwanzig Dollar spendete, durfte den Sender besuchen und hatte Anspruch auf ein T-Shirt; für mehr als fünfzig Dollar durfte ich ihnen eine der miesen Platten schenken, die das Eingangsfach des Senders verstopften. Während meiner Schicht nahm ich fünfzehn oder zwanzig Anrufe entgegen. Ich lauschte der von unten übertragenen Stimme des DJs, als er widerwillig die Spendenaktion in seine Sendung einbezog, aber mir wurde kein Einlass in die Kapelle im Keller gewährt.

Im Anschluss fragte ich, wie man DJ wird, und bekam wenig Ermutigendes zu hören: Es bedurfte hundert dröger Stunden als freiwilliger Helfer, um auf die Liste für ein Schulungsprogramm aufgenommen zu werden. Dann kam die Wartezeit, die sogar für den mickrigsten Sendeplatz im ganzen Programm normalerweise ein Jahr betrug. Ich würde von DJs angelernt werden, die ihre Zeit nicht mit mir verplempern wollten – entweder man meinte es ernst oder man sollte es bleiben lassen. KALX war den Idealen von Berkeley entsprechend ein richtiges Freiwilligen-Kollektiv, das aber ohne Scheinheiligkeit und Schwärmerei auskam und stattdessen einen stoischen Punkansatz vertrat. Das war im März 1983. Bis zum Ende des Jahres hatte ich mir den Anspruch auf eine Sendung erarbeitet, von zwei bis sechs am Donnerstagmorgen. Ich behielt den Sendeplatz über drei Jahre. Für KALX-Standards war das ein Klacks, aber für mich war es die größte Verantwortung, der ich mich in meinem jungen Erwachsenenleben gestellt hatte.

Ich nannte mich Rennende Krabbe. Obwohl ich zunächst den vagen Verdacht gehegt hatte, dass ich mit meinem Umzug nach Berkeley Rachels lang zurückliegende Flucht nach Westen kopiert hatte, machte ich mich jetzt verbittert über mich selbst lustig, dass sie sich vielleicht in Reichweite meines Sendegebiets befand. Sie sollte sich ruhig fragen, wer ihr Doppelgänger im Äther war. Am Anfang jeder Sendung spielte ich Ian Durys »Reasons to Be Cheerful, Part 3«, ein Monty-Python-artiger weißer Rap, und erklärte es zu meiner Hymne. Aber meiner Verbitterung ging, genau wie meiner Plattenliste, bald die Puste aus. Meine Sendung war schlecht. Ich hatte gedacht, eine ganze Reihe von Lieblingsliedern zu haben, aber nach ein paar Wiederholungen wirkten sie ziemlich dürftig. Ich versuchte, Eindruck zu schinden, eine Persönlichkeit vorzutäuschen, wie Matthew Schafft und ich es getan hatten, als wir uns Devo auf die Fahne schrieben.

Es war unmöglich, der Tatsache nicht ins Auge zu sehen: Die einsamen Stunden vor dem Morgengrauen waren entweder Leere oder Spiegel. Entweder redete ich mit niemandem oder mit mir selbst. Also fing ich von vorn an, in einem Modus des Suchens und Entdeckens. Vor jeder Sendung kramte ich vergessene Alben aus dem muffigen Archiv hervor und ließ meiner eigenen Neugier live freien Lauf, spielte Stücke, die ich nie zuvor gehört hatte und immer schon hören wollte. Was mich interessierte – wenn ich mir gestattete, es mir bewusst zu machen –, waren Doo-wop, Rhythm & Blues und Soul. Stax und Motown, aber auch Hi, Excello, King und Kent, das erweiterte Umfeld. Otis Redding und Gladys Knight, aber auch Maxine Brown und Syl Johnson. Und Gruppen – ich liebte Gesangsgruppen. Ich liebte die Subtle Distinctions.

Ich wurde zu einem Vinyl-Geier, durchstöberte Plattenläden nach nicht mehr lieferbaren LPs, durchdrang sie mit talmudischer Intensität. Die Musik, für die ich eine Vorliebe entwickelte, sollte innerhalb weniger Jahre aus den Studioarchiven hervorgezerrt und auf CD veröffentlicht werden, aber damals war sie immer noch zerkratzt, verstaubt und ganz mein eigen. Ich las Peter Guralnick, Charlie Gillett sowie Greg Shaw und vergaß, welche Meinungen angelesen und welche meine eigenen waren, doch dann eignete ich sie mir alle an, indem ich die Platten auflegte, auflegte, auflegte – ich lernte, den Mund zu halten und die Platten aufzulegen. Ich unterbrach die Musik nicht mehr mit meinen eigenen Kommentaren, sondern las die alten Begleittexte auf den LP-Hüllen vor, wie die von Richard Robinson für Howard Tates *Get It While You Can*:

> *Ja, Howard ist schwarzer Underground, allein Weiße mit Scharfblick sind zugelassen. Er drückt die wahre Emotion des Souls aus, die nur außer Sicht geraten ist, weil nicht alle mit ganzem Herzen zuhören. Aber genau darum geht es Howard in seiner Musik: die gleichgültige Menschheit und das lange Kriechen zwischen Tagesanbruch und finsterer Nacht.*

Wie sollte man das überbieten, wer wollte das versuchen? Ich las immer einen Begleittext vor und spielte dann eine komplette Seite. Denn, wie ich feststellte, hatte ich im Keller von KALX alle Zeit der Welt. Dort lernte ich, dass die Kunst darin besteht, die Zeit mit einem Streich totzuschlagen. Ich fühlte eine Seelenverwandtschaft mit Abraham. Ich schlug mit Zwei- und Drei-Minuten-Stücken einen Pfad durch die Nacht, wie mein Vater in seinem kalten Atelier mit Farbe auf einer Leiter aus Filmmaterial.

Der Sender war kein besonders sozialer Ort. Mitarbeiterversammlungen waren geprägt von einer schroffen Effizienz, und die DJs gaben bestenfalls eine hermetische Gemeinschaft ab. Man konnte sich höchstens mit denjenigen zusammentun, deren Sendungen an die eigene anschlossen, buchstäblich im Vorübergehen. Dennoch freundete ich mich mit einer Gruppe von aktuellen und ehemaligen DJs an, die zusammen Softball spielten. Sie nannten sich die Volksliga. Wir trafen uns jeden Sonntag auf einem Platz namens Taubstummenfeld für ein lockeres gemischtes Spielchen ohne Fehlwürfe und -schläge, ohne zu zählen, dafür aber mit reichlich Bier und Gegrilltem. Zehn Jahre lang mit einem abgesägten Besenstiel hinter Spaldeens herzuwedeln hatte mich zu einem ziemlich guten Schläger gemacht, obwohl ich ausschließlich gerade Schläge durch die Mitte fabrizierte. Die anderen DJs machten sich darüber lustig, wie berechenbar ich war: Jeder Ball flog dem zweiten Fänger in einem Bogen über den Kopf.

Es war nicht einfach, ihnen das schmale, gestreckte Spielfeld der Dean Street zu veranschaulichen, die Türgriffe der Autos zu beiden Seiten als erstes und drittes sowie der entfernte Gullydeckel als zweites Laufmal. In Brooklyn einen Ball zu verziehen, bedeutete, ein Wohnzimmerfenster zu zerbrechen und das Spiel zu beenden. Die anderen DJs waren aus Kalifornien und hatten nie auf der Straße gespielt. Wie es der Zufall wollte, ließ der unregelmäßige Schnitt des Taubstummenfelds das Spielfeld links weit auslaufen, wohingegen eine Baumgruppe in der Mitte meinen Tick zum Vorteil machte:

Die Kanonen der Liga donnerten Dreihundert-Fuß-Geschosse nach links, wohingegen meine geraden Schläge in der Lichtung landeten und verloren gingen. Während der Außenspieler auf den Teppich aus Eukalyptus klopfte, um den Ball zu finden, stürmte ich um die Laufmale einem ungefährdeten Homerun entgegen. Als einmal ein Mädchen dabei war, das ich beeindrucken wollte, schlug ich an einem einzigen Nachmittag vier baumunterstützte Homeruns. Das war vielleicht der glücklichste Tag meines Lebens. Er wäre es ganz sicher gewesen, wenn Mingus Rude da gewesen wäre, um es mitzuerleben.

Meine Heldentaten in der Volksliga vollbrachte ich ohne die Hilfe von Aaron Doilys Ring. Das Ding war sicher verstaut. Ich hatte meine Identität als bemitleidenswertester Superheld der Welt vergessen und war stattdessen Kalifornier geworden. Ich hatte kalifornische Freundinnen, ein kalifornisches Apartment und machte, nachdem ich das Studium aus purem Desinteresse aufgegeben hatte, eine kalifornische Journalistenkarriere als Musikkritiker für den *Alameda Harbinger*; eine Fortführung der Arbeit, die ich geleistet hatte, als ich die dahinsiechende Gazette des KALX auf Vordermann gebracht hatte. Drei Jahre vergingen, bis ich wieder zum Ring griff und Aeroman aus der Mottenkiste holte. Weil ich in einem Bus angemacht wurde.

Ich hatte Lucinda Hoekke mitgenommen, um Jonathan Richman im Floyd's zu hören, einer kleinen Konzertbühne im Zentrum von Oakland. Lucinda war im zweiten Studienjahr von der St. John's in Annapolis gewechselt, ein KALX-Groupie. Die stürmische Nacht im März war bereits unsere dritte Verabredung. Nach dem Konzert stiegen wir in einen einsamen Bus auf dem Broadway ein, der zurück nach Berkeley fuhr, und setzten uns zu weit nach hinten. Ich wollte Lucinda Hoekke oder mir selbst womöglich beweisen, dass ich keine

Angst vor dem einzigen anderen Fahrgast hatte, einem groß gewachsenen schwarzen Jugendlichen, der sich in einer Ecke lümmelte und von dessen Armen die Daunenjacke abstand wie Schwimmflügel. Also setzten wir uns mit dem Rücken zu ihm in eine Sitzreihe. Außer Wollmütze und gestreiftem Schal trug ich noch stolz eine dicke Brille mit schwarzem Gestell zur Schau, ein Buddy-Holly-/Elvis-Costello-Requisit, das meine Rockattitüde ausdrückte. Zumindest drückte sie das für mich aus. Für den Jungen sah ich sicher wie die Karikatur eines Opfers aus: Woody Allen war in seinen Bus gestiegen. Er setzte den Würgegriff einfach aus Prinzip an, berührte mein Kinn mit seinem Ellbogen nur so lange, wie nötig war, um zu zeigen, dass er dazu imstande war.

»Ich mach doch nur Spaß, yo. Is sie deine Freundin?«

Lucinda blinzelte. Die Fensterscheiben hätten genauso gut schwarz angestrichen sein können. Der Bus raste die Straße hinunter, der Fahrer blieb teilnahmslos in seiner Kabine. Mein Gesicht lief rot an.

»Hast du einen Dollar, den du mir leihen kannst?«

Das Drehbuch war an beiden Küsten gleich. Vielleicht war es mir auf den Rücken geschrieben. Ich griff nach Lucindas behandschuhter Hand und zog sie mit mir nach vorne. Wir setzten uns direkt neben den Fahrer, der kaum aufblickte.

»Willst du es ihm sagen?«, flüsterte Lucinda.

Ich zischte nur.

»Hör mal, das kannste nicht machen«, rief der Teenager von hinten. »Du musst wenigstens mit mir *reden*, Mann.«

Er drückte den Halteknopf, stieg dann aus der hinteren Tür aus und gab dem Bus zum Abschied einen lauten Klaps auf die Seitenverkleidung. Wir fuhren schweigend weiter, der Fahrer und ich in komplizenhafter Scham, Lucinda eingeschüchtert. Ich sah die Verständnislosigkeit in ihren Augen: Sind wir *überfallen* worden? Aber warum war ich verärgert – warum war ich wütend auf *sie*? Das Wortspiel hatte sich nicht verändert, seit ich es das letzte Mal auf dem Straßenpflaster vor der I. S. 293 erlebt hatte. Ein Würgegriff war ein Koan – er konnte nie gelöst werden und einen auf ewig fesseln. Was er einen lehrte, war nicht in Worte zu fassen. Ich rief Lucinda Hoekke nicht mehr an. Nach jenem Abend trug ich auch nie wieder die Brille.

Aeromans Kostüm war schon lange verschwunden, es verschimmelte in irgendeiner Asservatenkammer der Polizei oder war vernichtet worden. Das war auch gut so. Diesmal bevorzugte ich etwas weniger Auffälliges, wollte weg von dem Superman- und Omega-der-Unbekannte-Umhang und eher etwas in der Art dieser maskierten, schick angezogenen Großstadträcher-Typen wie der Spirit oder die Grüne Hornisse haben. Dieser Richtungswechsel war auch Ausdruck meiner jüngsten Vorliebe für Noir-Filme der Vierziger- und Fünfzigerjahre, verbunden mit einer grundsätzlichen Abneigung gegen die bonbonfarbenen Marvel-Kostüme, die ich nun im Geiste demselben Siebzigerjahre-Müll zuordnete wie Kiss, T. Rex und die Trikots der Houston Astros. Unsere Umhänge – Mingus', Aaron Doilys, meiner – hatten beim Fliegen sowieso nur gestört. Also begab ich mich in den Secondhandläden von Berkeley auf die Suche nach einem wirklich edlen klassischen Zweiteiler mit schmalem Revers, der flott und auffällig sein sollte, um Aeromans hohen Zielen zu genügen: vielleicht aus brauner Kunstseide, oder waldmeistergrün. Dann stellte ich fest, dass die Suche überflüssig war: Aeroman brauchte kein Erscheinungsbild mehr, musste sich nicht länger an- und ausziehen. Der Ring hatte sich verändert, seit ich im Camdener Wald das letzte Mal aufgestiegen war.

Ich entdeckte das im Freien, in der Dämmerung, ohne einen Spiegel in der Nähe. Ich war auf die Hügel von Berkeley geklettert, zu einem kleinen Steilhang, von dem aus ich auf die Dächer der Luxusvillen blicken konnte, die auf Pfeilern in die Steigung gebaut waren, auf den Flickenteppich um den Campus herum, einschließlich dem Taubstummenfeld und dem Streifen von Grünflächen, der sich bis zum Bootshafen hinzog. Ich war in den Wald gegangen, um mir Mut zu machen, mir den einzigen Flug ins Gedächtnis zu rufen, der es wert war, erinnert zu werden, und der nicht auf den Straßen stattgefunden hatte, wo sich alles abspielte, sondern allein zwischen Bäumen und Teichen. Ich dachte, ich würde mich den Hügel hinunterarbeiten, vielleicht für den Anfang im Taubstummenfeld landen. Und ich verfolgte heute Nacht keine Verbrecher. Ich hatte kein Kostüm dabei und auch keinen Schlachtplan. Dies diente allein zur Übung.

Ich musste nur den Ring überstreifen, um schlagartig den Unterschied festzustellen. Den Ring zog es nicht in die Luft – dieser Teil von ihm war tot. Jetzt verlieh er einem nicht mehr die Macht zu fliegen, sondern etwas anderes. Meine Hand war unsichtbar. Und auch der Rest meines Körper, so weit ich ihn im Blickfeld hatte. Ich ging den steinigen Weg entlang und stolperte über meine unsichtbaren Füße, als ich mich nach mir selbst umschauen wollte. Solange ich den Ring trug, war kein Zipfel von mir zu sehen, nirgendwo. Ich konnte Erde mit meinem Schuh hochschaufeln, konnte husten oder schreien und war zu hören, konnte meinen eigenen Atem in den Handflächen spüren, konnte eine Fingerspitze anlecken und die Spucke in der Meeresbrise trocknen fühlen. Ich konnte bloß nicht gesehen werden.

Ich weiß nicht, warum er sich verändert hatte. Ich habe mich seitdem gefragt, ob es mit Kalifornien zu tun hatte, ob das Wesen des Ringes an geophysische Kräfte gekoppelt ist, die sich bei einem Ortswechsel verschieben. Oder ob es eine Sache des Alters ist – des Ringes, nicht das des Trägers, denn Aaron Doily war, wenn auch lahm, mit über fünfzig noch geflogen. Am Ende akzeptierte ich, dass es von der persönlichen Entwicklung abhängig war. Als ich den Ring mit zwölf zum ersten Mal in der Hand gehalten hatte, hatte ich geglaubt, dass Fliegen der gemeinsame Nenner war, das Verbindende bei allen übernatürlichen Wesen: Alle Superhelden konnten fliegen, selbst wenn sie tricksen mussten, indem sie sprangen oder mittels Zauberkraft auf Blasen dahinglitten oder in Luftkissenfahrzeugen fuhren. Also war es ein Ring zum Fliegen gewesen. Als ich ihn auf dem Hügel in Berkeley erneut trug, wusste ich es besser. Die Unsichtbarkeit war es, die alle Superhelden *wirklich* gemeinsam hatten. Oder hat schon mal jemand einen gesehen?

Wenn es wirklich immer noch ein Ring zum Fliegen gewesen wäre, hätte ich mich wahrscheinlich nie auf Oakland eingelassen, ich wäre bloß in den Hügeln herumgeflogen und hätte den Ring wieder eingemottet. Meine Feigheit war mittlerweile zum Ritual geworden. Die Wut darüber, im Bus vor Lucinda Hoekkes Augen gewürgt worden zu sein, wäre nach ein bisschen Herumschwirren abgeflaut, nach der Auffrischung meiner unanwendbaren Geheimkräfte. Aber diese Veränderung des Ringes schien die Botschaft zu sein, dass Aeroman erwachsen geworden war. Unsichtbarkeit war ebenso listig wie urban und konnte den Zweck erfüllen. Ich wurde auf etwas vorbereitet.

Als ich so dastand und über meine Unsichtbarkeit nachdachte, versuchte ein kleiner Vogel, ein Spatz, an dem Platz zu landen, der ihm wohl leer erschienen sein musste. Er kam vom Himmel geschwebt und prallte hart gegen meine Schläfe. Wir fielen beide zu Boden. Ich kroch panisch auf allen vieren, weil ich nicht sicher war, ob der Überraschungsangriff weiterging, bis ich den betäubten Vogel im Staub liegen sah. Ich dachte schon, der Zusammenstoß hätte ihn getötet, aber dann fing er an, mit Flügeln und Beinen zu strampeln, drehte sich einmal im Kreis, bevor er sich aufrichtete und stand, den Kopf auf die Seite gelegt. Ich zog den Ring vom Finger und betrachtete meine Handflächen, die aufgeschürft waren. Als ich meine Schläfe berührte, fühlte ich Blut in meinem Haar – mein eigenes, nicht das des Spatzen.

Der Vogel starrte mich an. Er schien allerdings nicht unmäßig überrascht, dass ich sichtbar geworden war. Ich nehme an, der Zusammenstoß hatte ihm meine Existenz zur Genüge bewiesen. Er hüpfte ein Stück weit weg und betrachtete mich erneut. Dann – zufrieden? verängstigt? genervt? – drehte er sich um, und wir beide verließen zu Fuß, nicht fliegend, den Schauplatz des Geschehens.

NEUN

Die ersten CDs kamen in länglichen Gehäusen, die in die nunmehr überflüssigen Plattenkisten einsortiert werden konnten. Bei der ersten großen Welle von CD-Boxen waren diese auch oft noch als Schallplatten getarnt: Sowohl Discs wie auch Kassetten steckten in Verpackungen, die den Hüllen von LPs nachempfunden waren. Es konnten sogar LPs sein – man musste das Kleingedruckte lesen, um es herauszufinden. Rick Rubin brachte Elektrogitarren in die Rap-Musik ein, und MTV brachte die Rap-Musik ins Fernsehen. Rubins Gruppe, Run DMC, hatte ihren größten Erfolg mit einer Coverversion von Aerosmiths »Walk This Way«, nur dass Aerosmith ursprünglich für den Refrain dazugekommen waren, weil Rapper eben nicht sangen. Und die Wege des Kokains gabelten sich, die Schwarzen wurden mit Crack gesegnet, dank einer der besten Marketingkampagnen seit – LSD? Ajatollah Khomeini? Während der Regierungszeit von Reagan verbrachten die Schüler der Malcom X Elementary in Berkeley ihre Mittagspause im Ho-Chi-Minh-Park.

Mein nie abgeschlossenes Großprojekt in jenem Jahr war etwas, das ich *Begleittexte: Die CD-Box* nannte. Als Verpackung sollte eine dieser Boxen im LP-Format dienen, die Sammler wie ich so schätzten. Darin lose Blätter mit den besten Begleittexten aller Zeiten, in hervorragenden Reproduktionen der jeweiligen Originalgestaltung. Es wären alte Kamellen von Samuel Charters, Nat Hentoff, Ralph Gleason und Andrew Loog Oldham dabei gewesen sowie Texte, die von den Musikern selbst geschrieben worden sind: John Fahey, Donald Fagen, Bill Evans. Meilensteine wie Paul Nelson über Velvet Undergrounds *Live 69/70*, Greil Marcus über *The Basement Tapes*, Lester Bangs über die Godz. Joe Strummer über Lee Dorsey, Kris Kristofferson über Steve Goodman, Dylan über Eric Von Schmidt. James Baldwin über James Brown, LeRoi Jones über John Coltrane, Hubert Humphrey über Tommy James und die Shondells. Der Vater der Shaggs über die Shaggs, der Psychiater von Charles Mingus über *The Black Saint and the Sinner Lady*. Und dazu die unfreiwillige Gelegenheitsdichtung der Kommentare, die ich bei K A L X über den Äther verlesen hatte, wie zum Beispiel die von Deanie Parker für Albert King:

Wenn du jemals von deiner größten Eroberung verletzt, von deinem besten Freund betrogen oder bis auf den letzten Heller ausgenommen worden bist und allem ein Ende setzen wolltest, dann hat Albert King die Lösung für dich, falls du die Zeit findest zuzuhören. Möglicherweise bist du nur neugierig … doch er wird zu dir durchdringen … leg Albert auf deinen Plattenteller … senk deine Nadel in den Groove … und ertränke dich im … Blues.

Dass es für viele enttäuschend sein könnte, nicht eine einzige Erwähnung aktueller Musik in *Begleittexte: Die CD-Box* zu finden, kam mir nie in den Sinn. Ich kann nicht genau sagen, warum, außer, dass mein Wunsch, das Geschriebene mit der Musik auf eine Stufe zu stellen, als offensichtliches Motiv im Mittelpunkt des Projekts stand. Die Menschen lassen sich gern an der Nase herumführen, und sie führen sich gern selbst an der Nase herum. Ich war dreiundzwanzig und glaubte aus tiefstem Herzen, dass jeder Musikbegeisterte meine *Begleittexte: Die CD-Box* brauchte. In ähnlicher Weise war ich davon überzeugt, dass die Crackepidemie, die damals ihren lokalen Höhepunkt in Oakland und Emeryville erreichte, ein Fall für Aeroman war.

Ich ging dorthin, wo ich die größte Angst hatte. Das war eine Bar namens Bosun's Locker auf der Shattuck Avenue nahe der 6oth Street, ein Ort, von dem *jeder wusste*, dass es dort einfach war, etwas zu bekommen, und ein Ort, zu dem man *im Leben* nicht hinging, wenn man weiß war. Man konnte dort auf den Gehsteigen nervöse Gruppen junger Schwarzer auf eine Art und Weise herumlaufen sehen, die mich, als ich sie aus einem vorbeifahrenden Bus erspäht hatte, an Ecken nahe der Wyckoff Gardens oder Gowanus Houses zu Hause in Brooklyn erinnerte. Schießereien aus fahrenden Autos waren jetzt ein weitverbreitetes Problem in den ärmeren Gegenden der Bay Area, Richmond und El Cerrito, aber ich war ein typischer New Yorker Exilant, immer noch ohne Führerschein, und die Vororte, die Berkeley zu drei Seiten umgaben, schienen unglaublich weit weg zu sein. Außerdem hatte ich Schwierigkeiten, mir vorzustellen, wie ein unsichtbarer Mann einem vorbeifahrenden Wagen Einhalt gebieten sollte. Dazu bräuchte er schon einen unsichtbaren Wagen. Also begab ich mich an den Ort, der mir *in Laufweite* die größte Angst einjagte, und das war der große, düstere Billardladen auf der Shattuck Avenue.

Ich ging an einem Dienstagabend um sieben sichtbar hinein, den Ring in meiner Tasche fest umschlossen. Ich war mir sicher, ich würde mich in eine gefährliche Situation bringen – mittlerweile war nichts sicherer als das. Und ich war mir sicher, ich würde mich mittels des Ringes auch daraus befreien können. Aber immer wieder denselben alten Whiteboy zu retten war nicht richtig. Aeromans Eitelkeit verlangte danach, jemanden zu beschützen. Möglicherweise meldete sich da in irgendeinem geheimen Winkel meines Geistes einer der Rudes, Mingus oder Barrett Junior, jemand, den ich im Stich gelassen hatte. Aber möglicherweise auch Rachel. Denn Mingus hatte mich ebenso im Stich gelassen wie ich ihn, und ich glaube, ich hatte die beiden Sachen, jemanden im Stich lassen und im Stich gelassen werden, durcheinandergebracht. Das war der Gedankennebel, den ich mit mir ins Bosun's Locker trug, und zugleich der Grund, warum mein unsichtbares Abenteuer so nebelig ausgehen sollte. Aber noch war ich nicht unsichtbar.

Alle Köpfe drehten sich zu mir um, auch wenn es nur vier waren. Der backenbärtige Barmann, der kräftig genug war, um seinen eigenen Rausschmeißer zu spielen, zwei Billardspieler um die fünfzig, die am hintersten der drei Tische den richtigen Winkel suchten, und ein Jugendlicher beziehungsweise Mann – er war in meinem Alter und ich betrachtete mich damals als Mann –, der am Ende der Bar saß. Unter einem Wollmantel trug er eine hellbraune Strickjacke mit Wildledereinsatz, außerdem eine Kangol-Mütze, die Verkleidung eines Ganoven. Ich war der einzige Weiße. Niemand sprach, zumindest konnte man in der lauten Musik, die aus der Jukebox drang, nichts hören, Teddy Pendergrass von den Blue Notes intonierte gerade: *Bad luck, that's what you got …*

»Was möchtest du?«

»Ein Anchor Steam, bitte.«

»Bud, Miller, Heineken.«

»Okay, äh, Heineken.«

Mein Kollege an der Bar hatte mich angestarrt, also hob ich die Flasche, bevor ich sie ansetzte. Zwischen uns standen fünf Hocker. Er wandte den Kopf zum Fenster, als bräuchte er frische Luft, und nickte zur Musik, nicht zu mir.

Ich ging hinüber. »Hey …«

»Yo, quatsch mich nicht an.«

»Ich wollte nur fragen …«

»Ich sag doch, quatsch mich nicht an, erschrickst 'nen Bruder ja zu Tode.«

»Kann ich dich fragen …«

»Nee, Mann, hau bloß ab.«

Ich ging wieder an meinen Platz. Eine Minute später rutschte er zu mir herüber. »Was wolltste mich fragen, Mann?«

»Ich würde gerne high werden«, antwortete ich.

Er rümpfte die Nase. »Verdammt, wovon redest du, Mann?«

Man sah ihm das Wort *Crack* an der Nasenspitze an. *Newsweek* und *60 Minutes* verglichen Crack damals mit den Seuchen des Mittelalters. »Ich hätte gerne Freebase«, sagte ich. »Ich möchte etwas Rock kaufen.«

»Yo, halt's Maul. Wie kommste drauf, dass ich dir helfen kann, *etwas Rock zu kaufen*?«

»Tut mir leid.«

»Suchste Ärger, Mann?«

Nun, eigentlich schon, oder? Das war der springende Punkt. In dem Moment hatte er mich völlig durchschaut.

»Nein«, sagte ich.

»Du würdest nicht herkommen, wenn du keinen Ärger suchst.« Aber er grinste. »Hör mal, Mann, Feebase und Rock sind zwei völlig unterschieliche Sachen.« Trotz *Feebase* und *unterschielich* wollte er prinzipiell von mir verstanden werden.

»Tut mir leid«, sagte ich erneut.

Er schaute in die Runde, um zu sehen, wer uns womöglich beobachtete, und hielt mir dann seine Handfläche hin. Ich klatschte sie ab.

»Wie heißte?«

»Dee«, antwortete ich.

Wieder blickte er sich im Raum um. Es war niemand in Hörweite, der Barmann hielt Abstand, die Billardspieler beachteten uns nicht. »Du kannst mich einfach OJJJ nennen.« *Oh-Jay-Jay-Jay.* Ich nahm an, dass OJ und OJJ in OJJJs Revier schon vergeben waren.

»Biste cool?«, fragte er mich. »Biste mein Freund?«

»Klar.« Ich fragte mich, ob er dachte, ich wäre ein Cop, und wenn ja, warum er das nicht sagte.

»Du willst high werden?«

»Ich habe Geld dabei.«

Er zuckte zusammen, beugte sich zu mir herüber. »Verdammt, Mann, halt's Maul. Du brauchst kein Geld, wenn du willst, dass OJJJ dich high macht. Frag einfach.«

»Verstanden.«

»Okay.« Wir klatschten uns wieder ab. OJJJ kämpfte mit dem Zwang, alle paar Sekunden über die Schulter zum Fenster zu blicken, verlor, gewann, verlor erneut. In der Zwischenzeit erwischte ich den Barmann dabei, wie er uns verstohlen und misstrauisch beobachtete. Meine Einbildungskraft ließ seine Stimme aus dem Off ertönen: *Was macht OJJJ mit diesem weißen Typen?* Ich war mir sicher, dass alle hier Stammkunden waren. Und dass jeder mich für einen Cop hielt. Wie ich aber schon bald darauf in der *Oakland Tribune* lesen sollte, hatte der Barmann OJJJ noch nie in seinem Leben gesehen und sich nicht einen Augenblick lang gefragt, ob ich ein Cop war. Den Eindruck machte ich anscheinend auf niemanden.

OJJJ führte mich vorbei an dem Billardtisch und den Spielern, die uns immer noch keines Blickes würdigten, auf die Toilette. Die Örtlichkeit war zweckmäßig eingerichtet, mit einem durchgehenden Stahlpissoir und einem zentralen Ablauf im Fußboden, der eine einfache Reinigung ermöglichte. Die lindgrünen Wände waren noch nicht ganz mit Graffiti überdeckt. Die Klotüren waren herausgenommen worden, dennoch versteckten wir uns in einer Kabine, jeder mit dem Rücken zu einer Trennwand. Es stank dort nach Ammoniak, nach nichts Schlimmerem. Dann öffnete OJJJ seinen Mantel, um eine Glaspfeife herauszuholen, und jetzt roch ich doch etwas Schlimmeres: Den Schweißgeruch, der sich in seiner feschen Strickjacke festgesetzt hatte. Ich fragte mich, seit wie vielen Tagen OJJJ nicht mehr geduscht hatte oder zu Hause gewesen war, wo auch immer das sein mochte. Später sollte ich erfahren, dass es Angstschweiß war.

Im Moment vermischte sich sein Schweißgeruch mit dem beißenden Gestank des Cracks, das in der Glaspfeife mit dem winzigen Kupfersieb glühte. Ich beobachtete OJJJ und versuchte, es ihm nachzumachen. Ich hatte noch nie Kokain geraucht, nur einmal bei Barrett Junior zugesehen. Ich denke, OJJJ wusste, dass er es mir beibrachte, und tat das gerne. Ich glaube, das gab ihm Mut. Er zeigte mir, was ein *Rock*, ein *Pebble* und ein *Twig* waren. Wir rauchten ein paar davon, und ein- oder zweimal fühlte ich, wie es mich packte, fühlte, wie die kalte Euphorie mich durchzog. Aber das Wesen dieses Rausches war schwer fassbar, unmöglich zu genießen, man jagte ihm bloß nach. Dann nahm OJJJ die Pfeife und zeigte mir den großen Klumpen, den er aufgespart hatte. Ich schaute zu, wie er ihn rauchte, dann wollte er mein Geld sehen. Ich bot ihm vierzig Dollar an, aber er sagte mir, ich solle es vorerst behalten, da wir es noch bräuchten, falls ich mitkommen wollte. Ich merkte, dass zumindest er es wollte. Ich fragte mich, wann ich mich unsichtbar machen sollte.

Mehrere Frauen, die sich für die Nacht zurechtgemacht hatten, standen an der Bar, als wir wieder herauskamen, und während wir vorbeigingen, sagte eine von ihnen zu OJJJ: »Hey, wohin des Weges, schöner Mann?«

»Ach, halt's Maul, Nutte.«

Der Barmann schüttelte darüber seinen Walrosskopf, aber wir waren schon weg, uns interessierte nicht, was er dachte. OJJJ führte mich um die Straßenecke einen dunklen Block mit Wohnhäusern entlang. Die ärmsten Gegenden von Oakland sahen für mich genauso aus wie die wohlhabenden, wie Vororte eben, Rasenflächen und Auffahrten, niemand auf den Gehsteigen. Nur die Wagen sprachen Bände über die Bewohner. Die Autos auf der 60th Street waren zwanzig Jahre alt, Cadillacs mit vergammelten Kunststoffdächern, Oldsmobiles und Chryslers mit Rostflecken und nicht zusammenpassenden Kotflügeln.

OJJJ war vorausgestürmt und hatte mich aufgefordert, ihm zu folgen. Er schien den Schwung bewahren zu wollen, den sein Zug an dem großen Klumpen ausgelöst hatte. In der Mitte des Blocks blieb er stehen. Die Hand in der Hosentasche, spielte ich mit dem Ring. OJJJ deutete auf eine frei stehende Garage mit rosafarbener Außenverkleidung, die zum Haus links davon passte. Gelbliches Licht und das Dröhnen eines Basses sickerten hinter dem breiten Tor hervor.

»Bereit?«

»Ja, klar.«

Am Ende der Auffahrt gelangten wir zu einer Seitentür. OJJJ klopfte, und die Tür wurde einen Spaltbreit geöffnet. Ein Gesicht hinter einer Türkette musterte uns.

»Yo, ich bin's.«

»Wer is das? OJJJ?« Die Stimme kam aus dem Hintergrund, das stumme Gesicht glotzte uns nur an.

»Halt's Maul – lass mich rein.«

»Was ist mit dem Typen?«, fragte das glotzende Gesicht an der Kette.

OJJJ nickte mir zu. »Der ist cool.«

»Lass meinen alten OJJJ nicht draußen stehen«, sagte die verborgene Stimme. Die Tür wurde kurz geschlossen, um die Kette zu entfernen, dann zwängten wir uns hinein. Eine gelb gefärbte Glühbirne warf ihr mattes Licht auf einen losen Kreis von Männern auf Klappstühlen, die um die glühenden Spiralen eines Heizofens saßen. Sie waren zu viert, offenbar mehr, als OJJJ erwartet hatte – genau einer zu viel. OJJJ wandte sich in dem Augenblick, wo er den Mann sah, den er nicht sehen wollte, wieder zur Tür, aber es war zu spät, wir waren drinnen, und die Tür war blockiert.

Der Mann stand auf, lächelte OJJJ an und hielt ihm die Hand hin. OJJJ ignorierte ihn, sah ihm nicht ins Gesicht, sondern wandte sich einem anderen im Kreis zu und erhob vorsichtig Einspruch. »*Verdammt*, du lässt Horton herkommen, bloß um mich in die Falle zu locken? Das ist nicht *korrekt*.«

»Horton hat erzählt, wie du ihn übern Tisch gezogen hast,

OJJJ.« Es war dieselbe Stimme, die uns hereingebeten hatte.
»Das scheint uns nicht ganz korrekt zu sein.«

»Halt's *Maul*, Mann. Warum *hört* ihr überhaupt auf einen
kranken Schläger wie Horton?«

Horton ließ die Hand fallen. »Ich bin nicht so'n Schläger
wie du, Kleiner.«

»Bist du hergekommen, um uns auch übern Tisch zu
ziehn, OJJJ? Wer is dein blassgesichtiger Freund?«

Damit waren für OJJJ die Grenzen der Sprache erreicht –
das schien zumindest seine Grimasse zu sagen, als er die
Waffe aus der Innentasche seines Mantels herauszog, in
der er auch die Glaspfeife verstaut hatte. Es war ein stups-
nasiger Revolver, der genauso veraltet war wie die Wagen
auf der Straße. OJJJ hatte ihn wahrscheinlich in demselben Secondhandladen erstanden, in dem er auch die Wild-
lederstrickjacke gekauft hatte, falls solche Läden Waffen verkauften. OJJJ feuerte los, oder besser, der Revolver ging los,
während er noch im Mantel steckte, und zerschmetterte eine
Fasergipsplatte an der Decke. Staub regnete herab, Stühle
klapperten, der Knall hätte beinahe meine Trommelfelle platzen lassen, aber sie überstanden es mit einem schmerzhaften
Pochen im Rhythmus der Musik. Zwischen dem ersten und
dem folgenden Schuss hatte jeder genug Zeit, um *Fuck* zu
schreien, aber nach dem zweiten wurde alles von Hortons
Gebrüll übertönt. Blut tropfte durch Hortons Finger, als
er sich ans Knie griff, und wie bei einem Kindergeburtstag
stöhnte er: »Du hast mich, du hast mich, du hast mich!«

Ich steckte den Ring an und wurde unsichtbar. Niemand
bemerkte das. OJJJ stand reglos da, in den Bann geschlagen
von dem, was er mit Hortons Knie angestellt hatte, aber die
Waffe bewegte sich weiter, zuckte vor und zurück, zitterte in
der verkrampften Hand, auch wenn sie nicht mehr feuerte.
Irgendjemand sang *scheiße, scheiße, scheiße*. Ich ging zu OJJJ
hinüber, nahm meinen ganzen Mut zusammen, stieß ihm
mit dem Knie in die Eier und entwendete ihm die Waffe – er

knickte um und musste sich so schnell übergeben, dass man den Eindruck bekam, ich hätte ihn davon erlöst, die Galle zurückzuhalten, als hätte er von Anfang an vorgehabt zu kotzen.

Die Waffe wurde einen Augenblick lang von meiner Unsichtbarkeit geschluckt, aber so aufgeheizt, wie sie vom Abfeuern war, versengte sie meine Hand – sie war ein primitives Gerät, kaum mehr als ein Kolben aus Stahl und Schießpulver, der dazu diente, in eine bestimmte Richtung Feuer zu spucken, einen Schuss abzugeben, und sie hatte ihr Werk vollbracht und war jetzt ein glühendes Stück Kohle. Ich verbrannte mich daran und ließ die Waffe fallen. Bloß war ihr Werk doch noch nicht vollbracht. Sie ging noch einmal los, als sie auf dem Boden aufschlug, drehte sich um die eigene Achse und blieb dann in der Lache von OJJJs dünner grüner Kotze liegen. Die dritte Kugel traf OJJJ am Hals. Er rang nach Luft, fiel nach hinten und fasste sich an die Kehle, wie Horton sich ans Knie gefasst hatte. Sein Körper wurde von Krämpfen geschüttelt, und sein Mund formte Worte, die es höchstwahrscheinlich gar nicht gab. Wenn doch, dann konnte er sie nicht sagen. Die Kugel hatte ihm den Mund gestopft.

Ich rannte, ich floh. Ich war auf der Shattuck bereits zehn oder zwölf Blocks weiter, vorbei an den heulenden Sirenen, als ich einer großen schwarzen Frau, die meinen Weg kreuzte, geradewegs in die Arme lief, woraufhin mir klar wurde, dass an der Reihe von heftigen Zusammenstößen, die ich nur knapp hatte vermeiden können, meine Unsichtbarkeit schuld war. Die Frau wurde vom Aufprall herumgerissen, und auch ich geriet ins Stolpern und wäre beinahe gefallen. Sobald ich mich wieder gefangen hatte, drehte ich den Ring vom Finger. Als die Frau mich erblickte, holte sie wütend zum Schlag aus und boxte mir mit ihrer juwelenbesetzten Faust aufs Auge, was eine ähnliche Wirkung wie ein Schlagring hatte. »Pass auf, wo du hinläufst, Kind!« Ich konnte ihr das nicht verübeln und es auch nicht erklären, nur eine Entschuldigung stammeln. Ich hielt die Hand aufs Auge und rannte wieder los, mit Doilys Ring jetzt sicher in meiner Hosentasche. Der Spatz auf der Hügelspitze hatte eine Botschaft für mich gehabt, auf die ich hätte hören sollen: Der Natur, oder zumindest Vögeln und Frauen, war der unsichtbare Mann zuwider.

Orthan Jamaal Jonas Jackson überlebte. Die Lokalseiten der *Oakland Tribune* berichteten am nächsten Morgen von seinem und Horton Cantrells stabilen Zustand auf der Intensivstation des Herrick Hospital. Der Artikel war mit zwei VERWUNDETE IN NORDOAKLAND betitelt und enthielt den beunruhigenden Hinweis, dass die Polizei nach einem weißen Schützen fahndete. Beide Opfer waren bei der Polizei aktenkundig, hatten mehrfach in Untersuchungshaft gesessen, in Cantrells Fall war sogar eine Verurteilung auf Bewährung wegen Drogenbesitzes verzeichnet. Keiner von beiden wurde im vorliegenden Fall angeklagt. Der Artikel war nichtssagend, gab keine Hinweise zum Ablauf des Geschehens, ließ die Tatsache vermissen, dass Cantrell und Jackson zunächst Widersacher gewesen waren, bevor dieselbe Waffe sie verwundet hatte. Es war wahrscheinlich auch nicht die spannendste Geschichte. Das Milieu war bekannt, Drogen und Waffen, und hätte sie dort geendet, wäre das Auge der Öffentlichkeit vielleicht darüber hinweggeglitten.

Am Donnerstag war die Geschichte aber schon größer geworden und hatte sich auf die Titelseite vorgearbeitet. ANGEBLICHER GROSSSTADTTRÄCHER ALS GEHEIMNISVOLLER SCHÜTZE, so lautete der Aufhänger. Die zwei Opfer waren mittlerweile vernommen worden und hatten die Aussage der Brüder Kenneth und Dorey Hammond, den Besitzern des Hauses und der Garage, bestätigt: Der geheimnisvolle weiße Jugendliche hatte ihren entfernten Cousin und guten Freund Orthan Jackson aus dem Bosun's Locker bis zu ihnen verfolgt und war mit gezückter Waffe hereingekommen. Der Barmann hatte eine Beschreibung meines *dünnhäutigen, übernervösen Verhaltens* beigetragen und bestätigt, dass ich mich seltsam benommen und OJJJ zuerst angesprochen hätte. OJJJ, der mit Krankenhauskittel und einem dicken weißen Verband vom Ohr bis zum Schlüsselbein abgebildet war, erklärte, er habe von Anfang an gewusst, dass ich auf Ärger aus gewesen sei. Obwohl er sich keinen Moment habe täuschen lassen, hätte ich vorgegeben, ein Drogenfahnder zu sein, und ihn über die ortsansässigen Dealer ausgefragt. Er hätte es wissen müssen, sagte er, dass ich *einer dieser verrückten weißen Motherf****r sei, die zum Spaß N****r jagten.* Auch wenn es der Journalist Vance Christmas war, der im folgenden Absatz die Formulierung von »Oaklands Bernhard Goetz« prägte, so hatte OJJJ es ihm geschickt nahegelegt. Doch dafür hätte Vance Christmas nicht einmal Journalist sein müssen. Goetz war damals noch in aller Munde.

Ich lief stundenlang mit Leichenbittermiene um das KALX-Gebäude herum, bevor ich meine wöchentliche Sendung absolvierte, eine etwas zu ausführliche Würdigung von Bobby »Blue« Bland, die ich wochenlang vorbereitet hatte. Mein schlimmes blaues Auge erklärte ich denjenigen, die fragten, mit dem Zusammenstoß auf der Shattuck Avenue, wobei ich den Teil mit der Unsichtbarkeit weglieft. Den Aufenthalt in der Hammond-Garage hatte ich ja unverletzt überstanden. Nach der Sendung kaufte ich mir die Freitagszeitungen. Ich überflog die *Tribune* und war dankbar dafür, dass sie keinen Bezug auf die Schießerei vom Dienstag nahm. Dann rollte ich mich zusammen und schlief, bis es wieder dunkel wurde.

Die trügerische Ruhe dauerte bis Sonntag, als Vance Christmas auf der Eröffnungsseite der Wochenendbeilage sein Spiel mit mir trieb. EAST-BAY-RÄCHER OFFENBART WIE NEW YORKER U-BAHN-SCHÜTZE BERNHARD

GOETZ BEDROHLICHE LYNCHJUSTIZ-MENTALITÄT
war durch eine Anzahl von Leserbriefen inspiriert, die die
Tribune seit ihrer Berichterstattung vom Dienstag erhalten
hatte, und die allesamt das Tun des geheimnisvollen weißen
Revolverhelden guthießen. Der lange Artikel begann mit
einer psychologischen Darstellung des Falles Goetz, dem
liebenswürdigen New Yorker Möchtegern-Vierfachmörder.
Es war eine etwas angestaubte Geschichte, aber Christmas
verlieh ihr neuen Glanz und einen lokalen Bezug, indem er
die Aussagen von OJJJ und dem Barmann zu einem speku-
lativen Porträt des »East-Bay-Rächers« zusammenflickte, das
ganz nach Goetz kam. Was Horton Cantrell und die Ham-
monds (der vierte Mann war ganz aus der Geschichte verschwunden) in der Garage getrieben haben könnten, wurde
nicht erwähnt – es hieß nur, dass sie auf OJJJ und ihren
schicksalhaften Moment der Angst gewartet hätten, den ihnen
der *durchgedrehte schwarze Sheriff* bereiten sollte. Der ersten
Begegnung im Bosun's Locker wurde besondere Bedeutung
beigemessen. Christmas fragte sich: Wusste der Rächer überhaupt, dass das Bosun's Locker die Bar war, in der einst Bobby
Seale und Huey Newton zusammengesessen hatten, um das
Manifest der Black Panther zu verfassen? (Nein, wusste ich
nicht.) Darauf folgte eine Abschweifung über den erbärmlichen Zustand des schwarzen Radikalismus, den Aufstieg der
Drogenbarone und Gangster an die erste Stelle der Gemeinschaft, die früher die Panther eingenommen hatten. Waren
die weiße Panikmache – und Typen wie Goetz und der Rächer – teilweise der Grund für diese Entwicklung? Christmas'
Schlussfolgerung war ein bedeutungsschwangeres *Vielleicht*.

Die *Oakland Tribune* war im Besitz von Schwarzen, in
einer Stadt mit einem schwarzen Bürgermeister, und als ich
die Zeitung am Montag von einem Münztelefon im Studentenhaus aus anrief und in der Zentrale nach Vance Christmas
fragte, dem Panther-besessenen Redakteur, war ich darauf
vorbereitet, einen Schwarzen an die Strippe zu bekommen.

Sein Name hörte sich für mich wie der eines Schwarzen an. Aber Christmas war weiß, das merkte ich sofort an seiner Stimme. Ich sagte ihm, er habe die Geschichte falsch wiedergegeben.

»Hmmm, ja, wieso das?« Er kaute auf irgendwas herum.

»Orthan Jackson hat die Waffe abgefeuert.«

Christmas war nicht sonderlich interessiert. »Er hat sich selbst angeschossen?«

»Sie ist hingefallen.«

»Ach so, äh, und wie ist Ihr Name?«

»Ich kann Ihnen meinen Namen nicht nennen.«

Er schwieg einen Augenblick lang. »Also woher wissen Sie das?«

»Ich weiß es nun mal.«

»Warum sollte ich Ihnen irgendetwas glauben?« Es schwang keine Feindseligkeit mit – es war eine ernst gemeinte Frage.

»Die Waffe ist in Kotze gefallen«, sagte ich. Das war in keinem der Artikel erwähnt worden, die ich gelesen hatte. »Überprüfen Sie das im Polizeibericht.«

»Würden Sie kurz dranbleiben?«

»Nein. Geben Sie mir Ihre Durchwahl, und ich rufe noch mal an.«

Er bat mich, zehn Minuten zu warten. Ich legte auf, kaufte mir an einem Stand einen Blaubeerdrink, fand drinnen wieder eine leere Telefonzelle und rief erneut an.

Jetzt sagte Christmas: »Ich höre.«

»Es sind Dealer.« Ich war darauf eingestellt, mich kurzzufassen: Wie in Millionen von Filmen würden Polizeiexperten den Anruf zu dieser Telefonzelle zurückverfolgen, und bald würden Einsatzteams das Gebäude stürmen. Ich wollte nur möglichst viel loswerden, um dem Spuk ein Ende zu bereiten – zumindest sagte ich mir, dass ich nicht mehr wollte.

»Sicher«, sagte er freundlich. »Sie sind stadtbekannte Dealer, das ist richtig. Aber die Frage ist doch wohl, wer Sie sind?«

»Ich wollte nur helfen. OJJJ war völlig am Ende wegen des Cracks, und ich glaube, er hat diese Typen bestohlen. Es kann sein, dass er schon vorhatte zu schießen, bevor wir reingegangen sind.«

»Wem haben Sie versucht zu helfen?«

»Ich wollte helfen, sie zu schnappen«, sagte ich ungeduldig.

»Indem Sie sie umlegen?«

»Ich habe auf niemanden geschossen. Ich würde nie mit einer Waffe schießen.«

»Wie Batman, meinen Sie?«

»Was?«

»Das schwört Batman immer. Dass er nie mit einer Waffe schießen würde.«

Das ließ mich innehalten. Ich versuchte, mir Vance Christmas vorzustellen, aber es gelang mir nicht. Ich nehme an, er versuchte dasselbe mit mir. Sein Atem in der Leitung ging ruhig, während er darauf wartete, dass ich weitersprach – vielleicht wusste er, dass er mich am Haken hatte –, aber ich konnte so etwas wie ein hektisches Flüstern im Hintergrund hören: das leise Kratzen eines Bleistifts auf Papier.

Nein, wollte ich schon sagen, *Batman ist DC, und ich bevorzuge Marvel. DC nervt.*

»Also wollten Sie eigentlich gar nicht, dass die Sache so abläuft.« Christmas' wohlwollender Tonfall war nicht aufgesetzt. Er schien über die Fehlinterpretation nachzudenken, die uns beide hatte aufhorchen lassen. »Deswegen rufen Sie an, um die Sache geradezurücken.«

»Genau.«

»Dann haben Sie gar nichts gegen Schwarze?«

In dem Moment wäre es beinahe aus mir herausgeplatzt: Die Sehnsucht, »Play That Funky Music« zu kompensieren, die Einsamkeit, aus der heraus Aeroman einst geboren worden war und die ihn nun wieder zum Leben erweckte. Aber die Spur von der Dean Street bis ins Bosun's Locker war einfach zu lang. Ich sagte nur: »Nein.«

»Es muss ziemlich seltsam sein, sich in dieser Position wiederzufinden, was?«

Jetzt hatte ich das Gefühl, herablassend behandelt zu werden. »Was ich tue, ist nicht leicht«, erwiderte ich. »Es ist schiefgegangen, das ist alles.«

»Sie haben schon bessere Tage erlebt?«

»Viele.«

»Eine richtige Erfolgsgeschichte also?«

Vance Christmas begann, mich an ein Computerprogramm zu erinnern, das dazu entworfen worden war, einen Psychiater nachzuahmen, oder an einen Fleck auf der Hornhaut: Er folgte einem überallhin. Also führte ich ihn. »Wenn alles gut geht, bekommt jemand wie Sie gar nichts davon mit«, sagte ich. »Das Gefühl zu helfen ist Befriedigung genug.«

»Sie meiden die Öffentlichkeit?«

»Normalerweise schon.«

»Na, da habe ich ja Glück, dass Sie mir einen großen Exklusivbericht ermöglicht haben.«

»Nennen Sie mich nicht mehr den East-Bay-Rächer.«

»Wie soll ich Sie nennen?«

»Aeroman.«

»A-R-R-O …«

»Nein, nein.« Ich buchstabierte es für ihn.

»Wann findet Ihr nächster planmäßiger, äh, Einsatz statt?«, fragte er.

»Ich gehe dorthin, wo ich gebraucht werde.«

»Ja, toll. Selbstverständlich. Hören Sie, haben Sie ein, hm, ein bestimmtes *Erscheinungsbild*? Ich meine, würde man Sie erkennen, wenn man Sie sähe?«

»Ganz bestimmt nicht.«

»Und Sie sind auch niemand, der in der Öffentlichkeit bekannt ist? In der Art von, Sie wissen schon, Clark Kent oder Bruce Wayne.«

»Nein.«

»Kein Name, den ich kennen könnte? Denn es ist merkwürdig, aber Ihre Stimme kommt mir vertraut vor.«

Mein Herz begann wie wild zu schlagen. Könnte Vance Christmas womöglich ein nächtlicher KALX-Hörer sein? Wieder versuchte ich, ihn mir vorzustellen: An Rassenfragen interessierter Skandalreporter, Batman-Fan – wie alt er wohl war? Nachdem mir der Gedanke einmal gekommen war, brachte ich kein Wort mehr heraus. Also hängte ich den Hörer auf. Ich hatte ohnehin schon zu viel verraten, war zu lange in der Leitung geblieben. Aber kein Einsatzteam umstellte das Studentenhaus, und ich schien noch mal davongekommen zu sein.

Christmas' Exklusivbericht lief über die gesamte Titelseite der Dienstagsausgabe. Keines der mir zugeschriebenen Zitate war im eigentlichen Sinn eine Lüge, aber sie waren völlig aus dem Kontext gerissen: »Ich gehe dorthin, wo ich gebraucht werde« / Der rächer zur tribune: Ich werde wieder zuschlagen. Christmas zufolge sollte sich Oakland auf einen Amoklauf des fantasierenden Wahnsinnigen gefasst machen. Ich hätte mit einer Anzahl von nicht öffentlich gewordenen Übergriffen geprahlt, während ich zugleich mit der rechtschaffenen Autorität eines schwarzen Sheriffs zugegeben hätte, in diesem Fall sei etwas »schiefgegangen«. Ich hätte meinen Schwarzenhass geleugnet – natürlich. Dennoch empfände ich »Befriedigung«. Und obwohl ich Richter und Geschworene gespielt hätte, als ich Jackson und Cantrell als »Dealer« bezeichnete, käme als neuer Aspekt zu der Geschichte hinzu, dass ich laut Zeugenaussagen vor der Schießerei auf der Toilette des Bosun's Locker Crack geraucht haben soll. Der Name Aeroman tauchte nicht auf – es war möglicherweise das einzige Wort, das ich gesagt hatte, das nicht auftauchte. Vielleicht war es Christmas' Faustpfand. Er hatte gemerkt, wie wichtig mir dieser Punkt war, und hoffte wohl, ich würde ihn wieder anrufen, um auf Richtigstellung zu drängen. Er hätte fast recht behalten.

Am Mittwoch erreichte es auch die andere Seite der Bucht. Ein Leitartikel im *Examiner* warf dem Rächer und Christmas gleichermaßen vor, einen Nebenschauplatz zu eröffnen, der angesichts der wirklichen Krise, die Oakland bedrohte, verblasse. Zwischenzeitlich stellte Herb Caen in seiner Kolumne die Frage: »Sind eigentlich der East-Bay-Rächer und Travis Bickle aus Taxi Driver ... schon einmal zusammen fotografiert worden? ... Nur so ein Gedanke ...« Und das waren bloß die Erwähnungen, die ich fand, bevor ich den Mut verlor und aufhörte zu suchen. Es gab wahrscheinlich noch andere.

Christmas hatte den Namen Aeroman nicht vergessen. Im Gegenteil, er hatte ihn unter die Lupe genommen und auf Mikrofiche recherchiert. Eine Woche später, als ich schon glaubte, der Geschichte ginge die Puste aus, prangten auf der Titelseite der *Tribune* zwei Verbrecherfotos der New Yorker Polizei: Mingus Rude, von vorn und im Profil. Sie waren an jenem lang zurückliegenden Sonntagnachmittag gemacht worden, am Tag der Schießerei – das war genau der Mingus, den ich zurückgelassen hatte. VERBINDUNG DES RÄCHERS ZU NEW YORKER KILLER? lautete die Schlagzeile darüber.

Aus dem Artikel erfuhr ich, dass Mingus immer noch im Gefängnis von Elmira einsaß. Seine erste Bewährungsanhörung stand erst in drei Monaten bevor, also konnte er in letzter Zeit nicht in der Nähe des Bosun's Locker gewesen sein. Dennoch deuteten geheime Quellen auf eine Verbindung hin. Der Name Aeroman wurde immer noch verschämt zurückgehalten. Stattdessen machte Vance Christmas ein Rätsel daraus, und die Zeitung setzte eine Belohnung für die Lösung aus: Tausend Dollar für jeden, der eine Verbindungslinie zwischen dem sechs Jahre zurückliegenden Vorfall in den Walt-Whitman-Sozialbauprojekten in Fort Greene, Brooklyn, und der jüngsten Gewalttat in der 60th Street ziehen konnte, zwischen diesem bemitleidenswerten schwarzen Gesicht hinter Gittern und unserem schwer fassbaren weißen Spinner, der sich auf freiem Fuß befand. Hatte Rude damals für den Rächer den Kopf hingehalten?

Christmas hatte mich herausgefordert, aber ich blieb in Deckung. Die Belohnung würde ich nicht kassieren, die Frage hätte ich nicht mal ansatzweise beantworten können. Ich mottete den Ring ein. Und nach meinem Ausflug ins Bosun's Locker hatte ich ihn auch nicht mehr angerührt – bis zu jenem Morgen, als Abigale Ponders ihn aus einem Durcheinander von Erinnerungsstücken herauspflückte und erneut meine Aufmerksamkeit darauf lenkte.

ZEHN

Arthur Lomb schlug vor, mich in einem Restaurant namens
Berlin zu treffen, auf der Smith Street Ecke Baltic. Das Lokal
war eines von den vielen herausgeputzten neuen Restau-
rants und Geschäften in der traditionell hispanischen Straße,
eingestreut zwischen Devotionalienläden, Kulturvereinen
sowie den mit Rollgittern versehenen Ramschläden voller
staubiger Plastikmöbel und veralteter Haushaltsgeräte. Abraham hatte versucht, es zu erklären, aber ich konnte es nicht
begreifen, bis ich es mit eigenen Augen sah: Die einstmals
verarmte Smith Street hatte sich in einen gediegenen Tum-
melplatz verwandelt. Ich nehme an, gerade sie war anfällig
für eine solch schnelle Erschließung, weil so viele Geschäfte
leer gestanden hatten und zugenagelt gewesen waren. Die
Straße war so schick geworden, dass ich sie kaum wiedererkannt hätte, wenn nicht die Puerto Ricaner und Dominikaner
dageblieben wären. Sie waren Flüchtlinge im eigenen Land,
saßen auf Milchkästen und tranken aus Papiertüten, schoben
ihre Einkäufe von Met Food nach Hause, grüßten einander
vom zweiten Stock aus quer über die Straße, versuchten so
zu tun, als hätte die Gentrifizierung nicht eingeschlagen wie
eine Bombe.

Arthur war nicht im Berlin, als ich ankam. Es war elf Uhr
morgens, und ich war der erste Gast. Das Lokal zeugte von
einer erst kürzlich erfolgten, aufwändigen Renovierung, die
der jahrhundertealten Ladenfront gerecht wurde. Sie hatten
die Zinndecke erhalten und an beiden Seitenwänden das
Mauerwerk freigelegt und lackiert. Der Boden bestand aus
glänzendem hellen Hartholz, fast wie neu.

Der Kellner rauchte hinten an der Theke, als ich eintrat,

aber er drückte die Zigarette schnell aus und setzte ein Lächeln auf. Er war groß und schlaff, ein wenig zu niedergeschlagen für die Tageszeit. Er bot mir einen Tisch am Fenster an und reichte mir eine minimalistische Speisekarte: eine Suppe, ein Sandwich, ein Crêpe und als Tagesspezialität Austern. Ich spürte immer noch die Nachwirkungen meiner zwei Tage zurückliegenden Party mit Katha Purly und der Überfütterung durch Francesca Cassini nach meinem Eintreffen gestern Abend vom La Guardia-Flughafen. Als der Kellner wiederkam, bestellte ich nur einen Cappuccino und sah ihn mir genauer an. Die schwarze Haarpracht war verschwunden, kurz geschnitten und angegraut, aber es war Euclid Barnes.

Er ging zurück und bediente selbst die milchschäumende Espressomaschine. Als er den Kaffee abstellte, bemerkte er meinen Blick und erwiderte ihn.

»Kennen wir uns?«

»Dylan Ebdus.«

Er blinzelte.

»Wir sind zusammen auf dem College gewesen.«

»Dylan aus Camden?«

»Genau.«

»Ich hätte nicht gedacht, dass ich *dich* noch mal wiedersehen würde.«

Ich verzichtete, ihn darauf hinzuweisen, dass er in meinem Hinterhof arbeitete, in meinem Revier. Ich hatte Boerum Hill in den letzten zwanzig Jahren nur drei- oder viermal besucht und offensichtlich keinen Anspruch mehr auf die Gegend.

»Hast du noch Kontakt mit den Leuten von früher?«, fragte ich. Es hatte mir ein wenig die Sprache verschlagen, Euclid Barnes wiederzusehen – und einen Block vor der Intermediate School 293 entfernt in einem feinen Restaurant einen Cappuccino von ihm serviert zu bekommen.

»Gott, ich weiß nicht. Mit *jedem*, mit *niemandem*, du weißt, wie das geht.«

»Klar«, sagte ich, obwohl ich das natürlich nicht wusste. Ich hatte nie wieder von irgendjemandem aus Camden gehört. Moira Hogarth und ich hatten am Ende jenes einen Semesters nicht mehr miteinander gesprochen.

»Darf ich mich zu dir setzen?«, fragte Euclid.

»Bitte.«

»Zigarette?«

»Lass dich nicht stören.«

Er trug einen schwarzen Rollkragenpullover, was ein bisschen warm war für diesen September, der bisher an beiden Küsten recht heiß gewesen war. Er zog den Kragen etwas herunter, und ich sah, wie weich das Fleisch an seinem Hals geworden war: Euclid hatte fast kein Kinn mehr. Davon abgesehen, und von einer tiefen Müdigkeit um seine Augen herum, hatte er seinen düsteren Glamour bewahrt, ihn durch das eingesunkene Fleisch um die hohen Wangenknochen sogar noch verstärkt. Der Bartansatz an seinen Lippen zeigte graue Stoppeln, wie bei mir, wenn ich mich nicht rasierte.

Ihn wiederzusehen rief bei mir eine Flut nutzloser Erinnerungen hervor, die, zusammen mit denen, die ich gerade auf meinem Weg von Abrahams Haus bis zur Smith Street heraufbeschworen hatte, schwer zu verdauen waren. Es war natürlich die Dean Street, die einen solch katastrophalen Widerhall provoziert hatte. Doch deswegen war ich ja hergekommen. Euclid war nur ein unerwarteter Nebeneffekt.

Er starrte mich an, als er sich eine Zigarette anzündete. »Wie ist es dir ergangen?«

Ich verstand, was er meinte. »Ich bin rausgeflogen.«

»Ich erinnere mich an dich und auch wieder nicht«, gab er zu.

»Mir geht es ähnlich«, sagte ich, obwohl ich wusste, dass es mir nicht so schwerfiel. In meinem Leben war Camden eine einzelne Episode gewesen, ein Zeitfenster. Euclid war vier Jahre lang dort gewesen, mit zahlreichen Freunden aus seiner Privatschulzeit und anderen, mit denen er auch später noch verkehrte. Ich war dagegen nur ein Aufblitzen.

»Ich bin nach Berkeley gewechselt«, erzählte ich ihm. »Und dann in Kalifornien geblieben. Ich bin nur zu Besuch hier.«

»Was machst du so?«

Ich kam kurz in Versuchung zu behaupten, ich würde ein Drehbuch für DreamWorks schreiben. »Ich bin Journalist«, sagte ich. »Hauptsächlich Musik.«

»Kluger Junge.«

»Und du? Gehört dir der Laden oder arbeitest du bloß hier?«

»Warum denn ein Restaurant besitzen, wenn man auch so kellnern kann?«

»Aha.«

»Ich habe regelmäßig im Balthazar gearbeitet, aber eine gewisse Person hat entschieden, dass ich nicht mehr charmant genug war, und ich wurde gefeuert.«

»Also bist du hier rübergezogen?«

»Gott bewahre, ich kann mir Manhattan schon seit Jahren nicht mehr leisten. Ich kann ja kaum Boerum Hill bezahlen.«

Selbstverständlich. Von meiner niederen Warte war mir der Reichtum in Camden wie ein festes Gefüge vorgekommen, unumstößlich, ohne Veränderungen. Aber das war es nicht. Es war ein Milieu, ein Lebensstil, der sogar beibehalten wurde, wenn das Geld weg war. Ich erinnerte mich jetzt daran, dass die Schecks von Euclids Eltern schon damals immer zu spät kamen.

»Dieses Viertel ist ziemlich protzig geworden«, sagte ich und spielte immer noch den Dummen.

»Ich hasse es, es ist zu modisch. Innerhalb von sechs Monaten sind hier alle eingefallen und haben es versaut. Die Smith Street ist gerade in einem deutschen Touristenführer als ›das neue Williamsburg‹ empfohlen worden. Das sind alles Immobilien*haie*.«

»Du gehörst hier zur alten Garde.«

»*Alt* bin ich jedenfalls. Danke für das Kompliment.«

»Der Laden sieht aus, als wäre er erst gestern eröffnet worden.«

»Dieser Laden ist ein Riesen*beschiss*«, flüsterte er. Da ich nichts zu essen bestellt hatte, war der Koch nach vorne gekommen und hatte Euclids Platz an der Bar eingenommen, aber Euclid kümmerte es nicht wirklich, ob der Koch ihn hörte. »Der Besitzer ist gleichzeitig der Vermieter«, erklärte er. »Ihm gehört der ganze Block. Er hat gesehen, dass seine Mieter alle in der *Times* zwei Sterne von Eric Asimov bekommen haben, und dachte sich, er würde bei seinen niedrigen Unkosten einen Riesengewinn einstreichen. Er ist einfach ein hiesiger Geldsack. Jeder in der Gegend verachtet ihn.«

Mit *jedem* meinte Euclid sicher die wahren Feinschmecker, Köche, die ihre Karrieren aufs Spiel gesetzt hatten, um die Türen zu diesem Hinterland aufzustoßen.

»Was machst du eigentlich hier?«, fragte er.

»Einen alten Freund treffen. Er ist zu spät.«

Vielleicht konnte er es an meinem Gesicht ablesen, denn jetzt erinnerte er sich. »Du *bist* aus Brooklyn, nicht wahr?«

»Gleich um die Ecke.« Ich spürte eine merkwürdige Verbitterung, aber das war wohl kaum Euclids Schuld. Meine Besitzansprüche waren dämlich. Überall auf diesen Straßen sah ich verschlüsselte Botschaften wie die DMD- und FMD-Tags, die auch nach zwanzig Jahren noch an alter Stelle sichtbar waren. Ich sah die Veränderungen hier unter dem Vorzeichen von Rachels Krieg gegen die Gentrifizierung, dessen Schlachten hauptsächlich in meinem Schädel ausgetragen worden waren. Ich lief einen unsichtbaren Stadtplan von Zwischenfällen ab, Ausplünderungen, Eierwürfe, Pizzaüberfälle, meine persönlichen Kreuzwegstationen. Doch mir einzubilden, diese Dinge hätten irgendeine Relevanz für die Hipster, die sich hier ansiedelten, war genauso unsinnig, wie sich einzubilden, das im Radio eines Taxis gespielte »Play That Funky Music« wäre eine Botschaft der Schuld und

Sühne für mich gewesen. Nein, Isabel Vendle war tot und vergessen, und Rachel war fort. Das Boerum Hill von Euclid war das reale. Die Tatsache, dass ich Gowanus unter der Oberfläche glitzern sah, spielte keine Rolle, war höchstens interessant.

»Wie geht es Karen Rothenberg?«, fragte ich, um wieder auf sicheren Boden zu gelangen.

Euclid rollte die Augen. »Sie hat nicht mehr angerufen, seit sie aus dem Entzug in Minneapolis zurückgekommen ist. Jetzt hat sie einen kleinen Hutladen auf der Ludlow Street. Die Hüte sehen aus wie Hämorrhoiden, wenn du mich fragst. Aber Dashiell Marks – du erinnerst dich doch an Dashiell?«

Ich log und sagte Ja.

»Dashiell hat Karens Hüte auf der Empfehlungsseite des *New York Magazine* vorgestellt, also ist alles in Butter.«

Euclid liebte es, in Erinnerungen zu schwelgen. Er zündete sich die nächste Zigarette mit der Glut der letzten an und erzählte mir von anderen Kommilitonen, wärmte alte Rivalitäten auf, die so frisch zu sein schienen, als hätte er Vermont erst gestern verlassen. Dem Schwall von Namen konnte ich entnehmen, dass Junie Alteck bei den Cypress-Hill- und Redman-Videos die Ausstattung besorgte, dass Bee Prudhomme in einem Chalet außerhalb von Helsinki von seiner Geliebten erstochen worden war und dass Moira Hogarth ihre Bekanntheit als Performance-Künstlerin der Zensur durch einen Senator aus dem Mittleren Westen verdankte.

Dann drückte Euclid auf einmal seine Zigarette aus, wedelte den Rauch beiseite und stand vom Tisch auf. Arthur Lomb war durch die Tür gekommen, und ich begriff jetzt, warum Arthur aus der Unmenge von Speiselokalen auf der Smith Street ausgerechnet das Berlin für unser Treffen ausgesucht hatte. Es war typisch für ihn, gleichzeitig zu untertreiben und anzugeben. Arthur war nicht richtig fett geworden, sondern hatte unglaublich viel Fleisch um den Colaflaschenkern seines jugendlichen Wachstumsschubs angesammelt.

Dennoch verstand ich, warum Euclid ohne direkte Verbindung zu der lang zurückliegenden Drogenwoche in Vermont seinen ekelhaften Arbeitgeber nicht als meinen alten Freund wiedererkannt hatte.

Mit dem ungenügend versteckten Aschenbecher in der Hand huschte Euclid nach hinten, und ich konnte sehen, was zehn oder fünfzehn Jahre Kellnern aus dem zerbrechlichen homosexuellen Prinzen gemacht hatten, der mich im ersten Jahr meines Studiums so eingeschüchtert hatte. In Camden war Euclid nicht darauf aus gewesen, geliebt zu werden, sondern er hatte sich danach gesehnt, bemitleidet zu werden. Bis eben war mir das nie gelungen.

Der bullige, bärtige Arthur Lomb sah Euclids Rücken mit finsterem Blick hinterher, dann wischte er wirkliche und eingebildete Asche von Euclids Platz an meinem Tisch und setzte sich.

»Willst du nicht einen Happen essen? Das geht auf mich.«

»Ich habe schon gehört, dass das dein Laden ist.«

»Stimmt, und der Laden lässt mich richtig bluten. Was macht da schon eine Kleinigkeit?«

»Vielen Dank, ich möchte nicht so spät los.« Mein Mietwagen stand auf der Dean Street. Ich machte mir Sorgen um den CD-Spieler.

Ich hatte Arthur eingeladen, mit mir zum Gefängnis von Watertown zu fahren, um Mingus zu besuchen. Er hatte höflich abgelehnt. Er war schon Anfang des Sommers da gewesen. Aber er hatte mich sehen wollen und vorgeschlagen, gemeinsam bei Junior vorbeizuschauen. Das war unsere Mission an diesem Morgen, und jetzt, da ich die Ablenkung durch Euclid verdrängt hatte, wollte ich es hinter mich bringen.

»Okay, nach dir«, sagte Arthur. »Der Kaffee geht auf meine Rechnung, Kinder«, rief er nach hinten.

Ich nahm mein Bündel, und wir traten zusammen hinaus auf die Smith Street, in den Block, der Euclid zufolge vollständig Arthur gehörte: Ein zertrümmerter Friseursalon mit einer alten Glasspirale, ein Devotionalienladen mit Votivkerzen und Folklorekunst in der Auslage und Gettoapartments darüber sowie vier oder fünf von den angesagten kleinen Bistros, die das Berlin im Preis unterbieten sollte. Die Ästhetik war furchtbar pedantisch, schöne handgemalte Serifenschriften auf winzigen Schildern oder direkt auf den diskret verhangenen Fenstern angebracht. In einem Anflug von Kitsch oder Voodoo hatten sie sich Namen mit historischem Lokalkolorit zugelegt: Breuklyn, Schermerhorn, Pierrepont. Eines nannte sich sogar Gowanus Tortenfabrik und grub damit den Namen aus, den Isabel Vendle so mühsam zu Grabe getragen hatte.

»Was zum Teufel redest du mit meiner schwuchteligen Bedienung?«

Arthur trug eine Yankees-Mütze. Ich hatte ihm seine Abkehr von den Mets mit zwölf noch immer nicht verziehen. Dieser Verrat war in meinen Augen bezeichnend für Arthurs leichtfertige Anpassung an die Welt der Schwarzen, sein Klammern an Mingus Rude. Dieselbe Gehemmtheit, die mich bei den verlustreichen Mets bleiben ließ, hatte mich daran gehindert, den Mohren zu spielen, um Mingus überallhin folgen zu können.

Es war eine Form des Autismus, eine Unfähigkeit zur sozialen Mimikry gewesen, die mich vor den Anpassungen bewahrt hatte, die Arthur letztendlich tiefer in Brooklyn verwurzelten. Ich hatte mich in Bücher flüchten müssen, nach Manhattan und noch weiter weg. Daher war es nur logisch, dass Arthur Lomb immer noch hier war und sich die gewerblichen Immobilien der Smith Street gerade noch rechtzeitig einverleibte, um bei den nachrückenden Yuppies abzukassieren – ein *hiesiger Geldsack*.

Es war die Mühe nicht wert, Arthurs Gedächtnis in Gang zu setzen, um ihn daran zu erinnern, dass die schwuchtelige Bedienung ihm einst in einem Wohnheim in Vermont an

seinem damals noch knochigen, berauschten Hintern her-
umgefummelt hatte. Lomb und Barnes sollten ihre kleine
Geschichte ohne meine Hilfe aufdecken oder es bleiben
lassen. Ich hatte keine Schwierigkeiten, vor Arthur ein Geheimnis zu bewahren. Mit dem Ring hatte ich es mein ganzes
Leben lang so gehalten.

»Er hat mir erzählt, dir gehört der ganze Block«, sagte ich.

»Mir gehören fünf Gebäude, ja. Du kannst ruhig glauben,
was man dir erzählt, ich bin der Don Corleone der Smith
Street.«

Ich fragte mich, ob es für Arthur von Bedeutung war, dass
sein Besitz um die Ecke von unserer alten Schule lag. Wahrscheinlich nicht. Wahrscheinlich musste man weggehen und
zurückkommen, wie ich es getan hatte, um das Nebeneinander zu spüren, den Zahn der Zeit, während wir hier unseren Sechstklässler-Heimweg zu Arthurs Schachfiguren
und Vollkornkeksen zurückverfolgten. Es gab einmal eine
Zeit, da waren Arthur Lomb und ich beim Einbiegen von der
Smith in die Dean Street schlichtweg die am einfachsten zu
quälenden Menschen auf der Erde.

Am Abend zuvor hatte ich von Francesca Cassini eine Führung durch mein eigenes Leben bekommen. »*Stell dir das vor,
ihr zwei ganz alleine in dem großen Haus!*«, hatte sie mehrfach
ausgerufen, und ich hätte am liebsten erwidert: *Dazu zwingt
mich keiner!* Sie hatte einige flüchtige Schnappschüsse von
Abraham und mir aufgetrieben und ein neues Familienalbum
zusammengestellt, das auf diejenigen, die Rachel gemacht
und zurückgelassen hatte, folgte, auf diejenigen, die mich in
den Armen meiner Mutter zeigten, und auch Abraham, jünger, als ich ihn je gesehen hatte, wie er an seiner Staffelei vor
Gemälden steht, die verkauft oder vernichtet worden waren,
bevor es mich oder den Film gab. Francescas Album versammelte Schulfotos, mein verzweifeltes Grinsen vor einem tau-

benblauen Hintergrund und ein paar Aufnahmen von meinem Frischluftsommer, Heather Windle und ich, teichnasses Haar, das zu Hörnern geformt ist. Die letzten Seiten zeigten Abraham und Francesca bei einem Urlaub in Italien, mein Vater, der auf der Hotelveranda, auf Restaurantterrassen, auf Weinbergen die Augen vor dem Licht abschirmt. Das war ein zufriedenstellender Abschluss des vorangegangenen Märchens – von den zwei Männern allein in einem Haus.

Interessanter fand ich die neuen Gemälde, etwa um die zehn, die in Flur und Treppenhaus hingen. Sie waren auf Karton gemalt wie die Umschlagillustrationen meines Vaters. Der Stil stand jedoch in keinem Bezug zu den Buchentwürfen. Er erinnerte an die Bilder hinter der Staffelei, und noch an andere, an die Akte. Dies hier waren keine Akte, sondern Porträts: kleine, eindringliche Studien von Francescas Gesicht ohne Brille. Sie waren alles andere als schmeichelhaft, aber es waren auch keine Bloßstellungen. Mir fiel auf, dass er sich überhaupt keine Mühe gegeben hatte, die Gemälde unterschiedlich ausfallen zu lassen. Einige waren beinahe identisch. In dem Sinne ähnelten sie dem Film oder waren dem Film in ihrer tagebuchartigen Geduld verpflichtet, je nachdem. *Irgendetwas mag sich hier verändern oder auch nicht*, schienen sie auszudrücken. *Für mich spielt weder das eine noch das andere eine Rolle, aber wenn es geschieht, werde ich hier sein, um es zu dokumentieren.*

Ich kam an dem Abend nicht dazu, meinen Vater darauf anzusprechen, ich kam eigentlich überhaupt nicht zu Wort. Francesca war hocherfreut über meine Anwesenheit im Haus, und uns dreien blieb nichts anderes übrig, als ihr Geplapper auszusitzen. Irgendwann ging mein Vater zu Bett. Francesca redete noch eine Weile weiter, bis auch sie erschöpft war. Dann rief ich zweimal bei mir zu Hause an und hörte meine Nachrichten ab. Es war keine von Abby dabei.

Francesca schlief etwas länger. Ich hatte Abraham gebeten, mich rechtzeitig für meine Verabredung mit Arthur im Berlin zu wecken. Er und ich saßen allein beim Kaffee, aber ich konnte mich nicht mehr daran erinnern, was ich ihn bezüglich der Porträts hatte fragen wollen. Ich sagte ihm, dass sie mir gefielen.

»Danke.«

»Wirst du versuchen, sie auszustellen?«

»An so etwas denke ich nicht.«

»Arbeitest du noch an dem Film?«

Abraham warf mir einen allzu ernsten, panischen Buster-Keaton-Blick zu. »Selbstverständlich, Dylan. Jeden Tag.«

Das leer stehende Haus stand nicht mehr leer. Ich musste die Treppenaufgänge ab Henrys Vorgarten zählen, um zu wissen, welches es war. Im ganzen Block hatte man die Backsteinmauern neu verfugt, die Türstürze und Stufen der Brownstones frisch gestrichen, die Eisentore repariert und geschwärzt – der Block erschien wie ein Bühnenbild für einen idealisierten Film, der der Armut mit Sepiatönen einen malerischen Charakter verpasste. Sogar die Schieferplatten waren gerade und ordentlich, wie die Mauern neu verfugt, wo sie nicht gleich durch gegossenen Beton ersetzt worden waren.

Ich starrte benommen zu den Dachgesimsen und fragte mich, wie viele verrottende Spaldeens wohl immer noch die Regenrinnen verstopften, als Arthur nach mir rief; ich hatte ihn überholt. Er war an Henrys Treppenaufgang, oder besser Henrys ehemaligem Treppenaufgang stehen geblieben, um sich mit einer Schwarzen zu unterhalten, und obwohl sie wie Euclid nicht mehr die Dünnste war, wusste ich, dass die Frau Marilla war. Ihre Zöpfe waren noch länger geworden und auf dem Kopf zu einem Nest geflochten. Neben ihr stand auf der untersten Stufe in einer braunen Papiertüte ihr Frühschoppen.

»Kannst du dich an Dylan erinnern?«

»Was redest du da, Artie? Ich kannte Dylan schon *lange* bevor ich dich kannte.«

Die Ansprüche auf die erste Begegnung sprudelten aus uns heraus wie feierliche Gelübde. Wenn Marilla es nicht gesagt hätte, dann vielleicht ich. Es war kaum anders, als, wie ich einmal, zu schreiben: *Niemand, der Little Willie John »Fever« hat singen hören, braucht sich je mit späteren Versionen des Songs zu befassen.* Möglicherweise hatte ich meinen Wahn nach Authentizität von der Dean Street.

»Du bist ein großer alter *Mann*, Dylan. Wo bist du gewesen?«

»Ich lebe in Kalifornien«, antwortete ich.

»La-La ist nach Kalifornien gezogen. Hast du sie mal gesehn?«

»Nein«, sagte ich, wobei mich meine Stimme fast im Stich ließ. »Ich bin La-La nicht begegnet.« Ich musste an den Witz von *La-La in La-La-Land* denken, vermutete aber, er würde nicht rüberkommen.

»Echt nicht?«

»Kalifornien ist nicht gerade klein.«

»Das werd ich mir eines Tages selbst anschauen müssen.«

Marilla war nicht im Geringsten überrascht, mich wiederzusehen, nur darüber, dass das letzte Mal so lange zurücklag. Ich hörte heraus, dass sie den Block nie verlassen hatte, dass Arthur für sie vielleicht so etwas wie einen Abenteurer darstellte, der nach ihren Maßstäben weit herumgekommen war. Ich dagegen wollte mein Erstaunen darüber mitteilen, dass sie immer noch hier war, dass sie mich trotz der Abwesenheit wiedererkannte, aber nichts, was ich über Berkeley oder Vermont, über Jared Orthmans Büro oder Verboten-Kon 7 schwätzte, hätte etwas anderes mitteilen können als eben – Geschwätz. Mein Erstaunen betraf eher meine eigene Leugnung des Ortes, an dem wir uns befanden. Hier mit Arthur und Marilla zu stehen vermittelte mir das Gefühl, als wäre Bleiben das einzig Richtige.

»Wohnt Henry noch hier?«, krächzte ich.

»Er kommt manchmal vorbei«, antwortete Marilla. »Du solltest mal sehen, wie die Weißen uns auf seiner Straße anstarren. Sie wollen die Polizei rufen, aber Henry *ist* die verdammte Polizei.«

»Die neuen Leute im Viertel kapieren die Sache mit dem Treppesitzen nicht ganz«, fügte Arthur entschuldigend hinzu.

»Henry ist ein Cop?«, fragte ich.

»*Alberto* ist ein Cop, Henry ist Staatsanwalt, um genau zu sein.« Arthur dachte darüber nach. »So ziemlich alle sind entweder im Knast oder Cops. Außer dir und Dylan, Marilla.«

»Ich kenn da ein paar Leute, die im Knast sein *sollten*.« Arthur lachte. »Wir wollen Junior besuchen, Marilla.«

»Junior? Verdammt. Er ist der Erste auf der Liste.«

Der Artdirector von Rhodes Blemner hatte im Michael Ochs Archive ein verblüffend frühes Foto für die *Bothered Blue*-Box von Remnant gefunden, das ich selbst noch nicht gesehen hatte, bis die fertigen Exemplare der ersten Auflage ein paar Wochen zuvor auf direktem Weg vom kanadischen Presswerk bei mir in Berkeley eingetroffen waren. Es zeigte Barrett Rude Junior am Mikrofon in den Sigma Studios, umringt von den bewundernden Distinctions, die Hand am Ohr, den Mund weit aufgerissen wie ein prahlender Muhammad Ali. Allem Anschein nach war es von einer ihrer ersten gemeinsamen Sessions, die Distinctions bestaunen immer noch das Juwel, das ihnen in den Schoß gefallen ist.

Ich frage mich, ob ein Fremder das breite, markante Gesicht, die sauberen Fingernägel, den geometrischen Afro und die korrekt geknotete Krawatte auf dem blütenweißen Hemd, die ganze Ausstrahlung und raubtierhafte Eleganz des Mitdreißigers Barrett Rude Junior mit dem konfuziusbärtigen, gelbklauigen Schrumpfapfel, der jetzt die CD-Box als

Geschenk von mir entgegennahm, in Verbindung gebracht hätte. Ich erwartete nicht, dass er so gut aussah – *niemand* hatte je so gut ausgesehen wie der Mann auf der Hülle. Aber ich weiß nicht, wie ich Barrys Gesicht hätte erkennen sollen, wenn ich nicht den Vorteil gehabt hätte, Sohn und Großvater zu kennen. Das war die Kluft, die sich zwischen der CD-Box und dem Mann auftat. Der Sänger auf dem Foto sah aus wie Mingus mit achtzehn an einem guten Tag. Was hingegen den Mann betraf, der nach dem Geschenk grapschte, meine Hand schüttelte und seine Nägel in meine Handfläche versenkte – nun, wenn es keine Offenbarung war, dann war es wohl ein Witz, und mir schoss der Satz durch den Kopf: *Junior war jetzt Senior.* Er trug sogar Seniors Kette mit dem Davidstern um den Hals, der in der Öffnung seines Morgenmantels von Silbergrau umgeben war. Als ich sah, wie er seinen Blick auf die CD-Box senkte und sich selbst darauf entdeckte, hätte ich ihm das Ding am liebsten aus der Hand gerissen und es auf die Straße geworfen, nur dass es dazu zu spät war.

»Ich habe den Text geschrieben«, sagte ich.

»Oh.«

»Drinnen ist ein Booklet, ein kleiner Essay über deine Karriere. Er ist von mir. Ich hoffe, er gefällt dir.« Aus irgendeinem Grund hatte ich mir bis zu diesem Zeitpunkt keine Gedanken darüber gemacht, dass Barrett Rude Junior meine Huldigung lesen könnte. Es standen ein paar Sätze darin, die er besser überlesen sollte. Aber wieder zu spät.

»Er gefällt mir *jetzt* schon, Baby«, sagte Barry. Er legte die CD-Box neben sich auf die Couch. Als er uns hereingebeten hatte, war er ebenso wenig überrascht gewesen wie Marilla. Die Wohnung hatte sich kaum verändert, hatte nur durch zwanzigjährige Vernachlässigung etwas gelitten. Barry beanspruchte einen immer geringer werdenden Teil davon. Ich hätte schwören können, dass bestimmte LPs noch genau dort lagen, wo ich sie beim letzten Mal gesehen hatte, auf dem Boden vor der Stereoanlage, halb aus ihren Hüllen gezogen.

»Siehst du, Arthur«, sagte er und blickte nur kurz vom Fernseher auf, wo eine Gerichtssendung lief. Der Fernseher war neu, und ich ahnte, dass er inzwischen häufiger genutzt wurde als die Stereoanlage. »Ich hab dir immer gesagt, auf Little Dee werden wir noch mal stolz sein.«

»Sicher«, sagte Arthur. »Hier, Barry, ich hab dir auch was mitgebracht.« Er klopfte sich die Taschen ab, bis er es gefunden hatte: Ein Päckchen Kools, das er Barry in den Schoß warf. »Kennst du die Warnhinweise darauf, wie schädlich Rauchen für die Gesundheit ist? Kaum jemand weiß, dass die von *mir* sind.«

»Ihr seid alles talentierte Jungs, das will ich euch lassen.«

»Natürlich haben sie sie völlig umgekrempelt und meine besten Sachen rausgenommen.«

»Das ist doch ihr gutes Recht, oder nicht, Arthur?«

»Ja, klar.«

»Man muss ihnen ihr gutes *Recht* schon lassen.«

»Das nehm ich an.«

»Na *also*.« Barry streckte die Hand aus, um Arthurs Fingerspitzen zu streifen, ohne dabei von der Fernsehsendung aufzuschauen. Er hatte die Zigaretten zusammen mit der CD-Box zur Seite geschoben.

»Möchtest du die CDs hören?«, fragte ich blöde. »Sie klingen wirklich großartig.« Barrys Rechteanteil bedeutete, dass etwas Geld aus den Verkäufen auch an ihn fließen würde, irgendwann einmal. Es sollte das Tröpfeln der Tantiemen, die ihm vermutlich ermöglichten, das Haus zu halten, verstärken. Vielleicht lag ich falsch, zu denken, er müsste auch stolz auf sein Denkmal sein. Vielleicht war der Barry, dem ich die CD-Box eigentlich geben wollte, der Barry von 1975. Doch jener Mann war, gleich dem auf dem Foto, für Barry mittlerweile ebenso unerreichbar wie für mich.

»Ich weiß, wie sich die ganzen alten Platten anhören.«

»Ja, aber …«

»Ich hör sie mir ein andres Mal an, Mann.« Er sprach langsam und bedacht, und ich wusste, ich musste aufhören. »Ich hab sowieso keinen CD-Spieler.«

Ich nickte bloß.

»Kennst du Fran, das Mädchen, mit dem dein alter Herr was angefangen hat?« Mit dem Themenwechsel wurde auch seine Stimme wieder freundlicher. »Sie ist in Ordnung. Sie hat sich um mich gekümmert, weißt du.«

»Ich hab's gehört.«

»Er hat Glück, so ein Mädchen gefunden zu haben.«

»Ich weiß.« Jeder stimmte dem zu, von A bis Zelmo. Ich konnte bloß hoffen, dass Abraham es auch tat. Dann fiel mir wieder ein, was ich meinen Vater bezüglich der neuen Gemälde hatte fragen wollen: Waren die Porträts von Francesca ein Vorwand, um sie anzustarren, um zu versuchen, durch die Membran seiner neuen Situation hindurchzuschauen, durch diese Frau, die Rachels lange verwaisten Platz eingenommen hatte? Versuchte er, Francesca zu ergründen? Oder hatte sie ihn gebeten, sie zu malen, von ihm verlangt, er solle sie mit dieser Intensität anschauen? Wer hatte die Auseinandersetzung gesucht, von der die Bilder zeugten?

Es entstand ein längeres Schweigen, das nur vom Geplapper des Fernsehers unterbrochen wurde. Ich musste wieder an den Mietwagen denken, und an die Strecke, die ich an dem Tag noch zurücklegen wollte. Mein Herz war in der Dean Street stecken geblieben, doch es war Mingus, den ich sehen wollte.

Barrett Rude Junior blickte mir zum ersten Mal seit beinahe zwanzig Jahren direkt in die Augen, vielleicht hatte er meine Gedanken erraten. Sein Blick zerriss endlich das Netz, mit dem er sich geschützt hatte, als er uns geöffnet und kurz das Foto und die Beschriftung auf der CD-Box inspiziert hatte.

»Was führt dich zu einem alten ausgedienten Sänger wie mir, Little Dylan?«, fragte er. Er gab dem *ausgedienten Sänger* eine seiner alten melodischen Noten, und ich spürte ein Stechen in meinen Speicheldrüsen, als hätte ich meine Zunge in Kokain getaucht.

»Ich wollte dir nur die Platten geben«, sagte ich. Ich brachte es jetzt nicht mehr fertig, sie *CDs* zu nennen.

»Das hast du getan«, sagte er ein wenig kühl.

»Und wir werden Mingus besuchen fahren. Also eigentlich nur ich.«

»Ha.« Barry schottete sich ab. Er verzog das Gesicht wegen irgendetwas in der Gerichtssendung, vielleicht wegen einer richterlichen Entscheidung, die er für falsch hielt. Irgendjemand musste solche Sachen ja im Auge behalten.

»Wenn du ihm etwas ausrichten lassen möchtest …«

Barry machte eine kurze Bewegung mit der Klauenhand. Mingus in Watertown war zu weit weg, schien die Geste zu sagen. Die Dean Street war real, Francesca und Arthur waren real und wert, anerkannt zu werden. Die eine brachte Suppe, der andere Zigaretten. Die Gerichtssendung war real genug: Sie spielte sich vor seinen Augen ab. Ich war hergekommen und hatte Barry vorgeschlagen, an Kalifornien und 1967 und Watertown zu denken, alles Dinge, die zu entfernt, zu ermüdend waren.

»Du weißt, dass ich immer Frühstücksfernsehen gucke«, sagte er zu Arthur. »Ich bin noch nicht richtig wach, Mann. Kommt heute Abend vorbei und wir feiern ein bisschen.«

»Okay, aber Dylan muss los«, sagte Arthur. »Er wollte nur mal Hallo sagen.«

»Sag dem Jungen, dass ich Frühstücksfernsehen gucke.«

Arthur begleitete mich zu meinem Wagen und entschuldigte sich. »Ich hätte dich davor warnen sollen, Mingus zu erwähnen«, sagte er. »Dann schaltet er immer total ab.«

»Was hat Mingus ihm denn getan?«

»So einfach ist das nicht.«

Ich hatte meine Tasche bereits im Kofferraum des Mietwagens verstaut und sagte Abraham und Francesca noch Auf Wiedersehen, musste ihnen versprechen, vor meiner Rückkehr nach Kalifornien noch einen Tag mit ihnen zu verbringen. Ich war bereit zur Abfahrt.

»Hier«, sagte Arthur. Er filzte sich wieder und zog einen unverschlossenen Umschlag mit Geld hervor, offenbar im Voraus abgezählt. Er klatschte ihn mir in die Hand. »Du kannst es ihnen nicht direkt geben, sie dürfen drinnen kein Geld haben. Du musst es auf ihre Gefängniskonten einzahlen, dann können sie es sich, du weißt schon, in Zigaretten oder was auch immer auszahlen lassen. Hundert pro Kopf.«

»Wer ist *sie*?«

»Weißt du noch, wie ich zu Marilla gesagt habe, dass scheinbar alle im Knast sind?«

»Klar.«

»Robert Woolfolk sitzt auch. Watertown, im selben Laden wie Mingus.«

ELF

Hier war ich ein Amateur, ein ebensolcher Novize im Überschreiten dieser Schwelle, wie ich es in L .A. gewesen war, als ich in Jared Orthmans Heiligtum eingedrungen war. Nur hier war ich ein Amateur unter Profis. All die schwarzen und hispanischen Mütter und Großmütter, all die stumpfen erwachsenen Ganoven, die andere Ganoven besuchten, wussten im Gegensatz zu mir, wie man ein Gefängnis besuchte. Ihre Sachkenntnis zeigte sich gleich hinter dem Parkplatz, immer noch weit außerhalb des äußeren Stacheldrahtrings, wo Taxis aus dem Bahnhof und dem Greyhound-Terminal von Watertown in einem großen Bogen wendeten, wo der Charterbus aus New York die Angehörigen der Häftlinge absetzte und wartete, während der Fahrer selbst gedrehte Zigaretten rauchte und sich den Tabak aus den Zähnen zupfte. Dort standen die Besucher Schlange, um durch einen länglichen Schuppen geschleust zu werden, einen kleinen Aluminiumanhänger auf Betonblöcken. Es hatte geregnet, als ich am Nachmittag des vorigen Tages aus der Stadt fuhr, und es hatte geregnet, als ich mir ein Motelzimmer knapp außerhalb des Zentrums von Watertown nahm, und es hatte an diesem Morgen immer noch ein bisschen geregnet, als ich bei einem Denny's Würstchen im Schlafrock frühstückte. Jetzt zogen graugrüne Wolken über dem Gefängnis auf und spiegelten sich in dem mit Pfützen bedeckten Kies zu unseren Füßen. Niemand außer mir blickte hoch zum Himmel oder runter auf den Boden, als ich hineinhastete, um Platz zu nehmen. In dem Anhänger hatten drei Wärter – *Vollzugsbeamte* wurden sie genannt – einen bürokratischen Vorposten bezogen, an dem man den Personalausweis zeigte, dieses und jenes

Formular unterschrieb, die Anschrift nannte, die Beziehung zum Häftling angab, sich mit den Besuchsregeln einverstanden erklärte und so weiter. Alle außer mir kannten die Nummer des Häftlings, den sie besuchen wollten. Ich wusste nur Mingus' Namen, was einen gelangweilten Beamten dazu veranlasste, einen dicken Ordner aufzuschlagen und die korrespondierenden Ziffern herauszusuchen. Die Toilette in dem Anhänger war unsere letzte Möglichkeit zu pinkeln. Jeder nahm sie wahr, da man die Routine kannte. Ich richtete mich danach und stellte mich an. Das einzige Münztelefon im Anhänger war das vorerst letzte, das wir zu Gesicht bekommen würden, und es war ebenfalls im Dauereinsatz. Ich überlegte, zu Hause anzurufen, um vielleicht Abby zu erreichen. Doch die Schlange der Wartenden war zu lang.

Die Routine, die die Besucher kannten, bestand hauptsächlich aus Warten in völliger Unterwürfigkeit. Sich zu beschweren war ihnen schon lange ausgetrieben worden. Wir warteten in einer Sicherheitszone nach der anderen, während wir schrittweise in die Anlage von Watertown vorrückten. Nachdem uns irgendeine unsichtbare Hand durchgewunken hatte, wurden wir auf betonierten Wegen, die mit oranger und gelber Leuchtfarbe markiert waren, vom Anhänger weggeführt. Jetzt, wo wir Anhänger und Parkplatz, die gesamte Stadt Watertown hinter uns gelassen hatten und uns im Blickfeld der Betontürme befanden, konnte ich mich der Angst nicht erwehren, von einem dieser hohen Türme aus erschossen zu werden, sobald ich die aufgemalten Streifen überschritte. Dann passierten wir eine sogenannte »Schleusentür« – eine Metallkabine, die so eingerichtet war, dass die beiden Türen nicht gleichzeitig geöffnet werden konnten. Wir wurden zunächst von einem Büro mit Sichtfenster aus in Augenschein genommen, bevor mit einem lautstarken Summen der Stromkreislauf umgelegt wurde. Die Tür hinter uns wurde mit Bolzen verriegelt, und die Tür vor uns öffnete sich, sodass wir die Kiste verlassen konnten.

Damit waren wir in gewisser Weise drinnen. Das Gefängnis war nicht, wie ich erwartet hatte, ein einzelnes Gebäude, ein steinernes Gormenghast oder ein stählerner Todesstern, sondern ein ausgestreckt daliegender Verbund von Bauten, Zäunen und Toren, eine öde Ranch für menschliches Vieh. Mit weiteren Sicherheitszonen, makellosen Betongräben und schützendem Stacheldraht. Hinter den Türen, die uns von grau gekleideten, drohnenhaften Beamten aufgeschlossen wurden, entpuppte sich das Innere als trübselig institutionell, wie Schulgebäude oder Notaufnahmen aus den 1960er-Jahren, mit mintgrünen Kacheln und abgewetzten Holzpaneelen. Jeder der Räume, den wir auf diesem Spießrutenlauf betraten, erschien provisorisch, instand gesetzt für den vorübergehenden Gebrauch, obwohl sie höchstwahrscheinlich schon seit Jahren auf diese Weise genutzt worden waren.

Ich verstand später, dass jeder Häftling einzeln lokalisiert, durchsucht und zum tief innerhalb der Mauern versteckten Besuchszimmer gebracht werden musste – daher bestand für die Wachen bei unserer Abfertigung kein Grund zur Eile, solange der Häftling nicht in diesem Zimmer auf uns wartete. Es war ein Ort der annullierten Zeit: Sie besaß hier keinen Wert. Wir waren keine Kunden, die man zufriedenstellen oder beruhigen wollte. Doch trotz allen Wartens erschrak ich jedes Mal schuldbewusst, wenn mein Name schließlich aufgerufen wurde, blickte jedes Mal in die falsche Richtung, abgelenkt von den Aushängen an den Wänden: Vergilbte Mitteilungen, zehn Jahre alte Memos, die verlangten, dass *Blockwärter auf ihren Posten bleiben, bis die Ablösung eintrifft,* und verbaten, dass *Röcke der Besucherinnen kürzer als zwei Fingerbreit über den Knien oder »bauchfrei« sind,* Werbungen für Pendelbusse und Kinderbetreuung, Zwölf-Punkte- und Mutterschafts-Programme sowie eine lange, hypnotisierende und kaum lesbare Liste käuflich zu erwerbender Gegenstände: Zahnpasta $ 1,39, Kamm 19 ¢, Packung Ketchup 19 ¢, Dose Hühnersuppe $ 1,79, Dose Limabohnen

89 ¢, Dose Pulverkaffee $ 1,59, Erdnussbutter $ 1,39, Haar-
pflegemittel $ 1,29, Haarnetz 29 ¢, Brötchen 29 ¢, Schoko-
ladenbrötchen 30 ¢ und so weiter und so fort – die Liste war
planlos, beschwörend, einfach schrecklich.

»Ebdus.«

»Ja.«

»Gürtel und Schuhe aus, den Inhalt der Taschen in die
Holzkiste.«

Ich watschelte heran, der Einzige, dem man Anweisungen
geben musste.

»Alles in die Kiste.«

Ich leerte meine Taschen, gab ihnen Schuhe und Gürtel.

»Keine Stifte.«

Ich zuckte hilflos die Schultern.

»Sie können ihn hier reinwerfen.«

»Okay.« Ich warf meinen Kuli in den grünen Stahlmüll-
eimer. Andere Besucher strömten durch den Metalldetektor,
während ich mit meinem Kram herumfuchtelte.

»Was ist das für ein Ring?«

»Ehering.«

»Warum tragen Sie ihn nicht?«

»Äh, es ist der Ehering meiner Mutter. Ich trage ihn nur so
mit mir rum, er passt nicht.« Hoffentlich muss ich ihn nicht
anziehen, flehte ich. Die Beamtin blinzelte, runzelte die Stirn
und ließ ihn durchgehen. Etwas anderes war interessanter.

»Was ist das?«

»Was?«

Sie zeigte auf einen einzelnen gelben kegelförmigen Ohrstöpsel, der auf dem Kleingeld und den Mietwagenschlüsseln
lag, die ich zusammen mit dem Ring auf das Holztablett gelegt hatte. Der Stöpsel hatte sich entfaltet, ausgedehnt, wie es
Schaumgummi nun mal tut.

»Ohrstöpsel«, sagte ich.

»Wofür?«

Ich betrachtete das Äußere des Ohrstöpsels, die leicht anzügliche Form, mit den Augen der Beamtin. »Fürs Flugzeug«, antwortete ich.

Sie schaute ihn sich näher an. Jetzt fragte ich mich, ob er für sie wohl eher wie ein Drogenzubehör aussah.

»Das ist fürs *Flugzeug*?«

»Um das Fluggeräusch zu dämpfen. Damit ich schlafen kann.«

»Nur einer?«

»Schätze mal, dass ich den anderen verloren habe.«

»Soso.«

Ich hatte nie über die bürgerlichen Implikationen eines Ohrstöpsels nachgedacht. Die Beamtin setzte einen finsteren Blick auf, schob aber das Tablett mit meinen Sachen auf die andere Seite der Barriere. »Geben Sie mir Ihre rechte Hand, Sir.« Mit irgendeiner unsichtbaren Farbe drückte sie mir einen Stempel auf den Handrücken. »Nehmen Sie Ihre Kiste, Sir.«

Einmal auf der anderen Seite, schlüpfte ich in meine Schuhe und fing an, meine Sachen wieder in die Taschen zu stecken.

»Sir, nicht hier.«

»Was?«

»In diesem Bereich können Sie nicht bleiben. Nehmen Sie Ihre Kiste mit zu der Bank dort drinnen.«

Fünf von uns wurden aufgerufen und angewiesen, die Hände unter eine Schwarzlichtleuchte zu halten, wobei ein ins Purpurne gehendes Zeichen sichtbar wurde. Die Schlüssel an dem faustgroßen Schlüsselbund variierten in Größe und Form, manche waren so modern wie der Zündschlüssel meines Leihwagens, andere erschienen so mittelalterlich wie die von Magnus dem Magier. Als unsere Gruppe den Korridor entlangschritt, lernte ich außerdem noch die subtile Kunst der Verlangsamung, sodass der Beamte, der hinter uns zurückgeblieben war, um die Tür abzuschließen, genug Zeit hatte, uns zu überholen und die Tür vor uns zu öffnen.

Ich versuchte, den fachmännischen Gehorsam der anderen wie einen Balsam zu absorbieren. Denn ich verstand langsam, dass wir zur Belohnung für unseren Besuch Schritt für Schritt zu Insassen wurden. Wir hatten sieben oder acht Schließvorgänge hinter uns gebracht, bevor ich zu Mingus Rude ins Besuchszimmer geführt wurde, einem nach Desinfektionsmittel riechenden Raum mit hellblauen Kacheln. Dort waren wir durch eine Plexiglasscheibe mit winzigen Kratzitis voneinander getrennt und durften über ein Telefon miteinander reden.

Er musste zunächst für uns beide sprechen. Ich brachte kein Wort heraus.

»D-Man. Scheiße, ich kann's kaum glauben, dass du es bist.«

Ich nickte.

»Lass dich anschauen. Der Junge ist erwachsen geworden. Ha!«

Ich war aus der Ferne zurückgekehrt, aus der Mingus manchmal wie etwas Unwahrscheinliches, wie ein Mythos erschienen war. Jetzt saß er in seiner allzu menschlichen Gestalt vor mir. Seine Wangen waren eingefallen, das Weiß seiner Augen kränklich-gelb. Er trug denselben lächerlichen Konfuziusbart wie sein Vater und ein schmutziges rotes Sweatshirt, sein breites Grinsen entblößte einen angeschlagenen Schneidezahn, seine erhobenen Augenbrauen eine kleine Narbe über dem Lid. Dennoch redete ich mir ein, er sehe gar nicht so schlecht aus und nicht viel anders, als ich ihn in Erinnerung hatte. Auf dem Foto von Junior auf der *Bothered Blue*-Box hatte ich eine Ähnlichkeit mit Mingus festgestellt, aber nun sah ich Mingus, abgesehen von dem Bart, nicht mehr im Vergleich zu seinem Vater. Mingus war nur Mingus, das abgelegte Idol meiner gesamten Jugend, mein bester Freund, mein Liebhaber. Ich saß ihm gegenüber und wusste, dass er schon längst zum Mann geworden war, bevor wir uns am Tag der Schießerei das letzte Mal gesehen hatten. Und ich hasste es, mich an den Jungen erinnern zu müssen, der mich im Spiegel angeblickt hatte, als ich zum ersten Mal in meinem Camdener Wohnheim ankam – dieser ängstliche Junge, der verzweifelt darum bemüht war, mit seiner neuen Punkfrisur Eindruck zu schinden, und der sein weiteres Leben damit verbringen würde, so zu tun, als hätte er nicht viel gesehen und mitbekommen.

»Ich fass es nicht. Wo bist du *gewesen*, Sohn?«

Er redete, als würde er das Gespräch dort fortsetzen, wo wir es im Jahr vor meinem Abschluss an der Stuyvesant unterbrochen hatten. Als wäre ich die letzten beiden Jahrzehnte in Manhattan auf die Highschool gegangen und wir hätten uns nach nur wenigen Monaten wiedergetroffen, um uns auf der Dean Street schnell abzuklatschen.

Also wo war ich *gewesen*? Ich antwortete: »In Kalifornien.«

»Ja, ja, ich hab von deinem Dad gehört, dass du dich dort rumtreibst. Irgendwann muss ich selber mal dahin – *der Sonnenstaat*, verdammt.« Wie Marilla war auch Mingus einfach noch nicht dazu gekommen. »Dillinger ist den ganzen Weg nach Westen gegangen, hat sich den Sonnenstaat reingezogen. Aber egal, wie gut der Junge lebt, er vergisst seine Wurzeln nicht, er kommt zurück, um sich zu *zeigen*.«

Mingus entwarf einen Abenteuerroman, verpackte meine Verlegenheit in der Wärme seiner alten Erzählkunst. Es war Unsinn, aber ich nahm das Geschenk gern an. Das ersparte die Erwähnung der besonderen Umstände unseres Wiedersehens, obwohl sein Gequassel zufällig aus einer Gegensprechanlage kam. Die Umstände ließen keine Erwähnung zu. Sein warmes Lächeln, die Art und Weise, wie er durch das dicke Plexiglas hindurchstrahlte, offenbarten die Fähigkeit zu einem binokularen Sehen, das die Umgebung ausschloss. Wenn ich mir ins Gedächtnis rief, wie die Stadt auf der Brooklyn Bridge vor unseren Augen zurückgetreten war, als wir den besprühten Stein bewunderten, dann wusste ich, dass dies schon immer eines von Mingus' Talenten gewesen war.

»Arthur konnte nicht mitkommen«, sagte ich, als wäre Arthur der Treulose. »Er hat mir aber Geld für euch mitgegeben.«

»Arthur kümmert sich immer um einen Bruder«, sagte Mingus. Er wollte mich damit nicht kränken, sondern nur seine große Dankbarkeit gegenüber Arthur ausdrücken. »Ich weiß, ich hab Arturo einige Male hängen lassen, aber mein Mann greift immer wieder zum Hörer.«

»Er hält mich auf dem Laufenden über dich«, log ich. Ich war mit Arthur ebenso wenig in Kontakt gewesen wie mit Mingus. Und ich hatte von Mingus nichts mehr gehört, bis Abraham und Francesca das Thema in Anaheim beim Abendessen mit Zelmo Swift ansprachen.

»Dem kleinen Bruder geht's selber ganz gut«, sagte Mingus und erlöste mich von meinen Gedanken. »Ist rundum glücklich.«

»Hauptsächlich rund.«

Mingus wieherte vor Lachen, zu laut für den abgedroschenen Witz. »Ey, *Alter*«, sagte er und zog eine Schau ab. »Das hab ich *gehört*. Ich sag dem Jungen immer, er muss erst ein paar Kilo abspecken, wenn er sich 'ne *Frau* schnappen will.« Der Spruch ließ uns auf eigentümliche Weise verstummen: Beide fast vierzig, waren wir im Laufe des Lebens ein paar Runden in Rückstand geraten. Wir hatten keine Frauen. Mingus hatte zumindest eine Entschuldigung, warum es bei ihm in letzter Zeit nicht geklappt hatte. Alles, was ich über Abby hätte sagen können, würde sich nach Selbstmitleid oder Dummheit anhören. Mir erschien die Distanz zwischen der Dean Street und meinem Leben in Berkeley wie eine unüberwindbare Kluft.

In der kurzen Gesprächspause vernahm ich das Murmeln um uns herum: einseitiges Gerede in die Besuchertelefone, das unbefangene Gequatsche der beiden Vollzugsbeamten an der Tür und eine vom Weinen heisere Stimme aus einer der anderen Kabinen.

»Ich habe Junior gesehen«, sagte ich.

»Zu Hause?«

»Gestern. Zusammen mit Arthur.«

»Mein alter Herr«, sagte Mingus. Seine Sprache war jetzt ganz einfach, sein Blick scheu. »Er hängt nur drinnen herum.«

»Es hat mich gefreut, ihn zu sehen.«

»Er muss sich auch gefreut haben, dich zu sehen.«

Ich wusste nicht, was ich antworten sollte, also verstummten wir ein zweites Mal. Mingus hatte seinen Slang fallen lassen und zugleich die aufgesetzte Geschwätzigkeit, die damit einherging. Ich schämte mich dafür, dass ich sie mir zurückwünschte.

Mingus zwirbelte seine langen Bartspitzen, strich sich übers Kinn. Auf seiner Seite der Scheibe waren Speicheltröpfchen zu sehen, Zeichen seines schauspielerischen Überschwangs, der nun verflogen war. Ich blickte in seine entzündeten Augen und sah einen Fremden. Ich konnte ihn ebenso wenig fragen, wer er geworden war – ob ihn die erste Inhaftierung mit achtzehn schon gebrochen hatte, oder warum er nach seiner Freilassung wieder hier gelandet war, oder was ihm sein Leben zwischen den beiden Gefängnisaufenthalten bedeutet hatte –, wie ich mir vorstellen konnte, mich ihm zu öffnen. Ich war unfähig zu sagen, wer ich in Kalifornien geworden war, oder dass ich trotz allem nicht vergessen hatte, was zwischen uns gewesen war.

»Arthur hat gesagt, Robert würde auch sitzen«, sagte ich und verachtete mich für die aufgesetzte Lässigkeit, für die Verwendung von *sitzen*. Mein Herz raste jetzt.

»Viele von den Brüdern, die du noch von früher kennst, sitzen jetzt«, erwiderte Mingus. Ich war mir nicht sicher, ob ich einen vorwurfsvollen Unterton aus seinen Worten herausgehört hatte. »Donald, Herbert, eine ganze Reihe von Leuten.«

Ich konnte mich weder an Donald noch an Herbert erinnern. Vielleicht wusste Mingus das.

»Seht ihr euch häufiger, du und Robert?« Hilflos stellte ich eine dumme Frage nach der anderen.

»Ich hab mich für Robert eingesetzt, bis ich es mir nicht mehr *leisten* konnte.« Jetzt floss eine stählerne Note institutionalisierter Härte in Mingus' Stimme, und sein Blick wich dem meinen aus. »Unser Freund Robert hat sich den Ärger selber eingebrockt. Sie mussten ihn in Schutzhaft nehmen.«

»Oh.«

»Ich hab ihn gewarnt, aber die arme Sau hört ja nicht zu.«

Um die Wut zu zerstreuen, die sich bei ihm freizumachen schien, sagte ich: »Eigentlich hat Arthur Geld für euch beide geschickt.«

»Zahl meins auf Roberts Konto ein. Der Junge kann's gebrauchen.«

»Wirklich?«

»Es ist noch nicht zu spät für ihn, seine Schulden zurückzuzahlen. Ich steh sowieso auf Kriegsfuß mit diesen Motherfuckern, sie haben mir meine Marken weggenommen.«

»Deine Marken?«

»Für Briefe. Briefmarken, Mann.«

»Was ist passiert?«

»Ich hatte unten in Auburn dreißig Dollar in Briefmarken gebunkert. Als sie mich hierher verlegt haben, hätten sie übertragen werden müssen ...« An diesem Punkt setzte Mingus zu einer umständlichen Erklärung der bürokratischen Hindernisse an. Das Gefängnis von Watertown gestattete keine Briefmarken, weil sie Papiergeld ähnelten und daher als Ersatzgeld benutzt werden konnten. Das Porto hätte auf Mingus' Gefängniskonto fließen sollen, war aber stattdessen bei seinen Habseligkeiten deponiert worden, die er nach der Freilassung zurückbekommen würde. Mingus reichte Protestschreiben ein, aber die eingezogenen Briefmarken blieben in einem Vakuum zwischen den beiden Gefängnissen und deren unterschiedlichen Vorschriften hängen. Mingus gab die Geschichte mit einem Genuss an der Schikane wieder, den man nur als kafkaesk bezeichnen konnte. In einer Welt der Entbehrung wird vermutlich noch das Kleinste zum Fetisch. Ich bekam davon Kopfschmerzen. Am liebsten hätte ich geschrien: *Vergiss um Himmels willen die Briefmarken, wenn du willst, kaufe ich dir für dreißig Dollar neue!* Aber die Briefmarken waren Mingus' Grund zur Klage, also ritt er darauf herum. Was waren schon dreißig Dollar im Vergleich zu einem Grund zur Klage? Außerdem wurden an diesem Ort die Talente eines Redners nur in die eine Richtung gefördert, um die Wunde zu stillen, die all die Stunden, Tage und Jahre ausblutete. Ich versuchte, bei seinem Monolog nicht die Geduld zu verlieren.

»Ich habe dir noch etwas mitgebracht«, sagte ich, als Mingus Luft holte.

Er blickte verwirrt drein.

Ich griff so unauffällig, wie ich konnte, in meine Hosentasche. »Ich habe ihn für dich aufbewahrt«, sagte ich und schob den Ring an den Rand der Plexiglasscheibe. Ich wollte, dass er zu Mingus hinübersprang wie bei einem Damespiel.

»Steck ihn weg«, sagte er. Er machte eine Handbewegung, eine kurze, flache Geste, die zu sagen schien: *Lass ihn unterm Tisch.* »Sonst konfiszieren sie ihn.«

Ich bedeckte den Ring mit meiner Hand. Dennoch musste ich meine Rettungsmission eingestehen. »Deswegen bin ich hergekommen – ich meine, ich wollte dich sehen. Aber der Ring gehört dir.«

»Das hat er nie getan.«

»Dann tut er es jetzt.«

»Scheiße.«

Mingus war kalt und abweisend geworden, als hätte ich von ihm verlangt, sich an Dinge zu erinnern, die er sich nicht leisten konnte zu erinnern.

»Wie kann ich ihn dir zukommen lassen?«, fragte ich und

hatte dabei den schwachsinnigen Gedanken: *Wenn ich gewusst hätte, wie hermetisch abgeriegelt alles ist, dann hätte ich einen Kuchen gebacken.*

»Steck ihn weg.«

»Du könntest ihn dazu benutzen, um hier auszubrechen«, sagte ich ruhig.

Sein Lachen war jetzt verbittert und echt.

»Wieso nicht?«

»Du könntest das Ding nicht mal dazu benutzen, um hier *ein*zubrechen.«

Den Rest meiner Zeit verbrachten wir mit unverbindlichem Geplauder. Mingus wollte hören, wie es meinem Vater ging, also erzählte ich ihm von der Ehrung, die ihm in Anaheim zuteilgeworden war. Ich erwähnte Abby, verschwieg jedoch ihre Hautfarbe. Wir redeten sogar noch einmal über die Briefmarken. Mingus fragte, aber er interessierte sich nicht für meine Antworten. Zwischen uns stand eine Mauer. Danach wurde ich hinausgeführt, und mein Handrücken wurde wieder nach dem phosphoreszierenden Stempel der Freiheit abgeleuchtet. Auf dem Weg nach draußen hielt ich mein Versprechen und deponierte zweihundert Dollar auf Robert Woolfolks Gefängniskonto.

ZWÖLF

Unsichtbar in der Dämmerung entdeckten meine Augen Dinge, die ich beim ersten Überqueren des Hofes übersehen hatte.

Auf dem Beton, den ansonsten nicht das kleinste Stück Müll oder Blattwerk verunzierte, lag ein einzelner Latexhandschuh, der beim hastigen Ausziehen umgestülpt worden war.

Am Zaun hing ein handgemaltes Schild: KATZEN FÜTTERN VERBOTEN!

Hinterm Zaun lagen schattengesprenkelte Bäume. Sinnenfrohe, unerreichbare Hügel. Der Mond eine blasse Scheibe, die sich noch vor Sonnenuntergang in den Himmel schob.

Es war weder Tag noch Nacht, als ich zurück in die Strafanstalt von Watertown schlich, sondern irgendetwas dazwischen: Tagnacht, die Stunde der Wachablösung.

Ich hatte nur eine halbe Stunde auf meinem Motelbett liegen und durch die Kabelkanäle schalten müssen – ein Mets-Spiel, eine Kochsendung, *Sunburn* mit Farrah Fawcett und Charles Grodin sowie *Teddy Pendergrass: Hinter der Musik* –, bis mein Gehirn Mingus' Worte in ihrer ganzen Tragweite erfasste: *Du könntest hier nicht mal* ein*brechen.* Ich hatte das einfach als spöttische Bemerkung abgetan, obwohl es genau genommen um mein lebenslanges Kneifen vor den wirklich wichtigen Dingen ging – nicht Kalifornien, du Dummkopf, sondern Brooklyn. Nicht das Camden College, sondern die Intermediate School 293. Nicht die Talking Heads, sondern Al Green. »Der einzige Ausweg führt nach innen« (vgl. Timothy Leary, 1967). »Der alte Weg nach außen ist jetzt der neue Weg nach innen« (vgl. Go-Betweens, *Spring Hill Fair*, 1984). Um hinter die Musik zu kommen, sicher. Aber ich musste hinter die Mauern kommen. Mein erster Besuch im Gefängnis war zu oberflächlich gewesen, als Tourist, wie immer. Ich musste Mingus' Flucht erst mit meiner eigenen Bereitschaft hineinzugehen erzwingen, indem ich zeigte, wie es ging. Ich hatte gewusst, dass Aeroman noch eine letzte Aufgabe lösen musste: Jetzt sah ich ein, dass sie nicht durch einen Stellvertreter ausgeführt werden konnte. Ich würde den Ring noch ein letztes Mal selbst tragen.

Diese Gewissheit kam über mich wie ein Fieber. Das Motelzimmer schien zusammenzustürzen, die Wände zu krabbeln wie die von Ray Milland in *Das verlorene Wochenende*. Ich brach in Schweiß aus, merkte, wie mein Darm gefährlich rumorte. Abgesehen vom Zucken meines Daumens auf der Fernbedienung blieb ich still liegen und suchte einen Sender, um mich von meinem Vorhaben abzulenken, aber zwecklos. Also sprang ich vom Bett auf, wusch mir den klebrigen Schweiß vom Hals und starrte ungefähr fünf Minuten lang in den Badezimmerspiegel, um mich von meinem Vorhaben abzubringen. Dann packte ich meine kleine Tasche und bezahlte.

Ich versteckte meinen Mietwagen auf dem stadiongroßen Parkplatz eines Einkaufszentrums am Rande der Stadt, tarnte ihn in einem Meer gleichartiger Modelle. In Erinnerung an die Metalldetektoren zog ich meinen Gürtel sowie meine Uhr aus und legte sie unter den Fahrersitz. Dann schloss ich meine Brieftasche im Handschuhfach ein, da ich sie ebenfalls nicht mit hineinnehmen wollte. Ich löste auch den Autoschlüssel von dem klobigen Anhänger und steckte ihn mir in den Schuh, wie ich es als Sechstklässler mit meinem Wegezoll getan hatte. Schließlich streifte ich mir Aaron Doilys Ring über, spazierte unsichtbar vom Parkplatz und ging dann die zwei Meilen zum Gefängnis den blitzblanken

Standstreifen des Highway entlang, vorbei an Schildern mit der Aufschrift: KEINE ANHALTER MITNEHMEN!

Der Angestelltenparkplatz befand sich den Hügel hinunter, hinter dem Anhänger, wo am Morgen mein erster Ausflug nach drinnen begonnen hatte. Langsam trudelte dort die Abendschicht ein, einzeln oder zu zweit, in zehn Jahre alten Kombis und Pick-ups fuhren sie zur oberflächlichen Ausweiskontrolle an einem Wärterhäuschen vorbei und ließen ihre Essenspakete auf Schmuggelware untersuchen. Ich schlüpfte problemlos hinter einem Datsun durch das Maschendrahttor – es machte den Eindruck, als hätte das auch ein sichtbarer Mann im Schutz von Dunst und Abgasen schaffen können. Mein Leit-Datsun parkte zwischen einer Anzahl anderer Wagen. Der Fahrer war ein stämmiger Mann mit Elvis-Koteletten und einem Buffalo-Bills-Trikot. Er machte bei offener Tür eine kleine Pause, um genussvoll eine Zigarette zu Ende zu rauchen, bevor er die Kippe im Kies austrat und sich dann zum Eingang begab. Ich hängte mich dicht an ihn dran und achtete darauf, meine unsichtbaren Tritte seinen knirschenden Schritten anzupassen. Ich taumelte leicht und rief mir die besondere Ungeschicklichkeit eines Unsichtbaren ins Gedächtnis, die Innenohrstörung, die stets damit verbunden zu sein schien. Indem ich den tiefgelagerten Gang von Mr. Stämmig nachäffte, kam ich jedoch wieder ins Gleichgewicht.

Die Beamten hatten ihre eigene Schleusentür, wo sie einander durch eine Trennscheibe prüfend anblickten. Dies erforderte ein haargenaues Manövrieren: Ich duckte mich hindurch und wurde fast von der zweiten Tür erwischt. Als ich mich rausdrängte, um das zu verhindern, streifte ich mit der Kappe meiner hohen Converse den Absatz von Stämmigs Schuh und hätte ihm beinahe einen *Plattfuß* verpasst, wie wir es in der Grundschule immer genannt hatten. Stämmig wirbelte herum. Ich presste mich an die Tür und gab keinen Laut von mir. Stämmig blinzelte, sah nichts, traute seinen

Augen, ging weiter. Ich atmete aus. Das Gefängnis ächzte und summte in den verschiedenen Stockwerken, und die Luft war voll von fernem Geklapper – das reichte aus, um die unpassenden Atemzüge eines unsichtbaren Mannes zu übertönen.

Auf diese Weise verfolgte ich meinen unwissenden Führer über den mondbeschienenen Hof. Wir kamen an einem niedrigen Bunker vorbei, in dem hinter unvergitterten Fenstern erleuchtete Büros lagen, ein Gebäude, das ich bei meinem offiziellen Besuch nicht gesehen hatte, allem Anschein nach ganz ohne Zellenblöcke. Stämmig bog in einen unverschlossenen Gang ein und ging auf eine Tür mit der Aufschrift MÄNNERUMKLEIDE zu. Dort wurde mir klar, dass er seine Aufgabe erfüllt hatte, dass es keinen Grund gab, ihm weiter zu folgen. Ich musste andere Personen finden, denen ich hinterhergehen könnte – es wäre unwahrscheinliches Glück gewesen, wenn Stämmig mich zufällig genau in den Block geführt hätte, in dem Mingus eingesperrt war.

Ich trennte mich von ihm und ging weiter in die Büros. Die Luft hier war frei von dem Geruch nach Obrigkeitsangst, den ich in der Besucherhalle wahrgenommen hatte. Stattdessen war die Atmosphäre so harmlos wie in der Zulassungsstelle einer Kleinstadt. Zwei Vollzugsbeamte flirteten an einem Kaffeeautomaten miteinander, die Frau zwar mit schwarzhaarigem Bürstenschnitt, dafür aber mit prallen Rundungen in der Uniform. Zwei weitere Beamte saßen mit Klemmbrettern da und erledigten gähnend Papierkram. Ein anderes Paar, der eine Cola schlürfend, der andere mit einer Zigarettenpackung spielend, verfolgte auf einem radiogroßen Fernseher die letzten Innings des Mets-Spiels, das ich kurz im Motel gesehen hatte. Die lindgrünen Wände waren bedeckt mit Schulfotos, Zeitungsausschnitten, Autokalendern. Vor zehn Jahren hätten hier wahrscheinlich Pin-ups gehangen, aber die Anwesenheit von weiblichen Wärtern verhinderte das nun. Ich nahm an, in den Spinden der Männer gab es immer noch Pin-ups.

Während ich direkt hinter der Tür an die Mauer gedrückt dastand, watschelte Stämmig in frisch gebügelter grauer Uniform und einem Gürtel mit Schlagstock und Schlüsseln ins Zimmer hinein.

»Yo, Stamos«, sagte der Vollzugsbeamte, der beim Kaffeeautomaten stand.

»Yo«, erwiderte Stämmig-Stamos. »Wie läuft's?«

Die Wärter waren alle Weiße. Aber sogar hier, am Arsch der Welt, war alles *yo, yo, yo*.

»Ich such dich schon«, sagte der Wärter, und seine Kollegin wandte sich mit einem angewiderten Gesichtsausdruck vom Kaffeeautomaten ab. »Metzger will uns oben am Schuh zum Einschluss haben. Schmerzlichen Glückwunsch zum Geburtstag.«

»Mit Sahne obendrauf«, erwiderte Stamos ausdruckslos.

»Sei vorsichtig, was du dir wünschst.«

»Allmächtiger, verhüte, dass ich heute Abend angeschissen werde.«

»Ich beschütze dich, Süßer.«

Stamos und sein Freund schüttelten beide den Kopf, als sie die Oase des Bürotraktes verließen, um am *Schuh* ihrer wie auch immer gearteten Pflicht nachzugehen. »Die Macht sei mit euch«, sagte jemand anders von seinem Schreibtisch aus und winkte ihnen zum Abschied, ohne aufzublicken.

Ich ließ Stamos gehen. Ich mochte ihn sowieso nicht besonders. Ich ging davon aus, ich würde den einen oder anderen Vollzugsbeamten bei seiner Runde durch die Gebäude beschatten können, wenn ich geduldig genug vor verschlossenen Türen lungerte und cool genug bliebe, um meinen Atem anzuhalten und mein Herzklopfen zu beruhigen, während ich wartete, dass aufgeschlossen wurde, dass ich die Chance bekam, ihnen auf den Fersen zu folgen. Das Problem bestand darin, Mingus in der kleinen dystopischen Welt des Gefängnisses zu lokalisieren, wo die Straßen keine Namen hatten – zumindest gab es keine Schilder.

Seine Koordinaten standen womöglich auf einem der Klemmbretter oder in einem Ordner, wie ihn der Wärter im Anhänger zu Hilfe genommen hatte. Also spukte ich zunächst um Schreibtische und spähte über Schultern auf den offen herumliegenden Bürokram, durchwühlte an leeren Tischen sogar die Blätter, wenn ich das Gefühl hatte, ich konnte es mir erlauben. Ich bekam nichts heraus. In dem einzigen zweispaltigen Buch, das ich fand, standen keine Namen, sondern Uhrzeiten mit Einträgen in einem unverständlichen Jargon: *4:00 gesicherter ATT / 4:25 Sgt. Mortine im Gebäude G LFF / 6:30 Insasse Legman, Douglas 86B5978 bittet um Matratzenüberzug entsprechend RLH-Anordnung* und so weiter. Auf einem anderen Tisch erblickte ich eine Ausgabe von *SVB Familie*, das Verbandsblatt der Vereinigung der Strafvollzugsbeamten, dessen Aufmacher die Überschrift hatte: »In der Minderheit!«

Dann bemerkte ich abseits der Schreibtische auf einem niedrigen Regal einen Stapel mit Akten, deren Deckblätter mit Namen und Nummern von Insassen versehen waren und im Luftzug eines offenen Fensters flatterten. Wenn die Unsichtbarkeit auch zu nichts anderem gut war, dann hatte sie zumindest die alte kindische Freude freigesetzt, alles durcheinanderzubringen: Mit dem Luftzug als natürlicher Erklärung verstreute ich die Akten über den ganzen Linoleumboden.

»Verdammte Scheiße«, sagte der Die-Macht-sei-mit-euch-Beamte, der am nächsten stand.

Die flirtende Frau sprang hinter ihrem Schreibtisch auf und starrte auf das Durcheinander.

»Räum das auf, Sweeney«, befahl ihr der Jedi-Ritter.

»Räum's doch selber auf.«

»Ganz bestimmt nicht, ich gehe nach oben auf die Galerie. Du hättest den Mist schon letzte Woche ablegen sollen.«

»Das ist nicht mein Mist, der ist von Zaretti.«

»Sicher, aber es waren deine telepathischen Fähigkeiten,

die ihn vom Regal gefegt haben, um meine Nerven zu strapazieren. Jetzt bring es schon hoch. Und schließ das Fenster, wir bekommen noch alle die Grippe.«

Zu meiner Überraschung tat Sweeney wie befohlen. Während sie kniete, entblößte ihre gestraffte graue Uniform einen Streifen geblümter Unterwäsche. Bevor ich mir die Akten näher ansehen konnte, hatte sie diese schon in eine grobe Ordnung gebracht. Ich unterdrückte die Versuchung, die letzten Papiere auf dem Boden mit imaginären Windstößen zu verwehen, mit den Akten herumzuhüpfen und in dieser Todeszone heilloses Durcheinander auszulösen, um den Beamten die Manien des Unsichtbaren zu offenbaren, die in mir tobten. Stattdessen wartete ich, bis die murrende Sweeney den kompletten Stapel in den Armen hatte. Der Jedi-Ritter ignorierte sie. Die verzerrte Stimme des Mets-Ansagers war das einzige hörbare Geräusch neben dem Ventilatorengesumme. Als Sweeney mit den Akten das Zimmer verließ, lief ich ihr nach wie ein Perverser, folgte dem gemusterten Höschen, diesem hellen Stern.

In dem Zimmer, in das mich Sweeney führte, ein Privatbüro voller Aktenschränke hinter einer Tür mit geriffeltem Glas, befanden sich außerdem ein großer Holzschreibtisch mit einem Telefon und an der Wand ein paar gerahmte Zitate und Zeitungsfotos – es war womöglich das Büro des Gefängnisdirektors, falls ich an solche Dinge wie Gefängnisdirektoren glaubte. Ich erinnerte mich noch daran, wie überrascht ich als Kind bei der Entdeckung war, dass es in den Kleinstädten von Vermont tatsächlich Sheriffs gab, was für mich ein ebenso kitschiger und fiktiver Ehrentitel war wie *Ritter* oder *Höhlenmensch*. Ein Gefängnisdirektor war eine Figur aus einem Lenny-Bruce-Witz oder einem Slick-Rick-Reim. Also, sagen wir, das Büro des *Obervollzugsbeamten*. Sweeney schaltete das Licht an und begann, lange Schubladen aufzuziehen und die Akten der Gefangenen in alphabetischer Reihenfolge einzuordnen, und ich wusste, dass ich auf das gestoßen war, wonach ich gesucht hatte – nur dass ich im Moment nicht mehr daran interessiert war. Ich schlich mich näher an Sweeney heran, näher, als nötig gewesen wäre, und tat einen Augenblick lang so, als befände ich mich nicht tief im Inneren eines Gefängnisses. Sweeney war ein wenig untersetzt, aber ich liebte sie. Ich liebte sie allein dafür, dass sie ein weibliches Wesen in dieser von Männern gebauten, von Männern bewachten Hölle war, und dafür, dass sie mich die Hügel sehen ließ, mir das Tal zeigte.

Das war neu für mich. Ich hatte nicht ein einziges Mal die perversen Möglichkeiten der Unsichtbarkeit erforscht – war so noch nie in einem Stripclub oder Pornokino gewesen, ganz zu schweigen von der Spannerei. Ich identifizierte mich genauso wenig mit dem U-Bahn-Rubbler wie mit Bernhard Goetz. Doch jetzt, wo ich hier war, um dem Ring und meinen geheimen Kräften abzuschwören, in diesem abgelegenen Büro allein mit einer Frau, überkam mich eine merkwürdige letzte Gier, und ich stieg praktisch auf Sweeneys kräftige Oberschenkel, als ich mich vorbeugte, um den Duft ihres Haars zu erhaschen. Sie summte Chers »Believe« vor sich hin und furzte auch, aber beides konnte mich nicht abschrecken. Ich stellte mir vor, ihr ins Ohr zu flüstern: *Sei still und schrei nicht, Sweeney, lass die unsichtbaren Hände des unsichtbaren Mannes in deine männliche Uniform gleiten.* Ich hatte jetzt einen Steifen, nur wenige Fingerbreit von Sweeneys grauem Polyesterhintern entfernt, einen besseren, als ich mit der lieben Katha gehabt hatte. Der Auslöser für diese Lust war sicherlich ein letztes Aufbegehren gegen das, was ich tun wollte, was ich bereits tat – gegen mein einsames Leben und Mingus' unwürdiges Schicksal. Es war der Schrei nach einem Leben, das anders war als meines, eines voller Frauen und Dummheiten, eines, das von weniger ärgerlichen Formen des Ärgers geärgert wurde. Scheiß auf all diese grässlichen

Männlichkeitsbeweise! Scheiß aufs Reinschleichen hinter Stacheldraht und antiquierte Wortspiele! *Scheiß aufs Gefängnis, ich will ficken! Sweeney, lass mich dich von alldem befreien.*

Sweeney rollte die R-S-T-Schublade heraus und da war sie: Rude, Mingus Wright, 62G7634. Und das reichte, um mich wieder zur Besinnung kommen zu lassen. Ich war womöglich nur ein oder zwei Augenblicke von einer dummen Tat entfernt gewesen, davon, Sweeney meinen Atem oder meine Erektion spüren zu lassen. Jetzt aber zog ich mich in eine Ecke zurück und beobachtete, wie sie ihre Aufgabe zu Ende brachte. Sweeney bewegte sich völlig unbekümmert, war sich unseres Beinahzusammenstoßes nicht bewusst, summte immer noch schiefe Discomelodien. Nachdem sie beim Rausgehen das Deckenlicht ausgeschaltet hatte, ließ ich es aus. Von den Flutlichtern auf dem Hof fiel genug Licht herein, um die Schublade und die Akte darin wiederzufinden.

Ich setzte mich an den Schreibtisch und schaute sie mir an.

Die Akte enthielt fünfzehn, vielleicht zwanzig Seiten. Das erste und bei Weitem umfangreichste Dokument datierte von 1978 – dem Jahr, in dem Mingus auf die Sarah J. Hale kam, während ich noch auf der I. S. 293 war –, auf dem Briefpapier von Frank J. Macchiarola, Vorsitzender der Schulbehörde.

PSYCHOLOGISCHE BEURTEILUNG: Die Testergebnisse zeigen insgesamt das Bild eines jungen Menschen von sehr hoher Intelligenz, dessen verbale Fähigkeiten erheblich weiter entwickelt sind als die praktischen Fähigkeiten, Probleme zu lösen. Gewisse Einschränkungen bei der Konzentration und Aufnahmefähigkeit ... Man darf vermuten, dass diese Einschränkungen das Resultat von ablenkenden Gefühlen, Spannungen und innerer Aufgewühltheit sind. Projektionstests weisen auf einen leicht misstrauischen jungen Menschen hin, der dazu neigt, die Welt mit Zurückhaltung zu betrachten und sein Gefühlsleben zu verleugnen, was ihn anfällig für emotionalen Stress macht ...

Und:

ENTWICKLUNG: Mingus war ein voll ausgetragenes Kind. Eine Steißgeburt, er wurde kämpfend geboren und schlug dem Arzt die Instrumente aus der Hand ...

Und:

GESPRÄCH: Mingus hat das Gefühl, nicht zu verstehen, was mit ihm geschehen ist. Er gab an, dass seine Probleme, soweit er sich erinnern kann, in der Vorschule begonnen haben ...

Und:

Er hat Probleme aufgrund der »Gang«-Faktoren in und außerhalb der Schule. Er hat wenig soziale Kontakte und es fällt ihm schwer zu erklären, was er mit seiner Zeit anfängt ...

Und:

TESTERGEBNIS: Mingus hat bereitwillig an dem Test teilgenommen. Dennoch konnte man einen Anflug leichter Verärgerung über das Bewertungsverfahren spüren, was ein herablassendes Desinteresse suggerierte ... seine Leistungen reichten von Befriedigend bis Sehr Gut, mit Ausnahme einer mangelhaften Note bei einer auswendigen Schreibübung, die als verfälschend angesehen werden darf, da er sich offensichtlich nicht hinreichend bemüht hat ...

Und:

Sein Denken kreist um geheimnisvolle und unheil-
verkündende Inhalte (z.B. auf Karte V ein getarnter
Schmetterling vor einem Baum, auf Karte III zwei Menschen über einen Kessel gebeugt, ein Zaubertrank, auf
Karte IV ein Drache mit Flügeln, der auf ihn zufliegt) ...
die einen empfindsamen und manchmal auch misstrauischen Blick auf seine Erfahrungen und sein Umfeld an-
deuten ...

Und:

Das für Mingus typische Auftreten kann ihn leicht zu
Sarkasmus sowie verbalen Angriffen negativistischer
und oppositioneller Art verleiten, um auf indirekte
Weise gegen Autoritätspersonen aufzubegehren ...

Der Jargon beschrieb einen unter dem Blick des Psychologen schmollenden Mingus, den ich kaum wiedererkannte –
zur selben Zeit gebot er überschwänglich über meine Welt
draußen auf der Dean Street. Ich blätterte bis ans Ende des
Dokuments und fand darunter Mingus' »gelbe Seite«, den
Überblick über seine Verhaftungen und Verurteilungen. Als
Erstes fünf oder sechs Graffitivergehen aus unserer Highschool-Zeit. Vor Ed Kochs auf Graffiti zugeschnittenen Gesetzen mussten sich die Polizeibeamten mit umschreibenden
Tatbeständen behelfen:

2.3.78: Sachbeschädigung, Hausfriedensbruch
14.4.78: Sachbeschädigung, Hausfriedensbruch
27.9.79: Sachbeschädigung, Landstreicherei, Besitz von
Einbruchswerkzeug

Und so weiter. Das Einbruchswerkzeug bestand vermutlich aus Bolzenschneidern, um in die Abstellbahnhöfe einzudringen. Keinerlei Erwähnung von Mingus' kostümiertem Sprung von einem Baum im Innenhof der Walt Whitman Houses – er war noch in derselben Nacht Juniors Obhut übergeben worden. Seine Jugendsünden standen alle im Zusammenhang mit Graffiti. Zu dem Zeitpunkt hatte Mingus noch die Freiheit besessen, ungestört in seinen eigenen vier Wänden kiffen und koksen zu können, sobald er es auf der Straße tun musste, führte das zu Verhaftungen wegen Drogenbesitzes.

Und die kamen früh genug. Doch zunächst musste die Parade von abgewiesenen Klagen diese Klippe umschiffen:

16.8.81: Mord, unerlaubter Waffenbesitz

Und die Folgen:

23.10.81: Verurteilung wegen fahrlässiger Tötung

Der lange Schatten von Seniors Ermordung bewirkte eine sechsjährige Pause auf dem gelben Blatt, bis es 1987 mit Mingus' Verhaftungen weiterging. Damals hatte sich auf den Straßen bereits die Crackrevolution abgespielt:

23.11.87: Verstoß gegen das Betäubungsmittelgesetz

Dies wurde in der Folge von einem gelangweilten Beamten mit einer Vorliebe für Großbuchstaben immer weiter abgekürzt:

3.10.88: VBTMG, Vergeh.
12.2.89: VBTMG, Vergeh.
3.6.89: VBTMG, Vergeh.

Der Ablauf wurde unterbrochen durch das mittlerweile erweiterte Strafrecht:

8.8.89: Besitz von Graffiti-Werkzeugen

Und dann:

5.4.90: Diebstahl

Immer wieder wurde Mingus in diesen verfahrensreichen Jahren über sein Strafmaß hinaus festgehalten, während er in Rikers Island auf den Prozess wartete, und direkt nach der Verurteilung freigelassen, da er die Zeit schon abgesessen hatte. In den Jahren zwischen Elmira und seinem gegenwärtigen Aufenthaltsort hatte er nie die Stadt verlassen, war nie nach Norden verbannt worden. Anderswo waren die Klagen gegen ihn abgewiesen worden. Vielleicht hatten ihn *sehr hohe verbale Fähigkeiten* – die ich in Form seiner großen Überredungskunst kannte – über Wasser gehalten. Sei's drum, niemand konnte behaupten, er wäre nicht gewarnt worden:

5.8.92: VBTMG, Vergeh.
30.1.94: VBTMG, Vergeh., Besitz von Drogenzubehör

Wieder hatte es etwas von einem Zugunglück oder einem Klippensprung, wenn man sah, wohin diese Kette von Vergehen führte:

11.8.94: Drogenbesitz und geplanter Drogenhandel, unerlaubter Waffenbesitz

Und die Pointe:

Verurteilung zu vier Jahren bis lebenslänglich.

Damit war Mingus' gelbes Blatt zu Ende. Es schien, als hätte der Staat an ihm geknabbert, ihn probiert, bevor er zum tödlichen Biss ansetzte.

Der Rest waren Dokumente, die seine derzeitige Inhaftierung betrafen: Seine Ersteinstufung, die ihn aufgrund der vorangegangenen Tötung für die Hochsicherheitsverwahrung bestimmte – zuerst in Auburn, und dann, nach seinem eigenen Verlegungsgesuch, hier in Watertown. Ich würde später verstehen, dass er damit gegen den Strom geschwommen war: Häftlinge aus der Stadt versuchten meist, nach Süden verlegt zu werden, um die Entfernung für ihre Besucher zu reduzieren.

Anbei lagen auch Durchschläge von Meldungen der wachhabenden Vollzugsbeamten über Mingus – seine »kleinen Sünden«. Von ein paar konnte ich die Handschrift entziffern, bevor ich aufgab:

Häftling weigerte sich, für Inspektion Zelle zu verlassen
Schmuggelware, Magic Marker
Häftling kocht Suppe mit Heizelement
Malt auf T-Shirt
Übertriebener Zeitungsbedarf
Häftling klettert auf Schlafstelle, behauptet er sei Superman
Schmuggelware, Pfeife

Da war er also: der unangemessene Begleittext zu Mingus Rudes ganzer Existenz. Ich merkte mir seine Block- und Gangnummer und steckte die Akte zurück in die Schublade. Bevor ich meinen Geisterumzug durchs Gebäude wieder aufnahm, setzte ich mich an den Schreibtisch und war versucht, nach dem Telefonhörer zu greifen. Vielleicht war es eine Nachwirkung meiner Begegnung mit Sweeney, vielleicht eine andere abgebrochene Aktion, jedenfalls sehnte ich mich nach Abby. Ich hatte mich jedoch so sehr an das vergebliche Klingeln und das undeutliche Klicken meines Anrufbeantworters gewöhnt, dass es ein richtiger Schock war, als sie tatsächlich abhob.

»Abby?«, erwiderte ich auf ihr Hallo.

»Ja.«

»Du bist zu Hause.«

»Na ja, ich bin in deiner Wohnung«, sagte sie vorsichtig.

»Ist das eine wichtige Unterscheidung?«

»Ich stelle damit nur fest, dass du es *nicht* bist.« Sie ließ das kurz wirken, dann fragte sie: »Amüsierst du dich immer noch in Disneyworld?«

»Disneyland. Und nein. Ich meine, ich bin nicht dort.«

Sie wartete ab. Ich kapierte langsam, dass sie die ganze Zeit, in der ich zu Hause angerufen hatte, womöglich dasselbe auf der Suche nach mir getan hatte, mit demselben Ergebnis.

»Ich bin nicht in Anaheim«, sagte ich. »Ich bin zurück nach Brooklyn gefahren.«

»Ist dein Vater krank?«

Zunächst war ich verblüfft. Ich brauchte einen Augenblick, um zu kapieren, dass dies Abbys edelmütigste Erklärung für meine Abwesenheit war. Sie hatte mir die anderen erspart.

»Nein … nein«, stammelte ich.

»Also bist du auf der verzweifelten Suche nach dem Eisenhans, was? Schlägst mitten im Wald auf eine Trommel ein?«

»Nicht ganz.«

»Suchst den Typen, von dem der Lockenkamm ist?«

»Das vielleicht schon eher.«

»Wieso flüsterst du?«

»Ich kann jetzt wirklich nicht reden«, sagte ich. »Ich habe eigentlich nicht erwartet, dass du drangehst.« Ich wollte noch hinzufügen *Ich habe ziemlich oft angerufen*, aber dafür war es schon zu spät. Ich behielt die Intensität des dumpfen Lichtes im Auge, das durch das geriffelte Glas der Tür fiel, da ich Angst vor einer Patrouille auf dem Korridor hatte. Jeder, der auf mein Murmeln aufmerksam geworden wäre, hätte nur das Telefonkabel zwischen dem Apparat auf dem

Schreibtisch und einem in der Unsichtbarkeit meines Ohres versunkenen Hörer hängen sehen.

»Du willst jetzt eigentlich gar nicht mit mir reden, ist es das, was du sagen willst, Dylan?«

»Es tut mir leid.«

Ich konnte hören, wie sie über mein Schweigen nachdachte. »Du bist an einem ungünstigen Ort, nicht wahr?« Ihr Tonfall wurde ein wenig freundlicher. »Unser großer Krach hat dich richtig durcheinandergebracht.«

»Ja, ich bin an einem ungünstigen Ort«, stimmte ich dem offensichtlichen Teil zu.

»Ich glaube dir.«

»Danke«, sagte ich leise.

»Ich vermute, du rufst wieder an, wenn du wirklich reden kannst.«

»Ja.«

»Na gut. Ich denke, ich kann warten.«

»Danke«, sagte ich erneut.

»Ich bleibe jetzt hier«, sagte sie. »Du kannst jederzeit anrufen.« Sie verhätschelte mich, manövrierte uns beide weg vom Telefon.

»Abby ...«

»Ja?«

Ich wollte etwas sagen, bevor wir auflegten, wollte etwas zu sagen haben. Aber wo sollte ich anfangen? Stattdessen wich ich aus auf ein Thema, das ich für sie in Reserve gehalten hatte, auf die Art von Gespräch, die wir in besseren Zeiten geführt hatten. »Du weißt doch, wie ich mich immer gefragt habe, warum die Four Tops sich nach all den Jahren nicht getrennt oder neue Bandmitglieder aufgenommen haben? Während alle anderen Gesangsgruppen auseinandergegangen sind?«

»Ja und?«

»Jetzt kommt's, ich habe den Grund rausgefunden, es ist wirklich unglaublich. Ich habe vergessen, es dir zu erzählen.

Die Four Tops haben sich nie getrennt, weil sie alle in dieselbe Synagoge gehen. Sie sind Juden. Ist das nicht irgendwie rührend?«

»Deswegen hast du angerufen? Um mir zu sagen, dass die Four Tops Juden sind?«

»Nun …«

»Dylan, ich dachte, du hättest immer behauptet, die Tatsache, dass du zufällig Jude wärst, würde *überhaupt* nichts über dich aussagen.«

»Nun, sicher. Aber es ist doch … ziemlich erstaunlich, das über die Four Tops zu wissen.«

»Hmmm. Ich schätze mal, sich mit afroamerikanischen Kulturtraditionen zu beschäftigen geht immer noch über jede Selbsterkenntnis, was? Sie haben sicher irgendwo in Crown Heights noch ein paar von diesen *schwarzen jüdischen Mädchen* versteckt. Viel Glück bei der Suche, schwarzer Bruder.«

Damit unterbrach sie die Verbindung. Es war nicht der schlimmste Abschluss, den ich mir vorstellen konnte, nur einen Tick zu einseitig.

Und damit blieb mir nur noch meine Aufgabe hier. Oder, um Abbys Worte zu benutzen, meine *Suche*: Finde Mingus.

DREIZEHN

Er wollte nie der King der Linie A sein, der CC, oder der King einer der großen Bahnlinien, wollte nie der King von überhaupt irgendeiner Linie sein. Tags zählen, damit angeben, das Gebiet markieren, darum ging es Dose nicht. Nein, du musstest dich zwar mit den Crews, die dumme Kriege um die Vorherrschaft austrugen, arrangieren – auf dem Weg des geringsten Widerstands trat Dose schließlich FMD bei –, aber nur, um in Ruhe deine Kunst auszuüben. Die Tage von Mono und Lee und Super Strut – die Legenden, die in einem offenen Gotham gewirkt hatten, wo noch niemand wusste, was ein *Tag* oder ein *Burner* war, was *Graffiti* an sich war, abgesehen von den anfänglichen Klosprüchen und Sexkontakten – waren vorüber. Vergangenheit. Millionen von Kids taggten und niemand kannte die Hintergründe. Die Kids dachten womöglich, es wäre schon immer so gewesen: Essen und trinken, fernsehen, Crews beitreten, Tags machen.

Du brauchtest Gefühl für diese einsame Kunst. Es waren die Linie und die Sprache des locker-flockigen Pigmentflusses, die auf Stein oder Stahl zu pulsierender Wirklichkeit wurden, nach denen es Dose verlangte. Die Linie und die Sprache, die Verblüffung, die ein perfektes Tag ins Gesicht der Stadt schnitt. Ganz zu schweigen von einem über und über leuchtenden Waggon, der durch eine Station raste: Heilige Scheiße! Die Welt mochte dieser Tage ein Kerkerloch sein, aber ein paar Stimmen riefen nach den wenigen anderen. Graffiti war nie eine Massenbewegung gewesen. Von Jackie Wilson über Sam Cooke und Otis Redding zu Barrett Rude Junior, der harte Kern bildete ein höchst exklusives Kontinuum, eine Konstellation.

Barry würde das wahrscheinlich nicht verstehen, aber Dose wusste, dass sein eigenes künstlerisches Schaffen sie einander näher brachte.

Kokain tat vielleicht dasselbe – zumindest schien Barry das zu denken, so wie er Dose immer dazu eingeladen hatte.

Eine Droge war eine lange Untersuchung, nichts, was du auf die leichte Schulter nehmen durftest. Du konntest sterben, bevor du begriffst, was sie dir mitzuteilen hatte.

Sein Vater Barry und sein Freund Dylan – sie ahnten nicht, wie ähnlich sie sich letztendlich in seinen Augen waren. Dose spürte die Last ihrer hohen Erwartungen an ihn und an die Welt. Dad und Dillinger waren Träumer, das machte sie kontaktscheu. Schwach. Er wollte sie vor allem Wissen schützen, das sie erdrücken würde, auch wenn es manchmal den Anschein hatte, dass das jedes Wissen sein konnte. Sachen, die Mingus wusste, weil er einfach die Augen offen hielt. Als er Dylan auf der I. S. 293 seinem Schicksal überließ, geschah dies nicht aus Ignoranz. Im Gegenteil: Er konnte das Wissen um den Kummer, der Dylan dort erwartete, nicht ertragen, konnte sich seiner eigenen Unfähigkeit, dies zu verhindern, nicht stellen. An manchen Tagen hätte er am liebsten an der Tür geklingelt und Abraham angebrüllt: *Schicken Sie den Whiteboy endlich auf die Brooklyn Friends School! Schaffen Sie ihn hier raus!*

Und Fliegen? Er hatte hauptsächlich versucht, die Erwartungen nicht zu enttäuschen.

Schwarzer Panther, Luke Cage, Arrowman, natürlich. Als würde Gowanus einen schwarzen Superhelden brauchen. Dose las zwischen den Comicheft-Bildern, wo Dylan nicht hinschaute, und wusste, sie waren nur Statisten in dieser Großstadtszene. Eine schnell wieder eingestellte Reihe.

Die Hälfte der Quälgeister, auf die sie trafen, waren Dumpfbacken, die Dose sowieso schon aus den Projects kannte.

Barry und Dylan lebten beide in der romantischen Welt

der Dean Street. Dose sah den Block als das kleine Eiland, das er war, völlig verloren in dem größeren Viertel – kannte ihn, wie nur ein fliegender Mann es konnte, aus der Vogelperspektive. Er sah die Nevins Street, die Hoyt Street, und wohin sie führten. Niemand, außer vielleicht Marilla, wusste, wie Dose den Block vor den durstigen Brüdern aus den Wyckoff Gardens und den Gowanus Houses, vor Robert Woolfolks jungen Kumpanen und ihresgleichen schützte. Niemand wusste, wie er die Dean-Street-Kinder, sogar Alberto und Lonnie, sogar den breitbrüstigen Henry, davor bewahrte, verprügelt zu werden, immer wieder die Skateboards und Fahrräder gestohlen zu bekommen. Er verteidigte die Brownstones vor der Gang von der Bergen Street Ecke Third Avenue, die die Eisenstangen der Untergeschossfenster mit Wagenhebern auseinanderbogen und hineinschlüpften. Als er ihnen einmal Kraut verkaufte, bekam er mit, dass sie etwas gegen die Renovierer im Schilde führten, und redete dagegen an: *Da gibt's nichts zu klauen, Mann! Denkst du, dieses weiße Pack hat Kohle? Das ist ein Haufen* Hippies*, Mann! Meinst du, die wohnen* freiwillig *hier?*

Eigentlich eine berechtigte Frage. Dachten die Renovierer, das wäre Park Slope? Oder was?

Warum sollte Dose das auf sich nehmen?

Abraham und Dylan waren die eine Seite, aber einige von diesen Reihenhäuslern, David Upfield, Isabel Vendle, die Roths, würden ihm oder Junior nicht mal in die Augen schauen, schienen ihnen ihren Platz in der Straße zu missgönnen. Upfield, der jeden Tag mit seiner Red-Sox-Kappe und seinem Schnauzer rauskam, um den Müll aus seinem Vorgarten zu angeln. Dabei die Puerto Ricaner auf den Kästen vor Ramirez' Laden anfunkelte, als würden sie je damit aufhören, Flaschenverschlüsse und leere Bananenchipstüten in seine Forsythie zu werfen.

Gut möglich, dass es der Umzug von Philadelphia gewesen war, der ihn den Verlauf der Machtlinien erkennen ließ.

Er hatte sich die Pfadfinderuniform, die Footballausrüstung heruntergerissen und von Neuem angefangen. Das ganze Mittelstandsgetue, das hier unhaltbar war.

Junior konnte drinnen bleiben und seine Goldenen Schallplatten polieren. Du aber, du musstest in der Lage sein, den Gehsteig entlangzugehen.

Es gab Morgen, da ging er einfach die Montague Street hinunter, schlenderte durch die Scharen der Heights-Kinder, die sich beeilten, um vor dem Läuten der Schulglocken im Packer und in der Saint Ann's zu sein, stahl sich davon und bekiffte sich an den Brückenpfeilern. Keine Lehrer, kein Dylan, kein Arthur, kein Robert. Er wäre taub für ihre Rufe. Keine Flamboyan Crew, nicht heute. Keine Savage Homicides, die mit ihm nach Red Hook wollten, keine Tomahawks, die mit ihm zu den Atlantic Terminals wollten. Weg, alle weg, wie der Qualm zum Brückenbogen, während er auf dem städtischen Schrottplatz saß, zwischen den zerknautschten Kotflügeln der Polizeiwagen und den zertrümmerten Parkuhren und dem Haufen von Schreibmaschinenwracks aus dem Jugendamt, deren Typen auf den Walzen zu Knoten verschlungen waren, als versuchten sie, ein unaussprechliches Wort zu schreiben. Weg. Junior weg, Senior weg, Mingus weg.

Senior war in gewisser Weise eher wie Dose. Obwohl tollwütig wie ein Hund, war er doch nicht blind.

Ein paar Mal verfolgte Dose Senior die Nevins hinauf zu dessen Bewährungshilfeterminen, danach zum Avery Bookstore auf der Livingston Street, wo Senior in der Ecke zwischen den Astrologiezeitschriften und den Prüfungsbögen für den öffentlichen Dienst Stunden damit verbrachte, eine Tonne mit stockfleckigen Sechzigerjahre-*Playboys* zu durchwühlen, bis der alte Jude ihn aufforderte, etwas zu kaufen oder zu verschwinden.

Eines Tages packte ihn Senior in der Diele ihres Untergeschossapartments am Arm und sagte: *Ich spüre dich in meinem Rücken, Sohn, hoffe, du lernst etwas dabei.*

Was er dagegen von dem Sonntag der Schießerei in Erinnerung behält, ist abgrundtiefe Scham, die er am liebsten vor dem Blick des weißen Jungen verbergen würde.

Seine Reue entsprach nicht dem, was man von ihm erwartete. Wenn er das Geschehen manchmal im Geiste zurückspulte, dann tat er das nur, um Senior des Nachts erneut zur Strecke zu bringen, um ihn mit den Huren auf der Pacific Street zu erwischen und ihm eine Silberkugel durch sein Vampirherz zu jagen.

Doch eigentlich war sein Großvater die Kugel nicht wert. Wenn Dose statt der Fünfundvierziger irgendwie ein Skalpell hätte schwingen können, dann hätte er *Senior* von *Junior* abgetrennt. Er hatte seinen Vater retten wollen. Das wäre sein weiteres Schicksal wert gewesen.

Spofford.

Barry verpasste die Anklageerhebung und die Kautionsverhandlung von Dose. Wie sich herausstellte, war er vom Schauplatz geflohen und mit Seniors sterblichen Überresten nach North Carolina zurückgekehrt, hatte die Dean Street hinter sich gelassen, die Wohnung mit dem besudelten Boden, dem Koksstaub in den Kissen. Niemand bemühte sich um die Freilassung von Dose, niemand hatte das Geld dazu – was sollte Arthur Lomb schon machen, *dealen*, um die Kaution zu stellen? Auf der Nevins Street eine Kollekte veranstalten? Seine entsetzte Mutter fragen?

Niemand wusste, dass Dose achtzehn geworden war. Also wurde er zunächst in einen Schlafsaal im Spofford-Jugendgefängnis oben in der Bronx gesteckt, zusammen mit dreizehnjährigen Drogenkurieren, vierzehnjährigen Transvestiten, kindlichen Kinderschändern. Er traf auf zwei Mörder, beide noch nicht mal in der Pubertät. Sie hatten andere Kinder getötet. Dose rasierte sich bereits und hatte einen alten Mann erschossen. Die Jungs in Spofford behandelten ihn wie einen erfahrenen Staatsmann. Zehn Tage später zog jemand in Philadelphia seine Geburtsurkunde hervor, und das Missverständnis wurde aufgeklärt. Er wurde nach Rikers Island verlegt.

Dennoch ist es Spofford, woran er sich erinnert, wenn er sich den August '81 ins Gedächtnis ruft: Ein zwölfjähriger Bettnachbar aus Bedford-Stuyvesant, der Stimmen hörte, die er als »Bugs Bunny in meinem Kopf« beschrieb. Der Junge hatte eine weiße Drittklässlerin vom Schulhof der P. S. 38 auf ein verlassenes Bahngelände entführt, ihnen beiden die Kleider ausgezogen und sie gezwungen, seine Fäkalien zu essen, jetzt wimmerte er nächtelang nach seiner Mami. Niemand machte sich über Bugs lustig – sein Nachtlied war vielleicht in ihrer aller Namen.

Rikers Island.

Nachdem seine Sicht ein Dutzend Mal überschrieben wurde, kann sich Dose des ersten Eindrucks von diesem Ort nicht mehr entsinnen. Die Insel in den Griff bekommen zu haben ist übrigens eine seiner größten Leistungen. Wahrscheinlich hat er sich aus reinem Überlebenswillen von den Schrecken des ersten Aufenthalts befreit. Gebäude 6, das verseucht ist von der speziellen Panik der Neuankömmlinge: Dose ist hier *immer schon* ein alter Hase.

Es gibt nichts Schlimmeres als verängstigte Gangmitglieder, die zu beweisen versuchen, dass sie harte Kerle sind. Man würde jedes andere Gefängnis im Norden dem Gebäude 6 vorziehen, wenn man es einmal von innen gesehen hat. Im Norden fügten sich die Männer ihren Urteilen. Weniger Unsicherheit, weniger neue Cracksüchtige, ein allgemeines Einverständnis, die eigene Strafe zu akzeptieren und abzusitzen, keine unnötigen Klagen. In Gebäude 6 kam der Nachschub direkt von der Straße. Junge Dumpfbacken, die sich auf das vorbereiteten, was sie im Norden zu erwarten glaubten, und damit Rikers Island schlimmer machten als jedes große Gefängnis. Das Motto lautete: Verschaff dir besser von Anfang an den Ruf eines harten Brockens. Also spielten sie in dem langen unbewachten Flur zur Essensausgabe mit Rasierklingen. Die Blase – die verglaste Kabine der Vollzugsbeamten – war so weit entfernt vom Geschehen, dass es ein Witz war.

Jeder wusste, dass ein Jugendlicher gefährlicher war als ein erwachsener Mann.

Die Angstmacherei spart Verhandlungszeit. Jeder Bruder, der in Gebäude 6 landet, droht damit, diesmal auf einer Schwurgerichtsverhandlung zu bestehen, schwört, sich nie wieder schuldig zu bekennen. Kann sich keine weitere Verurteilung leisten – *Außerdem bin ich unschuldig, yo!* Dann, nachdem du sechs Monate lang den Gangmitgliedern aus dem Weg gegangen bist, die sich in der Essensschlange gegenseitig aufschlitzen, überbringt dir dein Pflichtverteidiger einen Vorschlag. Bewährungsstrafe als Schwerverbrecher und Anrechnung der Untersuchungshaft oder ein bis fünf Jahre in einem Gefängnis im Norden, und du nimmst an. Das Risiko von zehn Jahren bis lebenslänglich, einem Nelson-Rockefeller-Urteil, ist zu groß. Überraschung! Du bist wieder übers Ohr gehauen worden.

Nichts nützt dem System mehr, als wenn es an den Rändern außer Kontrolle gerät.

Bei seinen Aufenthalten hat Dose den Mechanismus der Insel arbeiten sehen wie ein geöffnetes Uhrwerk. Wenn die Cracksüchtigen zum ersten Mal reinkommen, gehen sie auf ein Bett zu, aber niemand lässt sie sich hinlegen. Ungewaschen und abgemagert, wie sie sind, werden sie ihr Ziel nicht erreichen, werden niemanden von irgendwas überzeugen. Alteingesessene und junge Hüpfer sagen alle dasselbe: *Verdammt, Motherfucker, du stinkst!*

Geh zu den Obdachlosen da, Junge, hier kannst du nicht schlafen!

Auch du hast deine Decke in die Obdachlosenecke getragen, verbannt in die Bowery Street von Rikers Island, um neben den verschorften, abgerissenen Säufern zu pennen. Gebrochene Männer, deren Augen vom jahrzehntelangen Kriechen flackern.

Als Nächstes kommt die Eitelkeitsmacke. Die Typen interessieren sich zum ersten Mal für ihr Äußeres – sie hatten nie zuvor Zeit für sich, haben sich nie gepflegt, keinen Tag ohne Drogen verbracht. Kommen rein, brüllen nach einem Zug an der Pfeife, aber den gibt's nicht. Das erste Mal im Kittchen ist wie ein Blick in den Spiegel. Die älteren Männer haben ihre Eigenarten, ihre Ideologien – Gefangenenanwalt, Muslim, Ganove oder Zuhälter, die landesweiten Gangs, Latin Kings, Ñetas, Bloods –, und alle haben ihre Leier, reden endlos von Respekt. Jeder hat sein Ding am Laufen oder seine Verbindungen, auch wenn sie von Selbsterhaltung sprechen und nicht abhängig sein wollen. Den Platz verteidigen, keine Schulden machen. Keine Verpflichtungen eingehen, das ist das allgemeine Prinzip. Also versucht dir natürlich jeder am ersten Tag Zigaretten zu leihen, mit hundert Prozent Zinsen: Das sind Verpflichtungen, Sohn.

Außerdem sind alle Körper mit dicken Muskelpaketen ausgestattet. Und dann kommst du dürrer Freak von der Straße, nicht mal fünfundvierzig Kilogramm, wenn du den Entzug hinter dir hast.

Du denkst, keine Verpflichtungen eingehen, aber der Friseur auf Rikers Island verpasst dir einen neuen Haarschnitt und flüstert dann: *Du schuldest mir ein halbes Päckchen, Bruder*, und du diskutierst nicht mal darüber, du bist einfach dankbar, weil du vorher so heruntergekommen ausgesehen hast.

Auf Rikers Island ist dein erstes Vorsprechen: Was wird dein Ding sein? Uhren? Schwuchteln? Drogen? Oder wirst du nur mit Ratschlägen und Zigaretten zur Stelle sein, Geschichten erzählen, die nie zu Ende gehen, Tausendundeinknast?

Auf die beste Masche kam Dose bei seinem ersten Mal auf der Insel jedoch durch Zufall, zwischen Verurteilung und Verlegung nach Norden. Bei seiner Einlieferung in jenem September hatte Dose mit einer Verbeugung vor Seniors Geist *jüdisch* auf dem Formular angekreuzt. Der Vollzugsbeamte zuckte nicht mit der Wimper, sondern sagte ihm bloß, wann und wo die Gottesdienste stattfanden. Bis zu den Weihnachtsfeiertagen vergaß Dose es wieder, als er beim Abendessen eine Packung mit koscherer Matze ausgehändigt bekam und sie mit in die Zelle nehmen durfte. Irgendeine geistliche Autorität musste sich mächtig ins Zeug gelegt haben, um diese Vergünstigung durchzuboxen – wo auch immer sie herkam, die Matze war ein absurder Glücksfall, jeden Tag eine volle Packung, die für eine Woche reichte.

Der Bettnachbar von Dose in jenem Dezember war ein streitbarer Mensch aus dem Viertel, ein Typ, den er immer beim Kuchenverkaufen und Flugblätterverteilen in der Nähe der Albee Square Mall gesehen hatte, angezogen wie Malcom X. Auf der Straße nur ein Möchtegernradikaler, hatte der Typ doch tatsächlich angefangen, sich ernsthaft dem Islam zu widmen, als er reinkam: Jeden Morgen um fünf kniet er mit seinen Kumpels im Aufenthaltsraum und macht *Allah, Allah.* Jetzt ist Ramadan, und der Scheißer schiebt Kohldampf, denn während der Festtage dürfen die Muslime nicht vor Sonnenuntergang essen. Auf Rikers Island bedeutet das, alle drei Mahlzeiten zu verpassen und auf dem Bett zu sitzen, während die anderen zum Fünf-Uhr-Abendessen abgeholt werden. Also steckt ihm Dose eine Packung mit Matze zu, und dann noch eine für seine Freunde – mittlerweile hat er einen Vorrat unter seinem Bett –, womit er die Typen schnell für sich gewinnt. Er verlangt dafür im Gegenzug nicht mal Zigarettenpäckchen, weil er sich denkt, dass die Nation of Islam ihm von nun an den Rücken deckt. Ein falscher schwarzer Jude spielt also Weihnachtsmann für eine Horde hungernder Muslime: die Logik von Rikers Island.

Elmira.

Jede Institution birgt Spuren früherer Inkarnationen, so wie träge dahinfließende Flüsse den Schlick vorangegangener Jahrhunderte am Boden mit sich führen. Reformen des Strafrechts, Neuerungen im Vollzug, die getestet und verworfen werden, all diese unterschiedlichen Nutzungen derselben Mauern hinterlassen Schwingungen. Jeder weiß, Sing Sing ist das Stromhaus, die Heimat des Stuhls, auch wenn im Bundesstaat New York die Todesstrafe abgeschafft worden ist, hat das Gebäude die Todesstrahlung in seinen Stahlwänden. Auburn und das Eastern State in Philadelphia sind die Brutstätten der Einsamkeit, steinerne Gräber, die Männer zur Verzweiflung treiben – auch wenn die neuen Supermax-Gefängnisse Auburn albern aussehen lassen.

Schlimmer als Attica geht's nicht, wie *Apocalypse Now*.

Elmira war einmal eine Jugendstrafanstalt, und obwohl das offiziell ausgelaufen ist, tendieren sie dort immer noch zu jüngeren Insassen, als würden sie einem damit einen Gefallen tun. In letzter Zeit hat es sogar Sing Sing als staatliches Empfangszimmer ersetzt, in dem man untersucht und für die endgültige Unterbringung eingestuft wird. Es hängt von deiner Schulbildung und dem Ergebnis eines grotesken Eignungstests ab, wie viel dir während deiner gesamten Inhaftierung für die Arbeit gezahlt wird – vierzig bis siebzig Cent die Stunde. Eine einstündige Prüfung bestimmt hier, ob du Hausmeister oder Kalfakter wirst, zehn Jahre lang die Seife im Block austeilst. Dann, nachdem du auf Hinweise für eine Gangzugehörigkeit durchsucht worden bist, wirst du in die hinterste Ecke gesteckt, fernab von allen mutmaßlichen Gangmitgliedern. Manche Männer sitzen ihre ganze Zeit in Elmira ab, das ist nicht ungewöhnlich; dennoch macht die Annahme, bloß auf der Durchreise zu sein, kombiniert mit einem Hauch von Jugendgefängnis Elmira zu einem Das-ist-noch-gar-nichts-Ort. Es schwingt ein Unterton mit: *Halt die*

Klappe, Junge, sei froh, dass du hier bist. Als könnte es noch schlimmer werden.

Dose verbrachte vier Jahre hinter den Mauern von Elmira, während deren sich die Taschen seines jugendlichen Ichs von innen nach außen stülpten. Wie auf der Dean Street zählte er über Nacht zu den alten Hasen, zu den Begünstigten. Er ging verschwenderisch mit seinem Geheimwissen um, erzählte Männern, die zweimal so alt waren, wie man sich in dem System bewegte, das er kaum aus eigener Erfahrung kannte. Alles, was Dose wirklich wissen musste, lernte er an seinem ersten Tag auf dem Hof von Elmira, an der Hantelbank, als er sah, dass die losen Gewichte mit der Stange verschweißt waren, damit sie nicht gestohlen oder zum Einschlagen eines Kopfes verwendet werden konnten. Mit anderen Worten: Du hättest dir besser schon auf Rikers Island schnell Muskeln zulegen sollen, um überhaupt in der Lage zu sein, hier etwas in Gang zu bringen. Denn wenn du nicht bereits eine bestimmte Konstitution mitbrachtest, würden dich die Typen um die Bank gar nicht erst ranlassen. So viel zu der Illusion, dein Schicksal wäre noch nicht besiegelt. Die letzte Weggabelung lag weit hinter dir, weiter zurück, als du zu denken wagtest.

Karriere.

In Elmira wurde Dose zum Knastkünstler. Wie mit der Matze in Rikers Island, so stolperte er auch diesmal wieder über sein Glück. An einem Tisch im Aufenthaltsraum hatte er sich gedankenverloren über eine Anzahl von Notizblättern gebeugt und skizzierte mit blauem Kugelschreiber aufwendig gestaltete Entwürfe für ausgedachte Waggons, färbte sie mit leuchtenden Farben, die ebenfalls nur in der Fantasie zur Verfügung standen. Am härtesten hatte er an einem vollflächigen Burner mit einem Valentinsmotiv gearbeitet: Pralle, blutende Herzen, die von gefiederten Pfeilen durchbohrt wurden, abgeschossen von einem Schweinchen-Dick-Amor in hohen Nike-Turnschuhen.

Ein Bruder mit eisigem Blick in Netzshirt und Kopftuch, dem Dose bisher erfolgreich ausgewichen war, schaute ihm plötzlich über die Schulter und jagte ihm einen Schrecken ein. Der Bruder legte den Zeigefinger auf das Valentinsblatt.

»Yo, der Scheiß sieht gut aus.«

»Danke.«

»Könntest du mir auch so was malen? Für mein Mädchen?«

»Klar, warum nicht.«

»Mit unseren beiden Namen. Von Raf für Junebug.«

»Klar.«

»Am besten um den Rand eines Blattes, Mann. Damit ich noch Platz zum Schreiben habe.«

»Ja, klar.«

»Wie viel?«

Dose zuckte die Schultern.

»Vier Päckchen«, brummte Raf.

Raf war einer der Typen, die ihr Mädchen in Freiheit schlecht behandelt oder sogar geschlagen hatten und drinnen zu Romantikern wurden. Was hatte ein Mann abgesehen von Liebesgeflüster, blumigen Briefen und Ehegelübden schon zu bieten, wenn er eine Frau dazu bewegen wollte, ihn weiterhin zu besuchen, keine Zeit mit Jody zu verbringen und nicht mit seinem Kind wegzulaufen? Raf hatte sein beschränktes Vokabular der Liebe in ein oder zwei Telefonaten aufgebraucht, also wurden Gesten wie das verzierte Briefpapier umso notwendiger. Vielleicht hatte er das Gefühl, Junebug wandte sich von ihm ab. Vielleicht waren ihre Besuche seltener geworden. Er gab bei Dose gleich eine ganze Serie von verschnörkelten Grußkarten in Auftrag, Graffiti-Goldstempel.

Eines Abends hatte Dose die Nerven zu sagen: »Die hier ist umsonst, Mann.«

Raf verengte die Augen: *Keine Verpflichtungen*, stand darin geschrieben. *Verarsch mich nicht, Mann.*

»Schick sie nur nicht direkt weg, okay? Zeig sie erst bei den Brüdern rum.« Raf saß beim Essen am Bloods-Tisch, einer unzugänglichen Zone latenter Gewalt. »Sag ihnen, wer sie für dich gemacht hat.«

Raf begriff jetzt und grinste. »Okay, Mann. Das kann ich machen.«

Dose hatte nicht lange gebraucht, um zu bemerken, dass die handgezeichneten Poster, Logos und Pornobildchen, die mit Tesafilm an so vielen Betten klebten, das Werk von ganz wenigen Häftlingen waren, der Rest machte deren Kundschaft aus. Es sprach nichts dagegen, diesen großen Markt zu öffnen – seine Karten für Raf waren dem üblichen Kram, der hauptsächlich an Umrisszeichnungen aus Fünfzigerjahre-Comicheften erinnerte, haushoch überlegen. Was bei den Leuten Bewunderung hervorrief, waren Graffitiformen.

Wie erwartet, löste die kleine Werbeaktion eine wahre Auftragsflut aus. Dose kritzelte bald Umrandungen für eine Unmenge von Liebesbriefen – die schiere Masse an sinnlosen Lockrufen, die hinter Steinmauern und Stahlgittern hervordrang, konnte dich schwindelig machen, wenn du zu lange darüber nachdachtest. Jeder einzelne dieser Spätzünder war früher ein großmäuliger Weiberheld gewesen, der nun auf die Knie fiel. Dose wollte überhaupt nicht so genau wissen, wer eigentlich Antwortbriefe oder Besuch bekam, oder wessen Anrufe gar erwidert wurden.

Aber Liebesgrüße waren nur ein kleiner Teil des Angebots: Dose machte schnelle Geschäfte mit Papprahmen für die Fotografien der Liebsten und Namenszügen auf Notizblättern zur Personalisierung der Schlafstätten – jeder, der das sah, sagte: *Yo, das brauch ich auch*, und stellte sich in der nächsten Pause an. Er malte auf Bestellung Pornos, selbst gebastelte Sexbibeln, in denen zum Beispiel Crockett und Tubbs Madonna nagelten, was immer der Kunde wünschte, der Kunde war König. Er zeichnete Vorlagen für Tätowierungen, die die Kugelschreiber-Tätowierer auf Bizeps, Oberschenkel und Brustkörbe übertrugen. Es kam vor, dass Dose ihm unbekannte Männer in der Schlange vor der Essensausgabe sah, die seine Tags auf ihrem Körper trugen. Nennen wir ihn den King von Elmira. Manchmal fühlte er sich zurückversetzt in seine Pfadfinderzeit, als könnte er sich ein Abzeichen für Tittenkunst oder Tätowierung verdienen.

Ein puerto-ricanischer Junge bat Dose, eins der weißen Standard-T-Shirts für ihn zu bemalen. Er wünschte sich eine Karikatur von sich selbst, die Hände in einer hilflosen Geste nach außen gedreht und darunter der Spruch: ZEHN JAHRE BIS LEBENSLÄNGLICH?! Traurig, aber wahr, der Junge wollte es tatsächlich tragen, also legte Dose los, verlieh ihm große ovale Felix-der-Kater-Augen – wirklich nicht schlecht, sagte er sich selbst. Am nächsten Tag erschien ein älterer schwarzer Vollzugsbeamter namens Carroll, der gewöhnlich zum Wecken kam, vor der Zelle von Dose.

»Heraustreten für eine Durchsuchung«, sagte Carroll.

»Was is los, Mann?«

»Halt den Mund und komm raus.«

Carroll brachte bei seiner Zellendurchsuchung das ganze Zeichenmaterial von Dose zum Vorschein, außerdem zehn Päckchen Sargnägel, die dieser gehortet hatte. »Ich muss die Sachen beschlagnahmen und dich melden«, sagte er. »Mehr als sechs Päckchen zu besitzen ist ein Verstoß.«

»Verdammt, nehmen Sie die Kippen, aber lassen Sie mir meinen Zeichenscheiß.«

»Hör zu, Rude. Hast du das gemacht?« Carroll zog das Zehn-Jahre-bis-lebenslänglich-T-Shirt hervor, das er in seine Gesäßtasche geknüllt hatte.

»Und wenn schon.«

Carroll schüttelte seine Hängebacken, müde von alldem, was er in seiner Zeit gesehen hatte. »Du riskierst sieben Jahre wegen versuchten Ausbruchs mittels manipulierter Kleidung.«

Dose fing von vorn an, besorgte sich auf Pump neues Zeichenmaterial und manipulierte diesmal keine Kleidung. Der zweite Angriff auf sein Unternehmen kam wenige Wochen nach seinem Neubeginn von den Astacio-Brüdern: Zwei ältere hispanische Knastkünstler, richtige Brüder oder auch nicht, möglicherweise Vettern. Niemand wusste das so genau, obwohl beide klein und dicklich waren und beide ihr Haar in einem Netz mit einem fettigen Knoten im Nacken trugen. Die Astacios arbeiteten in einem wahrlich armseligen Coney-Island-Tätowier-Stil, die Buchstaben ihrer Sprüche oder Spitznamen sahen aus wie in Holz geschnitzt. Ohne es überhaupt zu merken, hatte Dose ihnen die Existenzgrundlage entzogen, sodass die Brüder begannen, sich ihm in den Weg zu stellen, bei der Essensausgabe, vor dem Gefangenenbüro, auf dem Hof. Sie knurrten immer grimmig irgendwas von wegen, er solle aufhören, ihnen die Kunden wegzunehmen – als müsste Dose alle Anfragen erst einmal überprüfen: *Sie gehören nicht zufällig zur Kundschaft der hochgeschätzten Astacio-Brüder?* Oder so ein Scheiß. Dose tat nur so, als würde er nicht verstehen, als sprächen sie Spanisch. Dann baute sich eines Tages Ramon Astacio an einem Pissoir vor ihm auf, in einer schlagartig leeren Toilette im Gang F.

Ramon schob sich dichter an Dose heran, jetzt anscheinend nicht mehr in der Lage, seine verbalen Fähigkeiten einzusetzen, nur noch seine Körpersprache. Mit einem Lächeln öffnete er die Lippen und zeigte, warum: Im Mund hatte er eine Rasierklinge, wirbelte sie mit der Zunge herum wie ein Cheerleader einen Stock.

Dose rastete aus, die ganze angestaute Angst eines Jahres entlud sich im ersten Wutanfall, den er sich seit dem Abschießen der Kugel auf Senior gestattete. Er stieß Ramon mit dem Ellbogen gegen das Kinn, woraufhin der auf die rituell entblößte Klinge biss. Der Stoß war ein Triumph und ein Fehler. Wie beim Würgen gab es auch hier Regeln, eine Kunst des feindlichen Zusammenstoßes. Drohungen hatten eine Rhetorik. Ramon mochte den Mund voll von seinem eigenen Blut haben, aber Dose hatte das Ruder aus der Hand gegeben.

Ein Mann schlug einen anderen Mann nur dann, wenn er ihn in letzter Konsequenz auch töten konnte, und das hatte Dose eigentlich nicht vor.

Erst einmal huschte er in der Toilette an Noel vorbei, dem anderen Bruder, der an der Tür Wache stand.

Beim Abendessen fehlte Ramon, und im Saal verbreitete sich die Neuigkeit, dass er den Mund genäht bekam. Noel saß am Ñetas-Tisch, und er und einige Gangmitglieder warfen Dose finstere Blicke zu. Dose wusste, er musste etwas unternehmen, und sah keinen Grund zu warten, also tat er das Unvorstellbare und ging zum Bloods-Tisch. Nicht direkt zu Raf, sondern zu dem Platz, wo King Blood saß. Er musste schlucken und seinen Herzschlag beruhigen, um sich das zu trauen.

»Bitte entschuldigt, dass ich euch beim Essen störe«, sagte er zu King Blood. »Aber ich habe Probleme, und ich möchte fragen, ob ich mit Raf sprechen kann.«

King Blood blickte nicht von seinem Tablett auf, so als würden sie sich alle nach einem Drehbuch richten, das zu vertraut war, um es zu dramatisieren.

»Ist das ein Gnadengesuch, oder willst du Geschäfte machen?«

»Geschäfte«, antwortete Dose.

»Einverstanden«, erwiderte King Blood nach einer angemessenen Pause, in der jedes Augenpaar im Raum ausreichend Zeit hatte festzustellen, dass es Dose gewesen war, der zu ihnen gekommen war und zitternd auf eine Antwort warten musste.

Auf diese Weise wurde Raf der Beschützer und Agent von Dose. Er nahm fünfzig Prozent von jedem Verkauf und hortete eine bestimmte Art von großbrüstigen Postern zum privaten Vertrieb im Bloods-Netzwerk. Bei einer unbemerkten Verhandlung sprach ein hochrangiger Blood kurz mit einem hochrangigen Ñeta und das Problem mit den Astacios löste sich in Luft auf. Die Brüder warfen Dose nur noch pfeilgleiche Blicke zu, wenn sie sicher sein konnten, dass sie niemand beobachtete. Ramon leckte sich dabei obszön mit der Zunge über die Zähne, damit Dose die Narben sah, die jener sich verdient hatte, und über die Konsequenzen nachdachte.

Doch Raf war groß und stark und hingebungsvoll, sodass die Sicherheit von Dose in Elmira gewährleistet war. Dose war nur einer von seinen vielen Ackergäulen, die anderen handelten mit »Zweigen« – eng gerollte Marihuana-Joints, die mit Tabak aus Mentholzigaretten gestreckt wurden –, und ab und zu steckte er Dose eine Handvoll davon zu, als kleine Aufmerksamkeit. Dose war zu dem Entschluss gekommen, drinnen keine Drogen zu nehmen, nachdem er mitbekommen hatte, wie unweigerlich das zu Verpflichtungen führte, aber sich mit den Gratiszweigen zu bekiffen war eine ungefährliche Ausnahme. Raf war der Empfängerin seiner unaufhörlichen Liebesgrüße auch nicht so treu, dass er nicht ein paarmal von Dose verlangt hätte, ihm den Schwanz zu lutschen, um dann im Gegenzug Dose den Schwanz zu lutschen, sobald sie einander erst einmal vertrauten. Die Bloods hatten eine Besenkammer mehr oder weniger nur für diesen einen Zweck dauerhaft in Beschlag genommen. Dose lernte es zu schätzen, wie lange Raf das Blasen bis ins Unerträgliche hinauszögern konnte, genoss es wie einen endlos langen Witz ohne richtige Pointe. Wenn er sich irgendwann sogar ein wenig danach sehnte, nach beiden Varianten, sowohl nach Rafs angespannten Gewichtheberschenkeln als auch nach den Begierden eines Mundes, war das in Ordnung, beides, und nicht besonders aussagekräftig. Wenn es etwas gab, das Dose von seinem Vater gelernt hatte – dem großen Liebenden, der sich auf seinen Lorbeeren ausruhte, faul abwartete, was ihm der Zufall ins Haus brachte, Horatios Weiber oder gelegentlich auch Horatio –, dann, dass es keine große Sache war, hin und wieder einen kleinen Schwanz zu lutschen, solange man nicht zum Mädchen wurde. Das war sein Fazit nach dem Zwischenfall mit Barrett Rude Junior gewesen, am Tag, als er ihn mit Dylan Ebdus erwischt hatte: Es gab viele Dinge zwischen Himmel und Erde, die Jungs miteinander anstellen konnten, wenn keine Frauen in der Nähe waren.

Nicht, dass Dose oft an die Dean Street dachte, oder an die Tage, bevor Senior ins Haus gekommen war und Barry noch in voller Pracht erstrahlte, bevor alles so paranoisch wurde und aus den Fugen geriet, im Untergeschoss, in den oberen Stockwerken und draußen auf der Straße. Die Tage, in denen es noch so aussah, als würde Barry vielleicht wieder Musik machen, vielleicht bei diesem Haufen von Funk-Superhelden einsteigen.

Als der Vier-Spur-Rekorder die Geheimwaffe unterm Parkett war, nicht die Fünfundvierziger.

In der kurzen Zeitspanne zwischen dem Ablegen der Pfadfinderuniform und der Bekanntschaft mit der FMD-Crew und Robert Woolfolk, dem Abweisen oder Abgewiesenwerden von Dylan Ebdus, wie auch immer man es sah, konnte sich Dose noch für das simpelste Spiel begeistern, Stufenball, Wandball, Skully, hatte Spaß daran, Nacktmagazine im Zeitungskiosk auf der Verkehrsinsel zwischen Flatbush und Atlantic Avenue zu klauen, und prägte sich jede einzelne Silbe von »8th Wonder« von der Sugarhill Gang und »The Breaks« von Kurtis Blow ein.

Oder er lag im Luftzug der Hoffenster und blätterte durch die *Unmenschen*, wartete darauf, dass ihr stummer Anführer Black Bolt den Mund auftäte und alles zum Einstürzen brächte, mit einer einzigen vernichtenden Äußerung: Die Brücke, die Türme, die Schulen, den ganzen öffentlichen Beton, den Mono und Lee und Dose mit Sprühfarbe überzogen hatten.

Wenn Black Bolt schließlich sänge, würde das die ganze Stadt dem Erdboden gleichmachen, und nur die U-Bahn würde unterirdisch noch durch ihr Gewirr von Tunneln fahren, die einzig wahre Umgebung.

Dose konnte stundenlang auf seiner Tagesdecke in den modrigen Ausströmungen des Ailanthus liegen und davon träumen.

Oder zur Abwechslung an einem glühend heißen Tag auf die Straße eilen, um mit einer an beiden Seiten offenen Blechdose den Strahl eines aufgedrehten Hydranten ins Fenster eines vorbeifahrenden Wagens zu lenken. Wobei der Fahrer es immer hektisch hochkurbelte, wenn er sah, was auf ihn zukam, aber nie schnell genug war.

Doch die Geschichten, die du dir selbst erzähltest – von denen du in der Erinnerung behauptetest, sie hätten sich an jedem Nachmittag eines endlosen Sommers zugetragen –, waren in Wirklichkeit nur eine Handvoll Tage, die zur Legende aufgeblasen wurden, eine weitere übertriebene Knastfantasie wie die Größe der schraffierten Kugelschreiber-Titten oder die angeblichen Berge von Kokain, die du früher gezogen hast. Oder wie du das Gebrüll eines Rächers ausgestoßen hast, als du den Abzug eines Revolvers betätigtest, mit dem du eigentlich in panischer Angst herumgefuchtelt hattest. Wie oft war der Hydrant überhaupt offen gewesen? Hattest du ein- oder zweimal Wasser in ein Wagenfenster gelenkt? Der Sommer hatte letztendlich nur wenige Nachmittage gedauert.

Was das Fliegen betraf, so hat Dose nicht mal in den Himmel geblickt. Fliegen war ein Sommer im Sommer, eine Laune. Warum sollte man also darüber nachdenken?

VIERZEHN

In den Jahren zwischen Elmira und Watertown war das Leben auf der Straße für Dose eine Schattenwelt, ein blasser Traum zwischen zwei Inhaftierungen.

Eine Freilassung ging in die andere über, eine ewige Wiederkehr der Fahrt mit dem Rikers-Island-Shuttle zum Queensboro Plaza. Dort hielt der Bus unter den Gleisen der Linie L, und der Fahrer teilte U-Bahn-Münzen aus, eine pro Kopf, das lakonische Abschiedsgeschenk des Systems. Oben auf dem Gleis wartete Dose dann inmitten einer Schar ausgeflippter Verbrecher, von denen jeder so tat, als würde er die anderen nicht kennen, alle mit Panik in den Augen. Die Freigelassenen kauten hektisch Kaugummi, spuckten, zogen an ihrer zu engen Straßenkleidung über den neuen Oberarm- und Brustmuskeln, jeder einzelne von ihnen so auffallend schlecht gerüstet für diese Welt wie ein freigelassener Hummer auf offenem Feld.

Wenn er sich gut fühlte, fuhr Dose vom Queensboro Plaza wieder zurück. Er nahm immer die 7 bis zur Grand Central Station und stieg dort um in einen Expresszug zur Nevins Street, in der Hoffnung, einige neue Graffiti auf den Zügen zu sehen oder zufällig jemanden zu treffen, den er kannte. An schlechteren Tagen lief er stattdessen die zwei Blocks zum Queensboro Plaza für eine Schleichfahrt mit der Linie G durch Greenpoint, Bedford-Stuyvesant und Fort Greene, dreizehn U-Bahn-Stationen, die niemand nutzte, eine Stunde in den Tunneln, um deine Gedanken zu ordnen.

Den Song der Rückkehr zu singen: *Hast du mich vermisst, Alter? Ich bin zurück!*

Zurück im Groove von New York, und wie.

Nach seiner Entlassung aus Elmira zog Dose wie abgemacht in Arthur Lombs Bude auf der Smith Street ein. Barry hatte die Zimmer im Untergeschoss vermietet; ein Nachhausekommen stand also nicht zur Debatte. In seiner ersten Saison in Freiheit arbeitete Dose für einen Hippie-Unternehmer namens Glenray Schurz, ersetzte Fensterrahmen in den verrottenden Brownstones und machte sich so der Beihilfe zur Renovierung schuldig, machte Boerum Hill aus Gowanus. Anfänglich besuchte Dose Barry zum Mittagessen, noch ganz mit Gipsmehl bedeckt, die Staubmaske um den Hals. Er kam immer mit einer Tüte voll Sandwiches von Buggy's vorbei, darauf der scharfe Senf, den Barry früher so mochte. Nur dass Barry jetzt nie einen Bissen aß. Dose saß mit seinem Vater auf der Couch und versuchte, ihn zu begreifen, aber sie sprachen kaum miteinander. Sahen bloß fern, *Phil Donahue Show, Kobra, übernehmen Sie!*, oder stöhnten sonntagnachmittags über die Jets, die einen weiteren Angriff vermasselten.

Draußen war der Block tot, kein einziges Kind mehr.

Von Zeit zu Zeit sagte Henry in Anzug und Krawatte *yo*.

Barry legte das Sandwich in den Kühlschrank und schraubte den Verschluss seines flüssigen Mittagessens auf, noch bevor er die Tür wieder zugemacht hatte.

Manchmal sah er seinen Vater auch auf der Straße, auf der Atlantic Avenue, am Times Plaza Hotel. Dort wollte Dose lieber nicht gesehen werden, nur beobachten, wie Barry vorm Eingang wartete, bis er einen Deal abwickeln konnte.

Später, als Dose erneut rein- und wieder rauskam, als seine Rundreise durch Rikers Island in vollem Gange war, Cracktage gebären Crackmonate gebären Crackjahre, Jahre *auf einer Mission*, wurde Arthur Lomb zu förmlich, um ihm noch sein Sofa anzubieten. Arthur sah Dose auf der Straße immer schon von Weitem kommen, zog seine Brieftasche heraus und legte sich für ihren Händedruck einen Fünfer in der Handfläche zurecht, Almosen, die Dose abzulehnen mittlerweile nicht mehr stolz genug war. In dieser Zeit kehrte Dose nach dem Absetzen am Queensboro Plaza nicht nach Gowanus zurück, nicht einmal nach Brooklyn. Er fuhr dann geradewegs nach Manhattan, Washington Square, und suchte nach Leuten, die er kannte, oder nach einem Club oder einer Privatparty, um nach der Sperrstunde bei irgendeiner Frau zu schlafen, die verzweifelt genug war, ihn auf seinem Teufelsritt zu begleiten, und dumm genug, nicht zu sehen, worauf das hinauslief: Die Spur ihrer verpfändeten Besitztümer führte wie Brotkrumen zum Tag seiner nächsten Verhaftung.

Der Song der Rückkehr verschwamm zu einem Murmeln, alles, woran du dich erinnertest, waren ein paar Zeilen des Refrains: *Ich geh bestimmt nicht mehr in den Bau, verdammt richtig!*

Mädel, hast du Lust zu feiern?

Noch später, gegen Ende, kurz bevor er seinen Weg zu Ladys Apartment in den Gowanus Houses gefunden hatte, begann Dose das Leben in Freiheit so, wie er wusste, dass es enden würde: Verbrachte die Nächte in einem nicht mehr genutzten öffentlichen Schwimmbad in der Thompson Street. Dort versteckte er sich und schlief unter dem Sprungturm, in einem Schlupfloch hinter beiseitegebogenem Maschendrahtzaun, das noch kein Obdachloser für sich in Anspruch genommen hatte, wahrscheinlich weil John Gottis Kulturclub im selben Block lag.

Damals war er nicht mehr als ein Cracksüchtiger und ein Ladendieb. Tag und Nacht nur am Klauen, eine härtere Arbeit, als man sich gemeinhin vorstellt, CDs zocken, Klamotten zocken, Gürtel und Schuhe und kleine Elektrogeräte zocken, bis keine Läden mehr offen waren zum Zocken. Dann ein Vierundzwanzig-Stunden-Restaurant finden und versuchen, das Trinkgeld vom Tresen zu stehlen.

Ein Leben vom Morgengrauen bis zur Abenddämmerung, vom Pfandhaus bis zur Pfeife.

Es gab in diesen Jahren nur eine mögliche Rettung, und

die hieß Verhaftung. Dose begann sich danach zu sehnen wie nach dem Wechsel der Jahreszeiten, seine Chance, nicht mehr auf offener Straße zu hungern. Er hatte sich auf fünfundvierzig Kilogramm heruntergeraucht, dann vierzig, war eine Vogelscheuche geworden, die in der Gosse schlief und um die Wiederergreifung bettelte: *Um Himmels willen, bringt mich nach Rikers Island, bevor ich krepiere!*

Dose war unsichtbar in einer Masse unsichtbarer Männer, also musste er heraustreten, um zu bekommen, was er brauchte. Einen verdeckten Ermittler anquatschen oder eine Routine entwickeln, jeden Tag am selben Platz auftauchen, eine Marathonsitzung in der Gasse hinter Tower Records oder am Eingang der OK Harris Gallery, bis jemand schließlich die Polizei rief, um diese gebrochene menschliche Gestalt von der urbanen Oberfläche zu entfernen.

Wo auch immer du erst in Dinkins', dann in Giulianis Bezirken hinkamst, diese Archipelstadt hatte sich nach deinem Intervall auf Rikers Island, der Exilinsel, stets verändert.

Wo zum Teufel waren die Graffiti geblieben?

Was war los, wenn man sich in der 8th Street nicht mal einen Joint anzünden konnte?

Nicht, dass du eine Zombie wärst. Aber du durchschrittest eine unwirkliche Stadt.

Windsor Wetterabdichtungen.

Es war Arthur, der Dose mit Glenray Schurz bekannt machte, ihn zu der Hippiekommune auf der Pacific Street führte, mittlerweile eine der letzten, die in der Gegend noch übrig geblieben waren. Schurz trug einen Bart, hatte Kulleraugen, doch in Latzhose und ohne Hemd sah man nur Muskeln und Sehnen, ein vegetarischer Muskelprotz. Schurz war Möbelentwerfer gewesen, utopischer Woodstockstil. Dann, als er nach Brooklyn kam, wurde er Kunsttischler und fertigte Küchenausstattungen für die benachbarten Brownstones. Nur war es letztlich doch zu mühsam, fortwährend auf die Zeitschriftenfantasien der Hausfrauen eingehen zu müssen. Schurz schlug einen einfacheren Weg ein: Windsor Wetterabdichtungen an den zugigen Schiebeteilen der zerfallenden Reihenhausfenster anzubringen, deren Doppelrahmen noch aus den 1860er- und 1880er-Jahren stammten – eine Arbeit, die so eintönig war wie Reifenwechseln, aber die Renovierer waren ihm auf Gedeih und Verderb ausgeliefert. Der Geist von Isabel Vendle sollte sie ruhig in die Nachbarschaft locken, sie zu riskanten Hypotheken verleiten, aber weder ein Vendlegeist noch sonst jemand würde da sein, um sie zu trösten, wenn nach dem ersten Winter die Rechnungen von der Brooklyn Union Gas eintrafen: Huch! Dann fragten sie immer verlegen herum und bekamen zu hören: *Windsor Wetterabdichtungen. Es gibt da diesen Schreiner auf der Pacific, der sie einsetzt, vierzig Dollar das Fenster zuzüglich Materialkosten, rechnet sich innerhalb von sechs Monaten. Er ist ein bisschen zottelig und ein bisschen seltsam, aber …*

Also wurde Dose Schurz' Assistent. Zweimal die Woche holten sie Nachschub in dem Familienbetrieb auf der Fourth Avenue, der die Zinkauskleidung herstellte. Als Nächstes schnell zu Brook Lumber, neue Hohlkehlen kaufen, um die verwitterten Teile zu ersetzen, auf die sie ganz sicher bei der Arbeit stoßen würden. Dann nichts wie rein, oft unter dem skeptischen Blick einer Frau, die allein im Haus ist, wo doch ihr Mann das Geschäft eingefädelt hat – sie denkt wahrscheinlich: *Musste er unbedingt einen ähem mitbringen? Soll ich mein Portemonnaie verstecken?* –, um ihre kleine gewerbliche Aktion durchzuführen. Als Erstes das Fenster aushängen, die Gewichte und Rollen des beweglichen Teils auf die Seite legen. Dann das Zinkblech dem Rahmen entsprechend zuschneiden. Mit dem Nuthobel oben und unten auskehlen. Zinkstreifen auf den Abschluss und das Fensterbrett, während die Schiebeteile noch draußen sind. Dann kommt der schwierige Teil, an dem Renovierer, die es selbst versuchen,

immer wieder ihre Abhängigkeit von Schurz' fachmänni-
schem Können feststellen müssen: Die alten Schiebege-
wichte wieder in die Schächte an beiden Seiten des Rahmens
hängen, sodass die Fenster auf ihren Rollen ausbalanciert
sind. Wer dabei ein Gewicht in den Schacht fallen lässt, ist
arm dran. Um es wieder herauszufischen, muss man nämlich
eine Hohlkehle aufbrechen.

Richtig herum eingesetzt, die zwei Schiebeteile versiegelt,
das Zink luftdicht auf der Nut. An einem guten Tag schafften
sie acht Fensterrahmen. Dose entdeckte Schurz' heimliche
Befriedigung bei einem gelungenen Job, obwohl er in einem
fort über die korrupte Arbeit schimpfte und seine Auftragge-
ber als bourgeoise Schweine bezeichnete.

Glenrays Kommunarden verloren ihr Viertel genauso an
die Yuppies wie die Schwarzen und die Puerto Ricaner. Bei der
Gentrifizierung schlagen die einen Weißen – zum Beispiel
Glenray oder Abraham Ebdus oder Arthurs Mutter – womöglich nur eine Brücke für die anderen. Und diese schämen sich
nicht, Erstere zu Menschen zweiter Klasse abzustempeln.

Manchmal erkannte einer ihrer Kunden Dose und hob nur
schweigend die Augenbrauen. Die ewige Lektion des Lebens:
Menschen kehren in neuen Verkleidungen zurück.

Du lerntest und lehrtest es zur selben Zeit.

Eines Tages traf Dose Abraham Ebdus auf der Straße und
sah weg.

Gelegentlich stießen Glenray und Dose beim Durchbre-
chen von hundert Jahre alten Gipswänden und Drahtnetzen
auf Stapel vergilbter Zeitungen, die von längst verstorbenen
Arbeitern liegen gelassen worden waren, Baseballergebnisse
und Schiffsunglücke vom Beginn des Jahrhunderts. Einmal
fanden sie tief in einer dicken Mauer eine ungeöffnete Flasche Brandy, deren Etikett so dunkel und schwer zu entziffern war wie ein Fotonegativ. In ihrer Pause saßen sie auf dem
Treppenaufgang des Gebäudes und ließen die staubige Flasche hin- und hergehen, als wäre es billiger Fusel. Das Zeug

war süß, klebrig und ein wenig modrig, mit der Zeit schlecht geworden.

Anderswo fanden sie bloß Bleistiftspuren, Namen und Daten der Arbeiter, die vor ihnen da gewesen waren, *Jno. Willson 16.2.09.* Dann schnappte sich Dose immer Glenrays Schreinerbleistift und schrieb *Dose 1987,* ein kleines Rätsel für die Nachwelt, bevor sie die Wand versiegelten.

In manchen Pausen kletterten Dose und Glenray die Feuerleiter zum Dach hoch und rauchten den starken Eigenanbau der Kommune. Sie starrten dann über die Wyckoff Gardens, über die Hochtrasse der Linie F, wo sie den Kanal katzbuckelte, starrten hinaus nach Coney Island und auf den angeblichen Ozean. Dose sprach nie darüber, dass er das Raster der Straßen aus der Luft kannte.

Glenray sagte: »Von dieser Ulano-Fabrik bekommen wir alle Hodenkrebs. Falls sie einmal mitten in der Nacht abbrennt, weißt du, dass ich es gewesen bin.«

Glenray sagte: »Ich würde gerne eine Jurte aufs Brooklyner Untersuchungsgefängnis stellen.«

Glenray sagte: »Dein alter Herr ist vor den Stones aufgetreten? Dein alter Herr ist ein verdammter Gott, Mann.«

Glenray sagte: »Einmal war ich auf Meskalin und habe in ein Leberwurstbrot gewichst, einfach nur, weil ich das mal in einem Buch gelesen habe.«

Und Glenray sagte: »Es ist verrückt, ich habe millionenfache Kontakte für braunblättrige Drogen, aber gar keine für weißpudrige Drogen, für die ich jetzt genau in der richtigen Stimmung bin. Gibt es eine Chance, dass du mir da aushelfen kannst, Mingus?«

Auf einer Mission.

Alles, was er je aus dem Entzug – Anonyme Alkoholiker, Gruppentherapie auf Rikers Island – mitgenommen hatte, war die Bezeichnung für das Gefühl, wenn er auf der Straße war und auf den nächsten Rausch zusteuerte: Dose war *auf einer Mission*. Die Worte umfassten tausenderlei Dinge, die er dann tat, seine große Bandbreite von Maschen und Tricks, vor dem Madison Square Garden Eintrittskarten auf dem Schwarzmarkt verkaufen, im St. Marks' Bookstore Kunstbücher zocken und sie bei Strand wieder verscherbeln, den Föhn oder die Uhr eines Mädchens im Pfandhaus versetzen oder einfach am Washington Square rumlungern und nach einem Dealer Ausschau halten, den er gut genug kannte, um ihn zu überreden, gegen eine Beteiligung etwas Crack unters Volk zu bringen. Das hört sich vielleicht nach vielen verschiedenen Aktivitäten an, aber im Grunde war es alles dasselbe, Dose auf einer Mission: Vorsätzlich, monomanisch, triebgesteuert.

Seine merkwürdigste Erfahrung beim Entzug machte er weder in New York noch im Gefängnis, sondern in Hudson, einem sterbenden Industriestädtchen flussaufwärts, bei einem Programm namens NeueKluft. In einer bitterkalten Januarnacht hatte er Zuflucht in einem städtischen Wohnheim genommen, wo eine Sozialarbeiterin nach Teilnehmern suchte. Dose redete mit ihr wegen der Tasse Kaffee und kritzelte kurz darauf schon Blockbuchstaben auf ein Formular. Als Nächstes wurde er in einen Bus gescheucht, der zu einem abbröckelnden Backsteingebäude fuhr, einer instand gesetzten Tuberkuloseklinik. Das NeueKluft-Programm war eine ruchlose Mischung aus Fernsehfaschismus und Gehirnwäsche, dessen Rekruten auf jeder Ebene ihrer sozialen Identität neu konfiguriert werden sollten, um die selbstzerstörerische Gewöhnung zu brechen. Dose und anderen »Neulingen« wurde verboten, ohne schriftliche Erlaubnis zu sprechen, sie mussten ein umständliches System von Notizen und Handmeldungen über sich ergehen lassen, ein ausgedehntes Rund-um-die-Uhr-Gesellschaftsspiel mit Ausbildungsoffizieren, die einen beim kleinsten Fehler wütend anschnauzten.

Dose spielte das Spiel zwei Wochen lang mit. Als er dann unentschuldigt fernblieb, fand er innerhalb von einer Stunde den Weg zum Crackhaus von Hudson, denn sein Radar arbeitete hervorragend, nachdem er bei den NeueKluft-Mahlzeiten Kraft getankt hatte. In diesen Jahren hatte ausnahmslos jede Stadt ihren eigenen kleinen Crackkosmos: Dealer, Huren, all die Elemente, die der Rest des Landes so selbstgerecht als Großstadtphänomene geißelte, waren überall direkt vor jedermanns Nase zu finden, wenn man sich die Mühe machte hinzuschauen.

Und es war sogar in Hudson, wo Dose die unterste Stufe menschlicher Herabwürdigung erlebte, die er je gesehen hatte. Auch in der richtigen Stadt war es nicht ungewöhnlich, einen Dealer zu hören, wie er einen verzweifelten Cracksüchtigen erniedrigte, der um einen Gratisbrocken bettelte: *Yo, wenn du einen Brocken willst, musst du dafür meinen Schwanz lutschen.* War es eine süchtige Frau, meinte der Dealer es womöglich ernst oder auch nicht; war es ein Mann, sollte das ein Witz sein, um dem menschlichen Skelett einen Funken Scham zu entlocken, bevor man ihm die Wohltätigkeit angedeihen ließ oder ihn rauswarf. Wie viel Niederträchtigkeit auch immer hinter einer solchen Begegnung steckte, solange es sich dem Anschein nach um Sex handelte, übertraten die Mitspieler in diesem Drama eine bestimmte Grenze nicht, blieben mit ihrer Gier und ihrem Hass im Bereich des Menschlichen. In Hudson sah Dose, wie viel tiefer ein Mensch einen anderen noch sinken lassen konnte.

»Du brauchst Crack, Mann?«, hatte der Dealer dort zu dem betreffenden Süchtigen gesagt. »Siehst du die Kakerlake da drüben?«

Dose sah sie, größer noch als eine normale Kakerlake. Eine träge Schabe glänzte gelbbraun unter einem zertrümmerten Waschbecken. Dose sah auch den bettelnden Süchtigen hinschauen.

»Iss das Insekt, und du bekommst es.«

Das Skelett streckte die Hand nach der Schabe aus, erwischte sie, schluckte sie herunter. Und bekam seine Pfeife, zur Belustigung des Dealers und der anderen. Dose wandte nur den Blick ab, entsetzt über das, was sich ihm soeben dargeboten hatte. Sie alle in dem Raum mit der abblätternden Farbe waren tot, und allein Dose wusste es.

Als Dose den Cops in Hudson bei einer Säuberungsaktion in die Hände fiel, verhafteten sie ihn nicht, sondern setzten ihn nur in einen Greyhound, der zurück in die Stadt fuhr. Ein oder zwei Monate später saß Dose nach seiner nächsten Verhaftung auf einem Bett in Rikers Island und erzählte die Geschichte aus Hudson. Unglaublicherweise bestätigte sie einer seiner Zuhörer. Sie hatten dieselbe Iss-eine-Kakerlake-Nummer bei einem Ausflug nach Florida beobachtet.

Alle waren sich einig: So ein krasser Provinzscheiß würde hier niemals Erfolg haben. Dafür hatten New Yorker zu viel Selbstachtung.

Lady.

In jener Nacht im Juni in Barrys Wohnzimmer sah Dose Lady zum ersten und einzigen Mal außerhalb ihrer Bude. Es wäre übertrieben, es als Party zu bezeichnen: Dose und sein Vater, außerdem Horatio, Lady und irgendein dünnes mürrisches Mädchen, das Probleme hatte, den Kopf oben zu halten.

Dose hatte mit Barry um die Pfeife gestritten.

Wenn alle Cracksüchtigen eine große Familie waren, die sich so hassten wie richtige Verwandte, warum sollte er dann seinen Vater davon ausnehmen?

Qualm kringelte sich in der Luft zwischen ihnen wie ein erschöpftes Thema, Seniors unausgesprochener Name in Rauch gezeichnet.

Alle Jubeljahre wischte Dose Staub von einer Albumhülle und legte den Tonarm auf einen Song, den Barry seit zehn Jahren nicht mehr gespielt hatte – Esther Phillips, Donny

Hathaway –, Schätze, die ungenutzt vor sich hin gammelten. An dem Abend jedoch, als er sie kennenlernte, dort im Halbdunkel von Barrett Rude Juniors Wohnzimmersarkophag, war Lady bereits an dem alten Vinyl gewesen und hatte eine Auswahl getroffen: *Curtis Live*, »Stare and Stare«, »Stone Junkie«, Curtis Mayfield, der im Falsett über die stotternden Breaks seines Schlagzeugers lacht.

Lady vertrug mehr als alle anderen. Dose hatte nie jemanden gekannt, der mehr Crack rauchen konnte als er, schon gar keine Frau. Sie feierte drei, vier Tage lang durch, schlief kaum, erst recht nicht nach dem ersten Mal, als Barry um vier Uhr morgens alle rauswarf. Horatio und das schlappe Mädchen gingen die Nevins hinauf zur Bahn, und Lady führte Dose zu ihrer Bude in den Gowanus Houses, eine Sozialbauwohnung, die zur Crackhöhle umfunktioniert war.

Ihr richtiger Name war Veronica Worrell, obwohl er das nie aus ihrem Mund hörte. Sie stellte sich so vor, wie jeder sie nannte: Lady. Der Name stand für ihre etwas formelle Art, den Hauch von Strenge. Sie war niemandes Mädchen und niemandes Mutter, aber jedermanns Lady, und dafür auch wohlbekannt.

Sollte Dose sich beim Entlanggehen der Dean Street in jener Nacht unsicher gewesen sein, was für einen Fang Lady da gemacht hatte, was sie in seinen Augen gesehen hatte, so zerstreute ihre Bude alle Zweifel. Die Haustür ging zur Hoyt Street hinaus, mit Blick auf den Verkehr, Autos fuhren mit lauter Musik vorbei, Bässe brachten die Scheiben zum Klirren, und auch die Polizei kreuzte dort, huschte unheilvoll in ihren Giuliani-Einsatzwagen vorbei. Lady hielt sich einen Wachposten, einen Cracksüchtigen, der zwei Handzeichen beherrschte, mehr konnten sie beide sich nicht merken: Eine Faust für einen Weißen oder einen unbekannten Schwarzen, möglicherweise ein Cop, die geöffnete Hand für einen bekannten Kunden oder jeden eindeutig Abhängigen, zu jung oder zu dürr, um eine Gefahr darzustellen.

Dose wusste es noch nicht, aber er war für seine letzte Mission hergekommen, heimgekehrt wie eine Taube in ihren Schlag.

Das Apartment war eine Fabrik, die nur einem Zweck diente: Ladys eigene Sucht zu unterstützen. Die Vielzahl der Geschäfte in der Drei-Zimmer-Wohnung war atemberaubend, ein Kunststück, das Henry Ford und Andy Warhol sicher neidisch gemacht hätte. Alles wurde bis auf den letzten Winkel vermietet, nicht nur die Schlafzimmer an leichte Mädchen, um eine Nummer zu schieben, die Küche an Dealer, um ihren Scheiß zu verschneiden, sondern auch die Schränke, um übergangsweise größere Mengen zu deponieren, die Flure und Sofas, um sich auszuruhen. Es konnte sein, dass man gar nicht mehr schlief – vielen ging es so. Am Ende der zwei Monate bei Lady erinnerte sich Dose nicht einmal mehr, was richtiger Schlaf war. Aber wenn man nicht schlief, dann nickte man ein, und wenn man nicht einnickte, dann ruhte man sich mit offenen Augen aus. Bei Lady zahlte man fürs Ausruhen.

Dose zahlte auf die einzig mögliche Weise, indem er Leute mit zu Ladys Bude brachte. Kauften sie etwas, wurde das auf seine Schulden angerechnet. Das war Ladys Spezialität, ihr Rechenhirn. Auch wenn sie mehr rauchte, als ein menschlicher Körper seiner Ansicht nach vertragen konnte, kam sie nicht einmal durcheinander. Sie sagte ihm immer, wann er genug verdient hatte, um eine Pfeife zu bekommen. Oder noch besser, wann er genug verdient hatte, um selbst etwas Crack anzubieten. In seinen Monaten mit Lady wurde er vier oder fünf Mal wieder zum Unternehmer, nahm ganze Röhrchen mit Stoff zur Hoyt oder Fulton Street, zur Albee Square Mall, oder einfach in den Innenhof der Projects. Immer wieder versagte er, rauchte alles selbst, war nicht in der Lage, sich ein weiteres Röhrchen zu leisten, und wenn er einnickte, machte er Schulden für das Stück Wand, das er beanspruchte. Es war ein strenges System, aber fair. Man konnte nichts gegen Lady sagen, sie sorgte so offensichtlich für ihre Leute, ihre Pfeifenköpfe. Niemand stahl dir die Schuhe oder Kleider, wenn dir bei Lady die Augen zufielen.

Das zeichnete die eigentliche Liebesaffäre aus, war sich Dose mittlerweile sicher. Lady schaute in sein Inneres, bis auf den tiefsten Grund, und sah dort einen großen Appetit auf Crack.

Das war sein letzter Sommer, rauchen und ein langes Nickerchen an ihrer Flurwand. Bei seiner Verhaftung war er dünner als je zuvor, wog vielleicht fünfunddreißig Kilogramm.

Let's get small, everybody get small.

Im selben Juni öffnete auf der Smith Street, nur einen pop-ligen Block entfernt, das erste gehobene französische Restaurant in der Gegend seine Türen: Sans Famille. Das Bistro erhielt von der *Times* einen Stern, das erste Ticken der Zeitbombe Gentrifizierung auf der Smith Street, Vorbote für die Cafés und Boutiquen, die die Devotionalienläden und Kulturclubs verdrängen würden, Vorbote für Arthur Lombs nachgemachtes Berlin.

Die Hilfskellner und Tellerwäscher des Sans Famille waren sich sehr wohl bewusst, was auf der Hoyt Street vor sich ging. Mehr als nur ein paar fanden in den vorschriftsmäßigen Zehn-Minuten-Pausen ihren Weg zu Ladys Türschwelle.

Nachdem er sich als nicht vertrauenswürdig erwiesen hatte, ganze Röhrchen mit auf die Straße zu nehmen, akzeptierte Dose sein offensichtliches Schicksal, die Stelle, für die ihn Lady womöglich von Anfang an auserkoren hatte. Er stand an der Tür. Nicht am Aussichtsfenster, so tief war er noch nicht gesunken. Er war immer noch ein Dealer, bloß traute man ihm nicht weiter, als seine Hand durch die mit Sicherheitsketten versehene Tür reichte. Geld rein und Stoff raus, alles lief durch seine Finger, aber behalten durfte er kaum etwas.

Er entriegelte die Tür für die Cops, als sie kamen. Sie kamen gerade noch rechtzeitig. Er wäre gestorben, wenn er Ladys Tempo beibehalten hätte.

Die in einer Schublade versteckte Waffe gehörte niemand Bestimmtem, wurde ihm aber angehängt. Dose sah das philosophisch. Es lag in der Natur einer Verhaftung, dass eine frei herumliegende Waffe der Person zugeordnet wurde, die wegen fahrlässiger Tötung vorbestraft war.

Er war sechs Monate auf Rikers Island gewesen und wog wieder fünfundsechzig Kilogramm, als er sich schuldig bekannte und nordwärts nach Auburn verlegt wurde, dann nach Watertown.

Auburn.

Bei seinem ersten Besuch war Dose zu früh gewesen, die Vorhut einer ganzen Generation, der es bestimmt war, eingelocht zu werden. Nun war es nicht mehr nur Rikers Island, wo es von bekannten Gesichtern aus dem Viertel oder von den Abstellbahnhöfen wimmelte. Auch die großen Gefängnisse im Norden wie Auburn gehörten dazu, als würde das System aus Versehen die Splittergruppen der ganzen Stadt versammeln, das Jahr 1977 eingeschlossen im Bernstein der Inhaftierung. Sprüher stießen wieder zu ihren Crews, die sie seit den alten Tagen nicht gesehen hatten, seit sie den Absprung von ihrem Teenagerdasein in ein verantwortungsvolleres und seriöseres Leben geschafft hatten. Doch dieses Erwachsenenleben schien ihnen mit ihrem Scheitern weggenommen worden zu sein. Was übrig blieb, waren dreißigjährige Teenager, die im Gefängnis herumflachsten: *Ey, Scheiße, Mann, du bist's! Das ist mein Kumpel Pietro, von DMD!* Oder: *Verdammt, ich hab deinen Scheiß immer auf der Linie 6 gesehen, du warst doch bei der Rolling Thunder Crew?*

Alte Feindschaften hatten sich aufgelöst. Jede Beziehung hier in den Wäldern war eine gute Beziehung. Dose traf sogar ein paar Jungs von der einstmals so gefürchteten Coney

Island Crew. Vor einigen Jahren waren Dose und zwei andere von FMD bei der Coney-Gang durch einen dummen Fehler in Misskredit geraten: Sie hatten bei schwachem Mondlicht auf einem Abstellbahnhof innerhalb eines scheinbar sauberen Zugs der Linie D getaggt und dabei triefende, schwarze Farbe benutzt. Als die Züge am nächsten Morgen fuhren, sahen Dose und seine Kollegen mit Schrecken, was das Mondlicht nicht preisgegeben hatte: Das Innere der Waggons war bereits mit den rosafarbenen Tags der Coney Island Crew bedeckt gewesen. Das Schwarz überlappte nun überall das Rosa. Wie sollte man erklären, dass das Rosa gar nicht *sichtbar* gewesen war? Unmöglich. Sie dachten, Dose hätte sie absichtlich überschrieben. Dose verbrachte jenen Sommer damit, sich ständig nach der Coney-Gang umzuschauen, er war Freiwild.

Jetzt war alles in bester Ordnung, ein Grund zum Lachen. Dose war einer der berühmten Namen, also nahm die Coney Island Crew den Vorfall als Beweis dafür, dass auch sie einmal wichtige Sprüher gewesen waren. Dose war eine lebende Legende, und die Brüder wollten etwas vom Ruhm abhaben.

»Yo, Mann, erinnerst du dich an mich? Ich war *Kansur 82*, du hast immer über mich drübergeschrieben.«

»Sicher, sicher, ich erinnere mich an dich«, würde Dose antworten, wenn er gute Laune hatte.

Bei anderen Gelegenheiten würde er ihnen den Ruhm verweigern, mit seinem Namen verbunden zu sein, nur um ihre Frustration zu sehen: »Wieso hätte ich dich überschreiben sollen, Kleiner? Was hast du schon für mich bedeutet?«

»Ich war ein Toy, ich weiß – du hattest recht, über meine Tags zu schreiben.«

Dose würde es leugnen, sie in ihrem Stolz quälen: »Du behauptest, du warst irgendwo vor mir da?«

»Du hast immer über mich geschrieben!«, würde der jüngere Sprüher beharren.

»Nee, Mann. Du hast immer *unter* mir geschrieben.«

Transplantation.

Natürlich war es Horatio, der im Besuchszimmer von Auburn auftauchte, alberner denn je, und um den heißen Brei herumredete, nicht sagte, was er eigentlich wollte. Barry war krank – tja, das wusste Dose bereits. Nein, *wirklich* krank, war zweimal in der Notaufnahme des Long Island College Hospital gewesen. Sein Vater *brauchte* Dose jetzt, doch Horatio erklärte nicht, wie das gemeint war. Dose stimmte zu, ohne zu verstehen, wofür er seine Zustimmung gegeben hatte.

Eine Woche später wurde er zur Krankenstation von Auburn gebracht, zu einem beratenden Gespräch mit einem Chirurgen, der sich benahm wie Dr. Doolittle unter den Wilden, die Stirn vorwurfsvoll gerunzelt, sogar, als er in Idiotensprache redete. Hatte Dose verstanden, wozu er sich verpflichtete? Ja, klar, obwohl er es bisher nicht hatte. Es gebe keine absolute Sicherheit, dass es funktionieren werde, warnte Dr. Doolittle. Es seien noch Tests erforderlich, um die Verträglichkeit sicherzustellen. Die Eignung von ihm und seinem Vater musste überprüft werden. Dose, mittlerweile ein alter Hase, was passives Verhalten anging, ließ drei Wochen lang alle Untersuchungen über sich ergehen, Rückenmark, Gallenflüssigkeit und Stuhl. Das Ergebnis: Dose war hundertprozentig geeignet, das verbrauchte Blut seines Vaters zu retten.

Dr. Doolittle, der sich darüber aufregte, Werkzeug einer inoffiziellen Ausnahme zu sein, erwirkt von Andre Deehorn und anderen aus der Musikszene von Philadelphia, riet Dose von der Operation ab. Die Niere könnte innerhalb von fünf bis zehn Jahren versagen – und das wäre eine *erfolgreiche* Annahme.

Aber Dose hätte auch sein Herz gegeben, oder seine Hände oder Augen.

Die Genesung im Albany Presbyterian Hospital dauerte sechs Tage. Dose und sein Vater lagen schlafend nebeneinander, ein bewaffneter Wächter bei ihnen im Zimmer, offenkundig begeistert von der Aufgabe, voller *Playboy*-Fantasien mit Krankenschwestern.

Nachdem Dose und Barry wieder herumliefen und ihre Nierenfunktion Dr. Doolittle zufriedenstellte, flüchteten sie am Tag, bevor er wieder ins Gefängnis musste, alle vier – Vater und Sohn in Baumwollpyjamas, Horatio und der Wächter – durch die Brandschutztüren aufs Krankenhausdach.

Dort rauchten sie einen Joint, den Horatio eingeschmuggelt hatte, und führten ihre eigenen Tests mit der neuen Niere durch – wozu sollte sie sonst gut sein?

Während sie dort auf die funkelnde Spielzeugsilhouette von Albany blickten, entpuppte sich der Vorrat an Enttäuschungen, den sein Vater bereithielt, als endlos. Barry konnte sich von Dose eine Ersatzniere besorgen und ihm dennoch nicht in die Augen sehen.

Als Dose erfuhr, wie bekannt ihn die Organspende in Auburn gemacht hatte, wollte er nichts davon wissen und beantragte die Verlegung nach Watertown, um seine Haft in Anonymität zu beenden.

Watertown.

Dose warf alles ab. Keine Knastkunst mehr, das hatte er vor Jahren hinter sich gelassen – Millionen von Typen hatten mittlerweile den Graffitistil drauf. Er machte sich keine Illusionen mehr übers Zigarettenhorten. Auch der alte Ruhm half ihm nicht weiter, er hatte für die Zeit, die Dose noch abzusitzen hatte, nicht die geringste Bedeutung, spielte keine Rolle für das Durchhaltevermögen des Geistes. Draußen diese oder jene Verbindung zu haben – *Yo, ich kenn da diesen Typen, den jüngeren Bruder von Fitty Cents, dem King von Wyckoff Gardens, der hilft mir, wenn ich rauskomme* –, hörte sich von Tag zu Tag dürftiger an. Keine Duckmäuserei und keine Verpflichtungen, war nun sein Motto. Den Vollzugsbeamten Honig um den Mund zu schmieren machte nur dann Sinn, wenn man etwas von ihnen wollte. Er wollte aber nichts von ihnen. Und ein Beschützer wie Raf war nur so lange wichtig, bis man kapiert hatte, dass es nichts zu beschützen gab.

Unsichtbarkeit, Unantastbarkeit, Teflonaugen.

Es gab jedoch noch eine lästige Verbindung.

Robert Woolfolk war derselbe hektische Typ, der er immer gewesen war, bloß noch zerrissener und überspannter von fünfzehn weiteren Jahren auf der Straße und im Gefängnis. Mit Goldzähnen, von Einstichlöchern vernarbter Armbeuge und halb abgebissenem Ohr stolperte Robert weiter und hatte viele Abenteuer hinter sich gebracht, die sein Ende hätten sein können, wenn er nicht so viele Leben gehabt hätte, wenn er nicht jedes Mal wie Kojote Karl wieder aus dem Krater geklettert wäre und sich den Staub abgeklopft hätte, händereibend und verschwörerisch grinsend. Du wolltest den Mann zu den Akten legen.

Die Dean Street war nach Watertown gekommen wie ein Funksignal, das durch den Weltraum wandert, ein Hit von 1976, der zum einzigen Zeichen von Leben in der Galaxie geworden war.

Also nahm Dose ihn unter seine Fittiche, als hätte er welche.

Innerhalb weniger Wochen nach seiner Ankunft in Watertown dealte Robert Woolfolk schon Zweige, gegen den ausdrücklichen Rat von Dose. Wenn du rauchen willst, dann rauch. Bleib erst mal Kunde, geh die Sache langsam an. Aber nein: Woolfolk fing an, sie zwei zu eins zu verkaufen, verließ sich darauf, dass die Schecks der Jungs rechtzeitig eintrafen, jonglierte mit seinen Schulden. Dann schlitzte er die Zweige auf und streckte sie mit altem Tabak. Das war vertretbar, Dose hatte das viele Männer machen sehen, er hatte es selbst ein paar Mal getan, hauptsächlich, um sich auf Rikers Island bei Laune zu halten.

Dann entdeckte Robert den Markt für Spuckbeutel und verlor sein Interesse an Zweigen.

Ein Spuckbeutel war ein Paket mit flüssigen Drogen. Methadon, das von registrierten Junkies aus der Gefängnisapotheke geschmuggelt wurde, indem sie ein paar Finger eines Gummihandschuhs in Rachen oder Mundhöhle verbargen, um den Rücklauf aufzufangen. Es war gar nicht einfach, so zu tun, als schlucke man, um die Droge dann in den schlüpfrigen Behälter laufen zu lassen. Nicht jeder Junkie, der Maulesel spielen wollte, konnte das lernen. Die wenigen glücklichen waren eine gute Geldanlage. Ein Finger mit neunzigprozentigem Methadon verkaufte sich für sechs Päckchen Zigaretten. Und es war ein Geschäft innerhalb der Gefängnismauern, für das keine Kontakte nach draußen nötig waren, es bestand keine Abhängigkeit von den Gangs.

Wessen Maulesel man jedoch übernahm – das wiederum war eine diffizile Angelegenheit, die Robert Woolfolks Raffinesse anscheinend bei Weitem überstieg.

An dem Tag, als die Latin Kings auf dem Hof an Dose herantraten, hatte er die Spannung in der Luft schon Minuten vorher spüren können. Er war zu einem Seismografen für die Erschütterungen im Gefängnis geworden, ohne das überhaupt zu merken. Die Männer, die sich rechts und links von ihm aufbauten, hatte er jahrelang ignoriert, und sie ihn, aber die neue Vertraulichkeit ließ sich nicht leugnen, drei Jahre Blicken ausweichen für die Katz.

Es war die alte Geschichte, zu ausgelutscht, um sie zu erzählen: Robert hatte überall Verpflichtungen, Dose sollte dafür geradestehen, und alles ging weiter, wie es seit einer Million Jahren v. Chr. geschrieben steht.

Mit einer Ausnahme.

Dem Tag, als Dylan Ebdus kam und den Ring brachte.

FÜNFZEHN

Ich fragte Mingus nach der Uhrzeit: Viertel vor eins. Ich saß seit fünf Stunden auf dem Gang, die Schulter gegen einen schmalen Mauervorsprung zwischen Mingus' Zelle und der nächsten gelehnt, die Schläfe nah an den Gitterstäben, und seine nah an meiner, sodass wir reden konnten. Ein- oder zweimal spürte ich, wie sich unsere Ohren berührten. Ich hatte mich nur kurz gezeigt, den Ring abgezogen und direkt wieder übergestreift, als ich erklärte, wie ich hereingekommen war und ihn gefunden hatte. Wir unterhielten uns leise murmelnd, was in der hohl klingenden, vielstimmigen Brandung des Blocks aus illegalen Radios, Zellengesprächen und Lüftung unterging. Als der Block selbst in ein Murmeln verfiel, flüsterten wir.

In den vergangenen Stunden war es Mingus gewesen, der geredet hatte. Ich hörte zu und versuchte, bei unserem Gespräch nicht zu versinken. Zum einen war ich noch nie so lange unsichtbar gewesen. Wie ich dort auf dem kalten Betonboden saß, fühlte ich mich an meine Mikropsie aus Kindertagen erinnert, die nächtlichen Ängste, die ich glaubte mit elf oder zwölf Jahren hinter mir gelassen zu haben, in meinem Schlafzimmer auf der Dean Street: Die Empfindung, dass mein Körper in einem von Gravitationskräften beherrschten Universum zu Staubkorngröße geschrumpft war und die Leere mich von allen Seiten bedrängte. Die Äste des Ailanthus, die gegen die rückwärtigen Fenster schlugen, waren mir damals wie die spiralförmigen Ausläufer einer entfernten Galaxie erschienen. Später dann, in den Jahren, als der Ring in den Hintergrund getreten war, hatte ich den mit meiner Mikropsie einhergehenden Sehstörungen die Schuld

daran gegeben, dass ich unfähig war, von einem Dach loszu-
fliegen, dass ich mich nicht traute, in den Himmel zu blicken.
Jetzt war sie zurückgekehrt und untergrub meinen Heldenmut im Gefängnis. Mein Heldenmut war aufgebraucht. Ich
hatte gerade noch genug übrig, um von hier zu fliehen und
Aaron Doilys Fluch ein für alle Mal ins Gebüsch neben dem
Highway zu schleudern, dann meinen Mietwagen wieder-
zuholen und dankbar in der gewöhnlichen Angst unterzu-
tauchen, die ich mir als Erwachsener in Kalifornien zugelegt
hatte. Ich war Autor von Begleittexten und ein schlechter
Freund. Wie hatte ich diese Errungenschaften für die Schi-
märe der Rettung über Bord werfen können? Alles, was ich
fühlte, war der unterseeische Druck des Raumes, die besondere Klaustrophobie einer in Rattenkäfige unterteilten Ka-
thedrale. Der Raum hatte eine Atmosphäre, den süßlichen
Gestank von geronnener menschlicher Lebenszeit. Nach
dem Zapfenstreich pulsierte auf den Gängen über und neben
uns eine Planetariumsschau glühender Zigarettenstummel,
vorwurfsvoll verlöschende Sterne. Geh, sagten sie.

Ich nehme an, ich habe auch versucht, nicht in Mingus'
schöner Stimme zu versinken, die zwischen übertriebener
Abenteuergeschichte und gebrochener Beichte schwankte.
Mingus hatte sein Leben Hunderte oder Tausende von Au-
genblicken länger ertragen, als ich es konnte. Ich versuchte,
nicht im Trost des Wiedersehens und im Schuldbewusstsein
der baldigen Trennung zu versinken, im Vorhaben, mich unsichtbar davonzustehlen.

Der Ring war für ihn nutzlos. Das wollte Mingus mir verständlich machen. Er erklärte, wie gut er die Zeit herumbe-
kam, dass er seit Jahren nicht mehr gemeldet worden war,
trotz Roberts Auseinandersetzung mit den Latin Kings. Er
hatte bei seiner letzten Anhörung eine Aussicht auf Begnadigung gespürt und wurde womöglich bald freigelassen, in
ein, zwei Jahren. Vielleicht hatte die Nierentransplantation
Eindruck auf die Kommission gemacht. Wie auch immer, das

Leben eines Ausbrechers, der ständig auf der Flucht ist, sichtbar oder nicht, war nicht gerade verlockend.

Als Mingus mir sagte, was er wollte, hatte ich das Gefühl, er hatte es von Anfang an im Sinn gehabt, hatte schon vor zehn Stunden im Besuchszimmer begonnen, mich zu bearbeiten. Ich hatte einen Weg aufgezeigt, wie es Robert Woolfolk erspart bleiben könnte, den Latin Kings in die Hände zu fallen. Es war im Büro nicht von einem *Schuh* die Rede gewesen, sondern von einer *SHU* – einer Schutzhaftunterkunft für diejenigen, die entweder die Sicherheit der normalen Insassen gefährdeten oder Schutz vor ihnen brauchten. Dort war unser Gangmitglied aus Gowanus eingesperrt. Ich würde ihm den Ring bringen – Mingus erklärte mir den Weg und wo ich auf Feldbetten schlafende Wachen mit leicht zu stehlenden Schlüsseln finden könne. Wie bei einem Besenstiel-Homerun wusste Mingus, dass ich es schaffen konnte, dass ich es schaffen würde.

Ich hatte noch ein paar Fragen, bevor ich ihn verließ. Bevor ich entschied, ob ich ihn im Stich ließ oder nicht – ich hatte kein besonders großes Interesse an der SHU und an Robert Woolfolk. So oder so, ich war hier fast fertig, die proustsche Madeleine eines »Play That Funky Music« war gegessen. Es waren nur noch ein paar Krümel übrig.

»Mingus«, sagte ich, »hast du überhaupt eine Ahnung, wie oft ich gewürgt worden bin?«

»Du meinst Brüder, die dich in den Schwitzkasten genommen haben?«

Es war eine Klarstellung, keine spöttische Bemerkung. Er beabsichtigte nicht, mich zu beschämen, indem er meine Beschwerde seinen zurückgehaltenen Wehklagen gegenüberstellte. Er hatte nicht um Mitleid gebeten, nicht ein einziges Mal. Ich hatte mich selbst beschämt, dennoch wollte ich eine Antwort.

»Mich in den Schwitzkasten genommen und nach Geld durchsucht haben«, sagte ich. »In den drei Jahren, die ich auf der I. S. 293 war, praktisch jeden Tag. Und mich dabei Whiteboy genannt haben.«

»Diese Nigger haben mich auch ein paarmal ausgenommen.« Er nahm meine Frage ernster, als ich es wahrscheinlich verdient hatte. »Typen aus den Gowanus Houses, Whitman, Atlantic Terminals, Mann, die haben immer nur geklaut, Leute ausgeraubt, die wussten es nicht besser. In den Clubs in Manhattan hat jeder gesagt, pass auf die verrückten Gangs aus Brooklyn auf, das sind einfach Klaukids, immer eine Knarre in der Hand.«

Na schön. Ich war das Versuchskaninchen für die richtigen Verbrechen gewesen, nichts Persönliches.

»Das hatte nicht so viel mit Schwarz und Weiß zu tun«, fuhr Mingus fort. »Diese Motherfucker waren einfach *durstige Menschen.*«

Durstige Menschen. Das sagte alles. Und jetzt sollte ich zu dem durstigsten gehen – durstig nach meinem Fahrrad, durstig nach meiner Angst – und ihn aus seiner Zelle befreien.

»Mingus?«

»Ja?« Ich hörte seiner Stimme an, dass er ebenso müde war wie ich. Er hatte mir meine Aufgabe gegeben, jetzt war es Zeit zu gehen. Er hatte die ganze Nacht über geredet und versucht, mich nicht zu enttäuschen, hatte meine lächerlichen Erwartungen bestmöglich erfüllt, um aus meinem Eindringen hier etwas zu machen, womit wir beide leben konnten. Er war von weit her nach Watertown gekommen, raus aus dem näheren Umkreis der Stadt, damit er Barry, Arthur und all die anderen nicht mehr auf dem Buckel hatte. Wie weit musste er mich heute Nacht noch schleppen?

»Hast du auch mal einen Whiteboy gewürgt?«

Er kramte seine letzte Antwort von ganz tief unten hervor. »Ja«, sagte er. »Ein Mal. Aber ich hab ihn nicht in den Schwitzkasten genommen. War nicht nötig.«

»Wieso nicht?«

»Ich und ein paar Kumpels aus den Terminals wollten etwas Gras kaufen. Ein Bruder hat vorgeschlagen, auf die Montague zu gehen und einem Packer-Schüler das Geld abzuknöpfen oder so. Wir haben zwei Kids mit Zahnspangen in die Enge getrieben, auf der Promenade, am helllichten Tag. Ich bin im Hintergrund geblieben, hab bloß böse geguckt, während die anderen Brüder ihre Taschen durchsuchten. Aber ich wusste, dass es reichte, was ich tat.«

»Und das war?«

»Was ich gesagt hab. Ich bin in die Heights gegangen und hab den bösen Blick gemacht.« Er presste sich an die Gitterstäbe, ins schwache Licht des Ganges, verzog Kinn und Stirn: *der böse Blick*. Ein Sylvester-der-Kater-Blick, doch der Angstschub, den er bei mir auslöste, hatte mich durchs Leben begleitet.

Wann lernt ein schwarzer Junge, dass er Furcht einflößend ist?

Mingus zeigte ihn kurz, dann lehnte er sich zurück in den Schatten.

Ich glaube, ich war ein wenig durch den Wind, als ich dort wegging. Die Unsichtbarkeit und Mingus' Stimme hatten meine Nerven blankgelegt. Ich hatte keine Geheimnisse zu verbergen. Ich hatte keinen *bösen Blick*, hatte überhaupt keinen Blick: Kein Wunder, dass Zelmo Swift mich wie ein zurückgebliebenes Kind behandelt hatte! Zelmo Swift und Jared Orthman waren die gerechte Strafe für einen Mann, der der Welt sein Gesicht nicht zeigte. Ich hatte das Gefühl, ich könnte die Anstalt in Watertown nicht verlassen, ohne meinen Auftrag auszuführen, und doch fiel es mir schwer, mich vom Ring zu trennen – er war ein Teil von mir geworden, war mein wahres Ich geworden. Eine Weile konnte ich mich nicht recht entscheiden und mäanderte durch die Gänge.

Eigentlich war ich auf dem Weg zu der Stelle, wo ich Mingus zufolge an die Schlüssel für die SHU herankommen konnte, nur dass ich mir das zunächst nicht eingestand. Ich wanderte leichtfertig an Vollzugsbeamten vorbei, die Türen für mich öffneten, eine lebendige Turbulenz in der Luft, ein Poltergeist, der sich nicht entscheiden kann. Es war einfach, einen großen Schlüsselbund zu stehlen. Ich benutzte ihn ohne jede Vorsicht, probierte rasselnd alle Schlüssel aus, bis ich den richtigen ins Schloss gefummelt hatte. Ich ließ alle Türen sperrangelweit auf, während ich mich durch den Komplex bewegte. Möglicherweise hatte ich vor, sie für meinen Rückweg offen zu halten, vielleicht dachte ich auch nur, sie sollten offen sein. Aber eigentlich dachte ich gar nicht – mein Gehirn war für sich selbst unsichtbar.

Ich überquerte wieder den Hof. Jetzt war der Mond verschwunden. Wie eine Marionette fand ich mithilfe von Mingus' Anweisungen die SHU, ein flaches dreistöckiges Gebäude, eher ein Krankenhausanbau als der Flügel eines richtigen Gefängnisses. Der Anblick gefiel mir nicht. Das wilde Tier im Herzen des Labyrinths hätte in einem offenen Käfig gehalten werden sollen, oder in einer tiefen Grube, festgebunden an einen Pfahl. Die SHU sah schwach aus. Sie hätten den Herrn der Ellbogen, Ihn Der Einen Spaldeen Seitwärts Werfen Kann, genauso gut in ein Lebkuchenhaus sperren können, wo er sich den Weg freigeknabbert hätte.

Ich schloss mir auf. Das untere Stockwerk beherbergte eine Station für inhaftierte Querschnittsgelähmte – im Sterben liegende AIDS-Junkies, Schussopfer mit höchster Sicherheitsstufe. Im zweiten Stock die Schutzhaft, die Räume hätten auch in der Klapsmühle eines Inspector-Clouseau-Filmes sein können: Vergitterte Fenster, klinkenlose Türen mit Schlitzen für Tabletts oder Zeitungen. Dort hatten Robert Woolfolk und ich einen gekachelten Korridor ganz für uns.

Ich musste ihn anschreien, um ihn zu wecken.

»Wohl Fuck!«, rief ich.

Ich streifte den Ring ab und stellte mich so ins Licht, dass er mich sehen konnte, dann ging ich auf das vergitterte Fenster seiner Tür zu.

»Dylan?«

»Ja, Robert.«

»Verdammt, was machst *du* denn hier?«

Er war es, Robert Woolfolk, das Fantasiegebilde meiner Angst wurde noch einmal Realität. Mit seinem Overall und dem rasierten Kopf, den langen, ekelerfüllten Gesichtszügen, seinem ewigen bösen Blick, erinnerte er an Scatman Crothers, der den Müll abholen kommt. Dieser Körper, der jetzt in das Orange der Sträflinge gehüllt war, hatte sich auf der Bergen Street auf einen Kampf mit Rachel eingelassen. Ich verachtete und beneidete ihn zugleich für die Bekanntschaft, die er mit ihren Fäusten gemacht hatte.

»Mingus schickt mich«, murmelte ich.

»Du musst gedacht haben, ich schlafe, was?«

»Du hast geschlafen.«

»Nee, ich *tu* nur so, aber ich war wach. Niemand kann sich an mich ranschleichen, Mann.«

»Wie auch immer«, sagte ich.

»Weißt du, was ich gerade getan hab?«

Das war nicht die Unterhaltung, die ich mir vorgestellt hatte. »Was?«

»Im Kopf gereimt. Ich hab im Kopf 'ne ganze Platte geschrieben. Keiner von diesen Trotteln weiß, was ich tu, die denken alle, ich bin verrückt, weil ich immer die Augen zu hab und mit dem Kopf nicke – eines Tages komme ich mit dem Zeug ganz groß raus.«

Du kommst schneller raus, als du glaubst, dachte ich.

»Willst du's hören?«

»Äh, klar.«

You know my name, read it off the liner notes
Pussy rappers with vagina throats

Get snatched out they designer coats
For trying to float concrete boats in the Gowanus
Talk about a battle but they really don't want this …

Seine Vortragsweise war schroff und schwerfällig, er knurrte die Worte ohne jeden Zusammenhang – vielleicht fehlte aber auch der Zusammenhang in mir.

Maybe your queer ass better wait till the fear pass
'Cause I could see your teeth chatter thru your jaw like it
Was clear glass …

»Robert, stopp.«

»Was?«

»Ich habe keine Zeit.« Ungeduldig hielt ich ihm den Ring unter die Nase. Er hätte eigentlich danach fragen sollen (*Yo, lass mich den Ring kurz sehen, nur einmal um den Block rum, was, du traust mir wohl nicht?*). Jetzt war das Spiel aus.

»Kannst du dich an den erinnern?«, fragte ich.

»Ey, Scheiße. Der gehört Gee.«

Ich hatte Mingus nicht davon überzeugen können, dass der Ring ihm gehörte, aber Robert rief das augenblicklich heraus. Das war merkwürdig befriedigend. »Richtig«, sagte ich. »Er hat mich gebeten, ihn dir zu bringen.«

»Ey, Scheiße.«

»Du kannst ihn zur Flucht benutzen.« Ich schob ihn durch den Schlitz, und er fing ihn auf. Sobald ich den Ring aus den Händen gegeben hatte, überkam mich eine Panikattacke, die allen Leichtsinn in mir fortspülte: Ich war jetzt wieder bei Verstand. Ich musste hier schleunigst verschwinden.

»Wieso will Gee ihn nicht für sich?«, fragte Robert.

»Er wollte, dass du ihn bekommst.«

»Wie funktioniert er?«

»Das wirst du schon rausfinden.«

Robert dachte kurz darüber nach, dann kam ihm eine andere Frage in den Sinn. »Yo, Dylan, Mann, hast du die Schlüssel?«

»Ich brauche sie selbst.«

»Dann schließ wenigstens diesen Scheiß auf.«

Ich starrte ihn eine ganze Zeit lang an.

»Yo, Dylan?«

»Was?«

»*Fick* dich, Motherfucker.«

Das Gefängnis schlief. Ich hatte jetzt freie Bahn durch die Anstalt von Watertown – um drei, vier Uhr morgens, wie spät es auch war. Die vertrauten Klänge von zurückgeschobenen Riegeln und klirrenden Schlüsseln weckten niemanden auf. Ich war mir nur sicher, ich würde nicht weiter als bis zu den Schleusentüren kommen, ein Test, den ich sichtbar nicht bestehen konnte. In meinem ersten Plan – der nur ein paar Stunden alt war, jedoch aus einem anderen Leben zu stammen schien – hatte ich vorgehabt, Mingus zu bitten, mit dem Gebrauch des Ringes ein paar Tage zu warten, mir einen Vorsprung zu geben, um abhauen zu können. Ich bezweifelte, dass ich dieselbe Rücksichtnahme von Robert erwarten durfte. Ich hatte das gar nicht erst angesprochen.

Ich hielt mich dennoch an den ursprünglichen Plan, der darin bestand, so nah wie möglich ans Besuchszimmer heranzukommen. Wenn ich schon innerhalb des Komplexes gefunden werden würde, dann bestand meine einzige Hoffnung darin, den Unschuldigen zu spielen – einen Zivilisten. Also würde ich dahin gehen, wo sich von Zeit zu Zeit Zivilisten aufhielten. Dort würde ich die letzten Nachtstunden ausharren und dann versuchen, mich unter die ersten Besucher zu mischen, vielleicht behaupten, ich hätte mich in der Tür geirrt. Ich hatte den ultravioletten Stempel auf dem Handrücken nicht abgewaschen und konnte mir berechtigte Hoffnung machen, dass die Scanner der Vollzugsbeamten ihn immer noch erkannten. Zusammen mit meiner weißen Hautfarbe würde das Beweis genug sein, dass ich nicht zu den Insassen gehörte. Und schließlich stimmte das auch. Sie müssten mich laufen lassen.

Ich betrat wieder den grün gekachelten Pavillon, der zum Besuchszimmer führte, fand den Weg zu dem Korridor, über den ich gekommen war, einsehbar durch die großen Plexiglasfenster der Kabine, wo ich Gürtel und Schuhe ausgezogen und mit meinem Ohrstöpsel Verwirrung gestiftet hatte. In dem Korridor stieß ich auf einen türlosen Raum, eigentlich nur ein Vorraum, der nirgendwohin führte. Darin standen zwei hell erleuchtete Pepsi-Automaten, ein weiterer Erfrischungsautomat mit zellophanverpackten Oreos und Cheez-Its auf langen Spiralen sowie ein an der Wand befestigtes Fernsehgerät, das vom Neigungswinkel her auch für bettlägerige Patienten bestimmt sein konnte.

Ich schob den Schlüsselbund zwischen die in Staub gehüllten Füße des Erfrischungsautomaten. So konnte ich sie mir notfalls wiederholen, und sollte ich geschnappt werden, würden sie mich nicht belasten. Dann ließ ich mich direkt hinterm Eingang nieder, zog die Knie an und war so vom Korridor aus nicht zu sehen. Die Müdigkeit gewann die Oberhand und mein Kopf fing an zu nicken. Nicht vor und zurück – ich komponierte und memorierte kein verlorenes Meisterwerk der Rapmusik, ich nickte einfach ein. Jeder konnte sich an mich heranschleichen, wenn er wollte. Das schwarze Auge des Fernsehgeräts glotzte herunter, aber es sah nichts, war nicht Darth Vader oder der Große Bruder. Es gab hier keine unheilvolle oder sonstige Macht. Der Pepsi-Automat war an, aber es war niemand zu Hause.

Ich wachte bei strahlendem Sonnenschein auf und hatte das dringende Bedürfnis zu pinkeln. Zu meiner Überraschung befanden sich hinter dem Plexiglasfenster auf der anderen

Seite des Korridors keine trägen Morgenbesucher, sondern ein aufgeregter Haufen Vollzugsbeamter, Polizisten sowie eine Handvoll weißer Männer mittleren Alters in dunklen Anzügen, von denen sich ein paar Notizen auf Stenogramm-blocks machten. Dann wurde ich auf jemanden ganz in meiner Nähe aufmerksam: Ein junger Vollzugsbeamter war mit mir im Vorraum. Er hatte mir den Rücken zugewandt, während er Münzen in den Automaten warf, eine nach der anderen, und einen Arm voll Colas zog. Durch das Rumpeln einer Dose im Ausgabeschacht war ich aufgeschreckt. Der Vollzugsbeamte hatte mich noch nicht gesehen, drehte sich jetzt aber abrupt um.

»Ich, äh, habe mein Kleingeld fallen gelassen«, sagte ich etwas verschlafen und suchte mit den Händen den Boden ab.

»Wie zum Teufel sind Sie hier überhaupt reingekommen?«

»Durch diese Tür da«, bluffte ich. »Sie war offen.«

»Heiliger Bimbam, wenn Talbot Sie gesehen hätte!«

»Dabei hat Talbot mir extra gesagt, ich könnte hier reinge-hen«, versuchte ich es. »Ich glaube, ich habe mich verlaufen. Wo ist denn die Toilette?«

Jetzt blinzelte der Vollzugsbeamte zu mir herunter und schien zu merken, dass etwas nicht stimmte. Er machte den Rücken gerade und arrangierte die Ladung Coladosen in sei-nem angewinkelten Arm neu. Er war der jüngste, den ich bisher gesehen hatte, eindeutig ein Laufbursche, obwohl an seinem Gürtel eine Menge Schlüssel, ein Plastikschlagstock und, wie ich zu meiner großen Freude feststellte, ein Ultra-violettscanner hingen.

»Sie sind Reporter, nicht wahr?«, fragte er.

»Sie müssen sich doch an mich erinnern, junger Mann.« Ich stand auf, bürstete mich ab und gab mir den weltgewandten Anstrich konfuser Ungeduld, besetzte mich als Cary Grant und ihn als Ralph Bellamy.

»Wie war noch mal Ihr Name?«

Ich überlegte blitzschnell und sagte: »Vance Christmas.«

Er war der einzige Reporter, der mir in meinem Zustand einfiel, abgesehen von Jimmy Olsen. Ich dachte, Christmas verdiente den nachträglichen Ärger durch Aeroman.

»Richtig, ja, aber von wo?«

»Albany«, antwortete ich. »Ich arbeite für den, äh, den *Albany Herald-Ledger*. Wissen Sie, wir machen einen großen Bericht über die Lage in den Gefängnissen.«

»Aber Sie sind mit den anderen reingekommen, nicht wahr?« Der Schleier der Ungewissheit zwischen uns irritierte den Mann, meinen zaghaften Häscher – er wünschte sich so sehr eine befriedigende Antwort von mir wie ich selbst, damit er seine unverfänglichen Besorgungen fortführen konnte.

»Klar, Talbot hat mich eingeladen, mit ihnen mitzugehen«, sagte ich. Ich nahm an, *die anderen* waren die Leute auf der anderen Seite des Fensters. Wenn ich zu ihnen stoßen durfte, konnte ich vielleicht tatsächlich mit ihnen mitgehen und mich bei erstbester Gelegenheit aus dem Staub machen. »Wegen des großen Berichts, der Beilage.« Diese Erfindung wurde auf einmal beunruhigend real für mich – ich stellte mir eine vernichtende Enthüllungsstory vor, den Pulitzerpreis für den kleinen *Herald-Ledger* –, daher vergaß ich völlig, mich darüber zu wundern, warum hier überhaupt Reporter, richtige Reporter, anwesend waren.

Ich hatte allerdings einen Fehler gemacht, als ich den mir unbekannten Talbot ein zweites Mal heraufbeschwor. Burschi blinzelte stärker und stellte die Coladosen nebeneinander auf den Automaten, um die Hände freizuhaben. Er rieb sich die Armbeuge, um wieder Gefühl ins kalte Fleisch zu bekommen, und räusperte sich, übernahm das Kommando.

»Kann ich Ihren Ausweis sehen?«

»Hören Sie«, sagte ich mit gesenkter Stimme. »Ich bin gar nicht mit den anderen reingekommen.«

»Wie sind Sie dann reingekommen?«

»Ich habe die Nacht hier verbracht. Ich bin gestern als Besucher gekommen – überprüfen Sie meinen Stempel, dann sehen Sie es selbst.«

»Na, ich weiß nicht so recht …« Er schien in Panik zu geraten und sah sich nach Hilfe um. Wir waren von der Versammlung im Durchsuchungszimmer immer noch nicht bemerkt worden. Das war mein Vorteil, mein Spielraum, der rasch zusammenschrumpfte.

»Hören Sie, warten Sie«, sagte ich. »Ich bin wirklich Reporter der *Albany Tribune*.« Hatte ich gerade meine Glaubwürdigkeit verspielt? Auch egal: »Ich habe zwei Wärter überredet, mich hier einzuschmuggeln – kennen Sie Stamos und Sweeney?«

»Ja, und?«

»Ich wollte nicht, dass sie Ärger bekommen, deswegen die Ausflüchte. Sie haben meine Untersuchungen gedeckt.«

»Das hat *Stamos* getan?«

»Jawohl.«

»Herrgott noch mal, was für Idioten!«

»Ich weiß, ich weiß.«

»Talbot wird sie *umbringen*.«

»Vielleicht nicht, wenn Sie mich hier rausbringen können. Schleusen Sie mich einfach wieder durch die Tür. Ich werde keinen Ihrer Namen verwenden, das verspreche ich Ihnen.«

»Jesus Maria!«

»Überprüfen Sie meine Hand.«

Kopfschüttelnd machte Burschi seinen Scanner los und richtete ihn auf meinen Handrücken. Das purpurfarbene Zeichen schien darüber zu schweben, ein winziges Hologramm.

Ich versuchte, ihn zu überrumpeln, indem ich so tat, als hätte er bereits zugestimmt. »Wir sollten jetzt besser los, sie gucken gerade nicht.«

»Jesus …«

»Ich müsste nur wirklich dringend mal auf die Toilette, ich habe hier die ganze Nacht festgesessen.«

»Oh, mein Gott.«

Als ich aus der Herrentoilette herauskam, betrachtete mich Burschi mitleidsvoll, jetzt, wo ich keine Bedrohung mehr darstellte. »Schätze mal, es war einfach Pech für Sie, dass diese Sache heute passiert ist.«

»*Verdammtes* Pech«, stimmte ich zu.

»Ich hoffe, das wird Ihnen eine Lehre sein.«

»Auf jeden Fall. Nie wieder.«

»Das ist nicht witzig.«

»Ich lache auch nicht.«

An der Schleusentür flüsterte ich: »Wahrscheinlich ist es das Beste, wenn Sie einfach sagen, ich hätte etwas im Wagen vergessen.« Burschi verzog das Gesicht, dann beugte er sich vor zu einem Schiebefenster.

»Der Mann muss zurück zum Parkplatz«, sagte er in weinerlichem Tonfall, als wäre er gerade auf dem Schulhof gehänselt worden. »Ich bringe ihn raus.«

»Okay«, kam die undeutliche Antwort. Die Türriegel sprangen nacheinander auf und zu, und wir gingen hindurch.

»Hey, was für eine *Sache* ist denn heute eigentlich passiert?«, fragte ich Burschi am Eingang zum Parkplatz. Das erste Morgenlicht fiel durch die Baumreihe und blendete meine müden Augen. Ich nahm meinen eigenen Geruch wahr, nicht schlimmer als nach einer durchgemachten Nacht. Drei aufgescheuchte Krähen hopsten über den Kies, als wir näher kamen, flatterten dann haarscharf über die Stacheldrahtrollen auf dem Maschendrahtzaun und nahmen Kurs auf den Highway sowie das Einkaufszentrum dahinter. Die Vögel waren die schäbigen Vorboten meiner Freiheit: die Aussicht auf die Klimaanlage meines Mietwagens und einen Kaffee von McDonald's.

»Heiliger Strohsack«, sagte Burschi ungläubig, da ich so nah dran gewesen war und dennoch die entscheidende Geschichte verpasst hatte.

»Ein Insasse der SHU hat einen Beamten dazu gebracht, ihm die Tür zu öffnen, und ist weggerannt. Ich nehme an, er hatte gestohlene Schlüssel bei sich, und jetzt haben wir einen Riesenärger am Hals. Talbot kriegt schon Zustände.«

»Ist der Typ entkommen?« Ich kapierte jetzt, dass ich Glück gehabt hatte. Ich war heute Morgen einfach ein Ärgernis zu viel gewesen. Daher mein unproblematischer Rückzug. Niemand wollte Talbot noch weiter erzürnen, schon gar nicht Burschi. Ich hätte Robert Woolfolk die Rolle nicht besser auf den Leib schreiben können, selbst wenn ich es versucht hätte.

»Hat sich umgebracht.«

»Was?«, stieß ich hervor.

Burschi schloss die Augen und streckte die Zunge raus.

»Sie meinen, er ist umgebracht *worden*.«

»Nein.« Er senkte effektvoll die Stimme. »Selbstmord. Ist erst ausgebrochen und hat sich dann selbst getötet, verrückter armer Gauner.«

»Warum sollte sich jemand umbringen, der gerade ausgebrochen ist?«

Burschi zuckte die Schultern. »Der Typ ist von einem der Wachtürme gesprungen, dem höchsten Punkt im Gefängnis. Der diensthabende Beamte sagte, er hätte Schreie ausgestoßen wie ein Adler. Er ist seitwärts auf einem abgeschrägten Betondamm aufgeschlagen. Ein schrecklicher Anblick. Sie haben da draußen Fotos gemacht, aber ich glaube nicht, dass die jemand verwenden wird. Das Verrückteste, was ich jemals gesehen habe – seine Arme waren unter dem Körper verheddert, dadurch ist er zusammengequetscht und entzweigerissen worden, als er den Damm runterrutschte. Am Ende war kaum noch zu erkennen, dass es sich um einen Menschen handelte.«

SECHZEHN

Der Hoagy Carmichael Room, ein nachgebauter Salon des Mittleren Westens mitsamt Teppichen, Möbeln und Vitrinen voll von Carmichaels eigenen Memorabilien, war nur nach Vereinbarung zu besichtigen, aber ich konnte direkt einen Termin machen. Ich hatte nicht das Gefühl, das Aufsichtspersonal wäre überlastet. Die Formalitäten sollten wohl nur sicherstellen, dass kein Eindringling sich an Hoagys Klavier setzte und zu spielen anfing oder Autographen von Bix Beiderbecke oder Gouverneur Ronald Reagan mitgehen ließ. Die Hüterin des Schlüssels war eine Sekretärin mittleren Alters etwas weiter den Flur hinunter im Archiv für traditionelle Musik in der Morrison Hall. Sie lief nervös neben mir im Zimmer umher, bis ich sie von meiner Vertrauenswürdigkeit überzeugen konnte. Dann wurde ich allein gelassen, um mich ungestört in die Originalnoten von »Ole Buttermilk Sky« und »My Resistance Is Low« sowie ein verschnürtes Drehbuch von *Haben und Nichthaben* mit den Unterschriften von Bogart, Faulkner und Hawks vertiefen zu können. Anschließend ging ich in den Medienraum und hörte mir eine Zeit lang über Kopfhörer vergessene Acetate, seltene Schallplattenmatrizen von Carmichaels Musik an. Die Collegians, Carmichaels Studentencombo an der Universität von Indiana, hatte einen Stomp namens »March of the Hooligans« aufgenommen, in dem sie Hot Jazz mit einem Geigensolo vermischten, um es als typisches Lied aus Indiana ausgeben zu können. Ich spielte das zauberhaft blecherne Schuljungenstück fünf- oder sechsmal, dann widmete ich mich wieder der Zen-Atmosphäre des Raumes.

Ich war den ganzen Tag und einen großen Teil der Sonntagnacht gefahren, tat topologische Buße vom Parkplatz des Einkaufszentrums in Watertown quer durch den Westen von New York bis nach Pennsylvania, auf einem flachen, dreispurigen Highway, der nichts verurteilte und nichts vergab, mich ganz allein meinem eigenen Urteil überließ. Jetzt verstand ich es: Ich hatte Aeroman wiedererweckt, um Robert Woolfolk zu töten. Es war eine Zusammenarbeit gewesen, für deren Zustandekommen Mingus, der Ring und mein halb bewusster Hass Jahre gebraucht hatten, obwohl der Kern der Idee unzweifelhaft bereits in dem lange zurückliegenden Sprung von Aaron X. Doily auf den Westentaschen-Spielplatz in der Pacific Street schlummerte – runter kommen sie alle. Aeroman war nichts anderes als ein schwarzer Körper am Boden. Ich war nicht einmal so fair gewesen und hatte Robert von der veränderten Eigenschaft des Ringes erzählt. Ich fragte mich, ob er sie wohl entdeckt hatte. Ich fragte mich, ob die Wärter auf dem Turm sich nur einbildeten, den Mann gesehen zu haben, der bei seinem Sturz wie ein Raubvogel geschrien hatte, ob überhaupt etwas zu sehen gewesen war, bevor er auf dem Damm zerschmetterte.

Sehr lange hatte ich gedacht, Abrahams Vermächtnis wäre auch meines: Sich auf den Dachboden zurückziehen, ohne singen oder fliegen zu können oder zu wollen, nur um zu ordnen und zu sammeln, um in meiner Festung der Einsamkeit Statuen aus meinen verlorenen Freunden zu machen, den wirklichen Darstellern des Lebens. Um die Welt als Begleittext zu sehen: Ich bin der DJ, ich bin, was ich spiele. Dennoch hatte ich mich in einem Flugzeugsitz quer durchs Land katapultiert, ein geistesgestörter Arrowman, ein Pfeilmann mit dem einzigen Vorsatz, Mingus und Robert in Watertown aufzuspüren – sie hatten mich nicht gebeten zu kommen. Möglicherweise hatte ich die Rachel in mir unterschätzt, die Rennende Krabbe, die bereit war, zu zerstören und zu fliehen, jemandes Leben umzustürzen und dann das Weite zu suchen.

Also musste ich mich jetzt auf dem Boden fortbewegen, die Erde berühren. Ich wollte genau ihren Krabbenspuren folgen, wollte diesmal sichergehen, wen ich verfolgte. Ich fuhr kaum schneller als die Geschwindigkeitsbegrenzung erlaubte, blieb anonym im Verkehrsfluss, aber im Wageninneren war ich ein schwarzer Sheriff, ein einsamer Cowboy. Ich fuhr ohne Musik, meine CD-Mappe lag unangetastet auf dem Rücksitz – es gab keinen Soundtrack, um die hässliche Szene mit mir allein zu untermalen. Ich hielt nur an, um mir die Füße zu vertreten, zu tanken, zu pinkeln und ein paar Anrufe zu machen: Ich ließ Abraham und Francesca wissen, dass ich nicht nach Brooklyn zurückkehren würde, kontaktierte die Fluglinie, um den Rückflug zu stornieren, und die Mietwagenfirma, um ihnen mitzuteilen, dass ich das Auto in wenigen Tagen in Berkeley abgeben würde und nicht morgen am La Guardia. Niemand war erfreut, aber ich ließ niemandem eine Wahl. Abby rief ich nicht an, weil ich ihr nichts mitzuteilen hatte, noch nicht.

Gegen drei Uhr verließen mich auf der Straße meine Kräfte. Die sporadischen Lichter, die mir entgegenkamen, blendeten mich trotz eines breiten Mittelstreifens. Am Rand von Ohio nahm ich mir dann ein Motel, schlief ein paar Stunden einen unruhigen Schlaf, duschte und fuhr weiter. Am späten Morgen erreichte ich Indiana – bog in Indianapolis links ab, vorbei an Larry Birds Autosalon, weiter Richtung Süden nach Bloomington. Auf dem Campus zu parken war immer die Hölle, also gab ich mich mit einem Angestelltenparkplatz zufrieden. Ich hatte in der vergangenen Nacht einen Mann getötet – ein Strafzettel wegen Falschparkens konnte mich da auch nicht mehr abschrecken.

An einem Computerterminal in der Bibliothek machte ich eine Entdeckung: Die Person, die ich suchte, lebte noch in Bloomington und arbeitete sogar auf dem Campus. Ich würde nicht einmal den Wagen umparken müssen. Rennende Krabbes letzte bekannte Adresse, die die Rechercheabteilung von

Zelmo Swifts Kanzlei herausgefunden hatte, war 1975 in Bloomington gewesen, bevor sie nach einer Kautionsflucht in Lexington, Kentucky, ganz von der Bildfläche verschwunden war. Doch Abraham hatte sich geweigert, überhaupt in Zelmos Manilaumschlag mit seinen »Das ist dein Leben!«-Informationen hineinzusehen, und weder Zelmo Swift noch Francesca Cassini hatten wie ich wissen können, dass es noch einen anderen Namen gab, um die Spur nach Bloomington aufzunehmen.

Das Archiv für traditionelle Musik und die Carmichael Collection teilten sich die Morrison Hall mit Teilbereichen der anglistischen und psychologischen Fakultät der Universität von Indiana sowie dem Kinsey-Institut für Sexualforschung, das zwei der oberen Stockwerke belegte. Dort im Kinsey-Institut hatte ich Croft Vendle ausfindig gemacht. Er arbeitete in der Öffentlichkeitsabteilung. Ich rief ihn von einem Telefon in der Bibliothek aus an, und er lud mich ein vorbeizukommen.

Als ich eintrat, teilte mir die Sekretärin mit, Croft telefoniere gerade. Also setzte ich mich in ein Wartezimmer und las Broschüren. Anscheinend kämpfte das Institut noch immer darum, seine ersten, von den Amerikanern nur halbherzig angenommenen Erkenntnisse zu verteidigen, und stand oft kurz vor der Vertreibung vom Campus durch die tugendhafte Gesetzgebung des Bundesstaates Indiana. An den Wänden um mich herum hing die weltweit größte Sammlung »erotischen Materials«, die Alfred Kinsey den Polizeibehörden im ganzen Land in mühsamen Verhandlungen abgerungen und ihnen so die Ausgaben für Lagerung oder Vernichtung des beschlagnahmten Materials erspart hatte. All dem zum Trotz waren die Büros sehr gemütlich, die Wände gesäumt mit edel gerahmtem Fünfzigerjahre-Schmuddelkram, Schwarz-Weiß-Fotos, die so sonnig waren wie Baseballsammelkarten. Neben dem Empfangstisch hing eine Reihe von Porträtaufnahmen der früheren Direktoren, die beim fliegetragenden

Alfred begann und sich in einer charmanten Abfolge bis in die heutige Zeit fortsetzte, nachdenkliche brillekauende Psychologen, liebenswürdige Verwalter einer aus den Fugen geratenen Wirklichkeit.

Ich hätte Croft beinahe nicht wiedererkannt in seinem rostbraunen Cordanzug, der kastanienbraunen Krawatte und den schokoladenbraunen Gesundheitsschuhen. Seine rosige Gesichtsfarbe wurde eingerahmt von einem drahtigen silbergrauen Bart, der überall die gleiche Länge hatte, sogar an den Ohren. Er erinnerte an einen Diät- oder Fitnessguru, jemanden, den man für gewöhnlich nur in Turnhosen sieht und der sich ausnahmsweise für eine Buchpräsentation im Fernsehen einen Anzug angezogen hat. Es war ein Schock. In meinen Augen alterte nur Abraham; Rachel und ihr Liebhaber waren immer noch unreif, auf ewig gefangen in ihren Körpern von 1974.

»Ich habe einen wichtigen Anruf in der Leitung«, sagte Croft entschuldigend und deutete auf sein Büro. Seine Stimme war heliumhell, noch etwas, an das ich mich nicht erinnerte. Er schien von meinem Erscheinen nicht sonderlich überrascht zu sein, trotz meines straßenerprobten Äußeren: Dreitagebart, sonnenverbrannter Unterarm, Vietnamveteranenblick. Vielleicht hatte er mich seit Jahren erwartet. »Es ist ein schwuler reicher Sammler aus Los Angeles, er stellt seit Monaten eine Schenkung in Aussicht, einen ganzen Stapel japanischer Erotika, Tausende von Blättern. Ich hab ihn fast rum, aber ich muss noch ein wenig Händchen halten.«

»Kein Problem«, sagte ich. »Ich kann warten.« Ich fragte mich, ob Erlan Hagopians Rachel-Gemälde auch eines Tages ihren Weg hierher finden würden. Möglicherweise hatten sie das schon.

»Ich dachte, wenn du Zeit hast, könntest du zum Abendessen raus zur Farm kommen«, sagte er. »Damit wir in Ruhe reden können.«

»Rural Route 8, die Nummer eins?«, fragte ich.

Croft machte große Augen. »Wir nennen sie Wassermelonen-Zucker-Farm, aber die Adresse stimmt. Komm um fünf mit dem Wagen vor die Tür und ich fahr voraus. Die Farm ist nicht einfach zu finden – es gibt viele Nebenwege, und die sind auf keiner Karte verzeichnet.«

»Okay.«

»Cool. Ich muss wieder zurück zu meinem Gespräch. Wenn du willst, kann ich dir Susie rufen lassen, unsere Praktikantin, sie kann mit dir die komplette Kinsey-Führung machen.«

»Ist schon in Ordnung.«

Ich hatte beim Durchqueren der Eingangshalle die Hoagy-Option entdeckt und fand, dass das besser zu meiner Stimmung passte. Also ging Croft zurück zu seinem Anruf, und ich zu »March of the Hooligans«.

»Ich möchte dir nur eine Sache zeigen«, sagte Croft. »Dann sollten wir einen Spaziergang über das Grundstück machen, bevor die Sonne ganz weg ist. Es ist ein schöner Abend.«

Croft war mir am Steuer eines schrottreifen Peugeot auf einer kurvenreichen Landstraße vorausgefahren, durch Dörfer und Farmland tief hinein in die Wälder, bis wir an einem Briefkasten mit der Aufschrift W. ZUCKER auf einen unbefestigten Weg abgebogen waren. Wir waren an den Außenskeletten von ein paar verwitterten Volkswagen-Käfern vorbeigerumpelt, bei denen das Rispengras schon aus der Motorhaube wuchs, und hatten vor einem Blockhaus angehalten, dessen uralter Anstrich langsam abblätterte. Ich fand, dass es gefährlich schief stand, aber wir steuerten dennoch auf die halb offene Tür zu. Ein Handrasenmäher stand aufrecht daneben, der an der Seite eines primitiven Steinbrunnens zu einer Skulptur verrostet war. Beide hatten sich wie die Käfer dem Rispengras ergeben.

»Wohnst du hier?«, fragte ich. Ich unterdrückte die Frage,

die darin mitschwang: War Croft der Einzige, der noch auf dem Gelände lebte? Die Szenerie war schön wie ein neues Walden, aber etwas einsam, wenn man es unter Zivilisationsaspekten betrachtete.

»Gott bewahre, nein, die Häuser sind den Hügel runter im Wald. Wir haben hundertsechzig Morgen Land. Hier drin war früher die gemeinsame Küche, als wir noch alle zusammen gegessen haben. Und die Winterkoje für die Leute, die in Tipis wohnten. Aber das ist schon eine Weile her. Jetzt benutzt es eigentlich keiner mehr außer den Bienen.«

Ich nehme an, bei so viel Land gab es keinen Grund, ein Haus abzureißen oder einen kaputten Wagen zu verschrotten. Besonders dann nicht, wenn das Vorbild für die Außengestaltung ein Autorenfoto von Richard Brautigan an der Tür einer Ted-Kaczynksi-Hütte in Montana war.

Drinnen gab es eine verlassene Küche: Ein alter Herd, dessen Emaille gesprungen war wie die Lasur eines Renaissancegemäldes; eine lange, fleckige Arbeitsplatte, die man noch für ein Loft in Emeryville oder Gowanus hätte verwenden können; eine Doppelspüle mit einem alten Plastikeimer statt einer Rohrleitung darunter. Was Croft als »Winterkoje« bezeichnet hatte, hing so tief über dem Herd, dass es ihn fast berührte. Es roch nach modrigem Holz und Insekteneiern, der Duft eines hohlen Baumstamms. Croft kletterte über einige Bongotrommeln und Steeldrums in die Ecke neben der Empore, zog etwas von einem Regalbrett mit aufgeweichten Büchern und klemmte es sich unter den Arm. Nachdem er durch das Gerümpel zurückgekrabbelt war, zeigte er es mir: eine mechanische Schreibmaschine. Das zweigeteilte, schwarz-rote Farbband, das auf den Rennende-Krabbe-Postkarten den schwachen roten Rand um die Schrift verursacht hatte, war immer noch zwischen den Spulen gespannt, auch wenn diese Rost ansetzten und es überhaupt nicht eilig hatten, irgendwohin zu kommen.

Jede vage Hoffnung, Croft könnte Rachel in Fleisch und

Blut hervorzaubern, Rachel könnte inkognito als Weatherman-Hausfrau oder SLA-Mutti in einem dieser Häuser im Wald wohnen, löste sich in Luft auf, noch bevor er wieder etwas sagte.

»Wir haben sie immer auf unseren Ausflügen ans Meer im Käfer mitgenommen. Jedes Mal, wenn wir zum Tanken oder Kiffen anhielten, haben wir dir eine Postkarte geschrieben.«

»Hast du die Postkarten geschrieben oder sie?«

»Ich musste sie ein wenig dazu drängen, aber sie hat mitgeholfen. Ich glaube, sie hat sich geschämt, weißt du? Später habe nur noch ich sie geschrieben. Nachdem sie weg war.« Ich hielt die Schreibmaschine in beiden Händen wie ein Bettler seinen Hut. Croft bürstete sich die feuchten Roststücke ab, die sie auf den Ärmeln seines Cordjacketts hinterlassen hatte.

»Willst du sie haben?«

»Nein.« Ich wollte das Reinigungspfand für den Mietwagen zurück, das wollte ich.

»Machen wir einen Spaziergang.«

Der unbefestigte Weg beschrieb am Ende der Felder einen Bogen, führte den Hügel hinunter und in den Wald hinein. Wir ließen die Wagen stehen, schlenderten zu der Lichtung in dem kühlen Wald, der zu steil und uneben war, um bewirtschaftet zu werden. Die Sonne war hinter der Hügelkette untergegangen, die Birkenstämme und blassen Farne schienen zu phosphoreszieren, aufgeladen vom Tageslicht. Unsere Schritte flüsterten unbeantwortet auf dem frischen grauen Kies der privaten Zufahrtsstraße. Der Wald produzierte Stille und pumpte sie in den Himmel.

Hinter jeder Wegbiegung lag ein Haus. Zweigeschossige Holzhäuser, insgesamt sieben oder acht, alle mit durchdachten Anspielungen auf Buckminster Fuller und Christopher Alexander – kreisrunde Räume mit Glaskuppeln, Gewächshausfenstern, Windfängen, die die Verbindung zu einem kleinen Nebengebäude oder Atelier herstellten. Vor jedem Haus standen ein oder zwei Wagen in der Auffahrt, bei ein paar kam Rauch aus dem Schornstein. Hier und da Fahrräder, Kettensägen, Schneeschuhe, Komposthaufen, Splitterspuren vom Holzhacken, eine Axt, die in einem Baumstumpf steckte. Die W. Zuckers waren zu Hause, die Küchenlichter brannten. Vom Weg aus störten wir ihre Privatsphäre nicht, als wir vorbeigingen. Ich war beeindruckt davon, zu sehen, wie viele unterschiedliche Lebensmodelle sich zwischen den beiden arroganten, nichts ahnenden Küsten versteckten.

»Rachel und Jeremy waren wahrscheinlich die größte Herausforderung, der sich diese Kommune jemals stellen musste«, sagte Croft in seiner piepsenden Altstimme. »Wir sind an der Konfrontation gewachsen, also schulden wir ihnen vermutlich was. Ich werde niemals die Nacht vergessen, in der wir uns im Kreis um sie herum an den Händen gehalten und ihnen mitgeteilt haben, dass sie gehen müssen. Ich hätte mir fast in die Hosen gemacht. Jeremy hatte mich schon ein paarmal geschlagen, aber mir war das zu peinlich, um es jemandem zu erzählen. Am Ende stellte sich heraus, dass er noch mehr Leute geschlagen hatte.«

»Ich habe keine Ahnung, wer Jeremy ist«, sagte ich.

»Jemand hat mir erzählt, dass er vor einigen Jahren gestorben ist. Er war eigentlich nur ein wirklich charismatischer, wirklich brutaler Kerl aus Kentucky, der uns für ein paar Monate als seine Spielwiese benutzte. Sein Lieblingsspiel war es, jemanden high zu machen und dann davon zu erzählen, wie er einmal einen Mann vor einer Bar mit einem einzigen Handkantenschlag auf den Hals getötet hatte. Er hatte unzählige dieser Horrorgeschichten auf Lager. Direkt nach der Halsgeschichte hat er sich an die Freundin des Typen rangemacht. Alle haben sich irgendwie zurückgehalten, weißt du, frei nach dem Motto ›Wenn sie mit Jeremy zusammen sein will, ist das in Ordnung, vielleicht bringt sie ihn ja zur Vernunft‹. Rachel war eigentlich die Einzige, die ihm richtig die Meinung sagte.«

»Er hat sie dir weggenommen?«, fragte ich. Es wurde dunkel und ich war vorübergehend von einer Szene in einem hell erleuchteten Küchenfenster gefesselt gewesen: Eine Frau mittleren Alters, das Haar so grau wie Crofts, schnitt Tomaten auf einer Ablage, während dahinter ihre zwei blonden Töchter, hell und strahlend wie die Solver-Mädchen, gemeinsam ein Videospiel spielten, irgendein Burgverlies oder Tiefseestück, das unnatürlich blau auf dem Bildschirm schimmerte. Doch sie konnten mich nicht sehen, und ich fühlte mich wie Frankensteins Monster, das verstohlen die Menschen beobachtete. Also wandte ich den Blick ab.

»Ach, damals haben wir nicht mehr viel Zeit miteinander verbracht. Rachel war selbst ein Problem, viele Leute waren nicht gerade begeistert, dass ich sie hierhin mitgebracht hatte. Sie hatte diesen New Yorker Sarkasmus, bei dem vielen Leuten die Hutschnur platzt.« Er lachte. »Ich meine, sie hat die Leute in die Tasche gesteckt, um ehrlich zu sein. Sie hat *mich* in die Tasche gesteckt. Außerdem war sie hier nicht glücklich. Sie war alles andere als glücklich, Punkt, sonst wäre sie niemals mit Jeremy weggegangen. Ich glaube, sie hat es bereut, New York verlassen zu haben.«

»Hat sie von Abraham geredet?«

»Nun, sie hat sich ziemlich geschämt«, antwortete Croft. Es war dasselbe Wort, das er verwendet hatte, um zu erklären, warum er sie hatte drängen müssen, die Postkarten zu schreiben. Ich nahm an, es entsprach der Wahrheit, es war der richtige Ausdruck dafür. Ich beschloss, nicht weiter nachzufragen.

Croft fuhr fort. »Ich erinnere mich vor allem an diesen einen Tag, an dem ich versucht habe, sie zum Pilzesammeln zu überreden. Sie hasste solche Sachen, sie fand das bescheuert. Es war auch, nachdem Jeremy aufgetaucht war. Ich habe nur versucht, ihr die Hand zu reichen, weißt du, Zugang zu ihr zu finden, weil sie so durcheinander war. Sonst sagte sie jedes Mal, wenn ich versuchte, sie mit nach draußen zu nehmen: ›Ich frage mich, was wohl gerade im Thalia läuft.‹ Als wollte sie mich wissen lassen, was sie aus ihrem früheren Leben vermisste. Sie sagte: ›Vielleicht *Die 39 Stufen* oder *Tausend Clowns*‹ oder was auch immer. Aber an diesem einen Tag sagte sie Ja, ich weiß auch nicht, warum. Es hatte drei Tage lang geregnet, und wir sind frische Morcheln suchen gegangen.« Croft deutete auf den Waldboden, und ich verstand, dass er *hier* meinte. Mehr oder weniger hier an dieser Stelle. »Nicht, dass sie welche gepflückt hätte. Sie hat Kette geraucht – sie konnte nicht mal Auto fahren, ich musste sie ständig zum Zigarettenkaufen in den Ort fahren. Egal, sie kam mit mir, rauchte wie eine Besessene, und als sie wieder vom Thalia anfing, sagte sie: ›Vielleicht zeigen sie *Schach dem Teufel*‹, und ich fragte: ›Was ist so toll an *Schach dem Teufel*?‹ und sie erzählte mir eine Stunde lang die Handlung von dem ganzen verdammten Film. Machte Peter Lorres Stimme nach und so, den ganzen Dialog – sie kannte den kompletten Film auswendig.«

Ich hörte keine Musik, bis ich aus Indiana heraus war. Zunächst hatten Croft und ich unsere Wagen geholt, und er hatte mir sein Haus gezeigt, eine weitere Perle am Ende der Zufahrt, wo das Wassermelonen-Zucker-Gelände schon fast aufhörte. Eine Feuerschneise zog sich quer durch zwölf Morgen Land und verlief bis zum Highway, der von Louisville, Kentucky, kam. Wenn der Wind aus einer bestimmten Richtung wehte, konnte man die LKWs hören. Erst da erwähnte Croft als eine Art Nachtrag, dass die Gemeinschaft ums Überleben kämpfte, gegen eine Kreatur, die weniger schimärenhaft als Rachel und Jeremy war. Die Regierung wollte den neuen Highway quer über ihren Besitz laufen lassen, ein Vier-Milliarden-Dollar-Auftrag für die ortsansässige

Bauwirtschaft – dabei verkürzte er laut Croft die Fahrtzeit nach Chicago nur um zehn Minuten. Wir dachten gemeinsam darüber nach, spitzten die Ohren, um das entfernte Brummen der Sattelschlepper zu hören. Dann bat er mich hinein, machte Licht in der Küche und kochte mir einen Teller Spaghetti. Er bot mir das Gästezimmer an, aber ich wollte lieber fahren. Er sagte, ich könne sein Telefon benutzen, was ich beinahe getan hätte, aber ich entschied, Abby von unterwegs aus anzurufen, wenn ich genauer wüsste, wie ich ihr alles erklären könnte.

An der Tür umarmte mich Croft etwas unbeholfen, und ich umarmte ihn ebenfalls etwas unbeholfen. Es war weder Akzeptanz noch Zurückweisung in der Umarmung. Isabel Vendles Neffe war nicht die Mutter, die ich nie gehabt hatte, genauso wenig, wie eine verrostete Schreibmaschine es war. Er war auch nicht der Vater, den ich nie gehabt hatte. Abraham war der Vater, den ich nie gehabt hatte, und Rachel war die Mutter, die ich nie gehabt hatte, und Gowanus oder Boerum Hill war das Zuhause, das ich nie gehabt hatte, alles war nur es selbst, egal, wie viele Namen es trug, und so umarmte ich Croft und ging hinaus, um meinen Wagen durch den Wald zu lenken, zurück zu der kurvenreichen Straße. Ich verfuhr mich ein paarmal auf dem Weg nach Bloomington, aber ich hielt kein einziges Mal an, um nach dem Weg zu fragen. Es gab auch niemanden, den ich hätte fragen können. Und ich hatte keine Eile.

Es war bereits nach Mitternacht, als ich an Gary, Indiana, vorbeifuhr, dem Geburtsort der Jackson Five. In Illinois hielt ich an, um zu tanken, und bemerkte die CD-Mappe auf dem Rücksitz. Als ich wieder auf der Straße war, schob ich die erste Disc, die mir in die Hände fiel, in den Schlund des CD-Spielers – *Another Green World* von Brian Eno –, Euclid Barnes hätte das Trollmusik genannt. Ich hatte diese Platte schon mein ganzes Leben lang gehört, seit ich sie als Billigangebot im achten Stock bei Abraham & Straus entdeckt hatte, im sterbenden Plattenladen hinter der Briefmarken-und-Münzen-Abteilung. Mit meinen Brooklyner Tricks hatte ich mir ein weiteres Exemplar, eine Kaufkassette, in dem Main-Street-Plattenladen in Camden besorgt und sie dann eines Nachts endlos gespielt, während ich mit Moira Hogarth schlief. Ich bewunderte die gespenstische Harmlosigkeit der Platte: die Anschläge von Brian Enos Keyboard, das sägende Cello von John Cale, die perlenden Griffe von Robert Fripp. Und ich habe diese Musik immer mit Autofahren in Verbindung gebracht, mit den Meilen, die an den Scheinwerfern und meinen Augen vorbeirauschten. Ganz besonders brachte ich sie mit einer Fahrt in Verbindung.

Es war der Winter, in dem ich vom Camden College verwiesen worden war. Nach Richard Brodeurs Brief hatte ich noch ein letztes Mal zum Campus zurückkehren müssen, um meine Habseligkeiten abzuholen – Bücher, Bettwäsche, Stereoanlage –, die eingepackt auf dem Dachboden des Oswald House standen. Also war Abraham mit mir in seiner typischen schweigsamen Art, die einen zur Weißglut treiben konnte, in einem geliehenen Wagen nach Norden gefahren. Die Uni war natürlich über die langen, ölsparenden Winterferien geschlossen. Ich bestand darauf, dass Abraham im Wagen wartete, während ich nach jemandem suchte, der mir den Dachboden des Wohnheims aufschließen konnte. Ich wollte nicht, dass mein Vater dort seine Füße auf den Boden setzte.

Auf dem Rückweg fuhren wir in Massachusetts durch einen Schneesturm, der Wind wirbelte die Flocken in einem weißen Tunnel um das Maulwurfsauge unserer Windschutzscheibe. Wir fuhren in völligem Schweigen. Ich konnte meiner Scham nur durch eine eiskalte, präventive Wut auf Abraham und seine mutmaßliche Enttäuschung Herr werden. Als der Sturm auf seinem Höhepunkt war und unser Wagen nur im Schritttempo vorankam, geleitet durch die Rücklichter eines schlingernden LKW, dessen Reifenspuren einen Weg durch den Schneematsch freimachten, griff ich in eine Kiste mit Büchern und Kassetten auf dem Rücksitz, zog wie heute Nacht die von Brian Eno heraus und steckte sie in den Kassettenrekorder. Die Musik war der ideale Soundtrack für den unwirklichen Schneesturm. Ich nehme an, das Fahren war für Abraham tatsächlich nicht ungefährlich, aber die übernatürliche Gelassenheit von *Another Green World* schien seine Bemühungen anzuerkennen und uns gleichzeitig beide zu beruhigen. Eno sang: *I can't see the lines I used to think I could read between* ...

In einem der ersten Jahre auf der Highschool, als Clash und die Ramones Gabriel Stern, Timothy Vandertooth und mich zum ersten Mal begeisterten, brachte ich des Öfteren Platten mit nach Hause, spielte sie Abraham vor und fragte ihn: »Hörst du das? Wie großartig das ist? So eine Musik hat es noch nie gegeben!«

»Sicher«, sagte er immer. »Sie ist toll.«

»Aber hörst du *wirklich*, was ich höre? Kannst du denselben Song hören wie ich?«

»Selbstverständlich«, antwortete er dann und ließ mich völlig unbefriedigt zurück, ließ das Geheimnis ungelüftet: *Konnte mein Vater meine Musik hören?* In meiner Collegezeit jedoch hätte ich nie danach gefragt, selbst wenn jene Rückfahrt nicht so grimmig gewesen wäre. Die Frage war zu Grabe getragen worden, also konnte ich damals nur spekulieren, was *Another Green World* wohl für Abraham bedeutete, ob er spürte, wie sie uns den Weg durch den Schnee bahnte. Eno sang: *You'd be surprised at my degree of uncertainty* ...

Jetzt wusste ich, was ich früher an dieser Platte und einigen anderen – *Remain in Light*, »O Superman«, *Horses* – so geliebt hatte, es war der Zwischenraum, den sie beschworen und in dem sie existierten, eine bohemehafte Halbwelt, ein Hippietraum. Und genau das, diese unwahrscheinliche Behauptung war es, die ich irgendwann gehasst habe und die mir peinlich war, die ich zugunsten des Souls, zugunsten von Barrett Rude Junior und seinem trotzigen, wenig subtilen Schmerz ablehnen musste. Ich brauchte eine Musik, die erzählte, wie es war, wie ich es auf den Straßen gelernt hatte. *Another Green World* war wie Abrahams Film: Zu zerbrechlich, zu angreifbar – ich wollte einen härteren Song. Ich kannte Sachen, die B. Eno und A. Ebdus nicht kannten, und ich konnte es mir nicht leisten, mich mit ihrer Naivität zu belasten, genauso wenig, wie Mingus sich mit mir oder meiner Naivität belasten konnte.

Aus diesem zusammenstürzenden Zwischenraum war Rennende Krabbe geflohen. Es war derselbe Raum, den die Kommunisten, die Schwulen und die Maler von Filmbildern in Gowanus zu finden geglaubt hatten, um stattdessen für die Immobilienmakler unwissentlich das Feld zu bestellen, eine rassische Abrissbirne zu sein. Die Gentrifizierung war die Narbe, die ein Traum hinterlassen hatte. Die Utopie war das Stück, das stets nach der Premiere abgesetzt wurde. Und sie unterschied sich nicht so sehr von dem Freiraum, den Abraham wütend für die Akzeptanz seines Filmes einforderte, ein Raum von der Größe eines schwindenden Sommers, ein Ort, an dem Mingus Rude immer feiste Spaldeenwürfe und begeisternde Homeruns gelangen.

Wir alle sehnten uns nach diesen Zwischenräumen, diesen Sommerstunden, als Josephine Baker Paris auf den Kopf stellte, als »Bothered Blue« die Hitparaden anführte, als ein jugendlicher Elvis, der noch von seiner ersten eigenen Plattenaufnahme träumte, in den Sun Studios saß und den Prisonaires zuhörte, als ein vollflächiger Burner durch eine U-Bahn-Station rauschte und die Welt für einen Augenblick wiederherstellte, als Plattenspieler auf dem Schulhof von einer Straßenlaterne gespeist wurden, als der Saft einfach *floss*. Ich war nicht nach Indiana gekommen, um eine Schreibmaschine zu sehen oder Croft zu treffen, sondern um in der Abenddämmerung jenen Nebenweg entlangzuspazieren und den Zwischenraum zu sehen, den die W. Zuckers der

Welt abgerungen hatten, bevor die Autobahnbauer ihn wieder zurückeroberten, genauso wie ich mit Katha nach Hause gegangen war, um das Bett zu sehen, das sie für ihre Schwester bereithielt, und M-Dogs Reime zu hören. Ein Zwischenraum öffnete und schloss sich mit einem einzigen Blick, wenn man blinzelte, verpasste man ihn. Möglicherweise war Camden auch einmal einer gewesen, bevor es vom Geld vergiftet wurde. Es zeigte Spuren davon. Im selben Sinne war ich, Rachels Prinzipien gemäß, ausgestreckt worden wie ein tastender Finger, um einen nichtexistenten Raum zu erkunden, ein Whiteboy, der sich in einer der öffentlichen Schulen integrieren sollte, die genau zu dem Zeitpunkt aufgegeben und einfach zu vorgelagerten Gefängnissen gemacht wurden. Ihre Fehleinschätzung war so wunderbar, so dumm, so amerikanisch. Sie jagte meinem Kleingeist Angst ein, hatte das schon immer getan. Abraham hatte die bessere Idee, den Zwischenraum durch die täglichen Bemühungen allein in seinem Atelier auszuhöhlen. Wenn das grüne Dreieck nie auf die Erde fiel, bevor er starb und den Film unvollendet hinterließ, würde es auch nicht mehr fallen – war es nicht so? Stimmte das nicht?

Während wir durch den Sturm fuhren, sang Brian Eno *How can moments go so slow?* Abraham und ich ließen uns durch den verschwommenen Tunnel treiben, nicht mehr zu retten, aber einen Augenblick lang ruhig, ganz bei unserer Aufgabe, ein Vater, der seinen Sohn nach Hause in die Dean Street fährt. Dort gab es keinen Mingus Rude oder Barrett Rude Junior, keine Postkarten von Rennende Krabbe oder Briefe vom Camden College, die durch den Briefschlitz geschoben wurden. Damals waren wir in einem Zwischenraum, in einem weißen Kegel, Vater und Sohn, die mit einer gleichbleibenden Geschwindigkeit vorwärtskamen. Seite an Seite, nicht wirklich still, sondern stillhaltend, zwei Schlenker menschlichen Gekritzels, menschlicher Chiffren, menschlicher Träume.

Die Namen der Comic-Superhelden im ersten Teil entspre-
chen im Wesentlichen den deutschen Übersetzungen der
Marvel- und DC-Hefte in dem beschriebenen Zeitraum. Erst
ab den 1980er-Jahren wurden die auch heute noch verwendeten amerikanischen Namen in den deutschen Ausgaben
konsequent übernommen.

Just Walkin' in the Rain von Jay Warner ist eine zuverlässige
Darstellung der Geschichte der Prisonaires, die D. Ebdus
nicht gelesen hat.

»It Was the Drugs«, Text von Chrissie McClean.